El Valle de los Arcángeles

Rafael Tarradas Bultó

El Valle de los Arcángeles

ESPASA

Espasa, un sello editorial de Editorial Planeta, S.A.
Avda. Diagonal, 662-664, 08034 Barcelona (España)
www.espasa.com
www.planetadelibros.com

Adaptación de la cubierta: Booket / Área Editorial Grupo Planeta
Ilustración de la cubierta: © Jacobo Muñiz
Primera edición en Colección Booket: marzo de 2023
Primera edición en esta presentación: febrero de 2026

Depósito legal: B. 258-2026
ISBN: 978-84-670-8063-6
Impreso en España

Biografía

Rafael Tarradas Bultó (Barcelona, 1977) estudió Diseño Industrial en la Universidad Autónoma de Barcelona y actualmente trabaja en el sector de la comunicación en Madrid. Además de su interés por el arte y el deporte, es un apasionado de la historia de los siglos XIX y XX. Cuando no está leyendo sobre la materia le gusta escribir en su retiro del Valle del Tiétar, Ávila. Ha publicado *El heredero*, *El valle de los arcángeles*, *La voz de los valientes*, *El hijo del Reich* y *La protegida*, que han han sido y son un éxito de ventas y crítica.

@rafatarradasbulto

A mis padres

Dramatis personae

En Barcelona

Familia Gorchs:
Rogelio Gorchs y Clotilde Fors, padres de Gabriel Gorchs
Gabriel Gorchs, hijo de Rogelio Gorchs y Clotilde Fors, heredero del ingenio de San Gabriel que dirige su tía paterna Lucía Gorchs

Familia Abbad:
Ignasi Abbad, viudo, terrateniente, propietario del ingenio de San Miguel
Alicia Abbad, hermana de Ignasi y tía de Miguel
Miguel Abbad, heredero del ingenio de San Miguel
Ginés Caparrós, mayordomo de la familia Abbad
Santa Pérez, cocinera de la familia Abbad
Candela, ama de llaves
Dora Palomero, doncella de Alicia Abbad
Pepa Gómez, pinche de cocina de la familia Abbad

En Cuba

Ingenio de San Gabriel:
Lucía Gorchs, propietaria
Bruno Serrano, hijo de Juan Serrano y Lucía Gorchs
Inés Fernández, enfermera amiga de la familia Gorchs
Chipi, perro labrador de Inés
Cid, ratero de las calles de La Habana

Manuel Mantecón, mayoral
Tomás de Serrano, mayoral
Crista, cimarrona santera

Ingenio de San Miguel:
Miguel Abbad, propietario
Iris de Abbad, pareja de Miguel Abbad
Mateo de Abbad, esclavo, líder del patio de los esclavos
Ramón Bescós, mayoral de San Miguel

Ingenio de San Rafael:
Rafael Viader e Isabel Palau, propietarios
Germán García, mayoral
Juan Luis Calleja, jefe de la casa de calderas y mayoral
Roque de Viader, esclavo
Lucas de Viader, esclavo
Devoto de Viader, líder rebelde

Otros personajes:
Roberto Vallés y Eduardo Vallés, padre e hijo, joyeros de El Sol
Velasco, capitán de la nueva guardia
Baturell, inspector de policía
Carlos Manuel Céspedes, hacendado impulsor de la Guerra de los Diez años en octubre de 1868, primer alzamiento por la independencia cubana

1

1864

I

En noches como aquella la casa inglesa resplandecía. Lucía se había esmerado en que lo hiciera, colocando miles de velas en todos los rincones del jardín, colmando la casa de flores y conjurando al clima para que tan solo una leve brisa acariciara a sus invitados: tres centenares de los más distinguidos habitantes de la isla. El calor había llenado las noches anteriores en la Gran Antilla, pero la temperatura en la plantación —el ingenio, como las llamaban en la isla— de San Gabriel aquella velada era perfecta y permitía que todos pudieran lucir cómodamente sus mejores galas.

Los rosas y morados del final del día aún luchaban con la negritud estrellada de la noche cuando la llegada de los invitados rompió poco a poco la calma del momento. Uno, dos, tres, quince, veintiocho... Lustrosos coches de caballos empezaron a penetrar, con los faroles encendidos, en el más hermoso de los valles de la isla, un lugar que todos los que tenían la fortuna de conocer jamás olvidaban, pero que pertenecía tan solo a tres plantadores, dueños de los ingenios azucareros de San Miguel, San Rafael y San Gabriel, en el llamado Valle de los Arcángeles.

El grueso de las fiestas de los hacendados se celebraba en La Habana, donde pasaban la mayor parte del año y muchos tenían imponentes palacios que constituían su auténtico hogar, así que aquella noche era atípica. Rara vez se los convocaba a una fiesta en un ingenio, por lo que hizo falta que los que nunca habían visitado el valle llegaran al camino de entrada de aquel glorioso lugar para convencerse de que el trayecto, tres horas de baches y polvo, bien había valido la pena.

A los lados de los cinco kilómetros de camino hasta la casa, se enfrentaban, cada pocos metros, esclavos portadores de antorchas vestidos con fajines dorados y, en cuanto se enfilaba el tramo final, aquel desde el que ya se podía vislumbrar la gran mansión al fondo, una resplandeciente hoguera la iluminaba de rojos y amarillos. La llamaban la casa inglesa porque era réplica de una casa construida siglos antes en medio del campo inglés, y era tan inusual en Cuba que los que la observaban lo hacían con admiración y curiosidad, sin saber del todo si les gustaba o les horrorizaba, igual que sentían los recién llegados a la isla con los animales o las plantas que la habitaban. Muchos cuchicheaban, señalando divertidos las ventanas con cristales o el mobiliario que la decoraba, pero a los Serrano les daba exactamente igual: su casa era tan excéntrica como ellos mismos.

Para empezar, a diferencia de los que bailaban y departían en sus salones, su dueña odiaba aquellos eventos. Los odiaba, pero comprendía el fin al que servían y era una maestra en su organización y una sagaz asistente a su desarrollo. Vivían en un sistema que se perpetuaba cuando el resto del mundo lo abandonaba, y necesitaban verse, apoyarse y hacer planes para un futuro que sabían incierto. Los plantadores de azúcar de Cuba formaban una élite tejida por familias que se mezclaban, empresas que se asociaban, negocios mutuos e intereses compartidos.

—Sabes, Bruno —le dijo Lucía Gorchs a su hijo antes de bajar a la entrada de la casa—, nada en la vida es gratis, aunque a veces lo parezca. Habría sido más fácil, más práctico y más sencillo no organizar nada esta noche, igual que para muchos de nuestros invitados lo hubiera sido no asistir. Pero la amistad, el amor, la familia... requieren esfuerzo; también los negocios. Es la soledad la que nos pide poco. El que es querido suele ser el que se ha esforzado en serlo. No sé si me explico. Hijo, si te invitan a un lugar, ve, pues han pensado en ti; si sabes que alguien está mal, interésate, pues es más difícil acompañar a un triste que a un alegre y por ello valoramos más a los que nos consuelan que a los que solo nos buscan para divertirse. Da tu apoyo y tu compañía a todos los que la puedan agradecer, aunque a veces estés cansado. A menudo, cuando alguien cuenta contigo para algo, el mensaje que das tú cuando no acudes es que no cuentas con él de la misma manera. No hace falta aceptar todas las invitaciones, pero hay que esforzarse en dar cariño. Hay que ser considerado. Todos los que hoy han acudido aquí lo son. Valóralo. Si un amigo o un pariente siente que no lo ves, que no te interesas por él, que él tiene un cariño por ti que no es recíproco, que es él el que se empeña en verte cuando tú huyes con excusas que no cree, antes de que te des cuenta lo habrás perdido sin remedio. El egoísmo peor es el del alma, el del corazón, y lo que das es lo que recibirás. Cuando estés invitado en una fiesta, en un evento, haz ver que ese es el mejor lugar en el que podrías estar. El invitado que siempre parece querer irse, el que cree que hace un favor al estar es el invitado que todos aborrecen y al que nadie echa de menos cuando se va; más bien al contrario. —Se arregló un poco la diadema de brillantes con la que trataba infructuosamente de domar su pelo escarolado antes de seguir—. Han venido muchos amigos, démosles las gracias y hagámosles sentir que somos dignos de su amistad. Que empiece el espectáculo.

Se dio un último vistazo al espejo, se recolocó el vestido bordado en plata sobre su huesudo cuerpo de medio siglo de edad y bajaron a la entrada, donde Bruno vio a su madre recibir a los invitados con una sonrisa a pesar de que algunos le aburrían soberanamente y a otros apenas los conocía.

Pero Bruno no necesitaba que su madre le dijera que debía relacionarse. Lo sabía, lo hacía desde niño con los de su edad sin importarle si eran hijos de plantadores o de esclavos y aún a sus veintidós años alternaba con gente de cualquier origen o raza... esencialmente de género femenino. Cruzó el salón principal y salió al jardín delantero de la casa, que se articulaba en torno a una gran avenida de hierba salpicada de arriates de flores que, nuevamente, iluminaban esclavos con antorchas y grandes candelabros. Una orquesta versionaba con ritmos caribeños partituras europeas y algunos invitados ya circulaban moviéndose a su ritmo. A cada rato, se lanzaban fuegos artificiales, sin motivo ni tempo determinado, que iluminaban con colores el valle boscoso que se desplegaba a sus pies.

Recorrió con la mirada la concurrencia. Quería relacionarse siguiendo los consejos de su madre, pero sobre todo obligado por sus instintos, su sangre joven y su cuerpo maduro de espíritu aún adolescente. Desde que a los dieciséis había descubierto el calor del cuerpo femenino, nunca tenía bastante. Como el agua y la comida, necesitaba la piel del sexo opuesto con frecuencia, saciándose tan solo por un corto tiempo antes de volver a por más. Con todo, contrariamente a lo que su madre afirmaba que se conseguía prestando atención a las relaciones sociales, él se había granjeado más enemigos que amigos. Cierto era que acudía a las mujeres sin hacer caso a escrúpulos, normas o convenciones, tan solo para divertirse, pues la diversión parecía ser el único fin de su existencia.

Su porte ayudaba en aquella tarea. Alto, moreno y con un cuerpo que se mantenía en forma a pesar de los excesos, la sola mirada de sus ojos verdes había hecho ruborizar a muchas mujeres. Luego, cuando se mostraba galante y seductor, muchas no podían creer que un joven como él se hubiera fijado en ellas. La decepción venía poco después de decidir arriesgarse y ceder a sus encantos, cuando comprendían que el amor, a veces incluso la atracción que Bruno había sentido por ellas, era fugaz y ligero como el viento.

Había conquistado a solteras con promesas que en el momento sentía ciertas y luego se diluían como el azúcar que cultivaba su familia, pero también a muchas casadas, esposas de plantadores que las abandonaban durante la zafra, la complicada cosecha de la caña de azúcar, o que las habían usado tan solo para engendrar herederos de piel clara antes de lanzarse a los cuerpos exóticos de sus esclavas. Bruno tampoco había podido resistirse a esa tentación, pocos podían hacerlo. Pese a que en San Gabriel sus padres le habían prohibido tajantemente yacer con las esclavas, la obediencia de aquella norma le había resultado imposible. Ningún plantador había conseguido que los esclavos se vistieran con decoro y en su ingenio, como en todos, muchos iban prácticamente sin ropa. Así, mandingas, wolofs, kongas y yorubas paseaban sus pechos desnudos frente a él, someramente ataviadas con las ropas viejas que, hechas jirones, eran las que preferían usar en su extenuante trabajo, reservando la ropa nueva que recibían dos veces al año para las ocasiones especiales. Con todo, Bruno nunca había forzado a ninguna, simplemente dejó que ellas también cayeran en la tentación. Y caían, vaya si lo hacían.

Se peinó hacia atrás con la mano mientras recordaba las pasadas noches. Había estado en La Habana con una viuda algo mayor que él, una experta en el arte de la cama a quien veía de vez en cuando y que le enseñaba a moverse con la soltura de un conquistador. Sabía tocar, decir y rozar, sabía moverse y agasajar, sabía lo que las mujeres querían y estaba dispuesto a darlo a cuantas quisieran probar. Al volver a San Gabriel, había practicado lo aprendido con Clara, una wolof de piel oscura como el ébano y ojos y dientes blancos como la luna. La joven se había casado hacía poco con uno que habían elegido para ella los de su etnia, algo habitual entre los esclavos. No quería a su marido, pero tampoco se sentía desgraciada por haber hecho lo mismo que todas sus compañeras en el patio de la negrada. Acabada la zafra, habían trasladado al hombre al puerto de Matanzas y esperaban que no volviera hasta al cabo de un mes, así que tenía a Clara solo para él. Ella había justificado su falta de fidelidad al agotamiento de su marido, que durante toda la cosecha había sido incapaz de volver a yacer con ella. A Bruno no le importó; como siempre, simplemente quiso pasárselo bien.

A lo lejos, en una esquina bajo un flamboyán, reconoció a uno de sus grupos favoritos. Se acercó con el pecho hinchado y su sonrisa seductora, y convencido de que aquella noche no tenía rival, se unió al grupo del que se sabía estrella. Estaban sentadas, riendo, vestidas lujosamente y enjoyadas como solo la falta de modestia criolla recomendaba. Junto a ellas, un esclavo con librea sostenía la tercera botella de champán, de la que daban cuenta a buen ritmo.

—Eliza, Marta, Eugenia, Paula, Carolina, Macarena... —No recordaba la mayoría de las capitales europeas, pero jamás olvidaba el nombre de una chica guapa—. Qué maravilloso es teneros en casa.

—Nos divierte verte en acción, Bruno, esa es la verdad. ¿A quién vas a romper el corazón esta noche? —respondió Eugenia mirándolo a los ojos. Habían pasado una noche juntos en la plantación de sus padres, pero nunca más habían vuelto a verse de aquella forma, pese a que a Bruno le hubiera gustado.

—Tan solo quiero estar con todo el que pueda. Atender a los amigos.

—A las amigas, dirás —intervino Eliza—. Pocos amigos tienes tú.

—Me interesan más las mujeres, no lo negaré —dijo él, socarrón.

—Al ritmo que vas, querido, en unos años te tendrás que trasladar a Puerto Rico—apuntó Macarena tocándole la pierna.

—¡Tendrás que «huir» a Puerto Rico! —dijo Paula entre risas—. Más de uno te mataría gustoso... y eso que muchos infelices no saben que jamás te han asustado las casadas.

—Solo son rumores maliciosos —respondió él, sabiendo que ninguna le creía.

—Supongo que ellas tienen parte de culpa —objetó Paula—. Esas mujeres, quiero decir. Todas saben de tu fama y sin embargo... les da igual. Has decepcionado solo a las ilusas que pensaron que les darías algo más que una noche, no te preocupes demasiado. Además, no creo que pudieras conquistar a cualquiera, te sería difícil seducir a una mujer inteligente y centrada que quisiera mantener su virtud, no entregarse al primero que pase, por muy guapo que sea. —Le guiñó un ojo, cómplice—. A mí eso siempre me dio igual, pero no podrías con una mujer inteligente que no estuviera dispuesta a un *affaire* fugaz. Que tuviera las cosas claras.

—Ninguna lo tiene suficientemente claro, amiga mía —dijo él.

—No podrías con Inés —apuntó Marta—. Esa es un hueso duro de roer.

—¿Inés? ¿ Inés Fernández? —preguntó Bruno.

—Esa —confirmó ella.

—No me gusta Inés. Siempre está trabajando.

—Es pobre —dijo Carolina—. ¿Qué quieres que haga?

—Me da igual eso. Me parece triste, me deprime. ¿En qué trabajaba? Nunca lo recuerdo —dijo, acostumbrado a volver siempre la cara a los problemas.

—Es enfermera, así que probablemente sea lo más adecuado para ti, que necesitas atención, incluso si tienes suerte y nadie acaba partiéndote la cara. Mírala, allí está —dijo Carolina señalando al otro lado del jardín—. A mí siempre me ha parecido que tiene porte. Incluso con ese traje que le he visto ya tres o cuatro veces.

Bruno giró la cabeza. Efectivamente, al fondo del jardín Inés Fernández departía con un grupo de hombres de edad similar a la suya. La joven no se encontraba entre las más guapas de la fiesta y tampoco podía lucir los vestidos y las alhajas de las ricas herederas cubanas, pero suplía aquellas carencias con su inteligencia y su simpatía. Su decisión de afrontar una vida que no le había puesto las cosas fáciles con humor y sin quejas despertaba interés en muchos hombres, que ella atendía alegre y divertida, pero sin dar la más mínima oportunidad a una relación amorosa que parecía no ansiar o estar seleccionando cuidadosamente.

—En cualquier caso, la puedo conquistar ahora mismo si quiero —alardeó Bruno.

—Hazlo. Hazlo, por favor. Nada me gustaría más que ver cómo Inés te da calabazas —dijo Eliza alargando su copa para que le sirvieran más champán.

—Tus deseos son órdenes —dijo Bruno antes de rematar su bebida, posarla sobre la bandeja del esclavo y dejar a las muchachas atrás.

Seguro de sí mismo, avanzó hacia donde Inés se encontraba. Sonrió pensando en los ojos de aquel grupo tan divertido, que sentía clavarse en su espalda mientras ellas rellenaban sus copas y encaraban las sillas para ver la función.

El baile había empezado y sus padres recorrían la pista de lado a lado en una contradanza. Su madre lucía la sonrisa forzada que solo él detectaba y bailaba arrítmicamente con su padre, probablemente añorando los bailes de los esclavos, a los que se unía en las fiestas que compartían con ellos, que eran las que la divertían de verdad.

Se acercó a Inés. No, definitivamente no era la más guapa de la fiesta y, sin embargo, acaparaba la atención de varios amigos, incluida la de Rafael Viader, vecino de la plantación que lindaba con San Gabriel e incansable conquistador. Se unió a la conversación del grupo, aburriéndose rápidamente a la espera de que lo dejaran solo con ella. Al rato, viendo que era imposible, empezó a distraerse mirando alrededor mientras simulaba escuchar. A pocos metros, sosteniendo una bandeja, reconoció una cara oscura que brillaba, mojada por las lágrimas. Lloraba lentamente y en silencio, pero como esclava que era, a todos los invitados les había resultado invisible, indigna de su atención. Él, en cambio, la conocía bien. Abandonó el grupo para acercarse a la mujer. Ella levantó la cabeza e intento contenerse, avergonzada, al verlo.

—Caridad, ¿qué sucede? No puedes ponerte a llorar así, delante de los invitados; ¿acaso quieres arruinar la fiesta? —le recriminó sin pensar ni por un segundo en los motivos de su tristeza.

La joven negó con la cabeza sin poder dejar de llorar.

—Acompáñame, anda —le dijo él, cogiéndola del brazo y mirando alrededor, intentando no llamar la atención.

La llevó al espacio que se cerraba tras unos cedros de ramas anchas y tupidas. No era la primera vez que tocaba aquel brazo; en realidad, el cuerpo de Caridad no tenía secretos para él. Se había acostado con ella muchas noches hacía algunos meses. ¡Cómo resistirse a aquel cuerpo nuevo y suave! La miró, serio.

—¿Se puede saber qué te sucede? No puedes estar llorando en medio de una fiesta. ¡Es deprimente!

Ella sollozó.

—¿Qué te pasa, Caridad?

La joven levantó la cara y se armó de valor para hablar.

—Estoy encinta —dijo, sosteniéndole la mirada y confirmándole lo que Bruno ya suponía.

No era la primera vez que le pasaba. De hecho, creía que era la tercera, aunque no estaba seguro del todo porque una de las esclavas con las que había tenido relaciones jamás había confirmado que el niño de piel canela que había parido fuera suyo. Su padre también había tenido un hijo hacía años, al que había dado la libertad al cumplir los doce para no tener que verlo más. Así que sabía lo que tenía que hacer.

—No te preocupes, Caridad. Tendrás un hijo precioso que te adelantará en raza. —Cuando una negra tenía un hijo de piel más clara, a menudo lo consideraban una mejora, por lo que decían que los había «adelantado»—. Y tú podrás salir del campo y vivir en La Habana. Mañana mismo lo organizaré todo. Hay varias mujeres que necesitan amas de cría y tus pechos seguro que serán abundantes para amamantar sobradamente a tu hijo y al de tu nuevo amo.

—Pero entonces...

—Te irás de San Gabriel. Me ocuparé de que se quede contigo una buena familia de La Habana. Y a los doce años tu hijo será libre, y tú también, porque así lo estipularemos en la venta. Soy una persona de buen corazón, ya lo ves, no tienes nada de qué preocuparte.

—Pero mi familia... —musitó ella.

—Tu familia será tu hijo. ¿A quién tienes aquí? —se impacientó Bruno, ansioso por volver a la fiesta y finiquitar aquel tema secundario.

—Lucas, mi hermano, y Elías, su hijo, mi sobrino. Son lo único que tengo. Lucas trabaja en San Rafael.

—Bueno, los verás cuando seas libre. Podrás volver al valle a visitarlos. ¡Eres muy afortunada!

—Amo Bruno, yo...

—No hay más que hablar. Pero no quiero verte llorando. Vuelve al patio de la negrada y descansa. Esta semana quedará todo organizado, si Dios quiere. No cuentes nada a nadie, los esclavos son envidiosos, que no te perjudique su inquina.

Lo cierto es que lo único que le preocupaba a Bruno era que su madre se enterara de aquello. Lo demás no tenía ninguna importancia. Ni una brizna de espíritu paternal le rozó, ni sintió por un solo segundo que tuviera algo que ver con el niño que Caridad llevaba dentro de sí. No dudaba que era suyo, por supuesto, pero lo sentía tan lejano como a cualquier otro hijo de esclavo.

Su madre no podía enterarse si quería que le siguiera teniendo cualquier tipo de consideración. Le había prohibido explícitamente que tuviera relaciones con las esclavas, «que se aprovechara de ellas», había dicho. Aunque vivían en un mundo que se sostenía sobre el sistema esclavista desde hacía siglos, Lucía había convencido a su marido para cambiar las cosas y hacía años que trataba a los que trabajaban sus cañaverales con inaudita compasión. Los pasos que pretendía dar en los siguientes años asustaban tanto a su marido como a su hijo, pero ninguno de los dos tenía la fuerza para imponerse a ella que, más centrada, más decidida y probablemente más inteligente, arrasaba con cualquier opinión que chocara con sus planes.

Hablaría con Manuel Mantecón a la mañana siguiente. El mayoral se encargaría de todo.

Volvió a la fiesta. Vio que el grupo de Inés Fernández se había desperdigado y ella reía con complicidad junto a un hombre bien plantado que le prestaba toda su atención. En el otro lado de la pista, el grupo de amigas que le había retado lo saludó levantando la copa. Había perdido la apuesta y quiso decirles que le importaba bien poco, pues era absurdo seducir a alguien que no le agradaba lo más mínimo, pero dejó las justificaciones de su fracaso para más tarde. Sondeó la pista de baile, los diferentes grupos, los veladores y los rincones de la celebración, que transcurría con brillantez, en busca de una nueva presa. En la glorieta de hibiscos, una joven levantó la mirada para cruzarla con la suya y sonrió, pícara. Estaba hablando con un joven que se esforzaba en captar su atención sin darse cuenta de que ella ya había elegido y el pobre no tenía nada que hacer. En cuanto vio a Bruno acercarse, simplemente plantó a su acompañante sin importarle lo más mínimo dejarlo con la palabra en la boca.

Bruno sonrió. Las fiestas eran como la naturaleza misma. La leona más guapa de la manada rechazaba sin piedad a cualquiera que no fuera el león dominante. Le gustó pensar que él lo era. Se encontraron cara a cara y ella se desenguantó la mano para que se la besara.

—Alejandra Aguilera.

—Hija de don Francisco Vicente, supongo.

—Supone bien —dijo ella.

Los Aguilera eran famosos en la isla y muy importantes en Santiago de Cuba. Habían pedido permiso al rey para cubrir el suelo de su palacio con monedas de oro del imperio. El rey les había autorizado a hacerlo siempre que las pusieran de canto, ya que de otra forma pisarían su efigie o el escudo de España, y ellos habían accedido. Bruno no había visto la obra aún, pero la noticia de aquella excentricidad había corrido de boca en boca y confirmado la inmensidad de su riqueza. Lo que no conocía —en realidad, lo único que le importaba— era la belleza de su hija. Rubia, de tez pálida y mejillas sonrojadas, su vestido verde agua dejaba asomar un busto joven y terso y unos brazos finos y elegantes. Sus ojos azules hablaban de una sangre blanca pura, como la que las madres criollas ansiaban para sus hijos, y todo en ella resplandecía con lujo. A Bruno le daba igual que fuera cargada de brillantes y perlas siempre que le fuera fácil desprenderse de ellas llegado el momento.

—¿Bailamos? —le dijo, más afirmando que preguntando.

—Me encantaría —respondió ella.

Ambos eran excelentes bailarines, pese a que los bailes cubanos no siempre eran fáciles, y enseguida llamaron la atención de todos los que los rodeaban. Parecían encantados de hacerlo, de ser el foco de las miradas, pues ambos se sentían en la cúspide de la pirámide, príncipes de aquella sociedad. Cuando acabaron, algunos a su alrededor aplaudieron, y Bruno ofreció su brazo a Alejandra, que se colgó de él dejándose guiar.

Pidió una botella de ron y dos vasos, y pasearon alejándose de la música hasta una pequeña plazoleta animada por el rumor de una fuente con angelotes de piedra. Se sentaron en un banco, intencionadamente más juntos de lo que el recato marcaba al saberse fuera de la vista de los invitados. Él sirvió dos copas y brindó.

—Por el primero de muchos bailes. Que volvamos a causar sensación.

Alejandra rio y brindó.

—Por la primera de las muchas cosas que podemos hacer juntos —contestó, audaz.

Bruno sintió la reconocible excitación que precedía a sus conquistas, convencido de que aquella joven ya había caído irremediablemente en sus redes. Bebieron la copa en dos tragos y se quedaron mirándose. Él acercó la mano lentamente para acariciarle el pelo; luego pasó las yemas de sus dedos por la nuca de Alejandra y sintió la piel fina de aquella depresión entre los músculos que sostenían su preciosa cabeza. Ella le dejó hacer, cerrando los ojos con placer.

—¿Y qué cosas se te ocurre que hagamos juntos? —preguntó tuteándola, pues tenía la teoría de que demasiada educación aburría a las mujeres.

—Cosas importantes —respondió ella, irguiéndose un poco y abriendo los ojos, rompiendo el momento.

Bruno apartó la mano del cuerpo de Alejandra.

—¿Cosas importantes?

Si iban a hablar de boda o de relaciones serias, estaba listo para levantarse e irse. No soportaba que se le propusieran.

—Sí —dijo ella—. Somos jóvenes y somos poderosos. Podemos hacer cosas muy importantes juntos. De eso quería hablarte.

—No te entiendo —respondió aturdido. Por alguna razón empezaba a creer que no era su planta distinguida ni su atractivo lo que le habían llevado a aquel rincón.

—Bruno. Somos la élite de Cuba. Somos capaces de seducir a quien queramos, podemos convencer a quien haga falta. Tenemos recursos ilimitados y nuestras familias son prestigiosas. Todos nos escuchan. Debemos aprovechar lo que nos ha sido dado. —Estaba completamente perdido y Alejandra lo notó—. Vivimos como una colonia, a expensas de lo que nos dictan unos señores que están a kilómetros de distancia y no nos conocen.

—Vivimos mejor que todos ellos —se apresuró a rebatir él.

—Bueno, pero podríamos vivir mejor aún. Decidir nosotros.

—¿Me estás hablando de independencia?

Bruno odiaba la política. Huía del tema como de todo lo que no le proporcionara placer.

—Por supuesto. En oriente todos hablan de ello. Ahora necesitamos que os empecéis a organizar aquí también. Tú podrías hablar con muchos. La gente te quiere, te hace caso.

Bruno ya había oído bastante.

—Alejandra, te equivocas conmigo. Me quieren las mujeres, pero hay muchos hombres que me detestan y solo mis esclavos me hacen caso.

—No digas eso, está claro que...

—Está claro que, además, no soy de los que quieren la independencia —la interrumpió—. Tampoco soy abolicionista, si eso es lo próximo que piensas contarme. Yo soy Bruno Serrano Gorchs y con eso me basta. Me basta con que todo siga exactamente igual para estar contento, con no tocar nada y seguir obedeciendo con laxitud a mi reina, lo mismo que quiere la mayoría de los plantadores de occidente.

—Eso me decepciona —dijo ella.

—Soy yo el decepcionado. No sabía que fuerais una familia de traidores —dijo él, apartándose de Alejandra.

—Bruno, no somos traidores. En unos años todo cambiará y tendrás que elegir bando.

—Ya he elegido. El bando de los que no queremos estropearlo todo. El bando de los que piensan que ya tenemos infinitamente más que la mayoría. El bando de los de occidente, de los que hemos trabajado, hemos sido cautos —dijo sin poder creer que se estuviera atribuyendo el mérito— y hemos conseguido no arruinarnos con aventuras cafeteras y negocios arriesgados. Si los fracasados de oriente os han convencido a vosotros, ese no es mi problema.

—Mi padre no ha fracasado —apuntó ella, ya completamente seria y segura de que no conseguiría hacer de Bruno un cómplice de la revolución por la independencia.

—Si tu padre está metido en esto, es que le ha pasado lo que a muchos hombres ricos. Cuando ya no lo pueden ser más, quieren ser poderosos. Tu padre morirá pobre y fuera de Cuba si se mete en esos líos.

—Mi padre será tu presidente si sobrevives a la revolución —zanjó ella.

Se miraron. A Bruno ya no le parecía guapa. De hecho, le molestaba tenerla cerca. No solo por sus ideas políticas, sino, sobre todo, porque estaba perdiendo un tiempo precioso que podía haber aprovechado para conquistar a alguna chica atractiva y fogosa para divertirse en lugar de malgastar la noche con utopías políticas. Sin ápice de educación, enfadado y sintiendo que ya no podría remontar la fiesta, se levantó y la dejó allí sentada.

—Todos tienen razón —oyó decir a su espalda—. Eres odioso.

Se empezó a dirigir a la pista con paso firme, presto para dar una última oportunidad a la noche, pero su madre fue hacia él, abortando toda posibilidad de conquista.

—¿Te diviertes? —le preguntó Lucía.

—No mucho de momento —respondió él—. Espero hacerlo en un rato.

—¿De veras? ¿Y qué sucederá en un rato?

—Las fiestas siempre se animan más al cabo de un par de horas. Hay que dar tiempo a que el ron haga su trabajo. Mucha gente se equivoca, es al principio cuando se dicen tonterías. Al final de las fiestas, se dice lo importante.

—Eres un experto en fiestas. Eso no tiene nada de malo. Debes divertirte —insistió Lucía

—Eso hago.

—Lo sé. También haces otras cosas que no me gustan. Ve con cuidado. Hijo, tú no tienes la culpa de lo que los demás esperemos de ti, pero si te advierto es porque me preocupa. No tienes que ser plantador, no tienes que dedicarte a esto si no te gusta, pero te tienes que dedicar a algo. ¿*Quo vadis*, Bruno?

—Me gusta esto. Me encanta el ingenio, siempre me ha gustado. Madre, ¿de veras tenemos que hablar esto ahora? —dijo como si suplicara en busca de clemencia, seguro de no poder soportar más aburrimiento. Por alguna razón parecía que todos se habían puesto de acuerdo para arruinarle la fiesta.

—Sí, pero creo que no te gusta por lo que debe. Te gusta por el dinero y por el poder. Pero se avecinan tiempos convulsos, y eso puede cambiar. Cada conversación que he mantenido esta noche apunta en la misma dirección. Tienes que pensar en que no todo va a ser lujo y poder, te tiene que gustar esto de verdad, te tiene que gustar el campo si quieres luchar por él. Si te gusta, yo te legaré San Gabriel intacto aunque me cueste la vida. Decide si quieres que lo haga. Si quieres dedicar tu vida a esto.

—Quiero, madre. Claro que quiero.

—Si te lo digo es porque tienes aquí a todos los plantadores de la isla, a los principales navieros, a la gente que manda en el síndico y los clubes... y te dedicas a pavonearte con tus amigas.

—Yo...

—Decídete. Si quieres ser plantador, espabila.

Se dio la vuelta, levantó la copa saludando a alguien a lo lejos y lo dejó allí. Plantado y sin ánimo para divertirse como quería, Bruno decidió que lo mejor sería volver a su habitación y acabar con aquella noche horrible.

Los días siguientes resultaron agobiantes para Bruno, fundamentalmente porque tenía algo que hacer, cosa no del todo habitual en él. Habló con su mayoral, que enseguida localizó una casa que buscaba un ama de cría y organizó el traslado de Caridad a La Habana. Allí permanecería en el palacio de la familia hasta una semana después de dar a luz, momento en el que se haría efectiva su venta a aquella otra casa. Manuel Mantecón era un hombre discreto, que le guardaría el secreto y llevaría el asunto con el cuidado que requería. Por él supo que dos días después Caridad ya se había instalado en La Habana y dejó el tema cerrado, presto para olvidarlo completamente.

Además, pasó la semana que siguió a la fiesta atendiendo a tres plantadores que se habían quedado en San Gabriel, hombres aburridos que solo hablaban de azúcar, lo que rodeaba al azúcar y más azúcar, con los que intentó, sin éxito, acercamientos cómplices cuando estos vieron a las hermosas negras del patio de los esclavos o tras algunas copas de ron.

Bruno no los culpaba cuando lo miraban como lo que era, un niño mimado al que todo le había sido dado, pero echaba de menos que le ofrecieran algo más que miradas displicentes y tonos serios. En varias ocasiones lo intentaron preocupar con sucesos de asesinatos y cimarrones, esclavos rebeldes y fugitivos que protagonizaban las historias del peligro creciente que amenazaba a los de su condición, amenazas que Bruno jamás había sentido. A él, Cuba aún le resultaba segura y los movimientos independentistas y abolicionistas —incluso después de su conversación con Alejandra Aguilera— le parecían ideas residuales de unos pocos iluminados. Cierto era que tampoco se interesaba demasiado en informarse. Confiaba en el ejército español, que tenía una presencia abundante en la isla, y en el gobierno del capitán general, a quien no le temblaba el pulso a la hora de ser expeditivo. Desde la sangrienta revolución en la vecina isla de Santo Domingo, se controlaba que la población esclava no superase demasiado a la libre y cada rebelión se había aplastado sin piedad. Con todo, aquellos invitados le detallaron cuantas noticias de asesinatos y revueltas en el campo conocían. Él sabía que cada vez se repetían con mayor frecuencia, causando intranquilidad —cuando no temor manifiesto— en las haciendas; también que los plantadores más previsores estaban tomando medidas para no ser los siguientes, pero por alguna razón no pensó que ellos necesitaran preocuparse. En el Valle de los Arcángeles solo sabían respirar paz y era difícil entender lo que sucedía allende las colinas verdes que los rodeaban.

Cuando desde la entrada de su casa los vio alejarse en sus carruajes, suspiró aliviado, orgulloso de haber atendido a aquellas personas tediosas y sin humor. Su madre, a su lado, lo miró desde la sombra de su pamela.

—Bueno, no ha sido tan terrible, ¿no es así, hijo?

Él la miró y puso los ojos en blanco mostrando su hastío.

—No, pero mañana me voy a La Habana. Necesito divertirme un poco.

Eso hizo. Se instaló en el palacio familiar de intramuros, que utilizaba casi en exclusiva, y se dispuso a disfrutar de días ociosos, con largas sobremesas que empalmaba con cenas bien regadas de ron, que siempre concluían en los bailes de cuna, los bailes populares de los bajos fondos habaneros. En tres días vio a cuatro hermosas mujeres amanecer entre sus sábanas, acarició sus cuerpos morenos o blancos y, sin recordar del todo lo que las había llevado hasta allí, quedó satisfecho y orgulloso por aquellas conquistas que realizaba sin esfuerzo. Caridad no se cruzó ni una sola vez con él, ni por el palacio, ni por sus pensamientos.

El miércoles, cuando se interesó por el motivo por el que se estaban preparando las dependencias de su padre, le informaron de que una paloma mensajera había avisado de su llegada al palacio al día siguiente. Supuso que acudía a La Habana para lo mismo que lo había hecho él: visitar a sus amantes, comer en buenos restaurantes y emborracharse con amigos, pero lamentablemente aquel era uno de los escasos viajes que hacía por otros motivos. Lo supo en cuanto lo vio llegar, al día siguiente, en compañía de uno de sus contables. Venía a «hacer gestiones» y, para su desgracia, pidió que lo acompañara en todo.

«Hacer gestiones» era el eufemismo que su padre utilizaba para lo que normalmente significaba acudir al banco poco menos de tres horas para ser recibido como un rey y decidir qué dinero dedicar a una u otra cosa. Bruno escuchó sin participar demasiado, mirando de vez en cuando el reloj disimuladamente y preguntándose si aún estaría a tiempo de llegar a una comida que tenía planeada en el restaurante Tullerías. Pasadas dos horas, desanimado al ver que sería imposible escapar de aquel elegante despacho, prestó algo más de atención a lo que el banquero y su padre trataban entre papeles, cheques y recibos.

Le explicaron que la mayor parte de lo que ganaban lo enviaban a sus bancos en la península. Bruno siempre lo había supuesto, pues sus padres siempre se referían a Barcelona como un lugar más seguro, un origen al que volver, aunque en realidad jamás se lo plantearan. Él nunca había pensado en abandonar el edén que habitaba.

Cuba era la joya más resplandeciente del menguante Imperio español, y ellos formaban parte de la élite de aquel lugar, así que no habría tenido sentido renunciar a ella, pero, por alguna razón, sus padres siempre hablaban del otro lado del océano con nostalgia. Con todo, aunque la Gran Antilla fuera la isla más rica del imperio y a su juicio la mejor para vivir y enriquecerse, el siglo había visto a muchas de las preciadas posesiones españolas de ultramar desprenderse del manto —el yugo, decían algunos— de Madrid, y no convenía correr ningún riesgo. Así que el dinero se enviaba a la vieja Europa. Si esa era la manera de seguir siendo rico, a Bruno le parecía muy bien.

Cuando por la tarde llegaron al palacio, su padre le comunicó que volverían juntos a San Gabriel, confirmando sus sospechas. Su madre se estaba hartando de su vida disoluta y había decidido tomar cartas en el asunto para hacer de su heredero un hombre respetable. «Va a tener trabajo», pensó Bruno para sus adentros.

A las cinco de la tarde del día siguiente rebasaron los monolitos de piedra que, con forma de espadas, daban acceso al Valle de los Arcángeles, situado a medio camino entre La Habana y Matanzas, en el noroeste de la isla española de Cuba. Su padre los miró con alegría y alivio, contento de volver a casa. La Habana podía ser agotadora, sobre todo para él, acostumbrado a una vida entre algodones en la que ellos, y solo ellos, marcaban el ritmo de las horas. No era un hombre de ciudad, ni de gritos, ni de prisas. Tampoco era cauteloso, como descubrirían demasiado tarde.

La entrada al valle era impresionante incluso para ellos, que vivían allí y la traspasaban con frecuencia. Bruno habría querido permanecer más días en La Habana, pero también suspiró extasiado ante aquella vista. Tras llegar al repecho desde el que se descendía a su propiedad, de pronto, toda la imperfección con la que el hombre estropeaba el entorno desaparecía y una respetuosa convivencia de lo humano y lo divino, de lo espontáneo y lo provocado se abría a sus pies. Los campos de caña se mezclaban con la selva, los perezosos meandros de los ríos con las extensiones de pasto, las construcciones de las ricas propiedades con la naturaleza que las rodeaba. Incluso la tierra parecía más oscura, fértil y húmeda, y las flores que salpicaban los bordes del camino más rojas, más amarillas, más grandes y bonitas.

Miró a su padre, que siempre cambiaba la cara y alzaba el cuello y el mentón, orgulloso, al entrar en su propiedad.

Juan Serrano era oriundo de Bagur, un pueblo costero de la provincia de Gerona. Su abuelo había emigrado y comprado terrenos en Cuba, que heredó y desarrolló su padre, plantando el azúcar que los había hecho ricos. Él había heredado la finca y había reformado la casa completamente pensando en una mujer, que luego fue otra. Con Lucía Gorchs había tenido dos hijos, pero uno había muerto al poco de nacer, así que solo quedaba Bruno, un joven mucho más resuelto que él, aunque a sus veintidós años aún fuera inmaduro y le costara tomarse las cosas en serio. Era su heredero y llevaba preparándolo para aquella función desde su nacimiento, pero temía que le esperaran días más difíciles que los que él había vivido. En su época todo había salido bien, principalmente porque siempre le pareció que nadie cuestionaba el orden establecido, aunque supieran que se asentaba sobre una injusticia. Juan no era inteligente, y desde su inocencia jamás se había detenido a observar con detenimiento el mundo cubano; simplemente había disfrutado de lo que la vida le había dado sin ahondar en las razones que lo habían hecho posible hasta que se casó.

Lucía no había sido su primer amor, tampoco el más intenso, pero sin duda había sido una elección acertada. Su esposa lo puso frente al espejo y le señaló dónde estaba. Le explicó por qué un mundo asentado en la esclavitud debía tener, forzosamente, un final.

La esclavitud.

Decían que era el pecado original de la isla, y cuando se ahondaba en la vida de cualquier esclavo se descubría que, con toda seguridad, lo era. La economía de Cuba se había basado desde la colonización en la mano de obra esclava. Se los arrancaba de sus aldeas en la costa africana y se los embarcaba igual que a cualquier otra mercancía para que los blancos cubanos los explotaran en sus fincas. Así que era lógico, como le decía su mujer, que un sistema de tal crueldad tuviera fecha de caducidad. También era lo justo, así que, cuando de noche aún se acercaba a la habitación de Bruno para verlo dormir plácidamente como cuando era niño, inevitablemente se preguntaba qué era lo que el futuro depararía a su único hijo.

Y de pronto, la respuesta a su pregunta había aparecido frente a él. Todo había sido muy rápido, tan extraordinario que su cuerpo se había paralizado y su cerebro simplemente había sido incapaz de procesar lo que sucedía ante sus ojos. Un niño negro tumbado en el camino le había hecho tirar de las riendas con urgencia para frenar en seco al caballo que tiraba de su cabriolé. Era pequeño, no tendría más de ocho años y su piel oscura resaltaba sobre la tierra amarillenta del camino. Les daba la espalda, tumbado desnudo en posición fetal.

Bruno saltó del coche mientras Juan sostenía las riendas. Se acercó al crío y le tocó la espalda levemente, intentando que se girara. Su cuerpo estaba caliente y Bruno notó las rápidas palpitaciones de su corazón infantil. Se inclinó sobre la cabeza para verle la cara y descubrió que tenía un aspecto sano, con sus facciones redonditas enmarcadas por el pelo rizado, denso e impermeable de la mayoría de sus esclavos. En una de sus orejas tenía un aro de madera, algo que le sorprendió, pues los esclavos del valle rara vez llevaban pendientes.

De pronto, el niño abrió los ojos.

Solo fueron unos instantes y no pronunció ni una palabra, no emitió ni un sonido, pero sus pupilas hablaron con elocuencia y Bruno supo que algo iba terriblemente mal. A la vez, sin darle tiempo a reaccionar, un sonido limpio y sutil, parecido al silbido de una serpiente, emanó del cuello de Bruno, antes incluso de que sintiera el frío que de él se apoderaba mientras su carne se abría y su sangre brotaba sin remedio por el corte largo y profundo que alguien, a su espalda, le acaba de atestar. El niño lo miraba desangrarse, serio y con los ojos clavados en los suyos.

Juan, desde el coche, alzando la cabeza por encima del caballo sin conseguir ver bien el suelo frente a ellos, no había descifrado lo que ocurría. Apenas había visto a un esclavo de color salir de entre los arbustos y acercarse a la espalda de su hijo. Había sido muy rápido, y solo cuando el desconocido se había apartado vio a su hijo caer de costado bañado de sangre. No le dio tiempo más que a un breve lamento antes de que el mismo hombre lanzara con destreza el machete hacia él, clavándoselo en el pecho. Supo que allí acababa todo, pero el dolor mayor fue por su hijo. Él había vivido más años, había prosperado, se había casado y había creado una familia: había tenido una vida. Pero su pobre hijo Bruno tan solo había empezado a descubrir todo lo que el mundo podía ofrecer, no había viajado, no había trabajado, no había madurado, no había creado nada. Mientras sus ojos se cerraban lentamente, sintió cómo dos lágrimas silenciosas le recorrían las mejillas. Nada había valido la pena.

A las nueve, cuando se hizo evidente que algo había sucedido, Lucía Gorchs de Serrano empezó a alarmarse. Su marido era puntual como un reloj y hacía ya casi cuatro horas que tendría que haber oído las ruedas de su coche de caballos avanzar sobre el camino de tierra que daba acceso a la casa. Preocupada porque hubieran tenido algún incidente, pidió al mayoral que organizara varias patrullas de búsqueda; también mandó un mensaje a las otras casas del valle para que los plantadores vecinos estuvieran alerta. Ella se quedó en la suya, paseando por el jardín al que dedicaba gran parte del día y hablando a los árboles, con los que siempre se sinceraba más que con las personas.

Dos horas después encontraron los cadáveres de su esposo y su hijo. Manuel Mantecón pidió que los limpiaran y los cubrieran con una sábana antes de presentárselos a su patrona. El mayoral no quería que Lucía recordara a sus familiares en el estado en el que él los había descubierto: tumbados en un lado del camino junto al coche que los había transportado y el caballo, que fiel a sus amos había permanecido a su lado. La hierba sobre la que se recostaban estaba empapada de sangre. Parte provenía de los cortes que tenían en cuello y pecho, pero la mayoría procedía de una incisión mayor por debajo de las costillas. Al verla, supieron que a ambos les habían arrancado el corazón y algunos de los que se encontraban alrededor se santiguaron horrorizados, temerosos de que aquello fuera fruto de algún ritual demoníaco.

Lucía lloró silenciosamente mientras acariciaba la cara de ambos. Luego, con la cabeza baja, se dio la vuelta y todos vieron cómo su figura delgada y huesuda se alejaba por el jardín, desprendida de la energía que la acompañaba siempre, rota de dolor.

II

Los días que sucedieron al asesinato de Juan y Bruno Serrano alternaron la tristeza con la inevitable sucesión de gestiones que requería un suceso de tal calibre. La Guardia Civil pisó el Valle de los Arcángeles por primera vez en años para tomarles declaración. Una mera formalidad, pues ni Lucía ni ninguna de las personas de la hacienda pudo dar pista alguna del móvil del crimen, y todos sabían que, incluso de haberla tenido, habría sido difícil que encontraran a los culpables. Los guardias inspeccionaron los cadáveres, que mantenían rodeados de hielo para que no se descompusieran demasiado rápido en medio de aquel calor y, cuando se fueron, enseguida los domésticos los colocaron en los ataúdes y los llevaron a la iglesia del ingenio, donde fueron velados una noche entre los cantos profundos y tristes de los esclavos africanos y las puntuales llamadas a la oración. Todo el valle pasó a ofrecer sus respetos y los plantadores de las dos haciendas vecinas acompañaron a Lucía gran parte del tiempo.

Pero conforme las horas pasaban nuevas preocupaciones venían a la cabeza de la plantadora. Lucía pensó que era curioso. El asesinato de su familia planteaba unos problemas que causaban en ella una reacción extraña. En lugar de ahogarla, parecían su tabla de salvación, en vez de desanimarla, la animaban a la lucha. Pensar en dificultades que, aunque titánicas, podía resolver, alejaba su mente de las que, encerradas en ataúdes, eran ya insalvables. Se había quedado sola al frente de una explotación enorme, con cientos de personas a su cargo. La zafra de la caña había terminado, pero un ingenio azucarero de las dimensiones de San Gabriel descansaba poco y necesitaba constante supervisión. Incluso Manuel Mantecón, que contaba con su absoluta confianza, necesitaba informar a alguien por encima de él y siempre había decisiones que tomar. Debía aprenderlo todo de aquel negocio si, como era su intención, pretendía mantenerlo a flote y que sobreviviera a aquella tragedia. Que sobreviviera a su generación. Sin darse cuenta, había dejado de llorar, y todos los que le daban el pésame parecían más afectados que ella. Los músculos de su cara se habían tensado de nuevo como los de una planta necesitada de agua después de ser regada. En medio de aquella tristeza, Lucía descubrió su fortaleza, y pese a que sabía que no volvería a ser la misma, que enterraría lo mejor de su vida a la mañana siguiente, se dijo que el homenaje que dedicaría a su marido y a su hijo sería no derrumbarse, no permitir que el asesino que les había quitado la vida también se llevara la suya.

Por la mañana, tras contemplar cómo los ataúdes desaparecían cubiertos por la tierra rica y húmeda de su finca y volver a pie hacia su casa, a varios kilómetros del cementerio de la plantación, su mayoral se acercó discretamente a ella.

—No tiene nada de lo que preocuparse patrona. La zafra ha ido bien y ya ha acabado. Tenemos tiempo para planificar la siguiente. Incluso si no quiere seguir con esto, los Viader y los Abbad estarían deseosos de comprar San Gabriel. Ambos me lo han hecho saber.

Los Viader eran propietarios de San Rafael y los Abbad de San Miguel, las otras dos plantaciones que ocupaban el Valle de los Arcángeles.

—No vendo —dijo ella secamente—, que nadie piense eso ni por un segundo. Soy compradora, no vendedora. Le puede decir a los Abbad y a los Viader que si quieren vender ellos, yo gustosamente les compraré sus plantaciones. No dejaré mi finca en otras manos. Nunca. Ni a mis esclavos. Si ese es un rumor que corre por el patio de la negrada, en el batey o en las casas de los trabajadores, encárguese de dejarlo claro. Me quedaré aquí.

—Entonces deberá... —apuntó Manuel.

—Aprender, lo sé —lo interrumpió Lucía—. Lo haré. Si mi marido pudo, yo podré. El patrón Juan era bueno. Yo no soy tan buena, pero soy lista. Mañana mismo empezaremos.

—Pero usted es...

—No se le ocurra ni por un segundo decir lo que va a decir Mantecón —lo volvió a interrumpir Lucía—. Soy una mujer, pero tengo más fuerza y arrestos que el ochenta por ciento de los hombres de este valle. Puedo con esto y con lo que me venga encima. Y soy su patrona, así que no dude nunca más de mi fuerza porque temerá que se la demuestre.

El mayoral calló avergonzado mientras caminaba dos pasos por detrás, viéndola arrastrar con decisión su vestido negro por la tierra del camino. Al observarla percibió cómo la mujer recuperaba poco a poco su energía y lamentó haber dudado de sus capacidades. Además, Lucía Gorchs tenía una gran ventaja sobre cualquier otro que les hubiera dirigido. Era querida. Por todos, o casi todos. Había prohibido los castigos físicos, alimentaba a sus esclavos mejor que en ningún otro de la isla y su preocupación por ellos parecía genuina y no solo motivada por el beneficio económico que le podían proporcionar. Se había ocupado de crear un hospital bien surtido y trasladar los barracones de las casi setecientas vidas que le pertenecían a un lugar más aireado y salubre, mejorando sustancialmente la existencia de aquellos infortunados que, pese a todo, se sabían privilegiados entre los de su posición. Manuel se giró para observar cómo respetuosamente todos los trabajadores y esclavos de San Gabriel les seguían en silencio.

Recorrieron el camino desde el cementerio hasta la casa inglesa, como llamaban por su aspecto británico a la casa del plantador en San Gabriel. La luz entre los cañaverales aún bajos alternaba con la sombra densa de la selva tropical, repleta de palmeras, lianas y ficus cubiertos de epífitos. A su alrededor, el sonido de catacubas, cateyes y tocororos, aves de una fauna viva y alejada de su luto, que acompañaba a la silenciosa procesión, que se iba reduciendo a medida que cada grupo se desviaba hacia sus viviendas. Cuando llegaron a la casa de la patrona, solo la acompañaban el mayoral y la veintena de esclavos domésticos que atendían la mansión.

Manuel Mantecón se acercó a ella y se quitó el sombrero respetuosamente.

—Siento muchísimo todo esto, patrona. Echaremos de menos al patrón Juan y al señorito Bruno.

Vio cómo los ojos de Lucía se humedecían, pero antes de que derramaran una lágrima la mujer se volvió para que no pudiera verla llorar. Su angulosa espalda se irguió de nuevo orgullosa antes de respirar profundamente para responder.

—Gracias, señor Mantecón. Hay mucho que hacer. Mañana le espero para desayunar a las siete. Planificaremos el día. Ha muerto mi familia, pero no morirá mi plantación.

Luego, sin mirarle, Lucía Gorchs subió los cuatro escalones que la separaban de la puerta de su casa y entró decidida. Tenía algo más que hacer. Se dirigió sin pausa a la biblioteca de la casa, ubicada en una de las esquinas de la planta baja. La sala, revestida de oscura madera de caoba y con vistas a una de las avenidas del jardín principal, estaba repleta de libros de suelo a techo. A su marido los libros le parecían decorativos; a ella le apasionaban. Había leído muchos y releído varias veces los que versaban sobre botánica, su gran pasión. La biblioteca también era el lugar en el que se despachaban los asuntos del ingenio. Un *bureau bombé* frente a la ventana era el centro de operaciones de la casa. Se sentó frente a él, ocupando el lugar que hasta entonces era el de su marido.

Había decidido que continuaría con la explotación, que saldría adelante y le daría un futuro, pero si no actuaba, el futuro sería breve. Tenía cincuenta años. De haber sido más joven, habría buscado marido, o quizás no, pero hubiera tenido la posibilidad de engendrar un nuevo heredero. También podría haber adoptado a alguno de los niños del patio de los negros, uno de los que para sus madres tan solo parecía una carga, pero también descartó aquella posibilidad. Sentía que lo único que podía hacer era buscar un heredero en su familia.

Conocía poco a la de su marido, que jamás había hablado de sus sobrinos o primos. Sabía que su cuñado tenía un hijo, quizás dos. Vivían en Gerona, y que ella recordara nunca les había escrito o mostrado interés. No creía que hubiera rencor entre ellos, pero tampoco el amor que se espera de dos hermanos. Buscó su dirección y le escribió con las malas nuevas, preguntándose por qué el ser humano se sentía más obligado a informar de las malas noticias que de las buenas. Luego se quedó mirando hacia fuera. El día era claro, con un cielo sin nubes, sin filtro para el sol cegador de la Gran Antilla. Los árboles crecían en cada esquina, fuertes, grandes, con formas que en su espontaneidad demostraban la perfección con que la naturaleza los había creado. Al final de la avenida de hierba espesa y fresca que atravesaba el centro del jardín, había colocado, al llegar a Cuba, una santa Eulalia, patrona de su Barcelona natal, a la que a veces añoraba, pero no había deseado volver. Su mirada se perdió en aquel horizonte perfecto hasta que, inesperadamente, un pájaro se posó en el alféizar, cerca de ella. Parecía mirarla. Era una catacuba, un pajarillo de apenas diez centímetros, de color verde intenso y brillante, con plumas amarillas alrededor del pico y pecho gris con matices rojos. Tenían un canto curioso y al volar, sus alas generaban un sonido vibrante muy característico. Volaban muy poco, como los gorriones, posándose cada pocos metros. Lucía solo los había visto en Cuba y le encantaban.

—¿Y qué será de mi pobre ingenio, pajarillo? —le dijo, sin parecerle que hablar a un pájaro tuviese nada de raro—. Dime tú, ¿qué será de San Gabriel?

Descartada la familia de su marido, la respuesta estaba en la suya. Tenía primos en Lérida, pero la solución más lógica era legarlo al hijo de su hermano. El inconveniente estribaba en que era su único hijo y que, probablemente, no quisiera abandonar a sus padres, ni dejar Barcelona, donde vivía. Podía provocar un conflicto con su hermano Rogelio, al que adoraba. Se escribían, mantenían el contacto y se añoraban sinceramente. No quería arrebatarle a su hijo y, sin embargo, era la mejor solución para la hacienda. Si se lo pedía y él se negaba, un muro invisible se interpondría para siempre entre ellos. Ella sentiría que no la había ayudado y Rogelio que ella no había pensado en él.

—¿Quién llevará este ingenio? Dime pajarillo... ¿Dónde encontraré a quien me suceda? —se oyó repetir.

De pronto, el ave levantó el vuelo y, describiendo pequeñas parábolas, avanzó por la avenida del jardín. Lucía salió al exterior y movida por no sabía qué fuerza lo siguió sin pensar. No le hizo falta correr, pues el pajarillo parecía esperarla, posándose cada pocos metros, animándola a seguirlo. Luego, dejó de volar y se quedó quieto, mirándola de nuevo en el lugar que parecía su destino final. Lucía se acercó. Aunque no era supersticiosa, estuvo segura de que la naturaleza, sabia e intuitiva, le indicaba por dónde seguir. Posada a los pies de la estatua de la santa, la catacuba la esperaba. Lucía leyó en voz alta la inscripción que conocía bien. Una inscripción que le confirmaba donde debía buscar a su heredero: «Santa Eulalia, patrona de Barcelona».

Su hermano tendría que aceptar.

2

I

Gabriel llevaba días tosiendo, pero no le preocupaba. Desde su nacimiento, hacía diecisiete años, tenía episodios similares cada cierto tiempo, un par de semanas en las que una tos improductiva e incontrolable se apoderaba de su garganta causándole irritación y molestando a la gente que tenía alrededor, que le recomendaba repetidamente que acudiera al médico. Nunca lo hacía. Aquella ciudad estaba tan atestada de gente, tan sucia y tan vieja que achacaba cada uno de esos episodios al ambiente irrespirable de Barcelona.

Deseaba mudarse al ensanche y le angustiaba ver la rapidez con la que su construcción avanzaba una vez el plan urbanístico de Ildefonso Cerdá había sido impuesto. Parecía que todos los habitantes de Barcelona odiaban tanto el casco viejo como él mismo, pues los que pudieron enseguida comenzaron a construir sus casas fuera de aquel lugar, en el espacio entre las villas de Gracia, Sants, Las Corts, San Andrés, San Martín y lo que había sido Barcelona hasta aquel momento. Pensaba que cuando finalmente se decidieran a mudarse, ya no habría lugar para su familia.

Ellos también se estarían mudando a la zona nueva si sus padres no hubieran tenido un apego irracional al viejo palacio gótico que sus antepasados habían construido y habitado desde hacía más de dos siglos. Grande, oscuro, húmedo y frío, había sido uno de los más admirados del barrio del Borne y aún llamaba la atención de los visitantes en cuanto atravesaban la puerta de entrada y el patio gótico de dos plantas se abría sobre sus cabezas. A Gabriel le gustaba también, cómo no, pero de la misma forma que le gustaban la catedral de Barcelona o la sala del Consejo de Ciento, que también eran bellísimas, pero inhabitables.

Atravesó el patio dejando el rumor cansado de su fuente central a la espalda y subió las escaleras cubiertas por arcos góticos que daban acceso a la planta principal. No pudo evitar toser en cuanto cruzó la puerta.

—De hoy no pasa —oyó Gabriel desde el fondo de la estancia que se abría tras unos cortinajes que la separaban de la entrada.

Su madre estaba sentada de espaldas, en un butacón de terciopelo, en el salón, una habitación enorme de techos altos, que siempre tenía que estar iluminada, pues las pequeñas ventanas la resguardaban de la claridad del día. Se acercó a la mujer y la besó en la mano que ella le tendió. Estaba leyendo y aún esperó unos segundos sentada frente a Gabriel antes de cerrar el libro con decisión y apartar los quevedos de su nariz para mirarle desde aquel mar de cojines viejos y mullidos.

—Ya me has oído. De hoy... no pasa.

Habían tenido la misma conversación muchas veces, pero nunca había dado el fruto que su madre esperaba. Clotilde era enérgica solo a ratos y enseguida olvidaba y dejaba pasar ideas y decisiones que al pronunciar por primera vez habían parecido indiscutibles. Tenía cuarenta y tres años, y pese a que su piel aún era tersa y su físico no daba señales de desgaste, la monotonía de su vida y aquel palacio en el que vivían a oscuras habían ablandado su carácter, que sí había envejecido, adquiriendo una actitud indolente y perezosa al cambio. Era bajita y había engordado un poco, su cuerpo se había redondeado y había abandonado del todo la sensualidad que tenía de joven. Consciente de ello, Clotilde había cambiado su forma de vestir y de peinarse, y aunque siempre iba elegante, jamás volvió a seguir la moda o buscó despertar emoción alguna con su aspecto.

Se pasó la mano por la nuca para ahuecar el moño que recogía con una redecilla y cogió impulso para levantarse. De pie, con un vestido de color burdeos que la tapaba desde el cuello a los pies, quedó a unos centímetros de su hijo.

—Esta tarde vendrá el doctor y te mirará esa tos tan fea. Se acabó. Son demasiados años ya. No sé cómo hemos aguardado tanto.

—Comprendo —respondió Gabriel, sin poder evitar que una pequeña sonrisa se dibujara en su cara.

—No te rías. Esta vez va en serio. No salgas de palacio hasta que el doctor Asenjo te haya visto.

Gabriel torció el gesto. Conocía al doctor Asenjo y sabía de su alarmismo. Parecía que el hombre disfrutaba encontrando males y se decepcionaba cuando todo parecía en perfecto orden y no podía recetar nada. Era todo lo contrario a él, que intentaba siempre ver la luz aunque acechasen negros nubarrones. Asintió a su madre con cara de hastío y se retiró a su habitación para descansar; eran las tres de la tarde y la comida en una taberna de marineros de la Barceloneta a la que le habían arrastrado sus amigos le había provocado sueño.

Se puso un camisón y se acercó al cuarto de baño para lavarse la cara. Tosió un poco antes de mirarse en el espejo. No parecía enfermo; más bien todo lo contrario. Había crecido mucho los dos últimos años, alcanzando ya el metro ochenta, y su piel firme se sonrosaba en las mejillas y le daba un aspecto saludable. Su pelo espeso y moreno crecía en bucles que peinaba hacia atrás para descubrir una frente despejada bajo la cual su mirada de un verde intenso saludaba con bondad. Era fundamentalmente una buena persona que aún no había encontrado su sitio en el mundo, y por alguna razón sentía que no lo iba a encontrar, al menos de momento, en Barcelona.

La ciudad afrontaba una explosión en su desarrollo de la que era imposible escapar. Afectaba a todos los ámbitos, al comercio, a la industria, a la población y, muy visiblemente, al urbanismo. Barcelona había sido considerada «plaza fuerte» desde hacía siglos, lo que había impedido que se desarrollara más allá de las murallas que la rodeaban, ahogándola a medida que se construía más y más en su interior, provocando que las calles fueran más estrechas, la ciudad más oscura y la vida en ella más insalubre. París acogía 350 habitantes por hectárea; Madrid, 380; en Barcelona ya eran 890, amontonados en casas de seis pisos sobre un viario medieval obsoleto. Ni siquiera los cementerios podían construirse fuera de aquellos muros, así que, cuando finalmente se derribaron las murallas y se dio pistoletazo de salida al ensanche de la ciudad, pareció que toda ella finalmente cogía aire y respiraba con naturalidad. Las calles se iban trazando, los edificios rápidamente ocupaban el llano de Barcelona y con ellos la ciudad desplazaba su centro hacia el exterior, admirando a una población hastiada de calles estrechas y edificios viejos de paredes renegridas. La urbe preveía multiplicar la superficie construida por diez.

Pero los Gorchs no parecían tener ninguna intención de abandonar su ancestral hogar. Lo había construido un antepasado de Gabriel hacía siglos y era una la única propiedad de importancia que restaba a su familia. No era de extrañar. Desde que tenía uso de razón, Gabriel no había visto trabajar a nadie de aquella casa, a excepción del servicio, que se reducía poco a poco al no poder contratar gente nueva cuando la que tenían se veía obligada a abandonar el trabajo por edad o moría en alguna de las habitaciones del ático tras años de asistencia leal. Eran austeros, pero no lo suficiente, con unos ingresos reducidos a un par de rentas por los locales de los bajos del palacio y una pequeña finca en el municipio de Molins de Rey. Los ahorros de los Gorchs llevaban décadas menguando y Gabriel sabía que, a diferencia de sus padres, si quería mantener su posición económica, tendría que trabajar duro.

A las cinco y media, tras golpear ligeramente la puerta, Marieta, la octogenaria ama de llaves, asomó la cabeza anunciando la llegada del médico. El recordatorio le provocó un pequeño ataque de tos en el acto. Gabriel maldijo lo inoportuno de aquel arranque e imaginó al doctor Asenjo, aquel personaje estirado y resabido, sonriendo levemente en el vestíbulo que daba acceso a su habitación. Pidió a Marieta que le diera paso y, tras levantarse de la cama, lo saludó ataviado con el mismo camisón con el que había dormido la siesta.

No le caía bien. No se caían bien. Pese a conocerlo desde niño, Gabriel sentía cómo se creaba una tensión extraña siempre que se encontraban. A pesar del paso de los años, la confianza nunca había calado entre ambos y las visitas del doctor siempre eran frías y algo incómodas.

Tras estrecharle la mano, Gabriel le sonrió levemente.

—Mi madre, ya sabe, siempre ha sido un poco sufridora. Comprobará que estoy perfectamente.

—Bueno, eso ya lo veremos —respondió escuetamente el médico—. Siéntese en la cama, por favor.

Se acercó a una cómoda y apoyó en ella el maletín, abriéndolo en seguida para extraer un estetoscopio tubular. Fue hacia el paciente, le colocó un extremo de aquel tubo sobre el corazón y apoyó en una oreja el extremo opuesto. No dijo nada mientras le pedía que respirara profundamente. Gabriel hizo lo propio varias veces, pero enseguida tuvo otro breve ataque de tos, momento en que el doctor Asenjo pareció prestar mayor interés al sonido que le llegaba a través del estetoscopio. Luego le pidió que abriera la boca, que respirara, le dio unos golpecitos en el pecho, en la espalda, le palpó el cuello y volvió a auscultarlo con el estetoscopio.

A los pocos minutos separó el artilugio de su pecho, se irguió levemente y, sin articular palabra, cerró el maletín con el ademán de irse. Era típico de él, Gabriel no se extrañó mientras contemplaba cómo se acercaba a la puerta. El hombre se asomó y Gabriel oyó cómo ordenaba a Marieta:

—Haga llamar a la señora, por favor.

El doctor Asenjo se volvió y se quedó mirándolo, esperando a que el joven le pidiera explicaciones, pero Gabriel no le dio tal satisfacción. Enseguida su madre entró en la habitación.

—¿Qué dolencia tiene mi hijo? —preguntó directamente.

El doctor se quitó las gafas y se frotó los ojos con una mano para dar importancia y gravedad al momento.

—Señora Gorchs, lo que su hijo Gabriel tiene no es cosa de broma, pero gracias a Dios lo hemos detectado a tiempo y creo que podremos librarlo de sus crueles consecuencias. No podemos achacarle ninguna culpa al joven, pues en esta ciudad asfixiante los virus se propagan como el rayo y no todos somos igual de resistentes a ellos.

—¿Y? —replicó Gabriel—. ¿Se puede saber qué es exactamente lo que tengo?

Él sabía que no tenía nada, lo notaba. Se sentía tan sano como siempre a pesar de la tos. El doctor lo miró como se mira a un adolescente que aún tiene mucho que aprender.

—Tiene usted tisis —sentenció el médico.

Luego miró a Clotilde, la señora de la casa, para observar su reacción. La mujer se llevó la mano al pecho y arrastrando los pies bajo su pesado vestido, se acercó a una butaca para sentarse.

—Dios mío... Dios mío... Mi hijo... —susurró; luego un poco más alto, se lamentó—: ¡Mi único hijo!

Enseguida apareció Marieta con unas sales para que inhalara y una taza de té. Conocía bien a su señora, las había preparado en cuanto el médico había reclamado su presencia. El doctor Asenjo retomó la palabra. Gabriel sabía que era el momento en que empezaría a erigirse como salvador de la familia.

—Señora Gorchs, su hijo está en las mejores manos. No dude que bajo mis cuidados saldrá de esta. Ahora mismo le explicaré algunos hábitos que debe seguir a rajatabla. También le recetaré algunos productos y medicamentos. Saldrá de esta, puede estar segura. Si hace el favor de acompañarme, le indicaré el protocolo a seguir.

La ayudó a levantarse y le ofreció el brazo para acompañarla hacia el salón. Gabriel no tuvo ningún miedo. Detestaba a aquel personaje, que le había hablado a su madre como si él no estuviera presente, pero si lo que quiera que el doctor Asenjo le iba a recetar servía para que ella se tranquilizara, estaba dispuesto a tomarlo. Él había aprendido a convivir con aquella tos y se sabía sano, así que por lo demás, su aparente enfermedad le importaba bien poco.

Sin esperar a que su madre regresara con la larga lista de indicaciones, medicamentos y precauciones que el doctor Asenjo le habría prescrito, se vistió y salió a la calle con sigilo. Torció por la calle Montcada y se dirigió hacia el mar, donde paseó por la muralla observando cómo el trajín del puerto de Barcelona apuraba las últimas horas de la tarde. Era octubre y los días se acortaban visiblemente; a aquella hora el sol ya teñía el cielo de vivos colores que se reflejaban en las aguas, repletas de todo tipo de barcos con las velas recogidas, amarrados ordenadamente mientras sus tripulaciones cargaban o descargaban, limpiaban, barnizaban, cosían o simplemente descansaban aprovechando que el mar también lo hacía. Frente a ellas, la ciudad rebosante y abigarrada ofrecía su mejor cara, con el castillo de Montjuich atalayándola al sur y las primeras colinas del Maresme al norte. Le gustaba Barcelona. Le gustaba especialmente la urbe en la que prometía convertirse empujada por la ambición y la fuerza de una burguesía a la que nada parecía capaz de frenar. Le gustaba la gente así y odiaba pensar que él no formaba parte de ella, más bien al contrario.

Gabriel había viajado poco: un par de ocasiones a Gerona, una vez a Lérida y otra al Pirineo. Visitó a unos amigos de sus padres en Perpiñán, pero casi no recordaba la ciudad y Francia le había parecido muy similar a España. También había ido varias veces a Zaragoza, al Pilar. Por lo demás, su vida se circunscribía fundamentalmente a Barcelona, a algún paseo por su provincia y poco más. Culpaba de ello a sus padres, perezosos de todo, ambiciosos de nada, rendidos a la posición en que la vida les había colocado. Su padre era barón de Santa Ponsa y él lo sería algún día, aunque a aquel ritmo no tuviera ningún bien sobre el que gobernar. Era hijo único, aparte de sus padres, no tenía más parientes que una tía casada con un hacendado cubano y un primo. No conocía a ninguno de los tres y no tenía esperanzas de hacerlo, pues vivían en la isla caribeña y no parecían tener ningún interés en volver. La relación entre su tía y su padre se limitaba a cuatro cartas anuales: por los cumpleaños de su madre, de su padre, el suyo propio y por Navidad. Su padre le enviaba también cuatro cartas por los mismos motivos. Pese a que llevaban años sin verse, se tenían un enorme afecto.

Recorrió la muralla de mar hasta la Rambla y ascendió por ella un buen rato hasta la explanada que se abría frente a la Puerta del Ángel, que había sido uno de los accesos más importantes a la ciudad antes de que se derribaran las murallas. El plan de urbanismo de Barcelona había previsto que la cuadrícula del futuro ensanche llenara también aquel espacio, pero lo cierto era que, como en tantas otras ocasiones, la lógica de la población había escapado a las ideas de los pensadores, y las gentes de Barcelona, que ocupaban aquel espacio con multitud de actividades, habían creado espontáneamente una plaza que el tiempo probaría imposible de arrebatar. Puestos de venta de comestibles, tenderetes, barracas de feriantes y cafés, todo en total desorden y acompañado por una bulliciosa multitud. De aquel lugar partían los caminos hacia muchos de los municipios colindantes, por lo que siempre había sido punto natural de reunión. A Gabriel le encantaba pasear por allí, pero más aún asomarse al punto donde la nueva Barcelona empezaba a resplandecer. Atravesó la explanada dejando atrás la hermosa casa Gibert y el café que llamaban «la Pajarera» y se plantó orgulloso frente a la avenida de sus sueños.

El Paseo de Gracia había sido inaugurado años antes. Unía el camino de Jesús, que iba desde la Puerta del Ángel hasta el monasterio del mismo nombre, y el camino de Gracia, que enlazaba desde allí con el pueblo vecino. El monasterio había sido dañado en la guerra de Independencia y en su lugar y a su alrededor crecía entonces la señorial avenida. En ese momento estaban prendiendo las farolas de gas que la iluminaban coloreando mágicamente las fachadas de los edificios señoriales construidos sin descanso en ambas aceras. El pistoletazo definitivo para su urbanización había sido la colocación hacía algunos años de la primera piedra del ensanche por la reina Isabel II, pero incluso antes, la avenida desnuda había sido lugar de ocio y esparcimiento de las clases más acomodadas, que se ponían las mejores galas para pasear, montar a caballo y ser vistos en relucientes carruajes atendidos por cocheros y pajes uniformados que circulaban arriba y abajo por la avenida sin destino determinado. A los lados, previos a los edificios que iban sustituyéndolos, se habían instalado varios parques con atracciones diversas, por lo que la población acostumbraba a acudir a aquel lugar para divertirse y descansar. La anchura del Paseo de Gracia también era mucho mayor que la del resto de calles del Ensanche, ya que se había querido mantener la del camino original, lo que había permitido plantar muchos plátanos de paseo que contribuían a embellecerla.

Gabriel quería vivir allí, pero sabía que era difícil conseguirlo si las cosas seguían igual. Solo la alta burguesía era capaz de acceder a los terrenos de aquel enclave, y los edificios que se construían transmitían en cada uno de sus detalles la opulencia de aquella clase. En realidad, si nada cambiaba, podría considerarse afortunado si conseguía que sus padres acabaran sus días en el palacio que ya habitaban.

Se sentó en un banco, hipnotizado por la vida que pasaba frente a sus ojos, apuntando la mirada a los edificios nuevos e imponentes, con el frío húmedo de Barcelona empezando a calarle los huesos. Permaneció allí, solo y tranquilo, hasta que de uno de los tranvías de caballos que circulaban por la avenida bajó un par de mujeres conversando.

—¡Dios mío, las ocho ya! ¡Llegaremos tarde a cenar!

Pensó que él mismo podía haber pronunciado aquellas palabras. Se levantó, y bajando por la Puerta del Ángel recorrió las laberínticas calles de la Barcelona gótica hasta su hogar. Al entrar en su casa, su madre estaba explicando la fatalidad del día a su padre: que él estaba enfermo, que tenía tisis. Nerviosa y atosigada. Mucha gente moría de tisis, lo sabía, pero él no la había contraído. Era sencillamente absurdo. Por suerte, en seguida comprobó que no era el único que lo pensaba.

Se acercó al salón, donde sus padres discutían de la misma forma que lo hacían prácticamente todo en la vida. Sentados, sin alterarse, y con una taza de té y una copa de jerez en la mano. Su madre seguía preocupada.

—Te lo digo, Rogelio, el joven ha enfermado y no hay nada que puedas decir para quitarme esa idea de la cabeza. No sé por qué te empeñas en hacer valer tu opinión sobre la de un verdadero profesional como el doctor Asenjo.

El padre de familia dio un sorbo a su catavinos y cerró los ojos, como hacía cada vez que algo le molestaba. Tenía cuarenta y seis años, todo el pelo que le faltaba en la cabeza se compensaba con el que se arremolinaba ordenadamente en una barba impoluta y un gran bigote a la prusiana con las puntas enceradas hacia arriba. Su cuerpo era reflejo de una vida dedicada al descanso, a la bebida y a la comida, prematuramente envejecido pero aún en forma, siempre ataviado con trajes de espléndida factura que habían aguantado el envite del tiempo, aunque le apretaban en cada una de las múltiples redondeces que el nulo ejercicio desde la infancia le había producido. Le gustaban los juegos de cartas y tenía algunas amantes a las que atendía cuando no estaba cansado. Leía bastante y pasaba horas estudiando la larga historia de su familia en la importante biblioteca del salón contiguo. Pocas cosas le inmutaban, tampoco aquello.

—El doctor Asenjo es un insensato. Ese hombre solo disfruta recetando pastillas y tratamientos absurdos. Lo sabe toda Barcelona y por eso nadie lo contrata ya.

—Nadie puede pagarle —respondió Clotilde con aire resuelto.

—Querida, si nosotros podemos pagarle, me temo que toda la ciudad puede hacerlo; siento decepcionarte.

No lo hacía. Clotilde sabía de su delicada situación económica pero se resistía a mencionarla. Gabriel se sentó a su lado.

—Madre, en serio, estoy bien. Me siento bien. Toso, eso es todo. No le dé más importancia. Estese tranquila.

El padre intervino.

—Clotilde, vamos a ser sensatos. Si el joven tiene tisis, tú y yo la tenemos también, pues es contagiosa, y en este palacio el aire corre menos que el repartidor de la leche de San Andrés. La tisis provoca tos con algo de sangre ocasional. ¿Sangras? —Miró a su hijo.

—No —respondió Gabriel.

—No sangra —siguió el padre—, y lo más importante: el joven lleva años con episodios de tos ocasionales y siempre ha estado perfectamente bien. Es más, Gabriel representa una franca mejoría en mi estirpe. Es más alto, más fuerte y más guapo que yo, y eso te lo debo a ti, querida.

Clotilde sonrió unos segundos antes de volver a la carga.

—No me vas a despistar, Rogelio. El joven está mal y me voy a ocupar de que no empeore. No se lo llevará Dios por mi descuido si no es el momento aún. Por lo pronto, he pedido que trasladen su cama al piso superior.

—¿Con qué motivo, madre? —replicó Gabriel.

—Es por la altura, querido. La sangre corre mejor a más altura. Me lo dijo el doctor Asenjo. Además, necesitas que el aire circule más y las habitaciones de arriba son mucho más aireadas. Hoy duermes allí. Y quiero que te bañes cada día.

—¿Cada día? —se asombraron los dos hombres.

En aquella casa se bañaban una o dos veces a la semana y era todo un acontecimiento, con el servicio llevando barreños de agua caliente desde la cocina al baño y toda la casa movilizada para facilitar aquel trance.

—Eso he dicho, cada día. Será trabajoso, pero para eso tenemos a los criados.

Rogelio le recordó nuevamente su realidad.

—Si pretendes que Marieta, con ochenta años; Sócrates, con sesenta y cinco, o Rómulo, que la semana pasada cumplió sesenta y tres, acarreen cubos de agua por esta casa cada día, los matarás en un mes. Por favor, vamos a serenarnos. Gabriel se lavará a conciencia cada día y se bañará los miércoles y domingos. Le daremos un jabón excelente y revisaremos que lo use como debe. También se cambiará de habitación. En verano iremos a un balneario de montaña y lo visitará un buen médico, no el lerdo de Asenjo. Es todo lo que tengo que decir.

«Es todo lo que tengo que decir» era la coletilla con la que Rogelio Gorchs daba por finalizadas las conversaciones, así que en cuanto la pronunció, Clotilde se dio por vencida y siguió tejiendo mientras Gabriel se retiraba a su habitación, que ya estaba siendo empaquetada.

Esa misma noche la pasó en su nuevo dormitorio, rodeado de los ruidos y silencios de una planta que llevaba años en desuso y a la que todos intentaban subir lo menos posible, pues su abandono era un recordatorio de la decadencia en la que se hallaban sumidos. Tampoco notó que el aire corriera mejor en aquella habitación, pero convencido como estaba de no estar enfermo, no le importó demasiado. Pasó la mayor parte de la noche pensando en cómo dar un giro a su vida; sin embargo, cuando se despertó la mañana siguiente para volver a la Escuela Pía de San Antonio, seguía sin dar con la solución.

No le gustaba la escuela. No le interesaba. No le parecía que aquella fuera la solución a sus inquietudes existenciales y lamentaba estar incluido en el grupo de privilegiados a los que llamaban alumnos «recomendados».

Los alumnos «recomendados» eran, en la práctica, los alumnos de familias ricas, y aunque aquel era un centro católico y se estudiaba codo con codo con los alumnos «no recomendados» o «vigilados», se había puesto empeño en acusar las diferencias que los separaban. Así, los alumnos «ricos», como les llamaban, llevaban un uniforme diferente, recibían más estudios guiados y más materias que los alumnos «pobres», que se beneficiaban exclusivamente de la educación gratuita. Estos últimos eran más numerosos y miraban al grupo de Gabriel con recelo. Incluso a la hora del recreo, unos jugaban con balón de cuero y otros lo hacían con uno de trapo. Aquello, unido a la vaguedad de lo que aprendía y la nula utilidad que preveía para el futuro, hacía que Gabriel odiara la escuela. Por suerte, tan solo quedaba un año para que la acabara e ingresara en la universidad para formarse como ingeniero industrial. Le ilusionaba inventar algún artilugio por el que ser recordado, algo que revolucionara para siempre la vida tal como la conocía, pero tampoco sabía cómo hacer aquello.

Sin embargo, cuando volvió a casa, su existencia había cambiado por completo.

Encontró a Marieta con semblante triste en el recibidor y el ambiente ya de por sí melancólico del palacio parecía haberse acusado. Se acercó al salón con temor a lo peor, pero enseguida descubrió a sus padres perfectamente sanos, sentados junto al cura de la iglesia del Pino, a la que acudían habitualmente pese a vivir a pocos metros de Santa María del Mar. Cuando su padre lo vio, se levantó apoyándose en el bastón como un anciano pese a no serlo, y se acercó a él.

—Acompáñame, hijo.

Gabriel le siguió hasta su despacho, una estancia revestida de madera oscura, con cortinas de terciopelo rojo y una gran lámpara de latón con pantallas a juego que colgaba de un techo artesonado. Bajo el retrato del primer barón de Santa Ponsa, se sentó su padre, y él ocupó la silla colocada al otro lado del escritorio, que Rogelio rara vez utilizaba. Su padre le tendió un sobre amarillento con remite de Matanzas, Cuba.

—Lee —le dijo sin más explicación.

Gabriel abrió la carta y procedió a cumplir con aquella orden. Reconoció la letra inclinada de su tía Lucía, la hermana de su padre:

Martes 6 de mayo de 1864

Querido hermano:

Es en un momento de gran desesperación y angustia en el que te escribo estas líneas con la esperanza de hallar algo de consuelo cuando ya no sé a quién acudir.

Ayer, tras dos días encerrada en mí misma y rota de dolor, decidí escribirte esta carta.

Mi hijo Bruno y mi marido fueron asesinados la noche del pasado domingo mientras volvían de arreglar unos asuntos del ingenio en La Habana. Les tendieron una emboscada y nuestro mayoral, al prevenirlo yo de que ambos no llegaban a la casa, fue en su busca y los halló tendidos en un borde del camino, a tan solo una decena de kilómetros de la entrada a nuestra propiedad. Te ahorraré los detalles escabrosos, que los hay. Mi tristeza desde entonces es absoluta, pero no ahondaré en este tema pues me conoces bien y no hace falta que describa más cómo me encuentro. La policía ha abierto una investigación, pero los crímenes se suceden cada día y sé que nunca encontrarán al culpable de mi desdicha.

El resultado de esta barbarie es que me encuentro totalmente sola, y aunque creo que soy capaz de gestionar la plantación y tengo un equipo que es leal y competente, lo cierto es que nada me confortaría más que contar con el apoyo de alguien de mi sangre. Esa persona no puede ser otra que la destinada por este cambio de acontecimientos a heredar esta propiedad que con tanto esfuerzo levantó mi marido y su padre antes que él. Esa persona solo puede ser mi sobrino Gabriel, tu hijo. Los tiempos en Cuba son convulsos y, como he comprobado en mis propias carnes recientemente, no exentos de peligro. Sin Gabriel, sangre de mi sangre, no veo futuro en nada de lo que ha ocupado mi vida hasta la fecha. Sería absurdo legar estas tierras a quien no sabe qué hacer con ellas, por lo que te pido que, por favor, me dejes traerlo a mi lado. Amplío mi ofrecimiento a Clotilde y a ti, pues nada me reconfortaría más que teneros conmigo, pero sé que esto es imposible, así que no insistiré.

Por favor, contesta con premura a estas líneas y hazlo de la manera que tu entregada hermana solicita y espera de su única familia.

Con afecto,

Lucía

Gabriel dejó la carta y la apartó instintivamente con la mano, acercándola a su padre que, mirándolo desde el otro lado del escritorio, esperaba la reacción que aquellas líneas le causarían. Pero Gabriel se había quedado sin palabras. Sin emociones. Había leído una carta que, al comprender que estaba destinada a cambiarle la vida, había apartado de sí como algo ajeno. No podía creer que aquello estuviera sucediendo, pero la mirada sostenida de su padre lo devolvió a la cruda realidad.

—¿Y bien? —preguntó su padre cuando los segundos empezaron a eternizarse.

—Necesito pensar —respondió, titubeante, el joven.

—Lamento decirte que no puedes pensarlo mucho.

—¿Qué quiere decir? —Gabriel sabía exactamente qué quería decir su padre.

—Quiero decir que desde la visita del doctor Asenjo tu madre no deja de insistir en los cuidados que debemos proporcionarte, todos absurdos, pues tu tos probablemente te acompañe toda tu larga vida, hagamos lo que hagamos. Pero esto nos da una oportunidad. Escribiré a tu tía Lucía para comunicarle que en un plazo máximo de dos años acudirás a Cuba, así podrás finalizar tus estudios antes de partir. En unos cuantos meses, cuando tu tos persista, le diremos a tu madre que debes hacer un viaje por mar para curarte esa falsa y larga tisis. Le gustará la idea. No le he leído toda la carta, tan solo lo referente a la muerte de su cuñado y sobrino, por no preocuparla con lo que planeamos. Moriría de angustia si se enterara ahora de la propuesta de tu tía. Ya encontraré la manera de decírselo yo, poco a poco, para que vaya entrando en razón y comprenda que donde Dios ha cerrado una puerta, se ha abierto una ventana para ti.

—¿Entonces?

—Hijo, no he hecho las cosas bien, he de reconocerlo. Pensé que podría vivir como mi padre, esperando que las rentas pagaran mis facturas sin necesidad de trabajar, pero no ha sido así. Cada venta de nuestro pasado patrimonio solo ha servido para parchear una situación económica que no tiene visos de mejorar, más bien al contrario. Si te quedas aquí, tendrás que empezar desde abajo y hay gente con más fuerza y preparación que tú. Tu sangre está hecha para mandar, no para ser mandado... Aunque no lo sepas aún.

Rogelio miró a su hijo y sonrió levemente. Aquel inocente estaba a punto de convertirse en un hombre gracias a un juego del destino, tan imprevisto como conveniente. Dejó sus gafas sobre el escritorio y alargó la mano, posándola con firmeza sobre la de su hijo, cuya cara de preocupación mostraba la trascendencia del momento. Solemne, afirmó:

—Irás a Cuba.

II

Pepa acabó de barrer la terraza que daba a la playa sabiendo que a las pocas horas volvería a estar llena de arena. Lo hacía varias veces al día, al principio obligada y más tarde como manera de alejarse de aquel entorno que odiaba. Odiaba el mar, pero especialmente odiaba la arena escurridiza de aquella playa cercana a la Barceloneta, que se colaba por debajo de la puerta, que se pegaba entre los dedos de los pies y que se enredaba en su pelo sin que pudiera hacer nada para evitarlo. Entendía perfectamente que los que habían podido se alejaran de aquella zona horrible, de aquel mar que pasaba de la calma a la furia sin avisar, del calor sofocante al frío húmedo que calaba los huesos. Vivir pegado al Mediterráneo en Barcelona era una maldición, y cuando alguna vez había paseado más allá de la Puerta del Ángel por los nuevos barrios que se alejaban de él, sentía que lo hacía entre personas de otra especie.

No mucha gente era capaz de vivir en un lugar como aquel. Se giró para mirarla desde dentro, formando parte de ella, y deseó que, de una vez por todas, aquel viento que detestaba se la llevase consigo. Odiosa barraca. Parecía una acumulación de basura, un montón de maderos, de trozos de chapa ensamblados sin destreza para crear un espacio que era fallidamente estanco al frío, al agua y a la arena. Ante los cristales sucios de aquella barraca había un porche, una terraza cubierta por otra chapa oxidada y vieja que cada cierto tiempo tenían que recoger de donde el viento la había llevado, y que daba sombra a algunas mesas para los clientes, cuatro en total, a las que se sumaban otras cuatro en el interior. El techo era bajo, lo que contribuía a que siempre que había clientes los olores de sus cuerpos sucios y el humo de sus cigarros viciara el aire. En la parte trasera tenían dos habitaciones, una para sus padres y otra para ella, con un cuarto de baño con letrina que compartían con los clientes.

Su pelo se enredaba y se quemaba con aquel clima, de forma que el castaño claro de sus raíces tornaba en rubio brillante y claro en las puntas. Sus labios carnosos con frecuencia aparecían cortados por el frío y el viento, su piel estaba permanentemente dorada, lo que la alejaba de toda distinción. Era guapa, pero su aspecto descuidado le hacía parecer vulgar. Tenía dieciocho años y estaba ya harta, harta de vivir en una barraca a la que iban marineros a magrearla a cambio de unas monedas, harta de ser mandada por una madre alcohólica que nunca la había querido, harta de huir de un padre que intentaba abusar de ella desde que sus pechos se empezaron a formar. Harta de una vida sin nada positivo, de la que había aprendido a no esperar nada bueno.

Harta, pero no vencida.

Tenía frente a ella, recostado sobre una hamaca colgada entre dos postes, el recordatorio permanente de lo que no quería ser: su madre. Había acabado la hora de la comida y el olor a pescado frito lo impregnaba todo, al tiempo que los últimos comensales acababan sus platos y algunos se servían un vaso de anís en la terraza que miraba a aquel mar frío y áspero. No tenían un restaurante, tan solo una casa de comidas barata a la que acudían los marineros más pobres a saciar su apetito de vez en cuando, a oír los chistes soeces de sus padres, a mirarla a ella con deseo y a meter la mano por debajo de su falda en cuanto se descuidaba. Se había acostado con algunos, no muchos, cuando había sentido que no podía más, que las monedas que la ofrecían eran suficientes y el cuerpo al que se vendía no demasiado desagradable. Lo hacía en momentos como aquel, cuando su madre ya estaba dormida y borracha sobre la hamaca y no era consciente de nada, ni siquiera del tentador camino para escapar de allí que, de vez en cuando, exploraba Pepa. Pero no quería ser prostituta. Lo podría haber sido. Podría haberse ganado bien la vida, pues desde hacía años notaba el efecto que causaba en los hombres. Notaba cómo la miraban. Notaba cómo la deseaban.

Dejó la escoba a un lado y entró de nuevo en la barraca, dirigiéndose directamente al excusado para tratar de domar su pelo, enredado por el viento en una maraña de mechones de diferentes tonos. Dirigió sus ojos grandes y turquesas al espejo apenas unos segundos, apartando la mirada de una realidad que aborrecía, y empezó, como pudo, a cepillarse la densa melena.

Pepa asentaba sus esperanzas de futuro sobre dos cualidades de las que era bien consciente. La primera era su belleza. Una belleza que sabía desaprovechada, oculta bajo la densa capa de aquella vida pobre que no dejaba que la luciera, pero existente. Cuando paseaba por la ciudad, se sabía más guapa que todas las mujeres con las que se cruzaba, y fantaseaba con el efecto que aquellos vestidos, todos sin excepción mejores que los suyos, causarían sobre su cuerpo. Un cuerpo fuerte, resistente y bello. Ninguno de los golpes que la vida le propinaba podía con él y nadie comprendía cómo había salido de la unión de unos padres tan vulgares.

La segunda era su carácter. Ella estaba segura de que era una cualidad, pero no era eso lo que el común de los mortales hubiera definido como tal. Pepa no tenía escrúpulos, y hasta la fecha, tampoco había amado a nadie ni a nada salvo a sí misma. Se había creado una coraza que la aislaba de todo el desastre que la rodeaba, de todo lo malo, pero también de las pocas cosas buenas con las que se había cruzado: no las había visto, no las había sentido. Su vida solo había servido para hacerla más fuerte, para convencerla de su decisión de prosperar y cambiar su existencia de manera radical. Si Pepa había albergado alguna vez algo de bondad, aquel sentimiento había desaparecido hacía un buen tiempo sin que lo echara de menos, segura de que su ausencia le permitiría centrarse en el cambio de vida que ansiaba sin preocuparse por destruir a su paso lo que fuera necesario para conseguirlo. Los curas hubieran dicho que se condenaría, pero ella ya creía haber cumplido toda la pena, haber visitado el infierno, haber vivido en él sin haber hecho nada, de momento, para merecer aquel castigo. Era una mala persona, cada día más, pero no le importaba; más bien al contrario, convencida como estaba de que solo con grandes dosis de maldad podría alejarse del camino que la vida parecía tenerle reservado. Estaba decidida a no esperar más, pero como tantas veces en su vida, el destino iba a decidir antes por ella.

Sentada en un pequeño taburete en el excusado, seguía intentando desenmarañar su pelo cepillándolo como podía boca abajo, mirando hacia el suelo. Los nudos eran difíciles de domar y aunque sabía que, como cuando barría la arena de la terraza, el resultado de aquel esfuerzo sería efímero, no tenía nada mejor que hacer y, como cuando barría, aquella tarea la relajaba y la ayudaba a pensar. Era ordenada pese a que vivía en un entorno imposible de ordenar. No se percató de que alguien más había entrado en el baño hasta que se dirigió a ella con voz ebria.

—Hola, guapa.

Se quitó el pelo de la cara echando la cabeza hacia atrás y se levantó, quedando a pocos centímetros de un hombre que rondaba la treintena. No tenía mal aspecto; de hecho, era algo mejor que el de la mayoría de los que pasaban por aquel lugar. Su barba cuidada y sus manos limpias ya habían llamado la atención de Pepa cuando se había sentado para comer solo en el porche delantero a pesar del clima desapacible.

—¿Necesita algo?

No había ninguna amabilidad en su tono. No le gustaba tener a aquel individuo allí. El hombre la miró y sonrió.

—En realidad, sí necesito algo —dijo, agarrándole un pecho.

Pepa levantó instintivamente la mano para darle una bofetada, pero el hombre le cogió de la muñeca y le retorció el brazo hasta colocarse detrás de ella. Con la otra mano aprovechó para meterle la mano por debajo de la falda.

—Esto es lo que necesito —le dijo, mientras intentaba quitarle la ropa interior.

Pepa sintió que la violaría. Se asustó. No era una mojigata y había vendido su cuerpo en más de una ocasión, pero aquello era diferente. No soportaba que la forzaran, ni para eso, ni para nada, y aquel hombre parecía decidido a doblegarla. Gritó pidiendo ayuda pero nadie respondió y supuso que el local ya se había vaciado por completo. Su padre estaba desaparecido, como de costumbre, y nada podría haber despertado a su madre de su enésima perdida de consciencia alcohólica. No lloraba nunca, pero su alma se revolvía con una angustia y un dolor nunca sentidos, convencida de que aquello la marcaría para siempre.

Así fue, pero no de la forma esperada.

De pronto, desde su espalda, oyó un disparo y enseguida notó cómo el hombre que intentaba forzarla se apoyaba en ella sin voluntad, pesado y patoso. Se movió un poco y su agresor cayó al suelo de lado, ocupándolo casi todo. Pepa se volvió hacia la puerta y vio cómo un hombre con bigote, de unos sesenta años, sostenía tembloroso un revolver de pequeñas dimensiones. Se acercó a ella.

—¿Está usted bien, señorita?

Pepa lo miró a la cara, aliviada y humillada a la vez. Era una situación extraña y sintió que las piernas le flaqueaban. Se apoyó en el marco de la puerta y salió del baño tambaleándose, al borde del desmayo, en dirección al exterior que presidía aquel Mediterráneo enfurecido. El hombre que la había salvado temió que cayera al suelo y enseguida le pasó el brazo por el hombro para ayudarla. Salieron al porche y ella se sentó en el borde de la terraza, con los pies apoyados en la arena sobre la que se levantaba el chiringuito. Allí, la joven se quedó mirando al mar mientras, poco a poco, parecía recomponerse. Su salvador se sentó a su lado y le ofreció un vaso de agua.

—Esto no es vida —fue lo primero que ella dijo.

Durante unos minutos permanecieron en silencio. La cara de Pepa era la viva imagen del odio. Los ojos inyectados, el pelo revuelto por el viento y la cara firme recibiendo ráfagas cargadas de arena, mientras con las manos cogidas entre las piernas, sentía que había llegado al límite y que no podría permanecer ni un minuto más en aquel submundo. A su lado el hombre la miraba con pena, sin atreverse a tocarla para darle consuelo, sin acercarse más de lo necesario a una mujer a la que no conocía.

Ignasi no pertenecía a aquel mundo. De hecho, tan solo había parado en aquella mísera casa de comidas para beber algo de vuelta de una de sus fincas cerca de la desembocadura del Besós y de la villa de Badalona. Siempre iba armado, pero aquella había sido la primera vez que utilizaba el revólver. Demasiado sensible, se había aislado desde niño de la maldad, la había apartado de su vista alejándose de ella, pensando, como un avestruz, que si no la veía quizás no existiera. Por eso, cada vez que aparecía frente a él le afectaba de manera casi irracional. Le exasperaba el maltrato al débil y sus fincas siempre habían sido mucho menos rentables precisamente por esa razón. No le importaba. Mientras a su alrededor todos los terratenientes exprimían los músculos de los aparceros hasta la extenuación, Ignasi Abbad había dedicado su vida a crear en sus propiedades un oasis de justicia social en el que los horarios contemplaban también tiempo para el descanso y la vida en familia de las personas a su cargo. Tenía a muchas. La suya siempre se había dedicado al campo. Su padre, con mucho tino, había comprendido que la empresa no era lo suyo, pero en cambio sí sabía reconocer una buena tierra. Se agachaba, la cogía y la despedazaba entre los dedos. Olía su humedad, sondeaba los alrededores buscando los cauces de agua y, más importante aún, preveía el crecimiento natural de las poblaciones por las que se movía. Así, hacía años, el padre de Ignasi había posado sus ojos sobre el llano de Barcelona y ahora, cuando las murallas se habían derrumbado y el ensanche ya estaba planificado, sus terrenos tenían un valor infinitamente mayor al que había entregado para hacerse con ellos.

Mientras peleaban con el resto de terratenientes para aumentar la edificabilidad que el arquitecto Ildefonso Cerdá había previsto en su plan para la urbanización del ensanche de Barcelona, los Abbad ya habían terminado de construir su magnífica residencia familiar en un extremo del jardín de los Campos Elíseos. Este jardín, paralelo al Paseo de Gracia, era el espacio verde favorito de los barceloneses, pero poco a poco iba cediendo a la presión urbanística y reduciéndose para dar paso a casas como la suya, que se alzaba orgullosa en uno de sus extremos, pionera en una de las zonas destinadas a acoger a la élite más pujante de la ciudad.

Su casa era grande, mucho más de lo que necesitaba. Era viudo y hacía años que su hijo gestionaba la plantación que poseían en Cuba, cerca de Matanzas, así que vivía solo con su hermana, que nunca se había casado y era la mejor y más fiel amiga con la que nunca podría haber soñado. Era especialmente feliz cuando ayudaba a los demás y estaba decidido a hacer algo para mejorar las condiciones de vida de la gente que vivía en la miseria mientras la Barcelona dorada y opulenta cada vez brillaba con mayor intensidad.

Se giró hacia la mujer que acababa de salvar de una agresión salvaje.

—Señorita, este no es lugar para usted —se oyó decir, más con el corazón que con el cerebro.

La joven lo miró. Sus ojos aún destilaban odio y hastío. No había esperanza en aquella mirada enfadada con la vida.

—¿Y a dónde quiere usted que vaya, si puede saberse? —le dijo, casi murmurando.

Ignasi sonrió. Le gustaba dar buenas noticias.

—Me gustaría ofrecerle un trabajo en mi casa, en Barcelona, cerca del Paseo de Gracia. Es una casa grande y bonita, muy confortable, pero siempre escasa de personal para tenerla al día. He visto que sabe cocinar, también que no tiene miedo al trabajo. Creo que estará usted mejor que aquí.

Pepa lo miró de nuevo. Primero escrutándole, viendo la verdad que había en sus ojos, valorando la credibilidad de la primera oportunidad que se le había presentado en la vida. Enseguida, tras observar en las facciones de Ignasi la bondad genuina, aflojó las suyas y sonrió levemente.

—Sáqueme de aquí.

Ignasi sonrió ampliamente. Quizás fuera Dios el que había puesto a aquella mujer en su camino para que la ayudara y empezara con más fuerza a pensar en el prójimo.

Pero no era Dios quien había puesto a Pepa Gómez en su camino. Era el diablo.

III

Rogelio Gorchs siempre había sido observador. El escaso trabajo que había realizado con sus manos en toda su vida se veía compensado con el ingente trabajo que realizaba su mente a diario. Leía con avidez los diarios y no se cansaba de aprender. Lo estudiaba todo con un detenimiento casi obsesivo y, aunque su carácter a veces le impedía preguntar lo necesario, no cejaba hasta encontrar todas las respuestas. No había tenido que tomar grandes decisiones y su existencia se limitaba a la monótona sucesión natural de situaciones poco relevantes, pero cuando aparecía un evento más crucial, lo analizaba sesudamente hasta estar seguro de tomar la decisión correcta. Así, llevaba una semana planificando el viaje de su hijo Gabriel a Cuba.

La emigración a «la perla del Caribe», como nombraban los articulistas más floreados a la isla española, había sido una constante desde mediados de siglo e incluso antes ya era frecuente. Los palacios indianos que se edificaban a lo ancho y largo de España aplastaban con sus hermosas fachadas y sus jardines plantados de especies exóticas las historias mil veces vividas de experiencias menos exitosas. Existía una corriente generalizada en la opinión pública que veía Cuba como una especie de mina de oro, un lugar a donde ir a enriquecerse para volver a los pocos años con una fortuna bajo el brazo. Sucedía a veces, pero nadie parecía querer recordar que por cada terrateniente boyante había miles de jornaleros a los que el sol del Caribe les abrasaba la espalda mientras trabajaban los campos de caña de azúcar, de tabaco o algodón. Ellos formaban parte de una mayoría que, sin posibilidad de regresar, agotaba sueños y esperanzas en la Gran Antilla.

El viaje a la isla española de ultramar se realizaba en barcos de compañías de transporte naval mayoritariamente extranjeras que salían desde los principales puertos del país. Barcelona era uno de ellos, y Rogelio llevaba días viendo cómo hordas de personas embarcaban en las barcazas que los llevaban a aquellos barcos fondeados en el puerto. No tenían buena fama. Le habían parecido grandes, enormes algunos, pero todos eran pequeños para la cantidad de personas que transportaban. Vio a cientos embarcar, y cuando creía que era imposible que cupieran más pasajeros, las barcazas trasladaban a más y más emigrantes. Dio por sentado el hacinamiento que debían de sufrir aquellas gentes. Pero, como siempre hacía, indagó un poco más.

Se acercó a una taberna de marineros situada en una callejuela que partía del Llano del Palacio, presidida por la residencia de Isabel II en sus visitas a Barcelona. Se trataba de un local popular en el que jamás había entrado, pues nunca hasta entonces había visto ningún propósito en ello. Pidió una cerveza y se sentó en uno de los taburetes de la barra para ver cómo la gente de mar entraba y salía, voceaba, bebía y reía sonoramente. Al rato comprendió con disgusto que debía preguntar directamente por la información que necesitaba, pues de no hacerlo esta no iba a llegar a él por más que afinara el oído. Habló con el camarero:

—Buen hombre, busco a alguien que haya viajado a ultramar, a Cuba o a Puerto Rico, ¿sabría decirme?

El hombre sonrió.

—Pues tiene usted todo el local para elegir. Probablemente el de al lado también esté repleto de gente que ha ido a las grandes antillas.

—Ya, comprendo —respondió Rogelio—. Quizás no me haya explicado bien. No me refiero a ningún marinero, sino a alguien que haya viajado de pasajero.

—¡De esos hay muchos! —replicó—. Pero parece que solo nos acordamos de los que viven en los palacios. —Rogelio no podía estar más de acuerdo—. Aquí han vuelto muchos peor de lo que se fueron. Mire aquella, por ejemplo —señaló a una mujer que vendía claveles junto a la puerta, en la calle—. Se fue a Cuba para hacerse princesa y volvió como la ve.

La mujer tenía la cara demacrada, unos ojos saltones enmarcados en un cuerpo anguloso que parecía mantenerse en pie con dificultad.

—¿Esa mujer fue a Cuba?

—O a Puerto Rico, no recuerdo bien. El asunto es que no le rindió el viaje. A los dos años volvió más fea, más vieja e igual de pobre.

Era todo lo que necesitaba oír. Pagó la cerveza, salió a la calle y se detuvo ante la mujer de la que habían hablado hacía un instante. Se dirigió a ella con amabilidad y enseguida la mujer esbozo una sonrisa cansada pero bondadosa.

—Mujer, querría unos claveles.

—Pues ya ve lo preciosos que son estos. De la mejor huerta del Maresme, señor —respondió la vendedora.

—Son realmente preciosos. Me los llevaré todos si me permite tener una pequeña conversación con usted. En aquel banco frente al palacio, si le parece.

La mujer pensó que aquella propuesta era extraña, pero la estampa elegante y anticuada de Rogelio no transmitía desconfianza ni peligro alguno. Además, tenía hambre.

—Lo acompañaré, pero antes págueme, que mis claveles son una mercancía de calidad.

Rogelio le dio el dinero a la mujer y, satisfechos ambos, anduvieron hasta el citado banco. Se sentaron en él rodeados por el trasiego de los carros que circulaban desordenadamente alrededor de la fuente del Ángel para llevar sus mercancías a la lonja, sorteándose unos a otros para no chocar en aquel bullicioso centro comercial de la ciudad.

Rogelio fue al grano.

—Gracias por permitirme hablar con usted. Creo que ha viajado recientemente a ultramar, ¿es así?

La mujer adquirió el rictus severo de quien recuerda algo con desagrado.

—Así es —respondió—, aunque no puedo decirle que sea algo que me guste recordar. De hecho, me gustaría olvidarlo, pero parece imposible.

—Comprendo —dijo Rogelio—. En realidad, podemos obviar la parte de su estancia en la isla. ¿En Cuba o Puerto Rico?

—Cuba, Cuba —dijo la mujer.

—Muy bien. Podemos obviar lo que aconteció allí, máxime si no lo quiere recordar, porque a mí tampoco me interesa esa parte. Es el viaje hasta allí lo que me gustaría que me explicara.

La vendedora suspiró y miró hacia el mar, sin verlo desde ese punto, como si fuera a hablarle.

—Algunos murieron. Eso no es un viaje. Eso es una tortura. Casi treinta días hacinados, y los muy hijos de mala madre no tenían ni siquiera agua para que pudiéramos calmar la sed. Me intentaron robar, pero una mujer a la que no conocía me defendió. Esa noche le clavaron un puñal y a la mañana siguiente la tiraron por la borda a la pobre. Íbamos separados, hombres y mujeres. Igual que separaban las diferentes mercancías, porque nosotros éramos tan solo eso, una mercancía. Cuando embarqué, aquí en Barcelona, hicieron una inspección unos hombres de sanidad, o eso dijeron. En cuanto se fueron subió mucha más gente, por la noche. Varias mujeres intentaron hacer algo, amotinarse decían, no sé... Pero a los diez días estábamos tan débiles que nos podría haber dominado la paloma esa —dijo señalando a una que picoteaba el suelo—; nada, un horror. Pero claro, ya se sabe, los hombres de los barcos querrán ganar su dinero y el billete es barato, así que hacinan a la gente, avariciosos que son. Había algo de comida, una vez al día, y aunque estábamos pegados los unos a los otros pasé frío, porque el agua se colaba por las escotillas, o como se llamen las puertas esas para entrar desde arriba. Cogimos dos tormentas y mucha gente vomitó, pero no se limpió nada luego, así que el resto del viaje el olor fue peor de lo que ya era al principio. —La mujer se quedó mirándolo—. Pero a usted eso no le debería preocupar, ¿no es así? Si usted va a Cuba irá arriba, irá en otras condiciones, que ya se le ve que las puede pagar.

—Pues sí me preocupa, sí... —dijo como si reflexionara en voz alta—. Me ha sido usted de gran ayuda. Muchas gracias.

Se levantó y, absorto en sus pensamientos, regresó a casa contento de haber confirmado lo que se contaba por la ciudad sobre aquellos barcos y decidido a buscar una opción mejor para el viaje a Cuba de su hijo. Por supuesto, en ningún caso, de haber navegado en los mentados barcos, Gabriel habría tenido un pasaje en la bodega como aquella señora, pero incluso pudiendo pagar un buen camarote, viajar en un barco sobrecargado de gentes descontentas, hacinadas y maltratadas le parecía igual que hacerlo con una bomba bajo los pies.

No, buscaría otro modo de viajar.

3

I

La gente usaba el término «palacete» con facilidad, bautizando a cada casa nueva y elegante que se construía en los alrededores del Paseo de Gracia con aquella manida palabra. Algunos tan solo eran edificios señoriales, de los que la familia propietaria ocupaba el piso principal y alquilaba el resto. Otros eran buenas casas, modernas, lujosas, impresionantes en algunos casos, pero no eran ni más ni menos que eso, buenas casas, mansiones en algunos casos, pero no palacetes.

Pepa sabía reconocer un palacete. Vivía en uno.

El palacete Abbad ocupaba el chaflán y un cuarto de cada lado de las calles de aquella manzana del ensanche derecho, y ni siquiera ella, que tras tres meses viviendo entre sus paredes conocía cada recoveco de la construcción, se acostumbraba del todo a su opulencia y lujo. Estaba completamente construido en ladrillo rojizo rematado en las esquinas y en las ventanas con piedra similar al granito. La fachada principal ocupaba uno de los chaflanes de aquel cruce de calles en construcción y estaba presidida por tres grandes ventanales en arco que se abrían a una terraza sostenida por cuatro columnas bajo la que se articulaba la entrada al edificio. Tenía tres pisos y sótano; la familia ocupaba el bajo y el primero, y el servicio, el ático y el sótano. El edificio estaba coronado en cada una de sus esquinas por estatuas de piedra de filósofos clásicos con toga, que revelaban la gran pasión de Ignasi Abbad, su propietario, por la cultura grecorromana. Entre las ventanas se habían colocado faroles de latón que se encendían puntualmente cada noche para que todo el mundo pudiera disfrutar de la belleza de aquel palacete incluso cuando el sol se ponía. Con todo, la elegante fachada no dejaba intuir el lujo del interior.

Los Abbad no habían escatimado recursos para hacer de aquel un lugar digno de admiración incluso para sus invitados más refinados. Los salones se habían llenado de yeserías cubiertas de pan de oro de las que colgaban suntuosas lámparas. El suelo alternaba dibujos en mármol de diferentes colores con mullidas alfombras de la Real Fábrica. La escalera, con barandilla tallada en piedra, ascendía entre frescos con escenas de las diferentes fincas de la familia y de las vidas idealizadas de los campesinos que las trabajaban, que atrapaban la mirada del que pisaba aquellos escalones alfombrados en bermellón.

En su interior, el edificio se abría a un enorme patio de manzana. La porción de la que eran propietarios los Abbad ya estaba completamente plantada de cipreses y plátanos que se ordenaban graciosamente alrededor de un pequeño estanque ovalado.

Pepa nunca había imaginado que la clase alta de la ciudad viviera de aquella manera, pero, lejos de envidiarla, se había marcado como único objetivo llegar a formar parte de ella.

A su llegada al palacete Abbad, el propio Ignasi la había llevado al cuarto de Ginés, el mayordomo, y este le había presentado a Candela, el ama de llaves, que tras hacerle una breve entrevista la destinó a la cocina, a cargo de Santa, una andaluza que le pareció igual de ancha que alta, pero que se desenvolvía con sorprendente agilidad por sus dominios, a saber: la cocina, el *office* y la despensa.

La cocina era una estancia cuadrada de techos abovedados situada en el sótano del edificio. La luz entraba por pequeñas ventanas situadas a la altura de la calle y por otra mayor que daba a un patio interior muy luminoso. El espacio siempre estaba perfectamente ordenado y jamás olía a nada diferente a lo que se estuviera preparando en aquel momento, pues Santa era una obsesiva del orden y la limpieza. Las paredes estaban alicatadas con un azulejo verdoso que brillaba de tal forma que parecía haber sido colocado hacía tan solo unas horas.

Al ser presentadas, Pepa le había querido estrechar la mano, pero ella había negado con la cabeza: «Estoy cocinando guapa;

mientras cocino no toco nada que no se haya lavado», y le había indicado un lugar donde sentarse.

Allí, viendo hipnotizada cómo Santa y una pinche preparaban la comida, esperó pacientemente hasta que una bandeja con frutas y quesos salió del lugar camino del comedor. Cuando la puerta batiente se cerró, su nueva jefa la miró desde el otro extremo de la cocina con los brazos en jarra, se quitó el delantal y se acercó a ella con una silla para sentarse cara a cara. Le tendió la mano.

—Ahora, sí —dijo sonriente con un inequívoco acento andaluz—. Me llamo Santa, pero no hagas mucho caso a mi nombre porque también puedo ser mala si las cosas no salen como yo quiero. Dice la Candela, que el Ginés dice, que el señor dice, que sabes cocinar. Dicen, dicen, dicen. Yo no creo nada de lo que dicen, ni lo bueno ni lo malo hasta que lo compruebo con estos dos. —Se señaló los ojos—. Solo te voy a pedir una cosa: que trabajes, que aprendas y que te fijes en mí.

Pepa sonrió.

—Soy muy trabajadora. No he hecho otra cosa desde que tengo uso de razón.

—Lo dicho: no me creo nada hasta que no lo veo. Pero solo te voy a pedir una cosa: que seas limpia. No aguanto la suciedad, los olores, las cosas que se estancan, que se pudren, que se marchitan. ¡No, no, no! Y solo te voy a pedir una cosa...

Pepa contuvo una sonrisa. Aquella coletilla sonaba absurda mientras pedía una cosa tras otra.

—... que me obedezcas. Tú obedéceme y todo irá bien. Ya sabes la canción: ¡O-be-de-cer, o-be-de-cer, es la mejor manera de venceeer! —De nuevo Pepa tuvo que esforzarse para no reír—. Aquí todo es sencillo si haces caso de lo que yo te diga, pero solo te voy a pedir una cosa: que no hagas inventos. Si algo no lo sabes hacer, me lo preguntas, que nadie salvo nuestro Señor nació sabiéndolo todo. No te dé vergüenza, tú pregunta sin parar. Además, hay un listado que tienes que tener en cuenta siempre. Es ese de allí.

Señaló a una pizarra grande donde había dibujados con tiza diferentes ingredientes. Pepa supuso que, a diferencia de ella, la mayoría de la gente que había pasado por aquella cocina no sabía leer, así que habían decidido realizar una lista con pictogramas.

Había un conejo, unos sesos, un bote con puntitos en su interior, una bandera española, un pescado con unas piedras al lado y, enmarcada en tiza roja con unas aspas cruzándola, una nuez.

—Solo te voy a pedir una cosa, y esto es lo más importante. Todo lo que hay apuntado en esa pizarra no se puede servir en esta casa. Los señores no toman conejo porque la señorita Alicia dice que parecen ratones grandes; tampoco casquería, sea la que sea; no podemos sazonar nada con cayena pues la detestan y, preferentemente, todo debe ser de origen español; no tomamos frutas exóticas ni especias raras, tampoco servimos pescado de roca, que tiene muchas espinas y el señor no las ve y, lo más importante: los señores son alérgicos a las nueces. Mortalmente, dicen, una cosa que ambos heredaron de su madre. Así que eso, más prohibido aún. ¿Te queda claro?

Pepa asintió.

—Extraordinario. Lávate las manos y coge un delantal de ahí —señaló un estante con ropa blanca plegada pulcramente—, vamos a ver qué sabes hacer. Nos llevaremos bien, ya verás. —Y le volvió a dar la mano.

Desde ese día trabajó en la cocina del palacete Abbad, saliendo de ella en ocasiones para ir al mercado. Por la tarde, entre la comida y el té, podía pasear un par de horas, pero en cuanto volvía quedaba de nuevo a las órdenes de Santa y de Socorro, su ayudanta. Del servicio de la casa, el suyo era uno de los escalafones más bajos, pero todo el mundo la trataba con respeto y los hombres con creciente simpatía, ella sabía bien por qué.

Alejada de la vida que la ajaba a diario, su cuerpo, que había parecido condenado a marchitarse, respondió a la nueva situación como un rosal podado al agua y el sol. Había florecido, estaba llena de juventud y gracia, y aunque siempre se había sabido guapa, en aquellos meses se sorprendía de la belleza de sus facciones cada vez que se miraba al espejo. Su pelo, que siempre había creído rizado y desordenado como una esparraguera, era en realidad liso y brillante, de color rubio oscuro. Sus labios y su piel dejaron atrás las grietas y los enrojecimientos por el sol y adoptaron un uniforme color sonrosado y una textura tersa y firme. Sus ojos eran del blanco más blanco y el turquesa más turquesa, y sus ojeras habían desaparecido. Dormía bien, comía mejor, se lavaba frecuentemente y su ropa era sencilla y cómoda.

Pero quería más. Lo quería todo.

Era lunes y Santa se había alarmado al inspeccionar la despensa y descubrir que no había suficiente fruta para el día. Suficiente variedad, por supuesto, pues nunca sabían bien qué tomarían de postre los señores y por ello siempre tenían por lo menos una docena de productos distintos. Pero en los estantes de la fresquera descubrió que no había naranjas, ni fresas, ni los ácidos pomelos que encantaban a los Abbad, así que rápidamente encargó a Pepa que fuera al mercado de San José, que todos conocían como la Boquería, y repusiera todo lo que faltaba. Eran las ocho y media de la mañana.

Salió por la puerta de servicio, una pequeña abertura lateral que daba a la calle del Consejo de Ciento y que parecía ideada para pasar desapercibida. Los cestos y el uniforme delataban su condición, lo que era motivo de orgullo para ella. Servía en una de las mejores casas de la ciudad y ocupaba un puesto por el que otras hubieran matado. Era mucho. Bueno, era bastante. Lo cierto es que para Pepa era suficiente, al menos por el momento. Enfiló la calle en dirección a la Rambla, la arteria principal de la ciudad antigua, muy concurrida en aquellos días, silbando contenta. Enseguida una voz la llamó a su espalda.

—¡Pepa!

Se giró sabiendo perfectamente quién reclamaba su atención.

—Señor Abbad. Buenos días.

Su jefe. El que la había sacado del tugurio donde había vivido hasta hacía bien poco. El que disparó al hombre que había intentado violarla. No había sabido nada más de aquel suceso, al menos ella, y tampoco habían vuelto a hablar del asunto. Pepa suponía que el intento de violación había sido tan traumático para ella como asesinar a su agresor para su jefe. En cualquier caso, no tenía ningún interés en recordar nada de lo que había vivido hasta llegar al palacete Abbad.

El hombre se le acercó vestido para pasear, bastón en mano, ataviado con un traje con chaleco de espiga gris marengo y bombín. Su bigote encerado con las puntas hacia arriba le daba un porte distinguido. No era atractivo, Pepa suponía que nunca lo había sido, pero era muy elegante, y tan solo observar su lento caminar, erguido y con la mirada siempre hacia arriba, era suficiente para reparar en su origen privilegiado.

—¿Hacia dónde va?

Pepa levantó ligeramente los cestos para mostrárselos.

—Voy al mercado. Estamos escasos de fruta. Los señores la devoran —se permitió decir con confianza.

—Eso es verdad, parecemos monos —dijo él siguiendo la broma—. Yo voy hacia la Banca Arnús, en el Pasaje del Reloj. Iré con usted un rato.

Pepa sonrió e Ignasi Abbad se situó en el lado de la calzada para acompañarla. La genética y la vida habían hecho a Pepa desconfiada y egoísta, no confraternizaba con nadie y, en general, evitaba la cercanía y la amistad, pero apreciaba a aquel hombre. Lo miró mientras hablaba, sin escucharlo. Podría aprender a convivir con alguien así. Era buena persona, infinitamente mejor que ella, que no lo era. Y había algo más. Era viudo y rico. Ya había vendido su cuerpo alguna vez a gente mucho más desagradable que él. Hubiese sido fantástico seducirle, casarse y esperar unos años a que muriera. Más de cuatro décadas los separaban en edad y provenían de mundos distintos, pero con sesenta y un años, sin hijos cerca y la cuenta del banco a rebosar de billetes, las convenciones sociales se veían de otra manera.

Así que decidió intentar algo. Tropezó intencionadamente, cayó de rodillas en la acera y soltó los cestos. Enseguida, Ignasi, horrorizado, se agachó para ayudarla a levantarse y una vez la tuvo en pie, agarró los cestos para entregárselos.

—Dios mío, ¿se encuentra usted bien?

Pepa se limpió la falda con las manos e hizo ademán de cojear. Inmediatamente Ignasi Abbad le ofreció el brazo para acompañarla a un banco situado a pocos metros. Se sentaron cerca el uno del otro, casi tocándose, antes de que la joven se aproximara a él un poco más, rozando su cuerpo con el suyo.

—¿Se encuentra usted bien? —repitió Ignasi.

Pepa cerró los ojos simulando un pequeño mareo antes de contestar.

—Sí, sí, no ha sido nada, qué patosa soy... —respondió ella posando una mano sobre el brazo de su señor.

—Eso sí ha sido un tropezón fenomenal, muchacha. Parece que está la acera mal adoquinada. ¿Está segura de que podrá llegar al mercado?

No le dolía nada, y podría haber andado muchos kilómetros de haber querido.

—Estoy bien, en serio. Tan solo necesito unos minutos para recomponerme. Gracias, señor.

Fueron casi cuarenta y cinco minutos los que pasaron sentados uno junto al otro en un banco de la calle del Consejo de Ciento; cuarenta y cinco minutos en los que Pepa desplegó todas y cada una de sus sutiles armas de seducción: parpadeó, sonrió, se acarició el pelo y rozó levemente la mano de Ignasi mientras lo escuchaba con fingida atención. Luego, retomado el paseo hasta el mercado de San José, comprobó cómo todo esto surtía efecto y su señor, su jefe, había cambiado ya sutilmente su forma de mirarla. La dejó en la puerta de la Boquería y se despidió con una cálida sonrisa, descubriéndose como hacían los caballeros con las damas, algo totalmente fuera de lugar en función de la relación que mantenían. Mientras lo hacía, él mismo pareció intentar reprimir unos segundos el impulso, rindiéndose finalmente a la fuerza de la acción que ya estaba realizando.

Eso tenía que hacer. Rendirse. Rendirse a ella.

II

No, no se había casado. Y qué más daba, pensaba a menudo. Cuando Alicia Abbad reflexionaba sobre su vida la comparaba con la de sus amigas y comprobaba cuánto más feliz era ella. Tenía cincuenta y nueve años y se encontraba bien, sana y fuerte. El tiempo había igualado su belleza, o mejor, su falta de ella, a la de sus amigas más atractivas, de modo que incluso ese aspecto de la madurez tenía para ella un poso de satisfacción y justicia divina. Todo le iba bien, pensó mientras se arreglaba el moño frente al espejo. Se inspeccionó la frente buscando arrugas sin hallarlas y centró su atención en las comisuras de sus ojos y sus labios, donde tampoco encontró nada que distrajese la atención de su cara redonda y bondadosa, sus ojos marrones y su boca pequeña, que aún mantenía todos los dientes intactos levemente amarilleados por el té, que adoraba.

Se había puesto uno de sus trajes preferidos pese a que no tenía ninguna intención de salir a la calle. Se lo había diseñado la famosa Carmen Ruíz-Alá, y conseguía todo lo que ella pedía a un traje, que no era poco. Debía disimular la redondez de sus curvas en algunas partes y a la vez mostrarlas y sostenerlas en otras, esencialmente en el pecho, que era uno de los pocos atractivos de su figura demasiado oronda. Se lo habían cosido en un elegante terciopelo azul oscuro que se cerraba en el cuello con un bordado presidido por un camafeo de flores. Era pesado y su amplia falda se arrastraba por los suelos de mármol del palacete al recorrerlos, haciéndola sentir a su paso por tan distinguido entorno como la infanta Isabel, aunque «ella es un poco más gruesa», se dijo.

Dios le había enviado algunos muchachos cuando estaba en edad casadera, todos invariablemente atraídos por su fortuna. Ninguno supo ver en ella nada más que uno de los mejores partidos de la ciudad, su interés era tan evidente que los había rechazado uno a uno sin pensarlo, convencida de que una convivencia que juraba ser hasta la muerte no podía sostenerse en asuntos tan banales. «Ellos se lo pierden», pensó entonces. Pocas eran tan ricas como ella, pero ninguna tan divertida. Cuando Alicia abandonaba su timidez inicial, cuando se abría del todo a alguien, los momentos más agradables se sucedían en el tiempo sin que uno se diera cuenta. Sabía escuchar, todo le interesaba, y aunque leía ávidamente y conocía mejor que muchos de sus interlocutores los temas que trataban, nunca parecía pedante o resabida y dejaba espacio en la conversación a todo el mundo. Disfrutaba y reía incontenìblemente con chistes y bromas, y no perdía detalle si la conversación era seria y trascendental. Bebía como un hombre, pero nunca perdía los papeles.

Como consecuencia, estaba invitada a absolutamente todos los eventos de la burguesía y la aristocracia barcelonesas, que ansiaba una presencia que ella administraba con cuentagotas, dejándose querer. Lo cierto era que la compañía que a Alicia más le divertía era la que tenía en su propia casa: la de su hermano.

Agradecía a diario al buen Dios la fortuna de tener un hermano así. Ignasi y el hijo de este, su sobrino, eran las dos personas más importantes de su vida, pero era con su hermano con el que tenía una afinidad especial. Solos en aquel palacete enorme que ninguno de los dos tenía claro por qué habían construido con semejante tamaño, a ambos les sobraba cualquier otra compañía. Se sentaban a la mesa y podían estar horas hablando. A veces se entretenían tanto en una conversación que, absortos de todo lo demás, olvidaban la comida que tenían en el plato y el servicio debía volver a la cocina para que comieran caliente. Cuando acababan de cenar, aún con infinitas cosas que contarse, se sentaban en la sala de fumadores, cada uno con un puro —algo que Alicia solo podía hacer en casa—, y fumaban y probaban los licores de todas las partes del mundo que Ignasi coleccionaba, riendo a carcajadas hasta que alguno de los dos se percataba de que el reloj ya había tocado las dos o las tres de la madrugada y debían irse a dormir.

Siempre habían vivido juntos, incluso cuando Ignasi estaba casado. En aquella época, Alicia se apartó discretamente para dejar a la pareja disfrutar de su intimidad y de su bebé, y había cedido la posición de señora de la casa a su cuñada Jacinta, una belleza buena y débil que siempre la trató como a una hermana y jamás la hizo sentirse sola o desplazada. Aquel espejismo de perfección había durado pocos años, dieciocho en total, hasta que Jacinta murió de tisis sin que nadie pudiera hacer nada para salvarla. Poco después, su sobrino Miguel había partido a Cuba para hacerse cargo de la plantación familiar, legado de la familia de su madre, y los dejó solos y a ella a cargo del palacete Abbad, tan grande, tan vacío y pese a todo, pasado un tiempo, tan alegre y feliz.

Estaban cenando en el comedor principal, que usaban a diario pese a que estaba pensado para veinticuatro comensales y su presencia en aquella mesa enorme resultaba cómica. Ignasi se sentaba a la cabecera y Alicia a su derecha. Como siempre, la conversación parecía inacabable; inconscientemente, se sincronizaban para llevarse la comida a la boca por turnos, de forma que mientras uno hablaba, el otro masticaba. Ignasi le explicaba su día pormenorizadamente, con detalles que hubieran importado bien poco a cualquiera salvo a su hermana.

—Estuve en el banco esta mañana. Todo bien. Mucha gente, y el Pasaje del Reloj atestado, lo que resulta muy incómodo si tienes que llevar dinero, que no era mi caso. Lo cierto es que no ha sido hasta que nos hemos acostumbrado a la vida en la zona nueva cuando uno se da cuenta de lo atosigante que es la ciudad vieja, el Gótico, tan oscuro y estrecho. No me extraña que la gente enferme. Tendríamos que haber venido a vivir aquí antes, quién sabe si Jacinta estaría viva ahora.

—No debes pensar eso —dijo Alicia después de tragar un bocado—. Jacinta no está con nosotros y es una pena, pero ese fue el designio que nos envió el Cielo. La vida, mal que bien, sigue, y de nada te servirá posar la vista en lo que podría haber sido. —Se detuvo para llevarse la cuchara a la boca—. Yo estuve paseando buena parte de la mañana. Llegué casi hasta Gracia y tomé un té en una cafetería estupenda... No recuerdo el nombre, te llevaré algún día. Debes pasear más conmigo. Los hombres solo os detenéis en los cafés de siempre para tomar lo mismo de siempre. Con una mujer —conmigo— descubrirías locales nuevos. Y de paso me puedes comprar algo. ¿Te gusta el vestido nuevo?

Ignasi reparó en el traje de su hermana antes de beber un poco de vino y posar su copa sobre el mantel bordado con pequeños escudos.

—Te lo iba a decir. Estás imponente, hermana. Magnífica. ¡Creo que mañana mismo te ofreceré a uno de los Güell! ¡O a un Sentmenat! Tienen una finca magnífica a la que le tengo echado el ojo... ¡No, no! ¡Mejor aún! Te casarás con un Desvalls y te encerrará en el laberinto de su jardín cada vez que le cuentes un chiste de los tuyos. —Ambos rieron—. En realidad... has de saber que hoy mismo he paseado con una belleza. Tendrías que haber visto los ojos envidiosos que se han cruzado en mi camino. No recordaba lo que era pasear con una mujer guapa y joven al lado. —Suspiró pensativo y volvió a su cena.

Alicia lo miró callada y sonrió antes de darle un golpe en el brazo, reclamando más explicaciones. Su hermano rio sonoramente.

—¡Siempre has sido una curiosa, hermana! No es nada demasiado interesante. Siento decepcionarte. Me encontré con Pepa, la pinche de cocina, en la calle. Íbamos en la misma dirección, así que anduvimos un rato juntos. La dejé en la entrada del mercado de San José. Yo seguí hacia la Banca Arnús. Pero reconocerás que la muchacha es de lo más bello que se ha visto pasear por esta zona y, mejorando lo presente y a mi añorada Jacinta, también lo más bello que se mueve por esta casa.

—Eres muy galante —le agradeció Alicia—, pero no hace falta que me iguales en belleza a tu difunta esposa ni a Pepa, dos portentos, nos pongamos como nos pongamos. También eres muy pillo: ¡anda que hubieras acompañado en el paseo a Alfonsa o a Petra...!

Mantenían aquella conversación ante dos camareros con librea que aguardaban de pie junto a la pared, a la espalda de los hermanos. Uno para cada uno. La confianza y la discreción del servicio se suponían, pero siempre evitaban hablar del personal de la casa delante de ellos, sabedores de que podían poner en una situación comprometida a sus empleados. Se miraron y, con un leve movimiento de cejas, se emplazaron para seguir el tema una vez se hubiesen retirado a fumar.

Una hora más tarde, sentados entre mullidos sofás de chenilla color verde oscuro y al calor del alegre crepitar de la chimenea, los hermanos encendían sendos habanos y retomaban la conversación.

—Así que acompañaste a Pepa.

Ignasi dio una calada a su puro y lo miró unos segundos, evaluándolo antes de contestar.

—Así es. Es una muchacha encantadora, esa es la verdad. Hice bien en contratarla. Creo que está contenta en la casa y que el resto del servicio también está satisfecho con ella.

—¿Eso te dijo ella?

—Sí, bueno, ya sabes, esas cosas se notan. Cuando uno es feliz, se percibe en la cara, en la mirada.

Alicia sonrió.

—A esa niña no le hace falta estar a gusto para mostrarse espléndida. No hay una cara más bonita en Barcelona. No que yo haya visto. Tenemos suerte las demás de nuestros vestidos, de todos los abalorios y trucos para disimular nuestras imperfecciones. Si no fuera por ellos, la diferencia entre las guapas de verdad y nosotras sería dramática... En realidad, ya lo es, para qué vamos a engañarnos. De no ser por su proveniencia, esa Pepa podría acceder al hombre que quisiera.

—No sé si es eso lo que quiere. Parece perfectamente feliz con su soltería —replicó Ignasi sin estar muy seguro de lo que decía.

—Hermano, no seas ciego. Esa muchacha es joven aún. Muy pocas personas renuncian a aquello que tienen al alcance de la mano. Menos aún las mujeres del origen de Pepa. Es raro renunciar a algo cuando tan poco te ha sido dado. Tú ándate con ojo, que ya no estás para estos trotes.

A Ignasi le hizo gracia la insinuación. Llevaba años sin despertar interés real en el sexo opuesto y la mera idea de que su hermana viera alguna posibilidad de que tuviera algún tipo de relación con una mujer mucho menor que él, una mujer por la que pelearían todos los jóvenes de la ciudad, acarició su autoestima. Rio sonoramente, pretendiendo que aquella locura no había pasado fugazmente por su cabeza.

—Sí, tú ríe. Pero aquí está tu hermana para salvarte de arpías guapas que solo quieren de ti una cosa —sentenció Alicia antes de dar una profunda calada a su habano y soltar el aire mirando al techo de aquel salón, decorado con hojas de palmera de escayola que servían de marco a un fresco de nubes blancas.

Dos pisos más abajo llevaban casi una hora limpiando la cocina. Lo hacían prácticamente inundándola de agua jabonosa que lanzaban sin piedad con cubos sobre los mármoles y el suelo, y después frotaban todo con cepillos duros como uñas hasta que no quedaba ni una esquina sobre la que no se pudiera comer. Pepa seguía rumiando como acercarse a su señor, como dar el salto de la cocina a los salones, y le parecía que nadie podía tenerlo más fácil. Llevaba todo el día pensando en ello y cuanto más lo hacía, más se convencía de que lo tenía todo para conseguirlo. Seduciría a Ignasi Abbad, lo atraería hacia sí y lo dominaría hasta hacerse con un sitio en la sociedad de la mano de su fortuna. Le pediría que no hablara a nadie de su pasado y él aceptaría, deseoso de poder llevarla del brazo con orgullo y sin sentirse culpable. Tendría que cambiar de nombre y alejar a todo el que la conocía, pues iba a pretender ser una gran dama, una gran señora venida de un lugar indeterminado y lejano, de un importante y desconocido linaje. Quizás se hiciera llamar Isabel, que era un nombre de reina. Isabel Palau, como «palacio» en catalán. Sonaba magnífico, aunque no tan bien como Isabel Abbad, o mejor aún, de Abbad. Pero tenía que indagar más. Tenía que ver por dónde atacar, cuál era el flanco más débil de aquella gacela coja que una leona como ella pretendía cazar.

De rodillas, frotando el suelo con un cepillo mientras Santa y Socorro limpiaban las ollas y los fuegos, preguntó con aparente desinterés.

—¿Y que tal era la señora?

—¿La señora? —respondió Santa.

—Sí, la fallecida. ¿Qué tal era? ¿La conocieron?

Santa dejó la olla en la pila y miró a Pepa.

—La señora Jacinta era la mejor señora que nadie pueda tener. Una dama con mayúsculas. No habrá otra como ella. Tan elegante, tan guapa y tan buena.

Pepa pensó que ella también era guapa y podía llegar a ser elegante.

—Tuvo que ser una tragedia su fallecimiento.

—Lo fue —replicó Socorro—, unos días terribles y un final peor... El señor lo pasó fatal. Todos lo hicimos.

Se hizo el silencio. Pepa pensó que aquellas personas realmente querían a su anterior señora. Con ella sería todo bien distinto, pero ellos no lo verían, pues si todo salía como quería, aquella gente que conocía su origen tendría que ser despedida en el acto.

—El señor debería haber buscado otra mujer. ¿No tuvo oportunidad? —continuó indagando.

—Estás tú muy curiosa con la vida de los señores, Pepa —replicó Santa—. Pero no, no creo que eso sea posible. O no lo fue en aquel momento. A los pocos meses empezaron a revolotear alrededor de esta casa algunas señoritas. Todas en busca de lo mismo, que no tengo yo muy claro si la fortuna de los señores es una bendición o una maldición. En otro momento, el señor podría haberlo intentado, pero ya tiene un heredero, el recuerdo de la señora Jacinta aún estaba muy vivo, y compañía nunca le faltará. Al señor, con su hermana, la señorita Alicia, le sobra. Son tan para cual. Y la señorita se ocupa de defenderlo de arpías interesadas. Gracias a ella tendrá una vejez alegre y tranquila, que es lo que queremos todos, ¿no es así? Mientras esté la señorita Alicia, don Ignasi no hará tonterías de faldas. ¡Si es que ya no tiene edad!

—Claro, claro. Es muy mayor para pensar en esas cosas —apuntó Pepa. «Es mejor que otros las piensen por él», decidió.

Por la noche, sola en su habitación del ático del palacete Abbad, Pepa seguía dando vueltas a su plan. Era factible, solo tenía que eliminar como fuera un escollo: la señorita Alicia. Esa mujer lo dificultaba todo negándose a soltar a un hombre al que tampoco podía poseer. Fantaseó con una vida de poder y caprichos. Con la nueva Isabel Palau. Qué gran dama sería aquella mujer. Haría derruir la chabola donde había trabajado la desaparecida Pepa Gómez y mandaría a sus detestados padres lejos para que no quedara rastro de su origen. Acudiría a las mejores modistas y miraría con displicencia a todas las estiradas señoras de Barcelona, aquellas para las que la gente como ella era sencillamente invisible, indigna de un pensamiento o mención. Isabel Palau sería la más rica y la más elegante. También la más guapa: eso era lo más fácil.

Aquella solterona gorda era la muralla que debía franquear. O mejor, derrumbar, si quería cumplir con sus planes. Fantaseó de nuevo. Podría haber ido en aquel mismo momento, coger un cuchillo y cortarle el cuello a la señorita Alicia como había hecho con muchas aves en la cocina, entrar mientras dormía en su lujosa habitación de la primera planta y matarla, pero era demasiado impulsivo, demasiado sucio. Debía ser más sutil. Más paciente. Planificarlo todo al detalle era crucial y solo tenía una oportunidad. Mientras tanto, se dijo que debía prestar mayor atención a las formas de los señores, debía impregnarse de aquellos gestos, modales y gustos que sospechaba habían adquirido sin esfuerzo, casi desde su nacimiento, pero que ella tendría que aprender. Cada desliz, cada sutil fallo la delataría. Si quería ser una gran señora, debía parecerlo, así que se esforzaría en mantener los ojos bien abiertos a aquel aprendizaje fundamental.

Durante días estuvo pensando qué hacer, cruzándose por los pasillos con la gente amable con la que convivía, devolviendo sus sonrisas cínicamente mientras tramaba su plan: cómo deshacerse de la señorita Alicia y empezar una nueva época en la que ella, Isabel Palau, gobernaría como una reina aquel palacete fastuoso. A la semana, mientras lavaba distraída unas ollas en la cocina, la solución a sus problemas apareció ante sus ojos, clavada en la pared, en dibujos blancos de tiza.

Solo tenía que hacer lo contrario de lo que indicaban.

Era miércoles y volvía sola al mercado, como hacía desde casi un mes, ganada por fin la total confianza de Santa. Le gustaba el género que Pepa traía, cosa que no era de extrañar, pues la joven luchaba por llevarse lo mejor de cada puesto y todos los tenderos, entre abrumados y divertidos por su presencia, le reservaban siempre las frutas más jugosas, las piezas de carne de mayor calidad y el pescado más fresco y sabroso. No utilizaba su cuerpo espléndido para convencerles, no les seducía con su juventud, lo hacía con su carácter, con su firmeza y su genio, que dejaba escapar en cuanto creía que alguien pretendía llenar su cesta con algo que no fuera digno de la cocina del palacete Abbad. Pero aquel día, tras arrebatar una lubina que el pescadero había reservado para el palacio Moixó y comprar lechuga verde y crujiente, se encaminó a uno de los puestos del fondo del mercado de la Boquería. Rara vez visitaba aquella zona, más oscura y menos bulliciosa que la que daba a la Rambla, en la que se alineaba el género de menor necesidad. Lo cierto era que podría haber comprado aquel producto en uno de los puestos que habitualmente visitaba, pero Pepa no quería ser vista comprando aquello. Localizó su objetivo y en una rápida transacción, mucho más discreta que las que realizaba habitualmente, se hizo con el género y lo guardó en un bolsillo. Completada la primera parte del plan, volvió a paso ligero al palacete Abbad.

Cuando llegó, una calesa azul oscuro tirada por cuatro caballos esperaba a la puerta del edificio. Los Abbad tenían varios coches y aquel era el que se reservaba para los acontecimientos más relevantes. Se trataba de una calesa enganchada a la Daumont, es decir, con los postillones encargados de dirigirla subidos directamente sobre dos de los caballos y sin cochero en el pescante del vehículo. La capota estaba abatida de forma que se podía ver el interior, tapizado en beis con capitoné. A cada lado, dos lacayos con sombrero de copa, chaquetas de terciopelo verde y relucientes botas negras hasta la rodilla esperaban pacientemente a los señores.

Se quedó embobada mirando la escena, una postal de la Barcelona más opulenta y próspera, con el imponente palacete como telón de fondo de aquel vehículo distinguido, con sus cortinas pesadas que dejaban entrever las arañas de cristal encendidas, los marcos dorados, todas las cosas bonitas que el dinero podía comprar. Por un momento, la imagen se volvió tan nítida que creyó verse a sí misma sentada en aquella calesa, bueno, a Isabel Palau, rectificó mentalmente.

De pronto pareció que el conjunto de caballos, lacayos y postillones se tensaba y riendo, como hacían siempre que estaban juntos, Alicia e Ignasi Abbad asomaron a la puerta y se dirigieron enseguida al coche, ambos vestidos elegantemente para alguna de las innumerables comidas a las que asistían. Un lacayo ayudó a la señorita mientras Ignasi daba la vuelta al vehículo para subir por la otra puerta. Al girar, sus ojos se encontraron con los de Pepa, que, inmóvil, lo observaba a pocos metros al otro lado de la calle, con la cesta en la que llevaba la vida de la cocina y el uniforme que escondía la muerte de su señora. Ignasi se la quedó mirando unos segundos antes de devolverle la sonrisa y tocarse el sombrero.

—Sube, anda —le indicó su hermana al ver el gesto.

No se saludaba al servicio de aquella manera. Miró a la muchacha y con un asentimiento la saludó también, sonriendo forzadamente.

Los lacayos ocuparon sus asientos en la parte trasera del carruaje y lentamente primero, y cogiendo algo más de velocidad al enfilar la calle, todos abandonaron la escena.

Pepa quedó aún más convencida de que solo la señorita Alicia se interponía en su camino.

III

Los hermanos Abbad ascendían el Paseo de Gracia con el sol calentándoles las caras, rebasando a otros coches de menor categoría y saludando de vez en cuando a algunos miembros de la burguesía que también habían salido a pasear. Lo hacían en silencio, mientras Ignasi cerraba los ojos a la claridad, sonriente y relajado, como la mayoría de los días. Pero su hermana Alicia, que conocía su inocencia y su carácter desde niños, estaba preocupada.

Llevaba semanas viendo cómo Ignasi y Pepa intercambiaban miradas, y cómo la muchacha, que no debería haber abandonado su puesto en la cocina ni haberse cruzado con ellos, lo hacía con frecuencia y con las excusas más burdas, pese a que el servicio tenía sus propios pasillos, escaleras y puertas, pensados para que fueran vistos lo mínimo posible. Había pedido a Ginés, el mayordomo, y a Candela, el ama de llaves, que controlaran que cada miembro del personal de la casa se quedara en su zona, pero aun así, la chica parecía tener un ojo en la agenda de su hermano y cada vez que se despistaba, los encontraba saludándose.

Podría haber dicho que conocía a las chicas como Pepa, pero no era así, lo que le causaba más inquietud. No sabía de dónde venía, no sabía cuál era su motivación real y tampoco sus aspiraciones, pero estaba segura de que las tenía. Eso sí se podía ver en su mirada, tan diferente a la del resto del servicio. Sus leales camareros, cocineros, lacayos... Todos tenían una mirada resignada y bondadosa, una mirada feliz y satisfecha que parecía perfectamente conforme con su posición en la sociedad. Aspiraban a ascender dentro de la casa, pero nada más. La mirada de Pepa era diferente. Era seductora, era ambiciosa, despierta como la de un potro por domar. Un potro bellísimo del que su hermano parecía cada vez más encaprichado.

Lo miró de reojo antes de volver al tema que ya habían tratado hacía días.

—No me gusta Pepa.

—A las mujeres siempre os causan suspicacia las guapas —dijo Ignasi sonriendo.

—No es eso —replicó Alicia—. Esa chica trama algo y me temo que tú estés en el mismo centro del asunto. Los hombres perdéis la cabeza muy fácilmente, y esa chica sabe bien cómo conseguirlo.

—¿Me vas a decir que si la mujer fuera oronda como Santa o fea como Sole, el tema te preocuparía? Hermana querida, por favor, sé cabal.

—Lo soy. Lo soy en mayor medida que tú. Esa muchacha podría ser tu nieta.

—Yo no tengo nietas —cortó Ignasi.

—Lo sé, pero mantén los ojos bien abiertos porque esa chica quiere algo y no parará hasta conseguirlo.

El hombre suspiró, acomodándose un poco en su sitio.

—En cualquier caso, sea lo que sea lo que quiera esa chica, no la voy a despedir por el simple hecho de que sea bella, si eso es lo que insinúas. Tampoco porque me salude por la calle, por más que te moleste. Además, tú lo has dicho, podría ser mi nieta; así que fíate de mi experiencia, porque no soy tan fácil de embaucar como supones.

—Bueno, tú anda con ojo —repuso Alicia antes de cogerle la mano y apretársela.

Se dirigían a la inauguración de una nueva torre en Horta, una población cercana a Barcelona en la que algunos amigos estaban construyendo hermosas villas de veraneo. Probablemente la más espectacular fuera la de los Desvalls, ubicada en la loma de la sierra de Collserola, de cuyo jardín neoclásico, que incluía un enorme laberinto de ciprés, todo el mundo hablaba. La que inauguraban aquel día no era tan espectacular, pero aun así, despertó su admiración en cuanto cruzaron la elaborada verja de forja con lanzas doradas. Un camino recto de grava rojiza dejaba intuir, al fondo, una casa de ladrillo del mismo color, con tejados de pizarra amansardados en los que se abrían ventanas ovaladas. Un amplio porche con cuatro dobles columnas de mármol rosado decoradas con guirnaldas de hiedra y flores centraba la atención en la fachada. Bajo él, los propietarios, con chaqué gris él, y vestido blanco y enorme pamela de flores ella, recibían a sus invitados, que descendían alegremente de los coches de caballos que les habían llevado hasta allí.

Los Abbad hicieron lo propio y saludaron a los anfitriones antes de entrar del brazo en el salón, que se abría con grandes cristaleras a un jardín en terrazas jalonado de cipreses, con pequeñas fuentes y surtidores en cada nivel. A lo lejos, el mar y la Barcelona nueva y la antigua completaban la estampa.

Se habían hecho varios corrillos de gente que conocían, por lo que se separaron y fueron a alternar con unos y otros. Enseguida, la conversación de uno de ellos captó la atención de Ignasi: Cuba. Siempre Cuba. Su hijo estaba allí, llevando la plantación familiar, haciendo que se sintiera orgulloso de él. Desde joven, Miguel se había sentido fascinado por las historias de la isla. Ignasi no podía instruirle demasiado, pues nunca había tenido la fuerza para hacer el viaje pese a que a él también le seducía aquel rincón privilegiado del mundo. Tenía dos camarotes reservados en cada uno de los trayectos que el clíper Santa Graciela realizaba a la isla, pero nunca se había decidido a utilizarlos. Le llegaban por correo en un sobre de la naviera que dejaba sobre su mesa del despacho durante días, sabedor de que los volvería a desperdiciar y sin poder determinar si era el miedo o la pereza al viaje el culpable de aquella tontería.

Su hijo Miguel le enviaba noticias de la plantación periódicamente: de las cosechas, de los problemas con los trabajadores, del clima... Pero aun así sentía que nunca tenía suficientes datos para comprender cómo debía de ser la vida allí, por lo que siempre que alguien hablaba de Cuba escuchaba con avidez. Echaba de menos a su hijo aunque sabía que estar lejos de su padre le beneficiaba, le curtía, le daba una vida con más emociones que la suya. Mientras Miguel trabajaba en Cuba, él se ocupaba de que todo lo que un día heredaría en Barcelona fuera sólido y fácil de administrar, incluso si, como sospechaba, nunca decidiera volver, pues a sus treinta y cinco años solo le preocupaba el rendimiento de la plantación y no había encontrado tiempo ni siquiera para casarse y formar una familia.

Hacía tan solo dos días que uno de los barcos que traía el azúcar obtenido en su plantación había arribado al puerto de Barcelona. La mayoría de la producción se destinaba a otros mercados, así que cuando Ignasi recibía la noticia de un cargamento que llegaba a la ciudad, siempre asistía con ilusión a ver la descarga. Más tarde, pedía que se enviaran unos sacos al palacete Abbad, donde lo probaba como el que prueba los tomates de su propio huerto y, contento, se convencía de que no había azúcar mejor.

Se había unido al corrillo formado en torno a Rogelio Gorchs, barón de Santa Ponsa. Rara vez veía a aquel hombre, al que conocía aunque no recordaba de qué. Lo encontró en forma, aunque demasiado acomodado. Era mucho más joven que él, pero parecía tener menos energía. Enseguida recordó que no había trabajado en su vida. Era fácil de detectar a la gente así. Todo a su alrededor languidecía lentamente sin percatarse ellos de aquella lenta decadencia. Su piel, su ropa, incluso su forma de hablar y de enfrentarse a los problemas, todo señalaba elocuentemente una vida desperdiciada. Pese a ello, como le pasaba prácticamente con todo el mundo, a Ignasi Rogelio le caía bien.

El hombre hablaba pausadamente, cerrando los ojos cuando parecía que le faltaba el aire, de los avatares que su familia había sufrido recientemente:

—... Y mi pobre hermana se encuentra desde entonces sola en su ingenio. Es una mujer extraordinaria, no sé si alguno la conoció mientras estuvo en Barcelona.

Los cuatro hombres que lo escuchaban negaron con la cabeza.

—... Bueno, qué más da. Probablemente la recordarían en cuanto la vieran. El caso es que el asesinato de su hijo y su marido la ha dejado sola en su plantación, a cargo de una negrada numerosa, y lo que es peor, desprotegida en los tiempos que corren en la isla. Está cerca de Matanzas, en una zona que llaman el Valle de los Arcángeles, que en principio parecía segura, pero...

Ignasi lo interrumpió.

—¿Ha dicho que su hermana está en el Valle de los Arcángeles? ¿Cómo se llama su hacienda?

Rogelio lo miró extrañado. Poca gente conocía aquel lugar.

—Es la hacienda que conocen como de San Gabriel.

—¡Pues claro! —se asombró Ignasi—. ¡Cómo pude olvidarlo! La hacienda de los Serrano, ¿es así?

—De la viuda de Serrano ahora mismo, sí —matizó apesadumbrado Rogelio.

—Claro, claro —replicó Ignasi, atenuando su arranque de emoción—. No sabe lo que lamento su pérdida. —Esperó unos instantes en silencio antes de retomar la conversación donde la había dejado—. El caso es que soy propietario de la hacienda vecina, la de San Miguel. No recordaba su relación con San Gabriel, sencillamente, ¡no sé a dónde se me fue la cabeza! Pero, claro, mi hijo Miguel, que es el que gestiona el ingenio, me habla de los señores Serrano sin mencionar el apellido de soltera de la hermana de usted, ya me comprende.

Los demás asintieron. Hacía algunos minutos que habían centrado su atención en la magnífica vista de la ciudad y todos, salvo Ignasi, asentían sin escuchar demasiado. Rogelio continuó:

—Le comprendo perfectamente. Mi hermana no era muy sociable, sigue sin serlo. Es una persona especial, en lo bueno y en lo malo. Casó con el señor José Serrano en Bagur, el pueblo de Gerona de donde es originaria la familia de su difunto marido, y enseguida se fue a vivir a Cuba, a la hacienda que estos poseían. Es lógico que no la recuerde. Además, mi relación con la hacienda de San Gabriel ha sido nula hasta ahora.

—¿Hasta ahora?

—Sí, les explico: mi hermana tuvo dos hijos; el primero, que se llamaba como el mío, murió de niño, y el otro, Bruno, ha sido asesinado junto a su padre, así que el heredero natural de la finca es mi hijo Gabriel. Lucía me ha pedido que se lo envíe a la mayor brevedad para ayudarla, para aprender a llevar el negocio, el ingenio que habrá de ser suyo algún día. Por supuesto, no me he podido negar, aunque vista la suerte de mi cuñado y mi sobrino, su seguridad me preocupa. Temo por lo que le pueda pasar, pero debo ayudar a mi hermana y creo que Gabriel puede encontrar una salida excelente en Cuba.

—¿Y cuándo piensa marchar hacia la isla? —preguntó Ignasi.

—En unos meses, en cuanto acabe sus estudios y cierre algunos asuntos, en abril o mayo; de hecho, estoy buscando la manera de que lo haga de la forma más cómoda. El muchacho es joven y está enmadrado, pero creo que no pasa nada por malcriarlo una última vez. Cuando llegue a Cuba, se hará hombre de repente, quiera o no quiera.

Ignasi tenía la solución a mano y, como siempre, nada le satisfacía más que poder ayudar a quien fuera.

—Yo tengo un pasaje para su hijo, en el Santa Graciela ni más ni menos, el mejor barco para llegar a Cuba. Es un clíper moderno y rápido, una proeza de la ingeniería. Siempre tengo dos camarotes reservados, uno para mí y otro para mi hermana, pero mis ocupaciones aquí me hacen desaprovecharlos siempre. Le puedo ceder uno a su hijo para la travesía prevista en mayo y quizás en el otro embarque yo mismo —mintió—. Si no lo hago, le pediré que lleve algunos enseres a mi hijo.

Rogelio lo miró asombrado, seguro de que no era una broma, pero también impactado de que alguien al que conocía poco le ofreciera un trato tan generoso. Hacía años que había aparcado los reparos en aceptar regalos, habida cuenta de que cada vez tenía menos posibilidad de acceder a algunos lujos, por lo que cuando se los ofrecían, simplemente los agradecía y los tomaba, pese a que dejaba entrever su desfavorable situación económica.

—Eso sería muy conveniente —dijo intentando ocultar su entusiasmo—. Si quiere puedo pedirle a mi hijo que pase a buscar el pasaje en esas fechas. Seguro que estará deseando hacerlo y agradecerle su generosidad. El muchacho está intranquilo con la situación, se alegrará de que esta incertidumbre llegue a su fin y empiece su singladura.

Ignasi sonrió para sí. Qué difícil era ser un señor venido a menos y qué evidente resultaba su impostada contención. Le puso la mano en el hombro.

—Solucionado entonces, buen amigo, manden nota a mi casa dando aviso de cuando vayan a venir a recoger sus pasajes; me encantará conocer a su hijo antes de que parta.

4

1866

I

En mayo de 1866 Gabriel acudió a la cita planificada meses antes. Sabía que tenía que agradecer la generosidad de Ignasi Abbad, pero en su fuero interno, estaba asustado por la perspectiva que se abría ante él. Iría a Cuba y lo haría solo, a empezar lo que estaba seguro sería la parte determinante de su vida. No dejaba mucho atrás, pero aun así sintió que su sitio estaba en Barcelona, no en una isla que desconocía al lado de una tía a la que nunca había visto.

Llamó a la puerta de doble hoja del imponente edificio y casi inmediatamente le dieron paso, adentrándose en un mundo de lujo que a nadie dejaba indiferente. Frente a la oscuridad del palacio gótico de su familia, el palacete Abbad resplandecía. Siguió al mayordomo a través del vestíbulo, que presidía una escalera ancha con escalones tapizados en bermellón, hasta una antesala iluminada por dos estatuas de mármol con candelabros dorados. Allí, otra puerta dorada se abrió para descubrir la biblioteca. Era mayo pero el invierno, con sus temperaturas cambiantes, había robado días a la primavera, razón por la que la chimenea que ocupaba la pared central de la estancia estaba encendida. A sus lados, las paredes repletas de libros se alternaban con retratos y bustos de gentes que no reconoció. Frente al fuego, dos sillones de cuero verde invitaban a la conversación.

Ignasi Abbad no tardó en llegar.

—¡Buenas tardes, joven! ¿O debería decir... chamaco? —bromeó.

Gabriel se giró y vio al fondo de la biblioteca a Ignasi Abbad. El hombre se acercaba a él a paso ligero, sosteniendo una caja parecida a una purera entre las manos. Cuando estuvo frente a él, depositó la caja en una mesilla y, tras saludarlo con un apretón de manos, le invitó a sentarse en uno de los sillones de la chimenea.

No esperó a que él hablara.

—Finalmente, no podré acompañarlo en el viaje. Es una pena porque estaba decidido a hacerlo, pero unos asuntos de más urgencia me reclaman en Barcelona.

—Es una pena —se limitó a decir Gabriel. Realmente lo sentía. No quería viajar solo.

—Sí lo es, en efecto, pero vayamos al grano. Lo primero de todo, su billete.

Le tendió el pasaje, un billete grande con un elaborado diseño que prometía un lugar de privilegio en el barco.

—Comprobará que no hay mejor barco para su viaje que el que nos ocupa. Es rápido y moderno, una proeza de la ingeniería: realiza el viaje en menos días que cualquier otro que zarpe desde nuestro puerto.

—Es usted muy amable —respondió el joven.

Tener el billete en sus manos le había causado temor e inseguridad, consciente, cada vez más, de la realidad que se aproximaba inexorablemente a él.

Ignasi lo miró a los ojos y comprendió el miedo que aquel muchacho tenía. Era el mismo miedo a lo desconocido, al viaje, a escapar de su zona de confort que a él lo ataba a Barcelona. Cambió de tema.

—Hay una cosa más —le dijo acercando desde la mesilla la caja que había llevado consigo—. Se trata de esto.

Abrió la caja, de poco más de un palmo de largo. En su interior, forrado de terciopelo azul, se encajaba una especie de abrecartas con mango de marfil.

—Quiero que entregue esto a mi hijo. Vive en la hacienda de San Miguel, que linda con la de su tía, la de San Gabriel, la que un día habrá de ser suya. Cójalo, por favor.

Gabriel tomó el abrecartas entre sus manos. No entendía la importancia del objeto, pero supuso que sería un recuerdo familiar, con valor sentimental. Se equivocaba.

—Si gira el mango verá que toda la parte de marfil se desenrosca. Hágalo, por favor, pero sostenga bien el abrecartas.

El joven hizo lo que le indicaba y separó la empuñadura de la hoja. Al hacerlo, notó que algo se movía en su interior. Miró a Ignasi sin decir nada.

—Vuelque el puño con cuidado para que caiga lo que tiene dentro, por favor.

Gabriel obedeció, inclinando el puño con cuidado sobre la palma de la mano. Al instante, nueve grandes brillantes chatones aparecieron sobre ella. Le pareció que cada uno debía de tener por lo menos centímetro y medio de diámetro.

—Sí. Son exactamente lo que usted piensa. Brillantes. Buenos brillantes, la verdad sea dicha, de las minas de Golconda, en la India, de donde dicen que son los mejores. Le explico: mi hijo es algo inconsciente y no ve los peligros que le acechan en Cuba. No es una persona que mire al futuro con precaución, siempre piensa que todo saldrá bien. Peor aún, que el destino está decidido y que nada se puede hacer para cambiarlo. En resumidas cuentas, una temeridad. El caso es que todo el rendimiento de la hacienda se envía al banco, a España, de forma que si en algún momento surge una emergencia no se pierda nada, pero por la misma razón, mi hijo debe tener medios para abrirse paso si las cosas se tuercen —Ignasi se calló un instante para coger una de las piedras—. Estos valen una pequeña fortuna. En realidad, no tan pequeña. Con uno de estos se puede hacer usted con una buena casa en el ensanche. Son fáciles de transportar, de esconder, de vender. Son perfectos para sobornar, pagar, chantajear... Para comprar lo que a uno se le antoje cuando el valor de la moneda fluctúa y el oro se vuelve pesado y difícil de transportar. Estas piedras le gustan a todo el mundo.

—Pero... entonces usted quiere que yo... —Gabriel no sabía qué decir.

—Sí, que se las lleve a mi hijo, a su nuevo vecino. No correrá ningún peligro. A nadie le interesa un abrecartas, y este no tiene nada de especial si uno no repara en su interior.

Aquel era sin duda el encargo de mayor confianza que nadie le había encomendado hasta la fecha. Gabriel volvió a titubear.

—Pero es una responsabilidad que yo...

—Tomará —lo interrumpió Ignasi—, claro que lo hará. Es hora de que empiece a tomarlas. Las responsabilidades, digo. Esta y muchas otras. No se preocupe demasiado, confío en usted, y si tiene cualquier percance, sepa que comprendo perfectamente la misión que le he encomendado. A mi juicio tiene pocos riesgos, pero si acaecieran, no podría hacer más que lamentarlo y seguir con mi día a día. No soy persona de dramas y gracias a Dios... —Miró a su alrededor y lo señaló—. Imagino que no hace falta que le diga, sin sonar pretencioso, que estos diamantes no son excesivamente relevantes para mi economía.

Permanecieron mirándose unos segundos antes de que Ignasi se levantara con una carcajada.

—Vamos, hombre, ¡disfrute del momento! ¡Es usted joven, bien plantado y está a punto de iniciar una vida de aventura en uno de los mejores lugares del mundo!

Ignasi cogió el abrecartas de la mano de Gabriel y volvió a meter en él los brillantes. Cuando acabó, se lo dio de nuevo, sujetándolo por el filo. El joven dudó unos segundos y tomó el objeto por el puño.

—Será mejor que lo lleve sin caja —dijo Ignasi—. Le da importancia, y eso es lo último que queremos. Queremos que pase desapercibido. De todas formas, llévelo siempre consigo una vez inicie el viaje.

—Eso haré —respondió Gabriel.

—Lo sé. Es usted un buen chico. Lo acompañaré a la puerta. No olvide el billete. Zarpa usted en tres semanas.

Ignasi lo acompañó a la puerta y, tras despedirle, se quedó en el umbral viendo cómo se alejaba cabizbajo, mirando el billete. No parecía contento. Parecía ofuscado, confuso, como un bote a la deriva. «A veces hace falta que sean las olas las que nos lleven a puerto», pensó mientras el joven desaparecía.

II

A punto de cumplir dos años sirviendo en el palacete Abbad, Pepa se había creado una rutina que nadie sospechaba pese a que vista desde fuera hubiera resultado evidente. Como un árbol que solo ven crecer los que lo observan cada cierto tiempo, mientras que los que lo miran cada día apenas ven cambiar, en la casa nadie reparaba en que era otra persona, tan eficiente y seria como la del primer día, pero de maneras cada vez más refinadas. Se esforzaba en ello sin perder ni un minuto de atención. En la mesa, observaba cómo Ginés cogía los cubiertos y masticaba, y, por la tarde, entornaba la puerta del salón de fumar y veía cómo los Abbad se dirigían el uno al otro. Antes de que sacaran la basura robaba la correspondencia que los señores tiraban, leyéndola y releyéndola para impregnarse de sus palabras distinguidas. Se acercaba a la entrada del Liceo las noches de representación y veía a la indolente burguesía moverse, reírse y relacionarse. Si sus señores ofrecían una fiesta, se las arreglaba para observar cada detalle desde algún escondite. Nada escapaba a su ojo analítico. Luego, cuando el día tocaba a su fin, en la penumbra de su habitación, repasaba y repasaba todo lo aprendido. Pese a todo, aquella labor crucial hubiese carecido de sentido si antes no ejecutaba una aún más importante.

Llevaba meses atenta a la oportunidad. Escuchaba todas las conversaciones y ahondaba en los comentarios que oía al personal del servicio con el que convivía, buscando una ocasión para ejecutar un plan que habría de trazar en función de las circunstancias. Hasta el momento, casi un año después de hacerse con ella, solo disponía del arma que le abriría el camino hasta la cúpula de la casa y de la sociedad barcelonesa, despejando de su trayecto a la señorita Alicia. El único obstáculo que parecía difícil de salvar, tan importante como aquella arma en sí, era el momento en que usarla.

Afortunadamente para ella, a mediados de mayo una conversación en el mercado le puso sobre la pista que llevaba meses esperando.

Se encontraba nuevamente en la Boquería, donde ya no había ni un solo tendero que no la saludara con afecto y la llenara de piropos mientras ella estudiaba la mercancía y elegía con tino los productos más selectos. Su corazón, su mente, su cuerpo, no estaban abiertos a tales lisonjas porque, sencillamente, no quería a nadie, pero aquella gente le caía bien. Le gustaba la gente trabajadora, la que se esforzaba por sobresalir entre los omnipresentes holgazanes y se sentía identificada con ellos aunque ella estuviera dispuesta a mucho más, pues su objetivo era llegar mucho más alto.

Se acercó a la pescadería, donde esperaba comprar las dos buenas langostas que le había solicitado Santa para la cena de aquella noche, pero para su sorpresa, el género era pobre y poco fresco, por lo que lo rechazó en cuanto vio su color y su falta de movimiento. Decidió que compraría centollas en su lugar, pero quiso encargar langostas para el día siguiente. El pescadero la disuadió rápidamente.

—No hay langostas esta semana. Ninguna; ni aquí ni en ningún otro puesto. Tampoco creo que las encuentre en ningún otro mercado, guapa. El marqués de San Antonio las ha comprado todas para su baile de disfraces del viernes. Será memorable, como todo lo que hace el señor ese. Estará todo el que tiene algo que decir en la ciudad.

Pepa cruzó los brazos contrariada. Sentía, cada vez más, el palacete Abbad como «su» casa y le molestaba que alguno de los numerosos prohombres de la ciudad le arrebatara lo que creía que le pertenecía por derecho. Pese a ello, a los pocos segundos su gesto se ablandó y sus ojos turquesa se abrieron más, como le pasaba cada vez que una idea le rondaba la cabeza.

—Entonces... ¿estará todo el mundo en la fiesta esa, ha dicho?

—Toda la gente importante. Puede apostar a que sí —replicó el pescadero.

—Interesante —respondió Pepa, casi en un susurro.

Volvió al palacete Abbad a paso ligero con dos centollas que sentía moverse en el cesto y algunos víveres más que le había encargado Santa y entró directamente en la cocina.

—Cada vez tardas más —le dijo la cocinera, dando pie a la conversación que interesaba a Pepa.

—Está la Boquería desabastecida, al menos de algunas cosas. No traigo langostas, sino centollas, que hay un marqués que da una fiesta y se ha quedado hasta las que no se han pescado aún. Dos especie de sepias feas me ha querido colocar el pescadero.

Santa se tocó la frente con un golpecito.

—Santa María, vaya memoria la mía. Claro, claro que sí. Han invitado al señor a la fiesta. La señorita Alicia se quedará en casa, así que el viernes cenará ella sola. Por lo visto, ha declinado la invitación porque es de disfraces y el que se compró hace meses no le gusta, o no le encaja, qué sé yo. Disfraces a su edad... ¡Ja! A veces los ricos hacen cosas muy ridículas, me parece a mí.

—Sí, desde luego —dijo Pepa.

—Desde luego, ¿qué?

—Que es ridículo, tal como dice.

Santa no permitía que nadie criticara a la familia, por lo que todos sabían que aunque ella criticara de vez en cuando, y muy livianamente, a los señores, nadie más de aquella cocina podía hacerlo. Pepa supo que había cometido un error en cuanto acabó de pronunciar la frase.

—Sal inmediatamente de mi vista —le dijo la cocinera con los ojos inyectados de ira.

—Yo... solo decía...

Santa no le dejó terminar

—Sé «exactamente» lo que querías decir, niña malcriada y desagradecida. Y si vuelves a comentar algo en ese tono, te echaré, pero no a tu habitación, sino a la maldita calle, que es de donde nunca debería salir la gente de tu calaña. ¡Fuera!

—Santa, yo nunca... —volvió a intentar excusarse Pepa antes de ser interrumpida de nuevo.

—¡¡Fuera!! ¡¡Fuera de aquí inmediatamente!! ¡¡No vuelvas hasta la noche!!

Pepa dejó las compras sobre la mesa y corrió escaleras arriba a su habitación, ubicada en la buhardilla. Estaba entrando en el pasillo que daba acceso al pequeño espacio que habitaba cuando encontró a dos doncellas abriendo varios baúles, de los que estaban sacando unas prendas lujosamente bordadas en oro. Se acercó curiosa.

—¿Qué es lo que hacéis? —les preguntó.

Las muchachas no la miraron mientras seguían desenvolviendo las prendas.

—Estamos sacando los disfraces del señor para la fiesta de los marqueses de San Antonio. La temática es «gobernantes de la Antigüedad» y el señor se va a disfrazar de faraón.

Pepa agradeció que no vieran cómo aguantaba una carcajada tras su mano.

—Y ese, ¿es un disfraz de faraón? —dijo, intentando averiguar más.

—Pues por lo visto sí, así es. De todas formas, lo importante serán las joyas. Se está haciendo una corona, o como se diga lo que se ponían esos faraones en la cabeza, con forma de serpiente y un collar de muchos colores con otras joyas. Todos hacen lo mismo, o te crees tú que alguien sabía cómo era la reina de Saba o el emperador de China. Con que se asemeje a algo de esa zona del mundo, ya les vale. Tiene que estar todo muy trabajado y ser de la mejor calidad, eso es lo importante. Eso, y la llegada a la fiesta, que también es crucial, porque se hace ante todos los invitados, en el jardín de la casa. En la cochera también están preparando algo.

—Comprendo... ¡Pues ánimo con eso! —les dijo mientras ellas desenvolvían una túnica dorada con pedrería protegida con papel seda. «Realmente, el señor estará ridículo», se dijo mientras entraba en su dormitorio.

Pero eso era anecdótico. Lo importante era que finalmente la señorita Alicia cenaría sola, sin el señor Ignasi. Con un menú para ella. Pensado solo para ella. «Su última cena». La siguiente en compartir mesa con Ignasi Abbad sería Isabel Palau, una mujer elegante y misteriosa, nacida con veinte años.

La semana pasó volando entre los preparativos para una fiesta y un asesinato, y el viernes, caluroso y soleado, con el cielo azul y limpio sobre aquella ciudad vibrante, llegó para todos.

La actividad en el palacete Abbad se intensificó a medida que pasaban las horas, de forma que a media tarde ya estaba todo el mundo trabajando en el disfraz. En el patio habían colocado un palanquín dorado con techo abovedado y cortinas de tul creado especialmente para aquel día. La idea era entrar en la fiesta subido en aquel artilugio que transportarían ocho porteadores perfectamente disfrazados del Antiguo Egipto. El palacete de San Antonio estaba a varias manzanas del suyo, pero a nadie le pareció un problema y decidieron que circularían por la calzada como cualquier otro vehículo. Barcelona empezaba a acostumbrarse a aquellas excentricidades.

Por desgracia, en los aposentos de la familia, un imprevisto amenazaba con estropearlo todo.

—Han sido las ostras, estoy seguro —dijo Ignasi tocándose el vientre con la mano, sentado en una butaca de su antecámara mientras Alicia lo miraba con preocupación—. Han sido ellas, estoy seguro. Al poco de tomarlas he sentido algo raro... aquí...

Se presionó el costado, recostándose un poco más. Sobre la mesilla que tenía en frente, una corona con una cobra dorada cuajada de esmeraldas y un collar-babero de rubíes y lapislázuli aguardaban a completar un atuendo del que nadie sabía muy bien su fidelidad histórica, pero que sin duda era espectacular.

Ignasi vestía una túnica blanca ribeteada en oro, con un espléndido cinturón que marcaba su redondez pero también la despistaba con las piedras preciosas que llevaba cosidas. Le habían pintado una línea negra que se alargaba desde los párpados hasta llegar casi a las orejas y toda la piel visible también estaba maquillada para hacerla parecer muy bronceada. El personal de la casa que le había visto había tenido que contener la risa disimuladamente, pero a Alicia le parecía, como siempre, que su hermano estaba magnífico. Había comido con amigos en un restaurante del Paseo de Colón al que acudía habitualmente y después de la siesta había empezado a quejarse.

—No me digas que no asistirás. No con este atuendo. Nadie podría estar más magnífico. ¡Serás la sensación!

Ignasi levantó la vista apesadumbrado.

—No. No creo que pueda. Tan solo tengo ganas de cenar algo e irme a dormir.

Siempre tenía hambre. Alicia estaba segura de que la primera señal del final de los días de su hermano sería la ausencia de aquella cuasi gula. Sonrió levemente pensando en su pronto restablecimiento, pero no podía creer que todo el esfuerzo para hacer el disfraz, el palanquín y los porteadores se fuera a desperdiciar.

Decidió que no iba a hacerlo.

En la cocina, Pepa miró de soslayo a la pizarra de los alimentos prohibidos. Se tocó el bolsillo mientras veía la imagen tachada de las nueces como principal ingrediente que había que evitar y se reafirmó en hacer todo lo contrario. Las había molido hasta crear un polvo fino, imperceptible a la vista si se colocaba sobre cualquier plato, pero además esa noche habían preparado crema de verduras, que con su textura y color eran el disfraz perfecto para aquel veneno. «Noche de disfraces», pensó.

Sonrió para sus adentros. Aquella mujer, tan rica, tan poderosa, que siempre había hecho lo que había querido, que lo había tenido todo, al final era más débil que ella, que había vivido en la inmundicia. Las horas de Alicia al mando de la casa y de la voluntad de su hermano estaban contadas. Volvió a sonreír.

A las nueve, con el sol retirado, pero con su última luz aún presente, un mozo les avisó desde el vestíbulo que la comitiva iba a salir y todos corrieron a la puerta para ver cómo lo hacía.

Sería difícil que alguien lograra una entrada más triunfal en la fiesta de aquella noche. En el palanquín, cerrado con tules, se dibujaba la sombra del afortunado viajero, que se desplazaba balanceándose a un lado y a otro como un paso de Semana Santa, transportado por sus ocho porteadores, cuatro delante y cuatro detrás, vestidos de egipcios, con el torso descubierto, perfectamente maquillados y con la risa en sus caras. Tras ellos, una fanfarria de nueve músicos hacía sonar tambores, trompetas, platillos, flautas y chirimías. Todos aplaudieron mientras la procesión abandonaba la casa. Ya en la calle, la concurrencia lanzó vítores y aplausos mientras los agentes de tráfico, encantados, se ocupaban de que el resto de vehículos facilitara su incorporación.

El personal del palacete Abbad vio alejarse a aquel sensacional grupo durante unos minutos, momento que Pepa no desperdició. Echó en el puchero de crema de verduras el polvo de diez nueces molidas y aunque era prácticamente invisible, lo hizo desaparecer por completo removiendo con brío. Al acabar volvió a la puerta del palacio para reincorporarse al grupo que había despedido al señor. Nadie pareció darse cuenta de sus idas y venidas.

Al cabo de un rato, volvían a estar todos en la cocina y los lacayos informaban al personal que la mesa estaba lista para ser servida.

—Vete a tu habitación. Acabaré yo la cena —le dijo Santa a Pepa. Seguía enfadada por su comentario sobre los Abbad de hacía unos días; aunque no era rencorosa, tardaría aún un poco en pasársele.

Pepa no puso ninguna objeción, pues su objetivo aquella noche ya estaba cumplido, o casi. La señorita Alicia tomaría una crema plagada de las nueces a las que aquellos hermanos eran mortalmente alérgicos y se iría al otro barrio dejando paso a la futura nueva señora del palacete Abbad. Nadie sospecharía jamás de ella. Probablemente ni siquiera atribuyeran su muerte a nada que tuviera que ver con la comida. La señorita no estaba en edad de morir pero tampoco era una jovencita. Esas cosas pasaban a diario.

Saltándose por segunda vez en el día las normas del palacete, decidió subir a su habitación por la escalera principal y no por la de servicio, que esperaba poder olvidar en pocos meses. Le gustaba aquella casa, cómo no. Mientras ascendía por los escalones de mullida alfombra, acariciaba con los dedos la barandilla de mármol y miraba hacia la bóveda, con aquella enorme araña de cristal que lo iluminaba todo y aquellos candelabros que nunca se apagaban. Todo era un alarde de opulencia, de pan de oro, de muebles barrocos y espejos que reflejaban un espacio en el que solo desentonaba ella. Se miró en el que recibía en el primer piso y levantó la barbilla, viéndose ya como señora del lugar.

Avanzaba por el pasillo de la primera planta, que daba acceso a algunas de las estancias más importantes de la casa, hasta el final, donde una puertecilla discreta la devolvería al mundo del servicio al que de momento pertenecía, cuando un ruido tras las puertas que daban al comedor llamó su atención. Miró por la cerradura, como había hecho en alguna ocasión para ver el ceremonial hipnótico de las comidas en aquella casa, con los lacayos de librea sirviendo silenciosamente mientras los hermanos Abbad reían y charlaban. En aquella ocasión, lo único que se oía eran los sonidos de la recogida de platos y mantelerías entre los susurros de los encomendados a aquella tarea. Vio que Ginés, el mayordomo, no estaba, cosa extraña, pues siempre comandaba el servicio durante las comidas. Abrió la puerta para averiguar qué pasaba.

—¿Qué es lo que hacéis? —se apresuró a decir.

Dos muchachos que no llegaban a la veintena, engominados, afeitados y vestidos con librea verde y camisa con chorreras la miraron extrañados.

—Eso deberíamos preguntártelo a ti. ¿Qué haces aquí?

Los lacayos y los mayordomos, así como el ama de llaves, se enorgullecían de poder transitar por los salones más importantes, incluso cuando los señores los ocupaban y despreciaban a las muchachas que se movían por los sótanos y solo subían a las plantas nobles cuando los señores no podían verlas. No era apropiado que Pepa, una simple pinche, estuviera allí, por muy guapa que fuera.

La joven obvió la pregunta.

—¿Es que no cena hoy la señorita? —replicó.

—Eso a ti te debería dar igual: si te dicen que cocines o peles patatas, lo haces y ya está. Qué más te da si luego se lo comen los señores o lo usamos para los caballos. En cualquier caso, la señorita Alicia no está en la casa, ¿acaso no la viste salir hace un rato?

—¡Como para no verla! —exclamó el otro lacayo—. ¡La reina egipcia en su palanquín! Eso sí ha sido algo digno de recordar.

Pepa empezó a sentir que todo se le venía abajo.

—Pero entonces... ¿ha ido la señorita a la fiesta?

—Sí, claro que ha ido. En cuanto el señor ha decidido que él no iba. El pobre está tan mal que nos ha pedido comer en su habitación. Hace unos minutos que le llevamos la crema. Ya habrá dado buena cuenta de ella.

Notó que su cara enrojecía y que empezaba a sudar, y sin tiempo para más explicaciones gritó alarmada:

—¡Maldición!

Salió corriendo por el pasillo hacia la habitación de Ignasi Abbad, con los lacayos a la zaga sin entender qué era lo que sucedía. Cuando de un golpe abrió la puerta, la estancia ya no era el ordenado dormitorio barroco que todos estaban acostumbrados a ver. Una silla tumbada, un plato sopero derramado en suelo, y tendido sobre la alfombra, el señor de la casa sacando espuma por la boca y con la cara hinchada hasta tal punto que parecía querer estallar. El hombre se tocaba el pecho y el cuello pero no podía articular más que un hondo sonido gutural mientras sus venas se hinchaban entre espasmos. Pepa se lanzó al suelo y ayudó a Ignasi a incorporarse mientras le metía los dedos en la boca para provocarle el vómito, sin conseguirlo.

Miró a los lacayos, petrificados ante la escena y, fuera de sí, les gritó:

—¡Llamad a un médico, idiotas!

Los dos desaparecieron corriendo por el pasillo en busca de ayuda, pero Pepa temió que ya nada pudiera salvar al hombre.

Sentada en el suelo con el señor de la casa despidiéndose de la vida dolorosamente, miró a su alrededor y comprendió que se había delatado. El médico podría averiguar que Ignasi había sido envenenado y, aunque no lo hiciera, los lacayos hablarían, y la extrañeza de Pepa al saber que era Ignasi y no su hermana quien se había quedado en el palacete, su reacción al saber que a este le habían servido la crema de verduras, no admitía duda. De pronto todos sus planes se habían ido al traste y, de nuevo, el caprichoso destino daba un vuelco a su vida. Maldijo su suerte.

Depositó la cabeza del hombre en el suelo, se levantó y salió de la habitación con prisa, sin saber bien qué hacer. Corrió a su cuarto e hizo rápidamente la maleta, tan insignificante, que se hizo evidente para ella que no poseía nada que evitara su vuelta a los bajos fondos. Sus ahorros eran escasos, su estancia en aquella casa no había dado para más. Rumió unos segundos antes de decidirse a buscar algo de valor que llevarse discretamente. Nunca había robado y detestaba a la gente que lo hacía, pero ¿qué era eso comparado con lo que acababa de hacer?

Corrió escaleras abajo mientras la casa empezaba ya a desquiciarse por completo, con carreras a un lado y a otro, y los fieles servidores de la familia Abbad gritando mientras intentaban salvar a su señor. Oyó a Candela y a Ginés implorar a Ignasi que tragara algo. Supuso que uno de los lacayos que la habían visto en la habitación de la víctima ya habría salido corriendo en busca del médico y el otro estaría aún preguntándose qué era exactamente lo que había sucedido. Solo ella sabía que, si las nueces eran tan letales para aquellos hermanos como le habían dicho, no había nada que hacer.

No hizo falta que se moviera con sigilo. Todo el mundo estaba tan conmocionado que nadie reparaba en ella, así que fue al despacho de Ignasi, una estancia forrada en madera oscura y brillante con apliques dorados que presidía un *bureau plat* con sobre de cuero rojizo. Abrió uno de los armarios y rebuscando encontró una caja con dinero. Calderilla para los Abbad. Lo cogió en su totalidad y se lo metió en un bolsillo a sabiendas de que no daría para mucho, quizás para un par de meses si lo administraba bien. Luego se acercó al escritorio y revolvió varios cajones, pero solo una cosa llamó su atención. Un sobre con un ancla dorada en el remite. Lo abrió y encontró la solución a sus problemas, o por lo menos a su huida.

Un pasaje con destino a Cuba. Para el día siguiente. No tuvo que pensar ni un segundo para saber que eso era exactamente lo que necesitaba. En dos días a lo sumo sería la principal sospechosa del envenenamiento de Ignasi. Bastaría con que la policía preguntara en el mercado de la Boquería para que alguno de los vendedores de nueces recordara a Pepa, la más guapa de todas las mujeres que compraban allí. No, no volvería a dejar su vida en manos del destino o de su falta de fortuna. Se iría a Cuba.

Sabedora de que la señorita Alicia estaba en la fiesta de disfraces de los marqueses de San Antonio, corrió a su habitación en busca de alguna joya que llevarse en su huida. Odió cada segundo de los que transcurrieron desde que abrió el joyero de aquella mujer hasta que extrajo un par de gruesos pendientes de rubíes que jamás le había visto puestos, pero tenía que pensar en su futuro. Voluntariamente desdeñó las piezas que sí conocía al pensar que debían ser las favoritas de aquella entrometida a la que había intentado, en vano, quitarse de en medio. Lo dejó todo igual que lo había encontrado y rezó para que el hurto no fuera descubierto hasta pasados unos meses. Supuso que nunca podría volver a Barcelona, una ciudad que no le había dado nada, pero que era la suya.

Con la casa aún entre gritos y carreras, salió a la calle lo más discretamente que pudo y se alejó a paso ligero hacia el laberinto del Barrio Gótico.

III

La fiesta de disfraces de los Ametller, marqueses de San Antonio, se estaba desarrollando con toda la brillantez que la concurrencia esperaba de una de las familias más pujantes de la ciudad. Su casa se situaba en uno de los chaflanes de la avenida que, planificada en diagonal, habría de recorrer algún día la ciudad desde el mar hasta Pedralbes, una zona alejada del centro, pasado el pueblo de Las Corts. El palacete era una creación hecha a la medida del gusto afrancesado de su propietaria, una mujer de dudoso gusto, que forzaba un acento pretendidamente parisino y presumía de pertenecer a una importante familia gala que nadie había acabado de identificar. De tres pisos y construido en piedra gris, el edificio constaba de un cuerpo principal cuadrado rematado con una cúpula de pizarra y se asomaba a un jardín de palmeras altas y vegetación espesa. Por sus caminillos y glorietas, María Antonieta, Carlomagno, Isabel la Católica y otras tantas figuras históricas bebían champán y reían sonoramente a la espera de la cena que se serviría más tarde en el interior de la casa.

A las nueve y media, alertado por una avanzadilla del palacete Abbad, el marqués hizo bajar la música. Los invitados se extrañaron un poco, pero sabedores de las sorpresas que estas fiestas siempre deparaban, miraron a un lado y otro del jardín, también hacia la verja dorada que lo separaba de la calle y cuyas puertas estaban abiertas. En un par de minutos, un estruendo de tambores rompió aquella tensión, y trompetas, platillos, flautas y chirimías los acompañaron retumbando desde la calle entre los palacetes que poblaban la zona. Asombrados, todos centraron su atención en aquellos sonidos exóticos, que al hacerse más fuertes, anunciaron la llegada a la fiesta de un palanquín dorado transportado por ocho porteadores egipcios que avanzaban tan ceremoniosos y solemnes como cualquiera hubiera imaginado que lo harían al portar a un faraón. Al llegar frente a los anfitriones, vestidos de dioses Atenea y Zeus, la música cesó con un redoble de tambor y los porteadores apoyaron el palanquín en el suelo. Un lacayo egipcio separó las cortinas de gasa y Alicia Abbad, vestida de Cleopatra, salió del vehículo riendo abiertamente ante la divertida ocurrencia. Todos los invitados aplaudieron con entusiasmo.

—Te dije que teníamos que haber alquilado un elefante —se oyó recriminar a una majaraní.

—¡Maravilloso! ¡Sencillamente maravilloso! —exclamó el anfitrión mientras besaba la mano de Alicia tras haber sido incapaz de contener un abrazo.

—Querida, esta entrada será largamente recordada —apuntó su mujer, más contenida y quizás algo celosa. Miró de arriba abajo a la recién llegada. Menos mal que por lo menos no era guapa, pensó, porque el disfraz era espectacular.

Alicia también estaba satisfecha, eufórica incluso. Cuando se lo confeccionaron hacía un mes, no le había parecido que le encajara bien, pero desde entonces había ganado un par de kilos y su robusto cuerpo había rellenado todas las imperfecciones que el sastre había cometido. Además, se había puesto la corona y el collar de faraón que su hermano había encargado para sí, acompañados por algunas de sus joyas, y pese a que al haberse visto en el espejo del vestidor el conjunto le había parecido excesivo, no se despojó de nada. Cleopatra no tenía ninguna voluntad de sencillez, eso lo sabía todo el mundo. Se alegró de haber asistido y disculpó a su hermano Ignasi, que ya estaría descansando.

La fiesta era un escaparate de la excentricidad llevada al extremo. Los camareros, disfrazados de griegos, como los señores de la casa, se esmeraban al máximo para no estallar en carcajadas viendo a los invitados —muchos de avanzada edad— ataviados de aquella manera. Poncio Pilato y Atila, rey de los hunos, discutían sobre la bolsa; la reina de Saba, cubierta de brillantes y abanicada en todo momento con abanico de plumas por un esclavo negro, cuchicheaba con Teotlalco, la mujer de Moctezuma, y Cleopatra, feliz como era su estado habitual, y muy divertida, recibía encantada los halagos de todos los que la habían visto llegar.

No estaba acostumbrada a los halagos. No los esperaba y, en general, no los recibía más que de su hermano. Sabía que no provocaba deseo, sino camaradería. Era amiga de todos, también de las mujeres, a las que no les importaba que sus maridos hablaran demasiado tiempo con ella. Desde hacía ya algunos años, era como si nadie considerara a Alicia como la mujer que era.

Pero aquella noche se sentía, por una vez, la estrella. La que más había brillado, la que todos recordarían. Se miró satisfecha en el reflejo del estanque alrededor del que se articulaba el jardín: sí, hacía tiempo que no estaba tan... impactante. Se le unió en el reflejo Carlos III, vestido como en el cuadro de Goya, de caza y con un perro gris que, a diferencia del plasmado en el famoso lienzo, no se estaba quieto ni un segundo y ya había manchado con sus patas a Isabel la Católica y a Gengis Kan. El rey goyesco era Camilo Fabre, un íntimo amigo de la infancia.

—Majestad, es un honor verla —dijo divertido.

—Lo mismo digo, Majestad —respondió Alicia.

Se miraron unos segundos antes de empezar a reír a carcajadas. Aún con lágrimas en los ojos, Camilo le preguntó por su hermano Ignasi, con el que había almorzado ese mismo día. Al informarle Alicia sobre su malestar, su amigo se puso serio.

—Nos hacemos viejos, pero tu hermano es como yo. No se da cuenta de nada, cree que aún tenemos veinte años y que estamos jugando en el jardín de mis padres. Yo voy a empezar a ser más cauto, a descansar más. No digo que comer ostras sea nada arriesgado, por favor, pero en general hay que cuidarse un poco. Yo voy a emprender mañana mi último viaje, el último, te lo aseguro, pero no quiero morir sin conocer Cuba.

—¿Cuba?

—Sí, salgo mañana mismo, en el Santa Graciela. Es un clíper. Dicen que hace el viaje más rápido que cualquier otro...

—Conozco el barco —lo interrumpió Alicia—. De hecho, tenemos siempre dos camarotes reservados que no hemos usado nunca. Mañana se volverán a desperdiciar, sin duda. Bueno, solo uno en realidad —recordó—; el otro se lo ha cedido mi hermano a Gabriel Gorchs, el hijo de los barones de Santa Ponsa, que se va a vivir a Cuba.

—¿Entonces aún os queda uno? —preguntó Camilo.

—Sí, y probablemente sea el mejor o el segundo mejor camarote del barco, ya conoces a mi hermano. ¿Lo quieres? Puedes llevar tu pasaje también, ver los dos camarotes, y quedarte con el que más te convenga. Ignasi estará encantado.

—Eso sería fantástico. Además, voy con un ayuda, así que, si no te parece mal, le cederé uno de los billetes para que por una vez viaje como un señor. Pasaré mañana pronto por tu casa de camino al puerto. No te importuna, ¿verdad?

—Por supuesto que no, te lo tendré preparado.

En ese momento, Alicia reparó en el mayordomo de la casa, que de pie, cerca de ellos, esperaba a que acabara de hablar para llamar su atención. Se giró hacia él. Era el único del lugar que no iba disfrazado y su semblante serio contribuía a darle aún mayor dignidad.

—¿Sí? —preguntó Alicia—. ¿Qué desea?

El mayordomo se acercó un poco.

—Hay un lacayo de su casa en el salón azul. Creo que tiene algo que decirle. ¿Me permite acompañarla?

La cara de Alicia mutó como hacía siempre que presentía que algo grave sucedía. Acompañó al mayordomo al salón azul de la casa, una salita pequeña tapizada en el color que le daba nombre, en cuyo centro aguardaba de pie Sebastián, uno de los lacayos más jóvenes. En cuanto vio la expresión del muchacho, su corazón se aceleró.

—He traído el coche. El señor está grave. Lo encontraron en el suelo de su dormitorio hace media hora, tres cuartos lo más. Han llamado al médico, pero don Ginés me ha pedido que la venga a buscar enseguida.

Alicia ahogó un grito antes de correr en dirección al coche de caballos que esperaba en la puerta del palacio de San Antonio. Se subió, y casi sin tiempo a que el lacayo cerrara la puerta y se subiera en el pescante, los caballos se lanzaron al galope.

Aquella noche ningún carruaje podría haber hecho el trayecto que separaba la Diagonal del Palacete Abbad a mayor velocidad, pese a lo cual Alicia Abbad llegó tarde. Al entrar en la casa, Ginés ya estaba parando los relojes y cubriéndolos con velos negros y su expresión, tantas veces inescrutable, mostraba esta vez con elocuencia la desgracia que acababa de ocurrir. En una esquina, dos doncellas lloraban abrazadas mientras Candela, al pie de la escalera, se había adjudicado la terrible labor de dar la mala nueva a la señora de la casa.

Ignasi Abbad había fallecido.

IV

Eran las ocho de la mañana cuando el Santa Graciela empezó a dar señales de su inminente partida. Pepa lo había estado observando toda la noche, agazapada en la esquina de una de las calles del Borne, una más de las que uno salía como si lo hiciera de un túnel, pasando de la oscuridad de un barrio de casas amontonadas y calles estrechas a la luz resplandeciente del frente marítimo barcelonés. El barco era fácilmente distinguible pues era el más moderno, limpio, brillante y lujoso de los que se amarraban al muelle. Había estado fondeado algunos días antes de atracar para facilitar el embarque de pasajeros y mercancías. Los marineros cargaban en él equipajes elegantes, baúles de cuero y grandes cajas que habían llegado en carruaje desde varios palacetes de la ciudad y, bajo la supervisión de los mayordomos, los colocaban con mimo en la bodega del barco. Pepa sacó su billete del bolsillo y lo miró. Suponía que era para uno de los camarotes más lujosos, pero el suyo no era el aspecto de una mujer a la que correspondiera aquella suerte, por lo que decidió emplear el tiempo hasta el embarque en mejorar su apariencia. Volvió a adentrarse en el Borne y recorrió sus calles hacia el barrio Gótico hasta un destino que conocía bien. Había más de un millar de tiendas de artículos textiles en la ciudad vieja, pero Pepa hacía meses que sabía de la más económica. Había estudiado todos los escaparates, pues su plan original pasaba por hacerse un bonito traje para impresionar a Ignasi Abbad una vez su hermana ya no les molestara. Ahora, aunque las circunstancias hubieran cambiado, seguía necesitando aquella prenda y con mayor urgencia aún. Entró en la tienda, las campanitas de aviso de la puerta sonaron y en seguida una de las dependientas le sonrió desde el mostrador. Pepa le devolvió una sonrisa forzada.

El comercio no era elegante, pero sí estaba bien cuidado, limpio y ordenado. Era una tienda pequeña y femenina, pintada de rosa pálido, con un mostrador largo tras el cual dos estanterías de madera almacenaban el producto, ordenado por colores y tejidos e iluminado con pequeños apliques dorados. Las dos dependientas que lo atendían iban uniformadas con trajes de flores de colores y el pelo recogido con idénticas redecillas. Tocaban las telas con sumo cuidado, y tras mostrarlas a los clientes, las volvían a colocar donde estaban, cogiendo los rollos con las dos manos como si fueran del cristal más delicado. Pepa sabía la tela que quería, lo que valía y la cantidad que necesitaba, pero lamentablemente no había tiempo para que le hicieran nada a medida, por lo que tras examinar los maniquíes, tomó una decisión.

—Buenos días —saludó la dependienta.

—Buenos días, ¿cómo está usted? —dijo Pepa; se notaba que tenía prisa en cada palabra, por lo que intentó calmarse—. Necesito un vestido. Aquel. —Y lo señaló.

—Lo cierto es que ese vestido es un vestido precioso —dijo la mujer sonriendo—. Pero, señorita, me temo que no sea de su talla.

—Eso no importa. Lo sé, pero es el que mejor se ajusta a la mía y si me lo vende, lo arreglaré yo misma en su trastienda. Parto de viaje hoy, así que es una urgencia.

La dependienta miró a su compañera, Pepa supuso que era la encargada, y esta asintió con un rápido movimiento de cabeza.

—Este es un vestido especial —le dijo—. La tela nos la trajeron de...

—Eso me da igual. Como le digo, voy con prisa —la interrumpió Pepa.

—En ese caso... bueno, para usted son doscientos reales.

—Le daré cien.

Abrió el monedero y depositó las monedas sobre el mostrador, rodeándolo al acto para desvestir ella misma al maniquí del traje que acababa de comprar. Las dependientas la miraban, hipnotizadas por su resolución. Cuando tuvo el traje en sus manos, las miró apremiándolas:

—Denme hilo y aguja. ¿Dónde me puedo poner?

5

I

Gabriel pidió a sus padres que se quedaran en el palacio Gorchs y no acudieran a despedirle al puerto. Su madre era especialista en hacer de cualquier nimiedad una tragedia de proporciones apocalípticas y ya llevaba varios días sollozando por la marcha de su hijo sin saber aún que era una marcha sin fecha de vuelta a la vista, totalmente convencida de que se disponía a realizar el viaje de mar que les habían recetado el doctor Asenjo para curarle la tisis. Fuera como fuera, lo último que le apetecía al joven era iniciar su nueva vida rodeado de una tripulación que lo viera como un niño de papá, enmadrado y sin solución. Lamentó que su padre no lo acompañara, pero comprendió que él también creía que lo mejor era quedarse en casa con su madre si querían evitar que esta ofreciera un espectáculo impropio.

Por la mañana, un criado había depositado un baúl con sus iniciales en la rampa de mercancías del Santa Graciela, así que él tan solo tenía que llevar una pequeña maleta de cuero con los enseres y recuerdos que más valoraba. No eran muchos, incluido el abrecartas que escondía los brillantes de Ignasi Abbad, sin duda lo más valioso que llevaba encima.

Llegó al puerto después de comer con sus padres en casa, tras haber intentado en vano dormir la siesta en su habitación. Lo cierto era que no podía conciliar el sueño, pero tampoco podía pensar con claridad. Era como si no sintiera nada, como si sus pensamientos hubieran quedado aparcados para otro momento, como si aquello le estuviera pasando a otra persona y él fuera solo un espectador.

Contempló el barco embobado. Sin duda era el más bonito del puerto y también uno de los más lujosos. Tenía tres palos asentados sobre un casco alargado y estrecho, pintado en brillante color azul. Todo él resplandecía y hasta la tripulación, uniformada en blanco impoluto, parecía estar exclusivamente formada por jóvenes de aspecto apolíneo, perfectamente afeitados y peinados, de cuerpos fuertes y bronceados, que trabajaban ordenadamente para partir antes de las cuatro.

El Santa Graciela era un barco de lujo, pero sobre todo era un barco rápido. Esa era la razón de su diseño, ninguna otra. En lugar de ser panzudo y corto, era alargado y estrecho, y al no estar propulsado por vapor no necesitaba recalar en ningún lugar para recargar carbón. Tenía sesenta y cuatro metros de eslora y tan solo once de manga, y podía llegar a Cuba en dieciocho días en vez del mes que solían emplear otros barcos. Aquella no era una embarcación pensada para llevar a muchos pasajeros, sino mercancía, por lo que los billetes eran caros: Gabriel se dio cuenta enseguida de que viajaría con barceloneses de alta cuna. Su padre le había explicado cómo llegaban a Cuba y a los otros territorios de ultramar la mayoría de las personas, y se sentía aliviado de no tener que empezar su nueva vida de aquella manera. Apretó el puño con el que sostenía su maleta y, armado de valor, se dirigió al barco.

Pisó la rampa con la sensación de estar dejando atrás todo lo que conocía, como si lo que había hecho hasta el momento no hubiera tenido objeto y sin saber cuándo volvería a su ciudad, pero en cubierta un oficial lo distrajo rápidamente de sus pensamientos pidiéndole el billete. Al momento, un marinero lo acompañaba a su camarote.

Bajó la escalera y accedió a una planta revestida de madera color ámbar barnizada de forma que parecía nueva y brillaba tanto como el resto del barco, pero le sorprendió el tamaño modesto de todo. Cuando le abrieron la puerta de su camarote, la sorpresa solo hizo que aumentar. Si aquel era uno de los mejores camarotes del barco, no quería pensar en cómo serían los de peor categoría. Se trataba de una estancia de alrededor de diez metros cuadrados a lo sumo, estrecha y sin artificios, con una pequeña cama de la misma madera que todo el interior enfrentada a un escritorio también pequeño. Una portezuela daba acceso a un cuarto de baño que hubiera cabido en el interior de la bañera de su casa. Un armario, un par de cuadros de cartas náuticas y una imagen de la virgen del Carmen completaban la decoración. Por un ojo de buey entraba la luz reflejada en el agua azul oscura del puerto de Barcelona.

Gabriel se dirigió al marinero, que estaba colocando su maleta dentro del armario.

—¿Este es el camarote? Creí que mi billete era de...

—Primera clase, sí señor. Este es el mejor camarote de todo el Santa Graciela, después del del armador y el del capitán, claro está, pero ni siquiera esos son mucho mejores que el suyo. ¡Es usted muy afortunado!

El joven pareció comprender la desilusión de Gabriel.

—Ah, ya veo. Usted esperaba un camarote como el de un crucero, ¿no es así? Este es un barco muy diferente. Los cruceros son grandes... y lentos. No le va a hacer falta un camarote grande aquí, en nada estará en Cuba. Aquí nos ocupamos de que vaya usted cómodo, pero sobre todo, de que vaya rápido... y no podemos hacer eso con un barco como los demás de este puerto. Créame, en cuanto empecemos la singladura, solo querrá que lleguemos. Los viajes por mar son, si tiene usted suerte, monótonos, por más distracciones que tenga el barco. En el Santa Graciela viajan tan solo cuarenta pasajeros, además de la tripulación, así que el barco entero es de ustedes para que lo disfruten. También nos jactamos de tener el mejor chef del Mediterráneo, lo descubrirá enseguida.

Gabriel volvió a mirar alrededor. La cama era pequeña pero parecía cómoda, el escritorio estaba bien equipado, la moqueta impoluta, olía a palisandro... Respiró profundamente. Estaría bien.

—Muchas gracias por la explicación.

El joven abrió la puerta, pero cedió primero el paso a alguien que en esos momentos pasaba frente al camarote de Gabriel. La mujer se asomó indiscretamente a su espacio, mirándolo por encima del hombro del marinero que cortésmente se había apartado de su camino. Gabriel no pudo más que admirar, aunque fuera brevemente, el rostro perfecto de aquella chica. No había visto semejante belleza nunca, y en el instante en que sus ojos se cruzaron con los de ella, supo que tenía que conocerla como fuera. Incluso el marinero no pudo evitar girarse hacia él y levantar las cejas con complicidad.

—Creo que disfrutará del viaje, señor —dijo extralimitándose.

—Creo que lo haré —respondió Gabriel sonriendo con picardía.

II

Pepa Gómez había embarcado en el Santa Graciela metida ya de lleno en el papel que pretendía que cerrara la función de su vida. Ya era, ya se sentía, Isabel Palau, y así se presentó al oficial que la ayudó a subir la rampa. Se dijo que debía olvidar a Pepa, sacar aquel nombre de su cabeza. Sabía que los años vividos eran imposibles de borrar, pero se convenció de que aquella persona había muerto y que debía pensar en su vida como haría con la de una amiga fallecida. Hasta nunca, Pepa. Hola, Isabel.

Le preguntaron por su equipaje, pero esquivó el tema diciendo que lo llevarían más tarde. El hombre la miró extrañado unos segundos, pero como les pasaba a todos, olvidó el asunto en cuanto ella le mostró su amplia sonrisa y le tocó el brazo levemente. La habían acompañado a su camarote pasando por delante de otro que supuso de los mejores, donde un joven guapo la había mirado embobado.

Le gustó el espacio que le adjudicaron y, más aún, que el marinero le dijera que solo había uno de la misma categoría. Isabel Palau empezaba su nueva vida de forma muy diferente a lo planificado, pero por lo menos sus primeros pasos los daba en el entorno del que esperaba verse rodeada el resto de su existencia. Se sentó en la cama y se quitó, acalorada, el vestido que había comprado esa misma mañana. De debajo de la falda sacó varios metros de diferentes telas que había sujetado al corsé y una bolsita de papel con rollos de hilo y agujas, por supuesto, todo robado de la tienda donde había comprado y ajustado el vestido que llevaba puesto. «Es la tercera y última vez que robo», se prometió. Había sido necesario, pues no podía presentarse en el barco como una gran señora con un único vestido por muy corto que fuera el viaje. Lo cierto es que desconocía por completo cuánto se tardaba en llegar a Cuba, qué era un viaje corto y qué uno largo.

Ordenó su camarote y en cuanto llamaron a la puerta para avisarles de que estaban soltando amarras, se volvió a poner el vestido y subió a cubierta para ver por ¿última vez? su ciudad. Barcelona no la había tratado bien, pero tuvo que reconocer que se despedía de un bonito lugar. El brillo dorado que teñía el frente marítimo a aquella hora, con las cúpulas y los campanarios de las iglesias asomando tras los elegantes edificios que encaraban el Mediterráneo, las gaviotas planeando sobre el mar que golpeaba con suavidad los muelles, el parsimonioso trajín del puerto, el sonido de velas, cadenas, anclas y cabos; toda aquella desordenada armonía le sería difícil de olvidar. Como el novio al que sin éxito se intenta dejar de querer, Barcelona siempre estaría en su corazón.

Miró a su derecha, donde un joven de edad parecida a la suya se había apoyado en la barandilla de cubierta, mirando en la misma dirección. Le pareció que, como para ella, había algo de crucial en el momento que aquel desconocido vivía, en la despedida de Barcelona. Lo miró detenidamente sin que él pareciera darse cuenta. Iba bien vestido, quizás algo anticuado, pero sin duda con ropa de buena factura. Era el hombre que había visto en el camarote parecido al suyo, así que, salvo que hubiera conseguido ese billete como ella, estaba claro que tenía que ser un buen partido. Además, era guapo. Con que tuviera un poco de gracia y el buen patrimonio que le presumía, las mujeres se pelearían por él. Se acercó un poco más de forma que quedaron a tan solo un metro, y Gabriel reparó en ella.

—Buenas tardes —le dijo tocándose el sombrero.

—Buenas tardes —respondió Pepa, bajando un poco la mirada y sonriendo de manera seductora.

—¿Nerviosa? ¿Es su primer viaje en barco?

Pepa reparó de pronto que no tenía una historia que contar. ¿Qué era lo que motivaba su viaje? ¿De dónde venía? En resumen, ¿quién era ella? Aun así se oyó contestar.

—Sí, es mi primer viaje en barco. Mi primer viaje largo, claro está. Mi difunto marido —¿acababa de decir que era viuda?— tenía un pequeño yate con el que a veces salíamos a navegar, pero esta es mi primera vez en un barco de pasajeros.

—Comprendo —replicó Gabriel.

Pepa pudo ver cómo la mirada del joven se concentraba con dificultad en su cara, intentando no repasar su cuerpo de arriba abajo para confirmar que aquella belleza era natural a toda su figura. Se dio la vuelta unos segundos y pretendió mirar hacia la torre del reloj de la Barceloneta para facilitarle la tarea. Cuando volvió a mirar a Gabriel, este ya estaba completamente prendado de su cuerpo. Se sonrieron y volvieron la vista a la ciudad de la que se separaban poco a poco.

—¿Qué le lleva a Cuba? —preguntó Pepa para indagar en el origen de su compañero de viaje.

—Mi tía. Voy a acompañarla. Su marido y su hijo murieron hace unos meses... Asesinados.

—Eso es terrible... —replicó Pepa.

—Lo es. El caso es que mi tía posee un ingenio de caña de azúcar que, por esta azarosa situación, se ha quedado sin cabeza, sin nadie que lo gestione aparte de ella, así que voy a hacerlo yo. Además, si nada cambia, cosa que parece muy improbable, deberé de ser yo el que un día lo herede, así que parece lógico que coja las riendas con la mayor premura.

—Comprendo. ¿Y es muy grande el ingenio de su tía?

Aquella era una pregunta que Pepa hacía con sumo interés, pero Gabriel era una presa fácil, asombrado como estaba de que una mujer como aquella le prestara atención.

—Bastante, creo, no estoy seguro. La propiedad viene por el lado de su marido y tan solo sé lo que de ella nos ha ido contando mi tía por correspondencia. Lo suficientemente grande como para que necesite mi ayuda. Lo suficientemente grande como para que hace años decidiera instalarse allí con su marido. Está en un lugar que llaman el Valle de los Arcángeles, cerca de Matanzas, donde...

—Sé perfectamente dónde dice —lo interrumpió Pepa, mintiendo—. De hecho, tengo que resolver algunos asuntos en La Habana, pero muy probablemente mi destino final sea Matanzas. Así que es una suerte, quizás nos veamos. La ciudad no es grande.

«Al menos no lo suficiente para que escapes de mí», pensó. Se hizo el silencio unos segundos. Pepa le tendió la mano.

—Isabel Palau, encantada.

—Gabriel Gorchs, encantado también —le dijo antes de besársela.

Permanecieron en silencio mirando la ciudad hasta que poco a poco la dejaron atrás y todo el mundo se fue a sus camarotes a descansar y organizarse para la cena. Por primera vez desde que había sabido del cambio total que se iba a producir en su vida, Gabriel era optimista. En realidad, estaba contento y excitado. Nunca había conocido a una mujer como la señora Palau y nunca había sentido aquella conexión perfecta. Hasta la fecha no había tenido demasiado éxito con las mujeres. Era guapo, por supuesto, alto y bien formado, con un cabello espeso y negro y unos ojos verdes grandes y seductores, pero su carácter había estropeado la mayoría de sus aventuras con el género opuesto. Al principio era tímido, pero en cuanto se abría, aquella timidez daba paso a una confianza cortés, quizás excesiva, en la que nunca sabía calibrar la atención que estaba recibiendo. Cuando Gabriel percibía en alguna muchacha un interés por algo concreto, el joven basaba todo su plan de conquista en aquello, como si fuera el motor y única afición de la joven en cuestión: hablaba siempre de aquel tema, organizaba todos los planes en torno a él y acababa aburriéndola irremediablemente al no entender que tener una filia no significa dedicarle toda la existencia. No sabía mirar en el interior de la gente, ni tomar el pulso a las situaciones. No sabía calibrar cuándo era necesario un cambio de tercio si algo ya no daba más de sí. No era divertido más que con la gente a la que conocía de toda la vida, con la que mostraba su verdadero yo.

Pero la mujer más bella del mundo se había fijado en él. De todo el barco, la magnífica Isabel Palau le había elegido a él, fantaseó.

Pero Gabriel no se había dado cuenta de que Isabel Palau solo elegía lo que le convenía, y en aquel momento tramaba cómo seguir con sus pesquisas y, de revelarse estas como satisfactorias, cómo avanzar en la parte más fácil, la de la seducción. También debía pensar en otra historia fundamental, la suya. Ya había dicho que era viuda, así que no podía rectificar sobre aquello.

Mientras tramaba una vida que no despertara ni curiosidad ni dudas en los demás y fuera fácil de recordar para ella, empezó a fabricarse un chal con uno de los retales más cortos. A las nueve llamaron brevemente a su puerta para anunciar que la cena estaba servida en la cubierta de popa y, con la lección aprendida, una vida sin interés de la que informar a quien le preguntara, y un nuevo chal sobre los hombros, acudió con el resto de pasajeros.

La cubierta se había organizado con cuatro mesas de diez personas cada una, con sitio asignado para los comensales. Aunque se consideraba a todos los pasajeros como de primera clase, lo cierto es que los camarotes mejores tenían los mejores sitios también en las mesas, mirando hacia proa y algo separados de los lados de estribor y babor, donde a pesar de haber colocado unas mamparas de tela, había algo de corriente. Isabel Palau se sentó entre Gabriel Gorchs y un caballero mayor, que la ayudó a sentarse y se presentó con educación.

—Camilo Fabre, encantado.

—Isabel Palau, igualmente.

El hombre se mostró desde el primer momento interesado en la vida de la desconocida señora Palau, exactamente lo que esta quería evitar. Pese a todo, se descubrió como una perfecta fabuladora. Respondía a todas las preguntas con soltura, y solo esperaba poder recordar todo lo que salía de su boca, pues, como le pasaba a menudo, la gente la escuchaba con atención aunque fuera solo por ver aquella hermosa cara en movimiento.

—Mi marido tenía tierras en el norte de Barcelona, cerca de Vic. Ganado y también trigo, cebada, maíz...

—Veo que habla de él en pasado. ¿Deduzco que ha fallecido? —preguntó el señor Fabre con la seguridad del que sabe preguntar cualquier cosa sin parecer descortés o indiscreto.

—Sí. Lamentablemente, mi marido murió tan solo dos años después de casarnos. El último año ya llevaba yo las riendas de las fincas. Por suerte tengo buena mano para esos menesteres, pues nunca fueron más rentables, y sé que la cosecha que en estos momentos está creciendo será la mejor que hayamos tenido. Pero hablemos de otro tema, si no les importa. En parte, este viaje me debería servir para airearme tras unos meses aciagos.

—¿Y qué la lleva a Cuba?, si me permite la pregunta —inquirió el señor Fabre.

Se lo permitía, claro que lo hacía, con una amplia sonrisa, pese a tener ganas de clavarle un puñal en el cuello al hombre que le estaba haciendo pasar aquel mal rato. Agradeció haberse creado una historia en el camarote unas horas antes.

—Asuntos bancarios. Mi marido tenía inversiones en Cuba y tengo que arreglar algunos papeles para finiquitarlas. Pero también soy una persona viajera, hacía tiempo que quería conocer la isla.

El hombre sí era un apasionado viajero. Entusiasmado con el tema, subió un poco el tono y se dirigió a toda la mesa.

—Yo también soy un hombre de viajes. Recientemente estuve en Egipto, estrenando el canal de Suez. Eso sí que es un prodigio de nuestro tiempo... ¡Deben ir a conocerlo! ¡Una maravilla! Figúrense que...

El canal de Suez demostró ser un tema más interesante que la vida de Isabel Palau, por lo que pudieron acabar la noche sin que la recién nacida dama tuviera que exprimir más su imaginación.

Al levantarse de la mesa, supo con alivio que las cenas en la cubierta serían solo puntuales, cuando el clima y el mar lo permitieran, y que lo normal era que se realizaran en el comedor o en los camarotes. Las comidas no tenían horario definido, por lo que decidió que las haría, en lo posible, al margen del resto del pasaje.

En cualquier caso, se acostó satisfecha.

Isabel Palau había sobrevivido a su primera noche y ninguna otra velada podría resistírsele.

III

Tomás de Serrano avanzaba entre la espesura de aquel bosque tropical con la única luz de la luna que, de vez en cuando, se colaba entre las hojas y las ramas de la exuberante vegetación que cubría las partes aún no cultivadas del Valle de los Arcángeles. No le hacía falta un farol que le diera mayor claridad, podría haber recorrido el camino con los ojos cerrados y era fundamental que su piel negra se fundiera con la noche para llegar lo más discretamente a donde se dirigía. Cruzó un pequeño arroyo sin mojarse más que los tobillos y sorteó otros saltando de piedra en piedra con agilidad. En ese punto confluían la mayoría de los caminos de agua del valle, juntándose poco más abajo con el río al que llamaban Alegre, que poco después se derramaba en una cascada de veinte metros con más furia que alegría.

Tomás se dirigía exactamente allí, guiado por el creciente sonido del agua. El trayecto no le cansaba, la fuerza de su cuerpo mandinga parecía no consumirse nunca. Se acercó a la orilla del río Alegre y anduvo por ella hasta la cascada. Al llegar al inicio de aquel salto, separó unas ramas de banano y atravesándolas descubrió, pegado al mismo acantilado, un camino de no más de un metro de anchura que conseguía serpentear por aquella pared descendiendo hasta su mitad, donde desaparecía detrás del salto de agua. Anduvo con cuidado, pues la tierra estaba mojada y no habría sido difícil resbalar y caer por el precipicio. Cuando llegó al punto en el que el camino desaparecía tras la cascada, tomó impulso y atravesó el agua para acceder a la cueva disimulada tras ella. El olor a humedad de las paredes y el frío no le distrajeron de la luz que se vislumbraba unos metros más adelante, a la que se acercó a paso ligero. Dos como él habían acudido a la cita con una mujer que les despertaba tanto miedo como respeto.

Decían que tenía más de cien años, y que desde el mismo momento de su llegada a Cuba en un barco de esclavos jamaicanos, había escapado del hombre blanco que pretendía encadenarla, convirtiéndose en una cimarrona legendaria, una esclava huida de la que todos los negros hablaban sin saber la mayoría de ellos que aquella mujer realmente existía, y que su poder era tan grande como el que se le atribuía. Vestía una túnica de varios colores, hecha con retales de otras anteriores, que le cubría el cuerpo sin disimular sus ángulos huesudos. Tenía muy poco pelo, lo que acentuaba lo menudo de su cráneo, cubierto con un turbante rosado. Su piel negra se había agrietado y arrugado, y sus ojos se habían velado de tal forma que solo se intuían los iris y las pupilas oscuras. Veía poco con los ojos pero mucho con la mente. Sentada frente a un fuego hipnótico cuyas llamas se movían con lentitud, arrojaba de vez en cuando en él algo de la tierra que tenía alrededor y musitaba oraciones ininteligibles. En esos momentos, las llamas ardían haciéndose algo mayores. La llamaban Crista, pero nadie sabía su verdadero nombre.

Tomás se sentó con las piernas cruzadas alrededor del fuego, como habían hecho los demás antes que él. Esperaron casi una hora hasta que las llamas poco a poco se hicieron más pequeñas y Crista dejó de dirigirse a ellas.

—Una amenaza se cierne sobre sus planes, m'hijitos. Lo dicen las llamas, lo dice la tierra, lo dice el aire.

Todos escucharon atentos.

—Digo amenaza porque los dioses no los acompañarán y los antepasados no los acogerán, y nunca volverán a pisar la tierra a la que pertenecen si lo que pretenden hacer les moja las manos de rojo. No. Eso no es lo que quieren los que los protegen, ni lo que deben hacer. Si responden al mal con mal, se condenarán en el mal y no verán la tierra de sus antepasados en la próxima vida. Al contrario, vagarán por el mar ahogándose eternamente, les comerán los pies los peces una y otra vez, y cuando crean que su sufrimiento ha remitido, empezará de nuevo con más fuerza. Viene alguien, es hija del mal y lo cambiará todo. No tardará en llegar, lo dicen las llamas, lo dice la tierra, lo dice el aire.

Tomás preguntó. Siempre le asustaba hacerlo, pero no estaba prohibido, y Crista siempre contestaba sin molestarse, incluso cuando la interrumpían.

—¿Y cómo sabremos quién es esa persona?

—Es mujer, blanca y bella como la flor del caramagüey, pero, igual que la flor, venenosa y mortal. Guárdense de ella, m'hijitos, y vigilen sus pasos. Será fácil de reconocer y vendrá para cambiarlo todo. Para que los cambios que pretenden no sean como los planifican. Para sembrar odio donde ahora hallan injusticia. Su nube se extenderá por el valle, pero pocos la verán hasta que sea tarde y muchos desearán no haber conocido el amor falso del que se viste.

Se miraron unos a otros mientras Crista cerraba los ojos lentamente y se quedaba en silencio. Esa era la señal de que sus visiones se habían acabado aquel día y que lo que viniera a continuación sería tan solo su opinión, igualmente poderosa.

Roque de Viader, de San Rafael, fue el primero en intervenir. Todos eran nietos de esclavos y se comunicaban en el español que sus amos habían impuesto a los suyos hacía muchos años. El hombre tenía veinticuatro años, y como Tomás de Serrano y Mateo de Abbad, de San Miguel, coincidía en que lo que planeaban era un objetivo de vida lo suficientemente trascendental como para avanzar con paso seguro y sin prisas que estropearan lo que minuciosamente tramaban.

—Fue un error. ¡Un error! No podemos matar a los amos hasta tenerlo todo planeado. Tenemos que averiguar quién lo hizo. ¡No puede ser que no aparezca! Y mataron precisamente a los mejores amos del valle. ¡No merecían morir! Esos entrometidos acabarán con todo nuestro plan.

—¿Qué plan? —replicó Mateo—. ¡¿Qué plan?! ¿Seguir esperando? ¿Seguir convenciendo a los esclavos? ¿Seguir fabricando lanzas? ¿Hasta cuándo, Roque? ¿Hasta cuándo?

—Hasta que empiece la revolución —intervino Tomás—. Nosotros no podemos empezarla. Nosotros solo podemos unirnos a ella. Ahora todo ha empeorado. Matando a los Serrano solo han conseguido que envíen a otro amo desde Europa para mandarnos, y seguro que será más listo y desconfiado que el amo Serrano y su hijo. Esos eran demasiado buenos, habríamos acabado con ellos tan solo hablando. Los esclavos de San Gabriel vivimos mejor que muchos hombres libres y que cualquier emancipado.

—Ya, pero nosotros, no —replicó Mateo—. En San Miguel nos permiten criar un cerdo a cada familia y tener un huerto, pero por lo demás... seguimos trabajando de sol a sol, igual que en San Rafael. Si no fuera por el pacto entre los tres ingenios, ya nos hubiéramos prestado todos a cambiar de amo y ser acogidos en San Gabriel. Pero ahora viene uno nuevo. A saber qué os hará.

—Eso mismo os decía —volvió a decir Tomás de Serrano—: en San Gabriel solo podemos empeorar. Viene un muchacho joven, Gabriel se llama, sobrino del ama Lucía. Si no tomamos precauciones, puede descubrirlo todo.

Llevaban años planeando unirse a una revolución que nunca acababa de empezar, aprovechar una revuelta general en la isla para tomar el valle y retenerlo en su poder sin destrozar los ingenios, prósperas fincas que, reorganizadas y exentas de esclavos, debían ser la base de un nuevo orden, más justo. El plan se basaba en retener la presión exterior, evitar que los revolucionarios penetraran en el valle disuadiéndolos con esclavos armados si era necesario, y en paralelo, negociar con los amos un cambio total en el estatus de las fincas. Utilizar esa presión para que los propietarios entendieran que la mejor opción era que abandonaran toda resistencia. Que lo mejor era que volvieran a Europa tras haberse hecho suficientemente ricos durante años a costa de su esfuerzo, y que les dejaran a ellos la propiedad de los tres ingenios y toda la maquinaria. Que era eso o dejar que hordas revolucionarias entraran en el valle, lo quemaran y lo destruyeran todo, llevándose también probablemente sus vidas de paso. La idea no era nada sencilla y requería de mucha organización y secretismo. También de que la relación hasta el momento clave fuera armoniosa.

El plan se sustentaba en eso y en las visiones de Crista. La vieja hechicera era capaz de sentir en su piel el futuro y había acertado demasiadas veces como para pasar sus consejos por alto. Acudían a su cueva cada luna llena a escuchar sus predicciones, vagas historias que siempre se habían cumplido.

Alguien amenazaba aquel trabajo tan bien hilado durante años. Había un asesino y cada vez estaba más claro que vivía en el Valle de los Arcángeles aunque se hubieran negado a creer que una comunidad como la suya, pacífica y tranquila, fuera capaz de tener a alguien así entre su gente.

—También había una serpiente en el jardín del Edén —les había recordado Crista, que como muchos esclavos mezclaba las creencias de sus antepasados con la santería, el cristianismo y la magia.

Al principio pensaron que el asesino provenía del exterior, donde ya se habían producido otros asesinatos, pero hacía tan solo una semana, una doncella había descubierto una nayuca real en la cama del ama Lucía cuando todos sabían que en Cuba no las había, por lo que tenían que haberla llevado allí desde fuera de la isla con la intención de matar. No había serpientes venenosas en la Gran Antilla. El día coincidió con una de las pocas grandes tormentas que se habían producido en el valle, por lo que el tren no salió y la comunicación con el exterior fue imposible. Tampoco vieron ningún caballo, por lo que se convencieron de que el asesino estaba entre ellos. A Tomás le preocupaba especialmente.

—Ese inconsciente lo va a echar todo a perder. Hay que desenmascararlo antes de que sea demasiado tarde. Si averiguan que es alguien del valle, todos seremos puestos en el punto de mira. Esta paz nos beneficia, nos ayuda. A los amos les parece que estamos en perfecto equilibrio, lo cual es necesario para que avancemos, para que sigamos preparándonos. Si se empiezan a acostar asustados, se levantarán enfadados y lo sentiremos todos.

—Sí, hay que encontrarlo —respondió Roque, que, conocido por su vagancia, solía decir «hay que» para dejar caer que él no pensaba ponerse con la tarea aunque hubiera que realizarla.

Mateo, otro mandinga como Tomás, pero aún más fuerte que él, permaneció en silencio.

—Yo lo localizaré —dijo Tomás tras unos segundos.

En realidad, ninguno de los que allí se encontraban se había ofrecido, así que no había mejor opción. Él era el que disponía de menos tiempo, el que más labores tenía a su cargo, pero los que se hacían llamar sus hermanos confiaban siempre en que fuera él quien se encargara de lo que podían haber hecho ellos. Porque cuando Tomás realizaba un trabajo todos sentían que había cumplido simplemente con lo que se esperaba de él. Cuando cualquier otro realizaba la mitad del esfuerzo, todos se lo agradecían efusivamente. Era injusto, pero Tomás ya no se molestaba.

Crista carraspeó, sonriendo levemente.

—Así es siempre, m'hijitos. El trabajo lo hacen los cansados.

Solo Tomás entendió sus palabras.

6

I

Pese a haberlo intentado, Isabel Palau no pudo mantener muchos más días la distancia que se había autoimpuesto con el resto de pasajeros del Santa Graciela. Los camarotes eran cómodos pero no grandes, y después de un tiempo cosiendo vestidos nuevos con las telas que había robado, sintió la necesidad de salir a cubierta a pasear y a sentarse en alguna de las tumbonas a contemplar el mar infinito. Lo mismo le sucedía a todos los que viajaban en el barco, que ya habían formado grupos y poco a poco se acostumbraban a una rutina diaria que incluía copas y aperitivos a diferentes horas, juegos de cartas y tiempo para la lectura. Ella pasaba cerca, saludaba cortésmente y sonreía, para luego quedarse sola voluntariamente, a unos metros, lejos de preguntas que pudieran desvelar sus secretos.

Descubrió sorprendida que le gustaba el mar. Antes, cuando era tan solo una fuente de frío y humedad, cuando el viento que venía de él empujaba la arena de la playa por debajo de la puerta de su chabola, cuando se mostraba traicionero e implacable, lo había odiado, pero ahora, en aquel barco que parecía deslizarse como un cuchillo en la mantequilla, el horizonte de azules la relajaba y le daba esperanza. Lo cierto era que se sentía cuidada, ese era el secreto de que aquel mar fuera tan distinto al de su infancia. Limpiaban, cocinaban y navegaban por ella, todo el mundo le sonreía y estaba dispuesto a ayudarla y a satisfacer sus peticiones. Esa era la gran diferencia.

Se recostó en una tumbona de teca a pocos metros de un grupo de señores que jugaba a las cartas y cerró los ojos. Todos parecían haber comprendido su deseo de estar sola salvo Gabriel. El joven la había buscado desde la primera noche, y aunque al conocerle Isabel Palau había tramado acercarse al que suponía un buen partido, la posibilidad de que sus preguntas la descubrieran había hecho que renunciara temporalmente a su amistad.

El problema era que Gabriel había quedado prendado de ella y su juventud demostró ser un fuego más difícil de amainar que el del resto del pasaje. Al verla sentada, se acercó a ella con un vaso de limonada y ocupó silenciosamente la tumbona de al lado. Contempló aquel perfil perfecto, sus labios carnosos y la nariz recta, su pelo, que se estaba aclarando, recogido en una gruesa trenza, aquel bonito vestido que parecía recién estrenado.

—Buenas tardes —dijo en voz baja, intentando no sobresaltarla. Creyó ver un gesto de desagrado en el rictus de Isabel, pero continuó—, le he traído un vaso de limonada, por si le apetece.

Isabel abrió los ojos y se los protegió del sol con la mano.

—Buenas tardes, don Gabriel, ¿cómo se encuentra? —dijo queriendo ser amable. No podía huir. Levantarse e irse, como hubiera sido su deseo, le parecía una descortesía impropia de la elegante Isabel Palau, aunque fuera exactamente lo que Pepa habría hecho—. Tomaré esa limonada, es usted muy amable.

Gabriel le tendió el vaso contento de tener la atención de aquella belleza por un rato.

—Yo estoy muy bien, gracias. Ansioso por llegar, esa es la verdad, pero también inquieto por la nueva vida que me espera. —Isabel pensó que esa frase podría haber salido de su boca. Se incorporó un poco, escuchándole más atentamente—. Sabe, en realidad no sé nada de agricultura. Por supuesto, he leído mucho, pero creo que ahora mismo todo lo que creí haber aprendido son inutilidades que solo ocupan espacio en mi cerebro. Lo cierto es que no sé gestionar una finca, y sé que la de mi tía, San Gabriel, es muy vasta. Así que me inquieta no estar a la altura de las circunstancias en el que se ha revelado, durante los últimos días, como mi destino. No sé si me explico bien...

Lo hacía perfectamente, tanto que Isabel decidió que aquella conversación, definitivamente, le interesaba.

—Mire Gabriel, la vida da muchas vueltas y lo mejor es seguir su ritmo. Yo tampoco imaginaba que fuera a realizar este viaje, ni que Cuba sería un destino en mi vida, y aquí me ve, sola en un momento tan importante, sin saber realmente qué es lo que me depara el futuro... —Se dio cuenta de que había dicho exactamente la verdad y decidió rectificar levemente—. Me refiero al futuro al margen de los bienes de mi marido, claro. Siempre podré volver a nuestra finca de Vic, pero la he dejado en buenas manos por si mi estancia en Cuba se alarga.

Un destello de alegría iluminó la mirada verdosa de Gabriel.

—Entonces, ¿quizás se quede una temporada?

—No lo sé aún. No sé nada. Mi difunto marido quiso que yo fuera a Cuba y eso he hecho. Ya veré qué es exactamente lo que me espera allí.

Se quedaron unos segundos en silencio mirando el mar. Gabriel no era cauto, tendía a confiar en todo el mundo, justo lo contrario de lo que le habían enseñado en casa. Se abría con facilidad y presuponía que en cada desconocido podía haber un amigo.

—¿Tiene miedo? Yo un poco —dijo con un tono casi infantil.

—Mucho —dijo Isabel, y volvió, para su sorpresa, a responder con sinceridad.

Aquella conversación fue la primera de muchas que se sucedieron entre ambos, día tras día, en diferentes momentos de la travesía. Isabel descubrió que con Gabriel no se sentía amenazada ni cuestionada, y que su genuina bondad y su inocencia original le hacían fácil de manejar. Cuando algún tema tenía visos de amenazar la credibilidad de su historia, sencillamente lo cambiaba, y Gabriel parecía no percatarse.

Era el primer amigo que tenía y eso era desconcertante para ella, que jamás había sentido el más mínimo afecto por nadie. Ni por sus padres, ni por los clientes del chiringuito, ni siquiera por el servicio del palacete Abbad pese a que siempre la habían tratado bien. Por Ignasi Abbad podría haber llegado a sentir aprecio, estuvo cerca de ello, pero en seguida sus ambiciones ocuparon todo el espacio que había libre para aquellos nobles sentimientos.

Por alguna razón, la amistad de Gabriel era diferente. Por supuesto, no perdía de vista la evidencia de que era un buen partido, probablemente no tan bueno como Ignasi —casi nadie lo era—, pero a cambio era joven y guapo, y parecía que se entendían bien. Por primera vez en su vida, aparecieron tenuemente los escrúpulos y se planteó si, llegado el momento, estaría dispuesta a sacrificar la amistad de Gabriel para engañarle beneficiándose de su inocencia. Si seguía decidida a aplastar a quien hiciera falta para abrirse paso. Tras meditarlo, se dijo que seguía dispuesta a todo, al menos de momento.

Pero aquella podía ser su tabla de salvación si sus primeros pasos en la isla no se desarrollaban como aspiraba. De momento, no sabía cuánto costaban las cosas allí, así que no podía calibrar hasta dónde llegarían el dinero y las joyas que había robado a los Abbad. De ello dependía gran parte de su éxito, aunque estaba segura de que, una vez más, su mayor patrimonio era su físico. Todo lo demás era una incógnita que no tardaría mucho en desvelarse.

Decidió que se quedaría en La Habana aunque el barco recalara también en Matanzas, donde tenía su destino Gabriel. Si en algún momento lo necesitaba, no convenía que supiera demasiado sobre sus primeros pasos en la isla. Era experta en hacerse la encontradiza y estaba dispuesta a darle suficiente cariño antes de desembarcar para que el joven cayera bajo su hechizo durante un buen tiempo. Podría mandarle una carta al ingenio de su tía y quizás darle sus señas una vez tuviera idea de a dónde ir. En cualquier caso, en menos de diez días entrarían en la bahía de La Habana, así que debía estar preparada.

En su camarote, antes de cenar, remató el bajo del último de los tres vestidos que había cosido tras pasar horas de extenuante trabajo en aquel espacio. De nuevo, le había sorprendido su determinación para lograr lo que quería. Sin ser una profesional, se dijo que aquella parecía una prenda de la mejor de las casas de modas de Barcelona. Sin duda, era el más elegante de los tres trajes que había confeccionado, se convenció al verse frente al espejo. Ricamente elaborado en seda roja, sus pliegues marcaban su cintura y sostenían su pecho, mostrándolo por medio de un escote en el límite justo de la elegancia. Resaltaba su cuerpo perfecto y a la vez permitía que se moviera con soltura, con unas mangas cortas que hubiesen complementado muy bien unos guantes largos que no tenía. Con todo, el detalle esencial del que carecía eran las joyas, por lo que decidió usar, tan solo en aquella ocasión, los pendientes de rubíes que había sustraído a Alicia Abbad.

La ocasión lo merecía. Tras varias noches cenando en sus camarotes, unas veces por necesidad y otras por voluntad, aquella noche, aprovechando la luna llena y la calma chicha de un océano que también parecía querer descansar, el capitán iba a ofrecerles la cena más importante del viaje.

Subió a cubierta, notando enseguida cómo llamaba la atención de todos, que con mayor o menor disimulo se giraban al verla pasar y cuchicheaban descaradamente sobre su atuendo mientras se acercaba a la mesa, en la que otra vez tenía reservado un lugar de privilegio. Se sentó a la derecha del capitán cuando ya todos estaban a punto de hacerlo, agradeciendo con una sonrisa silenciosa que la ayudara a tomar asiento. A su derecha habían vuelto a sentar a Camilo Fabre y casi enfrente, a Gabriel, cuyos ojos, más que los de ninguno, no podían apartarse de ella.

Todo el mundo se había puesto sus mejores galas y el barco resplandecía más que nunca. En la cubierta, cada tres o cuatro metros, un marinero formaba frente al mar, como esperando a que algo viniera de él, elegantemente uniformado y sosteniendo un farol, mientras en varios puntos, se habían colocado centros florales y velas para decorar el espacio. La misma mesa, con mantel de hilo bordado con pequeños escudos en dorado y presidida por una guarnición de plata que alternaba pequeñas copas de flores con candelabros con figuras de peces, era un derroche de elegancia. Por suerte, su belleza, especialmente aquella noche, volvía a jugar a su favor. Había varias mujeres en el barco, todas acompañando a sus maridos excepto una viuda, pero había muchos más hombres, por lo que en general estas pasaban casi desapercibidas. Con todo, intentando ser amable, saludó a la que tenía en frente, una señora gruesa que rondaría los cincuenta años cuyo nombre no recordaba.

—Está usted muy guapa esta noche, si me permite decírselo, querida.

La mujer sonrió, acabando de tragar para contestarle.

—Señora Palau —dijo ella, que sí recordaba su nombre, sonriendo—, es muy amable, pero viniendo de usted comprenda que es como si un caballo de carreras alabase la belleza de un tejón. Hago lo que puedo. La que realmente está bella esta noche es usted. ¿De dónde es ese vestido?

—Me lo hizo una modista, en casa. Lo cierto es que no sé de dónde sacó el diseño.

—Están las dos magníficas —intervino el señor Fabre, que llevaba un tiempo mirándola—. Seguro que en Cuba agradecen de vez en cuando la llegada de las modas de la metrópoli, ¿no creen? Me extrañaría que cualquiera de las damas de la isla no envidiara sus atuendos, señoras mías.

En ese punto, el capitán intervino.

—Señor Fabre, mejorando lo presente y alabando, como no podía ser de otra manera, el impecable gusto de la mujer barcelonesa, debo decirle que se nota que aún no conoce la isla. Cuba es la más rica y próspera isla que usted pueda imaginar, las tiendas de La Habana no tienen nada que envidiar a las de Barcelona, más bien al contrario. Pasa habitualmente, y quizás ese sea el problema que tenemos los peninsulares, que en el fondo todavía creemos que es una colonia, una tierra que apadrinar, educar, abastecer... Un lugar del que extraer la riqueza y partir. Pero Cuba hace tiempo que no es eso, se dará cuenta rápidamente, en el mismo desembarco, me aventuro a afirmar —como a Fabre no pareció molestarle la matización, el capitán prosiguió—. Los que no hayan estado en la isla se sorprenderán. Van ustedes hacia una auténtica joya: sofisticada, rica, exótica, pero no por ello falta de comodidades. La sociedad criolla es diferente en muchas cosas a la que ustedes conocen, pero tan refinada como la de Barcelona o Madrid, y no repara en gastos para conseguir todos los lujos europeos, orientales y americanos. El azúcar lo ha cambiado todo. Cuba produce más azúcar que ningún otro rincón del mundo y lo exporta a todas las mesas. El que tiene un ingenio en Cuba es ahora mismo rico o debería serlo. He conocido algunos, ingenios digo, y ya no son las pequeñas fincas remotamente situadas y precariamente abastecidas; algunas tienen todos los adelantos, la mejor maquinaria, y están gestionadas con modernidad, más que la mayoría de las explotaciones agrícolas de España. Pero es que ese suelo está bendito, señores míos. Es un regalo de Dios el que tenemos en el Caribe —y mirando a Gabriel, concluyó preguntándole—: Usted tiene un ingenio, ¿no es así?

—Bueno, mi tía lo tiene —respondió Gabriel ruborizándose—. Era de su esposo, fallecido recientemente. Creo que ya expliqué la situación. Yo voy a gestionarlo. A ayudar a hacerlo.

—Sí, sí, cierto —dijo el capitán sin añadir un pésame: la gente moría, a veces antes de tiempo, todo el mundo lo sabía—. Y ¿dónde está su ingenio?

—Está cerca de Matanzas. Al menos es allí donde me van a recoger. La finca se llama San Gabriel y linda con San Miguel y San Rafael —respondió Gabriel con lo poco que sabía de la hacienda.

—¡Conozco San Miguel! —respondió el capitán, feliz con la coincidencia—. Solo la mansión. Es de las mejores que he visto, una casona magnífica, un palacio entre palmeras. No visité el molino ni las calderas, pero es de suponer que estarán también a un altísimo nivel. Si su plantación se parece en algo a aquella, debe congratularse, estará usted a los mandos de un gran negocio y gozará de una espléndida vida. Una de las mejores, si nada cambia.

—Espero que así sea —replicó escuetamente Gabriel.

Isabel había seguido la conversación con un interés analítico que la llevó a varias conclusiones y a una ambición. En primer lugar, le confirmó que Gabriel era un excelente partido, mucho mejor de lo que él mismo suponía. Parecía que se iba a encontrar en posesión de una finca excelente de la que apenas sabía nada, e iba a llevar las riendas de un negocio del que no tenía ni idea. Un negocio que debería ser rentable. Es decir, Gabriel era rico e inexperto, por lo tanto, necesitaba cerca a una mujer como ella, que dirigiese su vida y, más importante aún, su ingenio azucarero.

Pero supo que esta vez debía utilizar una estrategia diferente, mejor de la que había intentado con Ignasi Abbad. Todos, desde la primera a la última persona con la que alternase en Cuba, debían considerarla una gran señora y a la postre, la mujer que Gabriel necesitaba. Si su tía, el personal de la finca y la gente de la isla la veían como lo que pretendería ser, nadie sospecharía sus auténticos motivos.

El problema era el tiempo, estaba claro. Sus fondos para aquella obra de teatro se acabarían rápidamente, por lo que cuando lo hicieran, su relación con Gabriel debía estar consolidada. Una pregunta la apartó momentáneamente de sus pensamientos.

—Y usted, señora mía, ¿dónde se alojará mientras esté en La Habana? —le dijo el capitán.

—Cielo santo, se me ha ido el nombre de la cabeza... —respondió Isabel tras un instante de vacilación—. Lo tengo apuntado en mi camarote. Es un hotel moderno y distinguido. Creo que está en el mismo centro, pero ahora mismo no me viene el nombre del establecimiento...

—¿El Europa? ¿El Santa Isabel? El Telégrafo es el mejor ahora mismo si me permite que se lo diga, su bar es de los más animados de la ciudad, un lugar donde alterna lo mejor de la isla.

—Ese es el hotel en el que me alojaré yo —apuntó Camilo Fabre.

—¡Ese es! El Hotel Telégrafo, por supuesto. Allí me alojaré yo también —dijo Isabel, a sabiendas de que probablemente se acababa de meter en un lío.

El capitán retomó la palabra y cambió rápidamente de tema, buscando la participación en la conversación de otros pasajeros, y comenzó a narrar historias de la mar, de las que Isabel, entregada ya a la planificación de sus primeros pasos en la isla, no oyó más que un murmullo.

II

Alicia Abbad había acudido a la notaría de los hermanos Tiffón, en la Rambla de Cataluña, para cerrar otro de los desagradables capítulos que había desencadenado la muerte de su hermano.

En los pasados días había presidido el funeral en la catedral y el entierro en el panteón familiar del siniestro cementerio de Montjuich, horrible lugar situado en uno de los puntos más bonitos de Barcelona. Había mirado al mar mientras el ataúd de su hermano desaparecía en la oscuridad del panteón y había deseado, una vez más, que todo aquello no le estuviera sucediendo a ella. No había derramado ni una lágrima y tenía la sensación de que su cuerpo entero se había secado con aquel inmenso dolor. Pese a todo, lo más duro estaba por llegar.

Subió la escalinata del edificio hasta la primera planta, donde un ayudante la llevó al despacho del notario, repleto de diplomas y presidido por el retrato de la reina, donde ya la esperaba Silvio Tiffón. El notario era un hombre elegante que llevaba los asuntos de su hermano desde hacía muchos años. Iba perfectamente afeitado y peinado, y vocalizaba con precisión, abriendo los ojos a cada frase que pronunciaba, asegurándose de que todo lo que decía se comprendiera con claridad. Pasadas las condolencias, el hombre se reacomodó en su silla y abrió la carpeta que tenía en la mesa frente a él. En el lado opuesto, Alicia, súbitamente envejecida y cansada por aquellos días, se dispuso a escuchar las últimas voluntades de la persona a la que más había querido en toda su vida.

—Su hermano era un hombre rico, supongo que eso es algo evidente.

Odiaba hablar de dinero, pero parecía que aquel día no tenía escapatoria. Asintió con la cabeza, incómoda. Nunca había entendido por qué se sentía culpable por ser rica, si en el camino para serlo no había obrado jamás con maldad, avaricia o egoísmo.

—Lo que quizás no lo sea tanto para usted, dado que imagino que este no era uno de los temas que frecuentaban, es la magnitud de su riqueza. Señora mía, su hermano tenía una de las mayores fortunas de este país. Una que lo abarca todo, pero principalmente inmuebles en esta ciudad y fincas en la zona del Maresme y el norte de la provincia de Barcelona. En esta carpeta se detalla todo lo que tiene —dijo antes de tenderla una carpeta—. Ya he enviado noticia a todos los administradores para informarles del trágico suceso y convocarles en la casa de usted a departir sobre cada uno de los temas y las decisiones que hay que tomar. Yo la asistiré en todo momento y la aconsejaré, pero pese a que esta le pueda parecer una labor titánica, sepa que todo está bien organizado y que el patrimonio de su hermano es sólido y no le dará demasiados quebraderos de cabeza. Usted es usufructuaria de todo ese patrimonio. Cuando fallezca, todo será del hijo de su hermano difunto, su sobrino Miguel. El palacete Abbad es lo único en lo que hay una excepción, ya que su hermano dispuso que pasara a ser de su propiedad.

—Entiendo —fue todo lo Alicia pudo decir.

—Respecto al dinero depositado en las cuentas de diferentes bancos y, esencialmente, en la Banca Arnús, dispuso que a su muerte fuera repartido entre su hijo Miguel y usted, en el caso de que su hermano, como así ha sido, la adelantara a usted en su tránsito a la vida eterna. Los balances de las citadas cuentas están en esta otra carpeta —dijo al tiempo que le daba otra carpeta marrón—, ya he dado orden de que se pongan a su nombre las cantidades que correspondan —y dicho esto, el notario no pudo contenerse—. Es usted una mujer muy rica, doña Alicia.

—Siempre lo he sido, amigo mío. Pero nunca me he sentido más pobre —respondió ella con tristeza.

Departieron tediosamente sobre algunos asuntos más. Acciones que Alicia decidió vender, pagos que ordenó y otras cosas que no le importaban lo más mínimo. Antes de acabar, acercándole un sobre, el notario le notificó otro de sus planes.

—Hemos escrito esta misiva con un resumen de todo y si usted la aprueba, se la haremos llegar a su sobrino a la hacienda de San...

—San Miguel.

—Eso, de San Miguel, en el llamado Valle de los Arcángeles, Cuba.

Alicia miró al notario. Aquella era la labor más dura a la que se enfrentaba, pero sabía que nadie más que ella debía dar la noticia a Miguel y consolarlo llegado el momento.

—No harán nada de eso. Miguel aún no sabe de esta tragedia y es mi intención ir a Cuba para contársela en persona. Nada me parece más frío que recibir una noticia así por correo. Ese joven tiene una tía, será ella quien le explique la desgracia y le consuele.

—Lo que usted considere, doña Alicia —dijo el hombre, apartando la carta—. En ese caso, prepararemos una carpeta con todos los detalles que le atañen a él.

—Eso sería perfecto. Se lo agradezco —dijo Alicia.

Tras hablar cortésmente unos minutos más, se despidieron, y Alicia volvió al landó que la esperaba en la puerta. Mientras atravesaba las calles de su ciudad, le pareció que con la lluvia, los cristales mojados, el cielo gris y marrón, y los edificios oscurecidos por la humedad, su querida Barcelona la acompañaba en el luto.

Aunque aún no había tiempo para lutos.

Dos días después de la muerte de su hermano, los lacayos de servicio la noche del fallecimiento le explicaron lo acaecido, sin entrar en conclusiones, tan solo exponiendo lo que habían visto. Cómo Pepa Gómez, la segunda pinche, se había alarmado al saber que era el señor y no ella el que había cenado en casa esa noche. Al poco rato, la mujer había desaparecido del palacete Abbad y se había desvanecido de la ciudad como un espectro. Nadie sabía nada de ella, y pese a que el episodio fue sonado y los rumores de asesinato iban de boca en boca, Pepa no aparecía.

Al llegar a casa dio su abrigo a Ginés, que como todo el servicio había incorporado un brazalete negro a su uniforme, y subió por enésima vez a inspeccionar el cuarto de la sospechosa, ubicado en el ático. Siguiendo la sugerencia de la policía, había pedido que nadie entrara en aquel lugar hasta nueva orden. Encendió un candil y se acercó al armario para repasar los estantes vacíos. Luego se acercó a la cama y la separó de la pared, pero al igual que las innumerables veces que había inspeccionado la habitación, tampoco halló nada. Se sentó en la pequeña butaquita junto a la mesilla que completaba el mobiliario y se preguntó qué escondía aquella habitación. Más aún, qué escondía aquella mujer. ¿Qué había hecho Pepa? Suspiró profundamente, pesimista ante la posibilidad de que aquel misterio se resolviera, y volvió hacia el pasillo, pero al pisar, antes de salir, un sonido casi imperceptible la hizo agacharse para averiguar qué era lo que lo había provocado. Cogió un trozo pequeño de algo menor que la uña de un meñique y lo acercó al candil para ver qué era. La conmoción la invadió al comprender lo que tenía en las manos. Puntiagudo y anguloso, marrón, con una cara alisada y otra rugosa.

Un pedazo de cáscara de nuez.

Esa misma tarde, tras informar a la policía, Pepa Gómez fue declarada principal sospechosa de lo que ya era un asesinato por envenenamiento, y la muerte de Ignasi Abbad dejó de ser considerada como un fallecimiento por causas naturales. Alicia estaba segura de que aquella mujer había querido matarla a ella y sospechaba también que el motivo era tener el camino despejado para seducir a su hermano, con el que hacía tiempo que cruzaba miradas casi indecorosas. Sus planes se habían torcido, cambiando por completo la vida del palacete Abbad, y Alicia tenía ya decidido utilizar todo su tiempo y sus medios para hacer que el horrible asesinato de un hombre bueno no quedara impune.

Pero incluso antes de aquella labor esencial, estaba la de acudir junto a su sobrino Miguel al ingenio y explicarle cómo estaban las cosas. La venganza estaba por primera vez en su agenda, pero antes que eso estaría siempre la bondad y el amor a sus seres queridos: aquel joven era la única familia que le quedaba. Los nuevos billetes para el Santa Graciela llegarían demasiado tarde. Ginés había pedido información y le había dicho que el clíper no volvería a Barcelona hasta después de verano. Era demasiado tiempo, así que pidió al mayordomo que reservara pasajes en el barco que tuviera su salida más próxima. Tras informar a su doncella, esta empezó a preparar el equipaje y toda la casa se puso en marcha. Ginés se quedaría, pero dos lacayos y su doncella la acompañarían a Cuba. La doncella permanecería con ella el tiempo que estuviera en la isla y los lacayos volverían a Barcelona en el primer barco. Calculaba que no podría estar de vuelta en nueve meses, pero decidió que la casa permaneciera abierta y preparada para su llegada en cualquier momento, con las chimeneas a punto, los jarrones con flores y la despensa llena. Eso mantendría a todo el servicio ocupado, lo que era clave para su buen funcionamiento. «Nadie que descansa demasiado trabaja bien», se decía a menudo, teniéndose a ella misma como elocuente ejemplo.

A mediados de junio embarcaba en el Hispania rumbo al Caribe.

Ayudada por un marinero, se acomodó en la barcaza que la había de llevar al gran crucero que la esperaba en las aguas del puerto. Junto a Alicia Abbad realizaban aquel trayecto de pocos minutos sus tres acompañantes y diez pasajeros más, todos elegantemente vestidos de viaje, entre los que era fácil distinguir al servicio que atendía a cada uno. Miró a un lado y a otro buscando la barca que llevaba sus baúles, todos en cuero rojo y con sus iniciales para que fueran fácilmente identificables, pero unas barcazas iguales a la suya captaron su atención. En ellas, la gente, pobremente vestida, con sus pertenencias en hatillos, se amontonaba comandada por unos marineros que les ordenaban a gritos y los trataban sin ninguna consideración. Sacó unos binoculares del bolso para ver la escena con más detalle.

Sorprendida, comprobó cómo la barcaza se llenaba aún más, antes de partir, con la gente empujada de un lado a otro.

—Cielo santo... ¿Qué manera de tratar a la gente es esa? —murmuró.

Continuó observando mientras una mujer de edad similar a la suya ayudaba a la que probablemente fuera su hija a sostener sus maletas y a un niño de pocos años. Los empujones del resto de los que embarcaban en aquel espacio reducido hacían que el niño estuviera constantemente a punto de caer al agua, amén de muchos otros pasajeros. Nerviosa, se giró al marinero que con una sonrisa capitaneaba a los otros seis que remaban para acercarles poco a poco al Hispania.

—¡Señor mío! ¿Quiénes son los infelices que están en las otras barcas?

El marinero se volvió hacia ella sin urgencia. Daba la sensación de que no era la primera vez que le hacían esa pregunta.

—Pasajeros de tercera clase, señora.

—¿De nuestro barco? —respondió Alicia alarmada.

—Sí, del Hispania, señora.

—Pero... pero... —repuso Alicia sin saber qué decir.

—Son muchos. Siempre es así, son tan solo unas semanas. Todo irá bien.

Con su afirmación les confirmaba a ella y al resto de los privilegiados, que para aquellos desgraciados el hacinamiento continuaría durante toda la singladura hasta Cuba.

—Pobre gente... —dijo Alicia—. Confío en que lo que les espere en Cuba valga la pena.

—No siempre —concluyó el marinero.

7

I

A principios de junio de 1866, el clíper Santa Graciela entraba a media tarde en la bahía de La Habana, en la isla española de Cuba.

Llevaban horas divisando la costa y todos, excitados, habían subido a cubierta para vislumbrar desde el mar las características de un lugar que era nuevo para muchos de sus pasajeros. El capitán se había acercado a varios grupos para señalarles los lugares que conocía y había señalado también la dirección de la ciudad de Matanzas, a la que después de llevar a la mayoría de los pasajeros a La Habana, se dirigían para desembarcar al resto, Gabriel incluido, y cargar mercancías, principalmente azúcar. De pronto, lentamente, los sonidos del barco se volvieron más agudos, los marineros se movieron con destreza y, tras rebasar el castillo del Morro y el faro, el Santa Graciela viró a babor y penetró por un canal estrecho en la legendaria bahía de La Habana.

Todos comprendieron el valor estratégico de aquel puerto natural. Era idóneo para cualquier barco que buscara refugio. Su estrecho canal de entrada defendía con efectividad un interior que se ensanchaba creando una amplia bahía con varias ensenadas. A ambos lados, diversas fortificaciones asomaban sus cañones de bronce asegurándose de que aquel lugar no cayera en manos extranjeras ni fuera atacado por piratas. A mano derecha, la gran ciudad caribeña les saludaba desde sus coloridas fachadas entre las que asomaban palmeras y ceibas, campanarios y cúpulas. La Habana había pasado brevemente a manos inglesas en 1762, pero había sido recuperada por el Imperio español pocos años después, y desde entonces había permanecido en la Corona mientras otras posesiones de ultramar culminaban exitosos movimientos independentistas. En aquellos días la amenaza se cernía por el norte a medida que otra antigua colonia ganaba peso en el panorama internacional. Pese a todo, Estados Unidos había dicho ya en varias ocasiones que deseaba que Cuba siguiera siendo española.

Pero todo esto preocupaba poco a Isabel y a Gabriel. Se habían sentado en sendas hamacas para contemplar cómo aquel paisaje que representaba un cambio total en sus vidas finalmente se hacía realidad. Les habían servido una copa de vino blanco a cada uno, que tomaban a pequeños sorbos, intentando distraer su atención del crucial momento que vivían. Los pasajeros con destino a La Habana dormirían aún esa noche en el Santa Graciela, pues el capitán prefería desembarcar a todos cuando la noche y sus peligros acabaran.

Gabriel miró a Isabel. La vista de la bahía era excepcional, pero mucho más aún se lo parecía la de sus facciones perfectas.

—¿Nerviosa?

Isabel lo miró un instante y después volvió a dirigir la vista al frente.

—Supongo. Sí, un poco. Me he acostumbrado a que todo nos venga dado en estos días de navegación y, de pronto, todo lo que tendré que hacer en las siguientes semanas me parece agotador.

—Yo podría ayudarle si quisiera.

Se lo había ofrecido varias veces, deseoso de prolongar el tiempo a su lado, pero Isabel debía primero solucionar su vida, por lo menos sus primeros pasos en la isla, cuando sus acciones, sus días, marcarían la realidad de quién tenía que ser Isabel Palau. Si Gabriel —o cualquiera— la veían titubear al pagar la cuenta de un establecimiento caro, o comprobaban cómo sus trajes se repetían día tras día; si veían a la Pepa de la que no había conseguido aún desprenderse, sus mentiras serían evidentes. No. Necesitaba estar sola. Fracasar en el anonimato si eso era lo que le deparaba La Habana, para poder acudir a Matanzas y sacar partido de su último recurso al lado de Gabriel. No le preocupaba que el joven se olvidara de ella; cuando lo miraba, sus ojos le decían que era imposible que lo hiciera. Había dicho a todos los que habían querido escucharla que debía realizar unas importantes gestiones en la ciudad, así que eso sería lo que haría. Unas gestiones vitales.

—Le agradezco el ofrecimiento, Gabriel. Pero no hace falta. Le escribiré cuando haya avanzado un poco en mis asuntos. No se preocupe.

—Hágalo, por favor. También si necesita cualquier cosa —se ofreció, solícito.

—Lo haré.

—Encontrarla en este barco ha sido lo mejor que me ha pasado en la vida —dijo de pronto el joven.

Se hizo el silencio unos segundos. Gabriel bajó la cabeza, avergonzado por su arranque de sinceridad. Isabel le tomó por la barbilla para que levantara la vista y la mirara.

—A mí también me ha gustado conocerlo. De veras —dijo mientras sus ojos se clavaban en los de él.

Lo sentía sinceramente. Gabriel tenía algo especial que la hacía sentirse bien. En otro mundo, en otras circunstancias... Quién sabía. Era una lástima que la vida y sus innumerables golpes la hubieran hecho de aquella manera, y pese a que sabía que el mal era algo intrínseco a ella y lo aceptaba con resignación, no pudo dejar de lamentar no tener el amor como prioridad.

—¿Me escribirá? —preguntó el joven.

—Puede estar seguro de que lo haré —se oyó decir Isabel, como si en su subconsciente estuviera segura de que la suerte no volvería a llamar a su puerta y que debía contar con Gabriel en sus planes de futuro.

La cena se sirvió pronto y todos los que tenían previsto desembarcar se retiraron a sus camarotes. Antes, una barca había acudido a la comandancia a anunciar la llegada del Santa Graciela y a planificar la hora del desembarco. A la vez, otro marinero había informado a los diferentes hoteles de la llegada de los huéspedes para que fueran a recogerlos a la mañana siguiente. En el listado del Hotel Telégrafo, sin saber bien cómo hacer frente a un gasto que desconocía, se apuntó Isabel Palau.

A las diez de la mañana, tras un desayuno ligero a bordo, una barca llevó a los pasajeros con destino a La Habana al puerto mientras el Santa Graciela permanecía fondeado en la bahía. Gabriel había intentado llevarse a Isabel aparte en varias ocasiones, pero ella supuso que el joven quería hacerle una desesperada declaración de amor y decidió que no quería pasar por aquel trance. Debía construir su propio relato en la isla antes de tomar ninguna decisión. Si lo dejaba todo y acudía a la llamada de Gabriel, cuando su ceguera de amor pasara, surgirían innumerables preguntas que ella no sabría contestar. Debía hacerlo bien, debía seguir su camino, decidirlo, planificarlo... Y quizás cuando tuviera respuestas a las preguntas que surgirían tarde o temprano, cuando supiera más de la isla y hubiera sopesado todas las posibilidades que Cuba podía ofrecerle, acudiría a Gabriel.

El sol bañaba las aguas de la bahía de forma especial e intensa, reflejándose en todos los ángulos posibles con el vaivén desordenado de las olas que provocaban los barcos, de forma que ni las sombrillas de las mujeres, ni las manos con las que los hombres intentaban apartar aquel resplandor de sus ojos, eran suficientes para evitar cegarles con su brillo. Todo rebosaba actividad, con barcos de diferentes banderas fondeados y otros amarrados a los muelles sobre los que, como en un hormiguero, miles de cuerpos negros, fuertes y sudados se afanaban incesantes en cargar y descargar innumerables materias primas. Desde su colonización, Cuba había dependido siempre de la metrópoli, y aunque sus exportaciones eran grandes en cantidad, lo cierto es que se reducían prácticamente a azúcar, café, un tanto de algodón y cobre. Debían importar la mayor parte de todo lo necesario para la vida de sus habitantes, un grupo que incluía a una comunidad inmensamente rica que precisaba de todos los lujos y que estaba dispuesta a pagar los costosos viajes que eran necesarios para adquirirlos.

En el muelle, Camilo Fabre, que, como Isabel, se dirigía al Hotel Telégrafo, le ofreció el brazo galantemente y la ayudó a subir a una de las calesas que aguardaban a los huéspedes del hotel. El calesero y los lacayos de raza negra, elegantemente vestidos de azul celeste y sombrero de copa, proclamaban la categoría del establecimiento. Isabel llevaba consigo su maleta, pobre y raída, pero en la que nadie reparaba, pues su aspecto eclipsaba detalles como aquel. Se había vestido con el último de los trajes que había confeccionado en el viaje. Un elegante vestido de algodón blanco con cuello alto, salpicado con pequeñas florecillas amarillas bordadas. La falda larga tapaba sus zapatos viejos y un moño alto adornado con un lazo sustituía al sombrero que debería haber llevado, detalles que solo percibían aquellos a los que su belleza no decía nada, casi exclusivamente mujeres. Isabel, que lo sabía, se apartaba voluntariamente de ellas, dejándose acompañar por hombres como don Camilo, que se mostraba encantado de llevarla del brazo.

Enseguida los caballos empezaron a trotar alegremente por las calles de la bulliciosa ciudad y los sonidos del puerto cambiaron por otros igual de intensos. La Habana era una ciudad ruidosa. Cuando no era el incesante repicar de las campanas de una u otra iglesia, sonaba la sirena de algún *ferry boat* o se cruzaba estrepitoso un tranvía. La gente, todo el mundo, parecía entregada a aquel ruido y gritaba para comunicarse. Los loteros, lecheros, fruteros... Todos vendían sus productos a gritos mientras paseaban por la calle. Por supuesto, a Isabel también le impresionó la cantidad de personas de color que había, algo absolutamente inusual en Barcelona, pero la ciudad en sí misma, pese a ser también española, no se parecía a nada de lo que ella había conocido. La mayoría de los edificios tenía dos plantas, una a pie de calle y otra encima, y pese a tener grandes aberturas al exterior, pocos tenían ventanas de cristal. Muchos estaban pintados en verde o en azul, y aunque muchos eran bellos, inevitablemente, la mirada se desviaba a alguno de los numerosos palacetes con recargadas fachadas y escudos heráldicos. El clima del Caribe había forjado la ciudad. A Isabel le pareció que nadie vivía del todo dentro de las casas, sino siempre con un pie fuera de ellas. La gente voceaba desde los balcones, reía y cruzaba las calles esquivando innumerables coches como el que les llevaba, algunos mucho más elegantes. Se respiraba prosperidad y velocidad. Isabel tuvo enseguida la sensación de que Cuba avanzaba tan rápido que si se daba la vuelta todo lo que acababa de ver habría cambiado totalmente. Era la ciudad más rica del Imperio y se notaba en cada esquina. La vegetación que asomaba entre los jardines, encaramándose a balcones y fachadas, también era extraña para ella. Palmeras, jacarandas, ficus enormes y trepadoras con flores de colores vivos convivían con una ciudad desordenada que desde hacía años interpretaba las leyes españolas con laxitud, como un niño al que su madre no controla.

Llegaron al hotel tras un trayecto que les resultó agobiante, pues la circulación fluía con total libertad y los vehículos giraban, se cruzaban y se rebasaban los unos a los otros sin ninguna consideración por los demás. Esta angustia real dio a Isabel la oportunidad de salvar la primera situación que no sabía cómo afrontar. Desconocía qué debía hacer al llegar al hotel, cuánto costaba una habitación, si se debía pagar en el momento o a la salida. No sabía nada, así que, muy ladinamente, en los últimos minutos sobre la calesa, empezó a lanzar pequeños gritos asustados cada vez que el cochero efectuaba un giro brusco o un frenazo, y, al bajar del coche fingió un mareo, apoyándose, mientras pretendía estar a punto de desmayarse, en Camilo Fabre y en uno de los lacayos. Siguiendo las firmes instrucciones del alarmado señor Fabre, un botones del hotel le pasó la mano por la espalda para sujetarla y otro, corriendo, fue a buscar las llaves de su habitación tras preguntarle el nombre. Entre ambos la ayudaron a entrar en sus aposentos y le ofrecieron un vaso de agua mientras en recepción, el caballero que la había acompañado realizaba el registro de la que fingía ser una desvalida dama. Completó su actuación dando unos pasos inciertos hasta la cama, donde se desplomó ante la atenta mirada de los botones que la habían ayudado a entrar. Solícitos, los empleados le quitaron los zapatos y le preguntaron si necesitaba la ayuda de un médico. Interpretando el papel de su vida, Isabel movió la mano pidiendo que la dejaran tranquila.

—Me pasa a veces —dijo con voz falsamente cansada—. Estaré bien en un santiamén, pueden retirarse, no se preocupen, gracias —y cerró los ojos.

Los dos jóvenes abandonaron la habitación y cerraron la puerta con sigilo. En cuanto supo que estaba sola, Isabel se incorporó, satisfecha, y contempló la habitación que la rodeaba.

Le gustó. No había tenido nunca un espacio mejor: las paredes empapeladas con flores, los muebles de caoba y la gran cama con sábanas de hilo y dosel de mosquitera le parecieron dignos de una reina. En un folio colocado sobre una cómoda leyó en alto las características del afamado establecimiento: «Ciento treinta habitaciones, treinta y dos baños, nueve salones, cocina abierta a todas horas». Su estomago gruñó con las últimas palabras. Tenía hambre. Miró hacia las ventanas: la claridad y la brisa entraban por las fraileras entrecerradas. Se acercó para abrirlas y ver dónde se encontraba. Le gustó lo que vio desde el balcón, situado en la segunda planta del hotel. La Habana, viva, ruidosa y llena de luz, le pareció que también podía estar llena de oportunidades para ella. Delante, en un parque con un amplio prado verde, algunos militares maniobraban. Se volvió hacia la habitación y sonrió. Había decidido disfrutar de aquel lujo inesperado, descansar durante unas horas y salir a la calle después de comer, cuando el letargo de la sobremesa habanera hiciera más fácil para una recién llegada como ella recorrer la ciudad. Además, acababa de desmayarse, recordó.

A las tres salía del hotel vestida como había llegado para encontrar, como esperaba, un ambiente menos bullicioso. Giró a la izquierda y empezó a pasear. Al poco rato cruzó la calle Barcelona, lo que le hizo sonreír. Nunca había imaginado que viajaría tan lejos de su hogar, o lo que fuera que tuviera en Barcelona. Pensó un poco; en realidad, ella no tenía hogar, nunca lo había tenido, sobre todo si por hogar se entendía el lugar en el que uno está a gusto y se siente querido. No, ella no había encontrado aún un sitio así, pero no sintió pena, quizás fuera el momento de hacerse con uno, fuera como fuera. Miró alrededor: inconfundible, oyó el sonido de una estación cercana, que tomó como referencia, junto al parque que estaba justo en frente del hotel. La Habana tenía una población similar a la de Barcelona, no llegaba a las doscientas mil personas, pero le pareció que había más gente, quizás porque todas las personas con las que se cruzaba eran diferentes a las que hubiese esperado encontrar en su ciudad. Negros, mulatos, hombres elegantemente vestidos en coches relucientes y mujeres exóticas. Pocas damas paseaban solas, menos aún que en Barcelona, y el olor de los cigarros que fumaba gran parte de los transeúntes llegaba a su nariz una y otra vez. Además, se percató de que un caballero alto y rubio, con bigote, traje de lino blanco, sombrero de jipijapa y bastón, parecía seguirla.

No tuvo miedo, pero sí inquietud por saber quién iba tras ella desde que había salido del hotel. Anduvo aún unos minutos hasta pararse en seco, harta. Respiró profundamente y se giró en redondo, quedando a un metro del hombre. Lo miró con los brazos en jarras, una postura más propia de la antigua Pepa Gómez que de la presente Isabel Palau, y levantó la barbilla desafiante.

—¿Se puede saber qué es lo que quiere? —le dijo.

El hombre pareció sorprendido, pero enseguida rio abiertamente, mostrando una dentadura blanca impoluta y una sonrisa franca y noble. Debía rondar la treintena.

—Señora mía. No la estoy siguiendo, no debe temer nada, soy un...

—No le temo —lo interrumpió Isabel.

—Bueno, quiero decir que no pretendo nada con usted, tan solo que...

—Más le vale. ¿Es que no puede una mujer pasear sola sin que la molesten? —replicó, interrumpiéndolo de nuevo.

—Pues en ocasiones no, señora mía, especialmente una mujer como usted. Pero no es mi intención molestarla, aunque probablemente lo haga algún otro si alarga mucho su paseo en solitario. Vamos en la misma dirección y al mismo ritmo desde que usted salió de su hotel. Podría haberla adelantado, pero temí asustarla, aunque creo que no es usted fácil de asustar. ¿A dónde se dirige?

Isabel sonrió levemente. Aquel hombre parecía amable y había aguantado estoicamente sus malos modos. También era muy guapo, aunque eso a ella le daba igual.

—Tan solo estoy paseando. He llegado esta mañana a la ciudad, no conozco nada. Quería ver un poco dónde me encuentro.

—¿Me permitiría que le invitase a un aperitivo, a un refrigerio? Imagino que acaba usted de almorzar, pero ¿quizás le apetezca algo más? Hay un buen lugar más arriba. ¡Mejor aún! ¿Le apetece un refresco helado? Lo hacen en algunos sitios que conozco bien, el Café de los Catalanes, el Café de París...

A Isabel lo único que le seducía de aquella proposición era la comida. No se había llevado nada a la boca desde hacía casi seis horas y estaba hambrienta. Llevaba dinero consigo, pero debía administrarlo bien y no desperdiciar ni un real mientras no tuviera manera de obtener más. Que aquel caballero la convidara parecía una excelente opción. El hombre la miró.

—Vamos, mujer, le mostraré un poco la ciudad, paseará más segura y prometo dejarla sola cuando se canse de mí. Además —señaló con su bastón hacia una placa a unos dos metros sobre ellos, en la esquina de un edificio—, estamos en la calle Amistad: ¿no le parece a usted una señal?

Isabel rio sin ganas y asintió.

—Me parece bien —y asegurándose de que cumplieran su objetivo, añadió—. Comamos algo.

El hombre sonrió satisfecho y cogiéndole la mano se la besó.

—Rafael Viader, encantado.

Pepa se presentó con el nombre que ya sentía plenamente propio.

—Isabel Palau, igualmente. —Y tras pasar su brazo por el que el caballero le ofrecía, se encaminaron a saciar su apetito.

Nuevamente, como si todos los hombres buenos hubiesen decidido llegar a su vida a la vez, descubrió en Rafael Viader a un caballero respetuoso y complaciente que tras llevarla a comer a un café ciertamente elegante —donde sin pudor alguno pidió y comió todo lo que se le antojó— le mostró la ciudad donde debía sobrevivir, donde esperaba prosperar. Si tenía que hacerlo a través de un hombre, como había intentado en Barcelona, lo haría, pero en su interior sentía que ella no era como las demás mujeres, que ella valía más, al menos en ese aspecto. Le habría gustado ser ella la que mandara, la que dirigiera un negocio. Se sabía más ambiciosa y sagaz que las que esperaban a ser agasajadas mientras sus mentes sin necesidad de acción se ablandaban. Estaba harta de ver a las de su género quedar relegadas a una parte de la decoración de sus casas. Ella mandaría, ella dirigiría, ella elegiría. Con esa esperanza observaba cada uno de los rincones de una ciudad, que la seducía rápidamente.

Mientras paseaban, Rafael le explicó que en realidad pasaba poco tiempo en La Habana, mucho menos de lo que le hubiera gustado, pero seguía las órdenes de su padre, que lo quería allí tan solo lo suficiente para despachar los asuntos de su plantación. En aquella ocasión había alargado un poco su estancia para asistir al baile que se iba a ofrecer en el palacio Aldama, uno de los más importantes de la ciudad.

—Será un buen baile, estoy seguro. Buenos amigos han confirmado que irán y aunque aquí celebremos hasta lo malo... lo cierto es que son buenos tiempos para la isla, las cosechas están siendo extraordinarias y quizás ahora sí merezcamos celebrar algo. Y el palacio... Le gustaría muchísimo, es extraordinario, digno de verse. De hecho... ¡Debería asistir! —le dijo.

Isabel hacía unos minutos que había dejado de escuchar a aquel caballero. Se había quedado con la mirada fija en el escaparate de una elegante tienda de modas que se anunciaba pomposamente en letras doradas en la fachada del edificio que iban a rebasar. El Bazar Parisien ofrecía a la vista de los transeúntes una confección en tonos azul oscuro de seda y muselina con las mangas abullonadas y amplia falda con estrellas bordadas en oro que acaparó toda su atención. Siempre se había esforzado en no encapricharse de cualquier cosa a la que no tuviera acceso, lo que reducía sus antojos a casi nada, pero aquel vestido tenía algo especial y lamentó que fuera nuevamente inalcanzable para su bolsillo. Sonrió para sus adentros con ironía: así eran las cosas.

—¿Asistirá? Al baile de los Aldama, ¿lo hará?

Desvió la mirada hacia Rafael y reformuló la pregunta que el hombre acababa de hacerle.

—¿Que si asistiré al baile de los...?

—Aldama —insistió él.

—De los Aldama, sí. Quiero decir no, no asistiré. No asisto a bailes a los que no he sido invitada.

—Puede venir conmigo. Como amiga —dijo Rafael, y señaló con la cabeza el vestido que la había visto observar con deseo—. Estaría usted preciosa con eso puesto...

Isabel siguió andando cogida de su brazo.

—Puede apostar a que sí —se oyó decir—. Bueno, tengo cosas que hacer: ¿sería tan amable de acompañarme al hotel? No me importa andar.

—Entonces... ¿el baile?

—Déjelo, Rafael, quizás en otra ocasión.

Rafael la dejó en el Hotel Telégrafo cuando ya había gente cenando en sus salones, pero, pendiente aún su paso por recepción, Isabel decidió que sería mejor ir directamente a su habitación sin ser vista. Sin embargo, cuando estaba a punto de enfilar la escalera, de frente y sin posibilidad de esquivarlo, se topó con Camilo

Fabre. El hombre se había vestido elegantemente con frac para cenar y su contraída faz ya acusaba la humedad y el calor caribeños. Sonrió al verla.

—Señora Palau, qué alegría verla ya totalmente recuperada. No puedo decir que me asustara, pero me preocupó un poco el estado en el que llegó al hotel.

Isabel decidió coger el toro por los cuernos.

—Don Camilo, no sabe lo agradecida que le estoy. Entiendo que fue usted quien me registró, me tiene que decir si tengo algún saldo pendiente con usted o alguna gestión que hacer.

El hombre la tomó del brazo con confianza.

—Señora mía, qué horrible es hablar de estas cosas. Está todo resuelto, no debe preocuparse por nada. Como no sabía cuánto tiempo pensaba usted quedarse, pedí que anotaran una semana de su habitación a mi cuenta.

Isabel no pudo creer su suerte, pero insistió unos segundos.

—Pero don Camilo, por favor, no puedo aceptarlo. ¡Esto es inaudito! Que me financie usted, no puede ser.

—Sí puede, señora, sí puede. Estoy encantado de hacerlo. Pero lamentándolo mucho debo dejarla, tengo una cena en casa de los Coll y temo llegar tarde. No se preocupe usted por esas cosas y prométame que comeremos juntos cuando su agenda se lo permita.

—Nada me gustaría más. Prometido queda.

Pudo ver el brillo de alegría en su mirada.

—¡Maravilloso! La dejo, ¡pase una buena noche!

Y a paso ligero, respirando como el hombre dado a la buena vida y al nulo ejercicio que era, Camilo Fabre salió del hotel.

Realmente las cosas no podían estar yendo mejor.

II

Gabriel llegó a Matanzas nervioso y con la sensación de no saber exactamente qué le esperaba, con tan solo un nombre por el que preguntar en medio de aquel puerto meramente comercial, ubicado en una bahía natural en cuyos extremos le pareció que desembocaba algún río. Como en el puerto de La Habana, miles de espaldas negras cargaban los barcos sin descanso, pero la ciudad era mucho más pequeña y estaba dedicada de lleno a que la valiosa mercancía que se cultivaba y producía en sus alrededores saliera rápidamente hacia todos los rincones del mundo. Eran las diez de la mañana y el Santa Graciela se acercaba a uno de los muelles para desembarcar pasaje y cargamento y volver a llenar sus bodegas de varias toneladas de azúcar que llevar al otro lado del Atlántico. El clíper tardó media hora en completar la operación. Los pocos pasajeros que tenían aquella ciudad como fin de trayecto curioseaban desde la cubierta mientras, en el muelle, varias personas esperaban el desembarco.

Cuando los marineros ya estaban amarrando los cabos al lado de estribor, un hombre de alrededor de sesenta años, delgado y alto, apareció al final de la rampa por la que debían descender hasta pisar tierra. Mientas se despedía del capitán, Gabriel le echó un rápido vistazo y al cruzarse sus miradas el hombre sonrió bondadosamente. Cruzó la rampa y, antes de que llegara al final de la misma, vio cómo se quitaba el sombrero respetuosamente y se preparaba para ofrecerle la mano.

—Manuel Mantecón, mayoral de San Gabriel. Encantado, señor Gorchs. Puede dejar aquí la maleta —le dijo—. Uno de nuestros hombres la llevará al tren.

Gabriel respiró aliviado. No sabía cómo el señor Mantecón había sabido de su llegada, ni cómo le había reconocido, pero pocas veces se había sentido tan feliz de hablar con un desconocido.

—Señor Mantecón, debo decir que estoy asombrado por su puntualidad. No sabía bien cómo encontrarle.

—Ah, siempre les impresiona a todos, pero tenemos un sistema efectivo. Todos los barcos que transportan mercancía del Valle de los Arcángeles llevan palomas mensajeras que echan a volar a mitad de trayecto y cuando recalan en La Habana. Esos pajarillos vuelan al palomar de nuestra plantación y desde allí, en función de la anilla que lleven en la pata, sabemos qué barco viene y cuándo debemos esperarlo en el puerto. Además, desde que su tía solicitó su presencia, hemos estado pendientes de las llegadas de todos los barcos procedentes de Barcelona, por lo que en cuanto nuestro agente en La Habana vio entrar en la bahía de nuestra capital el Santa Graciela, envió una paloma al valle.

—¡Eso es ciertamente extraordinario! —dijo Gabriel.

—Sí —sonrió Manuel encogiéndose de hombros—, a todos se lo parece, pero aquí es una práctica bastante habitual. Acompáñeme, por favor.

Siguió al mayoral por el puerto de Matanzas, un lugar que el hombre parecía conocer como la palma de su mano, y en el que cada cierto tiempo alguien lo saludaba tocándose el sombrero. Él hacia lo mismo: pasaba junto a un esclavo que cargaba un barco y lo saludaba afectuoso llamándolo por su nombre para acto seguido saludar a un capitán dándole la mano, retomando rápidamente el paso. Muchos sonreían con afecto al verlo y a Gabriel enseguida le dio la sensación de que estaba con un buen hombre. A los veinte minutos, tras saludar y ser saludados por medio puerto de Matanzas, llegaron a la estación de ferrocarril. El edificio parecía reciente y el señor Mantecón le explicó enseguida su corta historia mientras lo cruzaban hasta el andén.

—Necesitábamos el ferrocarril como agua de mayo, señorito. Así que cuando hace algunos años se finalizó, todo mejoró mucho. Por supuesto, es cómodo y rápido para nosotros y verá que llegaremos a San Gabriel en pocas horas, pero sobre todo es fundamental para el azúcar. Llega a los puertos rápido, nos trae los materiales que necesitamos sin retraso y ya hay muchas haciendas que han dejado de refinar el azúcar: mandan el jarabe o la caña directamente y se refina en otros lugares. Hace más sencillo el proceso, pero en el valle aún lo hacemos todo nosotros. En poco tiempo verá cómo funciona todo, yo se lo enseñaré. El futuro es más soleado desde que tenemos esta maravilla. El de La Habana a Bejucal fue el primero de todos, hace ya muchos años, treinta o así andarán; también fue el primer tramo de ferrocarril que se hizo en todo el imperio, pero tuvimos que luchar algunos años más para que nos pusieran otro por aquí. Diecisiete años, creo, han pasado ya.

En el andén esperaba un tren con locomotora, carbonera, un coche de pasajeros y tres de carga. A Gabriel le gustaban los trenes y aquel, que aguardaba adormecido mientras el maquinista hablaba con el jefe de estación, le encantó. Era de color verde oscuro y estaba limpio como si lo hubiesen preparado para entrar en el salón de alguna casa. Los marcos de las ventanas estaban pintados de rojo e incluso los vagones de carga parecían limpios y ordenados. La locomotora, con las ruedas también rojas, soltaba humo cada cierto tiempo, como un fenomenal monstruo dormido. En cada vagón, centrado y en color oro, habían colocado el escudo de España rodeado de tres ángeles.

—Precioso, ¿no cree? —dijo Manuel que había captado su asombro—. En cuanto llega a la estación lo limpiamos. A su tía le gusta que todo esté muy limpio siempre, ya verá. Dice que el que es sucio por fuera acaba siendo sucio por dentro. Cosas suyas, pero a mí no me paga para discutir... y nadie puede con la señora. Ya la conocerá. Le resultará muy especial.

Ni amable, ni simpática, ni siquiera buena. Para definir a su tía Lucía, Manuel Mantecón había usado la palabra «especial». Gabriel sospechaba que aquella mujer le sorprendería, no sabía si para bien.

—¿A qué hora salimos? —preguntó.

—Oh, a la que usted quiera una vez hayamos cargado su equipaje, cosa que están haciendo justo ahora, detrás suyo.

Se volvió para comprobar que, efectivamente, un esclavo cargaba sus baúles de manera ordenada en el vagón.

—No comprendo —dijo—. ¿Cuando «yo» quiera?

—Oh, claro, señorito: no seré yo el que decida por usted. Podemos salir ahora mismo si lo desea.

—Pero... ¿y los demás? ¿Vamos solos en el tren?

—Pues claro, don Gabriel. El azúcar ya está descargado y todo lo que había que cargar se cargó hace horas. Nadie más va a San Gabriel hoy.

No podía ser, pero solo había una explicación.

—Pero entonces este tren...

—Es del valle, señorito. De los tres ingenios. Del de San Miguel y el de San Rafael además del de su tía. Saldremos cuando usted lo desee.

Gabriel rio asombrado. En la península el tren aún era un transporte poco común, no todas las localidades tenían estación y muchas de las ciudades que habían visto llegar el ferrocarril lo habían hecho recientemente. En cambio, el ingenio de su tía tenía un tren propio.

—Pues vayámonos ya, señor Mantecón —dijo, ansioso por descubrir más de lo que la vida en Cuba le tenía reservado.

Subieron al vagón de pasajeros, amueblado como un salón, con mesitas, sofás y cuadros elegantes, decorado, al fin y al cabo, para transportar a los pocos privilegiados que componían las tres familias del Valle de los Arcángeles. Gabriel se sentó en una butaca de mimbre pegada a uno de los cristales mientras el señor Mantecón lo hacía lejos de él, en un banco más sencillo, en uno de los extremos del espacio. Supuso que aquel era el lugar que tenía adjudicado, pero insistió en que se sentara frente a él, pues ansiaba encontrar respuestas a la multitud de preguntas que acumulaba desde que había pisado la isla. Incómodo, Mantecón se sentó donde Gabriel le indicaba.

Mientras, el tren había iniciado su trayecto atravesando rápidamente la ciudad de Matanzas para penetrar, poco más tarde, en el espesor de una vegetación mojada, fresca y colorida entre la que se podían ver pájaros y flores de mil colores, pequeños riachuelos y colinas suaves que dejaban paso a extensas llanuras plantadas de caña, todo absolutamente distinto a los paisajes a los que tenía su retina acostumbrada.

Miró al hombre y sonrió.

—¿Qué tal está mi tía? Me refiero, ya sabe, tras la tragedia... El asesinato de mi tío y mi primo.

El gesto de Mantecón se ensombreció.

—Pasó unos días malos, esa es la verdad. Todo dentro de lo comprensible. Hizo algunas cosas que no puedo ni debo valorar, pero que usted tendrá la oportunidad de ver y juzgar por sí mismo. Perder a un hijo y no contar con el consuelo de un marido tiene que ser duro. Antinatural, diría yo, así que todos nos volcamos para animarla. Pero su tía es una persona diferente a las demás, su cuerpo y su mente reaccionan de manera distinta a cualquiera que haya conocido. La naturaleza ha sido su refugio desde entonces, aunque ya antes le gustaba mucho. Los árboles la consuelan.

—¿Los árboles?

—Sí. Su tía es una devota de la botánica. Conoce todas las especies y las quiere como si fueran personas de su familia. Más que a algunas, probablemente. Eso causa algunas dificultades, sobre todo antes, cuando teníamos que alimentar las calderas de la planta azucarera del ingenio con leña. Hay árboles que nunca permitió que se tocaran. Había retrasos, y verá que la plantación tiene una forma peculiar, la que le han dado algunos árboles y bosques que no se han podido podar... ni talar.

—A mí también me gustan los árboles. Aunque quizás no tanto.

—Seguro que no. A nadie le gustan tanto como a su tía.

Hicieron una pequeña pausa al cruzar un río y ampliarse de pronto la vista hasta unas colinas lejanas, verdes y relucientes como todo lo que se asomaba al tren.

—Esto es maravilloso —oyó decir Manuel Mantecón a Gabriel.

—Es el río Canímar. Desemboca en el puerto donde desembarcó usted. En la bahía de Matanzas. En la misma bahía desembocan el río Yumurí y el San Juan.

—Ah sí —dijo pensativo—, creo que intuí algún río en un lado... —añadió y miró de nuevo a su acompañante—. ¿Y se sabe ya quién mató a mis familiares? ¿Ha hecho la Guardia Civil sus pesquisas?

—Nada. No se sabe nada. Y no tenemos ninguna esperanza de que los apresen. Son tiempos prósperos, pero también convulsos. Algunos de los que se arruinaron con el café creen que la culpa fue del azúcar, y malmeten a la población contra los que hicimos bien las cosas. Se juntan con independentistas y con abolicionistas, que quieren que se libere a todos los esclavos, aunque con eso Cuba se quede sin su riqueza, y atacan algunas plantaciones. Sus familiares no han sido los primeros en caer y tampoco serán los últimos. Por eso tendrá un mandinga que lo acompañará siempre con un rifle. Y el molino y la casa están siempre vigilados, aunque si viene una revolución nada podremos hacer.

—¿Un mandinga, dice?

—Sí, bueno, un esclavo, que le atenderá solo a usted y lo acompañará siempre, uno del pueblo mandinga. Son los mejores, valerosos, grandes guerreros, difíciles de domar, como un tigre o un lobo, pero cuando lo están, son los mejores. Nadie le defenderá mejor llegado el caso. Esperemos que nunca le haga falta.

Gabriel se quedó pensativo. No recordaba a ningún lobo que hubiera podido ser domado.

Entrada la tarde, el tren empezó a serpentear entre un macizo de colinas bajas, casi constantemente metido en un túnel de vegetación que lo cubría por completo. Gabriel se había recostado en un sofá tras haber tomado algo de fruta y un zumo, y dormía profundamente cuando Manuel Mantecón se acercó a despertarle.

—Señorito. Me agradecerá que le despierte. Vamos a entrar en el Valle de los Arcángeles, creo que no debería perderse esta vista.

Se frotó los ojos y se incorporó, decidido a ser amable y a mostrarse impresionado por fuera lo que fuera lo que el señor Mantecón quería que viera. Se acercó a la ventanilla del tren, que rozaba las ramas de los árboles a su paso por la tupida selva, que apenas dejaba entrar la claridad al vagón, pero de pronto salieron de aquel verdor y la luz resplandeciente del sol le cegó por completo. Se tapó unos segundos los ojos con la mano para abrirlos, inmediatamente después, a la que creyó ser la visión más espectacular que a nadie pudiera ofrecérsele.

—Bienvenido al Valle de los Arcángeles, señorito Gorchs.

No pudo contestar. No podía hacerlo, entregados como estaban la totalidad de sus sentidos a aquella visión.

El tren acababa de empezar a descender desde la parte más alta de una sucesión de colinas y la vista alcanzaba hasta el horizonte de lo que tenía que ser el jardín del Edén. A los lados de la vía se habían plantado palmeras ordenadamente cada pocos metros y la hierba entre ellas estaba perfectamente cortada. El valle se veía en toda su extensión, en toda su perfección de campos cultivados de un verdor casi irreal rodeados de inmensas manchas de bosque virgen. Por el centro, un amplio río serpenteaba hasta el punto más bajo de la llanura central, desde donde saltaba en picado por una cascada alta, estrecha y recta como un mechón de pelo cano, creando en su caída una nube húmeda que ocultaba el río bajo ella. En los vértices del triángulo perfecto que recorría el valle de este a oeste y de oeste a norte, se adivinaban, escondidas entre jardines, tres grandes mansiones. En cada uno de los lados del valle había más construcciones, todas integradas en aquel entorno y dispuestas ordenadamente. Las más septentrionales eran azules, las del oeste verdes y las del este blancas. Además, en diferentes puntos, reconoció tres grupos de naves de enormes dimensiones con chimeneas, donde supuso que se producía el azúcar.

En el ombligo de aquel lugar, un pequeño lago, de quizás cincuenta hectáreas y forma ovalada completaba el cuadro.

Un cuadro perfecto.

Manuel sonreía. El valle siempre causaba ese efecto la primera vez que uno lo veía, por lo que animaba a los invitados a los que acompañaba a no perderse aquel espectáculo. Él mismo, tras cuatro décadas en San Gabriel, seguía impresionándose cada vez que reparaba en el increíble lugar en el que vivía. Como un novio inseguro que no puede creer haber enamorado a una mujer espectacular, a él también le costaba convencerse de que merecía tamaño privilegio. Vivía en un lugar en el que llovía lo justo para que todo estuviera verde, pero raramente en exceso para estropear las carreteras y los jardines; donde la temperatura era siempre calurosa pero jamás incómoda, habitado por pájaros y animales de todo tipo, pero ninguno peligroso más allá de algún insecto venenoso. Incluso el río y el lago eran perfectos para bañarse y carecían de pirañas o cocodrilos.

También era una de las mejores tierras de la isla para plantar caña de azúcar, por supuesto.

Llegaron a la estación, fin de aquel trayecto exclusivo, y bajaron del tren, que avanzó lentamente después para dar la vuelta y volver a colocarse en dirección a Matanzas. La estación era apenas una pérgola con techumbre de chapa de la que colgaban macetas con flores, con dos bancos de madera para esperar, aunque era de suponer que no fueran los pasajeros, sino el tren, el que esperara habitualmente. No hizo falta que Manuel le guiara al quitrín con la capota abatida que esperaba a pocos metros, un coche con una sola fila de asientos y largo tiro que conduciría un calesero negro montado directamente sobre el caballo. Tras subir sobre el vehículo señaló con la mirada al joven que lo guiaba sin poder evitar preguntar.

—Ese joven... ¿es esclavo?

—Sí, claro. Casi todos los negros que verá en el valle lo son. Pero no es tan sencillo. Tendremos que explicarle eso también, pues no está exento de complejidad. De momento, vayamos a la casa.

El caballo se puso a trotar alegremente por un camino de tierra rojiza y arcillosa, sin baches. Manuel le fue señalando diferentes lugares, pero Gabriel seguía ensimismado con la belleza del lugar y, sin pestañear, lo observaba todo con fruición, enamorado ya perdidamente del valle al que la vida le había llevado. Había cinco kilómetros desde la estación, que aunque compartida estaba en San Miguel, hasta la entrada de la plantación de San Gabriel, marcada con dos grandes espadas de piedra a cada lado del camino.

—La espada del arcángel —señaló Manuel.

Desde allí el camino subía y bajaba dejando a los lados campos infinitos de caña entre los que asomaban esclavos cada cierto tiempo. La caña se empezaría a recoger en noviembre, por lo que el trabajo en el campo era de menor intensidad en aquellos días de junio, pese a lo cual «hay mucho que hacer», le dijo Manuel.

Gabriel calculó que habían recorrido alrededor de diez kilómetros cuando atravesaron una entrada marcada con dos altos pilones de piedra gris sobre la que se habían tallado dos lirios largos: los lirios del arcángel, le explicó de nuevo su guía. Cruzando por encima de sus cabezas, un recargado arco de metal con eses y volutas doradas sostenía el nombre de la hacienda: «San Gabriel».

La casa apareció al fondo, majestuosa, pero también en forma absolutamente inesperada. Lejos de encontrar una mansión colonial, de columnas blancas y amplios porches, la casa de su tía Lucía era exactamente lo que uno hubiera esperado encontrar en medio de la campiña inglesa. Se trataba de una gran mansión de tres pisos de piedra gris, con ventanas de guillotina alargadas y un tejado puntiagudo rematado con una sucesión de pequeñas flores de lis hechas de cobre en las cumbreras. El edificio tenía dos cuerpos laterales a dos aguas y uno central mayor, algo retranqueado, en el que se situaba un bonito porche con columnas de hierro. Todo estaba cubierto por hiedra y las ventanas parecían hundidas en su espesura. Solo el tejado se salvaba de su abrazo.

Frente a la entrada principal crecían algunos árboles de gran tamaño y el camino rodeaba una rotonda en la que, arrodillada bajo la atenta mirada de un esclavo doméstico, plantaba flores una mujer con una gran pamela de paja. Cuando el ruido del quitrín llamó su atención, la dama se incorporó y se levantó ligeramente el ala de la pamela dejando ver su cara. Gabriel supuso que se trataba de su tía Lucía.

La mujer se le acercó escrutándolo primero, y al reconocer una cara vagamente familiar a las fotos que le habían sido enviadas, sonrió abiertamente. Gabriel no podía creer que aquella mujer fuera hermana de su padre, pues era lo opuesto. Ella pareció leer su mente.

—Nada que ver, nada que ver —le dijo mientras se le acercaba—. No busques parecidos, Gabi: no nos parecemos en nada.

Nadie le llamaba Gabi. Bajó del coche y se acercó a saludarla. La mujer era alta y flaquísima, tanto que desde lejos, con la pamela puesta, parecía una sombrilla con su palo. Todo su cuerpo era huesudo y apergaminado, al revés que el de su padre, redondeado y patosón. Por debajo de la pamela asomaba una gran mata de pelo ondulado. Su nariz también era huesuda y algo aguileña, su boca grande y con dientes ordenados. Sus ojos verdes emanaban inteligencia, pero también algo de locura. En conjunto, aunque no era guapa, tenía cierto porte y distinción. Le sorprendió verla vestida con pantalones y camisola, aunque más tarde entendió que aquella mujer hacia exactamente lo que le venía en gana.

—Gabi, querido. ¿Cómo te encuentras? ¿Qué tal ha ido el viaje? El Santa Graciela es de los mejores barcos. Ya que van a meterte en un camarote minúsculo, por lo menos que sea por poco tiempo. Me gusta el concepto. Rápido e indoloro, así deberían ser muchas cosas.

—En realidad, todo el mundo me llama Gabriel —dijo atajando el tema de su nombre desde el principio—. ¿Qué tal está, tía Lucía?

—Estoy mejor que nunca, Gabi. Estoy encantada de tenerte aquí, Gabi. Este es un sitio maravilloso, Gabi. Lo descubrirás, Gabi. Y lo heredarás también, Gabi —dijo Lucía sin pausa mirando al cielo; luego cerró los ojos y respiró profundamente—. Yo no soy como todo el mundo. Yo te llamaré Gabi —sentenció—. Sabes, hay una cosa curiosa. Una carambola del destino, ciertamente sorprendente. En el valle se pone el nombre de la hacienda al heredero. Así, el heredero del ingenio de los Abbad, San Miguel, se llama Miguel. El de los Viader, San Rafael, se llama Rafael. Yo tuve un hijo que murió a las pocas semanas de nacer, el heredero de este ingenio, al que bautizamos con el nombre de Gabriel. Luego vino Bruno... que no heredará nada porque ya está en el cielo con su hermano... Y de pronto, el heredero, tú, vuelve a llamarse Gabriel. Ves, Gabi, ¿no te parece curioso? Es curioso y quizás un poco inquietante. Así que dejémoslo en Gabi hasta que lo digiramos todos, ¿no te parece?

—No hay problema —respondió resignado—. Esto es precioso, tía.

Lucía le cogió por la cintura para darle la vuelta y quedar ambos mirando hacia la casa.

—Sí que lo es, ¿verdad? Tan verde, tan grande. A veces tengo que quitarle trozos, y Cirilo, el jardinero, dice que es demasiado gorda y que debería organizarla mejor, para que la parte de arriba sea más ancha y la de abajo más estrecha, quitarle volumen, podarla, para que se vea a través. No tiene ni idea, el muy osado. Tiene menos de cien años creo, pero aquí llueve mucho, así que se ha puesto enorme.

Gabriel tardó unos segundos en entender que su tía no le daba ninguna importancia a la imponente casa que habitaba y que estaba hablando del enorme árbol que crecía frente a ella.

—El árbol es magnífico, tía.

—Es una secuoya. Le trajeron las semillas del norte de California a mi suegro, que no sabía cuidar ni de un geranio. Pero ese árbol es fuerte, y si le gusta el sitio, crece y se hace con él, igual que los humanos, pero sin molestar tanto. Y a los árboles hay que guiarlos, pero hay que dejarlos crecer. Los japoneses les cortan las raíces y las ramas para que no crezcan. Quieren que los árboles se parezcan a ellos, que sean bajitos y reconcentrados. ¿A ti te parece normal eso?

—No, no, claro —dijo Gabriel sin saber muy bien a qué estaba respondiendo—. Y la casa me gusta mucho también.

Lucía se apartó un poco de él, mirándolo a la cara.

—¿En serio te gusta? Es una casa absurda, pero es mi casa y ahora la tuya y le tengo cariño, cómo no. Pero tiene tan poco sentido como una pagoda budista en Sevilla. No tiene ni pies ni cabeza. Pero mi marido, que era buenísimo, bueno, bueno, bueno de verdad... Era tan bueno como tonto, es decir, mucho. A mí solo me molestan los tontos que se creen listos y opinan mucho. El mundo está lleno de tontos que se creen listos haciendo creer a los listos que son tontos, ese es el problema. Pero mi Juan utilizó su único momento de lucidez para comprender que era tonto y que yo era lista, por eso funcionamos bien juntos. El pobre hombre, antes de conocerme, había ido a Inglaterra, a ver unas máquinas que años después compramos y que te enseñará mañana Manuel. Has conocido a Manuel, ¿no?

—Sí, tía.

—Bueno, pues eso. Que mi difunto marido fue a Inglaterra a por esas máquinas y se enamoró perdidamente de una chica de pueblo, de un pueblo cercano a Sussex, en el sur de Inglaterra, que ahora no recuerdo. El caso es que volvió prendado de la muchacha y para conquistarla hizo reconstruir esta casa, que antes era una casa cubana grande y práctica, para que se pareciera a la casa de los caciques del pueblo donde vivía la chica en cuestión. Así que esta casa se parece mucho a Wakehurst, como se llama la otra más antigua, ubicada en un sitio donde las casas así tienen sentido y no en medio del Caribe. Yo hice ampliar las ventanas al doble y puse el porche, que no queda muy bien, porque la casa está aquí como un tucán en el polo norte. Sencillamente no tiene ni pies ni cabeza. Pero así es Cuba. Negros traídos de África, europeos traídos de España, plantas que no existían cambiadas por otras que siempre se nutrieron de esta tierra. Catolicismo mezclado con bailes tribales, canarios mandando a senegaleses. Todo carente de sentido... Quizás por eso tenga que acabar algún día.

—¿Y qué fue de la chica? —preguntó Gabriel, curioso.

—¿Qué chica? —respondió su tía.

—La chica de la que se enamoró el tío Juan.

—Ah sí, esa... Nada, no paso nada. A la chica no le gustaba el tío Juan, y supongo que ver que había copiado una casa de un sitio en el que hace frío y no deja de llover para que vivieran juntos en otro en el que hace calor y sol, no ayudó. El caso es que tu tío me encontró a mí, nos casamos, y para cuando vi este mamotreto ya había jurado ante Dios que estaría junto a él en la salud y en la enfermedad, en la riqueza y en la pobreza, etcétera. No juré que estaría con él en el calor y el ridículo, pero no me arrepiento de haberme casado con Juan. Era un buen hombre, esa es la verdad.

Lucía se quedó mirando hacia la gran secuoya que crecía frente a la casa.

—Podar la secuoya… Hay que ser imbécil.

III

Isabel Palau había dormido bien, pero se despertó intranquila. Seguía sin un plan, cada minuto que pasaba en aquel hotel era una negación de la realidad. Tenía que pensar qué hacer y no se le ocurría nada, pero decidió que debía por lo menos conocer la gravedad de sus finanzas, por lo que convenía que se acercara a una joyería para que le valoraran los pendientes de Alicia Abbad y, después, empezar a buscar algún lugar donde instalarse cuando los días pagados por Camilo Fabre en el Hotel Telégrafo tocaran a su fin.

Además, existía un problema sustancial que nunca había tenido. La olvidada Pepa podía trabajar en cualquier lugar, hacer las labores más duras y los recados más indignos. Podía cocinar, fregar, planchar... incluso prostituirse ocasionalmente. Pero Isabel Palau aspiraba a ser una gran señora, por lo que no podía hacer nada de eso. Con todo, habría que ver si la teoría era tan fácil de llevar a la práctica. De momento, no lo parecía. Estaba rumiando su futuro, desnuda en la cama, cuando alguien golpeó la puerta educadamente. Molesta, se envolvió en las sábanas y se acercó a la entrada.

—¿Quién es? —preguntó acercando la cabeza a la entrada.

—Servicio de habitaciones, señora Palau. Traemos un paquete para usted.

Nadie, nunca, le había llevado un paquete que fuera para ella, así que abrió la puerta, entre curiosa, desconfiada y extrañamente ilusionada.

Un par de botones del hotel, uniformados de azul con casquete en la cabeza, entraron con una gran caja blanca cerrada con un lazo y la depositaron en una banqueta situada a los pies de la cama, abandonando la habitación después sin poder evitar mirarla de reojo.

Isabel se acercó a la caja y la estudió durante unos segundos antes de decidirse a abrirla. La vida le había dado tantas patadas que siempre buscaba el truco, la trampa en las cosas buenas que, muy de vez en cuando, le sucedían, y le costaba aceptar que, también a ella, podía sonreírle el destino alguna vez. Tiró del lazo para deshacerlo y retiró la tapa.

El contenido estaba oculto, envuelto en un papel traslúcido sobre el que se posaba un sobre con membrete: «Viader, Ingenio de San Rafael, Valle de los Arcángeles, Matanzas». No podía ser. Lo abrió y leyó la nota que con pulcra letra inclinada le había escrito Rafael Viader, el hombre con el que había paseado la tarde anterior.

> Querida amiga:
>
> Permítame que lleve a su armario el presente que ambos sabemos que está hecho para usted. Nada me haría más feliz que lo estrenara en la fiesta de los Aldama esta noche. Si usted decide alegrar la velada del que espera ser su más leal amigo, sepa que estaré esperándola a las nueve en el *hall* de su hotel.
>
> Su devoto admirador,
>
> Rafael Viader

Sin darse tiempo a reflexionar, apartó el papel y cogió, levantándolo, el vestido que había admirado en el escaparate del Bazar Parisien. En sus manos, la pieza parecía aún más bella, y al acariciar sus texturas supo que no podía haber un vestido más bonito en la isla. Dentro de la caja, encontró también unos zapatos a juego. Se lo probó todo sin dilación y, como un milagro, como una señal del destino que la esperaba, descubrió que le quedaba perfecto, que parecía hecho a medida para su cuerpo, que llenaba sin rebosar cada parte de aquella obra de arte. El azul intenso, los bordados en oro, el escote sugerente pero no vulgar, los guantes a juego: sus mil y un detalles lo hacían, más aún sobre una figura como la de Isabel, perfecto. De pie frente al espejo de cuerpo entero de la habitación, sonrió con mayor alegría que en toda su vida.

Estuvo casi media hora mirándose, tocando aquel vestido que no podía creer que fuera suyo. No iría a la fiesta del palacio Aldama por complacer a Rafael, lo haría por ella misma, deseosa como estaba de lucir aquella prenda. Pero antes debía resolver algunas cosas.

Se vistió y bajó a recepción para preguntar por una joyería de confianza. Le gustaba preguntar por una joyería, era muy propio de Isabel Palau y totalmente impensable para Pepa Gómez, de la que sentía alejarse minuto a minuto. Salió a la calle en dirección al negocio que le habían recomendado, situado no lejos del hotel. Llevaba los pendientes de rubíes en su pequeño bolso, decidida a conocer su valor y venderlos al día siguiente, pues los necesitaba aquella noche para completar el atuendo.

Dejó a la derecha el Campo de Marte y enfiló el paseo de Isabel la Católica, pasando por delante del Teatro Tacón poco después. Enseguida encontró la calle del Obispo, en cuyo número 58 apareció tímidamente lo que buscaba: Relojería y Joyería El Sol. Un comercio con un escaparate muy pequeño que habría obviado de no haberlo buscado con atención. Entró haciendo sonar una campanilla colocada sobre la puerta en la pequeña pero lujosa joyería. El silencio reinaba en el ambiente y solo el tictac de un gran reloj de pared colocado tras el mostrador distraía el oído de la conversación entre susurros que una clienta mantenía sentada en una mesita con un dependiente en un rincón del local. Las paredes de tono dorado tenían algunas vitrinas en las que se exponían excelentes piezas de orfebrería, pero no tuvo tiempo de mirarlas con atención, pues enseguida un hombre mayor de aspecto pulcro, con pajarita y bata blanca, se puso a su disposición.

—¿En qué puedo atenderla, señora? —preguntó en el mismo tono sepulcral que mantenía el otro dependiente.

Isabel sonrió desplegando todo su encanto. Necesitaba obtener un buen precio por los pendientes.

—Oh, tan solo es una consulta en la que espero pueda serme de ayuda. He heredado unos pendientes. Me gustaría conocer su valor. Tengo unos similares y me resultan innecesarios.

—Comprendo. ¿Los lleva consigo?

—Por supuesto —dijo Isabel, sin mostrar aún las piezas.

—Perfecto entonces. Acompáñeme, por favor.

Le cedió el paso apartando una cortina de terciopelo verde que daba acceso a una pequeña sala con dos butacas y una mesa de madera oscura con el mismo terciopelo que los asientos. Apartó uno de ellos y la ayudó a sentarse antes de presentarse.

—Bien, señora: soy Roberto Vallés, propietario del establecimiento.

—Isabel Palau, encantada.

—¿Señora o... señorita?

—Señora, viuda de Palau.

—Encantado de servirla pues, señora Palau. Veamos las piezas, por favor.

Isabel metió la mano en el bolso y sacó, envueltos en un pañuelo, los pendientes. Al verlos, el hombre abrió los ojos impresionado.

—¿Me permite? —dijo antes de cogerlos.

—Adelante —respondió Isabel.

Cogió una de las piezas y, colocándose una lupa de ojo, se la acercó a la cara.

—Extraordinaria... Extraordinaria... Muy bella... Una pieza magnífica... —dijo como si ella no estuviera delante.

Dedicó unos minutos a observar con devoción todos los detalles del par. Cuando se dio por satisfecho, se quitó la lupa y levantó la cabeza para mirar a los ojos de Isabel.

—Señora, hacía tiempo que no veía unas piezas de semejante calidad y finura. Son de Mogok, ¿no es así?

—Creo que sí —respondió Isabel, sin tener la más remota idea de a lo que estaba asintiendo.

—Esas minas son las mejores. No cabe duda. Tiene usted una joya en el más elocuente sentido de la palabra. Son maravillosos. Entiendo que no le interesan como diadema tampoco, ¿no es así?

—¿Como diadema?

—Sí, claro: supongo que habrá visto que son convertibles.

Los cogió de nuevo y girando cada pieza y juntándolas, como por arte de magia, los cuatro rubíes quedaron unidos formando una diadema de cierta importancia.

—¡Oh! ¡Qué bonito! —dijo espontáneamente Isabel.

—Desde luego que lo es —dijo el joyero—. ¿Me permite? —Y acercó la diadema a la cabeza de Isabel mientras ella se inclinaba para que se la colocara—. Ya está.

—Espere un instante —dijo el joyero al ver que Isabel intentaba hacerse una idea del efecto palpándose la cabeza y se levantó para coger un espejo de mano.

Isabel se miró. Jamás había imaginado verse de aquella manera. Una fila de cuatro grandes rubíes sobresalían entre su cabello exuberante. Se imaginó con un moño alto, enfundada en el espectacular vestido que le aguardaba en el hotel. El joyero pareció entender su mirada.

—Está magnífica, esa es la verdad.

—Sí que lo estoy —no pudo evitar decir ella.

—¿Y tiene los otros pendientes aquí? Le podría aconsejar con qué pareja quedarse, aunque me resulta difícil creer que sean mejores que los presentes.

—No... Están en Barcelona. En mi casa. Es una lástima, me gustaría lucirlos en la fiesta de esta noche.

—Ah, entonces, ¿acudirá al palacio Aldama? Toda La Habana habla de esa fiesta. Pero señora mía, no puede usted ir sin pendientes. No lo puedo permitir. Tenga la amabilidad de esperarme, haga el favor.

Volvió a levantarse y regresó a los pocos minutos.

—Pruébese estos, por favor —le dijo abriendo una caja con unos espectaculares pendientes, también de rubíes pero alternados con diamantes.

Isabel los apartó. Había acudido a la Joyería El Sol a vender sus pendientes, no a comprar otros. Roberto Vallés sabía que ella no podía permitírselos. Estaba cansado de escuchar las excusas de señoras venidas a menos justificándose por verse obligadas a vender sus joyas y había aprendido a hacer ver que las creía. La mayoría de los ingenios azucareros debían dinero a los comerciantes de esclavos o maquinaria, así que era habitual que solicitasen a sus mujeres que se desprendieran de las joyas que no usaban en sus fincas para sanear sus cuentas. Pasaba cada día, pero al ver cómo las piedras se realzaban colocadas en el cuerpo de aquella mujer bellísima, había recuperado una idea que de vez en cuando le rondaba la cabeza.

—Pruébeselos, por favor: no tiene que comprarlos.

Isabel los cogió titubeante y se los puso.

—Está usted imponente —le dijo Roberto Vallés.

—Sí que lo estoy —repitió ella hipnotizada mientras volvía a mirarse en el espejo.

—Creo que los debería llevar a la fiesta de esta noche.

—Señor Vallés, he venido a valorar y quizás a vender, no a comprar. Dispongo de más joyas de las que puedo usar, aunque ahora estén en Barcelona.

—Lo sé, señora, lo sé... —le dijo pretendiendo que la creía—, pero mientras esté en La Habana, le voy a proponer un negocio que puede ser beneficioso para ambos.

Isabel no esperaba aquel cambio de tercio, pero estaba abierta a cualquier negocio digno que la sacara de su apretada situación económica.

—Le escucho —se limitó a decir.

El señor Vallés se acercó un poco a ella.

—Le explicaré mi idea. Llevo tiempo esperando a alguien como usted para llevarla a cabo. Verá, creo que tengo la mejor joyería de la ciudad, que mis piezas son de gran calidad y diseño, y que son sin duda las más originales y modernas, pero (y aquí viene el problema) poca gente me conoce. La calle es comercial y estoy bien situado, me he anunciado en algunos planos de la ciudad y otras publicaciones, pero soy sencillamente invisible. El público al que aspiro raras veces repara en mi tienda, con mi insignificante escaparate y nula fama, y acude a otras joyerías, donde sofisticadas dependientas les enseñan las alhajas en lugar de mi dependiente y yo. Por eso la necesito. Si mis potenciales clientes no acuden a mí, seré yo el que acuda a ellos. Le dejaré mis mejores diseños para que los luzca en cada fiesta, cena o visita que realice. Enseguida llamará la atención de las demás damas, a las que recomendará mi establecimiento. Debe hacerlo como si de un lugar secreto y único se tratara, hacerse de rogar para desvelar su contacto más preciado. Conozco a las mujeres de La Habana, no tardarán en envidiarla, creerán que si se ponen mis joyas, serán tan bellas como usted. Cuando descubran que solo mejoran un poco, ya habrán comprado aquí. Yo le daré un diez por ciento de todo lo que venda a las clientas que vengan recomendadas por usted. Los dos ganaremos, no le quepa duda.

Isabel contenía la emoción que le provocaba aquella nueva sorpresa del destino. Había encontrado la manera de sufragar su vida, y lo haría al tiempo que su recién adquirida personalidad se codeaba con toda la gran sociedad de La Habana, que la vería cuajada de joyas y en las mejores fiestas. Ningún trabajo podría haber encajado mejor con lo que estaba buscando. No creía en Dios, pero quizás debería empezar a hacerlo.

—Si acepta —continuó el joyero—, necesitaré que deje en depósito algo que cubra el valor de las alhajas que se lleve. El día que finalice nuestro trato dicho depósito le será devuelto.

Ahí estaba el problema. Isabel no tenía nada que pudiera igualar el valor de lo que había en aquella joyería. Bueno... en realidad sí había una cosa, pensó inmediatamente después.

—Los pendientes.

—¿Sus rubíes? —preguntó el señor Vallés.

—Eso lo cubrirá todo, ¿no es así?

—Sobradamente —replicó el joyero.

—Muy bien. Pero hay dos cosas más que ha de garantizarme antes de cerrar el trato —indicó Isabel.

—Dígame, señora.

—No informará a nadie de nuestro acuerdo. No quiero parecer una vulgar maniquí de joyas. Yo diré que lo que llevo es mío y, si alguien quiere adquirirlo, me ocuparé de que llegue antes a su tienda para que usted lo pueda vender. Usted y yo tan solo seremos comerciante y cliente, nada más, y me tratará usted ante cualquiera como eso, como una generosa y acaudalada clienta.

—Ningún problema —dijo satisfecho—. ¿Algo más?

Isabel saboreó el momento en el que su vida parecía estar a punto de abandonar definitivamente el lodo en el que se había movido desde su nacimiento. A partir de aquel día, solo frecuentaría sitios bonitos como la Joyería El Sol, el Hotel Telégrafo o el palacio Aldama, que iba a conocer esa misma noche. Isabel Palau había enterrado definitivamente y bien hondo a la desventurada Pepa Gómez. Su voluntad se iba a convertir en realidad.

—Señora Palau, ¿algo más? —insistió Vallés.

—Sí —dijo Isabel, triunfal—. Me dará usted el veinte por ciento.

A las nueve y diez, un poco tarde intencionadamente, Isabel Palau bajó al vestíbulo del hotel donde Rafael Viader esperaba vestido de frac. Probablemente desesperanzado de que su cita acudiera, su cara se iluminó en cuanto la vio descender la escalera. La imagen era ciertamente espectacular. De haber asistido a la fiesta tan solo con aquel vestido deslumbrante, Isabel ya habría dado un golpe de efecto, pero, además, había completado el conjunto con un aderezo compuesto de diadema, collar, pendientes y broche de zafiros, que entonaban a la perfección con el color azul oscuro del vestido y combinaba armoniosamente con sus ojos turquesa. El aderezo —el *parure*, como lo había llamado el joyero— era lo que necesitaba aquella noche y, pese a su magnificencia, el depósito de los pendientes de rubíes había cubierto sobradamente su valor.

Con todo, lo mejor del conjunto era la sonrisa que se había dibujado en su cara al salir de la joyería, y que solo había hecho que ampliarse, convirtiéndose, de vez en cuando, en una risa nerviosa que nunca antes había brotado de su interior. Tenía trabajo, joyas y un vestido nuevo, y se encontraba en el mejor hotel de la ciudad. Ni en sus mejores sueños hubiese imaginado algo así, ella, que hacía no tanto se peleaba a diario con su escoba contra la arena de la playa y esquivaba a lo peor de Barcelona en su horrible chiringuito.

Pensó que Rafael, con su porte aristocrático y su probable boyante cuenta bancaria, tenía que ser un hombre acostumbrado a alternar con las mujeres más guapas de la sociedad, pero lo cierto es que al verla pareció descolocado: su mirada era la de una persona desbordada por las circunstancias y su seguridad había sido arrollada de pronto por el deslumbrante brillo de ella.

—Está usted... Cielo santo... Está... —le dijo mientras le besaba la mano enguantada.

Isabel rio. Podría haber hecho lo que hubiera querido con aquel hombre.

—Está usted muy elegante, Rafael. ¿Le parece que nos pongamos en marcha?

—Por supuesto, por supuesto, claro que sí: tengo el coche aquí mismo.

Frente a la entrada del hotel, un lacayo cogía las riendas de un faetón rojo tirado por dos caballos. El lacayo ayudó a Isabel a subir al asiento delantero, pegada a Rafael, que guiaría el coche.

—Me gusta llevar las riendas —le dijo guiñándole un ojo.

—A mí también —respondió Isabel, mirando al frente.

Apenas habían empezado a trotar cuando Rafael tiró de las riendas y paró el coche.

—Ya estamos —dijo.

—¿Perdón? —dijo Isabel mirándolo a los ojos.

Con la cabeza, Rafael señaló detrás de ella. Al girarse, a pocos metros del hotel y frente a ella, un imponente palacio iluminado de arriba abajo y cuajado de flores en balcones y columnas, invitaba a lo más granado de la sociedad cubana a sus salones. Lo miró un segundo antes de que Rafael estallara en una carcajada.

—Vengo directo de mi casa de intramuros, bueno, de la zona donde la muralla que rodea a la ciudad vieja está siendo derribada. En mi coche... Y como usted se ha subido a él tan decidida... ¿qué quería que hiciera?

Ella le sonrió, aún presa de ese carácter desconfiado que la vida le había forjado.

—¡Será usted tonto! Venga, entremos.

Entregaron el coche a uno de los innumerables cocheros y, atravesando el porche de columnas sobre el que se asentaba el edificio de tres alturas, accedieron al palacio, uno de los mejores y más modernos de la ciudad. Dentro todo era brillo y oropeles, trajes de mil colores, joyas, fracs, uniformes, risas, música, y un incesante ir y venir de esclavos domésticos con librea, guantes blancos y aspecto distinguido. Y pese a todo aquel divertido y pretendido desorden, enseguida Isabel sintió que nadie, ni hombres ni mujeres, podía pasar por alto su figura desplazándose por uno u otro salón, departiendo con gente que no conocía en aquel palacio plagado de flores y plantas.

Desde que había embarcado en el Santa Graciela, incluso antes, en su corto periodo en el palacete Abbad, había tomado nota de los modales de la clase a la que pretendía pertenecer y confiaba en que su atractivo tapara los fallos que aún cometía, por lo que hasta aquel día había departido siempre mayoritariamente con hombres, que se fijaban en su físico y apenas la escuchaban. Sin embargo, en aquella fiesta debía acercarse más a las mujeres. Tenía un trabajo y, aunque hubiera conseguido el mejor disfraz, en el fondo sabía que era una vendedora y que su futuro dependía de las clientas que dirigiera hacia la Joyería El Sol.

No conocía a nadie, así que se pegó a Rafael, que conocía a todo el mundo, pero dejando claro que nada más que una muy reciente amistad de índole no amoroso les unía. No quería que las mujeres que desearan a aquel hombre —ciertamente deseable— la aborrecieran sin conocerla, ni que los hombres que quisieran acercarse a ella dejaran de hacerlo al pensar que estaba ya comprometida. Ella era ella y nadie más.

Vio a un grupo de mujeres cuchicheando, evidentemente sobre ella pues no le quitaban ojo, en un rincón de uno de los salones: dos de ellas estaban sentadas en sendas butacas y una tercera, con los brazos cruzados y una copa de vino espumoso en la mano, se apoyaba en la pared con aspecto aburrido y el reconocible colorido de los inicios de la ebriedad en mejillas y ojos. Tendrían unos veinticinco años y, pese a que parecían haberse puesto encima todo lo que habían encontrado y sus atuendos eran lujosos, su atractivo era nulo y observaban la fiesta cada vez desde más lejos, sin participar en ella, decepcionadas por una nueva oportunidad que parecía irremediablemente perdida. Observó que una de ellas había acabado su copa, por lo que fue a buscar dos y caminó hacia el grupo, que la vio acercarse con asombro.

—Tome —le dijo ofreciéndole la copa a la que estaba de pie—. Bebamos un poco, que aquí, si no, no hay manera de pasar una buena velada.

La joven aceptó la copa y sonrió, algo tímida. Las dos que estaban sentadas enseguida se incorporaron un poco y se quedaron mirándola, encantadas de que una de las sensaciones de la fiesta hubiera reparado en ellas. Habitualmente las jóvenes guapas, las que todos querían tener cerca, buscaban amigas igual de guapas y populares que ellas, pero aquella mujer nueva, atractiva a rabiar y foco de todas las miradas, había decidido sentarse a su lado, dándoles una importancia que nunca habían tenido.

Pero para Isabel sí eran importantes, sobre todo vistas de cerca. Toda su indumentaria hablaba con elocuencia de unas cuentas repletas de reales disponibles para gastar en cualquier cosa que aumentara de alguna manera el atractivo de aquel trío sin brillo.

—Soy Isabel Palau —les dijo con un tono altivo.

La que parecía algo mayor se levantó y le dio dos besos.

—Yo soy Elisenda Sampietro y ellas son mis primas, las hermanas Eulalia y Esther Sampietro, hijas del hermano de mi padre.

Las dos primas de Elisenda la saludaron también.

—¿Han venido juntas? —preguntó con desinterés fingido.

—Sí. Las tres. Estamos en casa de mi abuela, vivimos allí, juntas, entre el cuartel de Madera y el de la Guardia Civil. ¡Somos las primas acuarteladas! —dijo jocosa.

«Feas y sin gracia», pensó Isabel, consciente de que aquella debía de ser una broma recurrente de aquel trío, y forzó una carcajada.

—Está usted deslumbrante, señora Palau —se adelantó a decir Eulalia Sampietro—. Su marido debe de estar orgulloso de llevarla del brazo.

—A mí nadie me lleva del brazo, amiga mía —le dijo tocándole el hombro—. Soy viuda.

—Ah, lo lamento.

—Yo no. Bueno, quiero decir que, por supuesto, me apenó mucho la muerte de mi Guillermo, pero ahora estoy perfectamente bien.

—Comprendo. Lleva usted un vestido precioso.

—¿Le gusta? —respondió Isabel—. Fui afortunada de encontrarlo la primera. Estaba en el mismísimo escaparate del Bazar Parisien. Por suerte, solo había uno. Detesto ir igual que las demás, ¿no les ocurre? Por eso intento ir a comercios que no sean tan conocidos. Y me vanaglorio de tener alguna que otra dirección que muy pocas conocen.

—Su *parure* es precioso también —intervino por primera vez Esther Sampietro.

Isabel no podía creer lo fácil que había sido. El pez acababa de picar. Solo tenía que recoger el sedal con cuidado.

Tras departir media hora sobre el estilo y la importancia de la exclusividad ante un público entregado de tres candidatas a solteronas, Isabel había revelado su preciado secreto. Un secreto con forma de pequeño local de joyería en la calle del Obispo. Supo que debería devolver las joyas pronto por la mañana, porque las jóvenes a las que había seducido querían que sus alhajas fueran exclusivas, pero a ser posible exactas a las que llevaba ella. Cuando estuvo segura de haber cerrado varias ventas, se excusó al ver a Camilo Fabre saludarla para acudir a su lado.

—Mi querida amiga —le dijo, encantador—, está usted sencillamente excepcional. ¡Ya era hora de que la metrópolis se hiciera valer en las fiestas cubanas! —exclamó y el grupo criollo que tenían al lado se volvió hacia él con gesto severo.

—Don Camilo, si dice usted esas cosas, dígalas más bajo —le dijo Isabel susurrándole cerca del oído—. No queremos ofender a nadie. Ya sabe de los complejos de la sociedad criolla.

—Y esta casa no está exenta de sospechas, querida. Los Aldama se están haciendo populares por acoger a independentistas cubanos. ¡Figúrese usted!

Isabel no solo desconocía aquel dato sino que ni siquiera sabía a qué se refería Fabre al mencionar un movimiento independentista en Cuba. Valoró unos segundos la relevancia de saber más del tema y, al descartarlo por estar muy alejado de sus intereses, cambió rápidamente de asunto.

—Le debo un baile don Camilo. No me olvido.

—¡En realidad me debe usted una cita! —recalcó jocoso el hombre—. Pero, de momento, un baile estaría muy bien.

No había atisbo de seducción en sus palabras, sabía que Isabel era inalcanzable, pero a todos les gustaba estar con ella, aunque fuera solo para mirarla, igual que harían con una puesta de sol o una flor bonita.

—Vamos entonces —replicó ella.

Atravesaron el patio, donde una alta fuente refrescaba el aire y, subiendo unas imponentes escaleras adornadas con elementos de bronce y lujosas barandillas, llegaron al salón de baile, organizado en el comedor de la casa. La mesa había sido retirada para despejar una estancia enorme con hermosas pinturas y alfombras rojizas, toda ella iluminada con brillantes arañas de cristal. Pese a haber vivido en el palacete Abbad, la estancia la impresionó tanto que tuvo que detenerse unos segundos, boquiabierta, a contemplarla antes de entrar. Don Camilo captó su mirada.

—Sí, señora. Es un comedor excepcional. Por lo visto ofrecen cenas en una mesa de hasta cien personas. ¡Figúrese usted! Y no conozco la otra casa, la de Aldama hija, pero, por lo visto, es igualmente magnífica.

—¿La otra casa?

—Sí, claro. Este edificio está partido por la mitad. Esta es la casa del señor Miguel Aldama. Pegada a esta su padre construyó otra similar para su hermana. Aquella señora de allí —dijo, y después hizo un gesto con la cabeza hacia el lugar donde estaba la mujer.

—Comprendo —dijo Isabel cruzando mirada y sonrisa con la señora Aldama, una mujer de unos cincuenta años que, sentada en un lado de la sala, también había revisado de arriba abajo el atuendo de Isabel y parecía controlar todo lo que sucedía en la fiesta.

—¿Bailamos? —dijo súbitamente el señor Fabre—. Esta música me encanta.

Sin dilación llevó a Isabel al centro del salón, donde muchas parejas bailaban cogiéndose entre ellas y haciendo un corro en el que hombres y mujeres se turnaban diferentes pasos al son de una contradanza.

—¡Pero yo no sé bailar esto! —dijo Isabel resistiéndose.

—¡Yo tampoco sabía! —rio Camilo Fabre—. Pero ayer lo intenté y es facilísimo; copie usted lo que haga la mujer que tenga más cerca.

Isabel supo que el precio por el patrocinio de su estancia en el Hotel Telégrafo sería pasar el ridículo mayor de su vida, pero totalmente contra su previsión, a los pocos segundos se desenvolvía divertida y fácilmente en el grupo, moviendo su falda cuando las otras mujeres lo hacían y cogiéndose de las manos de las personas que, cruzándose a un lado y otro del corro, le tocaban al lado. Todo el mundo parecía estar pasándolo estupendamente. Poco a poco ella volvió a ser el foco de todas las miradas, pues nada combinaba mejor con aquel traje nuevo, con aquellas joyas deslumbrantes y su cuerpo privilegiado, que la sonrisa de auténtica felicidad que tan pocas veces regalaba. Ver a Isabel Palau sonreír era un milagro de la naturaleza, similar a cuando un pavo real despliega sus plumas, solo que menos frecuente.

Cuando acabó el baile, se formó un grupo natural con todos los que habían bailado. Camilo Fabre se retiró con unos hombres que conocía al patio, pues el contrabaile le había acalorado en exceso, dejándola a ella con sus nuevos amigos.

«Clientes», rectificó Isabel en su mente.

Comprobó que, nuevamente, parte de aquella sociedad no parecía tener ningún problema en gastar lo que fuera necesario. Enseguida, una de las mujeres más ricamente ataviadas le preguntó por su vestido, conversación que ella derivó nuevamente a sus joyas y a las espectaculares alhajas que ofrecía discretamente aquella exclusiva joyería de la calle del Obispo, que había pasado tan desapercibida hasta entonces.

—Diga que va de mi parte —dijo Isabel dando la sensación de que estaba haciendo un favor—. La atenderán estupendamente.

A los veinte minutos, cuando estuvo segura de haber cerrado otra venta, apareció oportunamente Rafael, que parecía recién llegado a la fiesta, igual de peinado, limpio y elegante que cuando la había recogido horas antes, pero con un divertido brillo en los ojos que revelaba las copas que había tomado y que lo estaba pasando bien.

—Vámonos de aquí —le dijo.

—¿Ahora?

—Sí, Isabel, ahora. Llevamos tres horas aquí. Podemos volver luego si le apetece. Las fiestas aquí se alargan mucho. Pero he pedido el coche. Hay algo que quiero enseñarle.

—Pero...

—¡Vámonos! —exclamó mientras la cogía de la mano y la arrastraba a la salida.

No le gustaba que le mandaran y que decidieran por ella, pero agradeció el aire fresco de la noche fuera del palacio Aldama. Sentía que, pagada la deuda con Camilo Fabre, que le había patrocinado el hotel, había llegado el momento de pagar la que tenía con Rafael Viader, que le había regalado el exitoso vestido que llevaba. Pronto sería ella la que pagara sus cuentas y ningún hombre tendría que mantenerla, pensó.

Subieron en el faetón de Rafael y, nuevamente con él a las riendas, salieron al trote por la calle Amistad en dirección desconocida para Isabel, que vio cómo pasaban por delante de su hotel sin la más mínima intención de detenerse en él. El cielo estaba plagado de estrellas, y La Habana bulliciosa y de mil ruidos que había conocido los pasados días, de pronto pasaba de la fiesta al silencio, de los grupos bailando iluminados por hogueras en la calle a lugares desiertos y en penumbra, de los palacios adormecidos a las tabernas animadas. Una Habana diferente, pero también mágica, por la que circulaban rápido y acusando cada bache del maltrecho vial de la ciudad. Aminoraron el paso al entrar en La Habana Vieja y Rafael se esforzó en mostrarle todo cuanto tenía algún interés. Lo hacía sin pedantería, sin entrar en detalles técnicos ni entretenerse demasiado en la historia, de forma que Isabel escuchó con interés. Se sabía inculta, pero también era lista y raramente decía tonterías, por lo que su nula educación quedaba bien disimulada. Agradeció internamente que Rafael no la escrutara, que simplemente la quisiera agradar y hacerle pasar un buen rato. Lo cierto era que lo estaba consiguiendo.

Llegaron al puerto, donde una vista de la adormecida bahía, con infinidad de barcos fondeados y otros tantos amarrados a los muelles, reclamó toda su atención. La luna se reflejaba en el mar oscuro, que se movía lentamente, sin sonido, sin espuma, y con una superficie que parecía la de un gran manto de seda. En el extremo, el faro del Morro indicaba la entrada al puerto y al otro lado, las luces de Casablanca y la Cabaña delimitaban agua y tierra.

Rafael detuvo el coche frente al mar.

—¿Ve aquella luz del fondo, la que está más alta? —dijo apuntando a la otra orilla, donde una lucecita sin importancia se veía, efectivamente, más alta que el resto.

—Sí, la veo —respondió Isabel.

—Es donde espera el viejo Andrés. Se enamoró de una tal Carmela, la mujer más bella de La Habana, y ella le correspondió a pesar de estar ya comprometida y casarse al poco tiempo. Su prometido era un hombre de mal carácter que no podía andar, pero que era muy acaudalado, por lo que los padres de la joven habían acordado ese matrimonio ventajoso pese a saber que su hija no sería feliz. El día de su boda, el viejo Andrés entró en su casa mientras su amada dormía con su marido, y tras encender una vela, la colocó sobre el armario, en el lugar más alto de la habitación. Cuando Carmela despertó, se subió a una silla para apagar la vela, extrañada, pues ella no la había colocado allí y su marido era incapaz de hacerlo. Al hacerlo, vio una nota del viejo Andrés, que le decía que siempre la recordaría y que, cuando pasara pena, cruzara la vista al otro lado de la bahía, donde él siempre tendría una luz, en el punto más alto de Casablanca, en el lugar en que la estaría esperando. Con el paso de los años, el viejo Andrés fue cambiando su cabaña de sitio, pues cada vez había más casas alrededor y la suya debía estar en el punto más alto. Cuando se construyó el fuerte de San Miguel, él ya era mayor y sabía que moriría pronto, por lo que tras explicar la historia y ver que los soldados se apiadaban de él, pues muchos también habían conocido la melancolía de los amores imposibles, pidió ser enterrado en el fuerte, que ocupa la parte más alta de la montaña, para cumplir su promesa y que Carmela, hasta su muerte, supiera siempre que su amado estaba allí, donde la lucecita alta... Así que eso es la lucecita —dijo para terminar y se quedó mirando hacia donde había indicado, sin comprobar el efecto que la historia había causado en Isabel.

Isabel había escuchado con atención. Para ella, aquello era poco más que una fábula. Nunca había conocido un amor así y tampoco había visto ninguno que se le pareciera. La relación de amor más grande que había visto había sido la de los hermanos Abbad y ella había acabado con la misma. Sin embargo, por alguna razón, la historia del viejo Andrés sí le había llegado al corazón.

—Es triste —dijo—, pero supongo que la felicidad es más difícil de encontrar de lo que algunos piensan. Carmela también fue afortunada, si lo piensa. Es bonito que alguien te quiera así, aunque no llegue a nada.

—Eso creo yo. Pero habría sido mejor que se hubieran conocido antes. Antes de que a la joven la comprometieran, ¿no cree?

—Sí, Rafael. Claro que sí. Pero la perfección no existe y los cuentos de hadas tampoco. Vivimos donde vivimos y hacemos lo que buenamente podemos.

—Pues —dijo Rafael bajando la mirada y tomándole tímidamente la mano—. Yo no quiero que me pase como al viejo Andrés. Desde el momento en que la vi, supe que tenía que tenerla.

Isabel le había dejado hacer. Tenía las manos frías, igual que el corazón, duro e impenetrable. Apartó la mano con suavidad y lo miró a los ojos.

—Rafael, las cosas no son así. Al menos en mi caso. En cuanto me vio le parecí bella, pero no me conoce, así que vamos a esperar a que lo haga. Y a mí no se me «tiene». No soy un caballo o una finca. No soy una posesión. Aquí están ustedes acostumbrados a poseerlo todo, incluidas las personas, pero yo soy de otro lugar.

—Creo que no me he explicado bien...

—No, lo ha hecho perfectamente, Rafael, y además, no me ha molestado. Tiene usted suerte, soy joven pero he vivido bastante, y no tengo padres que acuerden mi matrimonio con nadie. De hecho, ya sabe que soy viuda.

—Sí, lo sé —afirmó Rafael y se quedó en silencio unos segundos, devolviendo la sonrisa amplia que ella le ofrecía: no había tensión, sencillamente habían puesto las cartas sobre la mesa—. Pero nos vamos a seguir viendo, ¿no?

«¿Por qué no?», pensó Isabel. Rafael era guapo y simpático, y en su primera cita le había abierto las puertas al mundo en el que necesitaba abrirse paso. Sin Rafael no podría de momento acceder a la gente que tenía que dirigir a la Joyería El Sol.

—Si usted lo desea, sí. Pero no quiero darle falsas esperanzas —se oyó decir.

—No las albergaré; además, estoy acostumbrado al rechazo, no se preocupe usted.

—No le creo, pero así lo haré.

Siguieron sentados en aquel faetón mirando la bahía y hablando hasta bien entrada la madrugada, cuando la humedad les empezó a calar los huesos y la superficie descapotada del coche pasó de fría a húmeda y de húmeda a mojada. Como a una vieja amiga, Rafael depositó a Isabel en el Hotel Telégrafo despidiéndola con un beso en la mano.

Más enamorado aún.

8

I

Gabriel había pasado dos días en la hacienda de San Gabriel paseando con su tía Lucía por el jardín, un vergel asombroso cuidado con mimo, en el que las plantas autóctonas se mezclaban con otras traídas de lejos. Todo había sido plantado estratégicamente para que el paseo por el enorme recinto sorprendiera al visitante, creando vistas a diferentes puntos del valle y puntos de fuga con copas de piedra, fuentes y otros elementos decorativos del jardín. Así, una avenida de cipreses estrecha y alargada acababa en un mirador con un enorme cedro, o un paseo de jacarandas dejaba ver al fondo una de las glorietas cubierta de glicinias. Se podía tomar cualquier dirección al azar sabiendo que concluiría en algún espacio único. El terreno alternaba grandes extensiones de césped con rincones íntimos, pero quizás lo más bonito fuera lo que su tía llamaba «la ladera», un prado verde flanqueado por palmeras que desde la fachada posterior de la casa, se alargaba un kilómetro hasta un mirador desde el que se veía todo el valle. Allí ondeaban en un mástil la bandera española, un gallardete amarillo y la propia del ingenio, una «S» dorada sobre fondo verdoso. Desde aquel punto se podían ver en la lejanía las otras dos grandes mansiones del valle, cada una con su mirador y su bandera española, el gallardete amarillo y el emblema propio: azul en el caso de San Rafael y blanco en el de San Miguel. Su tía le había explicado la función del gallardete. Durante la zafra de la caña (la recolección) se izaba uno rojo, mientras tanto se izaba uno amarillo. Cuando había un desastre natural o provocado se colocaba uno negro, pero por suerte nunca habían izado uno de aquel color.

Aunque su tía no le daba ninguna importancia, la casa, que efectivamente era algo excéntrica para el lugar, era también perfecta e impoluta. Todo estaba ordenado, lleno de ramos de flores que esparcían su fragancia por todas las estancias y, de acuerdo con lo que Gabriel descubrió como una auténtica obsesión de su tía, limpio hasta el extremo. Para ello, en cuanto entraban en la casa por cualquiera de las entradas, un muchacho les limpiaba las suelas de los zapatos incluso después de haberlos restregado ellos en los felpudos y constantemente había otros esclavos domésticos limpiando muebles, tapicerías y alfombras sin importar la hora. El suelo de mármol era un espejo y nadie reparaba en los transparentes y nítidos cristales de las ventanas, aunque esa casa, a diferencia de la mayoría de las de la isla, sí los tuviera. Todo el servicio iba vestido con camisola de lino blanco y pantalón verde oscuro, ataviado con guantes y turbantes, hombres y mujeres indistintamente, que circulaban en silencio, pero sin esconderse, por la casa, una vivienda que parecía desproporcionada para las tres personas que la habían habitado hasta la llegada de Gabriel.

La decoración era una mezcla ecléctica de muebles cubanos e ingleses, pues parecía que en su fallido intento de conquistar a la joven inglesa, su tío no había reparado en gastos y también había creado un interior a semejanza de una casa como las de Inglaterra. Llamaba la atención que todos los cuadros fueran de árboles y plantas. Más que eso: eran retratos de plantas, pues las mismas, algo crecidas, podían localizarse fácilmente en el jardín. Una idea de su tía Lucía, por supuesto.

Un envoltorio muy inglés, que la oscuridad de la noche realzaba, pero que en cuanto amanecía y la luz brillante, amarilla e intensa del día entraba por las ventanas, quedaba totalmente cubanizado por un sol que Gabriel solo había visto en la Gran Antilla.

Con todo, el joven estaba ansioso por recorrer la finca y conocer su funcionamiento, pero el señor Mantecón no había vuelto a aparecer por la casa y su tía parecía muy interesada en que conociera bien el jardín antes que nada.

—Las plantas y los árboles son mi familia. Me gustan los seres inteligentes y, aunque quería a mi marido, las plantas siempre me entretuvieron más. Se equivocan menos. Y tu primo... Ay, mi pobre

Bruno... Solo me alegro de que no tenga que vivir lo que en algún momento habrá de suceder aquí —dijo apenada sin dar más explicaciones—. Pero, bueno —continuó recomponiéndose bajo su gran pamela y acariciando el tronco de un cedro—, esta es mi familia, así que debes conocerla: tus primos y tíos. —Y lo miró sonriendo.

Por suerte, tras prestar más atención que en su vida al verdor que lo rodeaba, después de comer, su tía lo llevó de la mano a un salón que aún no había visitado. Dentro le esperaba, de pie, un hombre negro de cuerpo formidable, una cabeza más alto que él, con semblante serio y constitución fuerte que parecía clavado en el suelo con sus dos piernas de atleta. Su piel era realmente oscura, tanto que a Gabriel le pareció que azuleaba un poco, resaltando así el blanco de sus ojos y el que dejó ver de su dentadura tan solo unos segundos, cuando sonrió al tiempo que su tía hacia las presentaciones.

—Este es Tomás, Tomás de Serrano, que mientras están dentro del valle todos llevan nuestros apellidos. Es un mandinga, así que siéntete honrado. No hay negros mejores. Tomás nació en San Gabriel hace dieciocho años. Te acompañará allá donde vayas y te protegerá si, Dios no lo quiera, fuera necesario. Va armado, como verás —Lucía le tocó la cadera, donde asomaba la empuñadura de una pistola—. Mañana os iréis con Mantecón a ver todo, a empezar a aprender. Tomás te acompañará, igual que hará a partir de ahora y hasta que mueras si nada cambia, que probablemente lo haga. Dormirá en la antecámara de tu habitación. Tomás no es tu camarero, ni tu planchador ni limpiador. Para eso ya hay otras personas. Tomás será tu mano derecha, hablará con quien necesites contactar y te ayudará en tu trabajo diario. No pienses en él como en un esclavo, yo jamás lo hago, casi con nadie. El hombre que tienes en frente lo aguantará todo menos la humillación, como es propio de su pueblo. Dale la dignidad que merece —dijo antes de acercarse al mandinga—. Tomás, este es mi sobrino Gabi.

No había habido ninguna posibilidad de que su tía no lo llamara Gabi. Se acercó a Tomás y le dio la mano. Tomás la cogió y la besó.

—Espero que seamos buenos amigos —dijo Gabriel sin pensar.

—Yo espero que no lo seáis —intervino Lucía—. Espero que seáis fieles y leales compañeros, que es mucho mejor en este caso. No mezclemos conceptos.

Miró a ambos y asintió, satisfecha, antes de darles la espalda y volver al jardín, dejándolos a los dos solos en la casa.

Gabriel lo miró con gesto amable, pero Tomás parecía impenetrable. Miraba al infinito desde su altura, como un soldado, no a la cara del que se acababa de convertir en su amo. Gabriel comprendió que si aquel hombre pertenecía a una tribu tan orgullosa y excepcional, él le debía de parecer una persona poco digna de recibir su servil atención. Era lógico, acababa de llegar a Cuba y no había mostrado todavía ningún carácter ni don especial. En realidad, nunca lo había hecho, tampoco en Barcelona. Quizás aquel fuera el momento.

—Ya que vamos a estar juntos, me gustaría hablar algunas cosas, Tomás.

El hombre permaneció en silencio, firme, sin mirarlo.

—Como sabes, acabo de llegar, así que no puedo pretender enseñarte nada sobre la vida aquí, que tú conoces y yo no. Te pido por favor que seas mi maestro y que como tal, seas tú el que me indique las opciones a elegir en cada situación, cómo dirigirme por este lugar. Yo elegiré, y cuando lo haya hecho no lo discutiremos más, pero hasta entonces, necesito que me guíes. La ignorancia es lo más peligroso. Me protegerá más el conocimiento de lo que me espera aquí que tu revolver. ¿Entendido?

—Sí, amo Gabi.

Gabriel no podía soportar que le llamaran Gabi y por alguna razón sospechó que Tomás lo sabía.

—Bien. Lo primero que me gustaría es que me enseñaras dónde has vivido hasta ahora. Dónde vivís los de tu condición.

Tomás se extrañó de que aquella fuera la primera petición de su amo.

—¿Quiere conocer el patio de los negros?

—Si es allí donde vivís tú y los tuyos, sí.

Se miraron por primera vez a los ojos, sin atisbo de desafío, más bien escrutándose el uno al otro.

—Acompáñeme, amo Gabi.

Le siguió a pie hasta las cuadras que, a quinientos metros de la casa, ocupaban un edificio de una planta con una torre campanario completamente cubierta de hiedra, bajo el que una veintena de puertas partidas se abrían a un patio con bebedero. Dos mozos barrían el suelo adoquinado bajo la atenta mirada de los caballos, cuyas cabezas asomaban orgullosas de cada uno de sus *boxes*.

Con un rápido gesto, Tomás avisó a uno de los muchachos, que corrió al guadarnés, de donde saco una silla que en pocos minutos estaba colocada sobre un caballo tordo. Otro caballo manchado esperaba, ya ensillado, en una esquina.

Un mozo ayudó a Gabriel a subir a su montura, y le ajustó la altura de los estribos mientras, solícito, se aseguraba de que el joven amo estuviera cómodo. Gabriel había montado en infinidad de ocasiones, por lo que nada supuso un problema, más bien al contrario: estaba encantado de hacer finalmente algo productivo.

—Buen caballo —dijo tras darle unas palmaditas en el cuello.

—¡El suyo, amo Gabi! —dijo el mozo, sonriendo, mientras Tomás y él se ponían al paso.

Enseguida comprendió que Tomás sería indispensable para su vida allí. Cuando pasaban junto a los esclavos domésticos a cargo de la casa y el jardín, todos paraban lo que estaban haciendo y se descubrían para saludar con respeto. Tomás le indicaba quién era cada trabajador y su labor. Gabriel sentía que aquella muestra de respeto iba dirigida en la misma medida a Tomás que a él. La sola presencia de aquel hombre resultaba solemne. Era altivo, orgulloso, de una etnia que le pareció superior en todo a la suya. Todo su cuerpo parecía presto para la acción, para captar cada brizna de aire, para dominar cualquier situación. Observó la mano firme, grande y limpia con la que sujetaba las riendas y luego miró la suya, que parecía la de una mujer a su lado. Tomás emanaba respeto y todo el mundo parecía mirarlo con admiración cuando a él solo lo miraban con curiosidad. Supuso que, de momento, no podía aspirar a nada más que eso.

Al atravesar las columnas con los lirios del arcángel que flanqueaban el camino torcieron por otro de tierra, más estrecho, y la naturaleza domada dio paso a otra más salvaje. Cada poco tiempo se cruzaban con grupos de esclavos a los que Tomás presentaba por su nombre. Llevaban más de cincuenta personas y todos le trataban con reverencia. Al rato, tras un repecho, el bosque cesó y se abrió sobre ambos la vista del valle. Tomás detuvo el caballo y Gabriel hizo lo mismo.

—La hacienda más importante a nivel de producción en el Valle de los Arcángeles es San Miguel, perteneciente a la familia Abbad —empezó a explicarle—. Es la que ve al fondo. Es fácil distinguirla. Todas sus edificaciones son blancas. Y la casa principal, la mansión de columnas que ve al fondo, también. Todo el mundo la llama la casa grande. Tienen muy buena maquinaria y buenos esclavos. Aquello es el molino —continuó señalando una nave con altas chimeneas de las que salía vapor—. Produjeron casi dos mil doscientas toneladas de azúcar el año pasado. Mucho más que nosotros, aunque su finca es algo menor. Son unas ochocientas cincuenta hectáreas de caña, aunque ahora tendrán por lo menos doscientas para replantar, aparte del bosque de alrededor y las tierras de pasto, que sumarán otras tantas. Por la maquinaria moderna, que compraron hace algunos años, y también por otras cosas que ya irá usted viendo, ese es el ingenio más productivo.

—Comprendo —dijo Gabriel, deseando aún más llegar a dominar el funcionamiento de todo aquello.

—La gran casa azul del otro extremo es San Rafael —dijo indicando una casa escondida entre palmeras, construida en una meseta sostenida por grandes rocas de la que solo asomaban dos torres altas con tejado puntiagudo—. Es propiedad de los Viader. A la mansión todo el mundo le llama la casa azul. Ellos fueron los primeros en llegar al valle, por eso es la que está mejor orientada, aunque la hacienda no tenga el mejor terreno, pues es más montañoso. Las casas de ese ingenio también las reconocerá usted fácilmente: son todas las que ve de color azul. La casa de calderas es igual a las de las otras dos plantaciones. Su molino se ve menos desde aquí, es parecido al de San Miguel, pero menos moderno, por lo que no produce tanto. No llega a las mil ochocientas toneladas, aunque su extensión es parecida a la de San Miguel.

—Menos, sí —dijo Gabriel sin saber si aquellas cifras eran altas o bajas para un ingenio azucarero como aquel.

—Su finca, San Gabriel, se extiende desde la colina del fondo, por toda la ribera del río hasta el lago, que ve allí abajo —la vista era, de nuevo, impresionante—. Y sube desde allí hasta la casa de ama Lucía que hemos dejado hace un rato y que todo el mundo llama la casa inglesa. Son casi mil quinientas hectáreas, pero tenemos solo seiscientas de caña, de las que ahora producen solo quinientas porque las otras cien están para replantar. Tenemos ciento treinta hectáreas de pasto para el ganado y el resto es bosque. A su tía le gusta el bosque, de eso ya se habrá percatado, por eso tenemos más que nadie. Produjimos mil toneladas de azúcar el año pasado. El molino está allí —señaló unas chimeneas verdes, a pocos kilómetros—. Y es bastante moderno.

—Producimos poco entonces, ¿no? —dedujo en alto Gabriel.

—Sí, pero todo tiene su explicación y ya mañana le conversará Mantecón. Le enseñaré el patio de los esclavos, que es lo que me pidió.

Retomaron el paso y a los pocos minutos cruzaron un arco cubierto de heliotropo sobre el que habían colocado una estatua de san Bruno, el santo negro, para entrar al que se daba en llamar el patio de los negros. Para Gabriel la imagen fue, nuevamente, inesperada. Se trataba de un recinto enorme, un patio de por lo menos cien metros de largo y cincuenta de ancho alrededor del cual se abrían las puertas de muchos barracones unidos entre sí por una larga pérgola de hibisco con grandes flores rojas que recorría todo su perímetro. En el centro, un grupo de niños jugaba con el agua de una fuente que borboteaba alegremente. Y lo más sorprendente: todo el mundo parecía alegre y en paz. Nadie había reparado en su presencia.

Tomás procedió a explicarle brevemente lo que tenía ante sus ojos.

—Aquí viven casi todos los esclavos. En San Gabriel son seiscientos sesenta, uno arriba, uno abajo, sin contar a los niños. Algunos, como yo, vivimos en la casa inglesa de ama Lucía. Otros en el molino y en diversos rincones de la hacienda. Pero este es el centro de los negros. Puedo enseñarle el interior de las casas, si quiere.

—Tomás no querría... —dijo Gabriel, dudando sobre si sería oportuno.

—Las casas son suyas amo. Nosotros solo somos esclavos.

—Trabajadores —dijo intentando ser amable.

—Esclavos —recalcó Tomás—. No se engañe usted, nosotros no lo hacemos.

El mandinga chistó con fuerza y, como preparados para sentir y priorizar aquel sonido sobre todos los que se mezclaban alegremente en el lugar, todos callaron y rápidamente se hizo el silencio.

—Este es amo Gabi. El sobrino de ama Lucía que ha venido para ayudarla. Lo que diga amo Gabi es ley y yo me encargaré de que se cumpla.

Nadie dijo nada y Gabriel sintió la necesidad de intervenir.

—Gracias, Tomás. Estoy encantado de conoceros. Espero que nos llevemos bien y que trabajemos para hacer de San Gabriel un ingenio ejemplar. En los próximos días os iré viendo y conociendo a todos. Hacedle llegar a Tomás los temas que os preocupan, intentaremos solucionarlos en la medida de nuestras posibilidades —dijo Gabriel y al percatarse de que todos se miraban entre sí, algo extrañados, añadió—. El valor de una empresa es la gente que trabaja en ella y aquí sois vosotros. Necesitamos que trabajéis fuerte y bien, necesitamos hacerlo todos para producir más y mejor. Muchas gracias por todo.

En realidad no tenía mucho más que decir, ya que no conocía nada de aquel lugar. Se volvió hacia Tomás mientras todo el mundo seguía mirándolo en silencio.

—Veamos una casa; me parece bien.

Tomás asintió y volvió a dirigirse a los esclavos:

—¡Seguid!

Y, como por arte de magia, todos olvidaron a los que les acababan de hablar y siguieron con lo suyo.

II

Los días que siguieron a la fiesta en el palacio Aldama fueron los mejores que Isabel Palau recordaba haber vivido. A primera hora de la mañana había devuelto el aderezo que Roberto Vallés le había prestado, segura de que por la tarde estaría vendido, como así fue. También había advertido al joyero de la segura visita de varias mujeres más, que no habían traicionado sus previsiones y habían salido de la tienda con buenas compras bajo el brazo. Cuando dos días después acudió a la joyería, su socio en el negocio se mostró pletórico y encantado de entregarle una buena cantidad de pesos, algo más de lo que habían acordado, pues ni en sus mejores sueños había calculado que la idea diera tan pingües beneficios. Además, Isabel aprovechó para decirle, desenmascarándose un poco de su disfraz de rica dama, que si iba a acudir a tantos eventos necesitaba renovar su vestuario —vestuario del que en realidad carecía—, por lo que, comprensivo y deseoso de que el negocio que tenían entre manos fructificara, Roberto Vallés le entregó un poco más de dinero aún.

Así que, tras dejar un nuevo aderezo que lucir y dos tercios de sus ganancias en la caja fuerte del hotel, se lanzó a las calles de La Habana en busca de vestidos adecuados a su nueva condición. Su semblante, siempre severo, se rompió varias veces aquella tarde en una pequeña risita, maliciosa e incontenible, cuando reparaba en su situación y la sabía real. De pronto, las dependientas la veneraban, los apocados modistos alababan su figura y cada tienda en la que entraba parecía sentirse honrada de recibirla, cuando mes y medio antes probablemente le hubieran negado la entrada. Así eran de hipócritas y cínicos, pensó, decidida a serlo más aún si eso era lo que necesitaba hacerse. Le quedaban pocos pecados por cometer, esa era la verdad.

Aún tenía por delante dos días pagados en el Hotel Telégrafo cuando surgió una nueva oportunidad. En este caso no conllevaba ningún beneficio económico, al menos de momento, pero sí ayudaría a que conociera un poco más el lugar donde estaba decidida a vivir.

Había vuelto a quedar con Rafael Viader, que era guapo y encantador, esta vez para cenar en el elegante Restaurante Tullerías. La había recogido en su faetón, vestido con un traje de lino de rayas azules y sombrero panamá, y cortésmente, pero sin zalamerías, habían disfrutado de una cena pretendidamente francesa en un local en el que se daba cita todo el que era alguien en la Gran Antilla. Ella estrenaba un vestido rosa, un color bondadoso que no encajaba bien con su interior, pero que realzaba su exterior dulcificándolo. Había sido su apuesta más arriesgada en la anterior tarde de compras, pero Roberto Vallés le había dejado un collar de rosas de Francia, piedras preciosas del mismo color, y se había decidido a combinarlo con aquel vestido que, de otro modo, habría descartado directamente.

Todo el mundo parecía conocer a Rafael y a menudo se paraban a saludarlo. Él luego le hacía chascarrillos a Isabel sobre una u otra persona. Primero se mostraba encantador, sonreía y halagaba, pero cuando el individuo en cuestión se alejaba comentaba algo jocoso y sin maldad. Tras un saludo cariñoso aún en la calle a una dama algo apocada, había dicho:

—Esa era Paloma Cano, muy tímida hasta que le ponen delante una botella de vino blanco.

Ya en el restaurante, tras levantarse para saludar a una mesa cercana a ellos, comentó:

—Ese era Julián Zulueta, que si trae más negros a Cuba acabará por despoblar África...

A Isabel le divertía aquello y miraba con curiosidad a las personas que su acompañante describía, deseando saber más de todos, deseando conocer la sociedad que aspiraba a conquistar.

Como viejos amigos, hablaban sin tensión y se habían empezado a tutear. Rafael le comentó sus planes para los siguientes días y ella los suyos, entre omisiones y mentiras. Lo cierto es que su primera tarea era averiguar cuánto costaba el hotel, probablemente decidir asumir aquel gasto, y quedarse en él a la espera de ser invitada a más eventos para vender las joyas. Pero Rafael empezó a dar detalles interesantes que cambiaron sus planes.

—Vuelvo a San Rafael. Mi hermano pequeño tiene que irse unas semanas a Santiago. Mis padres rara vez van al ingenio y me toca a mí hacerme cargo hasta que Sebastián regrese. Así que tengo la casa para mí solo. Estoy seguro de que te gustaría. ¿Conoces alguna plantación?

—Oh, no —replicó Isabel. Le gustaba el campo, pero sus intereses, de momento, estaban en La Habana—. No conozco ninguna. Te recuerdo que llegué aquí hace poco. En Barcelona, al norte, tengo algunas fincas —lo había dicho tantas veces que empezaba a creerlo—, pero solo vine aquí para resolver asuntos de mi difunto marido... Asuntos de ciudad.

—Pues es una pena. El Valle de los Arcángeles es algo digno de ver. Difícilmente encontrarás un lugar más bonito.

Aquel nombre resonó en sus oídos.

—¿El Valle de los Arcángeles, has dicho? —repitió ella.

—Sí, es un valle en el que hay tres ingenios. San Miguel, San Rafael y...

—San Gabriel —lo interrumpió ella, que al oír el nombre del valle había recordado rápidamente la historia.

—Sí... —dijo Rafael, extrañado—. San Gabriel. Entonces, ¿conoces el valle?

—Bueno, en realidad, no, solo he oído hablar de él. Vine en el mismo barco que Gabriel Gorchs. Su tía es dueña de San Gabriel. Ha venido a ayudarla.

—¡Claro, el sobrino de Lucía! Su tía lo reclamó a su lado cuando mataron a su marido y a su hijo. Aún no lo conozco. ¿Por qué no vienes unos días al de mi familia? Visitaremos a Gabriel en el suyo y podrás conocer el lugar en compañía de dos amigos.

Lo cierto es que era una propuesta perfecta. Gabriel estaba enamorado de ella y a ella él le caía bien. No lo echaba de menos, lo que era una muestra inequívoca de que si alguna vez existió un atisbo de otro tipo de sentimientos hacia él, se los había llevado el viento rápidamente, pero sería interesante ver qué era lo que había dejado escapar. Podría recuperarlo con un chasquido de dedos si la ocasión lo requería. Lo importante era que valiera la pena.

—Pues sabes... Me parece bien. Me parece una buena idea. Organízalo. Me uno.

Y como tantas veces en su vida, vio cómo un hombre parecía llegar a la máxima alegría con tan solo un sí por su parte.

III

Miguel Abbad se despertó por segunda vez cuando el sol ya entraba con toda la claridad de la mañana por las fraileras que resguardaban su habitación del exterior. Se desperezó y se acercó a la ventana, apartando las cortinas y asomándose para disfrutar de la vista del valle que se extendía a sus pies, más bonito que cualquier jardín que el hombre se hubiera esforzado en crear. Cuando cada mañana repetía aquella operación, su fe en Dios se reafirmaba, seguro de que lo que veía solo podía haberlo creado un ser superior. Tenía la mejor casa de las tres que se repartían el valle y también la mejor finca, pero la visión diaria de las otras dos desde aquella terraza había hecho crecer en él un cariño especial por el valle en su conjunto, con las particularidades de cada hacienda. A un lado veía, aupada en una meseta, la casa de los Viader con sus dos altas torres que, pintadas de azul, a veces se confundían con el cielo; y al otro, el sol se reflejaba en la casa de los Serrano. Sonrió al divisar a alguien limpiando los cristales. Ser obsesivo de la limpieza en una casa con cristales y en un lugar en el que la mitad de las noches llovía, y siempre hacía calor, tenía que ser ciertamente incómodo, pero sonrió pensando en su vecina Lucía. Cada vez que la veía la encontraba más excéntrica, y pese a todo, también más sabia.

Se volvió para mirar con ternura hacia la cama, donde la perfecta pierna de un cuerpo de ébano asomaba entre las sábanas. Dio la vuelta a la habitación para contemplar aquella perfección desde otro ángulo, desde el que la belleza de la imagen quedaba realzada por la incorporación de un bebé moreno de pelo rizado y cuerpo fuerte que dormía acurrucado en el de su madre, encajado a la perfección como una nuez a su cáscara. Aquella nuez, tierna y fuerte, que crecía día a día, había llorado con fuerza a las seis de la mañana e, incapaces de hacerlo callar, las negras que lo cuidaban lo habían llevado a los brazos de su madre, que tenían el poder de calmarlo con solo respirar el olor que ella desprendía. A Miguel le pasaba lo mismo que a su hijo. Los brazos de Iris le daban paz, le desentumecían el cuerpo y lo relajaban. En realidad, la sola visión de su mujer le alegraba la existencia.

Se había enamorado de ella nada más verla, al poco de llegar de Barcelona para hacerse cargo del ingenio. Aquel día se había desatado una pelea de tanta virulencia entre dos mandingas que varios hombres habían tomado partido por uno o por otro, y se había desatado una auténtica batalla campal que reclamó su presencia, pues los esclavos eran cada vez más caros y difíciles de conseguir, por lo que no convenía que ninguno acabara malherido. Sin embargo, cuando llegó, todo había pasado: en medio del patio de los esclavos, una mujer indignada les llamaba al orden, mientras al menos un centenar de hombres avergonzados se sentaban a sus pies sin poder aguantarle la mirada. Miguel no recordaba lo que Iris les había dicho, pero su energía y su sabiduría acabaron de conquistar la parte de su cerebro y de su corazón que aún no había caído rendido a los pies de su belleza. Alta, con el cuello largo, el pelo oscuro recogido en una gruesa trenza, los labios carnosos, la cara alargada, la nariz pequeña y fina y la piel oscura como la noche, su cuerpo fibroso, delgado y elegante, era una excepción entre todos los que había visto antes.

Por recomendación de Ramón Bescós, el mayoral canario que había visto de todo en aquel ingenio, a partir de aquel día Iris se convirtió en la representante de la negrada, por lo que a menudo le acompañaba a ver al amo. A verlo a él. No tardó en enamorarse ella también y, sin familia alrededor para coartarles, enseguida se convirtieron en pareja. Una pareja de igual a igual, en la que ambos reclamaban respeto y espacio y ninguno mandaba sobre el otro. Cuando Iris quiso comprar su libertad, Miguel le informó de que era libre legalmente desde hacía meses.

Después nacieron Ignacio, Guzmán y hacía tan solo unos meses el pequeño Patricio. La felicidad se volvió plena.

Se desnudó mientras su mujer y su bebé aún dormían y se acercó al baño, una estancia muy grande con ventanas a poniente presidida por una pequeña piscina central, que cada mañana llenaban con agua de un manantial cercano para que se bañara. Se metió en ella sintiendo cómo su cuerpo se tensaba por el frío y se quedó sentado unos segundos con los ojos cerrados mientras se acostumbraba a aquella pequeña tortura que enseguida tornaba en placer. Como hacía siempre, cogió unos prismáticos de uno de los lados de la piscina y empezó a escrutar el valle, deteniéndose en los puntos de actividad donde el trabajo nunca cesaba. Extrañado, observó la estación, donde varios esclavos descargaban lujosos baúles rojos del tren mientras una mujer con sombrero, a la que no alcanzaba a ver el rostro con nitidez, vigilaba la operación. «Quizás sea otra heredera de los Serrano», pensó irónico. «Ahora empezarán los problemas en San Gabriel».

La semana pasada había sido informado de la llegada de Gabriel Gorchs al ingenio vecino, pero, descortésmente, aún no había ido a presentarse. Por suerte a Lucía Gorchs aquel tipo de cosas le importaban bien poco. Cogió aire y cerrando los ojos, hundió su cabeza rubia en el agua.

IV

Alicia había planificado y hablado tantas veces con su hermano Ignasi sobre aquel viaje no realizado, que no necesitó demasiada ayuda para saber exactamente qué hacer desde que había desembarcado aquel final de junio de 1866 en Matanzas. La doncella y los dos lacayos que viajaban con ella no parecían ser de mucha ayuda y sentía que era ella la que tenía que ocuparse de ellos y no al revés. Salvo por el equipaje, que sus acompañantes custodiaban en todo momento, todo lo demás había quedado a su cargo. No obstante, había sido fácil, y de no haberle sonreído la suerte y no haber dado con el tren al Valle de los Arcángeles precisamente cuando este estaba en Matanzas, habría usado su ilimitado bolsillo para pagar el transporte que fuera necesario. Por fortuna allí estaba el tren, y bastó su presencia para que, al indicar quién era, el encargado reconociera las facciones de los Abbad en ella y servilmente la ayudara a subir al vagón que habría de ocupar.

El barco, la comida, la agradable compañía y el tren... Todo habría resultado placentero de no haber sido por el dolor que oprimía su corazón. Era la portadora de una mala noticia, y probablemente su sobrino Miguel maldeciría para siempre el recuerdo de su llegada a la preciosa hacienda con la noticia de la muerte de su padre. Muerte por envenenamiento, nada menos. Así que pese a la indudable belleza del paisaje que había recorrido y su culmen en la llegada al valle, nada podía distraer su atención del terrible momento al que se enfrentaba.

Al verla bajar del tren, un mozo de la estación había izado una bandera a rayas, el aviso de que se requería un coche, y poco después había aparecido el demandado, presto para llevarla a su destino. Dejó el equipaje a cargo de sus lacayos y el mozo de estación y se subió al quitrín con su doncella, que portaba el maletín con las cosas que no podían dejar fuera de la vista: el dinero y las joyas.

Recorrieron un camino sinuoso antes de tomar otro perfectamente recto y ascendente marcado con dos grandes espadas de piedra en su inicio y jalonado por enormes palmeras en todo el trayecto.

—La espada del arcángel —musitó Alicia, como si hubiera estado ya allí.

Ascendieron por el camino varios minutos hasta atravesar dos grandes columnas con dos balanzas talladas en el fuste.

—La balanza del arcángel Miguel —volvió a decir para sí.

Poco después, la casa quedó frente a ellos. Aminorando un poco el paso, se acercaron a la puerta.

San Miguel era una hacienda rica y próspera y su casa principal era fiel reflejo de aquella bonanza. Mezclaba el estilo marcadamente neoclásico con el colonial cubano. Así, la fachada tenía aspecto de templo griego, presidida por un frontis triangular que sostenían seis grandes columnas creando un alto porche. Los grandes macetones plantados con bananos y las amplias ventanas con fraileras por las que se entreveían sus lujosos interiores aportaban el toque caribeño. Frente a la fachada, una gran estatua del arcángel Miguel en mármol blanco entonaba con el edificio, también blanco impoluto, resaltando ambos entre el marco de verdor que los rodeaba. Alicia había visto grabados y dibujos de la casa, pese a lo cual quedó gratamente sorprendida. No esperaba menos, pero quizás no tan bello. Ignasi tendría que haberlo conocido.

—Muy bonito —se limitó a decir al bajar del coche.

Subió los tres escalones que separaban la casa de la entrada para ser recibida por un mayordomo. Como todos los hombres que había visto hasta el momento, era de raza negra.

—Soy Alicia Abbad, tía del señorito Miguel. Si está el señorito en casa, hágale llamar, por favor.

—Bienvenida sea usted —dijo con inequívoco acento cubano—. El amo Miguel sí se encuentra, ahora le anuncio su llegada. ¿Puedo ofrecerle algo? El amo no nos advirtió de su llegada.

Alicia miró alrededor del porche y se sentó en una silla que había junto a una mesa. Su doncella permaneció a su lado, de pie.

—Es mi culpa. Tampoco yo advertí al señorito. Esperaré aquí. Haga el favor de traer dos vasos de agua, para mí y para mi doncella: este calor es sofocante.

Se quedó sentada en aquella silla, acalorada, contemplando la espectacular vista que se abría ante sus ojos. No había imaginado que San Miguel fuera tan bonito. A pocos metros, se entretuvo observando cómo un niño de unos seis años bajaba de su poni y ataba las riendas a una argolla con la diligencia de un adulto. Parecía un pequeño lord inglés, con su chaqueta verde, sus botas y pantalones de montar, pero su pelo rizado y el color de su piel delataban su origen. El muchacho se acercó a la casa y subió por las mismas escaleras que ella había transitado hacía tan solo unos minutos, quedándose frente a ella.

—Hola, soy Ignacio —le dijo mirándola con curiosidad.

Alicia le devolvió la mirada, divertida. Era muy guapo, con los ojos sorprendentemente claros para su raza y una cara que le resultó extrañamente familiar. También parecía bien educado. Le cogió la mano con la suya, acariciándole el dorso con la otra mano.

—Yo me llamo Alicia. He venido desde muy lejos. En barco. ¿Tú de dónde vienes?

—Yo de montar a caballo. Cada mañana voy hasta las espadas de San Gabriel, que son iguales que las de San Miguel, pero están más lejos, y vuelvo aquí. A padre le gusta que desayunemos todos juntos.

—Eso está muy bien. Tu padre tiene toda la razón. Así podéis planificar qué es lo que hacer cada día. ¿Y no vas al colegio?

Realmente le despertaba curiosidad saber qué era lo que hacía un niño en un lugar como ese.

—Cuatro días a la semana. Con todos los niños del valle. Tenemos un colegio al lado del lago. Nos enseñan muchas cosas importantes —respondió, solemne.

El mayordomo volvió con una bandeja con dos vasos de agua y se los acercó a la inesperada visita. Luego miró al niño.

—Ignacio, vaya adentro —le dijo escuetamente.

Alicia supuso que iría a desayunar con el servicio, le soltó la mano y le acarició la cara con ternura. El niño se dio la vuelta, obedeciendo.

—Tienes un bonito nombre, Ignacio —le dijo como despedida.

—¡El mismo que mi abuelo! —respondió el niño mientras corría hacia el interior de la casa.

Alicia giró la cabeza hacia el jardín. Sus ojos se humedecieron rápidamente.

V

En el piso superior, había cundido el nerviosismo.

—¿Qué hace aquí mi tía? —exclamó Miguel.

Iris lo miraba ir de lado a lado de la habitación, incorporada en la cama y abrazándose las rodillas. Ella sí estaba tranquila.

—Esto es totalmente inaudito. Y no es bueno, también te lo digo. Mi tía viene aquí con una mala noticia.

—Siempre hablas bien de ella —intervino Iris.

—Sí, claro, cómo no: es una excelente persona. Lista como el hambre, pero también buena. Y divertida. Bebe más que un estibador del puerto.

—Entonces que esté aquí...

—Es un desastre. No lo comprendes... Tú... Los niños... Ella no sabe nada de todo esto.

—¿Es eso lo que te preocupa? Quizás esto sea lo que necesites para afrontar la vida que has elegido libremente. Hace tiempo que te digo que deberías hablar con tu padre —le dijo ella.

—Tú no lo entiendes...

—Deja de decir eso. Lo comprendo perfectamente. No soy tonta. Barcelona no es como Cuba. Allí no hay matrimonios como el nuestro, ¿es eso? Pero ¿dónde estamos? ¿Aquí o allí? Sé un hombre Miguel. Eso es más que seducir a la mujer que te gusta y hacerle tres hijos. Eso es más que llevar esta hacienda.

—Lo sé. Lo sé. Debo afrontar mis problemas.

La mujer se puso en pie como un resorte y fue a su encuentro apuntándolo con el dedo. Se le acercó a la cara, susurrándole. Estaba enfadada.

—¿Tus problemas has dicho? ¿Tus problemas? ¿Cómo te atreves? Fuera de aquí...

Señaló la puerta. Cuando Iris se enfadaba era peor que una leona. No convenía discutir con ella. Tan solo esperar y pedir perdón, pues aunque rara vez lo hacía y jamás la habían oído gritar o perder los papeles, cuando se contrariaba normalmente tenía razón. Miguel se puso los tirantes y la chaqueta y se dispuso a salir de la habitación, pero su mujer aún tenía algo que decirle.

—¡Miguel!

El hombre se paró en el umbral de la puerta para escucharla, sin darse la vuelta.

—Tengo una familia respetable. Honrosa. No pretendas esconderme ni por un solo segundo.

Miguel bajó las escaleras, que hacían una larga curva hasta el vestíbulo principal de la casa, y atravesando la entrada salió al porche. Allí estaba su tía Alicia, un poco más envejecida, un poco más gruesa, pero esencialmente la persona que recordaba.

—¡Esto sí que es una sorpresa! —dijo abriendo los brazos

Alicia se levantó.

—Oh, Miguel querido...

Se abrazaron con fuerza. Miguel viajó rápidamente a su juventud llevado por los olores a perfume de lavanda y limón, a maquillaje y a tela, y por el tacto de la piel suave y blanda de su tía. De pronto volvía a ser un niño mimado por aquella señora encantadora, que hubiese matado por él desde el día en que lo vio nacer. La mujer le puso las manos en los hombros y lo apartó para verle la cara.

—Deja que te vea. Dios mío, qué guapo estás. Miguel, qué bien te sienta este lugar maravilloso. Entiendo que no hayas venido a vernos.

—Yo...

No pudo decir qué era lo que le retenía allí, pero no había reproche alguno en las palabras de su tía.

—Te fuiste siendo un joven y te has convertido en todo un hombre. Qué maravilla. Siempre fue una suerte que te parecieras más a tu madre. Los Abbad... ya sabes...

Se apartó de él, abriendo los brazos y mirándose a sí misma de arriba abajo.

—Está estupenda, tía. Ojalá me parezca en muchas cosas a usted.

—Por dentro, por dentro: no seas mentiroso. Por fuera, mejor a mamá, en paz descanse.

Cambió el gesto y, volviendo la mirada al jardín, cerró los ojos y respiró profundamente el aire de aquel vergel. Luego, tras una pausa, se giró para mirar a Miguel con semblante triste.

—Me temo que no tengo buenas noticias, sobrino. Me gustaría que nos sentáramos y te cuento.

—¿Padre?

Alicia bajó la cara, al borde de las lágrimas.

—Vamos dentro, a mi despacho —dijo Miguel y entró en la casa detrás de su tía con los peores presagios.

Como siempre que la situación le superaba, Miguel salió al galope de las cuadras, sin hablar, con su caballo, que parecía sentir su humor en cuanto lo montaba y era al único al que permitía verlo fuera de sí.

Con treinta y cinco años ya no tenía padre ni madre y la sensación de estar en primera línea se le hizo más dura al tomar conciencia de que no se había despedido de su padre, de que su egoísmo y su cobardía le habían alejado de la persona que más lo había querido, tan solo para poder llevar la vida que deseaba y no tener que dar explicaciones incómodas. Hasta cuándo le habría ocultado a su mujer e hijos era una pregunta que ya no valía la pena hacerse. Miguel se sintió solo, se sintió mal hijo, se sintió cobarde. Pero, a la vez, un sentimiento de venganza había nacido en él y el odio que sentía, su ira, arrasaba rápidamente la tristeza y el desconsuelo. No era la solución a su pena, pero de momento le serviría para no hundirse: vengaría la muerte de su padre. Encontraría a la asesina que lo había envenenado.

Alicia salió del despacho de su sobrino tras recomponerse del terrible trance que había vivido. La reacción de Miguel a la noticia de la muerte, del asesinato de su padre, a pesar de ser la que esperaba, no podría haber sido peor. Tal vez sí tuviera cosas de ella al fin y al cabo. Había hecho lo mismo que ella al recibir la noticia. En lugar de llorar, el hombre se había vuelto de piedra; en lugar de gritar o lamentarse, su silencio había sido sepulcral; en lugar de dejarse consolar, había salido con su caballo para pasar solo aquel momento. Ella no lo había podido ayudar en nada.

Dejó tras sí el escenario de aquellos fatídicos minutos y se quiso dirigir de nuevo al porche de entrada, donde Dora, su doncella, seguía aguardando, pero por el camino, alguien la detuvo.

De pie, en medio del vestíbulo de entrada, realzada por la majestuosidad de un espacio amplio y diáfano en el que la única decoración era la espectacular escalera que llevaba al piso superior y seis grandes copas de porfirio rebosantes de vegetación, esperaba una elegante mujer vestida de blanco. Alicia pensó que era exactamente lo contrario a ella: alta, guapa, delgada, con aquel cuello largo, los brazos finos, el pecho contenido, los ojos gatunos y una planta a la que no hacían falta elaborados vestidos ni alhajas para parecer distinguida. También, al contrario que ella, era negra. Supo en el acto de quién se trataba.

Se acercaron la una a la otra, primero con cautela y luego con decisión, hasta quedar enfrentadas. Iris sonrió tímidamente.

—Buenos días. Mi nombre es Iris y soy...

—La mujer de mi sobrino —replicó Alicia. Se hizo el silencio unos segundos. Después, la abrazó—. Estoy muy contenta de conocerte, Iris.

Ambas sintieron, de pronto, que todo iría bien.

VI

La noche en el Valle de los Arcángeles tenía dos aspectos bien diferenciados. Cuando, frecuentemente, llovía, el ruido del agua al golpear contra la espesa vegetación lo llenaba todo, y bestias y humanos se refugiaban y callaban, esperando que aquella bendición, que mojaba y regaba pero rara vez dañaba, dejara paso a la calma fresca y limpia que venía después. El otro aspecto era el que presentaba aquella noche sin luna. Una orquesta animal recordaba haber llegado al valle antes que el hombre, y miles de pájaros, monos y otras criaturas se dejaban oír, que no ver, entre la espesura que rodeaba los terrenos de las plantaciones ganados a la selva. En el patio de los negros y los bohíos que salpicaban los ingenios, los ritmos africanos se mezclaban con canciones más tristes, recuerdos heredados de la tierra de sus antepasados que pocos conocían pero todos añoraban; mientras, en las casas de los amos, el silencio era mayor, y el servicio se preocupaba de que las últimas tareas del día quedaran listas para la nueva jornada.

Varios vigilantes armados patrullaban alrededor de aquellas mansiones, en las que aún no se había declarado el miedo, pero se vivía con algo más de intranquilidad que hacía unos meses. Aunque había noticias de asesinatos a lo largo y ancho de la Gran Antilla, el de los dos Serrano, marido e hijo de Lucía Gorchs, había supuesto un cambio y les había alertado. Además de los guardias que vigilaban las inmediaciones de las tres casas, había un grupo apostado en cada una de las entradas al valle. Pese a ello, la mayoría pensaba que aquella vigilancia era insuficiente y que nadie dormiría tranquilo del todo hasta que el asesino de los Serrano fuera apresado.

«Pero eso no va a suceder», pensó Lucas, agazapado tras un matorral de plumbago. Ni siquiera los perros lo habían olido, confusas como estaban sus narices con los mil rastros que ocultaba la selva circundante. Vio cómo su víctima se asomaba en pijama al balcón central de aquella casa insólita. Dos torres, una dedicada a cada uno de los hermanos Viader, que no servían de nada, exactamente igual que aquellos hermanos. Parecía que construyendo las moles donde vivían y dirigían sus vidas, los europeos habían querido demostrarles su superioridad, su poder sobre ellos, pobres hombres del color equivocado y costumbres primitivas. Pero el hombre blanco que los dominaba no era consciente de su fragilidad, confiado como estaba en la historia de una negrada que habían sometido y aplastado y que no reaccionaba a sus maltratos.

Poco le importaba a él que en aquel valle todos fueran tratados infinitamente mejor que en el resto de la isla. De hecho, los primeros en caer habían sido precisamente los Serrano, que eran los que trataban mejor a sus esclavos. Ni siquiera ellos habían dudado ni un segundo en separarle definitivamente de su hermana Caridad, que el señorito Bruno había dejado embarazada y había enviado lejos, donde nunca más volvería a verla. La realidad era que, por buenas que fueran las condiciones que les ofrecían, seguían dependiendo de la magnanimidad del amo para que la vida les sonriera, sin posibilidades reales de prosperar. Sí, claro, podían comprar su libertad, pero ¿cómo, si allí no había comercios ni nadie al que vender nada para ganar dinero? Podían también cambiar de amos, pero eso hubiera sido aún peor. Hubieran encontrado amos más severos y probablemente una situación similar respecto a la compra de su libertad. Así que, simplemente, había que acabar con el sistema. Conseguir que los amos se asustaran de verdad y volvieran a sus ciudades. Un plan muy simple, en realidad. Él solo esperaba que cundiera el ejemplo y que muchos como él cortaran las cabezas de aquellos opresores. Que ganaran su libertad por la fuerza, como habían hecho los valientes haitianos de la vecina isla de Santo Domingo.

Lo acompañaba Elías, como siempre. Su hijo era la única familia que tenía y se esmeraba, día a día, para que entendiera que debían luchar por su libertad y que debían hacerlo con la misma violencia con la que el hombre blanco les había secuestrado y sometido. Además, el niño se había mostrado infalible como arma de distracción. Echado en medio del camino había conseguido, meses atrás, que los Serrano detuvieran su cabriolé y descendieran de él para socorrerlo, momento en que él les había matado. Hoy también jugaría un papel fundamental.

—¡Ahora! —le susurró.

Elías avanzó descalzo y desnudo por el césped, esperando a que los guardias lo vieran, y cuando lo hicieron, corrió de un extremo al otro del jardín. Los perros no le prestaron atención, pero todos los guardias lo miraron extrañados más que alarmados. Avanzaba corriendo graciosamente, casi bailando, hasta que uno de los guardias lo llamó.

—Eh, tú, negrito, ven aquí —se oyó decir mientras Elías seguía sorteando árboles, arbustos y parterres.

—¡No puedes estar aquí, niño! —le gritó otro.

Cuando el tercero se decidió finalmente a ir a por él, el niño corrió en su dirección, esquivándolo como en un recorte torero, y se fundió con la maleza, donde era imposible encontrarlo.

Mientras tanto, Lucas cruzó por detrás de uno de los guardias en el momento en que este se agachaba para acariciar y soltar al perro, que mostró nulo interés en seguir a Elías. Trepó por la barandilla de la planta baja hasta entrar en uno de los salones de aquella vivienda opulenta. Igual que San Miguel y la mayoría de las casas cubanas, tampoco tenía cristales, por lo que nada le impidió poner sus pies sobre el mármol fresco con el que se vestía el suelo. No conocía la mansión de San Rafael, pero el amo dormiría en el piso de arriba, en la habitación central a cuyo balcón se había asomado hacía unos minutos. El secreto era ser rápido. No había que dejar tiempo a las preguntas, a la indignación, a la reacción. Sus víctimas morían con prisa, y siempre que podía, les rebanaba el cuello desde atrás para evitar, incluso, la sorpresa. Lo cierto es que se consideraba más profesional de lo que realmente era, pues tan solo había matado a uno de los insufribles capataces canarios de una plantación de Cienfuegos antes de ensañarse con los Serrano. Pero la total ineficacia de la policía, que no había sido capaz de encontrar ni una pista para dar con él, le daba seguridad.

Vio a un mayordomo apagar una a una las luces del salón mientras él, sigilosamente, subía la doble escalera que llevaba al piso superior. La vanidad del plantador quedaba reflejada en el marco de la puerta de su dormitorio, revestido de volutas, relieves, angelotes y panes de oro que sostenían, centrada, la inicial de la familia. Allí era, seguro.

Abrió la puerta esforzándose por no hacer ruido y la cerró tras él. Avanzó un poco, de puntillas, hasta que el murmullo de unos rezos dirigió su atención hacia un hombre que oraba en camisón, de rodillas, antes de meterse en la cama. No había empezado el Gloria cuando en un silencio siseante le rebanó el cuello con la mocha. Luego apoyó contra sí el cuerpo del que manaba sangre a borbotones y lo depositó en la alfombra con cuidado de no hacer ruido.

Dio la vuelta a la cama, cubierta con una mosquitera, donde otro cuerpo respiraba dormido. Separó las mosquiteras igual que hubiera hecho la brisa y al taparle la boca aún pudo observar el pánico de sus ojos en la oscuridad, mientras con el mismo cuchillo que a su marido, le quitaba la vida.

Luego se agachó unos minutos para acabar de trabajar sobre los dos cadáveres. Orgulloso de su obra bajó al jardín agarrado a una hiedra y huyó con el mismo sigilo con el que había llegado.

Dos menos. Quizás ahora sí cundiera el pánico.

VII

Cuando aquel primero de agosto Isabel entró en el Valle de los Arcángeles, tuvo una sensación similar a la que tenía todo el mundo que lo hacía por primera vez, pero con una salvedad importante: ella pensaba en números. En pesos, concretamente. Un camarero le había explicado el gran negocio que estaban suponiendo para los plantadores los ingenios de azúcar. Al ver cómo se movían por La Habana, había dado por hecho que eran ricos, pero no imaginó cuánto hasta que el joven se lo había detallado a última hora de la tarde, desde el otro lado de la barra del bar del Hotel Telégrafo mientras le servía una copa de vino.

Cuba era el primer productor de azúcar del mundo, y mientras los demás caían, la isla consolidaba aún más fuertemente su posición, auspiciada por los avances tecnológicos que multiplicaban la producción y mejoraban sustancialmente su transporte. La única sombra que se cernía sobre ellos era la que iba ligada al fin de la esclavitud. La tecnología había conseguido que el vapor moviera los molinos en lugar de los bueyes, que en las mismas calderas se evaporara y moliera consiguiendo azúcar más rápidamente y con mucha menos mano de obra; también que el tren transportara velozmente la producción. Pero las plantaciones seguían necesitando esclavos para la recolección y el tráfico había sido prohibido; es decir, en teoría no podían llegar más esclavos a Cuba. «En teoría», había matizado el camarero, aclarando luego que muchos de los plantadores eran a la vez traficantes de esclavos, que los que no lo eran los compraban a estos, y que lo único que había cambiado era que en aquellos días los negros se descargaban más discretamente. Toda la isla conocía aquella situación y hacía la vista gorda. Incluso la reina madre traficaba, pues sus ingenios eran de los más extensos y la necesidad de mano de obra era constante, ya que se calculaba que alrededor del diez por ciento moría cada año y todos debían ser repuestos.

Pero Isabel se había quedado con lo fundamental. Los plantadores eran muy ricos, así que probablemente el elegante caballero que la acompañaba, lo fuera también. Desde luego, su plantación, aunque no supo exactamente qué terrenos abarcaba, parecía magnífica, y cuando cruzaron las dos espadas que daban acceso al camino de jacarandas al final del cual se intuía una mansión azul, su forma de mirar a Rafael cambió un poco. Atravesaron una segunda verja de hierro con detalles dorados, apoyada en dos columnas talladas con dos figuras de pez.

—Los peces del arcángel —le dijo Rafael sonriéndole.

Pero su cara cambió súbitamente cuando el faetón se acercó a la casa. En la puerta, el ama de llaves, una negra que Rafael conocía desde niño, lloraba desconsoladamente mientras en otro grupo el mayoral, nervioso, agitaba las manos y los brazos ante una decena de esclavos que negaba con la cabeza. Asomados desde el interior, varios miembros del servicio miraban hacia fuera cabizbajos con aspecto de no saber ni remotamente qué hacer.

Rafael tiró con fuerza de las riendas y saltó raudo del coche, andando a paso ligero mientras gritaba a un mozo señalando a Isabel para que la atendiera. Isabel bajó ayudada por el muchacho mientras otros dos echaban mano al equipaje, descargándolo lentamente y con cara entristecida.

—¿Qué ha pasado? —le preguntó a uno de ellos.

—Ay, señora. Una desgracia muy grande —susurró uno—. El amo Sebastián. Alguien les cortó el cuello a él y a su mujer esta noche. Los encontró mamá Sagrario hace unas horas. Aquí en el valle están pasando cosas muy raras, señora.

—Qué desgracia. Bueno, que alguien me lleve a mi habitación. Lo último que quiero es molestar en estos momentos.

El mozo la miró confundido. Rara vez entraba en la casa, pero llamando a una criada que desde el interior los observaba, consiguió que esta se ocupara de aquella labor. Isabel entró en la casa con los gritos de Rafael resonando en el salón que se adivinaba más allá del vestíbulo que daba la bienvenida a la mansión.

—¡¡No puede ser!! ¡¡No puede ser!! —oyó que Rafael repetía, indignado.

Isabel sabía lo que iba a suceder. De entrada, la indignación, la negación, la ira. Más tarde, la pena de saber que más allá de las circunstancias que provocaran la muerte, la realidad era la muerte misma, la irremediable pérdida de una vida, la imposibilidad de recuperar algo que ya no estaba en este mundo.

La criada la acompañó a una habitación amplia y luminosa de la primera planta, mucho más lujosa que la del Telégrafo, y sospechó que también mucho mejor que la mayoría de las de la isla. Solo la cama, con dosel y mosquiteras, ya le pareció digna de una princesa, pero el resto de la estancia, decorada con alfombras y muebles de finas caobas tampoco desmerecía. Frente a su cama, un retrato enorme de un ángel entre el paisaje de la selva le recordó a Rafael. De hecho, tenía su rostro insertado en un cuerpo angelical, tapado levemente por algunas hojas colocadas estratégicamente. Se rio por dentro. Era la típica acción de madre orgullosa que avergüenza a los hijos.

Por uno de sus lados, la habitación se abría a una pequeña terraza por la que entraban algunas hojas de palmera, y por otro, a un cuarto de baño, que comprobó, impresionada, era solo para ella.

Se sentó en la terraza, y cuando llamaron tímidamente a la puerta para deshacer la maleta y colocar la ropa en el armario, aprovechó para pedir algo de beber y de comer. Poco después, una camarera le trajo una bandeja con quesos, embutidos y fruta, además de una botella de buen vino blanco y agua; también le indicó donde estaba el llamador. Solo tendría que tirar de aquella lista de terciopelo azul rematada por un borlón que colgaba junto a la cama para que atendieran cualquier petición. Isabel sabía que iba a pasar algunas horas allí sola y no le importaba. No quería consolar a un hombre al que conocía poco por la muerte de otros a los que no conocía en absoluto. No sentía pena, pero se arrepentía de haber aceptado la invitación de Rafael. Claramente su estancia allí no iba a ser como habían planificado.

Esperó sin impacientarse hasta bien entrada la tarde, cuando tras cuatro horas sola, unos golpes en la puerta anunciaron la entrada de su anfitrión. Rafael estaba cabizbajo y por primera vez su impecable porte parecía algo desarreglado. Se acercó a ella, que le esperaba en la terraza, y se sentó, sirviéndose vino en la copa de Isabel. Bebió un poco y se quedó mirando unos instantes al paisaje que se abría a sus pies.

—Mi hermano y mi cuñada. Anoche alguien los asesinó. Aquí mismo, en una habitación de esta casa. Te he asignado un vigilante, que hará noche en la puerta de tu habitación, y a otro que lo hará bajo la terraza, pero entiendo que quieras irte y está todo dispuesto para que lo hagas si así lo deseas.

Isabel se arrepentía de haber ido a San Rafael, pero una vez allí, no tenía sentido volver a La Habana. Además, incluso para una mujer de la que nadie esperaba demasiada empatía, no pretender estar preocupada por Rafael hubiera sido imperdonable.

—Me quedaré aquí y no te molestaré si te parece bien. Puedo pasear por el campo y cuando te apetezca nos podemos ver, cenar o lo que te venga en gana. Te ayudaré a airearte. Siento de veras lo que ha sucedido.

—Muchas gracias. Es el segundo asesinato en dos años. No sé qué pensar, pero está claro que alguien ha puesto el valle en el punto de mira. He pedido llamar a los demás plantadores. A los Serrano y a los Abbad. Tenemos que ver qué hacemos. Hay que coger al asesino antes de que vuelva a actuar.

—¿Y la policía? —sugirió Isabel, pensando la ironía de que fuera precisamente ella la que reclamara su atención.

—Ya les han llamado. Pero no descubrirán nada. La última vez que vinieron se perdieron por el camino, no te digo más. Ellos mismos saben que es imposible encontrar al asesino salvo que haya dejado una pista clara. Lo único que ha hecho ha sido firmar, igual que hizo con los Serrano. Quiere que sepamos que ha sido él.

—¿Una firma?

—Sí, bueno, tal vez no quieras oír esto.

—Sigue, por favor.

Rafael se llevó la mano a la cara y se tapó los ojos, como si con ello pudiera sacar de su mente la dantesca imagen que había visto en la habitación de su hermano, a pocos metros de allí. Levantó la cara y la miró enrojecido de ira y de pena, pero también de consternación y miedo.

—Les arranca el corazón. Esa bestia se lleva los corazones de sus víctimas.

9

I

Gabriel se despertó temprano. Su tía Lucía había tenido el detalle de dejarle un ala de la casa para él, así que ocupaba, además de su propia habitación, grande y lujosa, un espacioso salón y un despacho en el que, de momento, tenía poco que hacer. Todo estaba decorado al más puro estilo inglés, con entelados, pesados cortinajes y chimeneas que se encendían poco al ser completamente innecesarias en aquella latitud. El día anterior había sido estupendo y enriquecedor como pocos en su vida. Mantecón le había recogido tras desayunar y le había enseñado la hacienda, una explotación cuidada con pulcritud y en la que el ánimo de su tía de preservar la naturaleza había hecho que todo pareciera un gran jardín. Los había acompañado Tomás, aquel formidable esclavo mandinga que permanecía serio y callado a su lado, hablando solo cuando él le preguntaba algo. Gabriel no se había resignado aún, pero parecía difícil que llegaran a ser amigos, así que por lo menos esperaba que el deseo de su tía de que fueran «leales compañeros» sí se cumpliera. No culpaba a Tomás. No debía de resultar fácil ser amigo de alguien al que se pertenecía. La esclavitud era terrible, por más vueltas que uno le diera.

Mantecón le había explicado todo el proceso del azúcar. Primero vieron los campos. La caña de azúcar plantada no era originaria de Cuba; en realidad, la habían traído los europeos, que a su vez la habían importado de Oriente, pero se había adaptado a la tierra de la Gran Antilla mejor que a ninguna otra. Mientras en muchos lugares había que replantarla cada cinco años, incluso menos, en Cuba rara era la plantación que no aguantaba ocho o diez años sin hacerlo, así que esa era una primera gran ventaja. La caña cubana era de una calidad superior a todas. Esa tarea, la de plantar y la de cortar —«zafrar», como decían allí—, lo hacía lo que Mantecón llamaba «la negrada»; es decir, los esclavos que iniciarían aquel trabajo extenuante de casi seis meses, en noviembre.

Casi todos eran negros, aunque no en toda la isla era así. Tras la prohibición del tráfico, habían llegado a Cuba desde muchos otros lugares personas que trabajaban en situación de cuasi esclavitud. Había chinos, indígenas del Yucatán e incluso gallegos que, empujados por unos años de malas cosechas, habían firmado contratos de trabajo que en la práctica los esclavizaban durante lustros. Pero en San Gabriel eran casi todos negros, la mayoría nacidos en la misma plantación.

En esto el valle se distinguía de otros lugares. En general, todos los plantadores compraban hombres negros y muy pocas mujeres, pues tenían menos fuerza y enfermaban más, pero en el Valle de los Arcángeles, desde el principio se habían esforzado en crear una comunidad bien balanceada en cuestión de sexos, por lo que también había mujeres, lo que propiciaba que muchos de los esclavos se casaran y tuvieran hijos. Aquello ayudaba a que la mano de obra no disminuyera tanto como en otras plantaciones. Los esclavos vivían en diferentes puntos de la plantación, pero esencialmente en lo que llamaban «el patio de los negros» que Gabriel había visitado hacía unos días. Encontró un espacio nada lujoso, pero amplio, aireado y limpio. Un lugar sencillo pero habitable. Mantecón le confirmó que aquellas viviendas también eran excepcionalmente buenas comparadas con las de otros ingenios.

Era importante que los negros estuvieran sanos. El tráfico se había prohibido, pero eso no era un problema ya que los esclavos seguían llegando a Cuba, lo malo era que al apresarse muchos de los barcos que se dirigían a la isla antes de llegar (esencialmente por barcos ingleses) el precio de aquella mercancía se había disparado. Algunos plantadores habían intentado crear granjas de negros, donde los esclavos procrearan como animales, pero el resultado raras veces había sido satisfactorio, pues requería demasiado tiempo y dinero. Para que permanecieran sanos y capaces, en el valle también había un médico que atendía a los trabajadores de los tres ingenios en un dispensario bien equipado, construido junto a la escuela, a la que estaban obligados a ir todos los niños hasta los ocho años y que, junto con la guardería, regentaban las esclavas más viejas, pues además de estar impedidas para trabajar, eran las más sabias.

Así que aquella parte fundamental del negocio debía estar bien alimentada y cuidada para que rindiera mucho durante muchos años. Lo normal era que durante la zafra trabajaran dieciséis horas al día, con algún descanso breve. El resto del año lo hacían con menor intensidad, tres o cuatro horas menos si tenían mucha suerte. En cualquier otro ingenio de Cuba, habrían trabajado muchas horas más.

Una vez se había cortado la caña, los carros de bueyes la transportaban al molino. Había muchos carros y muchos bueyes, pues muchos animales se usaban también para alimentar a trabajadores y esclavos. Antiguamente las bestias también eran las encargadas de mover el molino, ya que el río Alegre bajaba mansamente hasta casi el final del valle, lo que impedía utilizar su fuerza para accionarlo, pero hacía ya una década que se habían sustituido los animales por máquinas de vapor.

Los molinos comprimían la caña extrayendo su jugo dulce, el guarapo, que luego se metía en calderas y pailas, cociéndolo lentamente para lograr su reducción por evaporación del agua. La melaza que se obtenía se secaba en formas, y mediante unas máquinas de centrifugado, se convertía más tarde en azúcar de primera calidad.

Esa parte de la producción fue la que más le había impresionado, pues se esperaba un lugar rudimentario y polvoriento, pero en su lugar, la llamada «casa de calderas» resultó ser un espacio enorme y alto, con varias chimeneas que extraían el vapor que allí se producía. El interior estaba limpio, ordenado y transitado de un lado a otro por varias personas que laboriosamente vigilaban aquella tecnología puntera. El aire era pegajoso y el calor sofocante. El personal que comandaba a los negros que trabajaban allí era mayoritariamente de raza blanca, y según le había explicado Mantecón, «bien pagado». Había varios técnicos encargados de vigilar las calderas y un maestro azucarero que supervisaba todo el proceso, controlando la temperatura de las calderas y la mezcla del jarabe. Se los había presentado a todos.

Junto a aquella construcción, y las que la rodeaban, había muchas cochineras y huertos. Gabriel había preguntado por ellos.

—Es una costumbre generalizada. A los esclavos se les deja cultivar un pequeño huerto y criar un cerdo. Eso les agrada mucho. Mercadean con lo que obtienen —le explicó Mantecón.

—Pero... ¿por qué los sitúan aquí? La plantación es enorme.

—Es por las rebeliones. Los plantadores han aprendido que el primer impulso de la negrada rebelde es quemar las casas de calderas, que contienen material valioso, y la casa del bagazo, que arde fácilmente pues guarda todo el combustible de cañas secas y leña que usamos. Así que se han colocado al lado de los bienes más sensibles del ingenio, los bienes de los esclavos. Ninguno les prenderá fuego si con ello se queda sin su cerdo.

Luego habían visitado algunos lugares más, como la zona de los trabajadores blancos y la casa de Mantecón, el trabajador mejor pagado de la plantación. La casa se parecía a él: vieja, endeble y plagada de recuerdos. Igual que el látigo y la espada que el mayoral llevaba consigo, su casa también estaba llena de cosas que jamás utilizaba, pero despertaba la misma ternura que aquel hombre genuinamente bueno.

Se habían sentado en el porche y Mantecón les había invitado a una limonada que él mismo hizo en un santiamén. El lugar era humilde pero con encanto, y aunque no tenía la posición privilegiada de la casa inglesa, la brisa llegaba limpia y fresca y los árboles de alrededor la abrazaban creando un espacio bucólico. Tomás tomó el vaso y se alejó un poco mientras lo bebía, paseando alrededor de la casita. Gabriel había aprovechado que el mandinga les había dejado solos para indagar un poco más.

—Me dijo Tomás que producimos poco. Mucho menos que San Rafael y San Miguel.

El mayoral dejó el vaso en la mesa y lo miró con amabilidad. No se sentía aludido a pesar de ser él el responsable de la rentabilidad de la plantación.

—Es cierto. Pero también es muy fácil de entender. Hay dos factores que nos lo impiden... Bueno, en realidad solo uno: nuestros escrúpulos. En San Gabriel somos escrupulosos. Lo es su tía y lo soy yo también.

—Explíquese, por favor —le animó Gabriel.

—Bien. Por un lado está la plantación en sí misma. Habrá visto su forma.

—Sí, claro.

—Es por su tía. No deja que se plante en cualquier sitio. Sufre cuando se tala cualquier parte de selva, ya sea para alimentar la maquinaria o para ampliar los campos. La caña agota la tierra, así que hay que dejar descansar una parte de los campos de vez en cuando y plantar otros nuevos, talando la selva. Nosotros rara vez lo hacemos. Algunos terrenos se quedan sin producir durante años y no los sustituimos por otros nuevos, ya que nos es muy difícil convencer a la patrona de que debemos hacerlo si queremos mantener la producción. Somos un ingenio importante porque San Gabriel es muy extenso, pero en proporción, somos poco rentables comparados con otros menores que aprovechan mejor la tierra.

—Entiendo.

—Y luego están los asuntos de la negrada. Nuestros esclavos trabajan menos y más lento que todos los demás, ya que hace años que su tía prohibió los castigos físicos, cuando todos los ingenios de fuera del valle los practican, incluso con sus trabajadores libres, que firman un contrato aceptándolos cuando el mayoral lo estima oportuno. Aquí todo el mundo sabe que, aunque haga el zángano, no recibirá ningún castigo; es más, a su regreso al patio seguirá siendo bien alimentado y cuidado. En lugar de castigar a los que trabajan mal, premiamos a los que lo hacen bien con aguardiente, fiestas, algo de ropa y comida mejor. Su tía cree que eso tiene que ser suficiente para que todos rindan más, pero no es así. Si este ingenio es aún rentable es porque tenemos maquinaria buena y moderna, pero solo por eso. Además... —Mantecón hizo una pausa antes de continuar—. Yo mismo soy incapaz de presionar más a esos infelices. Por eso me despidieron de mi anterior puesto en el ingenio de Manaca, y por eso mismo su tía me contrató. Algunos negros se mofan de mí. No me importa: si con eso les hago felices, estoy dispuesto a tolerarlo. La felicidad es cuando lo que piensas, lo que dices y lo que haces están en armonía... Y yo soy feliz, señorito Gabi.

Al contemplar a aquel hombre delgado y débil, disfrazado con el traje de un implacable mayoral, Gabriel se convenció de que su aspecto, sus ojos bondadosos, sus arrugas y su acento canario difícilmente podían haber transmitido autoridad. Pese a todo, entendió que su tía lo quisiera junto a ella. La humildad de Mantecón también era una clase de fortaleza.

El día había concluido cuando, con el sol en franca retirada, Gabriel se reunió con su tía, a la que había encontrado hablándole a un rododendro poco antes de cenar en el comedor de aquella casa de Sussex plantada en medio de Cuba.

La jornada que acababa de empezar prometía ser movida también. Cuando salió de su habitación, Tomás le esperaba de pie, en su antecámara, para acompañarlo nuevamente en todos sus quehaceres, lo que resultaba un poco incómodo. Probablemente lo fuera más aún cuando Tomás ya no tuviera nada que enseñarle si su distante relación continuaba. Lamentablemente, los acontecimientos que les esperaban en las siguientes horas hicieron que no pudiera plantearse prescindir de la seguridad que el mandinga le proporcionaba.

Su tía desayunaba siempre en el jardín, cada día en un sitio diferente al que le tenía que guiar un criado. En aquella ocasión le esperaba en un templete de columnas pequeño y redondo que se erigía en una glorieta rodeada de cipreses. Lo saludó, encantadora bajo su amplia pamela de paja mientras untaba un poco de mantequilla sobre una minúscula tostada que luego tomaría de un bocado. Una camarera vigilaba desde su espalda que no faltara nada. A varios metros, los suficientes para vigilarles sin poder oír su conversación, se colocó Tomás. El lugar tenía, cómo no, una bonita vista que abarcaba el camino de entrada y parte del jardín delantero. Le quiso besar la mano para saludarla, pero ella la apartó.

—Nunca mientras estoy comiendo, Gabi.

Gabriel se sentó a su lado.

—¿Qué tal has dormido, querido? —le dijo. Cada día le preguntaba lo mismo.

—Estupendamente, tía. El día de ayer fue agotador, pero también muy ilustrativo. Creo que me haré con esto.

—Lo importante es que te guste, que te interese. Si lo hace, seguro que llevarás esta finca perfectamente. Llevo meses haciéndolo sola con la ayuda de Mantecón, y bueno, ya ves que las cosas están más o menos en orden. Imagino que aún funcionamos con la inercia de lo que mi hijo Bruno gestionó, porque el bueno de mi marido, como sabes, no daba para mucho.

—Espero no errar —dijo tímidamente Gabriel.

—Lo harás, no tengas ninguna duda. Bastantes veces, que nadie es perfecto, pero lo importante es no desfallecer. El éxito en la vida es ir de fracaso en fracaso sin perder el entusiasmo, tú hazme caso. De momento, hazlo lo mejor que puedas y, en un tiempo, cuando puedas hacerlo mejor, hazlo bien. ¿Has visto mis maravillosos cipreses?

Gabriel contempló los majestuosos árboles que se alzaban a su alrededor.

—Sí, tía, son magníficos.

—Los trajimos del Ampurdán, en la provincia de Gerona, son de un pueblo encantador que se llama Torrent, no lejos de Bagur. —Lucía entornó la mirada mientras dejaba de hablar y se quedaba mirando fijamente al camino como hubiera hecho un pointer.

Una nube de polvo se acercaba desde la lejanía. Era un jinete que venía a toda velocidad: el mayoral de San Rafael, que se detuvo bruscamente frente a la entrada a la casa. Lucía lo llamó para que acudiera directamente a donde estaba ella y se puso de pie.

—¿Qué sucede, Germán? Germán es el mayoral de San Rafael, de los Viader. No le tengo ninguna simpatía —le dijo a Gabriel sin importarle que el mayoral la oyera.

El hombre se presentó ante ella sudoroso y con la respiración entrecortada. Se quitó el sombrero con respeto antes de empezar a hablar. Como los otros dos mayorales del valle, también era canario.

—Malos tiempos corren en el valle, señora Lucía. Anoche asesinaron al señor Sebastián y a su mujer, en su habitación de la casa azul. Ha sido el mismo que se llevó la vida del señor Serrano y el hijo de usted, señora Lucía. Les ha hecho exactamente lo mismo.

—¿Les ha...? —empezó a decir Lucía, pero no pudo acabar la frase y tuvo que sentarse.

—Sí, señora, a los dos.

—Esto es... Esto es terrible, Germán. Hay un asesino suelto en el valle y no se saciará hasta acabar con todos nosotros.

—Lo mismo piensa el señor Rafael, que llegó ayer. Le gustaría que se reunieran todos en la casa azul esta tarde a las cinco para tomar las medidas necesarias. Me solicita el señor su discreción. No quiere alarmar a la negrada antes de ver qué medidas tomar —dicho esto miró a Tomás y a la camarera.

—¿Lo habéis entendido? Ni una palabra de esto de momento. ¿Está claro? —dijo Lucía dirigiéndose a ellos y esperando a que asintieran para darle respuesta al mayoral de San Rafael—. De acuerdo, Germán: esta tarde acudiré a San Rafael.

—Gracias, señora Lucía. Iré a dar noticia también a la hacienda de San Miguel.

El hombre se volvió a poner el sombrero, se fue a paso ligero, montó en el caballo y salió al galope en dirección a San Miguel.

—Esto es terrible. Preocupante —dijo Lucía y cerró los ojos tras apoyar la frente en una mano.

—¿Conocía mucho a las víctimas, tía? —preguntó Gabriel en voz baja.

—Mucho. Bueno, a ella no. Pero a Sebastián... Dios mío... Lo he visto crecer. Los Viader han vivido aquí, igual que nosotros, algo que no hacen muchos plantadores. Mi hijo Bruno jugaba con él y ahora los dos están... Qué barbaridad. Hay que ponerse manos a la obra, sobrino. Hay que encontrar al asesino.

—Yo la ayudaré, tía.

—Claro que lo harás. Esa persona viene a por nosotros y acabará con todos si no acabamos antes con él. Dios mío, pobre Sebastián. Pobre Dionisia. Tan jóvenes... Es terrible. Me vas a tener que disculpar, iré a rezar un rato.

Se levantó de la mesa con dificultad, súbitamente envejecida y débil, como si la tristeza y la preocupación pesaran sobre su espalda.

—Lo siento muchísimo, tía. Está claro que quería mucho a los fallecidos —dijo Gabriel, ayudándola a ponerse en pie.

—Más que a la secuoya, Gabi. Más que a la secuoya —respondió ella alejándose hacia la casa.

II

A las cinco de la tarde, los representantes de San Miguel, San Rafael y San Gabriel ya estaban listos para iniciar la reunión que se iba a celebrar a puerta cerrada en el comedor de la casa azul. Todos estaban preocupados y apesadumbrados, pues cada uno estaba de luto por sus propios familiares además de por los de los demás. El caso era que, como una maldición, cuatro plantadores habían sido asesinados en una siniestra maniobra del destino que les tenía paralizados y sin saber realmente qué hacer.

En representación de San Rafael, el escenario de las muertes más recientes, habló Rafael Viader que, además, era el anfitrión de aquella reunión. Primero agradeció las muestras de cariño de sus vecinos, pero enseguida dejó sobre la mesa su intención última.

—Hay que encontrarlo. Cueste lo que cueste. Hay que pararle los pies. Ese asesino actúa sin miedo. Desconozco lo que se tarda en hacer lo que él hace, pero está claro que es laborioso. Y haber trepado hasta la habitación o simplemente haber subido por las escaleras... Estamos desprotegidos. Ayer, cuatro hombres patrullaban alrededor de esta casa y nadie oyó ni vio nada. Cuatro guardias no disuadieron al asesino. Tan solo han informado de una cosa extraña que quizás no tenga importancia: un niño negro estuvo jugando en el jardín hasta que le llamaron la atención y desapareció en el bosque. ¿Quizás fuera con el asesino para distraerles? No lo sé. El asunto es que mientras mataba a mi hermano y a mi cuñada, en la cocina se estaban preparando los bizcochos del desayuno y el salón estaba siendo recogido. La casa aún estaba despierta y nadie oyó nada. He encargado rejas para todas las ventanas. También he doblado la seguridad y mañana se vallará todo el perímetro del jardín. Pero todo será insuficiente si no lo localizamos.

Miguel Abbad, que representaba a San Miguel, tomó la palabra.

—La única pista que tenemos es el ritual que efectúa, o imaginamos que efectúa. Hay que averiguar en qué consiste, de dónde proviene. Ese es el hilo del que hay que tirar. Y reforzar la seguridad, claro está. Deberíamos formar una especie de guardia común que patrullara día y noche para apoyar a nuestros guardias propios.

—Que sean de fuera —intervino Lucía Gorchs, que había ido acompañada de Gabriel, sentado en silencio a su lado.

Lucía era la mayor de todos los plantadores del valle. Había visto nacer a los que ahora se codeaban con ella, que la respetaban y jamás la tuteaban, valorando su experiencia sin dejar que sus excentricidades disfrazaran los buenos consejos que siempre ofrecía.

—No pueden ser del valle —insistió—. Si formamos una guardia con nuestra gente corremos el riesgo de que el asesino esté en ella. Respecto a la investigación, creo que soy la mejor para llevarla a cabo, pero necesitaré que os mantengáis al margen.

—¿Usted? —dijo Miguel—. Discúlpeme, Lucía, pero es la última persona que nadie imaginaria en esa misión.

—Exactamente, Miguel. No podría estar más de acuerdo —replicó ella.

Se hizo el silencio. Miguel y Rafael se miraron. Los dos comprendieron que aquella propuesta no era ninguna tontería, no, viniendo de aquella mujer.

—Soy mayor y conozco el valle y a las personas que lo habitan mejor que nadie —continuó Lucía exponiendo sus razones—. La mitad de los esclavos piensan que estoy loca y la otra mitad que vivo en mi mundo sin enterarme de lo que sucede alrededor, por lo que ninguno me tiene miedo. Además, soy la que les trata mejor, aun a costa de estar haciéndome mucho menos rica que vosotros, por lo que me hablan de una manera y me cuentan cosas que a ninguno de vosotros os contarían. Todo el mundo sabe de mi afición a las plantas y a los árboles, por lo que siempre estoy recorriendo el valle mirándolos y no despertaré ninguna sospecha por estar en uno u otro sitio. Soy, como tú mismo has dicho, Miguel, la última persona en la que nadie pensaría para esta misión. Además, sé por dónde empezar.

—¿Y podemos saberlo? —replicó Rafael.

—No, no podéis. Pero necesito que el luto termine pronto. Tenemos que organizar una fiesta.

Toda la tarde transcurrió en aquel comedor, a puerta cerrada, con los poderosos azucareros detallando las medidas que había que tomar. Rafael Viader, que debía volver a La Habana a informar de las malas noticias a sus padres, aprovecharía para reclutar a hombres con los que organizar la nueva guardia que había de protegerles.

Mientras, Miguel Abbad se ocuparía de que el mismo cercado que habían previsto para el límite del jardín de San Rafael se colocara también en San Miguel y San Gabriel. Por su parte, Lucía iniciaría su misteriosa investigación, para la que no había pedido más que acceso ilimitado a todas las dependencias, estancias y gentes del valle.

Se levantaron con la sensación de que quizás nada funcionara, pero de que, por lo menos, estaban haciendo algo.

Al salir, Lucía cogió del brazo a Gabriel y lo arrastró al jardín de la casa.

—Hay algo que quiero que veas.

Gabriel estaba seguro de que sería un árbol y no se equivocaba.

—Es un cedro del Líbano. Como oyes: «del Líbano». ¿A que es magnífico? Los humanos somos pesados e inconformistas, unos pelmas, por eso Dios nos castiga de vez en cuando, porque nunca estamos contentos con lo que nos da y pedimos más. Seguro que en el Líbano hay alguien intentando hacer crecer una palmera cubana. ¡Ja! Pero es bonito, ¿no crees? A veces si el enfado de Dios no es muy grande, vale la pena hacer estas cosas.

Pero Gabriel hacía unos segundos que había fijado la vista no en el árbol, sino en la figura que se acercaba pasando por debajo de sus ramas anchas y planas.

—Isabel —dijo con la mirada fija en aquella visión.

—¿Isabel? —repuso su tía mirándolo.

—Sí, Isabel —respondió Gabriel, soltando el brazo de su tía y acercándose a la mujer que añoraba cada noche.

Cuando ella lo vio, sonrió sin mostrarse sorprendida, pero sinceramente alegre de ver al primer amigo que había tenido nunca. Al llegar junto a ella, Gabriel le tomó ambas manos. La euforia de tenerla allí se mezcló rápidamente con la inquietud. ¿Por qué estaba allí? Se giró un instante hacia la casa: Rafael les observaba, también extrañado.

—Isabel, ¡qué alegría! Estás... Pero... ¿Qué... qué haces aquí?

Isabel no tenía nada que esconder y, pese a pretender ser una gran señora, lo cierto era que no se regía por las convenciones sociales de la clase a la que simulaba pertenecer. Una viuda no habría aceptado una invitación a casa de un hombre al que conocía poco, sin compañía. Pero a ella eso no le importaba.

—Me invitó Rafael Viader a pasar unos días aquí. Sabía que estabas cerca y tenía planeado acercarme a saludar, pero cuando llegamos todo había cambiado y... Bueno, ahora me conformo con intentar no estorbar en un momento tan delicado. No sabes lo que siento todo lo que está sucediendo aquí.

—Sí, es terrible. Pero entonces... ¿Rafael y tú...? —Aquello era lo único que le interesaba a Gabriel.

—Somos amigos, igual que tú y yo. Nada más. Me invitó a cenar y fuimos a una fiesta. Estoy sola en la isla, necesito relacionarme. Lo cierto es que es un hombre encantador, pero somos solo eso, amigos.

—¿Entonces puedo visitarte? ¿Hasta cuándo te quedas?

—Iré yo a verte a ti, será lo mejor. Y podrás mostrarme San... —pretendió no recordar el nombre del ingenio.

—San Gabriel. Es aquella de allí.

Miraron en dirección al valle y Gabriel señaló su casa, que se veía con claridad desde aquel punto. Quizás estuviera fuera de lugar, pero a él le parecía la más bonita.

—¿Aquella? —dijo Isabel.

—Sí. Aquella es la casa de San Gabriel. La mía. Y la tuya siempre que quieras.

—Parece preciosa. Iré a verte, no lo dudes.

Se pusieron a andar hacia la casa azul. Rafael seguía mirándolos con curiosidad. Cuando llegaron frente a él, pareció recordar algo y cambió el gesto.

—Oh, desde luego. Me habías contado ya que Gabriel había viajado contigo. Esta sí es una feliz coincidencia —dijo Rafael—, tienes que conocer San Gabriel, Isabel, te gustará mucho. Es un lugar muy especial.

Isabel se limitó a sonreír. Claro que lo haría. Aquella era la última carta que quedaba por destapar. Entonces, elegiría con cuál jugar.

Lucía, que se había entretenido contemplando el cedro, se acercó entonces al grupo mientras Isabel se alejaba hacia la casa. Gabriel pensó que su tía se iba a despedir, pero nuevamente hizo algo inesperado.

—Me encantaría ver a tu hermano y a tu cuñada —dijo como si quisiera merendar con las dos víctimas.

—¿Disculpe, Lucía? ¿Ha dicho usted a mi hermano? —replicó Rafael Viader, confuso.

—Sí. Y a tu cuñada Dionisia también, Rafael. Si tengo que averiguar quién les mató, necesito ver cómo lo hizo. No te preocupes por mí, después de ver los cuerpos de mi marido y mi hijo en similares circunstancias, ya nada puede afectarme.

—Siguen en su habitación. Los hemos cubierto con hielo. Nuestra ama de llaves, que en su día fue niñera de Sebastián, le está amortajando. Comprenderá que me evite el trance.

—Desde luego. Conozco a mamá Sagrario, iré con ella. Tú ocúpate de lo que hemos quedado y consigue a los hombres más competentes y fieros de Cuba para protegernos. Yo encontraré al que se ha empeñado en estropearnos la vida.

Le cogió la mano y se la apretó. Rafael besó la de Lucía cariñosamente, tras lo cual ella aprovechó para acariciarle la cara, consolándole.

—Si tus padres necesitan cualquier cosa, dímelo. Por desgracia sé lo que van a vivir.

—Mañana mismo lo sabrán. Están en La Habana.

—Pobres. Qué fatalidad. Dales mi más sentido pésame. Ya sabes que para mí sois familia. Subo entonces. Gabi, acompáñame.

—¿Yo? —repuso Gabriel, incrédulo.

—Pues claro, no seas necio. Por desgracia no hay más Gabrieles en todo el valle —le dijo impaciente.

Ascendieron al piso superior y se dirigieron a la habitación principal. Tras llamar a la puerta, entraron sin esperar a que les abrieran. En ese momento la mencionada ama de llaves, con la cara negra y brillante como un grano de café, mojada por las lágrimas que derramaba sin consuelo, le estaba dando la vuelta al cuerpo del fallecido. Su mujer esperaba turno con un *rigor mortis* más acusado, que hacía que su cuerpo pareciera de cera, y las facciones afiladas.

—Mamá Sagrario, no sabe lo que siento la muerte de su niño —le dijo Lucía al verla—. Solo los que la hemos visto cuidarles desde niños sabemos lo que los hermanos Viader significan para usted.

—Ay, señora Lucía. Ay, ay, ay, qué pena más grande, con lo bueno que era mi niño —dijo la mujer antes de taparse la cara con las manos y llorar amargamente.

Lucía la abrazó unos segundos, acariciándole la cabeza cubierta por un turbante.

—Necesito que se aparte un momento, Sagrario. Tengo que inspeccionar el cuerpo del amo Sebastián. De hecho, preferiría que saliera unos minutos. Yo la avisaré.

—Pero...

—Salga, por favor —insistió Lucía.

Mamá Sagrario abandonó la habitación dejando a Lucía y a su sobrino Gabriel con los cadáveres. Lucía se acercó a ellos y sin ningún miedo empezó a tocar primero el de Sebastián Viader. Se parecía mucho a su hermano Rafael, lo que acentuaba la impresión del momento, pero a ella no pareció afectarle.

—Mira esto —le dijo a Gabriel, que se aproximó con ganas de vomitar—. Primero le cortaron el cuello, fíjate qué corte. Eso no lo hace ningún cuchillo normal. Eso lo hace una mocha. Como las que utilizamos para cortar caña. Lo hizo con una de esas. Luego fíjate aquí —dijo señalando otro gran corte a un lado del abdomen, debajo de las costillas—. ¿Ves que es del mismo tamaño? Quiero decir que es más hondo por en medio, lo que indica que no deslizó el machete de lado a lado, exactamente igual que en el cuello; simplemente le pegó un golpe con el filo, apretó y por la herida extrajo el corazón. No sé mucho de anatomía, pero mañana preguntaremos al doctor. Seguro que de esta manera el corazón sale mejor, más entero que si rompes las costillas para alcanzarlo. Tiene sentido, ¿no?

—Sí... supongo —dijo Gabriel, realmente mareado.

—Mira, mete la mano —le dijo Lucía.

—Tía, yo... Preferiría...

—Gabriel, por favor, ¡no seas blando, hombre! —le dijo Lucía sin miramientos—. ¿No te has ofrecido a ayudarme? Haz lo que te digo.

Gabriel no recordaba haberse ofrecido, pero siguiendo las órdenes de su tía metió los dedos en la herida fría de aquel cuerpo.

—Verás, esto también hay que hablarlo con el médico —continuó Lucía, que se había dado por satisfecha con la breve inspección que había hecho Gabriel—. Pero me parece que el asesino sabía exactamente a dónde ir, que sabía lo que hacía. Quiero decir que no rebuscó mucho, ¿no? Ahí está todo, no sé... Ordenado. Parece que lo haya hecho antes.

—Bueno, en realidad sí lo ha hecho...

—Antes, antes. Quiero decir que este asesino sabe algo de anatomía. Que no rebusca. Un médico no extraería el corazón mejor, ¿no crees?

Lucía dio por terminado el examen del cuerpo de Sebastián Viader y se dirigió al de Dionisia.

—Veamos a la pobre mujer. No se ha llevado su corazón. Imagino que solo quiere el corazón de los amos. Esta desventurada... es un daño colateral. Estaba en el sitio equivocado a la hora equivocada, como suele decirse. Bueno, ya hemos visto lo que queríamos ver. Vámonos. Aquí huele muy raro...

—A muerto —replicó Gabriel.

—Sí, eso es. Vámonos, no vaya a ser que se nos pegue.

Bajaron al salón y Gabriel se acercó a Miguel Abbad. Le debía el pésame; además, su padre era el único de los recientemente fallecidos al que había conocido con vida. También había recibido un encargo de su parte.

—Miguel, ante todo, permítame que le dé el pésame por el fallecimiento de su padre. Lo conocí muy brevemente, me regaló el billete para el Santa Graciela cuando supo que pretendía viajar a Cuba. Me pareció un hombre muy amable, máxime cuando fue tan generoso conmigo sin realmente conocerme.

—Gracias —le dijo Miguel—. Sí, mi padre siempre fue muy generoso con todo el mundo.

—Estoy seguro —prosiguió Gabriel—. Como le decía, fui al palacete Abbad a recoger el pasaje del barco que me trajo a Cuba. Cuando lo hice, también hablamos un rato y me confió un encargo. Me pidió que le entregara algo, pero sería mejor que lo hiciera en privado. ¿Le parece que vayamos un instante allí?

Gabriel señaló un saloncito pequeño que se escondía tras un arco.

—Por supuesto —respondió Miguel, curioso.

En cuanto entraron en la salita, Gabriel sacó del bolsillo interior de su chaqueta el abrecartas que Ignasi Abbad le había encargado que entregara a su hijo. Miguel lo miró con extrañeza.

—¿Un abrecartas?

—En realidad, no. El abrecartas es solo el cofre.

Gabriel giró el mango y, tras separarlo de la hoja, lo volcó sobre la mano de Miguel dejando que cayeran en ella los nueve brillantes que escondía.

—Típico de mi padre —dijo Miguel sonriendo.

—Me pidió que los tuviera a buen recaudo. Por lo visto son de excelente calidad, y su padre pensó que era importante dárselos. Decía que eran fáciles de transportar, que tenían mucho valor y que en un momento de dificultad eran más seguros que las monedas y los billetes. Y que a todo el mundo le gustaban. Que le abrirían puertas si otros recursos se volvían inaccesibles.

—Mi padre vivía asustado con lo que puede pasar en Cuba. Le marcaron mucho las rebeliones de la Negra Carlota, de las que supo solo por los periódicos, y siempre pensó que nos podía pasar lo mismo en el valle. No es imposible, esa es la verdad, pero tampoco es probable ahora mismo —explicó Miguel.

—¿La Negra Carlota, dice? —preguntó Gabriel, que no sabía nada de aquello.

—Sí, es una larga historia. Que se lo cuente su tía Lucía, que sabe más del tema. Yo ni siquiera estaba en Cuba. En cualquier caso, le agradezco el cumplimiento del encargo.

Gabriel volvió a meter uno a uno los brillantes dentro del puño del abrecartas.

—Quédese uno —le dijo de pronto Miguel—. No se lo regalo, entiéndame bien. Pero si llega el día en el que yo tenga que usar estos brillantes para el fin que mi padre temía, probablemente ese día sea el mismo en el que usted los necesite. El destino de nuestras haciendas está indisolublemente unido. Guarde uno y ojalá ninguno de los dos necesitemos utilizarlos nunca.

—De acuerdo —dijo Gabriel, metiéndose la piedra en el bolsillo—. Muchas gracias.

—Bendito padre —oyó musitar a Miguel.

Volvieron a casa pensativos. Gabriel no podía quitarse de la cabeza las imágenes de los cuerpos que había analizado con su tía. Ni siquiera la belleza de Isabel podía hacer desaparecer el vivo recuerdo de aquella experiencia. Por su parte, Lucía parecía haber abandonado la tristeza de la mañana y, metida de lleno en su papel de investigadora, Gabriel sintió que podía ver la actividad frenética de su cerebro a través de su pamela.

—¿Sabes? —le dijo al bajar del quitrín—, voy a encontrar al asesino.

Y por alguna razón, Gabriel pensó que era cierto.

Al llegar a la casa inglesa se despidió de su tía y se retiró a su habitación, con Tomás a la zaga. Se echó en la cama mirando al techo. Aquel valle hermoso, casi idílico, había demostrado cobijar algo tan siniestro como los bajos fondos de cualquier ciudad. Tres haciendas golpeadas por la tragedia. Peor, por el crimen. Rafael Viader, de San Rafael, acababa de perder a su hermano y a su cuñada. Miguel Abbad, de San Miguel, a su padre, envenenado en Barcelona, y en San Gabriel se recordaba sin luto que el heredero y el amo habían sido también asesinados. Lo inquietante, lo que realmente le asustaba, era que el asesino no parecía que fuera a parar y que él, como heredero del ingenio, era un objetivo claro.

Se levantó y se acercó a la terraza. Por la fachada trepaba una hiedra frondosa por la que alguien hábil podría haber escalado con facilidad, pero no podía ni plantear que fuera cortada. Las vallas y los guardias se lo pondrían más difícil al asesino, pero no lo detendrían. Tenían que encontrarle.

Intentó dormir sin éxito, y tras dar varias vueltas en la cama, se levantó cansado e irritado y fue en busca de una infusión o algo que lo ayudara a conciliar el sueño. Cuando abrió la puerta, Tomás ya estaba de pie esperándole. Gabriel lo saludó con un gesto de la mano y le pidió que se quedara donde estaba, ya que no pensaba salir. El mandinga se sentó en su cama y Gabriel supo que no se movería hasta que él regresara al dormitorio.

Bajó las escaleras en dirección a la cocina, pero al ver luz en la biblioteca que se abría al salón, se dirigió a ella. Allí estaba su tía.

En camisón, delgada como estaba, y sin la pamela, su abundante cabello rizado tomaba protagonismo y su silueta adquiría una forma muy particular. Gabriel sonrió: le recordaba a una palmera. No se lo dijo, aunque seguro que a ella le hubiera encantado la comparación. Lucía parecía muy atareada. Había bajado para ojear un buen montón de libros que se apilaba frente a ella sobre el escritorio. Al verlo entrar, levantó la mirada y le hizo un gesto con la mano para que se acercara.

—Ven aquí, Gabi, ven aquí, mira esto. Te iba a despertar, me alegro de no haber tenido que hacerlo. Creo que sé por dónde empezar nuestra investigación. Me alegro de que me convencieras para unirte.

Gabriel no había hecho tal cosa. En realidad le disgustaba la perspectiva de no poder ocupar todo su tiempo en la gestión del ingenio, que era lo que le ilusionaba, por hacer de inspector de policía.

—La pista clara, la diferencia entre estos crímenes y cualquier otro, ¿cuál es? —le preguntó Lucía.

—Supongo que llevarse los corazones no es algo muy normal, tía.

—Pues claro que no. Por eso es el hilo del que hay que tirar. He estado mirando todos estos libros —dijo, y golpeó el montón— que eran de mi suegro, que leía mucho, buscando ceremonias en las que se haga eso, arrancar el corazón. Esa barbaridad se hace en algunas partes del mundo, pero, y aquí viene lo relevante, donde se hacía más frecuentemente era en las culturas aztecas. En todo México. Los conquistadores fueron testigos y sospecho que les tuvo que costar sacarse la imagen de la cabeza.

—Ah —dijo Gabriel, sin poder añadir nada más revelador.

—Ya lo sé, no tienes ni idea de a dónde voy. Además, todavía no hemos hablado del elefante que hay en el salón y ese tema está relacionado con mis averiguaciones.

—¿El elefante? —Gabriel pensó que quizás sí se había dormido al fin y al cabo.

—El elefante, el tema principal que nos rodea pero del que estamos evitando hablar desde que llegaste. La esclavitud, los esclavos. El tema que está presente en todo lo que hacemos y en cómo vivimos aquí. «El elefante en el salón», que dirían algunos, el tema inexcusable. En Europa es algo más difícil de entender que aquí. Te daré mi visión y te expondré mi plan, que lo tengo, mañana, pero el caso es que los esclavos están carísimos. Muchos barcos son interceptados por los ingleses, que no entienden que hayamos aceptado la prohibición del tráfico y que, sin embargo, todos, desde la Reina Madre hacia abajo, nos estemos saltando la ley. Así que como hay que hacer muchos viajes para pocos esclavos, su precio está disparado. El caso es que ha habido iniciativas de todo tipo, algunas descabelladas, como las granjas de negros, y otras basadas en ir a buscar a esclavos o trabajadores a sitios más cercanos. Hemos traído muchos chinos, que no me gustan un pelo, algunos europeos y también hemos explorado la incorporación de trabajadores americanos. Yucataltecos, yucatalmecos, yucatanecos... ¡Al diablo cómo se diga! Gente de la península de Yucatán. Mexicanos.

—¿Quiere decir que hay mexicanos en el valle y que quizás alguno esté haciendo rituales con corazones humanos como sus antepasados? —intervino Gabriel, que empezaba a ver algo de luz en los argumentos de su tía.

—Eso es lo que tenemos que averiguar, sobrino. Los mayas pensaban que había que alimentar al sol con corazones humanos para que el orden cósmico se mantuviera, lo dice aquí —y señaló en uno de los libros que tenía abiertos—, para que luego digan que los conquistadores eran unos sanguinarios... y ellos venga a arrancar corazones. Bueno, da igual, eso es otro tema. Pero creo que tenemos un hilo del que tirar. En el valle hay algunos mexicanos, sobre todo en San Miguel, que es el ingenio con más esclavos. Mañana iremos a ver qué encontramos. Será emocionante, Gabi. Pero me parece que es demasiado obvio. Demasiado evidente. Hay pocos esclavos del Yucatán aquí y no me ha costado mucho ponerme sobre la pista de los corazones y los rituales. Ya ves, está aquí mismo —insistió señalando el libro de nuevo—. Si uno quiere esconderse, no deja una pista tan evidente a menos que sea necio, ¿no crees?

—Apuesto a que no, tía Lucía.

—Bueno, ve a descansar.

Liberado de su tía al fin, se dio la vuelta y volvió a su habitación, donde se durmió a los pocos minutos sin necesidad de ninguna infusión y sin darle más vueltas a los asesinatos. Su tía podía ser agotadora.

10

I

Isabel no sabía si le gustaba Rafael porque le gustaba su ingenio o si el ingenio le gustaba porque le gustaba Rafael. El caso era que desde que había llegado a San Rafael se sentía en casa y tan solo hacía tres días que estaba allí. Era una situación extraña, pero su anfitrión había hecho exactamente lo que ella necesitaba para sentirse apegada a alguien: dejarla a su aire. Rafael había mostrado sus intenciones de forma clara en las primeras citas y luego la había invitado a su casa, rompiendo todas las normas sociales. Ella había aceptado la invitación, pero al llegar, él le había dejado su espacio. Más aún, le había dejado «todo» el espacio, pues se había ido a La Habana a reclutar una guardia y ella se había quedado en el valle como dueña y señora de aquel magnífico lugar. Antes de irse le había dicho a su extenso servicio que la atendieran en lo que ella quisiera y había llamado a un formidable esclavo doméstico, que siempre parecía zanganear por la casa, pero que conocía bien la plantación, para que la acompañara. Le habría gustado que fuera él mismo quien le enseñara la finca y no aquel hombre alto y negro de nariz ancha.

Isabel había tomado aquella invitación a moverse por el valle libremente al pie de la letra, y la misma tarde en que Rafael partió, había pedido al esclavo que llamaban Roque que le enseñase la plantación. En las caballerizas, con tan solo ver cómo se acercaba a los caballos, supieron que no había montado en su vida, por lo que le dieron una yegua vieja y mansa que seguía dócilmente al caballo que la precedía. A lomos de aquel animal paseó por los campos, por la ribera del río Alegre y por diferentes zonas de la propiedad. Al acercarse al molino y ver la casa de calderas, había pedido dedicarle todo un día a aquella zona, lo mismo que hizo al día siguiente con el patio de los esclavos.

Y en eso estuvo.

El martes completo lo pasó en el molino, donde el mayoral, Germán García, le explicó cada paso de la producción de azúcar. Comió con el personal que allí trabajaba y, con tiempo para atenderla al estar en una época de poca actividad, el maestro azucarero le contó todo acerca de la proporción, temperatura y características del proceso por el que se obtenía, según él, uno de los mejores azúcares de la isla, y por ende, del mundo. Isabel se sintió enseguida fascinada por aquella maquinaria, ajustada con precisión y cuidada con mimo. Las máquinas Derosne, la centrifugadora, la máquina de vapor: cada uno de aquellos inventos geniales habían contribuido sustancialmente a que la rentabilidad de San Rafael aumentara y a hacer cada día más ricos a los Viader. Pero incluso para una persona movida únicamente por el interés, el dinero en aquel momento parecía secundario, o por lo menos, no lo único. El proceso en sí, conseguir que una burda caña se convirtiera en un alimento refinado y famoso en el mundo entero, le pareció mágico.

El miércoles resultó más decepcionante. Visitó el patio de los esclavos y los lugares donde estos trabajaban. En su cabeza había imaginado que llegaría a un lugar de actividad frenética, pero en cambio encontró a un montón de holgazanes con sus familias, descansando a la sombra y haciendo labores menores con poco entusiasmo. San Rafael tenía más de quinientos esclavos, de los cuales alrededor de ochenta estaban en el patio en ese momento, y la sensación era que solo la mitad trabajaba y lo hacía con pocas ganas.

—Esta gente no hace nada —le dijo a Germán , mientras el esclavo que la seguía torcía el gesto.

—Bueno, hasta que empieza la zafra, seis meses ni más ni menos, los días son más tranquilos, usted ya sabe. Luego trabajan mucho, a veces no duermen más de cinco horas. La mayoría están en el campo ahora mismo —replicó él.

—¿Y qué es lo que hacen durante estos meses? ¿Qué horario tienen?

Isabel se comportaba de manera inconsciente como si aquellos hombres fueran suyos, pero nadie se atrevió a replicarle.

—Se levantan alrededor de las cuatro de la mañana y limpian los patios y las cuadras, además de la casa de los señores. Esto les lleva alrededor de hora y media. Luego van a trabajar al campo hasta mediodía. Entonces comen, en una hora más o menos.

—¿Qué se les da?

—¿De comer, quiere decir? —preguntó el mayoral, algo sorprendido de que a la mujer le interesaran aquellos detalles—. Salcocho y bananas, sobre todo; como trescientos gramos en total por cabeza. Luego vuelven a trabajar en el campo y acaban el día alrededor de las siete después de cortar hierba para el ganado.

—Pero deberían trabajar más. Hay muchas cosas que hacer —repuso Isabel, sorprendida.

—Señora, no se crea usted. No va mal que los esclavos descansen un poco.

—Se descansa cuando se ha trabajado. No se descansa de descansar, señor... mayoral —Isabel había olvidado por completo el nombre, como le pasaba con la gente que no le importaba lo más mínimo.

—Pero ¿qué quiere que hagan? —le dijo Germán, intentando no molestarse al ver cuestionado su trabajo.

—Quiero que arreglen los baches de la carretera, que está en muchos lugares que da pena, que tengan este espacio más limpio y ordenado, que es donde viven, pero no les pertenece; quiero que pinten sus casas y que arreglen el tejado de la escuela, que limpien mejor las cuadras ya que los bueyes son tan importantes. Y quiero también que sus cuerpos no se entumezcan por la vagancia, que hagan ejercicio, que se pongan fuertes para cuando los necesitemos. ¿Y aquellos de allí? —Isabel señaló a un grupo de ancianos de barba blanca que hablaban sentados en un corrillo.

—Esos son algunos de los que quedan de los que llegaron aquí hace años, bozales de la costa de Luanda. Los esclavos más viejos del valle —respondió Germán intentando disimular su estupefacción al oír a aquella mujer hablar de los esclavos como si ya fuera la señora del lugar.

—¿Bozales?

—Sí, señorita. Así se llama a los esclavos apresados en lugar de origen, no nacidos en Cuba. Casi todos africanos.

—Si son ancianos, ¿por qué los tenemos? —replicó Isabel.

—Señora, ¿qué sugiere que hagamos con ellos? Las mujeres de su edad están en la guardería y en la escuela, aleccionando a los niños. Pero los hombres... No pueden trabajar.

—Pues si no pueden trabajar, no sé de qué sirven.

Se hizo un silencio incómodo durante un instante. Isabel respiró profundamente y forzó una sonrisa mirando al mayoral.

—En fin. Es todo muy interesante, gracias, señor mayoral —dijo, y luego se dirigió a su acompañante—. Negro, llévame a casa.

Había conseguido granjearse la antipatía de ambos.

Regresó a la casa azul de San Rafael y entró en ella creyéndose dueña y señora. A su paso y el del hombre que la había escoltado todo el día salió el mayordomo de la casa.

—Bienvenida, señora Palau. Espero que haya pasado un día muy bueno.

Isabel le ignoró y avanzó hacia el salón. Quería un plano de la finca. Entender bien sus límites y sus posibilidades. Compararla con San Miguel y San Gabriel. El mayordomo siguió hablando mientras la acompañaba.

—La cena, si le parece bien, se la serviremos a las ocho. En el comedor. Ha venido a verla la señora Alicia Abbad, de San Miguel. Le hemos preguntado si se quedaría a cenar, pero ha dicho que prefería hablar antes con usted.

Isabel se detuvo en seco.

—¿Alicia Abbad, has dicho? —dijo sin volverse e intentando controlar un temblor repentino.

—Sí, señora. Es la tía del señor Miguel Abbad, hermana de su difunto padre.

No podía ser. Aquella mujer la había encontrado. Había cruzado el Atlántico y había dado con ella. Se dio la vuelta para mirar al mayordomo.

—Dile que he vuelto muy cansada y que me he ido directamente a mi habitación. Cenaré allí. Estoy extenuada. No puedo recibirla ahora, que me disculpe.

—Pero señora, está ahí mismo... ¿No querría decírselo usted misma?

—No. Si quisiera, lo haría. Dile lo que te he dicho. Me voy a mi habitación, cenaré allí. Las ocho está bien.

Enfiló las escaleras precipitadamente dejando al mayordomo con la palabra en la boca.

Alicia esperaba sentada en un gran butacón de mimbre del salón de San Rafael, aquella casa azul que le parecía tan curiosa como bonita. A los esclavos, acostumbrados a sus barracones y bohíos, les debía resultar imponente; de hecho, quizás esa fuera la razón de su tamaño y su prestancia. No era diferente de lo que habían hecho reyes y príncipes a lo largo de la historia, y visto lo visto, los plantadores eran los reyes de aquel lugar, así que probablemente tuviera sentido. Era fácil complicarse la vida en el momento de construir una casa, llenándola de estancias que luego rara vez se usaban; eso mismo les había pasado en Barcelona, donde a su vuelta viviría en un palacete de proporciones absurdas para ella sola. Miró al horizonte con tristeza recordando a su hermano envenenado, pero borró esos pensamientos a la espera de que apareciera la señora Palau. El día anterior se había cruzado por un camino con Rafael Viader y este le había dicho que iba en dirección a La Habana y tenía que dejar a Isabel sola, por lo que amablemente Alicia se había acercado para invitarla a cenar en San Miguel o para entretenerla si era eso lo que necesitaba.

Vio acercarse al mayordomo, sonriéndola con amabilidad. El hombre había visto desde su llegada que no podía parar de sudar, acalorada, y además de colocarla en la zona más fresca del salón, le había llevado constantemente hielo y agua para ayudarla, pese a que Alicia sabía que la situación tenía poco remedio. Estaba gruesa, y aunque habitualmente sudaba más de lo normal, de manera poco elegante, la humedad del Caribe la mantenía sofocada y tenía que cambiarse varias veces al día de ropa. Su equipaje europeo no encajaba en aquel lugar y había planeado pasar tres días en La Habana para renovarlo completamente, pues iba a alargar su estancia por lo menos hasta que acabara la siguiente temporada azucarera, que estaba ansiosa por presenciar. Le gustaba estar con Miguel y con Iris, su mujer; los niños la trataban como a una abuela y sentía derretirse de amor cada vez que la abrazaban.

Pero el mayordomo no traía agua aquella vez. En cambio, la despachó todo lo amablemente que pudo, disculpando a la señora Palau, que estaba cansada para recibirla. Alicia no podía creer aquella descortesía, pero pretendió que no le indignaba y se levantó sonriendo para volver a San Miguel tan molesta como atónita. Esa tal Isabel Palau era una maleducada.

Por suerte, jamás había sido rencorosa y, en general, trataba de olvidar aquel tipo de situaciones desagradables. En cuanto su coche se acercó a la casa grande de San Miguel, la sola visión de sus sobrinos nietos jugando en el jardín bajo la atenta mirada de Iris le cambió rápidamente el humor. Se habían hecho amigas enseguida. Ambas habían aprendido a valorar lo primordial sobre lo superfluo y, para Alicia, el color de la piel no tuvo ninguna importancia desde el momento en que descubrió por qué su sobrino se había enamorado de aquella mujer. Iris tenía una serenidad que contagiaba a todo el que estaba a su alrededor. Hablaba lo justo y escuchaba con atención, nunca decía tonterías y sabía hacer que todo el mundo se sintiera bien a su lado. Su sobrino Miguel siempre había tenido un sentido del humor mordaz y agudo, y provocaba en su mujer e hijos continuos ataques de risa, sacando punta a cualquier nimiedad que hubiera sucedido durante el día; cuando lo hacía, Iris reía silenciosamente mientras sus ojos se le achinaban y su boca grande dejaba ver unos dientes blancos y perfectos. Entonces Alicia entendía que aquel ser era sencillamente irresistible.

Formaban una familia exótica y moderna, inesperada, y quizás por ello, hipnóticamente bella.

A la hora de cenar, con los niños ya acostados, Alicia comentó su visita fallida a Isabel Palau en San Rafael.

—Me pareció inaudito, qué queréis que os diga. Voy con toda mi buena voluntad a acompañar a la señora Palau, pensando que se encontraría sola tras pasar todo el día fuera de casa, y se retira a su habitación sin tan siquiera saludar.

—Yo la conocí brevemente el otro día, tras la reunión por lo del asesino y las medidas a adoptar. No es una persona abierta, parece seria. Guapa a rabiar, eso sí —comentó Miguel.

—Aquí todo el mundo es guapo. Deberías empezar a acostumbrarte —dijo Alicia cogiendo la mano de Iris, que se sentaba a su derecha.

—Sí. Pero ella tiene una belleza diferente a la de mi mujer. Iris tiene una belleza transparente. Se puede ver la nobleza en sus ojos, da tranquilidad. En los de la señora Palau se ve ambición, tensión, problemas... No sé, quizás sea solo una sensación. Se lleva bien con Gabriel Gorchs, por lo visto vinieron en el mismo barco.

—¿El Santa Graciela? —replicó Alicia—. Tu padre le dio uno de sus billetes a Gabriel. Ya sabes que siempre tenemos dos pasajes en ese barco. De hecho, debería anularlos, ¿no crees? Mañana en La Habana, si está el barco allí, lo haré. Pero volviendo a la tal Isabel Palau, me pareció una grosera. Esa señora solo quiere a Rafael Viader por su posición económica.

—¿Otra arribista? Rafael encadena una detrás de otra. Todas vienen a por lo mismo.

—Eso no lo sabes, Miguel —lo interrumpió Iris—. En este valle los tres plantadores sois tan ricos que es probable que cualquier chica que se acerque tenga un nivel económico inferior. Eso no la convierte en nada. Igual que el dinero no nos hace mejores a ninguno. A mí tu dinero siempre me dio igual, ya lo sabes. Desconoces lo que esa chica quiere.

—Tú eres diferente.

—Y la señora Palau, no sabes cómo es. Así que dejemos de criticar, ¿no os parece?

Iris jamás criticaba a nadie y no podía soportar que se hiciera en su presencia. Con talante discreto, gobernaba aquella casa y Miguel sabía cuándo debía dejar un tema.

—Entonces, tía Alicia, mañana irá a La Habana a primera hora, ¿no? Ya se lo han organizado todo. Dormirá en el Telégrafo, que además tiene buena comida. Su doncella tiene una habitación similar a la suya justo al lado. Hay muchas tiendas de moda. Seguro que en el hotel le indicarán mejor que yo. A mí La Habana me cansa mucho. El ruido, la gente, el desorden general... Nunca me gustó. Aquí tengo todo lo que necesito —comentó Miguel.

—Bueno, deberé conocerla antes de detestarla. Yo soy menos de campo que tú. A ver qué me parece.

—Dios hizo el campo y el hombre la ciudad... No diré más —dijo Miguel antes de estallar en una carcajada.

Acabaron de cenar e Iris se retiró a la habitación. Alicia y su sobrino se quedaron en el porche delantero de la casa, fumando dos buenos habanos.

El sonido de la selva nocturna comenzaba y la brisa húmeda y fresca había permitido a Alicia dejar de sudar por primera vez en todo el día. Miró a su sobrino y al verse allí, después de cenar, fumando, recordó las innumerables veces que había hecho lo mismo con Ignasi.

—¿Sabes?, tu padre y yo siempre fumábamos después de comer. Nos encantaba, y a tu padre siempre le divirtió que me gustaran tanto el alcohol y los puros. Decía que era como un estibador del puerto.

—Lo recuerdo muy bien, tía Alicia... ¡Yo también digo lo mismo de usted! —dijo Miguel riendo—. Aquí todo el mundo fuma, tía, incluso las mujeres en público, no hay problema. Disfrute de su puro. Cada vez tengo más claro que la vida son momentos. Que hay que disfrutar cada pildorita de alegría. Lo contrario es un error. Los últimos acontecimientos me han hecho pensar. Hay que disfrutar el presente. Todo es más frágil de lo que pensamos: esta casa, este valle... Todo podría cambiar de un día a otro. Por eso quiero que en La Habana me haga un encargo.

Sacó de un bolsillo uno de los brillantes que le había enviado su padre.

—Ah, sí. Los brillantes de Golconda. Me dijo tu padre que te los había enviado con el muchacho Gorchs. Los compró tu abuela... O quizás no. Son preciosos, me quise hacer un collar con ellos, pero tu padre me dijo que no. Creo que es lo único que me negó en toda su vida.

—Quería que los tuviéramos como reserva, para una emergencia, pero le voy a desobedecer con uno de ellos.

—Había nueve, ¿no? —preguntó con desinterés Alicia, expulsando el humo de su habano con los ojos cerrados.

—Sí. Pero uno se lo he dejado a Gabriel Gorchs para que lo use si surge una emergencia y no tiene otra opción, un poco con la misma idea con la que padre me los hizo llegar. Además, quiero usar otro más: le voy a pedir a Iris que se case conmigo.

—No me atrevía a preguntar —dijo Alicia, reacomodándose en la butaca y volviéndose hacia él para prestarle toda su atención.

—No estamos casados, no. Iris cree en Dios y está bautizada, como todos los esclavos nacidos aquí, pero no es religiosa. Tampoco nos hemos preocupado demasiado por mantener las formas, porque aquí, en realidad, las formas las dictamos nosotros. Pero el asesinato de padre me ha hecho pensar. Lo que a ella no le he pedido se lo habría pedido a cualquier otra en su posición e Iris lo merece más que ninguna. Me gustaría que hiciera montar el brillante en un buen anillo. Uno que le guste. Me gustaría que tuviera alguna referencia a mis hijos también.

—¡Oh, eso será divertido! Siempre he pensado que yo sería una excelente joyera, ¿sabes? Tengo unos pendientes con dos pares de rubíes muy buenos. Yo misma diseñé un sistema para que se pudieran unir entre ellos y levantarse creando una diadema. No te lo sé explicar bien y los pendientes están en Barcelona, donde, es una pena, pero lo cierto es que apenas me los pongo... Te los mostraré algún día. El sistema no puede ser más ingenioso.

Miguel no había entendido nada de lo que su tía le acababa de contar y siguió hablando.

—Entonces, ¿me hará el encargo?

—¡Pues claro! Y encantada además. ¿Conoces alguna joyería en La Habana?

—Hay varias, pero lo mejor será que explique lo que necesita en el hotel y el conserje la indique. No buscamos un joyero sin más, buscamos un artesano, alguien meticuloso y detallista.

—Mañana mismo preguntaré. ¡Qué maravillosa idea! Casarte es algo que debes hacer, Miguel. No me preguntes por qué, pero debes hacerlo. A tu padre le gustaría y a mí también. Y no dudes de que a Iris le vas a dar una gran alegría.

—Pues eso es lo que importa, tía. ¡Hagámoslo!

Miguel alargó el brazo y le cogió la mano, sintiendo que también tomaba la de su padre. Ambos dieron una calada a su puro y se quedaron, como dos buenos amigos, hablando hasta altas horas de la madrugada, contentos de estar juntos, ilusionados con sus planes de futuro y melancólicos por no poder disfrutarlos con Ignasi.

II

Al día siguiente por la tarde, Alicia Abbad ya estaba en La Habana, que, a diferencia de a su sobrino Miguel, le encantó. Le gustaban los edificios, la alegre actividad de las calles, los árboles exóticos y la gente de una ciudad que le pareció que se daba un aire a Cádiz, pero que también tenía algo que la hacía única y especial. De no ser por aquel calor del que le estaba resultando imposible huir, podría haber vivido en La Habana, al contrario que Dora, su doncella, que se sobresaltaba en cada esquina y que desde que habían llegado era más un lastre que una ayuda.

Las dos mujeres circulaban por el laberinto habanero saltando sobre los mullidos asientos de la calesa con la que habían viajado desde San Miguel, que no podía evitar los baches de la calzada. Algunos de los propietarios quitaban los adoquines frente a sus casas para que el ruido del tráfico quedara amortiguado, pero solo conseguían que los baches fueran una constante en cualquier trayecto.

—¡Dora, por favor! ¡Parece usted la princesa del guisante! —le dijo a su doncella harta de que torciera el gesto en cada salto.

La chica era de un pueblo feo y sin importancia del prepirineo, y se había acostumbrado rápidamente a la vida al lado de Alicia, que derramaba con gusto todo el lujo que la rodeaba sobre los que la acompañaban.

Tras hacer algunas compras, se dirigían al puerto, donde el conserje del hotel le había confirmado que estaba amarrado el Santa Graciela. No podía creer su suerte.

Reconoció el barco enseguida, pues era, como ya le habían dicho, el velero más espectacular de todos los que había. Estaba amarrado en uno de los muelles del fondo del puerto, apartado, desde donde asomaban sus cuatro mástiles y su casco azul. Estaban descargando las bodegas y el cochero les acercó lo máximo que pudo hasta recibir el alto de un guardia.

Las dos mujeres se bajaron y se encaminaron a la oficina del muelle, donde entraron sin llamar. Dentro, montones de papeles se apilaban en varias mesas y algunos capitanes y marineros despachaban con el personal del puerto. El ambiente estaba viciado por los olores y el humo de los cigarros de aquellos hombres que, poco acostumbrados a ver mujeres en aquel edificio, se giraron para mirarlas. La idea de Alicia era haber preguntado de manera discreta, pero dado que todos las miraban, directamente preguntó en alto por el capitán del Santa Graciela. Uno de los hombres que estaba sentado le indicó donde encontrarlo.

—Está supervisando la descarga del ébano. En el muelle.

Así que hubiera bastado con acercarse al barco y ahorrarse aquel trámite.

Se aproximaron hasta la proa del Santa Graciela, amarrado al muelle por el lado de babor. El barco solo se mostraba parcialmente, ya que en el muelle habían colocado una hilera de altas cajas que impedían el paso a la popa y entorpecían la visión. Pese a todo, se acercaron a un marinero que les daba la espalda, de pie en una especie de atril que le servía de apoyo a unas hojas. Supusieron que daba cuenta de la mercancía que se descargaba. Estaba colocado en un pequeño hueco que se había abierto entre caja y caja. Alicia le tocó la espalda.

—Buenas tardes, buscamos al capitán —le dijo amablemente.

—Ahora, no señora. No me puedo descontar.

Al mirar por encima de él, vieron cómo se descargaba «el ébano». No hacía falta que nadie lo transportara, pues tenía piernas y brazos, y aunque se movía con torpeza, encadenado y con la cruel ayuda de una vara con la que azotaban al que se retrasaba, lo hacía sin que nadie tuviera que llevarlo sobre sus espaldas. El ébano estaba vivo y era la imagen de la desolación y la tristeza, de la crueldad humana y el menosprecio a la vida. Alicia no podía creer lo que pasaba ante sus ojos.

A pesar de que el tráfico de esclavos estaba prohibido desde hacía más de cuarenta años, su aceptación tácita era tan evidente como para que un barco como aquel descargara sin demasiado celo y a plena luz del día. Había muchos hombres, algunas mujeres y también varios niños. Todos encadenados, todos derrotados y tristes, ninguno luchando contra aquella injusticia que clamaba al cielo.

Alicia y Dora miraban sin poder pestañear.

A los pocos minutos un hombre se abrió paso entre marineros y esclavos, apartándolos con una sonrisa, y llegó adonde ellas estaban. Por sus galones, supieron que era el capitán. Alicia volvió de pronto en sí y se puso delante de él para interrumpirle el paso.

—Capitán. Andaba yo buscándole —dijo intentando recomponerse y enjugándose disimuladamente las lágrimas.

Aunque sintió deseos de cruzarle la cara, su inteligencia le recordó que aquel era tan solo un engranaje más de una compleja maquinaria y que de nada serviría amonestarlo cuando él no era el culpable de que el mundo fuera de aquella manera. De hecho, con toda seguridad, su familia, los Abbad, lo eran en mucha mayor medida.

—Dígame, señora —dijo el hombre, que parecía satisfecho y probablemente se encaminara a una taberna para celebrar otra singladura sin incidentes.

—Mi nombre es Alicia Abbad. Probablemente no sea usted la persona a la que deba encargarle esta gestión, pero lo cierto es que es una tontería y no sé a quién dirigirme.

Quería dejar de pagar unos pasajes que ahora estaba completamente segura de no necesitar nunca. Pagar dos camarotes en cada viaje desde Barcelona a Cuba, cuando ya se encontraba en Cuba, no tenía sentido. Alicia era manirrota, pero detestaba tirar el dinero.

—La ayudaré en lo que pueda, señora mía, si tiene que ver con mi barco —respondió el capitán con amabilidad.

—Sí, tiene que ver. Desde hace años mi hermano tiene reservados dos camarotes en todos los viajes de su barco con salida desde Barcelona. Su nombre es Ignasi Abbad.

—¡Desde luego! ¡Cómo no recordarle! ¡Los camarotes vacíos! —dijo el capitán entre risas.

—El caso es que le rogaría que no los reservara más. Mi hermano falleció recientemente y yo, que soy la única que podría haberlos aprovechado, ya estoy en Cuba, como puede ver.

—Siento de veras el fallecimiento de su hermano —dijo el capitán poniéndose serio—. No se preocupe, no les volverán a reservar los camarotes. Lamento que solo los hayan podido aprovechar una vez. Vi que habían cedido sus pasajes en el anterior viaje a dos jóvenes.

—A uno, al señor Gabriel Gorchs —rectificó Alicia—. Don Camilo Fabre, al que yo no consideraría joven, iba en su propio camarote, según creo.

—Sí, sí, los recuerdo a ambos. Una compañía muy agradable. Pero no me refería a don Camilo. En uno de sus camarotes viajó, efectivamente, Gabriel Gorchs, pero en el otro lo hizo una mujer bellísima... ¿Cómo se llamaba?

—¿Una mujer? —preguntó Alicia extrañada.

—Sí, sí, seguro. Es fácil recordar dos camarotes que siempre van vacíos cuando de pronto están ocupados, compréndalo. Se trataba de una mujer muy guapa, rubia, con unos bonitos ojos verdosos. Toda la tripulación andaba enamorada. Viajó con uno de sus billetes.

—Eso es muy extraño... —dijo Alicia, que no tardó en recordar que no había encontrado el pasaje en el despacho de su hermano al empezar a planificar su viaje a Cuba.

—Ahora mismo estamos acabando de descargar la mercancía, pero si quiere vuelva mañana. Le diré el nombre de la mujer que embarcó. Será fácil de aclarar.

Alicia se quedó pensativa.

—De acuerdo. Volveré mañana por la tarde, si le parece bien.

—La esperaré aquí mismo. ¡Hasta mañana! —dijo alegre el capitán antes de continuar camino hacia la ciudad vieja.

Alicia y Dora aún se quedaron unos minutos más observando cómo los esclavos seguían acercándose a su horrible destino. Cuando cesó el desembarco de aquella mercancía, de nuevo llorosas, Alicia miró a su doncella.

—Dora, ¿qué le haría usted a alguien que la arranca de su casa y su familia, la mete en una bodega insalubre y, tras sabe Dios cuántos días, la vende para trabajar como esclava?

—Lo mataría señora —dijo la mujer sin dudar.

—Yo también —replicó Alicia—. Así que quizás debamos empezar a comportarnos como humanos antes de seguir buscando asesinos —sentenció.

Sin ganas para seguir la tarde de compras y absolutamente consternadas, volvieron al hotel en silencio. Cuando Dora acabó de preparar el baño de su señora y le abrió la cama para retirarse a su habitación, Alicia aún no se había recuperado de aquella visión. Y ella tampoco.

III

Durmieron mal, pero pese a todo, a las diez estaban ya listas para salir del hotel en dirección a la joyería que les había recomendado el conserje. Decidieron ir paseando, pues nuevamente el día era espléndido y algunas de las prendas que habían comprado la tarde anterior resultaron cómodas y consiguieron que el sofoco que sentía Alicia aminorara, pese a que no podía dejar de sudar del todo. Siempre andaba igual, a paso rápido y ligeramente inclinada hacia delante, con Dora siempre a la zaga.

Pasaron dos veces por delante de la puerta del establecimiento al que se dirigían antes de reparar en él, lo cual hubiera sido típico de Alicia incluso si la Joyería El Sol hubiera tenido un escaparate mayor. Entraron en el local, que estaba completamente vacío, y esperaron tan solo unos segundos hasta que un hombre de avanzada edad con manos finas y aspecto pulcro las atendió. Era exactamente el tipo de persona que Alicia deseaba encontrar detrás del mostrador. Al hombre también le alegró su llegada, pues Alicia desprendía un halo de prosperidad que siempre satisfacía a los comerciantes que la recibían.

Le explicó brevemente el motivo de su visita y le mostró el brillante que su sobrino pretendía montar para regalarle a su futura mujer. Roberto Vallés la invitó a sentarse, y tras pedirle permiso, examinó la piedra dándole la vuelta para mirar sus facetas y determinar, tal y como Alicia ya sabía, que era de excelente calidad.

Aunque era de su plena confianza, a Alicia le incomodó que Dora se sentara junto a ellos mientras determinaban qué montura darle al anillo y qué piedras rematarían el diseño.

—Dora, querida, esto será muy tedioso para usted. ¿Por qué no mira alguna alhaja que le guste? —le dijo señalando hacia una vitrina en la que veía brillar algunas piezas menores, en plata y alpaca—. Allí puede que encuentre algo que le favorezca, quizás unos bonitos pendientes. Si nos vamos a quedar aquí una temporada más larga de lo que pensábamos, necesitará usted alguna joyita más, ¿no es así, señor Vallés? —añadió dirigiendo una mirada cómplice al joyero.

—Sí, querida, en esa estantería y la de al lado, en los estantes de abajo, encontrará piezas sencillas y elegantes —apuntó Vallés.

Dora obedeció e ilusionada se acercó a una estantería con cristales biselados tras los que se exponían las joyas de menor valor.

Mientras, Alicia volvió al asunto que la había llevado allí y tras departir con el joyero, este le mostró la vitrina en la que se exponían las joyas de mayor valor, de entre cuyos diseños ella podría elegir la montura y engarce de la joya que le había encargado su sobrino. Enseguida, algo llamó su atención. Expuesta en el estante central y alzada en un cojín de terciopelo que le daba importancia, una pieza captó su mirada. Unos pendientes de rubíes grandes y hermosos, pero, sobre todo, exactos a los que poseía ella, tanto que no podía creer que no fueran los mismos que había lucido alguna vez en Barcelona. Confusa, sin comprender cómo podían haber llegado allí, los señaló con el dedo. Vallés sonrió complacido.

—Señora mía, sin duda tiene usted buen gusto. No hay una pieza de mayor valor en todo mi establecimiento.

—Me gustaría verlos —solicitó rápidamente.

—Oh, lo lamento —respondió el joyero—. No están en venta. Son de una clienta, los dejó aquí para arreglar algunas cosas y limpiarlos, y aún no ha venido a por ellos.

—Me gustaría verlos igualmente —dijo Alicia con contundencia—. Me gustan mucho, quizás podría encargarle unos similares.

Ante tal perspectiva Roberto Vallés se acercó a la vitrina y extrajo una pequeña llave de un bolsillo para abrirla. Enguantado y con sumo cuidado, cogió los pendientes y los llevo a la mesa de donde ambos se habían levantado. Alicia le siguió y volvió a sentarse en torno a ella.

No pudo mantener la cautela con la que el joyero había manejado las joyas. Enseguida cogió y unió los pendientes de forma que, como las piezas que conocía, quedaron unidos formando una diadema. No tenía ninguna duda de que eran los suyos, pero se aseguró haciendo una pregunta clave al hombre que los exponía en su vitrina, que la miraba atónito sin entender cómo aquella mujer conocía tan bien la pieza.

—Tienen un golpe aquí —dijo sabiendo que aquella hendidura apenas perceptible no era un golpe.

—No señora, no es un golpe —se apresuró a decir él—. En realidad son unas letras, dos aes. Solo son visibles con la lupa. Creo que se refieren a la clasificación de calidad de las gemas, una que algunos joyeros usan y que va de A a triple A (AAA), pero es francamente extraño y a todas luces equivocado. Estas gemas son extraordinarias. Sobradamente merecedoras de la clasificación máxima. También podrían ser la firma del joyero, no estoy seguro. Por cierto: me impresiona que conozca el sistema que hace la pieza convertible en diadema.

Alicia se contuvo de decir que las dos aes no eran ninguna calificación, sino sus iniciales, y que conocía sobradamente el sistema de la pieza porque ella misma lo había diseñado. Mintió, cada vez más aturdida por aquel capricho del destino.

—Oh, no debería. Es un sistema que tengo en alguna pieza similar. Pero, dígame, señor Vallés, ¿de quién son estos pendientes? —le preguntó directamente.

Vallés negó con la cabeza sonriendo con amabilidad.

—Señora mía, lamentablemente debo ser discreto para mantener la privacidad de mis clientas. No obstante, podemos hacer algo. Si quiere, me pondré hoy mismo a buscar unas gemas tan buenas como las que tenemos sobre la mesa para realizar unos pendientes iguales. Le adelanto que me llevará un buen tiempo, pero si vuelve en seis meses quizás tenga noticias. Con suerte podría tener unos rubíes similares y, si son de su agrado, procederíamos a la fabricación de las piezas.

Alicia intentaba no mostrarse aturdida por la situación. Aquellos eran sus pendientes: alguien los había robado y ahora los tenía frente a sí. Sin embargo, estaba convencida de que si denunciaba el robo, jamás vería al ladrón, que se escondería en esa isla o saldría de ella sin que nadie pudiera hacer nada por evitarlo. La Guardia Civil se había mostrado incapaz de encontrar una sola pista que les condujera al asesino de cuatro personas en el Valle de los Arcángeles y, lo peor, no había mostrado ningún interés en hacerlo, así que, ¿cómo iban a esforzarse para encontrar a un simple ladrón? Pensó rápidamente antes de responder al señor Vallés.

—Hagamos algo diferente —le propuso—. Quiero comprar estos pendientes, así que cuando venga la propietaria, dígale por favor que estoy dispuesta a pagar lo que me pida por ellos. Ya ve —añadió encogiéndose de hombros—, me he encaprichado. Si le interesa, que deje nota en el Hotel Telégrafo a nombre de la señora

Alvear —dijo inventando un nombre para no alertar al posible ladrón—. El día y la hora que más le convenga podemos encontrarnos aquí y cerrar la compraventa. No tengo prisa, pero quiero estas piedras, así que no se preocupe si pasan los meses: mande nota al Hotel Telégrafo y ellos se ocuparán de avisarme para que acuda.

—De acuerdo, señora Alvear, así lo haré. ¿Le parece que mientras tanto cerremos el asunto para el que ha acudido a mí? —le dijo, algo extrañado por el empeño de aquella mujer en los pendientes y su perfecto conocimiento de los mismos.

Alicia había olvidado totalmente el asunto que la había llevado a la joyería. Miró a la mesa y, de vuelta a la realidad, rápidamente eligió cuatro aguamarinas para acompañar al brillante que su sobrino le había dado. También pidió que lo montara todo sobre un anillo de oro blanco. Lo cierto es que su cabeza trabajaba en dirimir cómo demonios sus pendientes habían acabado en una joyería cubana y quería salir de aquel lugar para analizar el asunto cuanto antes.

Quince minutos después volvía a pisar la calle del Obispo. Dora, a su lado, sonreía ilusionada con la pulsera de alpaca que su señora le había regalado, pero Alicia no podía alejar de su mente lo que acababa de suceder. Se paró un segundo y le preguntó.

—Dora, ¿recueda mis pendientes de rubíes, los convertibles en diadema?

—Sí señora, cómo no. Los dejamos en Barcelona. Los descartó usted para ir a la fiesta de disfraces. Nunca los usa aunque a mí siempre me han parecido preciosos. ¿Qué sucede con ellos? Me temo que no los traje, ¿hice mal?

—No, Dora, no hizo usted nada mal; además, parece que esos pendientes también viajaron a Cuba al fin y al cabo.

La doncella la miró sin entenderla.

—Da lo mismo. Volvamos al hotel. Tengo que pensar —concluyó Alicia.

11

I

Como cada mañana, indicaron a Gabriel en qué lugar del jardín estaba preparado el desayuno que, nuevamente, ya disfrutaba su tía Lucía.

En aquella ocasión, el marco al habitual surtido de frutas, tostadas, zumos, mermeladas y embutidos era la sombra de un flamboyán enorme que desplegaba toda su floración roja en una explanada de hierba. Dos pavos reales picoteaban el suelo tranquilamente hasta que Lucía les lanzó algo que los apartó disgustados.

—¿No mueren nunca estos bichos? —le oyó decirle a la camarera que la servía.

Gabriel sentó a su lado, saludándola sin tocarla pues ya sabía que no soportaba que nadie lo hiciera mientras comía. Vestía de blanco y con pantalones, con la habitual pamela que ocultaba su indomable cabellera.

—Querido sobrino, tengo novedades respecto a nuestra investigación. Mantecón ya ha localizado a todos los indígenas del Yucatán que trabajan en el valle. No son muchos, apenas una docena, porque dice que no tienen la fuerza de los negros y no se trajeron más en su día. Nada que no supiéramos. Los africanos son de raza superior a todas las que he conocido sobre la tierra. Que nosotros los blancos, que somos unos blandengues, los dominemos es inexplicable. Los iremos a ver luego, a ver qué podemos sacar en claro. También quiero ver el almacén, te contaré luego por qué. Pero antes hay algo que tienes que saber.

Gabriel sabía de qué se trataba.

—Los esclavos.

—Exactamente —dijo su tía—. Este es un tema que debes entender. Es lógico que viniendo de Barcelona te sorprenda y es lo primero que te tendría que haber explicado. Explicarte mi postura, que es más o menos común a todo el valle —Lucía dejó de hablar para morder una tostada y la mermelada le manchó la punta de la nariz—. Gabi, aquí nos dedicamos a lo que nos dedicamos y sería absurdo decir que no nos hemos aprovechado de la esclavitud. Lo hemos hecho, lo hacemos y somos conscientes de ello. Pero algunos, movidos por sentimientos piadosos, y otros por la lógica que inexorablemente se impone, hemos decidido que tenemos que estar preparados para los cambios. Para el fin de la esclavitud. No hemos ayudado a él, no hemos hecho nada para que llegase, pero lo va a hacer y así debe ser. Hay estudiosos que dicen que en pocos años tener esclavos será más caro que tener trabajadores asalariados. Los esclavos son caros. Cada vez más, porque cada vez es más difícil que lleguen. Siguen llegando, pero si de cada cuatro barcos llega uno, figúrate tú el precio de cada uno de los que van en esa bodega. Un desastre que sería irreparable si no fuera porque necesitamos menos esclavos gracias a las maravillas que viste en la sala de calderas, el molino… y el tren, por supuesto.

—Todo muy impresionante, sí, tía —dijo Gabriel.

—Y carísimo, pero necesario ahora y a la larga, fundamental. A donde iba: en Cuba todo cambió tras la revolución en Santo Domingo, de la que probablemente hayas oído hablar.

—No mucho —dijo Gabriel con sinceridad.

—Bueno, el caso es que en 1791 Saint-Domingue era la colonia más rica de Francia, tanto que se dice que junto con las otras colonias francesas del Caribe generaba un tercio de los ingresos de los galos. Ahí es nada —se calló un instante para tomar un sorbo de su infusión mientras con la mano pedía paciencia—. Saint-Domingue producía más de la mitad del azúcar del mundo. Mucho más que nosotros por aquel entonces. Pero he aquí que para producirlo, antes más que ahora, se necesitaban esclavos, y en la colonia había muchísimos. Muchos más que blancos, que, sin embargo, los dominaban con un sistema de castas tremebundo que les reservaba el peor trato posible. Que no digo que en Cuba no se trate mal a los esclavos, pero aquí la proporción de esclavos y libres es diferente. El asunto es que los esclavos se levantaron en una revolución sangrienta en la que no quedó cabeza francesa sin separar de su cuerpo... Un poco lo que los franceses estaban haciendo entre ellos en París por esas fechas, pero con cuchillos en vez de guillotinas. En fin, las consecuencias de aquello, aunque hayan pasado tantos años, aún perduran en Cuba. La buena es que desde entonces copamos el mercado azucarero, pues Saint-Domingue, perdió absolutamente su posición en el mismo. La mala es que vivimos con miedo a que aquello pueda pasar aquí... Ya ha habido varios casos, casualmente alguno muy sonado en un ingenio que se llamaba como el nuestro y en otro que se llamaba San Rafael, que además están no lejos de aquí. Salió en todos los diarios: una esclava a la que se conocía como la Negra Carlota promovió una rebelión contra el mayoral de su ingenio que se extendió por varias plantaciones de Matanzas en 1843, con incendios en las casas de los propietarios y en otras partes de los ingenios. —Gabriel recordó la mención que de tal suceso había hecho Miguel Abbad, pero decidió no interrumpir a su tía—. Todo un aviso. Y ese miedo, esa inquietud, la sentimos, porque es lo natural, porque, en el fondo, ¿qué haríamos nosotros en la situación de los esclavos? Rebelarnos, claro que sí. Cortarle la cabeza a la señora, esa loca que habla con los árboles —dijo sonriendo con ironía—. Pese a todo, el Gobierno de la isla tiene la estrategia equivocada. Mano de hierro, que nos gobierne un capitán general que aplaste las rebeliones y tener controlado el porcentaje de población esclava, para que no sea mucho mayor que la de hombres libres. Ahora mismo son unos pocos más, y de vez en cuando se oyen propuestas estúpidas para «blanquear la población», y nos traen a gente de la península para poblar una tierra de la que no saben nada. En fin, un dislate. Así que nosotros hemos decidido actuar por libre. Y tenemos una estrategia... —concluyó con los ojos brillantes.

—Cuéntame, tía.

—Vamos a liberarlos a todos. A los nuestros, quiero decir, los de las tres plantaciones del valle. Pero antes necesitamos hacer varias cosas. La primera es optimizar el valle, mejorar el transporte, la maquinaria, todo. En eso está Miguel Abbad, que es listo como los ratones y se entera de todos los avances, pero necesitamos tres o cuatro años de buenas cosechas para llenar nuestras arcas. La segunda es mejorar la vida de los esclavos. Tienen escuela y médico, pero tenemos que hacer que los seis meses en los que el trabajo sea menor compensen a los que necesitamos que el trabajo sea tan extenuante como en cualquier otra plantación. Estamos pensando incluso en que, en esos meses, los que quieran puedan salir a ganarse la vida fuera del valle, a ganar dinero. Ellos ahorrarían y nosotros reduciríamos los costes de su manutención. La tercera es que los esclavos participen en una pequeña medida de los beneficios del ingenio, que les paguemos. Y la más importante: necesitamos que se sepan bien tratados, para que cuando, en tres o cuatro años, los liberemos, no se vayan. Sabemos que muchos lo harán, y por eso necesitamos también tener las arcas llenas. Contrataremos a chinos, que son bastante baratos, para sustituir a los que se vayan. Y pagaremos lo mismo a los negros que se queden.

—¿Y no se irán todos? —preguntó Gabriel.

—No lo harán si trabajamos bien, pero por eso necesitamos ser previsores. Ahora mismo podemos sustituir algunos esclavos viejos por trabajadores remunerados, pero si se van todos a la vez, no habrá suficiente dinero para empezar de cero, o quizás sí para empezar, pero en manos inexpertas la producción bajará y no podremos continuar: nos iremos a pique sin remedio. Los esclavos, una vez liberados, deberían entender que hay una parte muy importante de su vida que se les da de forma gratuita. La casa, la comida, la escuela, el médico... Deben querer quedarse, al menos la mayoría. Han de sentir que esto es su casa y estar dispuestos a seguir trabajando esta tierra, aunque sea por un salario muy pequeño, igual al de un trabajador nuevo, que no conoce el valle y que no tiene ningún arraigo en él. Queremos que la inversión en buenas casas, en la escuela, en el médico, en las ropas... Que todo lo que hemos hecho bien estos años nos sirva para mantener a los trabajadores que saben de esta tierra, ligarlos emocionalmente a ella y hacer el tránsito a una sociedad diferente de manera no tan brusca. Quizás en el futuro se necesiten menos trabajadores en la zafra, pero de momento eso no es así.

—¿Y ellos saben el plan?

—No, ni deben saberlo. Primero porque de momento necesitamos que trabajen como siempre, necesitamos tener el poder del amo sobre ellos, por lo menos tres cosechas más, para llenar las arcas, como te decía. Si saben que no les castigaremos —en San Gabriel te habrá dicho Mantecón que hace años que prohibí azotar y cualquier castigo físico—, si saben que todo va a acabar, se relajarán, y cuando la sorpresa llegue, ya no será una alegría, sino algo esperado que no valorarán. Se irán por aquellas montañas —señaló las colinas a lo lejos— y no los veremos más. Pero la clave aquí es que tenemos que encontrar el equilibrio entre el duro trabajo y el trato justo. Necesitamos que esto sea un remanso de paz. Por eso lo de los asesinatos me tiene tan preocupada.

—Encontraremos al asesino, tía —dijo Gabriel, convenciéndose también a sí mismo.

—Lo haremos. Solo espero que no sea demasiado tarde.

—¿Demasiado tarde?

—Sí. Desde el principio, Rafael Viader ha sido el más reticente a implantar el nuevo plan. Sus padres siempre fueron racistas, clasistas, creen que todo lo que tienen lo merecen por ser más fuertes que los demás, y aunque Rafael tiene buen corazón, en el fondo aún piensa que todo debería seguir como hasta ahora. Si los esclavos, aunque sea solo uno, empiezan a matar, planteará medidas duras. Pagarán justos por pecadores y por el camino, toda la paz que estamos intentando conseguir, esta armonía, se romperá en mil pedazos. Los esclavos no querrán nada con nosotros, y que se vayan probablemente sea la menos mala de las opciones. Por eso tenemos que encontrar al asesino pronto, y controlar y tomar el pulso al ánimo de los Viader y de los esclavos. Lo he comentado con Miguel Abbad: no es normal que Rafael haya reaccionado tan... digamos, serenamente, a la muerte de su hermano menor y de su cuñada. Hace años hubiera ido con el mayoral a azotar a los esclavos uno a uno hasta que alguno confesara. Quizás sea por la chica que lo acompaña. Eso le debe tener distraído, incluso en tan trágicas circunstancias.

A Gabriel se le cambió la cara. La imagen de Isabel en casa de los Viader le perseguía. Esa mujer debería haber estado con él, no con su vecino. Su tía notó su disgusto.

—Ah... Comprendo. A ti también te gusta, ¿no es así? Es una mujer muy guapa, nadie podría decir lo contrario. Pero si aceptas el consejo de una vieja que ha tenido pocas relaciones sentimentales, pero ha visto muchas, no te guíes solo por eso y, si lo haces, si ese es tu objetivo, tampoco te inquietes. La belleza exterior es mucho más fácil de encontrar que otras cualidades, por eso tarde o temprano descubrirás que es la menos importante de todas. En Cuba hay mujeres imponentes. Pero eres joven y tienes todo el derecho a no hacer caso a ningún consejo, como hicimos todos a tu edad. No te preocupes, no seré yo la que vuelva a ti con el detestable «te lo dije» si elijes a una que sea guapa por fuera y fea por dentro.

—La conocí en el viaje. En el Santa Graciela... —dijo pensativo.

—Lo sé, te oí decirlo. Pero no creas que es la única mujer del mundo. Además, eres bueno y listo, también guapo, y si no la fastidiamos demasiado serás rico en un futuro. Encontrarás a alguien a quien le enamore lo primero y le alegre lo último, tú no te preocupes. Confía en tu tía. —Le dio unas palmaditas en el dorso de la mano y respiró profundamente, como hacía cada vez que cambiaba de tema—. Bueno. Yo ya estoy. En diez minutos podemos estar en la cuadra. ¿Te parece bien?

—Claro, tía —replicó Gabriel sonriéndole. Cada vez le caía mejor.

Salieron a caballo en dirección al patio de los esclavos, donde estaban parte de los yucatecos que trabajaban en el valle. Como siempre, Tomás los acompañaba. Lucía había cambiado su pamela por otro de sus sombreros, de ala algo menor, que ataba con un lazo azul bajo su barbilla. Montaba a horcajadas.

Tomás estaba preocupado, pero le esperanzaba pensar que, en la sombra, estaba participando de la misma investigación que el ama Lucía y el amo Gabi. Además, él conocía bien a todos los trabajadores y esclavos de la finca, así que llegado el momento podría ofrecer a sus amos información que sirviera para desenmascarar al asesino sin que ninguno de los suyos lo tachase de traidor a la causa que compartían. Había estudiado a fondo las rebeliones en los otros ingenios, todas fallidas, y sabía que ninguna prosperaría si no implicaba a los esclavos de toda la isla. Por eso, impaciente porque sucediera, pero resignado a que no podría ser él quien la liderara, esperaba, informándose de los movimientos que poco a poco, casi imperceptiblemente, parecían encaminados a un levantamiento general tan deseado como incierto. Mientras tanto, aquel asesino misterioso debía dejar de matar si no quería estropearlo todo.

—Tomás, explícale a amo Gabi lo de la serpiente —oyó que Lucía le ordenaba.

Acercó su caballo para ponerlo en paralelo a los de los amos y se dirigió a Gabriel.

—Antes de que usted llegara, la doncella Clara, que trabaja para ama Lucía, encontró una víbora en su cama. La matamos con un cuchillo.

Gabriel anotó mentalmente abrir su cama cada noche antes de acostarse.

—Eso tuvo que ser un susto importante, tía.

—Cállate y escucha —replicó ella.

—En Cuba no hay víboras, amo Gabi. No hay serpientes venenosas. Alguien la puso allí.

—Pero el asesino no mata así —apuntó Gabriel.

—Eso es lo extraño —dijo Lucía—. Hemos conservado la serpiente. Decimos que era una víbora, pero eso es inexacto, porque hay muchas víboras. La que me habían metido en la cama era una nauyaca real, que es la más venenosa de todas. Eso nos da bastantes pistas. Tomás, recuérdame las que me olvide. La primera es que el asesino no conoce bien mis hábitos. Todo el servicio de la casa inglesa sabe que cada noche me abren la cama media hora antes de acostarme y me ponen hielo envuelto hasta que llego, momento en que lo retiran y me hacen la cama con las sábanas fresquitas. Así que su plan estaba condenado al fracaso. Lo que nos lleva al descarte de veinticuatro sospechosos: los que trabajan en la casa. Segunda pista: esa serpiente es de Yucatán, lo que en principio apuntala la teoría de que el asesino puede ser de esa zona, pero lo malo es que ninguno de los indios viaja a Matanzas o La Habana, ni a ningún puerto, no se encargan del transporte, por lo que no salen nunca del valle. Así que la cosa se complica, porque el asesino tiene que haber salido del valle para recoger la serpiente. Qué más había...

—El arma —recordó Tomás.

—Ah sí, el arma. Las víctimas han muerto de un mochazo, un golpe, un corte dado con una mocha, que ya te conté que es el machete que se usa para cortar la caña. Es como un cuchillo largo, de dos palmos y punta recta, con mango de madera. Ahora podrás ver unas cuantas. El caso es que hasta que empieza la temporada de recolección, las mochas están guardadas bajo llave y solo se dan a algunos esclavos, que al acabar la jornada las tienen que devolver al almacén. Están contadas y cada uno debe hacerse responsable de la suya. Antiguamente se castigaba su pérdida, pero ahora solo lo hacen de vez en cuando en San Rafael, donde es rarísimo que se pierda una y lleva años sin suceder. De todos los sitios de donde se podría sacar una mocha, nuestro almacén es el más factible. Es igual de seguro que los demás, pero nosotros somos más... Bueno, ya conoces a Mantecón.

Gabriel pensó que, efectivamente, si había un mayoral en Cuba al que engañar o robar, ese era Manuel Mantecón, un monaguillo inocente donde necesitaban a un general en guerra.

Pasaron junto a un grupo de esclavos que, tal y como habían acordado en la reunión de la casa azul, colocaban altas verjas alrededor de los jardines de las casas que el asesino acechaba. Lucía las miró con disgusto. No le gustaban los barrotes.

—Eso no servirá para nada. Pero supongo que a los demás les tranquilizará.

—¿Usted no tiene miedo, tía? —preguntó Gabriel.

—Un poco, pero espero que no se note. Si se nota, ese hijo de satanás empezará a ganar.

Gabriel pensó que su tía también tenía razón en aquello.

Se acercaron al patio de los esclavos y Manuel Mantecón, que les esperaba hablando en un corrillo con un niño en las rodillas, se levantó apresuradamente para recibirlos. Ayudó a Lucía a desmontar y enseguida le señaló los cuatro indios yucatecas que trabajaban en San Gabriel. Su menor estatura y fortaleza destacaban elocuentemente en un entorno rodeado de cuerpos africanos. Tenían la piel color miel oscura y sus rasgos, con cabellos lisos negros y narices encorvadas, les hacía fácilmente distinguibles. Además, estaban sentados aparte.

—¿Esos son todos? —preguntó Lucía.

—Sí, señora. Trajimos a seis más, pero murieron el primer año. Esos son los que quedaron. También fueron los últimos esclavos en llegar. Desde entonces no se han comprado más —confirmó el mayoral.

—Eso fue hace...

—Cinco años, señora. Hace cinco años que no compramos esclavos. Los que se han incorporado son asalariados libres. También hemos tenido emancipados, pero ya han vuelto al Gobierno —continuó Mantecón.

—Los emancipados son los esclavos del Gobierno. Los que llegan a Cuba ilegalmente y el Gobierno intercepta para alquilarlos durante algunos años hasta darles la libertad —le explicó Lucía a Gabriel.

Todos escrutaron a los indígenas. Parecían inofensivos y débiles, envejecidos y sin nervio. No eran la imagen que nadie esperaba que tuviera un asesino.

—Vamos al almacén —ordenó Lucía, montando de nuevo en su caballo.

El almacén estaba separado del patio varios kilómetros, cerca de las viviendas de los trabajadores libres como Mantecón y a medio camino entre el inicio del cañaveral y la sala de calderas. A diferencia de los bohíos y cabañas de caña, paja y adobe, estaba construido sólidamente en piedra. No tenía aberturas al exterior salvo por una hilera de ventanas estrechas y horizontales de palmo y medio de alto que coronaban las paredes laterales. La puerta era una contundente pieza de hierro con remaches. Mantecón la abrió y todos se dispusieron a entrar, pero se vieron sorprendidos por un par de pajarillos que, volando, salieron del interior.

—¡Ajá! —exclamó Lucía al verlos.

La estancia estaba oscura, ordenada y olía a metal. Tan solo había estanterías con mochas, una al lado de la otra, ocupando todas las paredes hasta el tejado a dos aguas. En el puño tenían marcada a fuego una flor, como muchas de las herramientas y maquinaria de San Gabriel. Todos observaron la estancia sin ningún objetivo fijo, salvo Lucía, que mirando hacia lo alto entornaba los ojos en dirección a las ventanas. De pronto, se giró hacia el mandinga.

—Aúpame, Tomás —le dijo.

—¿Ama Lucía? —replicó el esclavo, confuso.

—Aúpame, te digo. Cógeme para que llegue allá —señaló a una ventana.

Tomás la cogió por la cintura y se la puso sobre los hombros, acercándola a donde le indicaba. Lucía alargó su brazo fino y pasó su mano por la esquina de una de las ventanas que, rota, permitía sacar el brazo al exterior. Luego, volviéndolo a meter, cogió el cristal completo y lo separó del marco con facilidad.

—Lo sabía —murmuró.

Todos la observaban sin saber muy bien qué pretendía. Tomás la dejó en el suelo, y sin articular palabra Lucía salió y rodeó el edificio. Se detuvo frente a uno de los arbustos que rodeaba uno de los tramos de pared, que tenía una de sus ramas seca.

—Claro —dijo mirando hacia la ventana que acababa de revisar.

Todos la miraban con mayor curiosidad aún.

—Entremos —les dijo.

En el interior les explicó sus averiguaciones.

—Este almacén tiene cristales en las ventanas porque yo me empeñé. Sobraron al construir la casa, y cuando los encontré en el patio mandé colocarlos allá arriba —señaló las ventanas— para que dejaran de entrar bichos aquí dentro. En cuanto se dejaban de utilizar las mochas y nadie entraba en meses, lo hacían los pájaros, que lo dejaban todo plagado de excrementos y con olor a gallinero sucio, un horror. Hoy, al abrir, han salido dos pajarillos, lo que me ha confirmado que había algún agujero en las ventanas. Es un agujero nada casual: está hecho para sacar el cristal y volverlo a poner. Para poderlo coger, para retirarlo. Al sacarlo ha quedado algún trozo pequeño de cristal enganchado en el borde, pero casi todo sale de una pieza, dejando una abertura.

—Una abertura muy pequeña —apuntó Mantecón.

—Una abertura por la que cabría un niño, aupado por su padre o por un adulto desde fuera. Un niño que retiraría el cristal y lo apoyaría en un estante al entrar en el almacén, y bajaría apoyándose en esos mismos estantes para coger una mocha. En su camino, su cuerpo se llevaría el polvo de los estantes, como he podido comprobar cuando Tomás me ha aupado. Luego podría volver a salir trepando por la misma estantería, lanzar el machete por la ventana y sacar las piernas para que el mismo que lo ha aupado, que al esperar fuera pisa y rompe la rama del arbusto que se ha secado, lo sostenga mientras vuelve a colocar el cristal. Está claro. Buscamos a alguien con un hijo, o con poder sobre un niño. Os habréis dado cuenta de otra cosa que apuntala mi teoría. El día del asesinato de Sebastián Viader y su mujer, los guardias dijeron haber visto a un niño. Ese es el niño que entra en el almacén, os lo aseguro. Tiene que ser un crío que quepa por ese ventanuco. También puede que tenga alguna herida hecha al entrar con los cristales rotos que siguen pegados al marco.

»En cualquier caso, señores, la mocha, el arma homicida, viene de este almacén. Pensadlo. El asesino nos está intentando confundir con rituales extraños y serpientes venidas de fuera. Es fácil adivinar que mata con una mocha, basta con ver las heridas. El asesino sabe que nosotros lo sabemos, pero usa un arma que luego devuelve, de forma que no la echemos a faltar en los recuentos para que nuestro foco se aparte de la gente del valle. Un arma que ninguno de los esclavos que viven con él pueda encontrar, ni que hallemos nosotros en cualquiera de los múltiples registros que se hacen cada cierto tiempo.

»Desde luego que podría fabricarse un arma propia, pero eso lleva tiempo y es fácil que alguien lo descubra en el proceso o en un registro posterior. Además, necesita un cuchillo de verdad si quiere arrancar los corazones con la finura con que lo hace. El asesino nos quiere despistar, quiere que lo busquemos fuera del valle, pero les aseguro que es de aquí. No tendría sentido que nadie viniera de fuera a matarnos. Hay mil ingenios más accesibles y con gente más odiosa, que no digo que no lo seamos a veces, pero tampoco creo que seamos los primeros de la lista.

»Pediré un recuento de mochas en San Rafael y San Miguel, pero sus almacenes no tienen ventanas y están más vigilados. Si alguien consiguiera sacar un machete de allí, le sería difícil volver a colocarlo después del crimen, que es lo que creo que hace el asesino, lo que haría cualquiera para no levantar sospechas y que en un registro no encontremos el arma. Señor Mantecón, quédese aquí y cuente las mochas. Sabemos seguro que alguien se ha colado en el almacén y no hay más motivo que el de sustraer un arma. Si no falta ninguna, mi teoría se sostendrá. Si falta alguna, haremos otro registro en el patio de esclavos. En el nuestro y en el de las otras haciendas. Los demás, ni una palabra a nadie sobre nuestras pesquisas. Tomás, no te ofenderé insistiendo en que nada de esto lo pueden saber los esclavos. Si queremos cazar al asesino, esta es la trampa perfecta.

—Pondré vigilancia inmediatamente en el almacén. Habrá un par de guardias día y noche, señora Lucía —aseguró el mayoral.

—Usted no hará nada de eso, señor Mantecón. No queremos que la rata vaya a buscar el queso a otro lugar. Queremos que caiga en la trampa. Déjeme que planifique yo qué hacer —impuso Lucía.

Por la noche, Mantecón ya había contado todas las mochas sin echar ninguna en falta. Poco después, un mensajero de San Rafael y otro de San Miguel confirmaban la misma situación de normalidad en sus almacenes.

II

Rafael Viader había vuelto a San Rafael satisfecho de haber realizado bien el trabajo que le habían encomendado, triste por los duros momentos que había vivido al comunicar a sus padres el asesinato de su hermano y ansioso por ver a Isabel. Era una combinación de sentimientos tan dispar la que peleaba por hacerse con el control de su estado de ánimo, que hacía días que se encontraba extraño y fuera del mundo, como si todo lo que estaba viviendo le pasara a otra persona. Con todo, nada lo confortaba más que conquistar a una mujer guapa, así que decidió que, probablemente, aquella fuera la única manera de volver a ser el que era.

No daba puntada sin hilo. Cada movimiento, cada paso hacia las mujeres era fruto de un plan. La espontaneidad venía luego, cuando ya acudían a su cama con asiduidad y la conquista se había consolidado. Trataba bien a las mujeres, pues era lo que más le gustaba del mundo, y siempre se sorprendía de sus reacciones dispares y sus imprevisibles estados de ánimo. Le recordaba a la doma de un pura sangre, que tan pronto se dejaba acariciar el lomo como despertaba su instinto salvaje y se ponía sobre dos patas. Era adictivo, pues nunca parecía concluido del todo.

Con Isabel, todo estaba marchando según lo planificado. A la perfección. Al poco de conocerla, le había hecho saber sus sentimientos y su deseo de cuidarla y agasajarla, luego le había mostrado la cómoda vida que le podía ofrecer, para más tarde, dejarla su espacio y hacer que fuera ella la que provocara el siguiente acercamiento. Dejarla sola en San Rafael había sido otra gran idea, pues Isabel se había hecho con la casa azul en pocos días y ya se movía por ella como dueña y señora. A él no le importaba nada, más bien al contrario. Sabía que Isabel no era quien decía ser, pero ¿quién lo era en realidad? Todos ocultaban algo, y si ella quería hacerse pasar por una gran señora, a él no le importaba mientras no lo fuera en realidad. Mientras pudiera invitarla, como había hecho, a pasar unos días en su ingenio sin ir acompañada; mientras pudieran salir a cenar sin esperar la aprobación de sus padres (como también había hecho); mientras pudiera tener una relación con ella en la que las rígidas normas sociales y el «qué dirán» fueran secundarios, le sobraba. Estaba harto de las convenciones. En el valle todos hacían lo que querían y eso era lo mejor del lugar. Si Miguel Abbad era feliz viviendo y teniendo hijos con una esclava, no había problema. Si Lucía Gorchs con cincuenta años vestía pantalones, tampoco. Ellos mandaban allí y hacían lo que querían. Y él quería a Isabel.

Quería poseerla. Quería enamorarla. Quería que solo tuviera ojos para él. No estaba enamorado, o eso creía, pero necesitaba, como le había sucedido desde niño, tener todo lo que deseaba.

Isabel le había recibido con un cariñoso abrazo al llegar a San Rafael y tras acompañarlo al porche, había ordenado que sirvieran una comida preparada con todo lo que a Rafael le gustaba. Le preguntó por cómo habían ido las cosas y él intentó no dramatizar demasiado, pese a lo cual le pareció que los ojos de la mujer se humedecían al explicar la reacción de sus padres al asesinato de su hermano y cuñada. Cuando acabó, ella le cogió la mano y se la apretó en una especie de pésame que le pareció más cercano que cualquier momento que hubieran vivido juntos.

La encontró más guapa que de costumbre, si es que eso era posible. El sol había sonrosado su piel y aquellos días a cuerpo de reina parecían haber dulcificado todo su ser. Seguía teniendo esa parte fría en la que siempre había percibido desconfianza hacia todo, y sonreía en contadas ocasiones, pero la amistad y cariño entre ambos ganaba terreno rápidamente.

Se dijo que la vida daba sorpresas terribles, como los recientes asesinatos, pero también otras agradables que la hacían digna de ser vivida y que le obligaban a aprovechar el momento.

Eso iba a hacer, estaba seguro.

Isabel había pensado que, tras casi una semana sola en San Rafael, la vuelta de su dueño la incomodaría, pues rápidamente había hecho de aquel lugar su casa y el servicio comenzaba, ya sin resistencia, a hacer lo que ella pedía. Sabía que no era real, pero a la vez la situación era más placentera que ninguno de los sueños que había tenido. Contra todo pronóstico, Rafael vino a completar la imagen perfecta que había creado en su cabeza. Estaba encantada.

Cada mañana había salido a pasear con su fea y vieja yegua por el ingenio. Había pasado horas en la casa de calderas y en el molino, aprendiendo cómo funcionarían en cuanto empezara la zafra. Recorrió los campos de caña y visitó el patio de los esclavos en varias ocasiones. También había leído los libros sobre el tema que había encontrado en la biblioteca de la casa y se había hecho una idea de todo lo que una finca como aquella precisaba. Se esforzaba en aprender, porque en su cabeza se veía como una empresaria azucarera, no solo como la indolente mujer del dueño. Y Rafael, no pensaba darle más vueltas para negar lo evidente, le gustaba. Claro que sí.

Estaba cambiando y creía que para bien. Ya en la singladura desde Barcelona había descubierto que podía sentir un afecto amistoso por alguien, lo que la había sorprendido mucho. Ahora, descubría que también podía amar de modo más romántico. Todo le hubiera parecido imposible un año atrás.

Desgraciadamente, cuando despertaba de aquel sueño, recordaba que algunos importantes nubarrones se cernían sobre ella. Fundamentalmente uno: Alicia Abbad. Que aquella mujer estuviera en Cuba tras una vida entera desechando la posibilidad de conocer las propiedades de su familia en la isla, era el tipo de retorcida mala suerte que el destino parecía tener reservada exclusivamente para ella.

Los miembros de las familias de los ingenios se veían en contadas ocasiones a lo largo del año: antes y después de la recolección, y con mucha celebración el día de la fiesta de los arcángeles. Esta fiesta, la más importante del año, se organizaba a mediados de agosto y unía en una misma fecha la celebración de los tres santos, pues las que el santoral reservaba para san Rafael y san Miguel se ubicaban en el vertiginoso preámbulo de la cosecha y san Gabriel ocupaba un día en el también agobiante final. Así que, en total, había tres fechas agendadas en el calendario para la relación de las tres familias, aunque, por supuesto, durante el año se sucedieran algunas más: para felicitar los cumpleaños, la Navidad, o para tratar asuntos que les incumbían a todos.

La conclusión era sencilla: mientras Alicia Abbad estuviera en Cuba, ella no estaría tranquila.

Si, tal y como había averiguado, Alicia estaba allí para dar la noticia de la muerte de su padre a Miguel Abbad, esperaba que su estancia en la isla no se alargara mucho. Si se equivocaba, tendría que tomar medidas. Ya se había demostrado a sí misma que podía actuar con decisión cuando la situación lo requería. No tenía escrúpulos, esa era la verdad, ni siquiera sentía remordimientos por haber matado a Ignasi. Tan solo lamentaba la torpeza de haberse equivocado de víctima y de su delatadora huida. Pero de todo se aprendía, y si era necesario matar a alguien más, esta vez no habría fallos.

Aquella noche había ejercido de señora de la casa en la que sospechaba que sería su última oportunidad de serlo, por lo menos en una temporada, y había organizado la cena en lo que llamaban «la glorieta», un pequeño templete de estilo griego que decoraba una parte del jardín. Como la mayoría de los lugares del vergel que rodeaba la casa, al estar elevado sobre un alto acantilado, gozaba de excelentes vistas sobre el valle. La primera vez que lo había visto le había parecido un monumento funerario, algo que encontrar en el cementerio, pero al acercarse había descubierto que no tenía ninguna función más que ofrecer un poco de sombra en uno de los rincones del jardín de la casa azul. Había pedido que colocaran una mesa en aquel lugar y la había decorado con flores del entorno. Luego —algo que los esclavos domésticos no habían visto nunca en ninguna señora de la casa— se había pasado la tarde cocinando diferentes platos que sabía eran del gusto de Rafael. En el chiringuito en el que había trabajado tantos años, conseguían que la peor materia prima resultara sabrosa, así que en la cocina de aquella casa, en la que no entraba nada que no fuera de la mejor calidad, fue sencillo preparar un menú digno de reyes. A las nueve, con la noche estrellada caribeña cerrada sobre ellos, se sentaron a la mesa. Ambos, sin haberlo hablado, se habían puesto sus mejores galas y al verse, sonrieron divertidos. La atracción era evidente, ninguno era capaz de mirar al otro sin que el deseo se reflejara descaradamente en su cara. Isabel habían pedido al servicio que se colocara lejos, que trajeran los platos y los retiraran cuando vieran que los iban acabando, pero que les dejaran estar solos. No le importaba que se intuyeran tan claramente sus intenciones: «¿Por qué iba a importarme si tan solo eran unos esclavos?», había pensado.

—Nunca había cenado aquí —comentó Rafael.

—Me parece que hay muchas cosas que no has hecho.

—Tienes razón. Y muchas que no quería hacer, pero deberé hacer. Las cosas han cambiado. Mis padres vuelven a la península, no quieren saber más de Cuba. Mi hermano menor siempre fue su ojito derecho. Además, a diferencia de a mí, le gustaba la idea de dedicar su vida al ingenio. Yo siempre he sido el heredero, pero lo de quedarme aquí... No lo veía.

—¿Y ahora sí? —dijo ella sonriendo.

—Ahora no hay posibilidad de otra cosa, me temo. Bueno, siempre podría vender e irme. Miguel Abbad me compraría San Rafael sin dudarlo. De todas formas... Verte aquí me gusta. Me hace sentir que tengo algo que hacer aparte de controlar cómo se recoge la caña y se elabora el azúcar.

—¿Así que ahora soy un trabajo? —dijo ella mientras lo miraba fingiendo seriedad.

—La mayoría de las cosas que a uno le gustan cuestan trabajo, Isabel. Las cosas por las que vale la pena luchar rara vez vienen regaladas.

—A ti todo esto te viene regalado —dijo ella señalando a lo que les rodeaba.

—No es cierto. Cada día hay que luchar por esto. Esta hacienda, esta vida, Cuba como la conocemos, es frágil. Mucho. Y nunca he tenido claro que valga la pena luchar por ello. Me gusta el valle, me gusta San Rafael, cómo no, pero es ahora cuando me parece que empieza a tener lo que le faltaba.

Isabel se ruborizó casi imperceptiblemente y bajó la mirada. A ella le gustaba Rafael «con» San Rafael. Sin aquella propiedad maravillosa, no estaba tan segura de que su atracción hacia él fuera la misma. Era como el marco dorado de un cuadro bonito. En el ingenio, se imaginaba una vida con Rafael que fuera de allí le parecía más vacía. Sentía que había nacido para gestionar un negocio como aquel.

—¿Y qué le faltaba? —dijo sabiendo la respuesta que vendría después.

—Oh, un plato como este. Una buena comida, al fin —dijo él, metiéndose un trozo de carne en la boca y sonriéndole mientras masticaba—. ¿Qué, si no? —añadió al acabar.

Se hizo el silencio hasta que Rafael estalló en una carcajada. Isabel sonrió también, algo molesta.

—Eres un necio, Rafael —le dijo mientras él le cogía de la mano.

—Isabel, en esta casa siempre has faltado tú. Pareces hecha para este lugar. Al verte pasear esta tarde por el jardín, parecías lo único realmente autóctono del ingenio —dijo antes de besarle la mano—. Tú perteneces a este lugar porque me perteneces a mí.

Lo había estropeado con la última frase, así que Isabel la matizó.

—No, Rafael: yo no te pertenezco. Tú me perteneces a mí.

—Me parece bien. Y es cierto, me has tenido desde el momento en que te vi en la entrada del Hotel Telégrafo. Pero si me dices que no sientes algo por este lugar, no te creeré.

La sinceridad brotó directamente de Isabel sin que pudiera hacer nada por evitarlo.

—En eso tienes razón. Este lugar es... especial.

—¿Y yo? —le dijo él, recogiendo lentamente el maravilloso pez que acababa de caer en sus redes.

—Tú también lo eres —se oyó decir Isabel.

Se quedaron en silencio unos minutos mientras saboreaban la comida. Había algo a lo que Isabel llevaba varios días dándole vueltas.

—Yo gestioné las fincas de mi difunto marido. De Guillermo. No se si te lo conté alguna vez.

—Creo que sí que lo hiciste. En el norte de Barcelona, ¿no es así? —dijo él con desinterés antes de meterse otro trozo de carne en la boca.

—Sí. Sé hacerlo. Quiero decir que sé organizar el trabajo, a los jornaleros. Lo he hecho antes.

—Eso está bien —respondió él, sin sospechar aún ni por un segundo lo que Isabel pretendía.

—Esto no es muy diferente a aquello en definitiva. Épocas de cosecha de mucho trabajo y otras de menos en los que hay que prepararlo todo. Hay más trabajadores y están los esclavos, esa es la gran diferencia, pero me parece una ventaja tener ese poder sobre los que cosechan.

—Bueno, según cómo. Es más complicado de lo que parece. ¿Realmente esto lo has cocinado tú? —dijo cambiando de tema, aunque apenas le había prestado atención—. Está delicioso.

Isabel se molestó. Era tan excepcional que una mujer como la que ella pretendía ser trabajara que Rafael, sencillamente, desconectaba cuando ella hablaba de aquellas cosas. Se puso seria.

—Rafael, escúchame. A ti no te gusta demasiado la idea de llevar este ingenio, pero a mí, sí. Me encantaría y creo que lo haría bien. Mejor que ninguno de los hombres que tienes aquí, que son unos flojos y no ven más allá de su vaso de aguardiente. Tu hermano tenía la hacienda descuidada, créeme.

—Eso no lo sabes —dijo él, a la defensiva.

—Sí lo sé. Esto es un hotel de lujo para tus esclavos, que no trabajan ahora y que tampoco pondrán demasiado esfuerzo cuando la cosecha empiece. He pasado muchas horas esta semana observándolo todo.

—Solo siete días... —replicó Rafael.

—¿Cuántos has pasado tú? Por lo que he sabido, hace años que no bajas al patio de los negros y rara vez te acercas al molino.

—Eso lo hacía mi hermano pequeño —se escudó él.

—Pero tú no. Así que sabes de esto tanto o tan poco como yo. Quizás sepas más, pero no tienes ningunas ganas de seguir aprendiendo y yo estoy ávida. Dame una oportunidad. Pasaré el tiempo entre aquí y La Habana, y durante la cosecha me instalaré donde tú me digas. No quiero hacer de mayoral. Quiero poder sobre él, para que ejecute y rectifique lo que yo le diga.

—Es una locura, Isabel.

—No lo es. Tú no quieres hacerlo. Tendrías una persona de confianza que te informaría de todo, que velaría por tus intereses y que haría el trabajo que no te gusta. Llevaríamos esto juntos, entre los dos. Tú no tendrías que ocuparte de todo.

—Bueno... Déjame que lo piense. Me aburre el tema —dijo él sin darse cuenta.

Era cierto. El ingenio solo le divertía cuando lo compartía con sus conquistas.

—Sabes que funcionaría —insistió Isabel, que veía a Rafael cada vez más débil en sus argumentos—, y si no lo hace, lo dejo. De todas formas, la semana que viene volveré a La Habana. Tengo que empezar a planificar mi regreso a Barcelona si no tengo nada más que hacer por aquí —dejó caer sutilmente

—¿No podemos dejar de hablar de esto? Prometo pensar en ello, Isabel.

Acabaron de cenar y dieron un paseo hasta las nuevas verjas que rodeaban el jardín y debían protegerles. Diez hectáreas valladas que a Rafael le provocaron rabia.

—Aquí encerrados. Esto es terrible —dijo cogiéndose a uno de los barrotes y bajando la cabeza indignado.

—No exageres. No lo pienses. A veces, hay que hacer lo necesario —le dijo Isabel, levantándole la cara con la mano para que mirara a la suya, que le sonreía.

Rafael sintió que lo necesario en ese momento era dar salida al deseo que contenía desde que había conocido a aquella mujer. Cogiéndola por la cintura la atrajo hacia sí y le dio un beso en la boca al que ella intentó resistirse durante un instante para luego dejarse llevar y descubrir cuánto había deseado ese contacto.

—Yo... —dijo Isabel sin saber cómo continuar la frase.

—Calla —le dijo él poniéndole un dedo sobre los labios—. Déjame a mí por una vez.

La cogió de la mano para que lo acompañara a un lugar que ella, que había prestado toda su atención a los campos de caña y ninguna al jardín, desconocía. Escondido al final de un sendero de bambúes, apareció un invernadero grande. Rafael le abrió la puerta y le dio paso. No había plantas en el interior, solo una fuentecilla circular y algunos sillones de mimbre. La construcción había sido despojada de todos los cristales, que se habían cambiado por mosquiteras firmemente ancladas a toda la estructura de hierro a la que se abrazaban jazmines y damas de noche, cubriéndola completamente. El olor dulce, fresco y limpio de las flores lo envolvía todo.

La tumbó en uno de los sillones y la besó. Pero no se quedó ahí. A los pocos minutos desabrochaba lentamente las presillas que, en un eje perfecto, recorrían la columna de su vestido de algodón, quitando luego con cautela la ropa interior y retirando así, como el que desenvuelve un jarrón de fino cristal, todo lo que se interponía entre sus cuerpos. A cada paso esperaba que Isabel le frenara, pero viendo que no lo hacía, siguió hasta que su cuerpo fino y blanco, sus piernas largas y sus pechos firmes parecieron brillar en medio de aquel lugar. Cuando la tuvo desnuda, tan solo unos segundos fueron necesarios para despojarse de su ropa y, con calculado cuidado al principio y voraz pasión después, entregarse a ella.

Entre aquellas paredes inexistentes, a la luz intermitente de la luna que dejaban pasar las palmeras de vez en cuando, fueron una sola carne toda la noche. Rafael sintió que finalmente conocía a Isabel tal cual era, diferente a todas las mujeres que había seducido, más segura de sí misma, más valiente y capaz de ser digna, pero también de olvidar todas las pesadas normas del recato y la moralidad que para él carecían completamente de sentido.

Cuando el sol empezó a bañar sus cuerpos desnudos, al ver la cara dormida de aquella belleza apoyada sobre su torso, el hombre se supo vencido: podría hacer con él lo que quisiera.

Isabel hacía ya un rato que había llegado a la misma conclusión.

III

Alicia Abbad volvía a la hacienda de su sobrino Miguel en el Valle de los Arcángeles con la maleta repleta de compras y la cabeza llena de dudas. Por más que lo pensaba no encontraba la solución a las dos incógnitas que habían surgido en La Habana. La primera, la de sus pendientes: no podía entender cómo habían llegado a Cuba. La segunda, la de sus pasajes en el Santa Graciela. Había acudido a hablar con el capitán del barco y, al repasar el listado de pasajeros, descubrió que su camarote aparecía ocupado por Isabel Palau. ¿La misma Isabel Palau que estaba alojada en San Rafael y que no había querido recibirla cuando la fue a visitar? Cabía la posibilidad. Tenía la sensación de tener varias piezas de un puzle en la cabeza y no saber bien cómo encajarlas. Era extraño y para ella, que se tenía por una persona inteligente, bastante desesperante. La única manera de aclarar algo era reunirse con Isabel, por lo que decidió que en cuanto llegara a San Miguel organizaría un encuentro con ella, que por el momento se había mostrado algo escurridiza. Tendría que escribirle una nota, solicitando audiencia como si quisiera tener un encuentro con la reina, lo cual era exasperante. Con todo, si hacía falta aquella formalidad para verse, no le importaba, pero necesitaba hacer sus averiguaciones.

Desde La Habana había enviado cartas al palacete Abbad para advertir de la prolongación de su estancia en la isla y pedir información respecto a los avances —si los había— en la investigación del envenenamiento de su hermano. También solicitó, a modo de confirmación, que buscaran los pendientes de rubíes en su joyero, por si en una inexplicable casualidad del destino existieran otros exactamente iguales y también pertenecientes a alguien con las iniciales A. A. marcadas en la montura. Sabía que era prácticamente imposible, pero rezó para que el misterio de sus joyas se desentrañara de aquella forma. Si no lo hacía, esperaría paciente a que desde la Joyería El Sol la convocaran a una cita con la propietaria. No podía imaginarse cómo acabaría la historia y no le divertía en absoluto. Su vida había sido tranquila y sin sobresaltos hasta hacía poco, y la echaba de menos en aquella forma. Era a lo que estaba acostumbrada. No necesitaba aventuras ni hacer de detective.

Al llegar a San Miguel, le explicó todo a su sobrino, que se mostró tan extrañado como ella, y le dio una solución sencilla para su encuentro con Isabel Palau. No hacía falta que le solicitara audiencia: en una semana, coincidiendo con el día de la asunción de la Virgen María y la mitad de agosto, tendría lugar la fiesta de los arcángeles a la que todos acudirían. Miguel estaba seguro de que su vecino Rafael no desperdiciaría la oportunidad de pasear a su última conquista entre sus vecinos, así que Alicia se resignó a esperar pacientemente.

Lo cierto fue que a los pocos días ya estaban preparando la fiesta y el tiempo pasó volando. Cada año organizaba la celebración el personal de uno de los ingenios, creando una competición en la que las tres familias intentaban superarse. En 1866, el turno era para los Abbad, y Alicia enseguida se unió a los preparativos que lideraba Iris.

Para los trabajadores y esclavos del valle lo importante era que hubiera mucha comida y aguardiente. Para los propietarios, que la fiesta fuera lucida y bonita. No pretendían hacer nada elegante ya que los invitados no lo eran, pero siempre intentaban que su mano, su poderío económico y su buen gusto fueran perceptibles en los detalles.

La noche constaba de tres partes. Primero salía en procesión desde cada una de las casas la imagen del arcángel que les daba nombre. Luego, las tres procesiones llegaban a la orilla del lago que formaba el río Alegre, y en lo que llamaban «el gran prado», una pradera verde muy extensa, se ofrecía una misa en la que cantaba el coro de niños del valle. Después se encendían varias hogueras para asar carne y se servía aguardiente a quien quisiera. Al finalizar la cena, todos bailaban y la fiesta, poco a poco, quedaba en manos de los esclavos de origen africano, que siempre eran los que más y mejor lo hacían.

Así se lo explicó Iris a Alicia, con la que se encontraba dos días antes de la celebración en el gran prado. La mujer de su sobrino supervisaba la colocación de diferentes elementos de la fiesta. En diversos puntos estaban preparando las pilas de leña para los asados, mientras en un extremo montaban el altar, que, presidido por un retablo barroco con tres hornacinas, esperaba a que san Miguel, san Gabriel y san Rafael ocupasen su lugar. Sobre un promontorio en uno de los lados de la pradera, una carpa con techumbre de esparto ofrecería un lugar de privilegio a los hacendados. Iris lo miró y sonrió.

—Hace algunos años yo estaba abajo, con los demás esclavos. Siempre observaba a las tres familias con curiosidad cuando algunos de mis compañeros lo hacían con desconfianza, si no odio. Ahora todo es distinto.

Alicia no podía olvidar la imagen que había visto en el puerto de La Habana: toda aquella gente encadenada saliendo de la bodega del Santa Graciela.

—¿Qué es distinto? —preguntó.

Estaba firmemente en contra de la esclavitud y de haber visto aquello antes (y de haber podido), lo habría vendido en el acto.

—Todo va a cambiar, Alicia. Desde hace años, en San Miguel las condiciones en que viven los esclavos son mejores. A mí algunos me odian, pero pocos reconocen que desde que estoy al lado de su sobrino las cosas han cambiado a mejor. Yo no permitiría que no fuera así.

Alicia se acercó a ella, y poniendo todo su esfuerzo en evitar derrumbarse, le explicó el desembarco de esclavos que había visto en el puerto de La Habana, unas imágenes que le habían mostrado la cara oculta que escondía aquella fachada de exotismo y lujo. Iris la miró con frialdad.

—Esa es la realidad de este lugar, Alicia. Aquí todo se ve muy bonito hasta que recuerdas que se ha construido con tanta sangre.

—Es terrible —respondió—, innecesario. No necesitáis la plantación, no como negocio. En Barcelona tenéis muchísimos más intereses económicos, terrenos y fincas que rinden a buen ritmo sin que nadie sufra por ello y con menos esfuerzo también.

—Usted lo ha dicho bien —matizó Iris—: intereses económicos. Lo que nos une a Cuba no es eso. No exclusivamente... Mejor dicho, no prioritariamente. Para nosotros el valle, San Miguel, es nuestro hogar. Es nuestro mundo. Y ya le habrá contado su sobrino «el plan».

—¿El plan?

—Sí, es confidencial, pero creo que debe saberlo: vamos a liberarlos a todos. En tres años, cuatro a lo sumo. Estamos estudiando cómo hacerlo legalmente. Pero necesitamos tres buenas cosechas que nos permitan afrontar los gastos del cambio.

—¿Gastos?

—Sí. Contratar nuevos trabajadores, mejorar toda la maquinaria... Conseguir que el ingenio, en realidad, todo el valle, sea viable como negocio. Mientras tanto, intentamos que la vida de los esclavos sea lo menos dura posible, pero todo es complicado y lento porque no hay mano de obra en Cuba. Necesitamos traerla de fuera, y eso es caro. La idea es que muchos de los esclavos acepten quedarse sin sueldos elevados, pero a la vez estamos negociando para contratar trabajadores chinos. Por lo visto son buenos y una vez aquí, baratos. —Iris respiró profundamente y sonrió—. Toda la idea nació de mí. Le hice prometer a Miguel que los liberaría a todos.

—¿Y qué dijo él? —preguntó Alicia, que de pronto había recuperado el buen ánimo.

—Me sorprendió. Siempre lo hace. Me prometió que liberaría a todos los suyos, pero también a los de San Gabriel y San Rafael. En unos meses, había convencido a los otros dos propietarios del valle. ¿Y sabe una cosa? A veces pienso que lo hubiera hecho también si yo no se lo hubiera pedido. Creo que el día que suceda será el más feliz de mi vida... Y podré decir que yo participé, que no olvidé cómo se vive en el patio de los negros y cómo duele el brazo tras diecinueve horas cortando caña, solo porque me junté con el hacendado.

Se miraron la una a la otra y ambas esbozaron una sonrisa.

IV

Sin que se dieran cuenta, la noche de la fiesta de los arcángeles llegó, y ya antes de que empezara la celebración, el ambiente era especial y una tensión alegre recorría el cuerpo de todos. Se habían puesto sus mejores galas, y de nuevo Iris era el reflejo de todas las virtudes que un cuerpo femenino podía tener. Vestía un elaborado vestido blanco con algo de cola y un gran lazo bermellón, ladeado en la cintura, que combinaba con el rojo de sus labios y el de una corona de flores que se entretejía entre su espesa cabellera trenzada. A Alicia le recordó a un retrato de la emperatriz Isabel de Austria en el que su melena aparecía salpicada de brillantes, y se dijo que nadie podría haber dicho que Iris fuera menos distinguida. Por su parte, ella había hecho lo que había podido, y también de nuevo, el resultado no era demasiado vistoso, pero por lo menos los vestidos comprados en La Habana no la acaloraban tanto como los que había traído de Barcelona. Su sobrino Miguel le había dicho que el color azul de su vestido hacía que resaltara el de sus ojos, y Alicia había evitado decirle que sus ojos no eran azules, resignada con la imposibilidad de que nadie reparara en ella si a su lado se situaba la formidable Iris.

Miguel, con su traje de lino de tres piezas, su olor a jabón y sus facciones grandes pero refinadas, era la imagen del próspero hacendado azucarero que podría ilustrar cualquier libro sobre el tema. Su madurez había dignificado sus rasgos, haciéndolos más masculinos y señoriales. Más elegantes.

—Le va a gustar esto, tía. Esta noche es mágica —le dijo ilusionado mientras esperaban en el salón de la casa.

A las siete, cuando el brillo rosado del sol aún no se había ido del todo, la luz de las antorchas que portaban todos los esclavos y trabajadores del ingenio atravesó las puertas del jardín de San Miguel en dirección a la casa. Como cada año, llevaban la ropa nueva que se les había dado para aquel día y el blanco impoluto de sus camisas se doraba al calor del fuego. Todo el personal estaba allí. Alicia no pudo evitar llevarse la mano a la boca con asombro al ver aquella estampa.

La familia Abbad aguardaba a la entrada de su mansión, tres escalones por encima del jardín, a que aquella línea infinita de antorchas llegara a su puerta para dar inicio a uno de los momentos álgidos de la noche. Pasaron pocos minutos hasta que la cabeza de la procesión se detuvo ante ellos y la estatua que presidía la glorieta frente a la casa. Sabían qué sucedería después, pero no por ello dejaron de emocionarse. El silencio de esclavos, amos y trabajadores libres lo llenó todo y hasta la brisa quedó en calma, como si el mundo entero se hubiera detenido para ver cómo los mejores hombres de aquel año —un grupo elegido por el mayoral— bajaban solemnemente al santo de su columna. Después, con mimo, tratándolo como la joya del ingenio que era, san Miguel quedó colocado sobre el paso, cubierto de flores silvestres, que ocho hombres llevaban a hombros. La noche ya empezaba a desplegar su manto de estrellas y la luz brillante y cálida de las antorchas se reflejaba en las hojas de palmeras y bananos. Los aplausos arrancaron al unísono al dar por iniciada la marcha mientras los esclavos empezaban a cantar.

La procesión tenía siempre el mismo orden: primero el santo, luego todos los trabajadores y por último, como gesto de humildad, los hacendados, que se unían cuando todo el mundo había pasado frente a ellos. Tardaban casi dos horas a paso lento en llegar al prado grande, pero el tiempo pasaba volando y el ambiente era sin duda único para los sentidos, especialmente para el oído, que se deleitaba con las voces de la negrada entonando uno tras otro diferentes himnos. Como la misma Cuba, eran cantos que mezclaban los ritmos europeos y los africanos, la alegría del sur de España y la melancolía de la tierra añorada, la religiosidad cristiana y las creencias paganas. Era muy difícil no sentirse espiritualmente elevado ante aquella euforia contenida de voces profundas en medio del olor de la noche y el frescor de la selva.

Alicia lloró emocionada desde el primer verso hasta la última canción. Miguel sabía que eso sería exactamente lo que sucedería, pues incluso él, que no derramaba una lágrima desde el nacimiento de su último hijo, tenía que hacer esfuerzos para que aquel momento maravilloso no le hiciera perder las formas.

—Esto... —oyó decir a su tía—. Esto... No hay nada como esto...

—Solo una cosa —respondió Miguel desviando la mirada al cielo estrellado— y padre la está disfrutando —le dijo pasándole el brazo por la espalda y atrayéndola hacia sí con cariño.

En cuanto la pendiente se hizo más pronunciada, divisaron las procesiones que salían de San Rafael y San Gabriel, que repetían idéntica coreografía. La noche ya era cerrada y las antorchas parecían ríos de lava derramándose hacia el centro del valle. Cuando, entre himno e himno, las voces de San Miguel se apagaban brevemente, todos podían oír los cantos provenientes de las otras procesiones. Muchos no podían contener una emoción que, aunque colectiva, también era íntima y personal y trascendía lo meramente religioso.

Las tres procesiones llegaron a la vez al gran prado y, en perfecta coordinación, entonaron el mismo himno antes de colocar las imágenes de los santos en el altar, a cuyos lados clavaron las antorchas que habían portado en la hierba fresca y mullida. Cuando la música acabó, se hizo el silencio durante unos minutos y el sacerdote empezó la misa. Muchos de los esclavos eran fervientes devotos, habían adoptado el catolicismo sin dejar del todo sus creencias ancestrales, encontrando la explicación de los misterios de una fe en la otra, buscando los puntos que las unían a pesar de su disparidad. Algunos miembros de la Iglesia cubana habían intercedido para mejorar sus condiciones de vida y tampoco eso había escapado a su aprecio, por lo que escucharon las palabras del padre Pellón con atención.

Pero Alicia, una vez superada la emoción, estaba concentrada en la búsqueda de Isabel Palau, aquella mujer misteriosa que podía haber usado uno de los pasajes del Santa Graciela para llegar a la isla. Al mirar hacia el final del grupo vestido de azul de San Rafael, encontró a Rafael Viader y a su lado, a la que supuso era aquella mujer. La oscuridad solo matizada por la luz de las antorchas no le permitió distinguir sus rasgos, aunque tampoco pretendía encontrar a nadie familiar. Tan solo quería conocer a la mujer, preguntarle por el billete y, si la explicación que le ofrecía era plausible, y ella tan antipática como suponía, olvidarse para siempre de la señora Palau.

A pocos metros, la preocupación de Isabel era mayor. Ya había visto a Dora, la doncella de Alicia, que le preocupaba poco. Aquella boba jamás había recordado los nombres de sus compañeros en el servicio del palacete Abbad y vivía en otra planta, cerca de la habitación de la persona a la que dedicaba todas las horas del día. Acompañaba a Alicia cuando iba sola, la vestía y le preparaba el baño, pero el resto del tiempo permanecía en su habitación sin que nadie supiera bien qué hacía y sin relacionarse. Jamás habían intercambiado una palabra, pues Dora se movía por la planta noble y ella por la cocina.

Junto a la doncella había reconocido la oronda figura de Alicia Abbad. Incluso a una distancia mayor habría recordado aquel cuerpo bajo y entrado en carnes, siempre cubierto con vestidos exagerados e innumerables abalorios, «como hacen todas las feas», se dijo con la maldad de la que le era imposible desprenderse. Pero tenía la esperanza de superar aquella noche satisfactoriamente. Debía saludarla y quizás no hubiera mejor ocasión para hacerlo que aquella, a la luz de las antorchas, vestida y maquillada como jamás lo había estado en Barcelona. Se había velado la cara con una gasa fina, argumentando su temor a los mosquitos y una especial predilección de aquellos insectos por su fina piel. Rafael le había dicho que era una exageración y que en el valle había pocos, pero ella se negó en redondo a librarse de aquel disfraz con el cual sus rasgos eran menos reconocibles. Por supuesto, si veía que la presencia de Alicia cerca de ella se prolongaba, tenía planes de fingir cansancio para volver a la casa azul cuanto antes.

Aquel encuentro no solucionaría las cosas si Alicia Abbad pretendía permanecer en el valle mucho más tiempo, pero se dijo que iría paso a paso antes de decidir que mancharse las manos con la sangre de otro Abbad era la única solución a sus problemas.

Al acabar la misa, las hogueras que rodeaban el campo se encendieron una a una y entre gran alborozo se descargaron varios bueyes para asar. Además, había un puesto con manzanas caramelizadas, casquitos de guayaba, raspaduras, buñuelos en almíbar y otros dulces. En las barras se servían zumos y ponche de frutas a la espera de que la cena acabara y sirvieran el ansiado aguardiente. Los hacendados saludaron a varios grupos, pero dejaron que todo el mundo se divirtiera sin compostura, alejándose a la carpa que se había habilitado para ellos, para degustar la misma comida y bebida que todo el mundo, servida en las mismas barras que a los demás tras esperar su turno.

Isabel pensó que era una forma algo cínica de mostrar humildad, pero su preocupación estaba en la mujer que, vestida de azul, se acercaba a Rafael y a ella con paso firme. Se puso de espaldas a una antorcha para que su cara se desdibujara aún más en la penumbra y dejó el plato en una mesilla para no tener que apartarse el velo de la cara para comer.

Alicia llegó junto a ellos y rápidamente le dio la mano a Rafael, que se la besó educadamente. Luego se acercó a Isabel y la miró con extrañeza. Isabel decidió adelantarse.

—Lo sé, lo sé, es ridículo. Pero los mosquitos pueden conmigo. En cuanto anochece, vienen a mí. —Se arremangó un poco dejando ver el brazo en el que antes de salir se había pinchado varias veces con una aguja—. Mire, esto es de anoche mismo... Pero en fin, no quiero aburrirla, soy Isabel Palau.

Alicia no entendía la indumentaria de aquella mujer, que intuía guapa tras la gasa, pero a la que, entre la oscuridad y aquel artilugio, distinguía con dificultad.

—Yo soy Alicia Abbad. Encantada de conocerla. Lamento lo de los mosquitos; en mi caso, el problema son el calor y la humedad. No consigo adaptarme. Pero bueno, en La Habana compré algo de ropa que me ha ayudado algo a que no desfallezca.

—Sí, el clima puede ser incómodo hasta que una se acostumbra —respondió Isabel.

—Usted lo ha hecho muy rápido. Me dijeron que había venido también desde Barcelona, ¿es así? —dijo Alicia, llevando la conversación en la dirección que quería.

—Oh, sí. Llegué hace un par de meses.

—Lo sé. De hecho, hay un misterio que me tiene que ayudar a desentrañar.

Isabel agradeció que Alicia no pudiera ver cómo palidecía.

—Verá, desde hace años —continuó Alicia—, mi difunto hermano tiene pasajes en el Santa Graciela, dos camarotes que jamás ha usado, pero que tenía reservados a permanencia. —Isabel empezó a ponerse nerviosa—. El asunto es de lo más extraño...

Isabel decidió adelantarse de nuevo.

—Yo vine en ese barco.

—Lo sé. De hecho, el otro día fui al puerto de La Habana a hablar con el capitán del barco por otros asuntos, y él me confirmó que los dos camarotes de mi hermano habían sido utilizados. Uno por Gabriel Gorchs, el mismo que ven allí —apuntó a Gabriel, que se estaba sirviendo un vaso de limonada—, y el otro por usted, ¿no es así?

Alicia intentó que sus palabras sonaran amables, como si estuviera sinceramente extrañada, para que a Isabel no le pareciera una acusación.

—Pues no le sabría decir —dijo Isabel—. Tenía billetes para otro barco, esa es la verdad, pero el mismo día, un ayudante de mi difunto marido compró ese pasaje en el puerto a un hombre que lo vendía por no poder embarcar tras un imprevisto. Al saber que el Santa Graciela era un rápido clíper, no dudé en cambiar mis planes y embarcar en él. Sinceramente, no pregunté más. Le puedo preguntar al ayudante, quizás recuerde al hombre que se lo vendió, aunque dudo que lo haga.

Alicia creyó la explicación. No sabía cuándo había sido sustraído el billete y no tenía por qué dudar de lo que Isabel le explicaba.

—No le daré más vueltas, pues. En mi casa entra mucha gente y quizás mi hermano se lo diera a alguien además de a Gabriel. Pero me extraña que no me lo comentara. En fin... Espero verla más a menudo si se queda en el valle una temporada. Por mi parte, calculo que estaré, por lo menos, un año.

Isabel maldijo para sí al recibir aquella malísima noticia e, incapaz de aguantar allí más tiempo, miró hacia Gabriel y lo saludó con la mano.

—Gabriel, ¡qué alegría!

Fingió que el joven la llamaba y se fue hacia él dejando a Alicia con la palabra en la boca, junto a Rafael.

Gabriel llevaba días intentando olvidar que la mujer de la que estaba enamorado seguía en casa de Rafael Viader, un hombre más maduro y que, con toda probabilidad, sabría conquistar a una mujer mejor que él, que no tenía la más remota idea de cómo hacerlo. Sin embargo, la cercanía de Isabel siempre le alegraba y no pudo evitar que su ánimo se elevara al ver cómo se acercaba.

—Buenas noches —le dijo ella mientras le ofrecía la mano para que se la besara.

—Estás muy guapa —respondió él tras hacerlo—, muy elegante.

—Es por los mosquitos, que no me dejan en paz por la noche. Duermo con mosquitera y rara vez salgo al exterior en cuanto anochece.

Gabriel no había sido molestado por los mosquitos, pero no dio importancia al detalle de lo que Isabel le contaba.

—Ha sido muy bonito, ¿no crees?

—Todo aquí lo es —respondió ella con sinceridad—. A veces me parece hasta demasiado perfecto.

—Sí, al menos para nosotros. Los esclavos... Seguro que lo ven de otra manera.

—Esos hombres nacieron para ocupar el sitio que ocupan, Gabriel, y me parece que viven mejor y trabajan menos que algunos trabajadores libres de Barcelona —respondió ella, casi molesta.

—Pero esa gente de la que hablas cobra un sueldo y puede fácilmente cambiar de trabajo. No es lo mismo.

—Tienes razón, es peor. Cambian de trabajo y van de un lugar a otro peor aún, constantemente. Aquí a nadie le falta de nada, y por lo que he visto, tampoco me parece que se partan los cuernos trabajando. La mitad son unos zánganos que solo trabajarían con mano dura.

A Gabriel no le gustó el tono que empleaba. Tenía un deje de superioridad, de desprecio, al que no estaba acostumbrado. Su tía era todo lo contrario, en su casa estaban acostumbrados a tratar a todo el mundo con respeto y consideración.

—Pues me parece que los hacendados, los tres, no opinan lo mismo, Isabel. Más bien al contrario. El plan es hacerles la vida mejor y, si puede ser, aligerarles la carga de trabajo. Imagino que Rafael te lo habrá contado.

—Rafael no me habla demasiado de esas cosas, pero si llevase yo su ingenio, todo sería muy diferente, todo sería mejor. Aquí se podría producir mucho más.

—Producimos bastante para que las tres familias vivan como reyes —respondió Gabriel, que empezaba a estar molesto.

—Gabriel, tú no lo entiendes. Si te dan una naranja, hay que sacarle todo el jugo, no tirar la mitad. Aquí se desperdicia mucho músculo. Muchas horas. No ha empezado la zafra, pero se ve. Yo lo veo. En la actitud de los esclavos y en la de los plantadores. En todos. Los mismos mayorales son blandos, y el tuyo, por lo que sé, el que más.

—Manuel Mantecón es una buena persona —dijo él.

—No lo dudo. Pero no es lo que necesita vuestro ingenio. Ese alfeñique no sería capaz de mandar a una vieja. Cuando empiece la cosecha, vuestros negros vaguearán, ya lo verás.

—Mantecón no es un alfeñique y lleva nuestro ingenio desde hace muchos años. Todo el mundo le quiere.

—Mala señal. Los grandes hombres suelen tener grandes enemigos. ¿Dónde está, por cierto? —dijo ella girando la cabeza para buscarlo.

—Está ocupándose de lo del asesino. Nos está ayudando a mi tía y a mí.

—¡Ja, ja, ja! —rio Isabel—. Apuesto detective habéis buscado. Ese hombre no os será útil.

Gabriel sintió que había llegado al límite. No le gustaba aquella conversación. No le gustaba el tono de Isabel. No quería seguir allí. Buscó con la mirada a su tía y la vio a lo lejos hablando con Iris mientras contemplaban a la gente, que había empezado a beber aguardiente y a tocar diferentes instrumentos al son de los cuales se movían con destreza.

—Vamos con mi tía. Le prometí acompañarla —se excusó.

—Ve tú, yo estoy un poco cansada, me sentaré por allí con Rafael —dijo Isabel con toda la intención.

Habían venido juntos en el mismo barco y habían hablado durante horas, pero por alguna razón Gabriel creyó que en aquellos minutos había conocido a la auténtica Isabel. Su última frase era más una amenaza que un comentario cualquiera. Si él se iba con su tía, ella se iría con Rafael. Y por primera vez en semanas, no le importó.

Se acercó a su tía Lucía, que estaba entusiasmada con el espectáculo que empezaba en ese momento. Instintivamente, ella se cogió de su brazo. Iris, que adoraba a Lucía desde hacía años, la miró con ternura. La hacendada se había vestido más excéntricamente que de costumbre, como le pasaba cada vez que se esforzaba en ser elegante. Por supuesto, se cubría el pelo con un sombrero, pero el traje, un conjunto de piezas sin conexión de diferentes colores rematado por una falda de grandes flores naranjas, era sencillamente indefinible. Todos los que la conocían sabían que moría de ganas de lanzarse a bailar con los esclavos, tentación algo inapropiada a la que cada año sucumbía.

El baile se inició con un zapateo, el baile tradicional de los guajiros cubanos. Se bailaba en pareja, y varias formadas por esclavos y también por algunos trabajadores libres salieron a bailarlo. La música del arpa y la guitarra acompañaba con acordes simples canciones que todos conocían y cantaban. El baile era sencillo y como su nombre indicaba, centraba la atención en los pies, que zapateaban al ritmo de la música. Las mujeres cogían sus faldas moviéndolas con las dos manos mientras los hombres, con los brazos cruzados a la espalda, las seguían. Lucía se contoneaba al ritmo de la música.

—Es una pena que Mantecón no esté hoy aquí, baila estupendamente. Tienes que aprender Gabi, yo te enseñaré. No nos centramos en lo importante, caramba —le dijo sin dejar de mover los pies.

Tras tres canciones con ese ritmo, se hizo el silencio unos segundos. De pronto, rompiendo el cielo como un trueno, la percusión empezó a sonar con un ritmo que lo llenó todo. El sonido aumentó y una cincuentena de hombres con tambores bajo el brazo hizo un corro grande y se sentó en el suelo sin dejar de tocar un ritmo que parecía ser capaz de hacer bailar hasta a los árboles. Nada hubiera hecho más ilusión a Lucía.

—Gabi, esto te va a gustar muchísimo. Cuando te digo que la raza negra es superior, también es por esto.

Le cogió del brazo, apretándoselo con emoción mientras apuntaba con la otra mano en dirección a varias figuras oscuras y brillantes como el bronce que salían de entre la multitud y entraban en el corro bailando espontáneamente, pero con mayor habilidad que cualquier bailarín profesional que Gabriel hubiera visto. Al poco, ya eran casi un centenar, que bailaban libremente alrededor de una figura central que reclamaba toda la atención durante unos minutos y luego se retiraba dejando paso a otra igual de diestra.

—Es maravilloso, ¿no crees? Parece que tengan más músculos que nosotros. Hay partes de esos cuerpos que se mueven de una forma que nunca verás en ningún blanco, Gabi.

—Es impresionante, tía —le dijo respondiendo con sinceridad.

Se volvió hacia atrás, buscando a Isabel. La joven estaba sentada en una butaca algo apartada, comiendo fruta con desinterés hacia lo que sucedía. Gabriel supo que ni se había acercado a ver el baile y volvió a decepcionarse con aquel carácter recientemente descubierto, en especial cuando el espectáculo resultaba hipnótico y él mismo no podía dejar de aplaudir y de moverse levemente al son de aquellos sonidos inequívocamente africanos.

Lucía tomaba aguardiente a buen ritmo y cerraba los ojos, aplaudiendo y alzando los brazos hacia los bailarines. Gabriel la miraba divertido. Su tía tenía la facultad de hacer las cosas más extrañas y, sin embargo, rara vez parecía ridícula. De vez en cuando, la veía observar otros puntos de la fiesta, alejados del interés de todos los demás. Entornaba la miraba, movía los labios como si contara o apuntara mentalmente algo, y volvía de nuevo la atención al baile, contoneándose. Iris, al otro lado de Lucía, intercambiaba miradas de complicidad con Gabriel. No había pasado media hora cuando Tomás se acercó a Lucía. Por primera vez, una sonrisa se dibujaba en la cara del esclavo, y para sorpresa de Gabriel, hizo lo más inesperado. Tendió la mano a Lucía desde el suelo, del que les separaba un escalón.

—Ama Lucía, todos queremos que baile con nosotros.

Su tía no lo dudo un instante y, feliz como una niña, saltó de la tarima con pasmosa agilidad para ir a paso ligero al centro del corro, donde su huesudo cuerpo empezó a moverse sin descanso. Hasta entonces los espontáneos que habían ocupado aquel lugar, todos esclavos de color, habían efectuado movimientos sensuales, alternando sus músculos uno tras otro de forma continua y armoniosa como movidos por el viento o por una ola. Lucía hizo exactamente lo contrario: su cuerpo huesudo y flaco se movía como una máquina, como un autómata, sin atisbo de sensualidad, sin un ápice de todo lo que hacía a los bailes anteriores bellos y naturales. No obstante, el cariño de la gente que la rodeaba, que reía aplaudiéndola y animándola mientras ella, con los ojos cerrados y en absoluto éxtasis, pasaba el mejor momento del año, hizo de aquellos minutos un paréntesis mágico que los unía a todos sin distinción.

Gabriel reía sin parar. Su tía lo tenía totalmente conquistado.

—Lo hace cada año —le dijo Iris—. Tu tía Lucía es, sencillamente, única.

—Sí lo es —dijo él.

No podía creer que aquella mujer tuviera la misma sangre que su padre. Se volvió de nuevo, pues no quería que Isabel se perdiera aquel momento, pero no la encontró.

—Hay que rodearse de gente así, Gabriel —continuó Iris, adivinando lo que Gabriel buscaba—. Esa es la gente que a uno le da la felicidad.

—Desde luego —dijo el joven, sintiendo cómo su devoción por Isabel se desmoronaba.

Pero lo que a Isabel se le había desmoronado era el interés por aquel evento inútil de disfrazado hermanamiento entre esclavos, trabajadores y plantadores. No, la vida no era así y ella, que había nacido en la miseria, estaba harta de que a su alrededor le intentaran vender que era de otra manera. No odiaba a los ricos; simplemente, quería ser como ellos para hacer lo mismo que ellos hacían, para despreocuparse de todo lo que no fueran sus más allegados y sus negocios. Quería ser una hacendada de aquel valle maravilloso, gestionar San Rafael y dedicar a la gente a trabajar, que para eso estaba.

Los bailes, las fiestas, correspondían a otra clase social.

Así que había puesto rumbo hacia la casa azul, dejando atrás poco a poco los sonidos de una fiesta a la que no le veía ningún sentido. Al rato, los tambores se escucharon en la lejanía y la selva que la rodeaba empezó a tomar protagonismo. Estaba acercándose al cruce en el que empezaba el camino hacia San Gabriel, la hacienda que un día heredaría su compañero de viaje en el Santa Graciela. Aquella siempre sería una segunda opción si su relación con Rafael Viader no prosperaba. Pero lo haría, se dijo con seguridad: aquel hombre le gustaba sinceramente y Dios no tendría la desfachatez de aguar su primera relación amorosa sincera y correspondida. Sentía que su mala suerte había acabado tras años de desventuras. Contemplaba cómo el camino a San Gabriel se perdía en la oscuridad de los árboles que lo flanqueaban, cuando percibió movimiento entre los arbustos y se agachó para ocultarse de aquello que estuviese a punto de aparecer.

Se trataba de Germán, el mayoral de San Rafael, y parecía nervioso, pero al salir al camino, se intentó recomponer, sacudiéndose la ropa con las manos, respirando profundo y andando a paso ligero en dirección a la fiesta, donde todos lo habían visto hacía rato. Era ciertamente misterioso.

Isabel esperó a que desapareciera y decidió desandar el camino que el mayoral acababa de transitar. Fue muy fácil de encontrar, pues los arbustos y la hierba doblada aún no habían vuelto a erguirse. Anduvo hasta un pequeño arroyo que cruzó sin apenas mojarse y siguió caminando por el bosque. A los pocos minutos notó la falda más pesada, como si algo se hubiera pegado a ella. Se acercó a un claro algo más luminoso y levantó el bajo para, sacudiéndolo, hacer que cayeran el barro o las hierbas enganchadas a la tela, pero al hacerlo, notó que algo pesado y blando caía al suelo. Intrigada, se agachó para ver de cerca aquel objeto indefinido y al no conseguir identificarlo, lo cogió. Notó su tacto viscoso y algo frío, su superficie de carne fina, su forma inequívoca incluso para alguien tan poco ilustrado como ella. Un corazón. Lo soltó rápidamente y como una exhalación se puso a correr siguiendo el camino de arbustos y maleza aplastada hasta que salió a un campito en suave cuesta, en la cumbre del cual reconoció la vivienda de la que forzosamente tenía que haber salido aquel órgano. Volvió sobre sus pasos acelerando el ritmo en dirección a la casa azul de los Viader. No estaba asustada, tan solo excitada. El corazón le latía con fuerza. Tenía muchísimo en lo que pensar.

12

I

Gabriel y Tomás habían ayudado a acostar a Lucía, que, agotada, apenas pudo andar tras aguantar en la fiesta hasta que solo quedaron los esclavos más beodos. Su tía se había dormido con una sonrisa en la cara y tarareando mientras movía sus huesudas manos al ritmo de la música que llenaba su cabeza.

Ya plenamente de día, seguía durmiendo mientras Gabriel, con la cabeza dolorida, se levantaba arrepentido de haber tomado demasiado aguardiente. También en eso los esclavos de color parecían tener un físico privilegiado, pues hacía un buen rato que veía cómo trabajaban laboriosamente en el jardín mientras él desayunaba lentamente en el porche de la casa inglesa. Al ver a Tomás, creyó intuir un atisbo de sonrisa en su cara. Como siempre, el esclavo había dormido en la antecámara de Gabriel y se había levantado a la vez que él, pero con un aspecto infinitamente mejor. Maldito Tomás. Creía que se estaban tomando cariño mutuo, pero sabía que aún tardaría años en que él se lo mostrara. Pese a aquello, sabía lo valiosa que era su compañía y la seguridad que este le ofrecía en el valle.

A medio desayuno lo vio venir desde la casa, y tan solo por su forma de andar, supo que algo había sucedido. Venía cabizbajo y con las facciones, habitualmente pétreas, sumidas en la consternación.

Se levantó y lo miró mientras esperaba las malas noticias.

—Han matado a Mantecón —dijo Tomás intentando que la voz no se le rompiera.

Gabriel se tuvo que sentar, sintiendo cómo el vello se le erizaba y un leve mareo le sobrevenía. Tomás siguió gesticulando con sus manos negras de palmas blancas. Nunca lo había visto en aquel estado que mezclaba la tristeza, el nerviosismo y la ira mostrándose vulnerable por primera vez.

—Ha sido el mismo que mató al amo y a su hijo.

—¿Le ha arrancado el...? —dijo Gabriel, arrepintiéndose en el acto de aquella pregunta tan obvia.

—Sí —respondió Tomás—, en su cabaña. Anoche, mientras todos estábamos en la fiesta. Esto no tiene ningún sentido, amo Gabi. Todo el mundo en el valle quería a Mantecón. Era la persona más bondadosa de todo el Valle de los Arcángeles.

—Esto es terrible, animal, sencillamente…pero si todo el mundo le quería... quizás esa sea la pista que debamos seguir —dijo Gabriel intentando que la confusión y el miedo no le nublaran la mente.

—No le entiendo, amo.

—Yo tampoco aún. Pero tiene sentido. —Cerró los ojos y se tapó la cara con las dos manos, esforzándose en pensar, exprimiendo su cerebro como si le doliera—. ¿Por qué se mata a la persona a la que todo el mundo quiere?

Tomás lo miró y, por primera vez, esperó que fuera Gabriel quien le iluminase.

—Vayamos a la cabaña de Mantecón —le dijo.

Se levantó y a paso ligero, seguido por el esclavo que le protegía en un entorno que cada vez se mostraba más peligroso, acudieron al potrero, desde donde cabalgaron hasta el que había sido el hogar del bueno de Manuel Mantecón. Encontraron a varios esclavos arremolinados en la puerta sin atreverse a entrar. Los más supersticiosos creían que las muertes trágicas se contagiaban.

Entraron en la cabaña, que estaba exactamente como Gabriel la recordaba. No había nada que hiciera suponer una pelea o un forcejeo. Tumbado en el suelo, con el cuello cortado, la camisa abierta permitía ver el corte perfecto en el tórax por donde le habían extraído el corazón. Los ojos del hombre seguían abiertos. Gabriel se agachó junto a él y se los cerró sumido en la tristeza mientras Tomás observaba la escena paralizado. Después se levantó, y cogiendo una sábana de la cama, la utilizó para cubrir el cadáver.

—Estudiemos todo esto, Tomás —le dijo, recomponiéndose—. Aquí hay pistas. La primera, eso —dijo señalando a la mesa.

—Dos copas —dijo Tomás—. Le sirvió una copa de vino a su asesino

—Es decir... —dijo Gabriel animándolo a seguir.

—Le conocía —continuó el esclavo—. Pero eso no nos ayuda, amo. Mantecón conocía a todo el mundo.

—¿Sabes si el mayoral tenía relación con alguna mujer? —preguntó Gabriel—. ¿Alguna amiga con quien tomar una copa? Ya sabes que solo tenemos mujeres en el patio de los negros... No tenemos trabajadoras libres, excepto las doncellas de mi tía y de Alicia Abbad, y ambas estaban anoche con sus señoras. Tu conoces a todas las esclavas. ¿Alguna iría a casa del mayoral?

—No, amo. Ninguna. Todas están siempre con nosotros.

—¿Seguro? —insistió—. Quizás tuviera una relación que desconocieras.

—No, amo, seguro. —Tomás bajo un poco la cabeza y la voz, avergonzado del secreto que se veía obligado a revelar—. A Mantecón, no... no le interesaban las mujeres. Y tampoco tenía amistad con ninguna en especial.

—Comprendo. Buscamos a un hombre, pues. Alguien con fuerza para atacar a sus víctimas como ha hecho, alguien que confraternizara con Mantecón, quizás alguien con quien trabajara más próximo que con el resto. Un hombre con edad suficiente para beber y un hijo, o con una relación de poder sobre algún niño que haya podido colarse por la ventana del almacén.

—¿No debería tener algún lugar para guardar los corazones, amo Gabi?

—Sí, suponiendo que los guarde.

—Si no los guarda, ¿para qué se los saca? —insistió Tomás.

—No lo sé, Tomás, pero creo que tenemos que empezar a mirar más allá de lo que nos parece lógico, porque ya ves que nada lo es. Pero sí, busquemos una cueva o algún lugar donde el asesino esconda los corazones... y sobre todo, averigüemos qué es lo que quiere hacer con ellos.

II

Pero Germán García no quería hacer nada con los corazones. Los había tirado en el bosque a los pocos metros de arrancarlos, donde las bestias que lo habitaban daban cuenta de ellos a las pocas horas. Era un ingrediente más de su elaborado plan, consistente en que todo volviera a ser como debía. Estaban en Cuba, en un ingenio, y las cosas solo funcionaban si los mayorales como él gestionaban a la negrada con mano de hierro. Así que necesitaba que aquella creciente armonía se truncara, y nada mejor que metiendo el miedo en el cuerpo a los patrones más susceptibles de cambiar su estrategia actual.

Mantecón había sido un firme defensor del trato bondadoso a los esclavos, por eso San Gabriel producía menos que los otros dos ingenios del valle. De no ser por su maquinaria, habría obtenido menos que la mayoría de las plantaciones de la isla teniendo una de las mejores tierras. Y todo el mundo quería a aquel mayoral blando y carismático, razón por la que su muerte parecería injusta, que era exactamente lo que debía parecer. Conseguiría que Lucía Gorchs se enfureciera y que Rafael Viader y Miguel Abbad la empujaran a volver a los viejos tiempos en los que los azotes, las largas jornadas de trabajo y la mano firme daban pingües beneficios a todos y la figura del mayoral emanaba un poder que ahora languidecía.

Había elaborado un plan maquiavélico que se basaba en despistar totalmente a la Guardia Civil y, sobre todo, a los propietarios del valle, que eran los únicos que estaban investigando, pues los primeros estaban desbordados por actos similares en La Habana y el resto de Cuba. Había aprendido anatomía trabajando como aprendiz de carnicero hacía años, en la isla canaria de La Palma. Sabía extraer el corazón con facilidad, y los olores y texturas de la carne aún caliente de los cuerpos a los que quitaba la vida le eran indiferentes. Quería dirigir las sospechas hacia los indios mexicanos al replicar una práctica ancestral que, en realidad, ninguno de ellos había practicado jamás. También había organizado con un mercader la importación de la nauyaca real que habían metido en la cama de Lucía Gorchs. Una serpiente oriunda del Yucatán que vendría a confirmar las sospechas sobre los esclavos originarios de esa zona. Luego, cambiaría y dirigiría el foco y las culpas hacia los esclavos de origen africano. Cuando los propietarios no supieran dónde tenían al enemigo, sospecharan de todos y se asustaran de verdad, harían lo que hacen los perros asustados. Morder.

Pero eso no era todo.

A la vez, parapetado tras la imagen benevolente que Rafael Viader le había impuesto, había vendido una pretendida amistad a los negros, especialmente a Lucas, un bozal mandinga que desde muy joven ya había mostrado un inconformismo con la vida que se reflejaba en el odio permanente de su mirada. Le había movido como a una marioneta para que matara a quien él señalaba, de la forma que él le había indicado y enseñado. No hizo falta que le explicara por qué debía matar a los Serrano. Lucas odiaba a Bruno por haber dejado embarazada a su hermana y haberla enviado luego lejos del valle, pero Germán tampoco tuvo ninguna dificultad en convencerle para que matara a los Viader. Pobre infeliz, creía en todo lo que le decía y rara vez discutía, convencido de que cada acto, cada asesinato, le acercaba más a la libertad, contento de matar a los amos que les dominaban tal y como el mayoral le había enseñado.

Todo lo contrario.

Cuando el miedo se afianzara, Germán delataría a Lucas, lo mataría antes de que hablara e informaría a los amos del atisbo de rebelión y del nulo miedo que despertaban en sus esclavos, para convencerles de retomar las prácticas que habían descartado en pos de una falsa bondad. Vería cómo el látigo volvía a su mano y a la vez se convertiría en héroe. Era perfecto.

Manuel Mantecón era una presa fácil. Pensó que si lo mataba él mismo, generaría aún más confianza en Lucas, su cómplice. Creería que el mayoral de San Rafael realmente luchaba a su lado por la liberación de todos y que por eso había matado al otro mayoral.

Jugaba a dos bandas y lo hacía con éxito.

El desventurado Mantecón se había quedado vigilando varias noches, desde la distancia, el almacén de mochas y, cuando lo vio llegar, su cara pareció agradecer sinceramente tener algo de compañía. Convencido de que no había amenaza ya que todo el mundo estaba en la fiesta de los arcángeles, el incauto le había invitado a tomar una copa de vino en su cabaña, situada a pocos metros del almacén, feliz de poder compartir su tiempo con el que consideraba un viejo amigo. Era tan bueno que, más allá de no tener la capacidad de odiar, tampoco distinguía cuándo era él era el odiado. Tras rajarle el cuello, Germán se había colocado frente a Mantecón para contemplar su cara de sorpresa, para confirmarle que sí, que él, Germán García, era la mano que se escondía tras los asesinatos que habían roto la paz del valle.

Luego había vuelto a la fiesta, donde nadie le había echado de menos, y había continuado bebiendo aguardiente y riendo hasta que su cuerpo exhausto le pidió descanso y se fue a dormir tambaleándose.

Por la mañana, le despertaron alarmados para darle la noticia que ya conocía y pedirle que acudiera a la casa azul. En la biblioteca le esperaban Rafael Viader e Isabel Palau, aquella chica guapa de la que todo el mundo sabía tan poco. Sentados cada uno en una butaca de mimbre, rodeados por estanterías repletas de libros con elaborados lomos de cuero, no le ofrecieron nada y pasaron directamente al asunto.

—Manuel Mantecón ha muerto —le espetó Rafael.

—Lo sé, patrón. Es preocupante, especialmente porque ese hombre era la mejor persona que andaba por el valle. Todo el mundo lo quería.

—Parece que no todo el mundo.

—Patrón, si me permite, no podemos comprender el corazón de los esclavos, son otro tipo de organismo, otro tipo de animal. Son imprevisibles y nunca agradecerán lo que ustedes hacen por ellos.

—Eso mismo he pensado yo esta mañana —dijo Rafael.

—Años atrás...

—Todo era diferente —lo interrumpió su patrón—. Todo estaba... más controlado.

—Cierto —dijo Germán, satisfecho de la dirección en que avanzaba la conversación.

—A veces creo que nos estamos equivocando. Pero ahora no nos podemos volver atrás.

—Podemos hacer algunas cosas —aventuró Germán.

—¿Como por ejemplo? Y no me hable de volver a los bocabajos, que eso ya está discutido.

Llamaban bocabajos a los castigos con látigo que se habían propinado en las espaldas de los esclavos del valle hasta hacía algunos años y que aún eran norma general en los ingenios cubanos.

—Podemos eliminar las fiestas, los regalos; podemos imponer un toque de queda, que ningún esclavo salga del patio a partir de las siete de la tarde, por ejemplo. Y podemos interrogarlos: yo sé cómo hacerlo.

—Sé que sabe. Pero vamos a tener que pensarlo todo. Respecto a usted, ¿está tranquilo en su cabaña? Puedo alojarlo en el recinto de la casa azul si teme que su vivienda actual no sea segura.

—Es usted muy amable, patrón. Sabré defenderme, no tema. No soy como Mantecón.

—Dios sabe que no —dijo Rafael de forma que Germán no supo discernir si era un halago o una crítica—. En fin. Investigue. Hay que parar esto ya. Mientras tanto, pensaré las medidas que hay que tomar. Está claro que los esclavos están perdiéndonos el respeto, que es lo que temí que pasara cuando nos perdieron el miedo. Probablemente sea imposible conseguir el uno sin el otro. Déjeme pensar.

Se acercó a él y le dio la mano para despedirle. Isabel, que había permanecido en silencio mirándolo con curiosidad, buscando algo que él desconocía, se levantó y sin mediar palabra abandonó la estancia.

Germán se encaminó hacia el exterior. Satisfecho. Eufórico incluso. Por primera vez, el patrón volvía a hablar abiertamente de regresar a los viejos tiempos. Se dirigía a la cuadra, donde había dejado su caballo al potrero para que lo lavara, cuando, a su espalda, alguien reclamó su atención.

Se quitó el sombrero y se volvió hacia la entrada de la casa azul donde Isabel Palau le esperaba. La mujer emanaba aplomo, inteligencia y frialdad, y, cuando la veía, sentía que aquella no era una más de las conquistas del patrón. Sentía que Isabel había venido para quedarse.

—Usted y yo tenemos que hablar —le dijo escueta.

Un escalofrío recorrió la espalda del mayoral.

III

Aquella noche, como hacían cada luna llena, Tomás volvió a la cueva con la esperanza de que la sacerdotisa a la que llamaban Crista fuera capaz de arrojar algo de luz en aquel sinsentido. Sabía que allí se encontraría con Mateo de Abbad, contramayoral y líder de los esclavos de San Miguel, y Roque de Viader, esclavo doméstico y líder de los esclavos del de San Rafael.

La sucesión de asesinatos en el valle estaba distrayendo la atención de lo esencial: su plan para tomar el control de los tres ingenios en cuanto la situación de Cuba lo permitiera. Aquellos hechos también amenazaban con cambiar el espíritu pacífico de la rebelión que planeaban, que seguía latente, adormecida a la espera de sumarse a un movimiento mayor. Todos los intentos de cambiar las cosas, todas las sublevaciones en ingenios, habían sido sofocadas con puño de hierro, haciendo que los que habían quedado vivos tras ser aplastadas añoraran cada día los tiempos anteriores a aquellos de valentía inconsciente. Tomás estaba convencido de que solo podían tener éxito si formaban parte de un movimiento mayor.

Bajó por el sendero embarrado y se deslizó por detrás de la cascada del río Alegre para penetrar sigilosamente en la cueva que se escondía tras ella. Al fondo vio las llamas de la hoguera de Crista. Junto a ella ya estaban sentados los otros dos esclavos.

—M'hijitos, el mal crece y se alía haciéndose uno. Todo lo malo que venga del hombre en el valle lo habréis de buscar en la misma persona, que son varias. Ya está aquí en forma de mujer, con alma de demonio. Lo dicen las llamas, lo dice la tierra, lo dice el aire.

Se hizo el silencio y Crista, que permanecía sentada con los ojos cerrados, pareció entrar en trance, balanceándose de lado a lado como si una música lenta sonase en su interior. Luego paró en seco y siguió hablando.

—El mal aparece disfrazado. Intenta señalar en otra dirección. Despistar y confundir a vuestros sentidos, haceros mirar en la dirección opuesta. Pero está frente a vosotros. Igual que el mal tiene todos los colores, el bien también los tiene, y deberéis olvidaros de los vuestros si queréis vencer al enemigo antes de que acabe con vosotros. La serpiente os ha adelantado y deberéis localizarla y correr tras ella si queréis cortarle la cabeza.

Como de costumbre, fue Tomás el único en atreverse a preguntar.

—Poderosa Crista, nos dijo que era una mujer. Una mujer guapa a la que debemos buscar.

—M'hijito, la serpiente ha encontrado compañía. Busca a la mujer que la hipnotizó. Ya no está sola. Trajo el mal y se alió con el que crecía en el valle. Hipnotizó a malos y a buenos y si no le cortan la cabeza, hará malos a los buenos. —La mujer respiró profundamente y alzó la mirada al cielo, mostrando su cuello arrugado, viejo y venoso como el de una tortuga—. Acaben con ella cuanto antes o acabará con todos. Lo dicen las llamas, lo dice la tierra, lo dice el aire.

Los tres se miraron mientras Crista bajaba los brazos y se quedaba en silencio a la vez que, milagrosamente, el fuego, que parecía latir al ritmo del corazón de la sacerdotisa, bajaba de intensidad. Tomás habló de nuevo.

—Solo hay dos mujeres nuevas en el valle. Dos en situación de poder. Una es la señorita Alicia Abbad y otra Isabel Palau. Y solo una de ellas es guapa, así que habremos de vigilarla. No entiendo qué motivaciones puede tener esa mujer para matar y está claro que hasta ahora los asesinatos no los ha ejecutado ella, pero si Crista dice que ella es la clave, vigilémosla.

—Yo puedo hacerlo —dijo Roque de Viader para sorpresa de los otros dos—. El amo Rafael me ha encomendado que la acompañe y la proteja. Estaré atento.

—Eso sería perfecto. Lo importante es que veas con quién se relaciona. Con quién se mira. No entiendo cuál es su papel en todo esto, pero quizás nos pueda llevar al asesino.

—Dijiste que te ocuparías de encontrar al asesino tú mismo —le recriminó Mateo de Abbad, muy dado a exigir resultados en labores en las que él ni siquiera se planteaba ayudar.

—Estoy trabajando en eso. El asesinato de Mantecón dejó algunas pistas. Y el amo Gabi me está ayudando.

—Necesitamos resultados —volvió a exigir Mateo—, todo esto nos está desviando de lo verdaderamente importante.

Su rebelión. Su esperanza de una vida en libertad. Habían cavado varios zulos en la selva donde acumulaban material. Pólvora que habían robado de un almacén del puerto de Matanzas, varios rifles, algún revolver. Cuando había una oportunidad, cargaban en el tren, junto a maletas y mercancías, armas que creían determinantes a la hora de alzarse en contra del poder que les imponían. Se enteraban de pequeñas sublevaciones cada cierto tiempo, pero luego dejaban de llegar noticias y sabían que había sido tan solo otro intento fallido, otra acción valerosa que se había diluido como un azucarillo sin que nada hubiera cambiado. Luchaban contra el sector más poderoso de la isla, y en el valle sabían que cambiar las tornas sería imposible si no actuaban todos, en todas las plantaciones, a la vez.

Las llamas se apagaron rápidamente y la humedad que entraba desde la cascada les empezó a calar los huesos. Crista se había quedado dormida sentada. No tenían más que hablar, así que cada uno volvió a su hacienda.

IV

El día siguiente por la tarde, Tomás asistió al triste entierro de Manuel Mantecón, aquel hombre de huesos débiles y corazón fuerte que jamás había hecho daño a nadie y que era el último mayoral que hubiera merecido un final tan trágico. Lo enterraron en el cementerio del ingenio, situado en una de las colinas que rodeaban los interminables campos de caña, un espacio primorosamente cuidado, lleno de flores y ceibas de grandes dimensiones bajo cuya tierra descansaban indistintamente esclavos, trabajadores y hacendados. Asistió todo el mundo de San Gabriel, visiblemente entristecido, pues el cariño que se profesaba al finado era sincero y generalizado. Tras el responso, Lucía, que no había derramado ni una sola lágrima, pero que de pronto había envejecido varios años y adoptado un semblante triste que recorría toda su figura, se dirigió a todos. Vestida completamente de negro, se había tocado con una mantilla también negra que ocultó su cara durante todo el oficio religioso y que levantó para dirigirse a los que allí se habían congregado.

—Hoy es un día que estoy segura de que quedará grabado en nuestra memoria. Un día triste, injusto y peligroso, que todos debemos digerir aunque sea difícil. Es un día triste pues Manuel Mantecón era el alma de San Gabriel desde hace años, en los que todos nos acostumbramos a ver su cuerpo flacucho y bondadoso organizar todo, conocer a todos, ayudar a todos. Es un día triste para todos a los que nos ganó con su sonrisa tímida, con su sabiduría infinita y su corazón enorme. También es un día injusto. Injusto porque Mantecón era accesible y bueno. Porque su puerta siempre estuvo abierta para todos y porque nada que se le hubiese pedido caía en saco roto. Si alguien tenía un problema con nuestro mayoral, solo tenía que decírselo —dejó de hablar unos segundos, algo emocionada, pero aún sin llorar—, y es por eso, que este día también es peligroso. Peligroso porque lo que quiere ese asesino cobarde es que seamos como él. Que creamos que todos somos iguales y que paguen justos por pecadores. Quiere que con la ira que llevo dentro inicie una venganza contra todos al no saber contra quién dirigirla. Así es como actúan los idiotas, que a menudo son también crueles, porque la inteligencia de verdad es bondadosa. Mi homenaje a Manuel Mantecón será quereros igual que él lo hizo, tratar a todo el mundo con respeto y no caer en el peligro de este día: el de la venganza precipitada e injusta. No. En San Gabriel seguiremos igual, mejor si podemos, y en nuestra convivencia diaria estará el homenaje a este hombre bueno que será siempre recordado. —Miró al hoyo donde habían depositado el ataúd—. Querido amigo. Lo hemos enterrado junto a esta ceiba, la más grande del cementerio, para que lo proteja y lo abrace con sus raíces, uniéndose a usted. Así cuando alcemos la vista hacia el cementerio y veamos su copa alta y su tronco firme, siempre lo recordaremos y sabremos qué hacer. No lo olvidaré nunca.

Los esclavos iniciaron espontáneamente un canto profundo y grave y pareció que hasta los pájaros se detenían a escuchar aquellas voces únicas que entonaban a la perfección, como si un solo cuerpo estuviese cantando. A la vez, pasaban por delante del hoyo donde el mayoral descansaba y tiraban un puñado de tierra cada uno. Todos tenían la cara entristecida, mayores y jóvenes, negros, indios y blancos, libres y esclavos. Muchos dieron la mano a Lucía como hubieran hecho, de haber existido, a la viuda del mayoral. El sol se empezaba a esconder y el cielo había tornado a rosa y amarillo, dibujando los contornos de las nubes con sus últimos rayos dorados.

Cuando acabaron de despedirse de Mantecón, Lucía volvió a tomar la palabra.

—Ahora me gustaría hacer un anuncio. Hacerlo ante quien me enseñó a conocer y a amar esta tierra, ante quien me animó a llevar el ingenio con esta justicia tan imperfecta que esperamos mejorar. Creo que a Manuel Mantecón le gustaría la elección que he hecho para sustituirle. Creo que a todos os gustará también. A veces hay que dejarse guiar por el corazón y creo que esta es una de esas ocasiones. La ocasión de premiar la fidelidad. La ocasión de demostrar que todos sois importantes, que todos sois valorados. Que me preocupa vuestro bienestar, aunque comprendo que es una contradicción en una sociedad como la que tenemos, y que sé que tenemos que cambiar y espero poder hacerlo pronto. Por eso creo que hay que hablar con hechos.

La vieron buscar con la mirada hasta detenerse en uno de los hombres que, de pie, la escuchaba con atención. Este, al notarlo, se inquietó un poco al no entender qué era lo que sucedía.

—Ayer —continuó Lucía—, mientras paseaba por el jardín de la casa grande tuve una revelación, una idea que vino a mí sin esperarla, algo que he tenido ante mis ojos y en lo que no había caído. Me di cuenta de que ya formo parte de esta tierra. Era la primera vez que lo sentía. Sentí que quería ser enterrada aquí, porque este es mi hogar y, aunque no nací aquí y mi cuerpo no está hecho para este lugar, mi corazón sí lo está, por eso busco lo mejor para todo lo que habita este ingenio. Para las plantas y los animales y también para todos nosotros. Nadie cuidará de esta tierra como alguien que la sienta como suya. Nadie cuidará de nosotros como alguien que realmente nos entienda a todos. —Lucía hizo una pausa y sonrió—. Por eso quiero que el nuevo mayoral sea Tomás de Serrano.

El mandinga se quedó paralizado, quieto, sin saber cómo reaccionar. Lo mismo le pasó a la multitud que lo rodeaba, al menos durante unos segundos. Luego, alguien inició un aplauso que enseguida se volvió jubiloso. Le palmeaban la espalda y lo abrazaban, y muchas mujeres lloraron de emoción. No había mayorales de color en la isla. No había mayorales esclavos, pues la simple idea era una contradicción en sí misma. Muchos supusieron que le habían concedido la libertad y la mayoría estaban seguros de que todos estaban más cerca de alcanzarla también tras aquel hecho inaudito. Lucía lo miró, exultante, y abriendo los brazos, le invitó a ir hacia ella. De pronto, una ocasión triste se había convertido en una casi feliz, en una época nueva y esperanzadora. Tomás se acercó a Lucía con cautela. Ella dio unos pasos hacia él y lo abrazó. Luego, cogiéndole el brazo como hubiera hecho con el ganador de alguna competición, lo alzó entrelazado con el suyo y ambos miraron hacia los presentes. Todos aplaudían.

Tomás, sencillamente, no sabía qué hacer.

Al llegar a la casa grande, el amo Gabi le confirmó que había sido liberado. También le explicó todos los planes para el futuro del ingenio. Cómo todos iban a ser liberados en cuanto los fondos y la disponibilidad de mano de obra lo hicieran posible. Nadie reparó en que no sonreía, consternado porque todo lo que había planificado para su vida, de pronto, se había visto forzosamente interrumpido.

V

En septiembre Isabel Palau se había hecho ya con la propiedad de San Rafael. Al menos así lo sentía. Su novio pasaba el día en los alrededores de la casa azul, leyendo, jugando a golf en el jardín, paseando indolente y organizando su agenda de fiestas en La Habana mientras ella conseguía el mando de la plantación. Nadie entendía bien cómo había podido suceder todo tan rápido y temían sus consecuencias, pero el amo Rafael y el mayoral Germán parecían dispuestos y convencidos de que fuera ella la que dirigiera la explotación.

La explotación: los esclavos y trabajadores temían que aquella fuera la palabra que definiera lo que llegaría en cuanto empezara la zafra de la caña. Sabían distinguir la mirada de los amos, sus andares y sus gestos, y en los de Isabel reconocían los del amo duro que creía estar en el mundo para exprimir hasta la última gota de sudor de sus cuerpos.

Era final de agosto, temporada de lluvias y calor tropical, y todo el mundo había asumido que el trabajo era mucho menor salvo Isabel, que parecía exasperarse cada vez que veía a alguien sin trabajar. Así, lo organizó todo para que nadie pudiera descansar antes de los meses extenuantes que se avecinaban. Hizo sembrar yuca y maíz, duplicó los cuidados del ganado, que los esclavos movían constantemente de unos pastos a otros, y empleó a todos en la reparación de las construcciones del ingenio, la mayoría de las cuales no necesitaba ningún arreglo. Siempre tenía alguna labor guardada bajo la manga para evitar que nadie descansara y enseguida todos la empezaron a odiar.

Seguía trasladándose de un rincón a otro a lomos de su vieja yegua, acompañada por Germán García, al que había convertido en el mayor de sus esclavos, chantajeándole con la información que sabía de él para tenerlo a su disposición. No le costó que el Mayoral confesara haber matado a Mantecón, pues las pruebas que ella misma había encontrado la noche de su muerte resultaban irrefutables. Era sencillamente maravilloso.

A algunos metros por detrás, un esclavo negro, del que nunca recordaba el nombre, la seguía. «Para protegerte», le había dicho Rafael, que no sospechaba que el mayor peligro del valle era ella.

La conversación que había mantenido con Germán, el asesino del valle, la había afianzado en su posición. Había descubierto que ambos perseguían el mismo objetivo: que los esclavos fueran tratados como tales y que el ingenio produjera tanto azúcar como fuera posible, sin escrúpulos ni atención a nimiedades. Ella se había dedicado a conseguir lo mismo, pero con otra estrategia, la de la seducción, un arma a veces más poderosa que la violencia. Además, era una estrategia placentera, pues disfrutaba sinceramente de cada uno de los minutos que pasaba con Rafael. Eran muy parecidos. Dos egoístas, cada uno a su manera. Rafael había sido el niño mimado de su casa: guapo, rico, divertido, nada le había salido mal hasta el asesinato de su hermano y su cuñada, e incluso eso había sido apartado de su mente para entregarse a los innumerables placeres que su vida entre algodones le proporcionaba. Ella había llegado al egoísmo por el camino contrario. Había tenido tan pocas cosas para sí que no estaba dispuesta a entregar nada de lo que finalmente conseguía. No le importaba nadie salvo Rafael, y solo porque le hacía sentirse bien. No lo quería por lo que él era, lo quería por cómo hacía que se sintiera ella, que era muy diferente.

Estaba segura de que la violencia, aquellos asesinatos, habrían sido innecesarios para volver a los viejos tiempos de haber puesto su empeño en convencer a Rafael por otras vías, pero tras meditarlo, decidió que tener un asesino a su disposición podía serle de utilidad. No olvidaba que Alicia Abbad seguía en el valle y que aquella era su principal amenaza. Le había dicho a Germán que detuviera los asesinatos, que sería ella la que le indicase a quién matar. También lo había amenazado. Si ella moría, un hombre de su confianza haría llegar la información sobre él a Rafael, que lo ajusticiaría sin dudarlo. Cuando le habló, mirándolo a los ojos, supo que no haría falta que planificase aquel supuesto, pues Germán la creía. Mejor aún, la temía. Pensar que el mayoral mataría a quien ella le ordenara la llenaba de gozo. Tenía a un siervo sin escrúpulos para matar y deseoso de volver a empuñar el látigo en el patio de los negros, algo que ella estimaba imprescindible. Todo llegaría, estaba segura.

Isabel regresaba a la casa azul tras una de sus visitas al ingenio. Algunos esclavos estaban pintando la casa, igual que el resto de edificaciones de la propiedad. Rafael la recibió molesto.

—¿Era realmente necesario? —le dijo, enfundado en uno de sus impecables trajes de lino beige.

—¿El qué? —respondió Isabel, que sabía perfectamente a qué se refería.

—Pintar, ya lo sabes. Toda la casa huele a pintura y no puedo ni echarme una siesta sin que siete cabezas negras con una brocha se asomen por mi ventana. Me voy. Quiero decir, nos vamos.

—¿A dónde quieres que nos vayamos?

—A La Habana. Hace casi dos meses que no vamos. Hay una fiesta y aquí no se puede estar. Si paso un día más en San Rafael, me cortaré las venas. Pide que te preparen el equipaje.

—Pero tengo un montón de cosas que hacer aquí —se quejó ella.

—Hazlas a la vuelta. Nos vamos. Tengo ganas de beber, de bailar, de ver a mi mujer vestida como una dama y no como una amazona.

—¿Tu mujer? —sonrió ella.

—Bueno, ya me entiendes —dijo Rafael ruborizándose levemente.

—No me importa que lo digas si lo sientes —dijo Isabel.

—Bueno, ya lo sabes. ¡Qué caray! Nos vemos cada día desde hace semanas, nos... —bajó un poco la voz—, nos llevamos bien, ¿no es así? Quiero decir que yo nunca he estado así. Estoy cómodo, estoy bien, no estoy cansado de ti, no me canso. Cada vez quiero más. No me avergüenza decir que es la primera vez que no...

—¿Aborreces a alguien?

—No hubiera usado esa palabra, pero bueno, sí. Creo que... No sé, Isabel. ¿No podemos hablar de esto en otro momento?

Realmente no había preparado esta conversación.

—Hablaremos de lo que quieras cuando quieras. Pediré que prepararen mis baúles. Bien pensado, a mí también me apetece pasar unos días en la ciudad.

Había empezado la conversación preparada para rechazar la idea de salir del valle, pero Rafael había estado a punto de pedirle matrimonio, o eso creía, así que forzaría la situación para que lo hiciera en La Habana. De paso, podría ganar algún dinero promocionando las joyas de El Sol, o quizás dar por terminados sus tratos con el joyero y recuperar los pendientes de rubíes. O venderlos, mejor aún. Debía borrar su rastro. La vida tenía casualidades diabólicas y si Alicia Abbad los encontraba, acabaría atando cabos. Había salido airosa del asunto del pasaje, pero no podía volver a arriesgarse.

Por la noche llegaron al Hotel Telégrafo. Los Viader seguían teniendo una buena casa en La Habana de intramuros, pero con la vuelta de sus padres a Barcelona, Rafael había decidido no alojarse en ella. Solo necesitaba una buena habitación donde recorrer el cuerpo de Isabel tantas veces como el suyo se lo pidiera, no los salones desangelados de una casa que sus domésticos habrían tenido que desenfundar de arriba abajo para que él la disfrutara. Nada le divertía más que las fiestas y retozar con Isabel, y eso era precisamente lo que pensaba hacer. Estaba cansado de verla ir de un lado a otro de la hacienda cuando lo que necesitaba era desnudarla en su habitación.

Y eso hizo durante buena parte de su primera noche en La Habana. No obstante, al abrir los ojos, con los rayos del sol colándose entre las fraileras de la habitación, cansado pero con ganas de más, descubrió decepcionado que Isabel no estaba a su lado. «Me he ido de compras. Quedamos para almorzar en el Café de los Catalanes a la una y media», decía una nota sobre la mesa. No pudo evitar sonreír ante la evidencia: aquella mujer hacía lo que quería con él.

Isabel se había lanzado a la calle a primera hora tras tomar el desayuno en el restaurante del hotel donde ya la trataban como una clienta habitual. Había llovido y muchas calles estaban llenas de charcos, pero ella estaba acostumbrada a todo y avanzaba con decisión hacia las tiendas sin importar que el bajo de su falda se manchara. Aún tenía un buen dinero de sus operaciones con la joyería, y mientras empezaba a darle uso en algunas de las tiendas más elegantes, planeó también una visita al establecimiento de Roberto Vallés. Si iba a asistir a una fiesta, quería aprovechar para lucir, y sobre todo vender, las joyas que su socio tuviera a bien dejarle. El dinero nunca sobraba, aunque en su horizonte de rica hacendada preveía poder olvidarse de aquella preocupación.

Cuando su estancia en La Habana tocara a su fin, vendería los pendientes de rubíes de Alicia Abbad, un colofón perfecto para aquel negocio fácil que solo le había dado satisfacciones.

Su vida cambiaba deprisa y ella se esforzaba en cambiar a su compás. Seguía tomando buena nota de los movimientos, de las expresiones, de las maneras y modales de toda la élite con la que se relacionaba. Cambiaba su acento y evitaba las palabras malsonantes que tantas veces presionaban su garganta pidiéndole con fuerza escapar de su boca cada vez que la ocasión lo requería. No pretendía ser el tipo de dama lánguida e indefensa, forzadamente inútil, que a tantos hombres gustaba. Ella había buscado a un hombre listo y fuerte, y la competición, la lucha constante de sus egos, los alimentaba y los empujaba a ser mejores cada día. Más segura, así se sentía cuando abría la puerta de las tiendas de moda más exclusivas de La Habana y era atendida servilmente por las dependientas.

Se hizo con varios vestidos y pidió que se los enviaran al hotel. En la Boutique de la Reina encontró el que sin duda sería el atuendo más espectacular de la fiesta, un vestido largo con algo de cola, brocado en hilo de oro cuyos dibujos asemejaban flores de mariposa, típicamente cubanas. Caro, pesado y tan impactante que solo podría usarlo una o dos veces. Al vérselo puesto, supo que más que un gasto, aquel vestido era una inversión. Lo compró sin dudar tras asegurarse de que era un modelo único. Satisfecha, acudió a la Joyería El Sol decidida a encontrar algún aderezo dorado con el que completar su atuendo.

Se orientaba bien en La Habana pese a lo caótico de la ciudad y en pocos minutos entraba en la pequeña joyería que había cambiado su vida. En la puerta, un cartel indicaba: «SE NECESITA DEPENDIENTE».

Roberto Vallés estaba ocupado mostrando unas alhajas a una mulata joven, pero levantó la cara sonriendo en cuanto la vio y apremió sus atenciones a la clienta para a los pocos minutos estar con ella.

—Señora Palau, ¡qué gran alegría verla por aquí! —le dijo sinceramente animado—. Le ruego disculpe la espera. Jonás, el muchacho al que estaba enseñando el oficio, me dejó inesperadamente la semana pasada, así que ahora estoy solo en la joyería.

—Señor Vallés, yo también me alegro de verle —respondió ella con forzada cortesía.

—Además, hay algo de lo que tengo que hablarle —le dijo el joyero bajando un poco la voz—. Quizás sea mejor que lo hagamos en privado. Acompáñeme —concluyó señalando hacia el reservado del local.

—Hace cosa de unas semanas vino una mujer. No era cubana. Se enamoró de sus pendientes, de los de rubíes. Quiso comprarlos, pero le dije que no eran míos. El caso es que parecía bien dispuesta a pagar un precio alto por ellos, mayor a su valor.

—Eso es interesante —dijo Isabel, pretendiendo que no era una excelente noticia—. ¿De quién se trata?

—Lo tengo apuntado por aquí —dijo Vallés al tiempo que abría una libreta de tapas de cuero que había sobre la mesa y la repasaba con el dedo—. A ver... Sí, eso es: es la señora Alvear. Quedó prendada de las piezas en cuanto las vio en la vitrina. Vi tanto interés que no dudé en mostrárselos aquí mismo, para que los viera más de cerca, espero que no le importe. Sucedió algo muy curioso: la señora Alvear supo perfectamente cómo unir los dos pendientes para convertirlos en diadema. Me dijo que era un sistema habitual, pero usted ya sabe que yo no lo había visto nunca. Claro que, ¡vaya usted a saber los diseños nuevos y fascinantes que circulan por Europa!

De pronto, Isabel comenzó a sentir que algo no iba bien. Que aquel interés y aquel conocimiento de la joya no eran normales.

—¿Y qué aspecto tenía esa señora?

—Oh, la recuerdo bien. Debía rondar los sesenta años, quizás algo más. Vestía muy elegantemente y parecía pasar mucho calor. Era... corpulenta, con pelo oscuro, muy educada, esa es la verdad. Me dijo que de querer usted vender sus pendientes, mandáramos nota al Hotel Telégrafo con fecha y hora del encuentro, y que ellos ya se encargarían de avisarla. Solo me pidió que le diera usted un pequeño margen, de tres o cuatro días a lo sumo, pues no vive en La Habana.

Isabel supo que era más que probable que estuvieran hablando de Alicia Abbad, pese a que le parecía imposible que el destino la hubiera llevado a la Joyería El Sol. Estaba harta de que aquel cuervo sobrevolara su vida perfecta. Quedaría con la tal señora Alvear, y si se trataba realmente de Alicia Abbad, arreglaría las cosas. Ya no tenía miedo a ser descubierta; de hecho, esperaba con cierta ilusión el momento de solucionar su único problema.

—Deje nota en el hotel. Podemos vernos aquí el jueves que viene, a las seis —dijo decidida.

—Ah, eso será maravilloso. Mandaré nota ahora mismo. Además, hace algunos días vinieron a recoger de su parte un anillo que me encargó —comentó el joyero, recordando el anillo que había montado para Alicia.

—Y ahora, enséñeme aderezos en oro. Son para una fiesta mañana por la noche, en el palacio Lombillo —le dijo Isabel cambiando de tema—. Vamos a ver si los vendemos todos.

VI

Miguel Abbad no había estado más nervioso en su vida. Era como si el anillo que llevaba en el bolsillo le quemara. Había hablado con su tía Alicia sobre cómo pedirle la mano a Iris y ella le había aconsejado que fuera natural, que ninguna de las pomposas peticiones que algunos de los menos elegantes personajes que ella conocía habría causado mejor efecto que una proposición íntima y normal, pero Miguel no le había hecho caso. Él ya era un poco cubano y los cubanos podían ser pomposos de vez en cuando, así que había hecho exactamente lo contrario y había organizado algo más especial. Muy especial, creía.

Iris no estaba acostumbrada a cenar fuera de la casa grande más que en contadas ocasiones y rara vez se desplazaba a La Habana como sí hacían los demás hacendados. Era feliz en aquel lugar, rodeada de su familia, y no requería atenciones materiales jamás. Por eso le sorprendió que Miguel le pidiera que aquella noche se arreglara para cenar fuera.

A las siete y media la esperaba al final de la escalera, desde donde sus ojos se humedecieron levemente al verla bajar enfundada en un vestido verde claro con los hombros y los brazos descubiertos y el pelo recogido en una gruesa trenza. Una flor verde sobre la oreja remataba la perfección de aquella visión.

—No sé de qué va todo esto, Miguel. Pero me divierte —le dijo riéndose.

—Te gustará —repuso él, ofreciéndole el brazo.

Se subieron en el quitrín y con un trote ligero dejaron la casa atrás por el camino principal en dirección al lago del centro del valle. Empezaba a atardecer y el entorno se sumía en aquella calma cansada del final del día que precedía a la explosión de sonidos de la selva nocturna. No hablaban, simplemente disfrutaban de los olores y la frescura del entorno húmedo de la finca que ambos habían hecho su hogar. Al llegar, en uno de los extremos del lago, una pequeña barca esperaba amarrada al muelle. Miguel saltó del quitrín y ayudó a bajar a Iris. Luego cogió la cesta de mimbre que habían colocado en el portaequipajes y embarcaron. El sol se estaba poniendo y la quietud del lago lo convertía en un espejo sobre el que se reflejaba el cielo dorado y las colinas que rodeaban el valle. Algunas aves volaban bajo sobre las aguas, de vuelta a sus nidos. El interior de la barca estaba cubierto de cojines para que se pudieran recostar cómodamente, ella apoyada en la proa mirándolo a él, en la popa. Miguel sacó una botella de ron del interior de la cesta y tras servir dos vasos, le ofreció uno a la madre de sus hijos. Soltó el cabo que los amarraba al muelle y, como por arte de magia, la barca empezó a deslizarse silenciosamente por las aguas del lago. Iris se volvió sorprendida para asomar la cabeza por la proa, donde descubrió un cabo que se perdía en el agua hasta la otra orilla.

La barca se desplazaba por el centro de aquel plato brillante sin que pudieran ver a los quince esclavos que, desde la orilla, se turnaban para tirar de ella, sincronizados a la perfección para que la navegación fuera suave y el bote cortara el agua limpiamente como un cuchillo. La brisa dulce y cálida acariciaba sus caras y pocas cosas podrían haber mejorado el momento, pero Miguel las había encontrado. De pronto, un coro de voces profundas empezó a entonar la música de raíces africanas que se había asentado en la isla, himnos que se mimetizaban con el entorno y que, a diferencia de los ruidos que a veces los humanos provocaban con sus coches y sus máquinas, no molestaban a pájaros y animales, que seguían con sus cantos, con sus vidas, como si aquella música proviniera de los árboles y de la misma tierra que habitaban.

La noche ya era cerrada y las estrellas cubrían un cielo que se reflejaba en las aguas que surcaban lentamente. De manera casi imperceptible, la música que les acompañaba fue bajando de intensidad hasta quedar en silencio. Ambos miraron hacia la orilla. Y entonces, sucedió la magia.

Un pequeño farolillo de papel se elevó al cielo desde uno de los lados del lago. Luego otro, que Iris señaló con el dedo, y otro más y otro y otro. Cientos. Farolillos de luz que se multiplicaban al reflejarse en el agua mientras ascendían al cielo y la música, un lento ulular de voces africanas, volvía a acompañarlos. Miguel lo había planificado todo, pero no esperaba un resultado tan espectacular, tan mágico. Iris, que no esperaba nada, derramaba lágrimas sin control, emocionada. Miguel se explicó.

—Puede que en algunos años tengamos aquí muchos chinos. Esta es una de sus tradiciones. Lanzan farolillos al aire con deseos para que los dioses se los concedan. Yo no he traído ninguno, pero todos los que están lanzando aquí llevan el mismo mensaje. —La cogió de las manos y la miró a la cara—. Iris, solo tengo un deseo y no sé por qué no te lo he pedido antes, pues no hay nada que quiera con más fuerza. —Soltó sus manos y se metió la mano en el bolsillo para sacar el anillo y ponérselo a la que esperaba aceptara ser su esposa—. Cásate conmigo.

Iris cerró los ojos y se los tapó con las manos mientras lloraba, emocionada, feliz, impresionada. A su alrededor, a diferentes alturas, la luz de los farolillos les iluminaba mientras lentamente se elevaban y la música, un rumor de melodías, lo envolvía todo.

La mujer miró por primera vez el anillo. Cuatro aguamarinas rodeando un brillante de generosas proporciones.

—Cuatro hombres de ojos azules rodeando a la estrella de nuestra casa —le dijo Miguel.

—Es el anillo más bonito del mundo —dijo ella.

—No has respondido a mi pregunta —dijo Miguel.

Iris se volvió hacia el lago para contemplar cómo ascendían los farolillos.

—Hay veces que no sabemos lo que deseamos hasta que lo vemos. Hasta que lo tocamos con la yema de los dedos. Nunca pensé que necesitáramos casarnos, pero ahora mismo...

—¿Sí? —la interrumpió Miguel.

Se secó las lágrimas y se recompuso un poco, pasándose la mano por el pelo y tocándose la trenza. Miró a Miguel. Le recordó a un niño esperando las notas. Sonrió.

—Ahora mismo no hay nada que desee más.

VII

Mientras, Alicia Abbad esperaba ansiosa las noticias de lo que estaba sucediendo en el lago. Había visto los farolillos perderse en el cielo y supo que su sobrino Miguel no había seguido su consejo de ser sencillo y realizar una petición de mano sin demasiados artificios. Le hizo gracia, pensó en las muchas veces en las que los miembros de la sociedad barcelonesa se perdían momentos inolvidables en su afán por no parecer ostentosos o nuevos ricos. Las fiestas más divertidas, las cenas más especiales, los bailes más recordados, los realizaban invariablemente aquellos «nuevos ricos» que muchos criticaban por lo bajo, quizás envidiando su espíritu más libre y desremilgado.

Había cenado en el porche que daba al jardín y había dado cuenta ya de una botella de buen vino blanco. Se había encendido un puro mientras esperaba la llegada de Iris y Miguel. Su sobrino le había dicho que lo hiciera y los esperara. Le apetecía comentar las buenas noticias con la familia y, en realidad, la única que podía entenderlas bien era ella, pues sus hijos aún eran pequeños. Además, Alicia era noctámbula y rara vez se acostaba antes de la una de la madrugada, así que no le importó esperar.

Estaba recostada en una *chaise longue* de mimbre, observando el jardín, soltando bocanadas de su excelente puro y añorando a su hermano Ignasi, cuando oyó acercarse un caballo al otro lado de la casa. Segura de que su sobrino ya había vuelto y que en nada lo tendría a su lado, se afanó en descorchar una botella de vino espumoso que aguardaba en la hielera junto al blanco.

Pero no fue Miguel quien llegó.

En su lugar, a los pocos minutos, el mayordomo se acercó a ella portando una pequeña bandeja de plata entre las manos enguantadas. Sobre ella, un sobre con membrete del Hotel Telégrafo de La Habana reclamaba su atención. Sabía lo que contenía y lo abrió ansiosa.

> *La Habana, 11 de septiembre de 1866*
>
> Señora Alvear:
>
> la propietaria de los pendientes de rubíes de su interés está de

acuerdo en reunirse con usted en mi joyería, el próximo jueves a las seis de la tarde.

Atentamente,

Roberto Vallés, Joyería El Sol

El conserje del Telégrafo sabía que cualquier carta dirigida a la inexistente señora Alvear debía ser enviada a la hacienda San Miguel del Valle de los Arcángeles y había cumplido diligentemente el encargo.

La alegría del momento, la feliz ansiedad por recibir noticias de lo acaecido en el lago, de repente se ensombreció con la idea de encontrarse con la poseedora de sus pendientes. Podía ser una persona que los hubiese comprado a otra sin mala intención, lo que complicaría la situación y la haría incómoda. Muy probablemente no supiera que eran joyas robadas. Estaba dispuesta a renunciar a los pendientes si era necesario, pero tiraría del hilo para descubrir qué era lo que había pasado. Otra posibilidad podía ser que se encontrara cara a cara con el ladrón, algo peligroso, pero le parecía extraño que una joyería como El Sol tuviera tratos con ladrones y, más aún, que la animara a una reunión con alguien peligroso o delincuente. En cualquier caso, pese a la pereza que le provocaba el periplo, pidió que hicieran el equipaje y que prepararan un coche para llevarla a La Habana a la mañana siguiente. Por suerte, al rato oyó el quitrín de su sobrino Miguel detenerse frente a la puerta y entre abrazos, risas y una pormenorizada explicación de la petición de mano, todas sus preocupaciones volvieron a un segundo plano hasta el nuevo día.

13

I

Eran ya las doce y media cuando Isabel se quitó el brazo de Rafael de encima y se incorporó, sentándose en el borde de la cama. Su novio probablemente no empezaría el día hasta al cabo de un rato, pero aun así abrió ligeramente los ojos y le sonrió antes de darse la vuelta y seguir durmiendo. Estaban en la mejor habitación del hotel, tras una noche más de lujo y diversión de las que tanto le gustaban a Rafael. Se movía como pez en el agua en las fiestas de sociedad y todos agradecían su compañía, aunque fuera unos minutos. Además, y eso le encantaba, en aquellas ocasiones Rafael no la agobiaba, le dejaba su espacio, que se relacionara con todo el mundo para luego, de pronto, sacarla del lugar y tenerla solo para él. Había algo excitante en verlo flirtear con otras y sospechaba que lo mismo le pasaba a él.

Como era de esperar, su atuendo había dado la campanada en la fiesta y esperaba que aquella misma tarde la Joyería El Sol hiciera excelentes ventas a todas las mujeres a las que había recomendado aquel establecimiento como único y exclusivo.

Al verla vestida, Rafael se había reído comentando que parecía una estatua de oro y ella se había molestado, pero enseguida la abrazó y tras besarla le dijo: «A mí me encanta el oro». Lo cierto es que todo el conjunto desprendía el color del metal. Su tiara de oro amarillo con citrinos, su collar babero y sus largos pendientes, también de oro, combinaban a la perfección con el traje. Necesitaba vender y para ello debía destacar.

La fiesta en el palacio Lombillo había sido distinta a las demás. Primero habían ofrecido una cena en el comedor del palacio, que, aunque menos opulento que el de los Aldama, tenía la solera de un edificio más antiguo, situado junto a la catedral. Más tarde, acabada la cena, habían convocado al resto de los invitados al baile, que entre copas y champán se había alargado hasta bien entrada la madrugada. Cuando Rafael e Isabel llegaron al hotel, el sol ya anunciaba su salida clareando el cielo.

Isabel se levantó al fin y se miró en el espejo, tomó nota de su cara algo cansada y decidió darse un baño frío para recuperar el tono. Cuando acabó, Rafael seguía dormido plácidamente. Había bebido mucho, pero el único efecto que el alcohol parecía tener en su cuerpo acostumbrado a fiestas y nocturnidades era el de volverlo más cariñoso y más alegre, por lo que a ella no le importaba lo más mínimo. Abrió las fraileras dejando que la luz entrara en la habitación. Se asomó para observar la vista, el parque militar que llamaban «Campo de Marte» y la hermosa ciudad de La Habana, que desde aquel balcón ofrecía un pintoresco horizonte de casas amontonadas entre las que asomaban palmeras, campanarios y cúpulas. A esa hora la calle estaba en plena efervescencia y decenas de carruajes se cruzaban de un lado a otro alegremente. A la entrada del hotel se estaba deteniendo en ese momento uno de ellos, una elegante calesa con la capota puesta tirada por cuatro caballos. Miró con curiosidad mientras un botones desataba las cinchas que aseguraban el equipaje para descargarlo. A la vez, el cochero desdoblaba los estribos del vehículo y ayudaba con la mano a descender a sus pasajeras: Alicia Abbad y su doncella Dora.

A Isabel ya no le cupo duda de que la persona con la que se había citado aquella tarde era ella. Mientras veía su oronda figura entrar en el hotel, se apremió a encontrar una solución satisfactoria para dejar aquella preocupación de lado. De haber estado segura antes, habría llamado a Germán para que se ocupara del trabajo sucio, pero, tal como estaban las cosas, debería ser ella quien lo hiciera. Tenía claro que aquel día había de quitarse de encima el único problema que la perseguía. Se acostó en la cama mirando hacia el techo, pensando qué hacer. Rafael se giró para mirarla.

—¿Qué piensas? —le dijo mientras se acercaba y apoyaba la cabeza en su pecho.

—Nada. En que todo va a salir bien —le dijo acariciándole el pelo.

—¿Por qué no iba a hacerlo? —le dijo él ronroneando mientras se desperezaba—. Lo pasamos bien ayer, ¿no es así?

—Mucho —dijo ella sin escucharlo. En su mente solo había lugar para el plan con el que librarse de Alicia.

—Me encanta ir a fiestas, mucho más que organizarlas. Es preferible poder echarle la culpa a los demás si algo imprevisto sucede o resulta aburrida —dijo Rafael ahogando una carcajada.

Isabel lo miró. Acababa de darle la idea perfecta. Saltó de la cama y se acabó de vestir sin mediar palabra. Rafael la observó durante unos segundos antes de darse la vuelta para seguir durmiendo.

—Te veré por la tarde —dijo ella, segura de que su novio ya no la había oído.

Se encaminó hacia la Joyería El Sol a paso ligero, como siempre. En la puerta aún colgaba el cartel de «Se busca dependiente», así que supo, satisfecha, que Roberto Vallés seguía solo al frente de su joyería. Pasó de largo y buscó una ferretería. Cuando tuvo todo lo que necesitaba, se acercó al puerto para comer con la misma tranquilidad que cualquier otro día, cerrando los ojos al cálido sol mientras, sin atisbo de preocupación, esperaba a las horas críticas de la tarde. En su cabeza ya había solucionado el problema y, en paz, se alegró de que su falta de escrúpulos le diera, nuevamente, una ventaja en aquel mundo.

A las cinco y media, entraba en la joyería.

II

Alicia Abbad era puntual como un reloj. Le molestaba mucho la gente que no lo era, lo cual era un problema para ella, que vivía en España, donde los impuntuales eran frecuentes. De joven, cuando alguien llegaba tarde a una cita, la encontraba de un mal humor del que no conseguía desprenderse en mucho rato, lo que estropeaba muchas de las ocasiones. Con el tiempo, se había forzado a aceptar aquel rasgo mediterráneo lo mejor posible y, aunque a menudo pensaba que lo más práctico era que ella misma fuera también impuntual, siempre le fue imposible lograrlo. Su doncella, en cambio, era todo lo lenta que cualquiera pudiera ser, así que, al ver que se retrasaba, decidió dejarla en el hotel, pues no quería llegar tarde. A las seis menos cinco ya estaba en la calle del Obispo, preparada para entrar en la joyería a la hora exacta convenida.

Le inquietaba aquel encuentro. No podía negárselo. Pero creía que había algo más detrás de la misteriosa aparición de sus pendientes y sabía que se arrepentiría si lo dejaba pasar. Además, qué demonios, aquellos pendientes eran suyos, y aunque no eran sus favoritos ni de lejos, ni necesitaba más objetos de valor, le daba rabia pasar por alto el robo.

Entró en la joyería, pero no vio a nadie, así que hizo notar su presencia.

—¿Hola...? ¿¿Hola??

Una voz respondió desde la salita de detrás del mostrador, donde el joyero se retiraba para hablar con los buenos clientes y enseñarles las joyas de más valor en privado.

—Señora Alvear. Pase detrás, haga el favor.

Le pareció que era una voz algo extraña, quizás femenina, pero la siguió sin dudarlo, descorriendo las cortinas para acceder a la salita. Allí, se quedó unos segundos extrañada. Había una silla en el suelo. Al asomarse detrás de la mesa, un reguero de sangre avanzaba lentamente por el piso. Boca abajo, un hombre yacía muerto. Aterrorizada, gritó, y al levantar la mirada y reflejarse en el espejo que tenía frente a ella, descubrió a su espalda, detrás de la cortina, una cara familiar. Pepa Gómez. En una décima de segundo todo tuvo sentido, pero confusa por la sorpresa, no tuvo tiempo de reaccionar. Creyó verla sonreír como el mismo diablo antes de golpearla en la nuca con un mazo. Alicia sintió que la vida se le escapaba antes de desmayarse y que moriría a manos de la misma asesina que había acabado con su hermano Ignasi. Ya en el suelo, aquella Pepa Gómez que Alicia no había llegado aún a reconocer en Isabel Palau, pegó una patada a la cabeza de su cuerpo inmóvil.

A las nueve, una multitud morbosa esperaba alrededor de El Sol. Una hora antes una clienta había entrado en el establecimiento decidida a comprar alguna alhaja similar a las que había visto llevar a una tal Isabel Palau la noche anterior, en la fiesta del palacio

Lombillo. Al entrar, el caos se hizo evidente, con las vitrinas desvalijadas y varios cristales rotos. Por debajo de una cortina asomaba un reguero de sangre espesa y oscura. Dos cuerpos yacían en el suelo de la salita interior. El grito histérico de la mujer alertó a un policía que hacía su ronda por la calle del Obispo.

Tras vestirse para cenar, Isabel había vuelto a la escena del crimen, como hacían los malos criminales. Acompañada. Cogida del brazo de Rafael, observaba desde la acera de enfrente cómo la policía entraba y salía de la joyería. Fingía consternación, apretándose contra el hombro de su novio cada vez que algo parecía estar a punto de suceder. Cuando en dos camillas sacaron los cuerpos tapados, ahogó un grito.

—Conocía bien a Roberto Vallés. Esto es espantoso, Rafael. Qué horror.

—Así es La Habana, querida —dijo él—, una ciudad igual que las demás, con crímenes y fiestas, con ricos y pobres, con brillo y oscuridad.

—Espero que encuentren al ladrón.

—No lo harán. Nunca lo hacen. No tengas ninguna esperanza.

Aquellas eran exactamente las palabras que Isabel quería oír. Pretendía estar triste y afectada, pero en realidad todo su cuerpo le pedía ir a celebrarlo. Se había librado de Alicia Abbad, por lo que podría centrarse en su nueva y prometedora vida y olvidar definitivamente los años anteriores. Capítulo cerrado.

No le dio pena el pobre joyero, sintió agradecimiento hacia él. Le había abierto las puertas a una nueva vida ofreciéndole el mejor negocio para la persona que pretendía ser. Además, con su muerte, la había colmado de joyas: las que había robado para pretender que lo sucedido tan solo era un vulgar atraco que se había complicado. Vendería algunas, pero se quedaría otras que ya estaba deseando estrenar. Especialmente los pendientes.

III

Isabel y Rafael ya se habían alejado de la escena del crimen cuando Dora, extrañada por la tardanza de la señorita Alicia, llegó a la calle del Obispo. Los curiosos frente a la Joyería El Sol era ya bastantes y algunos carteristas aprovechaban para meter la mano en los bolsillos de los más distraídos mientras su atención se concentraba en los policías que entraban y salían del local. A un lado de la puerta, dos camillas en el suelo esperaban sin urgencia a la llegada de la ambulancia. Dora reconoció la forma de su señora en cuanto la vio. Asustada pero decidida, se abrió paso como pudo hasta que un policía la detuvo.

—¡Esa es la señorita Alicia! —dijo gritando mientras apuntaba con el dedo al bulto tapado con una sábana de cabeza a pies.

—¿Es usted familiar de la víctima? —replicó el agente ablandando el gesto.

—¡Sí! —dijo ella sin dudar, apartando con el brazo al hombre para arrodillarse inmediatamente junto al cuerpo de su señora.

Levantó un poco la sábana para descubrir la cara. Sus facciones parecían haberse quedado sin musculatura y sus mejillas, su barbilla, su papada, colgaban de lado. La abrazó llorando. Todos los que contemplaban la escena parecían encantados del espectáculo que estaba ofreciendo, pero le dio igual. Alicia Abbad la había cuidado y la había educado. Siempre había sido buena con ella pese a que distaba mucho de ser la doncella que requería una dama como ella. Le había hecho viajar, conocer mundo, aprender modales, acudir a las mejores tiendas, y aunque siempre le estaba repitiendo lo que debía y no debía hacer, lo cierto es que lo hacía con amabilidad, perdonando cada uno de sus innumerables fallos. Además, le gustaba tanto comer que siempre que no encontraba compañía la llevaba a ella, que ya había engordado varios kilos desde que se había puesto a su servicio y había probado manjares que el mundo reservaba solo para los más exquisitos paladares. Se interesaba por ella, esa era la verdad. En unos años, gracias a su generosidad, podría comprarse una casita en su pueblo donde retirarse. Posó la cabeza en su pecho abundante y lloró tristemente. Un policía intentó separarla de ella, pero Dora se apretó más contra el cuerpo de su señora.

Fue entonces cuando lo notó.

Un latido.

Se quedó inmóvil, sin saber si aquel tambor, lento y discontinuo pero presente, provenía de su cuerpo o del de Alicia Abbad.

Al acercar su oreja al pecho, no le cupo la menor duda. Se puso en pie de un salto.

—¡Esta viva! —gritó—. ¡Una ambulancia! ¡Deprisa! ¡¡Está viva!!

IV

Tomás, Gabriel y Lucía habían salido a pasear a caballo por San Gabriel. La zafra empezaría en pocos meses y convenía que todo estuviera en orden. Con una fuerza de trabajo mucho menos explotada era necesario que, por lo menos, lo que no dependía de los esclavos funcionara a la perfección. Tomás ya no era el acompañante de Gabriel, era el mayoral, lo que le colocaba en el tercer lugar en importancia en lo que al ingenio se refería. También era libre y podía haber partido del valle si hubiese querido, pero lo cierto es que ni se lo había planteado. De hecho, la libertad no había tenido ningún efecto en él. No se sentía mejor, no se sentía más libre, no notaba que nada en su interior hubiera cambiado sustancialmente. Vivía mejor en la cabaña que había ocupado Manuel Mantecón y podía reunirse con alguna de sus conquistas en la intimidad, pero todo lo demás no había cambiado. Era extrañamente frustrante.

Además, para alguien fiel a sus ideas, fiel a su condición y a su causa, de pronto se generaba un conflicto moral. Era incapaz de traicionar a los que confiaban en él, y en aquel entonces los que confiaban en él constituían dos grupos opuestos. Por un lado estaban los esclavos y la rebelión que llevaba años preparando en la cueva de la santera Crista. Por el otro, Lucía le había confiado la gestión del ingenio y le había desvelado sus planes de liberar a todos los esclavos en cuanto fuera posible. No la había creído, harto de buenas intenciones que nunca se acababan de concretar, pero no podía negar que el trato que dispensaban en su plantación era excepcionalmente bueno comparado con el de los demás ingenios de Cuba. Además, como a todos, el ama Lucía le caía bien. Estaba seguro de que no había nadie en todo el valle que le desease ningún mal. Bueno, quizás solo dos, el asesino y el niño. O tres, si como decía Crista también había una mujer detrás de todo aquello.

Transitaban el camino central en dirección a la casa de calderas cuando un coche de caballos a toda velocidad apareció a pocos metros en dirección a ellos, levantando una polvareda a su paso. Los tres sabían perfectamente quién era.

—Ese imbécil me va a oír —oyó musitar a su patrona.

Se trataba de Germán, el mayoral de San Rafael, que siempre circulaba como si llegara tarde a algún sitio, levantando polvo y molestando a las personas con las que se cruzaba. Lucía le había dicho varias veces que no fuera a aquella velocidad, pero Germán no atendía a razones y parecía olvidar convenientemente cualquier orden que no proviniera de su patrón Rafael. Pero por si aquella falta no fuera suficiente, antes de cruzarse con ellos sucedió lo peor.

Una familia de jutías congas cruzó por delante del carro justo cuando debía empezar a frenar pero aún no lo había hecho, de forma que atropelló a dos sin remedio y pisó a una tercera en la cola. Los tres animales gañaron de dolor.

Lucía los acompañó con sus gritos y saltó del caballo, fusta en mano, para salir corriendo hacia los animales. Gabriel nunca había visto bestias como aquellas. Se notaba que eran roedores: tenían el morro chato como los castores y la mayor debía medir unos sesenta centímetros rematados por una cola parecida a la de un ratón, pero bastante más corta en proporción a su cuerpo peludo y pardo. Debían de pesar alrededor de los siete kilos. Una estaba muerta, pero las otros dos sufrían mientras agonizaban entre espasmos.

Germán bajo del carro y se acercó a Lucía, que con cautela había arrimado la mano a una de las jutías.

—Esas malas bestias han cruzado el camino en el peor momento —dijo sin atisbo de sensibilidad.

Lucía lo miró y se levantó. Iracunda, le pegó tres fustazos mientras le gritaba.

—¡¡Imbécil, imbécil, imbécil!! ¡Es el camino el que se ha cruzado en su bosque! ¡Usted se ha cruzado con ellas y no al revés! ¡Estos animales estaban en la isla antes de que la madre de usted tuviera la mala idea de tener un hijo! ¡Le he repetido un millón de veces que por mi ingenio no circule así! ¡Hablaré con don Rafael, no lo dude! ¡Esto es indignante!

Una de las jutías empezó a emitir sonidos de dolor que desviaron de nuevo la atención de Lucía hacia los animales. Los miró consternada.

—Mátelos. Acabe con lo que empezó. Estos animales no merecen sufrir por su culpa.

Lo miró de forma que no había duda de lo que debía hacer, por lo que Germán sacó el machete y con decisión volteó ligeramente a una de las jutías y se lo clavó en el corazón. Luego, mientras Lucía, Gabriel y Tomás lo observaban, repitió la operación con la segunda. Los animales murieron en el acto, sin apenas sangrar. Los cogió de una pata y los lanzó al bosque.

Cuando se irguió, Lucía seguía mirándolo con cara de odio, pero también con una expresión que Germán no supo definir, mezcla de sorpresa y curiosidad.

—Señora Lucía —le dijo—. Mandó el señor Miguel nota a San Rafael para informar de que su tía, la señora Alicia Abbad, ha sufrido un percance en La Habana que la tiene ingresada en el hospital de San Juan de Dios. Que por ello no podrá asistir a la reunión del próximo viernes con usted y mi patrón don Rafael Viader, y que propone que se reúnan los mayorales en su lugar. Venía a avisar a Tomás.

Lucía se preocupó. Conocía poco a Alicia Abbad, pero habían pasado gran parte de la fiesta de los arcángeles juntas y habían congeniado. Estaba segura de que era una buena persona y si, como parecía, su estancia se alargaba, probablemente se convertirían en buenas amigas.

—¿Y qué es lo que le ha pasado, si puede saberse?

—No me dieron mucha noticia en la hacienda de San Miguel, solo sé lo que me contó su mayoral. Se vio envuelta en el atraco a una joyería. Desafortunadamente estaba dentro cuando el atracador quiso desvalijarla. Mataron al joyero y la dejaron a ella malherida —contestó Germán.

—Es espantoso. Rezaremos por ella —respondió ella, con un tono que mezclaba eficazmente la preocupación con el enfado.

Se hizo el silencio. Germán se puso el sombrero y volvió a su coche. Sabía que lo que deseaba aquella señora era verlo desaparecer, por lo que, esta vez al paso, se alejó de la escena, dejando a Tomás, Gabriel y Lucía con los ojos clavados en su espalda.

—Qué personaje más siniestro —dijo Gabriel.

—El peor de todos los mayorales —apostilló Tomás—. Tratar con él siempre es difícil.

—Pero hay algo que me ha intrigado y que viene a reforzar algo que me da vueltas desde la fiesta de los arcángeles —dijo Lucía—. Ese hombre... ¿Habéis visto como ha rematado a las jutías?

—¿Qué quiere decir, tía?

—Quiero decir que ninguno hubierais matado a los pobres animales así. Que les hubieseis clavado algo en la cabeza, pegado un tiro, o algo por el estilo, pero el imbécil del mayoral de San Rafael ha cogido su machete y se lo ha clavado limpiamente en el corazón a las dos.

—Y cree que esa habilidad... —dijo Gabriel después de un silencio breve.

—No es «tan común» —dijo Lucía—. Quiero decir que este hombre sabe de anatomía, más que la mayoría. Prácticamente no han sangrado...Y pienso que el asesino que buscamos es capaz de extraer el corazón a sus víctimas tan limpiamente como Germán ha matado a estos animales.

—¿Cree que Germán sea el asesino del valle? —dijo Tomás.

—Creo que debemos vigilarle. Que debemos saber más de él. En San Rafael están pasando cosas que no me gustan. No me gusta este mayoral, pero eso no es nuevo, tampoco me gusta la chica esa, Isabel Palau. Nadie sabe de dónde ha salido, pero en apenas unos meses se ha hecho con el control de la hacienda.

—Nadie la quiere —apuntó Tomás—; de hecho, los trabajadores y los esclavos la odian cada día más. El único que está a su favor es don Rafael.

—Pues más razón para que la vigilemos también. Si el asesino, sea quien sea, no va contra ella, estará con ella, creedme.

—Lo organizaré. Tengo amigos en San Rafael. El mayoral Germán y la señora Palau están siempre juntos últimamente.

—Lo sé, por eso se lo digo, Tomás —dijo Lucía, que desde que el esclavo se había convertido en un hombre libre y era mayoral, había dejado de tutearle—. Pensemos en lo que sabemos del asesino: sabemos que es alguien que Mantecón conocía lo suficiente como para ofrecerle una copa de vino en su cabaña. También que es una persona con posibilidad de ir al puerto de Matanzas a por una serpiente que dejar en mi cama, pero que no conoce las costumbres de mi casa, pues no sabía que mi lecho se revisa cada noche antes de que me acueste. También hay algunas cosas que no cuadran. La primera de todas es el asunto de las mochas. Sabemos que han matado con una de mi almacén, lo cual no tiene sentido si uno es mayoral y ya tiene un arma a mano de su propiedad. La segunda son las víctimas. ¿Por qué iba un mayoral a matar a patrones y a otros mayorales?

—¿Y el tema de los corazones, tía? ¿Por qué arrancarlos? —apuntó Gabriel.

—Sí, también está eso. ¿Qué sentido tiene para un mayoral el rito ese? Pero quizás eso sea menos importante de lo que pensamos. Quiero decir, que el mero hecho de hacer eso, de simular una especie de ritual, desvía el foco de todos los de origen europeo... ya me entendéis. Puede que me equivoque, pero ¿qué mejor manera de no llamar la atención sobre uno mismo que llamarla sobre otros?

—Eso tendría sentido —dijo Gabriel.

—Sí, pero muchas otras cosas no, Gabi. De momento, pongamos el foco sobre Germán e Isabel Palau. Puede que erremos, pero tengo la intuición de que esos traman algo. Y hay algo más —dijo Lucía.

—¿Algo más? —repuso Gabriel.

—Sí. Todos os extrañasteis de mi empeño en mantener la fiesta de los arcángeles aunque no hubiera muchos motivos de celebración. Pero creí, y me reafirmo en ello, que cuando todo el mundo está de fiesta los que no lo están aprovechan para actuar pensando que nadie los ve. Aprovechan para observar, como hace la gente que no bebe, de la que nunca me he fiado mucho. Obtienen información de gente ebria que habla demasiado. Es fácil esconderse en las multitudes. Así lo pensó el asesino de Mantecón, que actuó cuando sabía que no encontraría a nadie al margen de nuestra inservible «nueva guardia» fuera del gran prado. No conozco a todos los esclavos y es fácil que cualquiera se ausentase de la fiesta. Muchos se fueron retirando a los patios a medida que avanzaba la noche, es lógico. Pero el mayoral de San Rafael, el detestable Germán, desapareció un buen rato y luego volvió. Solo. Pensé que habría ido a aliviarse, pero tardó una hora en volver como poco. Me parece muy raro. Lo recordé esta mañana. Probablemente tenga una excusa perfectamente válida para haberlo hecho, pero quizás no, y pese a que no sabemos el móvil del asesinato del bueno de Mantecón, todas nuestras pesquisas encajan con ese hombre —Lucía se calló para pensar durante unos segundos—. Y hay algo más. ¿Os acordáis del niño que vieron jugando en el jardín de los Viader la noche del asesinato de Sebastián y Dionisia? Hablé con el ama de llaves y me confirmó que a esas horas todos los niños que trabajan en la casa, seis en total, ya estaban acostados. Les cierran la puerta con llave cada noche para que no salgan de allí, así que el niño no era de la casa. Eso puede confirmar nuestras sospechas de que estaba allí para distraer a los guardias mientras su cómplice adulto accedía a la habitación de las víctimas. Así que hay que buscar a un niño también. Como sabéis, de todo esto solo os informo a vosotros, nadie más sabe de mis pesquisas.

Tomás, que no había intervenido mucho en la conversación, de pronto sentía que todo lo que Crista había predicho en sus trances a la luz del fuego cobraba sentido. No podía explicar a sus patrones la existencia de aquella esclava cimarrona, tampoco que era una santera de la que debían fiarse. Confesar que la veía cada luna llena junto con los otros dos líderes de los esclavos abriría una caja de la que solo podían surgir preguntas.

En dos días sería luna llena y volvería a ver a Crista. También a sus cómplices rebeldes. Les hablaría del episodio que acababan de vivir con Germán. No le habría parecido tan sospechoso de no conocer su cercanía a Isabel Palau. Pondría a sus compañeros sobre aviso, especialmente a Roque de Viader, que, pegado a la plantadora para protegerla, era el que les informaba sobre lo que hacía y el que les había puesto al corriente del reciente vínculo que había establecido con el mayoral.

V

Isabel estaba en la bañera, con los ojos cerrados, sintiendo cómo su piel tersa se limpiaba y absorbía las sales de baño que había espolvoreado en el agua. Había descubierto la existencia de ese producto al llegar al palacete Abbad, pero solo recientemente lo había probado. Como le pasaba con la mayoría de los lujos que iba catando, de pronto se le hacían imprescindibles. No aceptaba bañarse si no había sales de baño perfumadas para disolver en el agua tibia que le preparaban a diario. Aquel era un placer que la relajaba y le hacía sentirse bien, pero no tanto como la súbita tranquilidad que había precedido a su acto en la joyería. Qué maravilloso era no tener escrúpulos; más aún, qué maravilloso era disfrutar de tener el control, de la descarga de adrenalina que actos bien ejecutados como aquel proporcionaban. Y luego, la paz. De pronto, el cielo parecía más azul, los árboles más verdes y la gente más guapa. Bueno, quizás no tanto.

Rafael la había visto deslizarse dentro de la bañera y había comenzado a desabrocharse la camisa, decidido a compartirla con ella, pero Isabel se había negado y le había echado de allí con firmeza. Era guapo y amable, pero nunca se cansaba de ella. Decepcionado, Rafael había bajado al bar del hotel a tomar una copa, algo de lo que tampoco parecía cansarse nunca. Ese era un momento para ella y para nadie más. Sentía que cuando tomaba el mando y actuaba su estima crecía, y tras matar a Alicia Abbad y al joyero —«¿cómo se llamaba?», pensó divertida—, se había querido profundamente.

Metió la cabeza bajo el agua y la sacó poco después para acariciarse el pelo y aspirar el olor a lavanda del agua. Todo era perfecto, y si hubiese creído en Dios le hubiera dado las gracias, pero al oír la puerta de la habitación abrirse e inmediatamente después la del cuarto de baño, supo que aquel momento de felicidad iba a acabar de manera abrupta.

Rafael se acercó y se sentó en el borde de la bañera. Isabel enseguida supo que tenía algo importante que decirle.

—Me acabo de encontrar con Miguel Abbad. Es terrible, no sabes lo que ha pasado. ¿Recuerdas el altercado que vimos en la joyería?

—Sí, cómo no —respondió ella. Le cansaba tener que volver a interpretar, pero se incorporó un poco y esbozó un gesto de preocupación.

—La señora que estaba con el joyero era Alicia Abbad, su tía. Pobre mujer.

—Es terrible, Rafael. Pobre Miguel: primero su padre y ahora su tía...

—Bueno, gracias a Dios Alicia no ha muerto.

Isabel se incorporó un poco más. Todo su buen ánimo de pronto viró y la angustia se apoderó de ella.

—¿No ha muerto? —dijo sin poder disimular cierto deje de sorpresa que a Rafael no le pasó desapercibido.

—No, no ha muerto. Querida... parece que eso te contraríe.

No la contrariaba. La encendía, la exasperaba, la preocupaba. Pero esta vez se cuidó mucho para que no se notara.

—No digas tonterías. Conozco poco a la señora Abbad, pero le tengo aprecio. Estará asustadísima, la pobre. Qué horror.

—En realidad, nadie sabe cómo está, me temo que ni ella misma. Está inconsciente y los doctores temen que jamás despierte. Tiene un golpe fortísimo en la cabeza. En la nuca. Se lo dieron con un mazo. El ladrón debió de pensar que la había matado y en realidad prácticamente así ha sido. Está ingresada en el Hospital de San Juan de Dios. Pobre mujer. Su sobrino está muy triste. A mí también me ha entristecido. Últimamente solo tenemos malas noticias en el valle. Antes todo era mejor, más bonito.

—Me gustaría ir a verla —dijo ella, ahora sí más tranquila al saber que Alicia no podía hablar. Por ahora.

—Oh, querida, está dormida, no serviría de nada.

—Lo sé. Pero reconfortará a Miguel y me quedaría más tranquila —repuso Isabel, que está vez no tuvo que fingir sus sentimientos.

El Hospital de San Juan de Dios, un edificio del siglo XVI con aspecto y distribución conventual que había sido fundado por la orden hospitalaria, revestía una belleza inútil, poco práctica e indeseable para un hospital, con dos alturas, cada una con dos grandes salas, un claustro y la sensación general de que su tiempo había pasado ya. La mayoría de los que se encontraban entre sus paredes creía que en la capilla que se erigía en uno de sus costados estaba la solución a su infortunio más que en cualquiera de sus camas. Algunos pacientes se quejaban entre lamentos, otros sufrían en silencio, sin fuerzas para gritar. Muchos parecían rendidos a la muerte y permanecían con la respiración entrecortada y los ojos cerrados esperando que Dios se los llevara lo antes posible.

Miguel Abbad había llegado por la mañana alertado por un mensajero que arribó con urgencia a San Miguel. Lo había enviado Dora, la doncella de su tía, que había demostrado mucha mayor competencia que la que todos le suponían. Cuando llegó al hospital, la encontró sentada al lado de su tía, refrescándole la cara y los brazos con agua de rosas que Miguel no supo de dónde había sacado. Él sabía que la muerte les igualaba a todos, pero no sus prolegómenos, y le impresionó ver a su tía, nacida, criada y envejecida entre algodones, echada en un camastro que hubiera envidiado a los de sus esclavos. El rostro de Alicia reflejaba paz, y aunque se encontraba en el peor entorno que jamás hubiera soñado, parecía cómoda y tranquila. La sala estaba sumida en una oscuridad monacal que, apartando el sol, intentaba ganar frescura, lo que la volvía tétrica y húmeda. Los enfermos yacían tras mosquiteras que intentaban aislarles de los insectos que se oían zumbar en los altos techos. Los médicos debían acercarse mucho a las libretas con sus anotaciones para poder leerlas y con frecuencia equivocaban a los pacientes. Se barría y se fregaba, pero era difícil mantener un edificio tan grande, viejo y oscuro en las condiciones de higiene que un hospital necesita. Probablemente el arquitecto que lo diseñó no tenía demasiada idea de lo que un recinto como aquel requería.

El médico le había explicado la situación, una vaga retahíla de suposiciones sobre lo que pasaba en el interior de la cabeza de su tía, aplastada por un lado de forma que la masa cerebral se había visto severamente dañada. También le había dado lo que creía que debían ser buenas noticias, pero que a Miguel solo lo empujaron al pesimismo.

La parte positiva era que podía haber muerto, que había interrumpido su tránsito a la otra vida cuando había poca esperanza en sus posibilidades. Había perdido mucha sangre hasta haber sido descubierta en el suelo de la joyería junto al fallecido Roberto Vallés, y de no haber sido por su doncella, por Dora, estaría muerta. Pero aunque inconsciente, su pulso se había recuperado, la herida de la cabeza sanaba y su aspecto lívido mejoraba poco a poco.

La parte negativa era que no había nada más que los médicos pudieran hacer. Miguel, acostumbrado a que su dinero abriera puertas que parecían inexpugnables, había hablado con todos los facultativos del hospital y también había mandado misivas a las eminencias más reconocidas de la isla. Los que habían contestado parecían hablar con una sola voz y temió que los demás también lo hicieran. El cerebro era la parte más sensible y desconocida del cuerpo humano, un órgano al que nadie sabía cómo tratar ni cómo curar en una situación como aquella. Si intervenían en el lado equivocado, podían provocarle un tremendo dolor de por vida o matarla. Despertar a Alicia con una operación hubiera sido como si les tocara la lotería y a Miguel no le gustaban los juegos de azar. Nunca se había sentido tan frustrado, tampoco más triste. Su madre había muerto hacía años, con su padre apenas había tenido relación desde que, aún muy joven, había ido a encargarse del ingenio. Luego él también había muerto. De pronto, cuando creía que su familia se reducía a la que él mismo había creado, su tía había llegado a Cuba y lo había cambiado todo. Con Alicia sentía que conectaba con su pasado, con su padre, con su sangre. Sentía que había algo que solo compartían ellos dos y disfrutaba sinceramente de aquel descubrimiento, venido de la mano de una persona fundamentalmente buena, pero también inteligente, culta y divertida. Cuando ya se había acostumbrado a su compañía, el cruel destino se la arrebataba.

Tras escuchar a los doctores y pasar horas derrumbado en aquel lugar triste y sombrío, una pequeña ola de valor le sobrevino y decidió que todo lo que tenía que hacer era llevar inmediatamente a Alicia de vuelta a San Miguel, acomodarla y ofrecerle los mejores cuidados para que despertara. Pero también esa esperanza fue aplastada. Por lo menos de momento. Su tía y, sobre todo Dora, debían quedarse allí aún unos días más, por algo muy lógico en lo que no había reparado.

Alicia estaba inconsciente. Dormida. Nadie sabía si oía las cariñosas palabras que Miguel le decía, o si sentía la esponja mojada en agua de rosas con la que Dora humedecía su cuerpo. No podía comer por sí misma, así que su doncella debía aprender a alimentarla, lo que no era un proceso agradable y llevaría algunos días.

Debían meter una sonda de aspecto cartilaginoso, hecha con hueso de ballena cubierto de piel de anguila, por la boca y a través del esófago hasta el estómago. Era difícil, incómodo para Alicia y peligroso, pero de su éxito dependía que la pobre mujer se alimentara y sobreviviera. Jaleas, huevos batidos con agua, azúcar y leche eran las recomendaciones de lo que debían hacer pasar con una jeringuilla por aquella vía. La perspectiva no era halagüeña y contribuyó a que Dora se preguntara si no hubiera sido mejor para su señora haber muerto en el atraco igual que el joyero.

El médico les explicó el asunto lo más gráficamente que pudo.

—El cerebro de la señora Abbad está muy grave, pero no está muerto, es decir, tiene actividad. Actualmente podemos decir que es como el salón de una casa de noche tras haber pasado un huracán. Está todo desordenado y no sabríamos ordenarlo puesto que no tenemos luz. Pero puede, y les ruego que tomen esto como un milagro, no como una esperanza de fácil alcance, que la luz se prenda. Que sepamos qué ordenar. Que el cerebro de la señora Abbad de pronto entienda qué es lo que debe reparar y cómo debe hacerlo. De ser así, puede que haya cosas que sepa arreglar y otras que no, y de eso dependerá cómo siga su vida. Así que son varios pasos, como ven. Primero, que recupere la consciencia, lo que sería un enorme avance, posible pero improbable, y de ahí, mediante estímulos y el propio trabajo de su cabeza, que todo se vaya reparando. En el mejor de los casos puede que la mayoría de las cosas que recuerdan del carácter y de la vida de su tía nunca vuelvan. En el peor, puede que se quede en el estado que tiene ahora para siempre.

—No lo permitiré —dijo Miguel.

Los ojos se le habían humedecido y su gesto era de rabia. Todos entendieron lo que quería decir. Dio instrucciones a Dora para que, en cuanto su tía pudiera viajar y ella hubiera aprendido a cuidarla, volvieran a San Miguel. Un coche esperaría en la puerta del hospital hasta que pudieran subirse a él. Su equipaje había sido recogido y cargado en dicho coche. Luego, haciendo de tripas corazón e intentando no derrumbarse, se dio la vuelta y abandonó el lugar con paso triste y cansado.

No había salido del edificio cuando encontró en la entrada a sus vecinos de hacienda, Rafael Viader e Isabel Palau. Ambos lo miraron con semblante triste y preocupado. Isabel se acercó a él y le cogió de las manos.

—Miguel, no sabes lo que sentimos lo de tu tía. ¿Qué tal te encuentras tú?

Agradeció que alguien se preocupara también por él. Si no lo hubieran educado para no hacerlo, hacía rato que estaría llorando desconsoladamente.

—Gracias, Isabel. Lo cierto es que no está bien, pero dadas las circunstancias, parece que tenemos que agradecer que esté viva. Aunque al verla parece que está más cerca de la muerte que de otra cosa.

Rafael le puso la mano en el hombro. Se conocían desde hacía años, y aunque Miguel era algo mayor y no iba a las fiestas y juergas que tanto gustaban a su vecino, se tenían aprecio.

—Me gustaría mucho verla. Cogerla del brazo, animarla —dijo Isabel.

A Miguel le molestó la idea. Isabel apenas conocía a su tía. Había algo morboso en querer verla. Intentó ser educado.

—Eso no va a ser posible. Mi tía Alicia debe estar en reposo y exclusivamente con los médicos. De todas formas, está dormida, Dios sabe si para siempre, por lo que tampoco sentiría nada de tu apoyo.

—Lo sé, pero aun así... —insistió Isabel, que necesitaba ver con sus propios ojos a aquella muerta en vida para quedarse tranquila.

—Lo comprendemos perfectamente —la interrumpió Rafael sin entender el empeño de Isabel por ir a ver a aquella mujer. Tiempo habría.

—Cuando esté en el valle, agradeceremos mucho tus visitas, Isabel. Ahora me temo que no es el mejor momento.

Miguel se negaba en redondo a que nadie viera a su tía en aquel lugar y circunstancias. Si no despertaba nunca, dormiría en la mejor de las habitaciones de su ingenio, llena de flores, de luz y del ambiente cuidado y lujoso del que se había rodeado hasta la fecha. Aquello era deprimente y no quería que nadie relacionase a su tía, vital y alegre, con aquel espacio triste y oscuro.

—Nos vamos ahora hacia San Rafael —dijo Rafael—. ¿Te podemos ayudar en algo?

—No, lamentablemente hay poco que podamos hacer ninguno. Si despierta, puede que tampoco vuelva nunca a ser ella misma. Es frustrante.

«No lo es», pensó Isabel, que sentía como su cuerpo cada vez pesaba menos, liberada de las preocupaciones que la acechaban.

—El valle la ayudará, ya verás. Este lugar es terrible —le animó Rafael.

—Todos la ayudaremos, haremos lo que haga falta —confirmó Isabel.

Hablaba completamente en serio.

VI

Roque de Viader llevaba un par de días nervioso y excitado esperando el encuentro con Tomás de Serrano y Mateo de Abbad en la cueva de Crista. Estaba seguro de haber encontrado una pista clave para descubrir al asesino del valle y sentía que, por una vez, su astucia había vencido a su vagancia y aportaba algo importante a los demás. Desde pequeño se había acostumbrado a que otros trabajaran por él, cosa inaudita en los esclavos, que se lo perdonaban, y que los amos parecían no ver. Cortaba menos caña que los demás y siempre encontraba la manera de escabullirse. De mayor, auspiciado por su inteligencia, había conseguido que lo destinaran a la casa azul, donde era aún más fácil pasar el día sin trabajar demasiado. La cocinera de la casa, una negra fuerte y resolutiva de pelo blanco e infinita experiencia le llamaba «don Hayque», porque frecuentemente comentaba lo que había que hacer, pero siempre esperaba que fueran los demás quienes lo hicieran por él. Pero por una vez, había sido útil. Esperaba que lo suficiente para pasar muchos meses relajado y recibiendo agradecimientos.

No le había resultado demasiado difícil, esa era la verdad. Había bastado con estar en el lugar adecuado en el momento adecuado. Como ya había informado a sus hermanos en la cueva, lo habían destinado a la protección de Isabel Palau, la nueva novia del amo Rafael, así que la acompañaba de un lugar a otro. La mujer era soberbia y antipática y no lo llamaba nunca por su nombre, que parecía olvidar intencionadamente. Además, le hacía seguirla siempre varios metros por detrás, de forma que ni siquiera notara que él estaba allí. A menudo acompañaba a aquella arpía Germán, el mayoral, un hombre complicado que podía pasar de la amabilidad a los gritos en un santiamén, y que los esclavos más viejos de la plantación recordaban dando azotes y actuando con crueldad cuando los amos aún lo permitían. Todos lo odiaban, lo que le puso sobre la pista de Lucas, un bozal de San Rafael que, pese a ser el menos dócil de los esclavos, era extrañamente cercano al mayoral que, en teoría, representaba todo lo que Lucas odiaba. Ya los había visto cruzar miradas varias veces, pero fue un día, al entrar en el patio de los esclavos, cuando su curiosa conexión se hizo más evidente.

Habían acudido a ver las reparaciones ordenadas por Isabel, que ni siquiera descabalgó, ordenando a Germán que fuera él quien lo revisara todo mientras ella los observaba desde la altura de su caballo. Roque había bajado de su montura para seguir al mayoral, que entraba y salía de los barracones con cara satisfecha, alardeando de su poder. Pasaba junto a todos saludando con forzada amabilidad sin reparar en nadie, pero sin darse cuenta, espontáneamente, saludó a Lucas por su nombre. Lucas le devolvió el saludo con la cabeza mientras un niño de alrededor de siete años se agarraba a su pierna. Hacía calor y muchos iban con el torso descubierto, por lo que Roque pudo ver la herida que atravesaba el pecho del pequeño en diagonal. Lucas se dio cuenta de cómo miraba al niño y lo apartó con la mano, empujándolo detrás de él.

Por la tarde, alrededor de las seis, volvió al patio, esa vez solo, pues la señora Palau se había quedado en la casa azul. A esa hora los esclavos volvían a sus barracones y se reencontraban con sus familias. Atardecía y los niños semidesnudos jugaban con una pelota de trapo en el centro del complejo. Paseó la mirada por el lugar y, al no ver a Lucas, se acercó al niño que supuso era su hijo, aquel que tenía la herida en el pecho. Le gustaban los niños. Ya a esa edad se los veía más fuertes y guapos que los blancos o indios. Las piernas largas, el pelo denso, la piel morena y gruesa, los dientes blancos y la risa fácil, aquellas barrigas que aún no habían derivado en músculo... Siempre que los contemplaba se decía que «había que» hacer algo por ellos, para que vivieran con la libertad que a sus padres se les negaba.

Se acercó al niño y lo cogió del brazo. El pequeño lo miró sin miedo, contento, como si lo conociera. Llevaba un pendiente, un aro de madera en el lóbulo de la oreja derecha.

—¿Cómo te llamas? —le preguntó Roque.

—Elías. Me llamo Elías de Viader.

Todos los esclavos llevaban el apellido de sus amos, pero a Roque oírlo de un niño pequeño le entristeció un poco.

—¿Y cómo te has hecho esto? —le preguntó, pasándole la mano por encima de la herida.

—Oh... no sé —respondió el niño, mirando hacia el suelo.

—Me lo tienes que decir, porque si ha sido alguien del patio, lo voy a castigar. ¿Quién ha sido?

Elías pareció alarmarse un poco.

—No tiene que castigar a nadie. Me lo hice yo solo. Una noche.

Roque empezó a tirar del hilo.

—¿Con un cuchillo? ¡No se pueden tener cuchillos! —le dijo simulando enfadarse.

—¡No tengo ningún cuchillo! —respondió rápidamente el niño—. ¡Fue con un cristal!

Los ojos de Roque se iluminaron. Solo había cristal en la finca de San Gabriel, pues las demás casas no tenían en sus ventanas y hubiese sido extraño que un esclavo se cortara con una botella rota u otro objeto de ese material. Ese podía ser el niño que se había colado por la ventana del almacén de mochas. Quiso asegurarse más, pero de pronto una mano le cogió del hombro y lo empujó hacia atrás. Era Lucas, el esclavo al que había visto con Germán.

El hombre estaba nervioso y con su súbito arranque violento se estaba delatando.

—¡Deja a mi hijo en paz! —le gritó mientras Roque se ponía en pie.

—¿A ti qué te pasa? —le respondió Roque, que sabía perfectamente lo que le pasaba. Podrían haberse peleado, pero a ninguno le convenía. Roque no sabía y Lucas ya se había delatado lo suficiente e intentaba calmarse.

—No me gusta que hablen con mi hijo. Es un bobo, no tiene respeto hacia sus mayores.

—Conmigo ha sido amable —dijo Roque.

—¿Y qué quieres de él?

—Nada. Lo vi jugando, quise saludarle. Hablo con muchos niños. Me gustan. Son los hijos de mis hermanos negros.

—Bueno. Déjale que siga jugando —repuso Lucas. Se le notaba la preocupación por lo que su hijo pudiera haber dicho. Miró al pequeño, que los observaba desde abajo con curiosidad—. Ve a jugar, Elías —le dijo

El niño se fue corriendo con sus amigos, que contemplaban la escena. Luego, Lucas miró a Roque de arriba abajo de forma que a este le pareció amenazante y se fue enfadado hacia su barracón.

Él volvió a la casa grande seguro de haber encontrado al asesino o, por lo menos, a un cómplice del que buscaban. Luego, tras pensarlo mucho, concluyó que Germán, su mayoral, podía estar implicado en el asunto, que quizás por eso se saludaban. En aquella conspiración solo faltaba la mujer de la que Crista les prevenía en sus últimas predicciones. Solo podía tratarse de Isabel Palau.

Tomás era mejor detective, pero él había conseguido toda la información, se dijo orgulloso. Por la noche, fue a la cueva de Crista y les contó aquellas averiguaciones a sus compañeros, que lo escucharon con atención mientras la sacerdotisa permanecía en silencio, sentada con las piernas cruzadas frente al fuego, balanceándose hacia delante y hacia atrás con los ojos cerrados. Cuando Roque acabó de explicarse, Tomás intervino. Estaba nervioso, pero también alegre.

—Eso tiene todo el sentido —dijo—. ¡Todo! Tenemos a la mujer de la que Crista nos ha hablado, asociada con el mayoral, que a su vez tiene a uno de los esclavos para hacer el trabajo sucio. Pero hay algo que no entiendo: ¿cuál es el móvil?, ¿qué es lo que pretenden? Y hay algo más: todos los asesinatos, salvo el de Mantecón, sucedieron antes de la llegada de Isabel Palau al valle. Así que si ella está implicada, solo puede ser porque se conocieran antes.

—O porque los descubriera —dijo Roque.

—Claro. También podría ser. Supongo que lo que más pistas nos daría sería un nuevo asesinato, porque no creo que lo que quiera que planeen haya acabado aún; es más, seguro que no lo ha hecho, pero tenemos que evitar que maten a nadie más. Sigamos vigilando a esos tres. Yo pensaré algo para desenmascararlos. Llevan meses actuando sin que nadie sospeche de ellos. Si piensan hacer algo, deberán reunirse, hablar. Roque, avísanos cuando te pidan que no los acompañes. Esa puede ser la señal de que quieren hablar en privado. —Tomás se quedó pensativo un instante y aflojó el gesto alegre para mostrar un atisbo de desánimo—. En realidad, todo lo que has visto podría tener una explicación sin relación alguna con los crímenes. Espero que no estemos vigilando a quien no toca.

—Lo que yo sigo sin entender es por qué nos tenemos que preocupar por esto —intervino Mateo de Abbad—. Estáis centrados en un asunto que no tiene nada que ver con el objetivo real que nos llevó a tener estas reuniones. La revolución, nuestra liberación.

—Ya te lo expliqué —respondió Tomás—. Si resulta que el asesino es un esclavo, los amos tomarán medidas contra todos y será más difícil alcanzar nuestro objetivo. Estaremos más controlados y los amos más atentos. Crecerá el odio en ambos lados. Cuando la revolución estalle, nuestro objetivo debe ser hacernos con el valle sin destruirlo, para poder vivir todos de él, pero en libertad. Si nuestra relación con los amos se deteriora, cuando nos levantemos no podremos controlar la revolución, nos mataremos los unos a los otros.

—Bueno, eso es una teoría —insistió Mateo con una medio sonrisa que hacía ver que no le creía del todo—. El hecho es que en oriente están empezando a moverse las cosas. Me lo dijo el maquinista del tren, que lo había oído en Matanzas. Ha habido dos insurrecciones en dos haciendas, haciendas grandes.

—¿Y qué consiguieron? —preguntó Roque, que sabía la respuesta.

—Nada, no consiguieron nada, pero el hecho es que si lo analizáis, cada vez son más frecuentes estas situaciones. En cuanto algún hombre blanco una sus fuerzas a nosotros, la libertad estará más cerca.

—¿Y por qué un blanco querría hacer eso? —repuso Roque.

—Porque algunos también quieren una revolución, pero para independizarse de España. Para que Cuba sea un país libre. Para hacer eso, necesitarán incorporar esclavos a sus ejércitos, y a nosotros solo nos pueden ofrecer una cosa para que luchemos a su lado: la libertad. Si prometen la libertad a cambio de luchar con ellos, no tengáis duda de que no habrá ejército más motivado que el de los negros.

—Eso es interesante —dijo Tomás, pensativo.

—Sí que lo es. Lo que me lleva al siguiente tema: la nueva guardia.

Todos llamaban así a los hombres que habían sido reclutados para proteger el valle a raíz de los asesinatos que se estaban produciendo. Su presencia había provocado muchas bromas en los patios de los esclavos. Eran hombres que no conocían bien el valle y que dirigía un tal capitán Velasco, con inteligencia para todo menos para lo militar. Se limitaban a recorrer los principales caminos del lugar y a hacer guardia alrededor de los patios de esclavos y las casas grandes de los ingenios. Con sus uniformes blancos con sombrero de paja, aguardaban en las entradas y habían organizado varios puntos de vigilancia en algunas colinas. Una total inutilidad.

—No me dirás que te asustan esos hombres —dijo Roque.

—Todo lo contrario. Estoy encantado de que estén aquí. Han traído algo de lo que estamos muy escasos: armas —dijo Mateo.

—Eso es verdad —dijo Tomás.

—Hay una cosa mejor aún. Oí el otro día en casa Abbad al amo Miguel hablar de un cargamento de munición y rifles que han comprado en Europa y que van a descargar en Matanzas la próxima semana. Los quieren para la nueva guardia, que está armada con antiguallas. Nos tenemos que hacer con ese cargamento, sea como sea.

Mateo había conseguido captar la atención de sus compañeros.

—No veo cómo —apuntó Tomás—. Debería parecer que se han extraviado. Si desaparecen una vez estén en los almacenes del valle, todos sospecharán de nosotros. Además, por muy incompetentes que sean los de esa nueva guardia, tendrán su almacén vigilado. Eso es lo que hacen con los de las mochas desde que mataron a Mantecón.

—Ya lo he pensado —dijo Mateo—. Haremos que el tren descarrile en un puente sobre el río Alegre antes de que llegue a la estación. Cogeremos las armas del fondo del río y las esconderemos. Pensarán que se ha llevado el cargamento el torrente, o que, simplemente, no son capaces de dar con él. Son tan ricos que las darán por perdidas y pedirán unas nuevas. Pero nosotros sabremos dónde están.

—Has pensado en todo, ¿no es así? —replicó Tomás sonriendo—. ¿Y qué pasará con los pasajeros del tren?

—No lo sé. Ojalá sobrevivan. Lo haremos descarrilar en un puente que no sea alto, pero si no se salvan, será un sacrificio que deberemos asumir —dijo Mateo, que sabía que Tomás pondría el foco en aquello.

—Debemos pensarlo —dijo Tomás—. No quiero que haya muertes.

—Votemos —dijo Roque.

—Hagámoslo —asintió Mateo—. ¿Quién está a favor de hacer descarrilar el tren para quedarnos con los fusiles, aunque haya pérdidas de vidas?

Él mismo y Roque levantaron la mano. Tomás, como era de esperar, la dejó donde estaba. Se miraron los unos a los otros. Tomás bajó la cabeza y respiró profundamente, convencido de que la decisión que acababan de tomar era un error. Roque y Mateo se levantaron y se abrazaron exultantes: finalmente harían una acción de calado.

Crista y Tomás permanecieron sentados. La santera no votaba nunca, pero escuchaba atentamente y toda la información que recibía se mezclaba en su cabeza con sus espontáneas visiones. Tras pasar toda la noche en silencio, puso los ojos en blanco y dijo bajo pero audible:

—¿Y qué pasará si el pasaje no es el que esperan m'hijitos?

VII

Roque entró en la casa azul pasada la medianoche. En la planta baja, algunas sirvientas barrían y limpiaban el polvo. Desde la parte trasera de la mansión, el olor de la leña del horno de pan se colaba en las estancias. Todo lo que podía ser hecho de noche, se hacía, pues los amos ya convivían con demasiadas presencias a lo largo del día y preferían ver el menor número de sirvientes a su alrededor. Siempre había sido así, pero desde la llegada de la señora Isabel Palau se había acentuado. La intratable dama reclamaba atenciones rápidas y efectivas, pero a la vez odiaba verlos, por lo que era difícil de contentar. El amo Rafael no parecía reparar en nada de todo ello, obnubilado por la belleza sensual, fría y europea de la mujer. Roque, que debía acompañarla y protegerla, dormía en una habitación contigua a la destinada a la señora Isabel, que ella raras veces ocupaba, pues a los pocos días de su llegada había empezado a dormir con el amo.

Entró en su habitación y se desvistió dejando su ropa sobre una silla. Luego salió al pequeño balcón para contemplar la vista del bosque que rodeaba la casa azul en aquella noche de luna llena. La brisa le refrescaba, acariciando su cuerpo mientras sus ojos recorrían el paisaje. A sus pies, en el jardín, oyó los gritos apagados de los guardias dando el alto a un niño al que perseguían sin conseguir alcanzarlo. El zagal corría por el jardín de los patrones, zona prohibida para él. Los niños tardaban unos años en asumir que eran esclavos y que pertenecían a un plantador. Intentaban detenerlo sin armar demasiado escándalo y despertarlos a todos. Roque odiaba ser esclavo, pero debía reconocer que, en concreto, él no vivía mal. Era tan solo el saber que nada era seguro, que dependía de la voluntad, del humor, de las cosechas, de los matrimonios, de mil y una variables dictadas todas por el amo, lo que le sublevaba. Sencillamente, no era justo. De hecho, era tan injusto como para que un vago, un «estómago agradecido» como él, se lo jugara todo para cambiar las cosas. Para mejorarlas. Cuando le decían que era egoísta, se ofendía y le costaba no proclamar a gritos que estaba arriesgándose para que todos fueran libres.

Cerró los ojos y respiró profundamente antes de sentir cómo una cuerda fina le rodeaba el cuello y lo ahogaba. Primero fue una sensación suave, como la de un hilo al rozarle, pero en seguida la presión creció. Aterrorizado, se llevó las manos al cuello para intentar quitarse la cuerda. No podía gritar, no podía respirar, pero pudo girarse un poco para ver la cara del que le estaba quitando la vida sin remedio. Lucas. En la oscuridad de la noche, cuando los de su raza se camuflaban con destreza, sus facciones le resultaron, sin embargo, inconfundibles. Por su cabeza pasó la imagen del hijo de Lucas y se dio cuenta demasiado tarde que no era otro el niño al que perseguían en el jardín: Lucas acababa con su vida de la misma manera en que había asesinado a los Viader, para que él no le mencionara a nadie sus sospechas. Pero Roque ya lo había hecho.

Antes de despedirse, de volver con sus antepasados a la tierra africana que desconocía pero añoraba, sintió que lo único de provecho que había hecho en su vida había sido contarles a Tomás y Mateo lo que sospechaba, aquella misma noche, en la cueva de Crista.

Unas sospechas que ahora sabía que eran ciertas.

14

I

Ese día desayunaban debajo de la gran secuoya que presidía la entrada de la casa de su tía Lucía. Como siempre, cuando Gabriel llegó, ella ya estaba sentada ataviada con prendas de indefinible estilo y un sombrero de paja anudado bajo la mandíbula. Estaba de buen humor y enseguida le enseñó una invitación que acababa de llegar.

—Miguel Abbad se casa, ¿no es maravilloso, Gabi?

Gabriel ya lo sabía, pero pensaba que la celebración se demoraría más. Alicia Abbad había llegado al valle hacía tan solo un par de días, en el mismo estado de total inconsciencia en el que había entrado tras verse involucrada en el atraco, seguían sin localizar al asesino del valle y la zafra estaba a punto de empezar. Pensaba que todos estarían centrados en otros quehaceres así que, aunque alegre, solo pudo decir:

—¿Ahora?

—Sí, bueno, en un mes. Justo antes de la zafra. Supongo que sustituiremos la fiesta de inicio por la de la boda. Será divertido, me encantan las bodas.

—No sé si es la mejor época, tía.

—Siempre es buena época para celebrar, Gabi. Y no hay nada que guste más a la negrada... y a mí, que ya sabes que soy negra de espíritu.

—Pensaba que no estarían de humor. Con lo de su tía Alicia y todo eso.

—Ya. Eso es porque no entiendes una cosa fundamental sobre la vida. La vida son momentos. Y cortos. Hay que asumirla como tal. Son raros los momentos prolongados de total felicidad y también los de total tristeza. Para conseguir que ambos se alarguen en el tiempo, salvo en ocasiones muy extremas, uno tiene que esforzarse. Quiero decir que, por supuesto, si estás sumido en un dolor físico o anímico extremo, estás triste todo el rato, porque no hay felicidad que pueda competir con eso, pero si no es así, siempre hay algún motivo para sonreír a lo largo del día, aunque sea solo un poco. Han sucedido grandes ataques de risa en entierros y funerales, ya lo sabes, y está bien que sea así. La felicidad tampoco es completa mucho tiempo, esa es la verdad. Los humanos tenemos esa tendencia a sentirnos culpables cuando creemos que tenemos que estar tristes y no lo estamos, o no lo suficiente. Miguel Abbad adora a su tía y no dudo de la tristeza que llevará consigo gran parte del día. Pero también adora a su mujer, a sus hijos, y eso es siempre motivo de alegría. ¿Acaso debería evitar alegrarse con ello? Hay que luchar cada día para ser feliz aunque este maravilloso mundo nos lo ponga muchas veces difícil, Gabi. Y recordar que eso va con nuestro ser, la vida en pequeños momentos. Pasar de la risa al llanto. Así somos. Nunca esperes a que la vida deje de ser dura para decidir ser feliz.

Gabriel se quedó callado un instante mirando a su tía y pensando en lo que acababa de decir. Era cierto y lo podía comprobar en sí mismo. A pesar de todo lo que pasaba a su alrededor, de los zarpazos que la tragedia pegaba de vez en cuando al valle, de la presión, de estar lejos de sus amigos y entregado a una vida de incertidumbres, era feliz.

—Tiene razón, tía.

—Ya lo sé. Eso es porque soy cada vez más vieja y tengo los ojos abiertos —dijo mordisqueando una magdalena—. Me ilusiona la boda. Vendrá mucha gente. Me ocuparé de que te coloquen junto a alguien interesante.

—¿Alguien interesante?

—Sí. Eso he dicho. Alguien interesante —repitió ella esbozando una sonrisa pícara.

Acabaron de desayunar y su tía se lanzó a otra interminable sesión de jardinería. La primera vez que vio la casa inglesa le pareció que la rodeaba el jardín más bonito que nunca hubiera visto. Salvaje, pero ordenado, con especies que mezclaban sus formas y colores de forma perfecta y nada artificial. El conjunto requería de una labor diaria que realizaba Lucía con una pequeña cuadrilla a la que dirigía como un general aunque ella misma se embarrara, cavara, podara y trepara a los árboles mientras hablaba indistintamente con esclavos y plantas, que parecían quererla por igual. Mientras, él revisaba los campos de caña, que pronto serían cortados, y la casa de calderas, donde todo estaba a punto para el inicio de la cosecha.

Tomás había dejado de acompañarlo como un escolta y ya no vivía en la casa inglesa, pero seguía compartiendo la mayoría del tiempo con Gabriel, pues en su cargo de mayoral era el brazo ejecutor de los patrones y la persona que más conocía la plantación. El joven liberto se había tomado su trabajo en serio, siempre alargaba las jornadas de forma que su presencia era constante y su horario inalcanzable. Por más que madrugara Gabriel, Tomás siempre llevaba un buen rato sacando adelante el ingenio. Él había llegado tan solo hacía unos meses, pero no podía dejar de reconocer que de pronto toda la hacienda parecía más pulcra y mejor organizada. Los esclavos y el resto de trabajadores también mostraban su mejor cara y actitud.

Pero cuando se encontró con Tomás en las cuadras su gesto era sombrío y percibió consternación en su mirada.

—Roque de Viader, el jefe de la negrada de San Rafael, fue asesinado anoche.

Se calló y se quedó mirándolo, como si Gabriel pudiera dar una solución a aquella tragedia irreversible. Luego le puso la mano sobre el hombro en un gesto de camaradería impropio de su frialdad y continuó diciendo:

—Tenemos que hablar. Vayamos con la señora Lucía.

Ni siquiera lo había consultado con Mateo de Abbad. Podía revelar todo lo que sabía respecto a los asesinos del valle sin desbaratar los planes para el levantamiento de los esclavos, que habían retomado con nuevo impulso y un espíritu más radical que él no compartía. En su cabeza, a punto de estallar, necesitaba empezar a resolver los problemas que le acuciaban, las contradicciones que Dios había colocado con ironía en su vida.

Fueron a buscar a Lucía y se sentaron los tres en el merendero amarillo, al que llamaban así porque estaba rodeado de grandes macetones de ese color traídos del pueblo francés de Anduze y plantados con margaritas amarillas.

Tomás les explicó con todo detalle lo que había averiguado. La patrona Lucía escuchaba con los ojos cerrados mientras Gabriel hacía exactamente lo contrario. El mayoral podía notar cómo se erizaban sus cuerpos mientras les enumeraba uno a uno los hechos. Cómo Isabel Palau y Germán García tenían una relación áspera pero fluida, similar a la que el mayoral tenía con Lucas, un esclavo orgulloso que *a priori* debería haberle odiado. Cómo Roque de Viader había visto una herida que atravesaba en diagonal el pecho de Elías, el hijo de Lucas, y cómo al preguntarle había averiguado que se la había hecho con un cristal. Cómo Lucas se había puesto nervioso al descubrirle hablando con su hijo.

Lucía y Gabriel sumaron al relato de Tomás los detalles que también apuntaban a Germán. Cómo alguien de la confianza de Manuel Mantecón había compartido una copa con él antes de matarlo. Cómo alguien necesariamente con permiso para viajar a Matanzas, prebenda que tenían muy pocos y principalmente, los mayorales, había metido una víbora venenosa en la cama de Lucía, y cómo Germán había matado a las jutías con un tajo directo al corazón. También recordaron su desaparición de la fiesta de los arcángeles, celebrada la noche que Mantecón había sido asesinado.

Eran evidencias y conjeturas, pero todas pistas que apuntaban a la misma persona: Germán, el mayoral de San Rafael. Se hizo el silencio y, como acabando de pensar, Lucía lentamente irguió la cabeza y abrió los ojos.

—Creo que ya tenemos suficientes evidencias para pedir explicaciones a Germán —dijo Lucía—. Mejor dicho, para hablar con Rafael Viader y que lo haga arrestar. Está claro que ese hombre oculta algo. También tenemos suficientes motivos para encarcelar al esclavo ese, ¿cómo dijiste que se llama?

—Se llama Lucas, vive en el patio de los esclavos de San Rafael con su hijo Elías —respondió Tomás.

—Pues eso, para encarcelar a Lucas. Está claro que al verse descubierto ha matado a Roque, que le podía delatar. Antes, hace muchos años, se encarcelaba con frecuencia. Lo crítico aquí es que no tenemos ni una prueba contra ninguno y menos aún contra Isabel Palau. Cero. En el caso de esa señora, solo creemos que tiene algo que ver porque se entiende con Germán, pero eso es normal, ya que se ha hecho con las riendas de una hacienda de la que él es el mayoral. Además, los asesinatos de mi marido, mi hijo y los Viader se produjeron antes de que ella llegara al valle.

—Entonces acusemos al mayoral y al esclavo y dejemos a Isabel Palau en paz. Que sea una déspota y que sea amiga de Germán no la convierte en asesina —apuntó Gabriel.

—Lo sé. Pero raras veces me ha fallado el instinto, así que haremos algo antes. De hecho, lo vas a hacer tú —dijo, y señaló a Gabriel.

—¿Yo? —respondió él con curiosidad.

—Sí, tú. Vas a ir a ver a Isabel Palau, que es amiga tuya, mal que me pese, y le vas a contar lo que has averiguado. Tú solo, sin implicarnos ni a Tomás ni a mí. Solo le vas a contar lo que has averiguado de Germán, nada sobre Lucas ni, obviamente, sobre nuestras sospechas sobre ella. Por su reacción, sabremos si está implicada. Si pregunta quién más lo sabe, se estará delatando, pero esperaremos. Intentará matarte, y cuando lo haga, sabremos que ella está detrás de todo. Sigo sin entender la motivación, pero cuando les arrestemos nos lo dirán.

II

Cuando a finales de septiembre Isabel Palau acudió con su vieja yegua a visitar a Alicia a la hacienda de San Miguel, la casa ya estaba inmersa en los preparativos de la boda que tendría lugar veinte días después. El ritmo de trabajo era intenso y la decoración para el evento lo abarcaba todo. Se estaban podando las palmeras de la avenida que llevaba a la imponente mansión de columnas de los Abbad, y en cada rincón se plantaban flores rojas y amarillas formando la enseña nacional que muchos reivindicaban como respuesta a los que la empezaban a cuestionar. Por doquier, los jardineros daban forma a bojs y laureles, y los esclavos domésticos pintaban y repintaban cada pared que no estuviera perfecta. Cuando llegó a la casa, en la glorieta verde que se situaba en la entrada, estaban acabando de plantar petunias formando las iniciales de Iris y Miguel entrelazadas. «Cielo santo, qué cursis», se dijo.

Contempló la casa desde allí. Era la mayor de las tres y, aunque todas eran imponentes, parecía más acorde con la arquitectura caribeña, con su porche de altas columnas rodeando de techo a suelo los dos pisos de la mansión. Rafael le había contado que la había diseñado un arquitecto de la Luisiana pues allí había casas parecidas. En ese momento estaban colgando la primera de las cortinas entre columna y columna, algo que no supo si se hacía siempre en esa época o excepcionalmente para la boda. Un mayordomo la recibió en la puerta mientras un mozo sostenía las riendas de su caballo.

Esperó a que Iris acudiera a recibirla aunque no era a ella a quien quería ver. Observó cómo la avisaban al otro lado de la casa, en el porche delantero, y cómo, tras mirar hacia donde estaba ella, la futura mujer de Miguel Abbad iba en su busca. Se conocían poco, apenas nada.

—Señora Palau, qué agradable sorpresa —dijo Iris educadamente—. No la esperaba, ¿quiere quedarse a cenar? Acompáñeme, por favor, ya ve que tenemos la casa patas arriba con todos estos preparativos.

Isabel se quedó donde estaba. Llevaba en su mano unas flores.

—No sabe lo que le agradezco su hospitalidad. Esta casa es preciosa y parece que lo será aún más para su boda. Recibí con verdadera ilusión su invitación. Le pedí a Rafael que confirmara que yo también asistiría. Miró hacia el suelo, fingiendo tristeza—. Pero en realidad vengo a ver a la señorita Alicia Abbad. Quise visitarla en el hospital, en La Habana, pero me fue imposible. De veras me gustaría verla ahora. Mi madre estuvo en una situación similar y siento apego por las personas que se encuentran en ese estado. Tan solo quiero acompañarla un rato, rezar junto a su lecho. Nada más.

Iris la miró, casi conmovida. Hacía tres días que Alicia estaba instalada en su habitación y les habían recomendado que no saliera hasta pasadas unas semanas, cuando podría ser paseada por el jardín en una silla de ruedas. Todos creían que eso le haría bien, pero la verdad es que nada de lo que pasaba a su alrededor parecía afectar a la enferma.

—Sígame —dijo, tras lo cual avanzó hacia la escalera y subió al piso superior, entrando con cautela y sosteniendo la puerta de una estancia en penumbra. Habían instalado a Alicia en una habitación grande, con enormes ventanales al exterior tapados por cortinas de lino que dejaban pasar levemente la claridad y retenían algo el calor. En el centro, una gran cama acogía a la mujer, que parecía profundamente dormida y sana, sin nada extraño a la vista salvo una especie de tubo que salía por su boca. A su lado, su doncella le humedecía los brazos y la frente con una esponja. Iris le señaló otra silla al lado opuesto de la cama. Isabel se sentó a tan solo unos centímetros del ser humano al que había intentado, en vano, arrebatar la vida.

Iris le tocó el hombro a modo de despedida y la dejó allí. Ella fingió cara de lástima y luego le preguntó en voz baja a Dora:

—¿Se ha despertado en algún momento?

Dora negó con la cabeza antes de añadir:

—Ni por un segundo nos ha parecido que nos oyera o que sintiera algo. Es muy triste.

—Sí que lo es —mintió Isabel—. Es una muerte en vida.

—Los médicos tienen pocas esperanzas. Lo vi en sus caras.

—Bueno, solo Dios dirá. Todos estamos a su merced. ¿Le parece que recemos algo? ¿Un rosario?

Rezaron las dos al tiempo que Dora consumía el agua fresca que pacientemente esponjeaba sobre el cuerpo de Alicia. Cuando la acabó, sin dejar de rezar, se levantó y se dirigió al cuarto de baño anexo. Isabel también siguió rezando, pero mientras perdía de vista a la doncella, sacó una aguja del bolso. Acercó su cabeza al oído de la enferma y, mientras con la aguja le pinchaba en el brazo, interrumpió sus oraciones para hablarle.

—Más te vale no despertar nunca, puta.

Alicia no se inmutó. Su cuerpo permaneció quieto y su reacción a los pinchazos o las palabras de Isabel fueron nulos. Pero Isabel no tenía bastante: le cogió una mano para clavarle la aguja entre la uña y el dedo. Alicia tampoco reaccionó. Satisfecha, siguió rezando en alto y disimulando su alegría poco menos de una hora, cuando decidió que su actuación había resultado creíble y que podía volver a la casa azul.

Aquello era sencillamente maravilloso. Ya no le quedaba ni un solo problema, tan solo algunos quehaceres. El primero de ellos era entretenido, al menos para ella. Tenía una bolsa repleta de las joyas que había sustraído de la Joyería El Sol, al simular el atraco que había cambiado la vida de Alicia Abbad. No había mal que por bien no viniera, claro estaba, y las joyas ya le habían demostrado lo útiles que podían ser cuando todo lo demás fallaba, pero las tenía que esconder, enterrar, «igual que los piratas», se dijo divertida. Aparte de los pendientes de rubíes, ni siquiera se había fijado en lo que había robado, así que también tenía cierta curiosidad por ver las piezas. Decidió hacerlo por la noche y después enterrarlas en uno de los tiestos del invernadero donde Rafael le había hecho el amor por primera vez. Estaba claro que aquel lugar le traería siempre buenos recuerdos, además, como la mayoría de rincones del jardín, el invernadero se mantenía impecablemente cuidado, regado y podado, pero nadie lo visitaba excepto los encargados de que estuviera perfecto. Rafael no había vuelto a entrar desde que la sedujo y ahora que la casa era solo suya, con sus ancianos padres de vuelta en Barcelona y su hermano muerto, estaba segura de que no lo volvería a hacer.

El segundo quehacer era menos gratificante. Tenía que hablar con Germán sobre el asesinato de Roque. No había tenido tiempo de saber el motivo por el que aquel negro había muerto y le incomodaba que se matara a un esclavo cuando lo que necesitaban era generar miedo en los plantadores, no perder fuerza de trabajo. Su objetivo final era convertirse en la dueña de la plantación, ahora que ya era dueña de Rafael. Quizás le pudiera cambiar el nombre: «Santa Isabel» sonaba estupendamente.

Le importaba un rábano Roque, por supuesto, de hecho había seguido desayunando tranquilamente cuando le habían comunicado su muerte, pero Germán y sus secuaces no podían matar a nadie sin su autorización.

Antes de cenar, a primerísima hora de la noche, Rafael siempre se retiraba a la biblioteca, donde se ponía una copa de brandy y ojeaba *La Aurora* de Matanzas que le traía el tren a diario. El que leyera el periódico a esa hora daba una idea de lo poco que le importaba lo que sucediera fuera de aquel edén en el que podía hacer y deshacer a su antojo. Isabel estaba segura de que lo que le gustaba de aquel momento del día era el ritual en sí, la copa, el periódico; sentir que no se lo habían dado todo hecho mostrando un interés inexistente por lo que pasaba en el mundo exterior y cómo eso podía afectar al suyo. Nada de lo que leía era capaz de perturbar su buen humor, sus ansias de seguir bebiéndose la vida a grandes sorbos, disfrutando de todo lo que le ofrecía, que era mucho. Si hubiese prestado atención habría encontrado motivos para preocuparse, pero sencillamente no creía que nada pudiera salirle mal.

Así que, cuando Isabel vio que se retiraba a la biblioteca, cogió su bolsa de joyas y se dirigió al invernadero, donde en pocos minutos arrancó las camelias de un macetón y las volvió a plantar de nuevo sobre una base de alhajas de importancia. Se sorprendió al comprobar su tino en el momento del falso atraco. Casi todas las joyas que se había llevado de la joyería eran de buena calidad y tuvo que luchar contra su vanidad para no quedárselas todas y lucirlas como cualquier otra rica plantadora. Por suerte para ella, primó la cordura y solo salvó de la tierra dos collares de perlas de varias vueltas con los que podría parecer una zarina, pero que, al ser de diseño muy común, nadie podría reconocer nunca. También apartó, tras mirarlos de modo casi hipnótico, los pendientes de Alicia Abbad. No se los había puesto desde su singladura en el Santa Graciela, pero aquella alhaja, más que ninguna otra, ya formaba parte de la historia de Isabel Palau.

Contenta, pisando la hierba del jardín que sentía suyo, volvió paseando a la casa azul, donde, en uno de los lados del porche, ya se estaba acabando de vestir la mesa en la que cenarían. Varios esclavos colocaban centros de coloridas flores tropicales sobre un mantel de hilo blanco mientras otros corrían las mosquiteras que esperaban recogidas entre las columnas. A Isabel le sorprendía cómo, sin que nadie los persiguiera ni apremiara, todo el servicio doméstico de la casa funcionaba como un reloj bajo el suave mando de un mayordomo y una ama de llaves, ambos también esclavos de color, que dirigían aquella maquinaria silenciosa y perfecta.

Una maquinaria formada por gentes a las que no pensaba renunciar liberando.

Rafael salió al porche.

—Ha llegado al puerto de Matanzas un barco cargado con coches de caballos. Por lo que describe *La Aurora*, son excepcionales, pero el hacendado que los compró ha desaparecido del mapa. Por lo visto se ha arruinado y no puede pagar el encargo que hizo. ¿No es maravilloso? ¡Ja! Los han depositado en un almacén y están a la venta. Esta semana me acercaré. Me encantan los coches. Compraremos alguno, ¿te parece?

Eso era todo lo que le interesaba. Los coches, las mujeres, el vino, los puros. El sol que dejaba que tostara su piel para que luego las esclavas se la masajearan y cuidaran, la comida en exceso, las fiestas. Ese era Rafael. Isabel estaba segura de que cualquier otro plantador hubiera reparado en otras noticias, pero los ojos de su novio las pasaban por encima sin procesarlas hasta que hallaban algo de su interés. Algo que contribuyera a mejorar su ya de por sí inmejorable existencia.

—Me parece bien si eso te divierte —se limitó a decir ella mientras dos esclavos les apartaban las sillas y se sentaban a la mesa.

A Rafael no le gustaba la comida caribeña. No le gustaban ni sus frutas, ni su marisco, ni sus especias. Solo le gustaba la comida europea, por lo que todo lo que se comía en esa casa seguía el recetario francés, italiano o español peninsular. Isabel agradecía aquella pequeña excentricidad, pues la comida solía ser exquisita, pero por alguna razón el menú que les sirvieron esa noche se le atragantó desde el primer sorbo de gazpacho hasta la última cucharada de *crème brûlée*. Era raro en ella, que desde niña estaba acostumbrada a la materia prima más humilde y a comerse cualquier cosa que cayera sobre la mesa, pero la sensación que recibió de cada plato de la cena, desde su olor a su temperatura, pasando por su sabor, parecía tener algo que incomodaba a su estómago. Rafael solo se lo notó en el postre.

—¿No está bueno? —le dijo mientras con la mano solicitaba que le sirvieran otra ración y un camarero rápidamente le traía toda la guarnición que la acompañaba.

—No tengo mucha hambre, no me encuentro muy bien.

—Estarás cansada. Esa yegua tuya ha paseado más en el último mes que en toda su vida. En Santiago hay una yeguada de pura raza española que deberíamos visitar.

—Mi yegua está perfectamente bien. Me lleva de un lugar a otro, lo que parece ser su función —respondió ella, visiblemente incómoda.

—Ah, no querida. ¡Gran error! Un buen caballo es clave para una buena presencia. Te compraré uno tordo y otro negro. Así podrás combinarlos con lo que te pongas. Será sublime.

—Rafael, me vas a disculpar. Me ha sentado algo mal. Me voy a la habitación.

El hombre vio cómo se levantaba y, tras darle un beso en la frente, se alejaba en dirección a sus aposentos. No le dio demasiada importancia hasta la semana siguiente, cuando Isabel, tras varios días temiendo vomitar cada cosa que ingería, hizo cuentas, se miró desnuda con detenimiento en el espejo y llegó a una inequívoca conclusión. Estaba embarazada.

Lo estaba, seguro. Su menstruación había desaparecido tras años de puntualidad extrema, sus pechos se estaban hinchando sin motivo y sentía náuseas y una extraña hipersensibilidad a los olores que solo podía deberse a eso. Su vientre, habitualmente plano como una tabla, también se había abombado ligeramente. No lo podía creer.

Su reacción había sido nula. Ni alegría, ni tristeza, ni rabia, ni curiosidad, ni ternura. Sencillamente, nada. Solo incredulidad pese a que no cabía duda. Su corazón de hielo no se había descongelado ni con aquel momento que las madres solían describir como mágico.

Tras explicárselo a Rafael, él la miró unos segundos a la cara y luego al vientre, como si el niño fuese a asomar por ahí. Luego volvió a mirar a la cara impertérrita de su novia unos instantes. De pronto, sin poder evitarlo, estalló en una carcajada sonora que derivó poco a poco en un minuto de risa incontenible. Isabel lo miraba sin entender exactamente dónde estaba la gracia, pero descubrió, en cuanto Rafael pudo hablar, que su novio se alegraba de aquello infinitamente más que ella, que no se alegraba en absoluto.

—Querida, es maravilloso. ¡Un niño! ¡Quién lo iba a decir!

—Hemos sido muy poco cautos, Rafael —le dijo ella muy seria.

—Supongo que sí, pero no sé por qué, no pensé en eso —le dijo él.

Era otra de las muestras de su carácter. Se acostaba con ella prácticamente cada noche desde hacía meses, pero ni se le había pasado por la cabeza que podía dejarla embarazada. No se pudo enfadar, tampoco ella había puesto ningún empeño en que no sucediera; como él, simplemente, no lo había pensado.

—Bueno, pues tenemos un problema —dijo Isabel.

Rafael la miró unos segundos en silencio y se serenó, sin desdibujar la sonrisa que presidía su cara.

—No veo cuál. Tendremos un hijo y formaremos una familia. Nos casaremos antes de que esa barriga crezca. O si quieres esperaremos a que sea enorme para escandalizarlos a todos. Eso también sería divertido.

—No, no lo sería. Y hace apenas unos meses que nos conocemos —dijo Isabel muy seria: no podía soportar aquella actitud.

—Entonces, nos casamos esta semana mismo. ¿Qué problema hay? Yo te quiero, tú me quieres, vivimos en el mejor lugar del mundo y podemos disfrutar de la vida todo lo que nos apetezca. Y sí, nos conocemos hace tan solo unos meses, pero nos hemos separado poco desde entonces. La mayoría de los matrimonios han compartido menos tiempo juntos que nosotros antes de casarse. No veo la pega por ningún lado. ¿Quieres casarte conmigo?

Isabel se quedó pensativa. Realmente, no había problema alguno. Si lo que deseaba era una plantación, esa boda se la daría. Si deseaba compañía, Rafael era el único que estaba dispuesta a que se la diera. El único hombre que le gustaba. La única persona a la que deseaba tocar. Y, por supuesto, estaba todo lo demás. De pronto sería rica, mucho más de lo que jamás hubiera soñado. Lo que menos le ilusionaba era el bebé que habría de deformar su cuerpo y complicarle la existencia libre a la que se había acostumbrado, pero nada en la vida era perfecto. Ladeó la cabeza y sonrió mirando a Rafael a los ojos.

—Sí, quiero —dijo en voz baja pero audible.

«Lo quiero todo», añadió para sí.

III

La última luna llena en la cueva de Crista solo había servido para confirmar lo que Tomás se temía. A pesar del asesinato de Roque, la operación para hacer descarrilar el tren del ingenio y quedarse los fusiles que estaba previsto que transportara, seguía en pie. La llevarían a cabo en una semana. Tenían la pólvora y habían elegido al equipo de personas que se llevarían con ellos. Crista tuvo espasmos y puso los ojos en blanco advirtiéndoles de que algo podría salir mal, pero pese a la insistencia de Tomás, Mateo de Abbad se mantuvo firme y recordó, con razón, que aquello ya había sido votado antes del asesinato de Roque, tema del que casi no hablaron y de cuyas pesquisas Tomás no informó.

El plan era sencillo. Había varios puentes en el trayecto desde la entrada del tren en el Valle de los Arcángeles hasta la estación, pues a la multitud de cruces sobre el serpenteante río Alegre se sumaban varios pequeños barrancos que la vía tenía que salvar. Uno de aquellos puentes era idóneo. No querían que nadie muriera si lo podían evitar y Tomás insistió mucho en que tampoco la locomotora se viera dañada, pues era una pieza clave para el transporte de la cosecha, pero necesitaban que por lo menos los últimos vagones cayeran al agua, por lo que buscaron un puente que estuviera en un lugar de difícil acceso, pero que no fuera especialmente alto. De hecho, eligieron el más bajo de todos, uno que tan solo se elevaba dos metros sobre el agua.

El río tenía un ancho de casi treinta metros y una profundidad de alrededor de cuatro en su parte central en aquellos meses lluviosos. Las rocas que aparecían entre sus aguas antes de la zona de las cascadas eran prácticamente inexistentes en el tramo arenoso sobre el que el tren debía caer.

Habría cuatro grupos involucrados. El primero, formado por una sola persona en la estación de Matanzas, ataría una calabaza flotante a todo el material que debían sustraer una vez se hundiera en las aguas del río, para que fuera localizable sin problemas. El segundo grupo, de tres personas, organizaría la barricada que debía hacer descarrilar el tren. Tenía que parecer una barricada casual, no intencionada. Un árbol caído, algunas rocas y mucha arena en una curva ciega al final del puente parecía suficiente. Si no lo era, el mismo grupo reventaría la vía con pólvora un poco después, aunque eso no era lo conveniente pues no podía parecer un sabotaje. El tercer grupo lo formarían cuatro esclavos extraordinarios que habían llegado a Cuba por una carambola del destino. Eran cuatro indígenas de la tribu bajau, de la zona de Filipinas, que habían saltado del barco negrero que les transportaba poco antes de que este fuera capturado al entrar en el puerto, en una de las raras ocasiones en la que las autoridades cumplían la ley que prohibía el tráfico esclavista. Apresados poco después por un comerciante que, sin conocer su origen ni cualidades, los había vendido a precio de saldo a Miguel Abbad, eran los últimos esclavos que se habían comprado y si los amos no los hubiesen tratado como a animales, habrían descubierto enseguida su excepcionalidad.

Podían bucear a una profundidad de cincuenta metros y aguantar sin problemas más de diez minutos bajo el agua, pues en su tierra dedicaban gran parte del día a la pesca submarina. Dos de ellos se habían roto los tímpanos a muy temprana edad para facilitar estas actividades. Mateo de Abbad, que conocía a todos los esclavos, había creído cada una de sus palabras y le había explicado a Tomás las increíbles virtudes de aquellos hombres sin haber comprobado que eran ciertas. Los bajau se sumergirían en el río y llevarían los rifles a la orilla para que el cuarto y último grupo los trasladara rápidamente al zulo que ya estaban preparando en la selva.

La semana había empezado con lluvias torrenciales que habían facilitado mucho todo el trabajo ya que, esperando que los esclavos no salieran de sus barracones, la nueva e inservible guardia había relajado mucho el control sobre todo el valle, de forma que Mateo y Tomás podían recorrerlo con facilidad. La primera noche llevaron la pólvora hasta una cueva cercana a la vía y la taparon bien para que no se estropeara con la humedad. La segunda, marcaron con unas piedras el punto exacto donde el tren debía descarrilar de forma que la locomotora quedara fuera de la vía pero en tierra, junto con el vagón del pasaje, mientras los de carga posteriores caían en el río. La tercera noche la dedicaron a rematar el zulo en cuyo interior iban a esconder las armas. Todo era extenuante, pero cuando acabó la semana, supieron que habían hecho una buena labor y que las probabilidades de éxito eran numerosas.

Por el maquinista del tren, sabían que las armas llegarían el martes por la noche a Matanzas y que a la mañana del día siguiente iniciarían su trayecto al valle.

IV

Isabel Palau no podía creer el plan que su futuro marido había organizado, pero, sorprendentemente, había cedido sin ponerse de mal humor, algo que solo podía conseguir Rafael. La zafra empezaba en tres semanas y el ritmo de trabajo y preparativos aumentaba exponencialmente día a día. Ella se sentía como un atleta preparándose para su carrera más importante y odiaba desperdiciar un segundo, pero Rafael no había conseguido quitarse de la cabeza la noticia que había leído en *La Aurora*. Su irrenunciable capricho eran los coches de caballos que habían quedado abandonados en Matanzas y deseaba con todas sus fuerzas verlos y hacerse con uno o varios, por lo que la mañana del miércoles habían salido en dirección a la ciudad, encantado él y resignada ella. Isabel no conocía Matanzas, pero le daba igual, no le interesaba, tan solo quería que su novio comprara todos los coches que quisiera lo más rápido posible para volver ese mismo día.

Llegaron a la ciudad y enseguida se acercaron al puerto, que era el ombligo sobre el que giraba toda su vida. La bahía estaba plagada de barcos de todos los tamaños y banderas que esperaban en sus tranquilas aguas para descargar en los muelles, que rebosaban de actividad, productos de los que carecían los cubanos, preparados para venderse a precio de oro.

Entre ellos estaban, cubiertos por mantas que los protegían del polvo, de los ratones y de la humedad, los coches que habían ido a ver. Los enseñaba un comerciante al que no preguntaron nada sobre su vida, pero que hablaba con acento francés. El hombre parecía desesperado por sacarse de encima aquella mercancía de difícil venta que ocupaba gran parte de un almacén caro en el segundo puerto más importante del oeste de la isla. Entraron en una nave de techos altos a través de una pequeña puerta lateral, y a medida que su acompañante abría contraventanas y apartaba mantas, todos los tesoros que ocultaba el almacén se fueron desvelando. Había doce coches. Algunos parecían inapropiados para la isla, pero todos eran elegantes y de la mejor factura. Rafael enseguida se mostró eufórico, sin disimular en nada el interés que aquellos vehículos le producían. Isabel le intentó calmar, segura de que aquella actitud no mejoraría el precio, sin duda elevado, de cada coche, pero el dinero era la menor de las preocupaciones de su novio, que caprichoso y desprendido, quería que todo lo que le gustaba fuera suyo lo antes posible y rara vez regateaba.

Había carruajes de campo y también urbanos, todos en perfecto estado, a los que Rafael subió mientras enseñaba a Isabel las características de cada uno. No era un experto en coches, en realidad no era experto en casi nada más que en vivir bien, y todo el que lo conocía sabía de la volubilidad de sus aficiones, que llegaban siempre a un punto álgido a partir del cual se iban diluyendo rápidamente. Pese a que Isabel ya sabía que aquella sería otra de sus aficiones pasajeras, admiraba aquel carácter entusiasta. Probablemente en manos de su novio, la fortuna familiar jamás habría llegado a sus vástagos, pero para eso estaba ella, que se pasaba el día estudiando la manera de hacer de la cosecha de aquel año la mejor de la historia de San Rafael y que, además, llevaba en su interior al niño que habría de heredarlo. Ambos estaban seguros de que el bebé era varón, no sabían por qué. Por parte de Rafael, porque así lo deseaba y no estaba acostumbrado a que algo no saliera como él quería. Por parte de Isabel, porque le importaba tan poco que no se planteaba algo diferente de lo que Rafael deseaba.

A los tres cuartos de hora el trato estaba cerrado y Rafael se había hecho con seis coches: un faetón, un landó, un charrete, una jardinera, un sociable y un milord. Básicamente había descartado los que eran imposibles de guardar en las cocheras de su casa de La Habana, ya repletas de coches, o inservibles para circular por los caminos del Valle de los Arcángeles. Isabel le felicitó por la compra y disimuló una ilusión que no tenía, alegre de poder volver a casa, donde tenía muchísimas cosas que hacer. Esperaba poder visitar la casa de calderas por la tarde. Por desgracia, Rafael pretendió aguar sus planes. Tras hablar con el vendedor, se acercó a ella excitado.

—Vamos a probarlos. He pedido que traigan algunos caballos para enganchar.

Isabel odiaba la posición de mujer indefensa. No creía en ella. No pensaba que una mujer como ella necesitara para nada a un hombre ni tuviera que depender de él, pese a lo cual utilizó la única excusa que tenía a mano.

—Lo cierto es que no me encuentro especialmente bien —dijo mientras se tocaba el vientre—. Este niño da más guerra de la esperada. Parece que va a ser igual que su padre.

Rafael sonrió ante la perspectiva. Quería que su hijo fuera exactamente como él.

—En ese caso te llevaré hasta la estación y me quedaré yo. Me gusta asegurarme de lo que compro.

Era mentira, nunca lo hacía, los almacenes del ingenio estaban llenos de caprichos inservibles que había comprado, pero jamás había utilizado.

—Gracias, Rafael —dijo ella, ansiosa por alejarse de Matanzas.

Pasadas las dos, subía al tren del valle. El mozo que atendía el vagón de pasajeros le advirtió que tardarían un poco en salir pues estaban cargando material. Distraída, vio cómo otro de los mozos paseaba con unas calabazas por el andén.

No les prestó ninguna atención y se sirvió una copa de jerez frío. Qué ganas tenía de llegar a casa.

V

Dora acabó de mojar la cara de Alicia Abbad con una esponja y la peinó, acomodándola después en la silla de ruedas con la ayuda de un esclavo doméstico. Su dedicación a la inválida era total y pese a su estado, lo cierto era que con sus cuidados había mantenido la elegancia y la dignidad de Alicia Abbad tras el atraco. Menos era nada. La vestía con trajes ligeros cubanos para que no pasara demasiado calor, la enjoyaba como a ella le gustaba y empujaba su silla de ruedas en largos paseos por el jardín hasta que sentía que sus fuerzas se agotaban. Allá donde se retiraban a descansar, siempre había buena sombra y brisa para la señora, a la que hablaba sin cesar, esperando que algo de lo que le decía encendiera una pequeña luz en la oscura caverna en la que se había convertido su cabeza. A veces, le parecía que la mujer sonreía muy levemente, pero al fijarse descubría que seguía igual que siempre y maldecía a su imaginación por hacerle ver cosas que eran imposibles. Lo más complicado era hacerla beber y comer a través de aquel tubo que cada semana cambiaban tras permanecer siete días seguidos recorriendo su esófago. Gran parte del día se perdía en aquel trance y aunque conseguían alimentarla, Alicia, acostumbrada a cebarse sin freno, adelgazaba rápidamente.

Se encontraban en uno de los miradores que rodeaban la casa grande de San Miguel, una glorieta con pérgola cubierta de hibiscos rojos y suelo de grava, que siempre regaban para refrescar a quien decidiera guarecerse del sol en aquel punto. Desde allí se veían, inmensos, verdes y crecidos, los campos de caña, que la suave brisa movía en olas lentas y armoniosas. Faltaba muy poco para que empezara la zafra, y en diferentes puntos del valle que se veían desde allí, ya se acumulaban remolques, aperos y se montaban tiendas para dar de comer y beber a los esclavos en sus cortos descansos. A lo lejos, justo pasado el desfiladero que se abría en uno de los extremos de aquel edén, la inconfundible nube de vapor de la locomotora que arrastraba el tren del valle acababa de hacer acto de presencia.

Debía reconocer que aquello era bonito, y sin embargo, le parecía tan irreal, tan fuera del mundo, que no podía creer que los plantadores no vieran que aquel sueño frágil, basado en una sociedad injusta, no podía tardar en tocar a su fin. Dora se sabía inocente, tonta incluso, pero sentía que estaba asistiendo a los últimos compases de una representación preciosa pero efímera. Barcelona, con todos sus defectos, con sus miserias e imperfecciones, le resultaba más real.

Se había sentado en un banco con su señora junto a ella, en su silla de ruedas. La había encarado hacia la vista para que la disfrutara de alguna manera que ella desconocía, desde su inconsciencia. Se agachó para mojar la esponja en el agua fría que acababan de llevarle y refrescar a Alicia, pero cuando la acercó con la mano a su cara, el sobresalto le hizo soltarla.

Por primera vez desde el atraco, Alicia tenía los ojos abiertos.

Le cogió la mano, llorosa, sin saber qué hacer, rezando y hablando a la vez.

—Señora, ¿qué tal se encuentra? Señora, ¿sabe quién soy?

Pero Alicia simplemente miraba al frente, igual que hacía tan solo unos minutos antes, solo que con los ojos abiertos. De pronto, pareció tomar consciencia del artilugio que atravesaba su esófago y empezó a tener arcadas. Alarmada, Dora tiró rápidamente, de él y se lo extrajo con cuidado. En el acto, las arcadas cesaron. La doncella le cogió la mano, intentando serenarse un poco.

—Señorita, ¿puede oírme? Tuvo usted un infortunio, un golpe fuerte en la cabeza que la dejó inconsciente. ¿Recuerda algo?

Estaba eufórica, pues aquel había sido el único avance en el estado de salud de Alicia Abbad desde el atraco, pero temió que la apertura de ojos fuera lo único que hubiera cambiado. Se acercó a la parte trasera de la silla y sacó una botella con agua, que sirvió en un pequeño catavinos que llevaba siempre para mojar el pelo de su señora cuando era necesario. Lo acercó a los labios de Alicia y, para su alegría, la mujer poco a poco tragó el agua. Cada sorbo de la enferma se replicó en lágrimas en los ojos de Dora. Cuando acabó de beber, Alicia volvió a abrir los ojos y, muy lentamente, dos lágrimas se deslizaron por sus mejillas.

VI

Isabel viajaba como una reina, sentada sola en el único vagón de pasajeros del tren del valle. Raras veces volvía su cabeza al pasado, a Pepa, a los años en la miseria relacionándose con lo peor de la sociedad en su infausto chiringuito de la playa de Barcelona, pero en situaciones como aquella le era imposible no recordar la vida que había detestado. Nadie tenía un tren para sí. Solo los reyes europeos, algún magnate americano y, posiblemente, algún otro plantador de la isla, pues no eran los más importantes, solo «de los más importantes», como le había dicho Rafael en una ocasión. Lo cierto es que los hacendados del valle habían aprovechado una herramienta fundamental para sus plantaciones en beneficio no solo del negocio, sino de ellos mismos, y el vagón en el que viajaba, que en la mayoría de los trayectos permanecía vacío, era epítome del lujo y la sofisticación. Sentía que había nacido para aquello, no para dejarse magrear y barrer la arena del suelo en una casa de comidas de mala muerte. Dios a veces se equivocaba.

Con un silbido el tren entró en el valle, contento como ella de volver a casa. Había mucho que hacer y aún no había hablado con Germán del asesinato de Roque, que había pasado increíblemente desapercibido para todos. Aquella reacción ponía de manifiesto de manera elocuente la poca importancia que le daban a un hombre que, por más que se empeñasen en negarlo, no era otra cosa que un engranaje más de la compleja maquinaria que explotaba el ingenio. Hasta los esclavos lo habían olvidado.

Mirando por la ventanilla, se dijo que ella sí sería recordada.

Desde fuera, el tren aparecía y desaparecía entre la espesa vegetación. La locomotora expulsaba vapor mientras sus brillantes ruedas rojas avanzaban sin descanso por el terreno de las tres propiedades. Era una buena locomotora de la casa Rogers, ubicada en Nueva Jersey, que había importado el padre de Rafael. El coche de viajeros también era de calidad, un lujoso vagón creado por la empresa Harlan & Holling, de Delaware. En conjunto, tenían un tren pequeño, pero lujoso, bueno y por supuesto carísimo, como gustaba a los plantadores de la isla, pero también útil para desplazarse y crítico para la rentabilidad de sus explotaciones, razón por la que se cuidaba con mimo y había un importante grupo de esclavos dedicados a mantenerlo en perfecto estado. Ver aquella maravilla de la ingeniería avanzar, reluciente y verde como el paisaje, era algo que llenaba de orgullo a todos los habitantes del valle, que no se acababan de acostumbrar a su magnífica presencia.

Con todo, ni siquiera la potencia de la máquina, su velocidad o su experimentado maquinista pudieron evitar el desastre que se había preparado minuciosamente. Tras cruzar uno de los puentes sobre el río Alegre, en una curva cerrada y ciega, un enorme tronco de palmera, junto con un gran desprendimiento de tierra y piedras, atravesaban la vía. El enorme rastrillo delantero de la locomotora se clavó en la barricada haciendo que saltara parte de lo que encontraba en su camino mientras intentaba avanzar. El maquinista, infravalorando la magnitud del obstáculo, aumentó la marcha, de forma que el tren completo pareció encabritarse y por unos segundos, mientras el metal del rastrillo crujía aplastándose, pareció que podría salvar la situación. No fue así: con un gran estruendo el tren se escoró rápidamente hacia un lado y al tiempo que la locomotora y la carbonera descarrilaban, el coche de pasajeros lo hacía volcando hacia un lado, quedando justo en la orilla arenosa del río mientras los tres vagones de carga caían irremediablemente al agua.

Todo había salido exactamente como habían planeado Tomás y Mateo. Enseguida, sobre la superficie del río flotaron varias calabazas que señalaban donde estaban las cajas con el botín y los bajau se lanzaron raudos a recuperarlas desapareciendo bajo las aguas del Alegre. Tardaron casi cinco minutos en emerger con los primeros fusiles, que llevaron nadando como peces a la orilla del río. Allí, escondido entre matorrales, otro grupo de esclavos los cogió y rápidamente desapareció en la espesura de la selva. Fueron apenas diez minutos de coordinación perfecta en la que casi un centenar de fusiles cambiaron de manos. Ninguno de los pasajeros u operarios del tren se dio cuenta de nada, aún conmocionados por lo aparatoso del accidente. El maquinista observaba la escena incrédulo, viendo cómo la locomotora expulsaba vapor por diferentes partes mientras varios hombres ayudaban a Isabel a salir del coche de pasajeros. Era la única que no parecía asustada o impresionada, solo enfadada. Tras salir en volandas, se desprendió de los que la ayudaban de un manotazo y se sacudió con las manos el vestido. Miró hacia delante y vio la locomotora empotrada en la barricada, y hacia atrás, donde los vagones habían desaparecido bajo las aguas del río. Se asomó al puente para ver el resto de vagones, pero solo vio agua. En el centro del río, tres calabazas flotaban, fijas en un punto. De pronto, la corriente las empezó a arrastrar. A la vez, un hombre emergió y se alejó nadando. No le encontró demasiado sentido, pero grabó la imagen en su cabeza para volver sobre ella cuando se hubiera serenado.

A los pocos minutos la acompañaron por un camino a través del bosque hasta una de las carreteras del valle, donde un quitrín con cochero la esperaba para llevarla a casa mientras la nueva guardia llegaba a la zona acompañada de los tres mayorales del valle. A caballo llegaron enseguida Miguel Abbad y Lucía Gorchs. Ambos se acercaron a Isabel, preocupados.

—¿Te encuentras bien? ¿Has sufrido algún daño?

Solo se había dado un golpe fuerte en la cabeza. También le había caído una lámpara de mesa en el brazo con bastante impulso, pero se encontraba perfectamente bien y le exasperaba quejarse.

—Estoy perfectamente, Miguel, muchas gracias.

—¿Qué es lo que ha sucedido?

Isabel notó que aquello era lo que realmente le importaba y lo entendía. El tren era fundamental para el valle.

—Hemos descarrilado. Había una palmera caída, también tierra y piedras en la vía. Esta mañana no estaban cuando hemos ido a Matanzas.

—Parece un desprendimiento. Ha llovido mucho esta semana —dijo Miguel.

Lucía observaba la escena pensativa.

—Es raro que una palmera se caiga. Tienen las raíces hondas y anchas. Aguantan temporales, crecen en las playas —dijo casi para sí.

—Veámoslo —repuso Miguel, ofreciendo el brazo a Lucía.

A la vez, en tres tartanas grandes llegaron sesenta esclavos fornidos. Solo habían pasado cuarenta o cincuenta minutos a los sumo del accidente, pero había que reparar el tren lo antes posible. También aparecieron bueyes para arrastrar lo que hiciera falta. Isabel pensó que se necesitarían unos cuantos más para recuperar los vagones que descansaban en el lecho del río. En cualquier caso, con la operación en marcha y tras un día nefasto, decidió retirarse a descansar a la casa azul.

Miró cómo Lucía se alejaba agarrada al brazo de Miguel. Cuando los dos plantadores se cruzaron con el mayoral negro de San Gabriel, no recordaba su nombre, Lucía lo reprendió de forma que pudo oírla claramente.

—Tomás, ¡¿se puede saber dónde estaba?! ¡Gabriel lleva media mañana buscándole!

Isabel también tomó nota de aquello sin saber bien por qué.

VII

Gabriel pasó toda la noche junto al río Alegre como parte del operativo para sacar los vagones del agua mientras otro grupo hacía lo propio para volver a colocar la locomotora en la vía. Los más optimistas creían que la maquinaria del vehículo no había sido dañada y que el rastrillo delantero que había impactado contra la barricada podría arreglarse en la herrería de San Miguel. Los bueyes eran la fuerza principal con la que contaban para mover la locomotora y, más difícilmente, los vagones, pero además, habían atado gruesas cuerdas de pita a todo lo que debían desplazar, y en paralelo y en hileras, decenas de esclavos se turnaban para tirar.

A Gabriel aquello le recordaba a los dibujos de sus libros de historia, en los que los esclavos del Antiguo Egipto arrastraban los bloques para construir las pirámides. En varios momentos de la noche, con sus pieles sudadas brillando a la luz de las antorchas, también los mayorales, e incluso Miguel y él mismo, habían tirado con fuerza uniéndose a uno de los grupos. Su tía Lucía dirigía la retirada del desprendimiento, que todos consideraron fortuito, y gestionaba el avituallamiento general, proporcionando agua fría, fruta y bocadillos de carne a los que trabajaban.

El caso es que, poco a poco, los vagones emergieron del agua y se pudieron acercar a la ribera del río, donde ya habían despejado un camino sobre el que se colocarían los raíles para llevarlos hasta la locomotora.

Cuando al atardecer del día siguiente, uno de los vagones ya parecía encarado y su presencia en aquel lugar fue prescindible, Gabriel cogió su caballo y se dirigió a la casa azul.

Había rebasado las espadas de piedra que marcaban el inicio del camino de San Rafael cuando, de frente, se encontró con Isabel. Volvía de revisar los campos de caña, sola, con su yegua vieja y fea, lo único feo de su estampa imponente a pesar de llevar todo el día trabajando. Ella le sonrió al verle. Gabriel sintió que su reciente manía hacia ella podía desaparecer con tan solo eso. Levantó la mano para saludarlo y le pareció que Isabel se alegraba sinceramente de verlo. La mujer no sospechaba sus sibilinas intenciones, pues Gabriel era franco e inocente, todo lo contrario a lo que debía ser en aquel momento. Se acercaron lentamente sobre sus monturas y avanzaron en paralelo y al paso en dirección a la casa azul, cuyas dos torres se vislumbraban a lo lejos, al final del camino que encaraban.

—Gabriel, qué alegría verte. ¿Venías a verme?

—Sí. Quería saber qué tal estabas. Te debiste de asustar en el accidente. Has tenido mala suerte, me ha dicho mi tía que es el primer percance que tiene el tren.

—No me he asustado. Me cuesta asustarme, esa es la verdad. Tan solo me di unos golpes. Sobre todo, el descarrilamiento me ha inquietado. Ese tren es fundamental si queremos que nuestro azúcar llegue a tiempo al puerto. Lo sé yo y lo saben todos. Eres el primero que se preocupa por mí, para todos el tren es más importante. Lo sé y lo comprendo.

—Todos se preocupan, Isabel. Pero una vez vieron que estabas bien, el tren, como tú dices... Si se hubiera estropeado, tendríamos un problema grave.

—Bueno, aquí todos queremos lo mismo: azúcar. Producir mucho y bueno. Me alegro de que el descarrilamiento haya servido para que todos pongamos de manifiesto cuáles son nuestras prioridades.

Gabriel supuso que tenía razón, pero había un matiz importante. No se trataba de que los plantadores priorizasen el azúcar sobre la gente. No. Se trataba de que lo priorizaban sobre Isabel, que parecía esforzarse en caer antipática a todos. Había llegado antes que Alicia Abbad y poco después que él, y mientras ellos se habían ganado el cariño del valle y habían hecho buenos amigos, Isabel parecía decidida a que nadie se le acercara demasiado. Nadie salvo Rafael, claro. Ella lo miró con sus ojos turquesa y le preguntó:

—¿Querías decirme algo más? Hacía semanas que no nos veíamos.

—Sí, aunque lo primordial era saber de tu salud, quería aprovechar para hablarte de un tema importante, ver qué te parece, saber cuál es tu opinión.

—¿Quieres quedarte a cenar? Rafael tenía que haber vuelto anoche, pero con lo del tren, han ido a buscarle a Matanzas. Imagino que pasará la noche allí.

Hacía unos meses hubiese deseado aquella cita con todas sus fuerzas, pero la sola referencia a Rafael le hizo ver que no podía inmiscuirse en una relación que parecía consolidada. Pese a la evidencia, quiso confirmarlo.

—Entiendo que vuestra amistad ha ido a más. —Isabel bajó la mirada—. No tiene nada de malo. Me alegro por ti.

—Es más complicado que eso. Pero lo cierto es que a veces las circunstancias nos llevan a las decisiones más insospechadas.

—¿Entonces? —insistió él.

—Sí, estoy con Rafael.

Se hizo el silencio y solo se oyeron los cascos de los caballos durante un rato. Gabriel decidió pasar al asunto que lo había llevado hasta allí.

—Quería hablar contigo de los asesinatos que se están produciendo en el valle. Nosotros nos encontramos con esta situación ya empezada, pero me da la sensación de que coge velocidad y que nos arrastrará si no conseguimos acabar con ella pronto.

—Sí —dijo ella—, lo pienso a menudo. Me asusta pensarlo.

Isabel no parecía asustada. Nada. Ella misma acababa de decir que no se asustaba fácilmente. De hecho, se movía sola por el valle, con arrogancia y despotismo. Gabriel pensó que mentía.

—El caso es que he estado investigando y creo que he obtenido resultados.

—Eso está bien —dijo Isabel—. ¿Y qué has averiguado?

—Creo que se trata de tu mayoral. De Germán.

Ella detuvo a su yegua y se quedó mirándolo unos segundos sin decir nada. Pareció que tragaba y que se ponía algo nerviosa. Enseguida, golpeo a su montura y siguió al paso.

—Eso no tiene mucho sentido. Germán está del lado de los plantadores. Debes buscar entre los esclavos, es lo lógico.

En ese punto, Gabriel desgranó todas sus averiguaciones, omitiendo la existencia del esclavo cómplice y, por supuesto, sus sospechas sobre ella. Mientras se lo explicaba, ella miraba al frente, con la mirada endurecida y todo el cuerpo súbitamente tenso. No pudo saber si la reacción de Isabel era consecuencia de su nerviosismo o de su estupor al creer que el asesino se encontraba tan cerca de ella.

Acabó la explicación cuando llegaban al potrero, momento en el que se calló al acercarse un mozo a recoger sus caballos. Gabriel la acompañó hasta la puerta.

—Sin duda todo lo que comentas es sospechoso. No caerá en saco roto, Gabriel. No te preocupes. Extremaré la vigilancia sobre Germán y hablaré con Rafael. Si realmente es él el asesino del valle, recibirá su castigo y no dudes que no volverá a matar.

—Ojalá no nos equivoquemos. Ten mucho cuidado, ya ves que es peligroso —le aconsejó él.

—Lo tendré —dijo, y de pronto cambió el tono, como si ya no tuvieran que hablar de ese tema crucial, como si ya lo hubieran solucionado—. ¿De veras no quieres quedarte a cenar? En mi casa se come mejor que en ninguna otra del valle.

La referencia de Isabel a la casa azul como «su casa», espontánea y por una vez sin maldad, le devolvió la cordura. Isabel era la mujer de otro hombre. Descartó quedarse inmediatamente.

—Me esperan en la casa inglesa. Mi tía lleva todo el día junto al río, ayudando con lo del tren.

—Lo comprendo. Quizás en otra ocasión. Me ha gustado verte —dijo ella, y añadió—, siempre me gusta.

Gabriel le besó la mano y se alejó en dirección al mozo que aguardaba con su caballo. Llevaba tan solo unos metros, cuando desde el umbral de su mansión, Isabel le llamó.

—Gabriel —le dijo lo suficientemente alto—, ¿quién más sabe lo que me has contado?

—Nadie más. Solo yo.

—Mejor así. No lo cuentes a nadie de momento. Solucionaré el asunto enseguida.

—No diré nada. Solo lo sabremos tú y yo —respondió él, sintiendo cómo se convertía en el cebo que debía atraer al asesino del valle y cómo todo lo que su tía Lucía había previsto, una vez más, se cumplía.

15

I

Alicia Abbad se encontraba en un callejón oscuro que no conocía, al final del cual resplandecía algo con intensidad. Estaba confusa, inquieta y temerosa, aunque no sabía exactamente de qué, y decidió acercarse a aquella luz que parecía llamarla. Llevaba uno de los pesados trajes que habitualmente vestía en Barcelona y el calor que le provocaba en la isla se hacía más intenso al tiempo que se acercaba a aquella luz. ¡Despistada Dora! Siempre metía en la maleta las cosas menos adecuadas. Se volvió para verla andando dos pasos por detrás de ella, como siempre hacía. En lugar de acompañarla, aquella doncella, incapaz de seguir su paso, solo conseguía perseguirla. Dora cada vez se rezagaba más y la oscuridad escondía sus facciones.

Por suerte, a medida que se acercaba a la luz, todo se empezó a dibujar con mayor claridad y, poco a poco, reconoció la inconfundible fachada del palacete Abbad. La luz de sus arañas de cristal se colaba resplandeciente por las ventanas y los faroles de la calle hacían resaltar cada detalle de la opulenta construcción. Quiso acelerar el ritmo, pero sintió que se agotaba y su traje pesaba cada vez más y más. Se giró nuevamente para mirar a Dora, pero en lugar de ella, un montón de mazos de hierro se habían enganchado a la cola de su falda, haciendo que avanzara cada vez con mayor dificultad. Pese a todo, consiguió llegar a la puerta de su casa, que, poco a poco, se abrió, dejando ver a su hermano Ignasi, que le sonreía, haciendo que ella, que seguía agotando su energía, se animara mientras se acercaba a él.

De pronto, abrazaron a su hermano desde la espalda y un rostro femenino asomó apoyado en su hombro. Sus facciones se escondían en la oscuridad volviéndola irreconocible, pero llevaba puestos unos grandes pendientes de rubíes. Alicia quiso ir con su hermano, pero el peso de su vestido era insoportable y no podía avanzar más por mucho esfuerzo que hiciera. A la vez, el abrazo de aquella desconocida a Ignasi empezó a ser más y más fuerte, tanto que él dejó de sonreír y empezó a ponerse rojo para, al cabo de poco segundos, gritar de dolor mientras su cuerpo se exprimía entre los brazos de la misteriosa figura. La asesina reía cada vez más alto mientras su hermano se asfixiaba entre gritos. Horrorizada, Alicia solo podía gritar angustiada mientras las luces del palacete Abbad se apagaban una a una y ella se sumía en la oscuridad oyendo cómo alguien la llamaba a gritos.

—¡Señora! ¡Señora! ¡Despierte, señora! —Dora, cogiéndole la mano, la despertó—. Ha tenido una pesadilla, de veras siento no haber podido despertarla antes, pero estaba trayendo agua fría para refrescarla. ¿Se encuentra bien?

Reconoció a su doncella. Seguía sin saber cómo conseguir que sus cuerdas vocales volvieran a funcionar para poder decirle que sí, que había tenido una pesadilla horrible. Las palabras que sonaban en su cabeza se quedaban atrapadas en ella, incapaces de salir al exterior, por alguna razón que Alicia desconocía. Había escapado de aquella pesadilla para meterse en la que se había convertido su vida real. Aun así, empezaba a comprender lo que su mente le revelaba. Recordó a su hermano, recordó el exterior de su casa en Barcelona y el porqué de su viaje a Cuba. Recordó quién era y qué hacía allí. No sabía por qué estaba en aquella cama, por qué no podía moverse, pero su mente volvía a funcionar y al hacerlo, comprendió que debía de haber sufrido algún tipo de accidente. Cerró los ojos con fuerza, como hacía cuando pensaba algo con intensidad, y los volvió a abrir. Luego los cerró de nuevo, concentrándose. De pronto se percató de algo increíble: tras semanas sin sentir ni una sola parte de su cuerpo, aparte de la garganta y la mandíbula que ya le permitían ingerir comidas muy ligeras sin ayuda del tubo, de pronto notaba sus párpados, y aún más importante, los controlaba. Sintió cómo se abrían y cerraban, y cómo, de pronto, aquella parte insignificante de su cuerpo había conectado con su renovada conciencia.

Por la mañana, Dora y dos doncellas más la bañaron pacientemente y la vistieron con uno de los vestidos ligeros. Las dificultades para comer habían hecho que adelgazara mucho, pero eso en parte era positivo, pues su cuerpo sin voluntad era más fácil de mover de la silla a la cama, de la cama a la bañera y también de empujar por el jardín. Dora había demostrado ser perfecta para dirigir aquellos cuidados. Todo lo que la había puesto nerviosa de ella, fundamentalmente su lentitud y su meticulosidad extrema y poco práctica, era ideal para llevar a cabo las rutinas que cada día deparaba. En silencio, como lo hacía todo, Alicia agradecía ofrecer una imagen limpia, bien peinada, perfumada y vestida: triste, pero por lo menos digna.

Dora la llevó al comedor donde la esperaba su sobrino para desayunar. Habían modificado los hábitos de aquella casa para que todo fuera más cómodo para ella, con un desayuno que incluía muchos tipos de zumos y purés que le eran fáciles de tragar y su puesto en la mesa convenientemente trasladado junto a las ventanas, para que disfrutara de la vista y recibiera la brisa del valle. Si hubiera podido, habría sonreído al recibir su refrescante aroma, pero lo único que lograba mover a su voluntad eran los párpados. Con eso debería bastar. Se sentó a la mesa y empezó a cerrar los ojos lentamente, para abrirlos luego mucho, y cerrarlos de nuevo a la vez. La idea era que su sobrino, que la acompañaba en la mesa mientras Dora le daba de comer, reparara en aquellos movimientos que debían parecer poco espontáneos, pero Miguel rara vez la miraba a la cara desde el accidente, y ella sabía por qué. Le acariciaba la mano, el pelo, la llevaba de un lado a otro y la hablaba sin cesar a sabiendas de que ella no podía responder y desconociendo si entendía lo que él le decía, pero no era capaz de mirarla sin sentir una puñalada en el corazón y una tristeza inmensa. Así que Miguel también miraba el paisaje, girando intencionadamente la cara para no mirarla a ella.

—Sabe tía, esta será una buena cosecha. Empezará pronto, y aunque tenía previsto que antes celebráramos mi boda con una gran fiesta, creo que es mejor hacer algo más contenido. Algo solo para la gente que nos importa de verdad. La que más queremos.

Usted, los niños, quizás invitemos por deferencia a los otros plantadores, pero nos gustaría ser pocos, menos de veinte si eso es posible. —Bebió un poco del café fuerte que tomaba por las mañanas—. Al menos con esa idea me he levantado hoy. Mañana probablemente piense lo contrario —rio contenido.

Dora lo escuchaba, pero jamás intervenía. Tan solo acercaba la cuchara a la boca de su señora, se la metía y la ayudaba a tragar alzándole un poco la barbilla. Pero desde hacía unos minutos algo en la cara de Alicia llamaba su atención. Su señora abría los ojos y la miraba fijamente. Luego los cerraba con fuerza a la vez y permanecía con ellos cerrados hasta que volvía a repetir la operación. Estaba segura de que quería decir algo. Probó la comida para comprobar que no estuviera demasiado caliente o fría. Luego revisó su postura, por si algo la incomodara. Finalmente, sin saber qué hacer, se dirigió a Miguel Abbad.

—Señor, su tía...

Miguel se calló y se giró hacia ellas.

—¿Qué sucede? ¿Está todo bien?

—Creo que la señorita intenta decirnos algo. Está haciendo algo con los ojos.

Aquella actitud era típica de Dora. No captaba la magnitud de las cosas, de los momentos, hasta mucho después que los demás.

Miguel se levantó de su silla y se arrodilló junto a su tía. Mirándola a los ojos, le cogió la mano como el que esperanzado pide un deseo a alguien que se lo puede conceder.

—Tía... Tía... ¿Qué es lo que le sucede?

Alicia cerró los ojos con fuerza y los volvió a abrir, mirándolo.

—¿Se encuentra bien?

Volvió a parpadear dos veces lentamente, de forma que comprendieran que lo quería hacer así, que no era casual. Miguel no la entendió.

—¿Le duele algo?

Ella respondió parpadeando una sola vez, cerrando los ojos a la vez muy fuerte y manteniéndolos cerrados con fuerza, para abrirlos poco después. Dora captó el gesto.

—Eso es que no le duele —dijo sin adivinar la importancia de lo que acababa de descubrir.

—¿Qué está diciendo, Dora? —inquirió Miguel.

—Que creo que cuando cierra los ojos así, la señorita Alicia está negando. Creo que eso es lo que hace, señor.

—Pero... Pero... tía, ¿me entiende usted?

Miguel le cogió la cara con ambas manos y se acercó aún más. Su voz temblorosa denotaba la emoción del momento.

Alicia parpadeó dos veces lentamente. Dora estaba segura de lo que aquello significaba.

—Ha dicho que sí. Creo que dos parpadeos largos son sí y uno solo, es no.

Miguel no podía creer lo que estaba sucediendo.

—Tía, ¿me comprende? Si lo hace, parpadee dos veces.

Alicia, con los ojos humedeciéndose rápidamente, hizo lo que su sobrino le pedía. Miguel se quedó helado, mirándola. No podía creer que de pronto hubiesen dado aquel salto. Que pudiera comunicarse con una persona a la empezaba a dar por perdida, a la que se había resignado a ver envejecer aislada del mundo. Era una alegría para la que, sencillamente, no estaba preparado. Hablando bajo, cerca de ella, a punto desbordarse, repitió:

—Eres Alicia Abbad. Eres Alicia Abbad.

Y Alicia Abbad, mientras dos solitarias lagrimas caían de sus ojos, parpadeó dos veces.

II

Isabel sentía que nuevamente se le acumulaba el trabajo y que su pareja no ayudaba en nada para aliviar esa carga. Tenía que solucionar urgentemente el asunto de Germán antes de que Gabriel lo comentara con alguien, un problema más, justo cuando necesitaba centrarse en los preparativos de la zafra. Para completar aquella agenda infernal, tenía que casarse, aunque solo fuera para que Rafael se callara de una vez.

De La Habana llegó un modisto, que le pareció tremendamente pesado y apocado, y se instaló en la casa durante una semana junto a tres costureras. Cada tarde le probaban el vestido cuando volvía de revisar los campos y lo único que le apetecía era tumbarse en una de las *chaise longue* del porche y tomarse una copa de jerez. El modisto exclamaba emocionado y sus costureras lo acompañaban aplaudiendo los resultados, pero ella se sentía disfrazada y le había ordenado que acabase el vestido cuanto antes y de la manera más sencilla, aplastando sus deseos de seguir complicándolo con bordados, brocados y perlas. Isabel era una impostora, pero lo de vestirse de blanco virginal, velarse y fingir en una ceremonia que se entregaba a un hombre con el que llevaba meses viviendo bajo el mismo techo le parecía de una hipocresía mayúscula. No era creyente, lo que facilitaba que no tuviera remordimientos nunca, así que tampoco profesaba hacia el padre Pellón, que los iba a casar, ningún respeto especial. De principio a fin, todo le parecía una pantomima ridícula, aunque rematara uno de los objetivos que se había marcado: tras aquella boda, sería una hacendada con todas las de la ley.

Le había pedido a Rafael que la boda fuera discreta y pequeña y, para su sorpresa, a él le había parecido bien, así que esperaba que el día pasara lo más rápido posible para poderse centrarse en lo que era realmente importante. No comprendía la emoción que un trámite como aquel deparaba a la mayoría de las mujeres. Para Isabel, era solo eso, un trámite, un papel que necesitaría si Rafael moría para ser su legítima esposa y también, por supuesto, para que su hijo no fuera considerado un bastardo.

La tarde del 12 de octubre de 1866, cuando el calor era menor y el sol se ponía frente al jardín de la casa azul, tuvo lugar la boda. A Isabel ya no le impresionaba ni la casa ni la perfección permanente de verdor y flores que la rodeaba. Avanzaba sola hacia la pequeña capilla que ocupaba una esquina del jardín sin interés en mostrarse solemne o emocionada, simplemente sonriendo. En la puerta, el servicio de la casa azul la aguardaba. Aquella gente no la quería, ¿cómo iba a hacerlo? Solo querían ver el espectáculo, ciertamente impresionante para todos los que asistían a él pese a su sencillez. Se había quitado el velo antes de salir de su habitación, así que sobre su cabello trenzado ya solo brillaba una diadema de aguamarinas que Rafael le había regalado la noche anterior. Lucía un vestido con mangas y cuello cerrado, blanco y vaporoso, que el modisto había creado bajo su mandato de hacer «lo justo para que no parezca un camisón». Entró en la ermita sin saludar a los esclavos y, con la marcha real de fondo, se acercó al altar donde la esperaba Rafael.

Se le hizo corta la ceremonia, que dedicó a pensar en las tareas que realmente le preocupaban. Miraba a Rafael de reojo, comprobando su felicidad, y fingía sentirla del mismo modo. Tan solo habían invitado a su abogado y a su banquero, ambos con sus esposas, que habían ido desde La Habana. También estaba el mayoral, Germán. Había convencido a Rafael de que no invitara a los otros hacendados del valle, aludiendo que eran fechas de muchísimo trabajo y que los incomodaría. Era probable que no lo entendieran, pero a Isabel no le importaba lo más mínimo.

Aunque ninguno quería a Isabel, todos los esclavos domésticos se habían afanado en que el comedor ofreciera su mejor aspecto y habían conseguido, con creces, su objetivo. La cubertería y candelabros de oro habían sido colocados sobre un mantel bermellón bordado con las iniciales de los novios, creado especialmente para la ocasión. En la mesa, aupados en jarrones azules y dorados de porcelana de Sèvres, grandes centros florales con hojas de palmera y flores de marilope, típicas de San Rafael, entonaban con la luz que se colaba por las ventanas y el resplandor cálido y elegante de las velas.

A las once, cuando tras la cena los hombres habían pasado al salón de fumadores, Isabel se quitó aquel vestido que le parecía ridículo y lo cambió por uno rojo que le resultaba más cómodo para moverse por la que ya, ahora sí, era su casa. También era más práctico para llevar a cabo el asunto que tenía pendiente.

Germán abandonó el salón, tal y como ella había esperado, al poco rato. Su marido era hábil haciendo sentir a la gente desubicada y en aquel salón lujoso, junto con el banquero y el abogado, el mayoral enseguida notó que sobraba. Se estaba dirigiendo a la salida cuando Isabel lo detuvo.

—Germán, hay un asunto que debemos solucionar —fue lo único que tuvo que decir para que el hombre la siguiera al jardín, caminando junto a ella en dirección al mirador que ocupaba uno de los extremos del terreno.

—Usted dirá —le dijo poniéndose a disposición de la persona que indudablemente controlaba los destinos de aquel ingenio.

—Tenemos un problema. En San Gabriel le han descubierto...

Isabel le explicó todo lo que Gabriel le había contado y remató:

—Es usted torpe y descuidado, un inepto al que no sé cómo decidí confiar la tarea que tenemos entre manos.

—Esa tarea, señora mía —dijo Germán, indignado—, la empecé yo mismo antes de que usted llegara a la isla. Supongo que no hace falta que se lo recuerde.

—No, no hace ninguna falta, pero vigile el tono. No consentiré que me hable así ni una sola vez más. Es cierto que usted empezó la tarea y que el plan es suyo, pero si gracias a su torpeza nos descubren, todo acabará.

—Puedo acabar con el problema de raíz.

Isabel sabía que el hombre iba a proponer eso, cómo no, matar a Gabriel. Ella misma lo había valorado, pero le pareció que no era la mejor solución. Por eso la había descartado, no por pena o afecto, simplemente, porque creía que había una solución mejor. Desde el mirador, la luna iluminaba un manto azul de árboles y campos de caña y el cielo estrellado parecía reclamar paz y silencio en aquel valle repentinamente violento. Se acercó a Germán de forma que sus cuerpos se tocaron. Sintió cómo el hombre se erizaba, sorprendido.

—Sé que lo puede hacer, que puede cortar el problema de raíz. Es usted capaz de todo, ¿no es así?

—Todo lo que me ordene la señora. Por supuesto que sí —le dijo él, apartando ligeramente su cara de la de Isabel, que estaba extrañamente cerca.

Ella se dio la vuelta y se puso detrás de él, que parecía paralizado. Le pasó un brazo por la cintura y Germán sintió como sus pechos se apretaban contra su espalda. No podía creer lo que estaba sucediendo. No quería que sucediera, pero hipnotizado como un ratón por una cobra, era incapaz de mover cualquiera de sus músculos.

—¿Todo lo que le ordene? —le susurró al oído, dejando que su aliento cálido acariciara su oreja.

—To... to... todo —tartamudeó él.

Estaba excitado, temeroso, impresionado, como en otro mundo, tan superado por la situación que tardó en sentir como el filo de un cuchillo se le clavaba en los riñones y se hundía en sus carnes hasta el puño. Se dio la vuelta con los ojos desorbitados por el pánico. Isabel se había separado de él y lo miraba con una media sonrisa mientras con las manos él trataba, en vano, de tapar la herida.

—Se lo ordeno: muera.

Germán hizo ademán de arrodillarse, pero sin dar tiempo a que lo hiciera, Isabel tomó impulso y con las dos manos lo empujó hacia atrás, haciéndolo caer por el precipicio rocoso sobre el que se asentaba la casa azul. El mayoral ni siquiera gritó. Ella no perdió el tiempo en contemplar la caída en la espesura de la selva que crecía al fondo. Se secó la sangre en el vestido rojo, que la absorbió, ocultándola.

—Una cosa menos —suspiró.

III

Su primer despertar como mujer casada fue exactamente igual que todos los despertares que ya había vivido con Rafael. Su noche de bodas también fue muy parecida a todas las anteriores, pero por primera vez se levantó cansada.

—Es por el embarazo —justificó Rafael cuando llegó mucho más tarde de lo habitual a desayunar.

Su marido estaba pletórico. Más que de costumbre. Su sonrisa y el brillo de sus ojos desprendían plena felicidad. Isabel supo que estaba enamorado y sonrió también.

—No puedo cansarme —dijo mientras le daba unas palmaditas en el hombro antes de sentarse—. La zafra empieza ya.

—No podrás con ella. Es una época dura.

—Podré. No tengas ninguna duda —replicó ella, seria.

—No puedes montar. No es que tu yegua me dé ningún miedo, ese animal está más muerto que vivo, pero el doctor no quiere que lo hagas. Podría perjudicar al niño. A nuestro hijo. Esa es la única cosecha que me interesa este año.

Isabel se guardó de decir que a él nunca le había interesado la cosecha. Pasara lo que pasara alrededor.

—Pero no puedo contigo —continuó Rafael—, así que uno de los coches que compramos será tuyo y ya está preparado en el potrero para recogerte y llevarte donde digas. Y esto no lo vamos a discutir. Hay un negro que lleva bien el coche. Lo ha estado entrenando Germán, por lo visto es de su confianza. Se lleva bien con él. Un bicho enorme, un mandinga, que te ayudará en todo y te protegerá si llega el caso. El asesino ese sigue suelto.

«Y sentado a tu mesa», pensó ella.

—Bueno, aunque haré lo que yo quiera.

—Siempre lo haces. Pero no montarás tu yegua hasta que nuestro hijo nazca. Y el negro te protegerá. Seguro que más que la panda de inútiles esos de la nueva guardia —dijo Rafael olvidando que el responsable de haberlos elegido y contratado no era otro sino él—. No valen para nada. Más nos valdría que se pusieran a cortar caña. Me contó ayer Germán la última. El tren en el que ibas, el que descarriló, iba cargado de fusiles. Cayeron todos al río Alegre en los vagones de carga.

—Sí, lo vi.

—Pues ahora viene lo sorprendente: ¿sabes cuántos han recuperado esos inútiles?

—Ninguno —se oyó decir Isabel.

—¡Exacto! A pesar de haber caído en un tramo manso del río. Llevan una semana buceando y no han encontrado ninguno. Sencillamente, han desaparecido. ¿Puedes creerlo?

—Nada desaparece sin dejar rastro —dijo ella—. Nada. Que investiguen.

—En eso están. Pero nadie comprende qué ha podido suceder. En cualquier caso, quiero que lleves esto —dijo Rafael mientras ponía un pequeño revólver blanco y dorado sobre la mesa—. ¿Sabes utilizarlo?

—Aprenderé —dijo ella.

Le hacía ilusión el regalo. Lo cogió entre sus manos y lo acarició. Luego, su mente volvió al accidente del tren.

Se quedó en silencio, pensando, recordando. Sabía que había retenido algo. Aquel día se había enfadado, pero no se había asustado ni había perdido la razón. Su ojo desconfiado, su malpensada mente siempre estaba alerta, también el día del accidente. Acabó de desayunar, y tras ponerse uno de los nuevos vestidos adaptados a su creciente cintura, se encaminó al potrero.

Encarado a la salida del patio y enganchado a un caballo frisón, que debía de estar preguntándose cómo había llegado a la isla, encontró su nuevo vehículo. Le habían pintado el escudo de los Viader, un blasón con leones inventado por el padre de Rafael, acostumbrado como su hijo a hacer exactamente lo que quería. Un cochero pasaba el paño por uno de los lados. Vestido con sombrero de paja, camisa de lino blanco y traje a rayas «azul Viader», como pretenciosamente llamaban al azul con el que pintaban las casas de su finca, se irguió al verla. Como todos los mandingas del valle, era alto y musculoso, con la piel muy oscura y los labios gruesos. Su semblante serio parecía acentuado por una chispa de rencor contenido que cualquiera que le hubiese mirado a la cara habría percibido.

—Buenos días, ama Isabel.

Isabel lo miró sin verlo.

—¿Cómo te llamas? —le dijo, sabiendo que probablemente retuviera su nombre tan solo unos minutos.

—Lucas, ama Isabel.

—Vamos a la casa de calderas. Rápido.

Enseguida se pusieron en marcha. Ninguno sabía del peligro que los acompañaba.

IV

Una semana después, Gabriel asistía a la boda de Miguel Abbad e Iris en segunda fila, junto a su tía Lucía, que se había vestido, como de costumbre, de manera indescriptible: combinaba un gran tocado de flores amarillas que le cubría el pelo escarolado con un vestido del mismo color. Se notaba que no estaba acostumbrada a las faldas y se había apoyado mucho en su brazo para avanzar arrastrando su peso. Se había puesto también sus mejores joyas.

—Tenemos que causar buena impresión, Gabi —le había dicho—. La última vez que mucha de esta gente me vio estaba menos asilvestrada.

Gabriel no podía estar más de acuerdo: Lucía Gorchs estaba asilvestrada. Su indumentaria diaria se había instalado casi completamente en la combinación de pantalones y camisolas de un blanco impoluto rematados por sus sempiternos sombreros de paja. Los vestidos largos que llevaban todas las mujeres solo abandonaban su armario en las fiestas más importantes, y en cuanto volvía a la casa inglesa, con su cuerpo huesudo cansado de cargar con ellos, rezaba en secreto para no tener que volver a vestirlos en mucho tiempo.

Lucía hacía lo que quería cada vez más sin importarle lo que los demás pensaran de ella. La miró. Prestaba poca atención al sacerdote, entretenida sondeando con la mirada a la concurrencia sin demasiada discreción. Gabriel sabía lo que buscaba y lo temía. No necesitaba una mujer, por lo menos de momento, y hubiera preferido ser él quien se ocupara de aquello, pero era imposible quitar algo de la cabeza de su tía una vez se había instalado en ella, por lo que había desistido. Él estaba centrado en el titánico trabajo que se le venía encima y, simplemente, no tenía tiempo para pensar en mujeres, así que descartaría educadamente a cuanta le presentara. Cuando la zafra acabara, iría a La Habana en busca de compañía si es que sentía esa necesidad. Varios de los trabajadores le habían mencionado uno o dos locales discretos, también los lugares donde alternaba la gente distinguida si lo que buscaba era algo más formal. Pero eso vendría luego.

Tras la ceremonia, los nuevos esposos guiaron a quienes les habían acompañado en la iglesia a una hilera de coches de caballos engalanados con flores, que, a través del valle, los llevaron al jardín de San Miguel. Allí, el resto de invitados esperaba entre copas de champán, sidra y ron. Se trataba, igual que en la iglesia, de una concurrencia heterogénea, e Iris percibió enseguida cierta incomodidad en los cuatro esclavos invitados, que no sabían cómo desenvolverse y ya formaban un grupo claramente separado del resto. Probablemente hubieran disfrutado más quedándose con los de su condición, que aquella noche degustarían el mismo menú y tendrían una banda de música solo para ellos en el patio de los esclavos, pero Iris quiso que ocuparan el lugar de importancia que merecían.

En cuanto los invitados empezaron a sentarse, Gabriel se separó de su tía, que ocupaba la mesa principal junto con el resto de plantadores del valle. La suya estaba en uno de los lados del jardín desde el que se veía la mansión de los Abbad, iluminada con velones de gran tamaño y cubierta de guirnaldas de flores en barandillas y columnas. Aun reconociendo que aquella era una construcción mucho mejor pensada para el lugar sobre el que se asentaba, la casa inglesa le parecía más acogedora y amable, quizás porque su extravagancia era producto del amor, mientras que la que contemplaba había sido construida esencialmente para mostrar el poderío de sus propietarios a todos los que pasaban frente a ella.

Dio una vuelta a la mesa saludando a todos los que ya estaban allí hasta localizar su nombre en una tarjeta colocada frente a los bajoplatos dorados. A un lado leyó: «Srta. doña Inés Fernández»; al otro: «Srta. doña Carmen Beauchamp». Miró hacia la mesa presidencial desde donde, mientras la ayudaban a sentarse apartándole la silla, su tía le devolvió la mirada y le guiñó un ojo, confirmándole que sus acompañantes a diestra y siniestra habían sido cuidadosamente escogidas por ella. No tuvo que esperar mucho para verlas. Tras buscar su nombre en la mesa, una joven de pelo castaño recogido en un moño le ofreció la mano enguantada para que se la besase. Su sonrisa perfecta lo saludó antes de pronunciar palabra alguna.

—Carmen Beauchamp —dijo escueta antes de sentarse.

La miró unos segundos mientras esperaba de pie a que su compañera de la derecha llegara también. Sin duda, era guapa, con una piel perfecta que no debía de haber visto más de dieciocho primaveras, ojos verdes de pestañas largas y nariz recta y pequeña bajo la que asomaba la sonrisa que ya le había regalado. Llevaba un vestido de seda verde, ricamente bordado en azabache en el escote, que, generoso, decoraba con un collar de perlas cerrado con lo que Gabriel supuso era una buena esmeralda. La estaba mirando cuando un carraspeo a su espalda llamó su atención. Se volvió para descubrir a su acompañante de la derecha, que esperaba para saludarlo.

—Soy Inés Fernández —le dijo al tiempo que le sonreía—. Siento haberles hecho esperar —dijo dirigiéndose a la mesa—. Acabo de llegar, apenas me ha dado tiempo a cambiarme.

Le ofreció la mano, Gabriel la besó y la ayudó a sentarse antes de tener tiempo de observarla mejor.

Su acompañante de la derecha parecía muy diferente a la que la había precedido, y aunque estaba más necesitada de arreglos que la señorita Beauchamp, llegaba a la mesa menos acicalada. Se había hecho un moño algo desordenado y algunos mechones de pelo rubio caían por los lados de su cara redonda como el sol. Su piel bronceada hacía que el blanco de sus ojos azules se viera limpio y claro. No era gruesa, pero Gabriel se dijo que tampoco era delgada y que, probablemente, su cintura distara mucho de parecerse a la que la mayoría de los hombres, él incluido, preferían. En realidad, el conjunto de su figura resultaba amable pero poco vistoso y ella parecía la primera en asumirlo, pues no se percibía en la elección de aquel vestido azulón, anticuado y sin gracia, un especial interés en mejorar en nada su aspecto.

Se sentaron y enseguida un camarero les sirvió el primer plato, una ensalada de yuca y langosta que muchos habían visto en infinidad de convites. Gabriel inició una conversación con Carmen, la guapa joven que su tía había colocado al otro lado, algo que demostró ser más complicado de lo que había previsto, pues las respuestas cortas y secas de la joven le hicieron pensar que tenía escaso empeño en conocerlo. Pese a todo, insistió.

—¿De qué conoce a los novios?

—Solo conozco a Miguel. Su familia es amiga de la mía. No conozco de nada a su mujer —respondió ella.

A Gabriel le dio la sensación de que Carmen trataba de marcar la distancia con Iris en sus palabras. Tras responderle, la joven volvió a girarse para conversar con el hombre que tenía a la izquierda, un caballero poco atractivo que sudaba profusamente y al que Gabriel había conocido minutos antes: el hijo de uno de los mayores terratenientes de la isla. Unas risas devolvieron su atención a su derecha, donde la tal Inés Fernández había acaparado rápidamente la atención.

Explicaba las vicisitudes de su llegada al valle, cómo la habían detenido a la entrada y cómo se había perdido por los caminos hasta casi acabar en el valle contiguo. Hablaba de forma tan graciosa que enseguida él mismo la escuchaba entre carcajadas. Luego se puso algo más seria para explicar que había salido tarde del hospital en el que trabajaba, por lo que el tiempo para arreglarse se le había echado encima.

Pocos jóvenes de la alta sociedad trabajaban y tenían un horario como tal. Algunos ayudaban en las empresas familiares, otros gestionaban sus inversiones, pero, en general, la mayoría de los que pertenecían a la clase de los invitados a aquella boda vivía sus días con la indolencia que les proporcionaban sus mullidas economías. Carmen, a la izquierda de Gabriel, no pudo evitar sorprenderse.

—Pero, entonces, ¿quiere decir que trabaja... trabaja?

Inés le respondió sonriente.

—Trabajo... trabajo, sí, amiga mía. De ocho de la mañana a cinco de la tarde, cada día. Pero aunque es agotador, lo cierto es que disfruto siendo de utilidad. Estudié enfermería, mi vocación siempre fue la medicina.

—Pero no es médico —recalcó Carmen.

—No, no lo soy. Me hubiese gustado, pero en su momento pensé que no estaba capacitada y tampoco nadie me disuadió de mi idea para darme confianza, así que estudié enfermería. Es bonito. Quizás es menos frío y, créanme, a veces los cuidados de una enfermera, sus palabras, su cariño, sanan tanto como los tratamientos médicos.

—¿Y qué opinan en su casa, si no es indiscreción? —insistió la señorita Beauchamp.

—No lo es. Lamentablemente, mis padres murieron hace años. Así que solo tengo un hermano, que estudia en España y vive con mis abuelos allí, cerca de Salamanca. No me duelen prendas en reconocer que necesito trabajar, por mi cabeza, pero también por mi bolsillo.

—Ah, comprendo —dijo Carmen esbozando una leve sonrisa que insinuaba que el único motivo por el que Inés trabajaba era el económico.

El segundo plato, buey del Valle de los Arcángeles y arroz congrí, llegó en el momento en que Gabriel, tras explicar brevemente su ocupación y la historia de la finca que algún día había de heredar, recibía toda la atención de la mesa y el renovado interés de la más guapa de sus ocupantes. Carmen le había rozado la mano y le había hecho algún comentario en voz baja respecto a lo que unos y otros invitados explicaban.

Tenía el punto perfecto de picardía para criticar sin herir y a Gabriel enseguida le hizo gracia. Para cuando llegó el postre, Carmen y él formaban un grupo aparte del resto de la mesa y se hablaban en voz baja con complicidad, de forma que el joven sintió que podía haber alguna posibilidad de romance.

Tras el postre, la música subió de intensidad y Miguel Abbad abrió el baile con su recién estrenada esposa, blanco de todas las miradas. Muchos la observaban con admiración y cariño; otros, con envidia y clasismo. Los novios habían percibido los sentimientos que cada uno de los invitados les profesaba con una rápida mirada y, sin embargo, felices como nunca, bailaban como si en realidad estuvieran solos en su jardín. Al rato, varias parejas se les unieron y Gabriel acudió a la llamada de su tía, que ya estaba deseando incorporarse a la pista. Lucía portaba el brillo de la sidra y el champán en sus ojos. Mientras daban los primeros pasos, no esperó para preguntar.

—¿Y bien? ¿Qué tal tu mesa? Me ha parecido que estabas muy bien acompañado.

—Supongo que no ha sido ninguna sorpresa para usted, ¿no es así, tía? —dijo Gabriel sonriendo.

—Pues no, la verdad es que no. Pero eso no importa. Espero que te hayas divertido, que hayas conocido a gente interesante. Alguna señorita, quizás.

—La verdad es que Carmen, la señorita Beauchamp, es muy guapa.

—Ya, pero háblame de algo que no sepa. Algo que sea importante.

—Nos hemos llevado bien.

—Eso está bien. Conozco a sus padres desde hace años. La familia Beauchamp tenía plantaciones en Santo Domingo, desde donde llegaron tras la revolución cuando los desposeyeron de sus propiedades, aunque no de sus cabezas, lo que, créeme, fue una gran suerte para ellos. No conozco bien su historia: Jaime Beauchamp, el padre de tu amiga, se empeña en hablarme de cosas que no me interesan nada en lugar de explicarme eso, que sí que me parece emocionante... El caso es que enseguida se situaron entre los más adinerados de Cuba y compraron buenas tierras en el oeste, cerca de Holguín. Sus bisabuelos plantaron café, pero ahora se dedican sobre todo al azúcar, como nosotros, aunque su finca es peor. La plantación la heredará Hugo, el hermano mayor de Carmen.

—A mi derecha se ha sentado la señorita Inés Fernández —dijo Gabriel interrumpiendo a su tía.

—¿Y? —preguntó ella, sin poder evitar que en su mirada se acentuase el interés.

—Bueno, es encantadora, esa es la verdad, y nos ha hecho reír mucho.

—Sí, sin duda es hija de su padre —apuntó Lucía—. José Antonio Fernández siempre me hizo reír.

—¿Conoció a su padre?

—Fue buen amigo mío. Venía por aquí y lo visitábamos con frecuencia en La Habana. Por desgracia, él y su mujer, Dolores, que era encantadora, murieron de cólera en la segunda gran epidemia, que también afectó a Cuba. Murió mucha gente. Nosotros nos atrincheramos en el valle, donde solo hubo un caso que se detectó rápido. Pero en La Habana la enfermedad se llevó a muchos.

—Tuvo que ser terrible para ella —dijo Gabriel mientras seguían bailando. A su alrededor todos reían, pero ellos se habían puesto serios.

—Lo fue. Inés y su hermano estaban recluidos en su ingenio, cerca de Colón. Allí recibieron la noticia de su orfandad. Y fueron engañados por todos, estoy segura, porque a los pocos años de la muerte del cabeza de familia perdieron su plantación y muchas propiedades. Ahora solo tienen su casa de La Habana, un buen palacio del que Inés alquila habitaciones en la planta baja.

—Es enfermera.

—Lo sé —sonrió Lucía—. ¿No es maravilloso? Lo decidió al morir sus padres. Quiso cuidar a los enfermos, hacer algo por ellos, quizás para compensar lo poco que pudo hacer por los suyos. Esa chica vale un potosí. Es sencillamente adorable.

—No sé si es mi tipo —dijo él, anticipándose a lo que supuso pretendía su tía.

—Tú no tienes tipo, insensato. Apenas sabes algo de mujeres. Además, probablemente seas tú quien no sea su tipo, así que no te vanaglories.

Se lo dijo riendo, pero aunque el tono era jocoso, Gabriel sabía que su tía hablaba en serio.

—Bueno, me ha gustado más Carmen. Es más...

—Guapa, sí, no cabe duda. Pero te recomiendo, una vez más, que no te centres en eso. O al menos que no le des toda la importancia. Si buscas una relación a largo plazo, las que son únicamente guapas son un mal negocio. El exterior envejece, pero el interior no, o por lo menos tarda más en hacerlo. Busca a una mujer que sea guapa por dentro, porque es probable que esa belleza la conserve siempre. No es la primera vez que te lo digo.

La música dejó de sonar y Gabriel se separó un poco de su tía, dando por concluido el baile. Ella le sonrió.

—Anda, ve con los de tu edad —le dijo, sabiendo que era exactamente lo que deseaba hacer.

Gabriel vio a Carmen Beauchamp separarse de un hombre de avanzada edad que supuso que era su padre y acercarse a paso ligero hacia él.

—¡Por fin! Odio bailar con vejestorios —le dijo mientras se cogía de su brazo y lo acompañaba fuera de la pista de baile.

Como por impulso, se acercaron a uno de los miradores del jardín. Algunos grupos se sentaban en bancos alrededor de la zona y la música estaba lo suficientemente cerca para que la oyeran con claridad pero pudieran hablar. La vista del valle se extendía a sus pies en un conjunto de selvas y cañaverales que parecía en silencio por una noche, con sonidos animales agazapados al poco habitual ruido de los humanos. Carmen vio dos casas a lo lejos, en cada extremo del valle.

—¿Entonces, alguna de esas es la suya? —preguntó

—La de la izquierda. Es de mi tía. La que está sobre el acantilado es la de los Viader, nuestros vecinos.

—La suya es un poco...

—Es rara sí. Pero a mí me gusta. Es una copia de una casa de Inglaterra.

—Es muy bonita. Me gustaría mucho verla. Y la plantación, ¿cuantas hectáreas tiene?

—Mi tía tiene mil quinientas, pero solo seiscientas de caña —respondió Gabriel, algo extrañado con la pregunta.

—Aun así debe de producir mucho —dijo ella, que parecía gratamente sorprendida con aquella información.

Estuvieron hablando casi una hora. La luna iluminaba la cara de Carmen. Cada vez que sonreía, toda su piel parecía resplandecer, pero con cada pregunta, con cada comentario, aquella joven, indudablemente bella y simpática, se alejaba de Gabriel. Él era una persona sencilla y poco dada a alardear de su posición, la misma persona que era en Barcelona aunque sus perspectivas hubieran cambiado sustancialmente y se hubiera convertido, contra todo pronóstico, en un buen partido. Estaba claro que aquello era lo único que interesaba a su pareja. Miró a Carmen y vio a una amiga, nada más, una mujer que debía de haber sido aleccionada para buscar un marido, alguien que mantuviera su estatus. Podría haber pasado aquello por alto si no le hubiera dado la sensación de que era la base sobre la que se sustentaba cada minuto que pasaban juntos. De hecho, durante la cena, Carmen apenas lo había mirado hasta que reparó en su posición. Le dio pena. Incluso en Barcelona, cuando todos en su casa sabían que la fortuna familiar menguaba sin remedio, sus padres jamás lo habían empujado a que se acercara por interés a una u otra persona. Aun así, hablaron animadamente un buen rato antes de reunirse con el resto de invitados.

Alrededor de la pista de baile y por todo el jardín, se habían hecho corrillos y encendido hogueras que mantenían vivas un pequeño ejército de esclavos vestidos de negro para que se disimularan entre las sombras. En una esquina, junto a dos hombres mayores que ella, divisó a Isabel. Su figura parecía algo más redondeada, pero sus facciones seguían siendo las mismas, más bellas incluso. Le recordó a Carmen pues, como ella, también había buscado a un hacendado rico para casarse. No podía creer lo rápido que había sido todo. Hacía seis meses se había enamorado de ella, que, viuda, parecía perdida y sola en el mundo. Aquella noche, embarazada, casada y al mando de una plantación, la Isabel que había conocido parecía otra persona. Había dejado de gustarle en el momento en que había visto un poco de la oscuridad de su interior, pero como mujer, le seguía pareciendo imponente.

Isabel lo vio desde el otro lado de la pista y levantó la copa para saludarlo desde la distancia. Tenían casi la misma edad, pero ella podría haber sido su madre. Sentía que había madurado más en los últimos seis meses que en los diecinueve años que los habían precedido, mientras que Gabriel seguía teniendo en su cara la marcada inocencia de la juventud.

Isabel se había sentado convenientemente junto a dos de los plantadores más importantes de la isla, que parecían encantados de que ella los acompañara. Estaba embarazada, pero su vientre era apenas un poco más redondo, imperceptible para todos menos para ella, que se sentía gorda y blanda. La noticia de su embarazo había corrido mucho más de lo que le habría gustado. Malditos negros domésticos.

Se había vestido completamente de rojo, con un traje de lamé que brillaba al moverse y que a la luz de las velas y las hogueras adquiría tonos anaranjados. Los pendientes de rubíes de Alicia Abbad y un collar a juego que le había regalado Rafael completaban su atuendo acertadamente. Le interesaban aquellos hombres. Tenían dos de los mejores ingenios de Cuba, con producciones que eran la envidia de buena parte de sus colegas. Isabel ansiaba su éxito más que nada en el mundo. Más que las joyas, más que a Rafael o al hijo que llevaba dentro. Más que nada. Había descubierto una suerte de vocación, un sentido a su vida, y los consejos y prácticas de aquellas personas eran la bebida de la que nunca tenía suficiente. Hablaban de esclavos, como no podía ser de otra manera.

—Sabe Isabel, hay teorías, y no son ninguna tontería —le decía uno de ellos—, que dicen que la mano de obra esclava es más cara que la remunerada. Me explico. Como sabrá, han venido muchos chinos, también indígenas del Yucatán, incluso gallegos, a trabajar a Cuba. Vienen con un contrato cerrado que los ata a nuestros campos durante cuatro o cinco años, en ocasiones, más. En estos contratos se estipula la cantidad de horas que trabajarán al día, lo que se les dará de comer, de vestir, dónde vivirán y, por supuesto, lo que se les pagará. En algunos contratos se estipula incluso que se podrán acometer castigos físicos, lo cual es sencillamente maravilloso, a los que incumplan con su trabajo y no rindan según lo estipulado. En ocasiones, se les paga tan solo en época de zafra, luego únicamente se les mantiene o, y esto es más raro, se les deja marchar hasta la siguiente cosecha. El caso es que el coste de la alimentación, la casa, la ropa y el salario de estas gentes es inferior al de nuestros esclavos. Y es lógico si lo piensa. Nosotros cuidamos a nuestros esclavos, cada vez más. Son propiedad nuestra y, como el tejado de nuestras casas o los árboles de nuestro jardín, queremos que estén en buenas condiciones, sobre todo ahora, cuando cada vez resulta más complicado tener nuevos africanos. Tenemos con ellos una relación a largo plazo. Debemos alimentarlos bien, llevarlos al médico, darles una casa en condiciones, pues van a trabajar para nosotros toda su vida y necesitamos que sea larga, por lo menos mientras tengan fuerza para realizar las labores que les encomendamos. Todo esto, además del precio que se paga por cada negro, que es sencillamente prohibitivo. Hay que tenerlos sometidos y domados, pero necesitamos que estén fuertes, que rindan. «Buen látigo y buen pan», decía mi abuelo, un hombre bueno y visionario, que en paz descanse.

—En cambio los trabajadores libres... —dijo ella pensativa.

—Nos da igual que acaben con la espalda doblada al cabo de cinco años. Como si se mueren: no es problema nuestro. Muchos empezamos a pensar que entre el precio de compra y el mantenimiento, un esclavo es más caro que un trabajador libre con el contrato conveniente.

—Eso es interesante —comentó Isabel—, especialmente en este valle donde los esclavos...

—Sí, lo comentan muchos plantadores —la interrumpió el otro hacendado—. Lo del Valle de los Arcángeles es inusitado. Tenemos suerte de que nuestros esclavos no vean cómo tratan ustedes a los suyos. De ser así, muchos solicitarían cambiar de amo. Nosotros estamos centrados en la producción. Ustedes tienen un hotel de lujo.

—Lo sé —dijo ella, sorprendida y, a la vez, satisfecha al oír exactamente sus mismas palabras en boca de otros plantadores—. Pero eso va a cambiar. Por lo menos, en mi ingenio.

En ese momento, Iris y Miguel Abbad se acercaron a saludarlos y todos se levantaron de sus sillas para recibirlos entre abrazos y felicitaciones. Para Isabel era revelador cómo el dinero podía cambiar la perspectiva de las cosas. Lo había sabido siempre, pero en Cuba su teoría se confirmaba elocuentemente. Iris no era ya una esclava, no era ni siquiera negra a los ojos de los hombres que la saludaban. Era la rica mujer de un importante plantador y eso lo cambiaba todo. Hacía un minuto hablaban de latigazos y sumisión de los de su pueblo y, de pronto, aquella negra era una gran dama a la que todos veneraban. La hipocresía de aquella sociedad le sorprendía, pero no le indignaba; al fin y al cabo, no era nadie para criticar a los hipócritas. Se acercó a Iris y la besó, exhibiendo la mejor de sus forzadas sonrisas.

—Querida, muchísimas felicidades. Somos dos recién casadas, ¿se da cuenta? Vamos a ver si enderezamos a nuestros maridos —dijo en un tono de broma muy poco habitual en ella.

—Gracias, Isabel —dijo Iris sonriendo—. Y, además, usted madre primeriza en pocos meses. Qué alegría, se la ve sana y fuerte, y así crecerá el hijo que lleva dentro.

—Ya, nacerá en mayo, creo. Es un inconveniente ahora mismo, con todo lo que hay que hacer, pero bueno, será otro fruto de la cosecha este año. Esperemos que igual de bueno que la que esperamos en San Rafael.

A Iris le asombró la frialdad con la que Isabel hablaba de su embarazo. Era evidente que no le ilusionaba lo más mínimo.

Siguieron intercambiándose frases corteses durante unos minutos hasta que, a lo lejos, Isabel vio una silla de ruedas acercarse a donde estaban. No le preocupó. Aquella anciana no había vuelto a recuperar la cabeza, ni la movilidad, ni el habla tras el tremendo golpe que ella misma le había propinado en la nuca. Pobre Alicia Abbad: había descubierto demasiado tarde que no se podía luchar contra ella. Debería haberse quedado en su palacete barcelonés a vivir la vida sin entretenerse en problemas e investigaciones que le venían grandes.

La habían vestido elegantemente, y como era habitual en ella, iba cargada de joyas que le daban un aspecto siniestro. Alicia habría reconocido que sus joyas le quedaban mucho mejor a ella, se dijo Isabel sin poder evitar tocarse con la mano los pendientes de rubíes. Pasearlos delante de ella le daba cierto placer morboso.

—La señora Alicia se encuentra ya muy cansada, señor —le dijo Dora a Miguel Abbad.

Él se acercó a la silla y se agachó un poco, acariciando la cara de su tía con dulzura.

—Es comprensible. Todos estamos un poco cansados ya. —Se agachó un poco más, mirando a su tía a la cara—. ¿Está cansada, tía?

Alicia respondió cerrando los ojos dos veces. Miguel les explicó el gesto a los demás.

—Mi tía ha recuperado el control de los párpados y de algunos músculos de la cara. Cuando cierra aquellos dos veces, nos está respondiendo en afirmativo, diciendo que «sí» a lo que quiera que le hayamos preguntado. Con un solo parpadeo, nos dice lo contrario. Por desgracia aún no ha recuperado el habla, ni la memoria, y todo está un poco revuelto dentro de su hermosa cabeza —le acarició el pelo y se dirigió a ella—. Pero todo mejorará poco a poco, ¿no es así, tía?

Alicia sonrió plácidamente, como un niño sin preocupaciones, al tiempo que parpadeaba dos veces. Luego, sus ojos se dirigieron al resto del grupo. Solo reconocía a su sobrino y a su esposa. Todos le sonreían, pero no sabía discernir si era porque la conocían o porque se compadecían de ella con amabilidad. Sentada en aquella silla que la obligaba a mirar a todos desde abajo, habría deseado poder hacerlo cara a cara, a la misma altura, y no desde esa posición que le resultaba desigual. Los escrutó uno a uno, deteniéndose en sus caras, buscando rasgos que le hicieran recordar. De pronto, algo en la cara de la mujer que acompañaba al grupo le causó temor, ansiedad, tensión, pánico. En sus orejas había dos piedras rojas como la sangre. La sangre. Su cerebro empezó a trabajar como nunca, *flashes* de recuerdos la bombardeaban y desaparecían, la paz se disipó rápidamente y el terror lo ocupó todo. Veía sangre, dolor, cristales rotos, oía gritos en la oscuridad, su hermano muerto se mezclaba con un torbellino de demonios negros con mazos. Vio a un hombre tumbado en el suelo, rodeado de joyas. No entendía nada: si alguna vez una cabeza estuvo cerca de estallar, sin duda aquella era la suya. Sin darse cuenta, sin poder evitarlo, empezó a soltar espuma por la boca mientras su cuerpo reaccionaba con espasmos y sus ojos se abrían y cerraban rápidamente antes de quedarse en blanco. De pronto, todos la miraban asustados y los gritos ya no estaban solo en su cabeza.

—¡Ayuda! ¡¿Hay algún médico?! —gritaba Miguel Abbad, lamentando no haber invitado al que tenían a sueldo en el valle.

Enseguida cundió la alarma y la orquesta dejó de tocar. Dora le secaba las babas a su señora sin saber cómo reaccionar, al borde del llanto. Solo Isabel permanecía impertérrita, tapándose la boca con fingida aprensión mientras gozaba con aquel momento. Quizás le diera un oportuno ataque al corazón y muriera al fin.

Lamentablemente para ella, una joven llegó corriendo, se agachó rápidamente, le tomó el pulso y miró a Dora.

—¡Ayúdenme a tumbarla!

Miguel se abalanzó para coger a su tía por debajo de los brazos mientras la invitada que la asistía lo hacía por las piernas. Una vez en el suelo, la mujer se acercó a Alicia y le abrió la boca, sosteniendo la lengua para evitar que se la tragara. Luego, poniéndose cara a cara, muy cerca, le pidió que la mirara.

—Míreme, Alicia, míreme. Tranquila, ya pasó, ya pasó. Respire profundo. Hágalo conmigo, respire profundo. —Se volvió a los que las observaban desde las mesas cercanas—. ¡Denme eso! —dijo señalando a la superficie de una de ellas—. La lavanda, denme la lavanda del centro. —Uno de los plantadores se la acercó y ella se la puso a Alicia debajo de la nariz mientras repetía una y otra vez—: Respire, ya pasó, respire, ya pasó, míreme, Alicia, ya pasó, ya pasó. —Con una mano le tapó los ojos mientras con la otra le cogía la mano.

Fue casi un minuto de angustia en el que el cuerpo sin voluntad de Alicia Abbad se movió más que en cualquier momento tras su lesión, temblando y tensándose sin control. Luego, los cuidados de aquella invitada providencial parecieron surtir efecto y poco a poco la mujer se fue calmando y el ataque remitió, quedándose prácticamente dormida. Entre Miguel y uno de los plantadores la cogieron y la subieron a la silla. Con un gesto de Iris, la orquesta volvió a tocar, y ella sonrió a los invitados para confirmar que todo volvía a estar bien. Dora colocó un cojín en el hombro sobre el que Alicia había dejado caer su cabeza y, con cuidado de no despertarla, empujó la silla hacia la casa. Todos la vieron partir. Isabel se dio la vuelta intentando disimular la decepción que le provocaba que su enemiga se aferrara con tanto empeño a la vida. «Maldita Alicia», se dijo alejándose mientras Miguel, suspirando y forzando una sonrisa, se dirigía al grupo que lo acompañaba.

—Bueno. Parece que ya pasó. Gracias por su ayuda, amigos. —Se giró hacia la mujer que había atendido a su tía y le cogió ambas manos—: Y usted, señorita, no sé cómo agradecérselo. Me va a disculpar, no recuerdo su nombre, he perdido algo de mi lucidez con la impresión del momento.

—Soy Inés Fernández, la hija de José Antonio Fernández.

Miguel abrió los ojos con genuina ilusión.

—Qué gran tipo era su padre, señorita. Lo recuerdo con frecuencia. Cuba perdió mucho el día que nos dejó. Su humor era como el mío, nadie me lo hizo pasar tan bien. Me alegro mucho de que haya podido asistir a la boda. ¿Lo está pasando bien?

—Oh sí, muy bien. Todos mis acompañantes de mesa han sido muy agradables.

—Estaba usted en la mesa de Gabriel Gorchs, ¿me equivoco?

—No, no lo hace, lo he tenido a mi izquierda.

—Lo sé. La tía de Gabriel y yo mismo quisimos que fuera así. Gabriel es muy querido en el valle y quisimos que a su lado tuviera a... —bajó la voz, acercándose a la oreja de Inés— a la joven más interesante de toda la boda.

—Le agradezco el cumplido —dijo Inés riéndose—. Gabriel me ha parecido un joven estupendo.

—Pues vaya con él —le dijo acompañándose de un gesto que la animaba a marcharse—, no ocupe más tiempo conmigo. Aunque... —Miró por encima del hombro de Inés— me parece que es él quien viene a por usted.

Efectivamente, Gabriel, que había contemplado la escena desde un lado del jardín, se acercaba a ella. Parecía impresionado.

—Inés, lo que ha hecho... Le ha salvado la vida a la señorita Abbad —le dijo.

—No, no lo he hecho —respondió ella risueña—. Tan solo he ayudado a que el ataque pasara lo más rápido posible. Algo de lo que la señorita Abbad ha visto ha activado un resorte en su cerebro, en su cuerpo, que la ha inquietado hasta el punto de tener un ataque. Pobre mujer, me encantaría visitarla mañana. ¿Sería posible? —añadió mirando a Miguel.

—Por supuesto, señorita. La esperamos por la tarde si le parece bien. Entiendo que duerme en el valle, ¿no es así?

A Inés la habían alojado en una de las cabañas que habían puesto a disposición de los invitados a la boda en San Miguel, redecoradas ricamente para que fueran confortables y adecuadas para gente de aquel nivel.

—Duermo en una de las cabañas. Tendrán dificultades para que me vaya del valle si se descuidan —dijo en tono de broma.

—Nada me gustaría más que se quedara con nosotros para siempre, señorita —respondió Miguel, guiñando indisimuladamente un ojo a Gabriel antes de avanzar hacia otro grupo de invitados para dejarlos solos.

Se miraron y Gabriel bajó la cabeza, sonrojándose rápidamente. Seguía sin saber cómo desenvolverse con las mujeres, pero fue precisamente aquella inocencia la que súbitamente atrajo a Inés. Aquel hombre guapo, alto y joven, tan valiente para gestionar un ingenio importante como el de su tía, era, sin embargo, un inexperto total en el amor y la seducción. Inseguro pese a sus evidentes atributos, Gabriel era como un pura sangre de carreras que solo había andado al paso.

Convenientemente, un camarero se acercó a ellos y les sirvió dos copas de sidra. Juntos se alejaron del grupo para pasear por el jardín mientras charlaban. Inés era una de esas personas que debía de salir poco favorecida en las fotos, pues su belleza se descubría cuando gesticulaba y, sobre todo, cuando reía. Para Gabriel, lo que su tía Lucía le había explicado de ella lo ponía todo en perspectiva, de forma que le era más fácil entender el interior de la persona con la que conversaba. Sabía que no tenía dinero, que la vida de lujos que había vivido había quedado atrás, que estaba sola y, sin embargo, parecía completamente feliz. Al hablar con ella uno estaba seguro de hacerlo con alguien que se sentía afortunada. Se preguntaron por sus vidas, por sus ocupaciones y sus inquietudes, por los planes a futuro y, pese a que la conversación era fluida como la de dos viejos amigos, una chispa en el interior de ambos alertaba de una inevitable atracción: no iban a ser solo amigos. Bailaron y hablaron, bebieron como un esclavo tras la zafra y cuando, tras caminar ambos entre sonoras carcajadas, rodeados de la inconfundible luz que anuncia la salida del sol, llegaron a la puerta de la cabaña de Inés, Gabriel sintió que había encontrado a la mujer de su vida.

Se miraron el uno al otro diciéndolo todo sin decirse nada y Gabriel acercó su cara a la de Inés para despedirse con un beso en la mejilla. Inés acercó la cara pero, en el último momento, la giró para besarle breve pero intensamente en la boca. Luego se separó de él, encogió los hombros, le guiñó un ojo y cerró la puerta.

V

Inés Fernández despertó tarde, con los golpes con los que, alrededor de las tres de la tarde, un esclavo anunció que dejaba una suerte de almuerzo frente a su puerta. Se arrastró hasta la entrada y salió al exterior en camisón, confiada, ya que su cabaña estaba algo aislada de las que tenía a pocos metros y un gran jagüey le daba privacidad. Sobre la mesa del porche que se abría al mar de cañaverales de San Rafael, en una bandeja de plata, varias fuentes con exquisitos platos prometían atenuar su resaca. Le dolía la cabeza, pero estaba feliz, tras una noche divertida y, sobre todo, prometedora. Le había gustado Gabriel, habían congeniado. Muchos pensaban que su simpatía facilitaba que tuviera muchos novios, porque todo el mundo le caía bien, pero una cosa era tener amigos y otra diferente tener pareja. Había tenido pocas. Apenas una relación seria, una suerte de noviazgo concertado a base de frecuentes visitas desde que tenía catorce años, que se desvaneció en cuanto lo hizo la fortuna de sus padres.

Se sentó en el porche y, sin dilación, empezó a probar cada una de las exquisiteces que aquellos anfitriones detallistas habían preparado para sus invitados. La sombra del porche atenuaba el abrasador sol del principio de la tarde cubana, en la que todos, hasta los pájaros, parecían esconderse para evitar el calor, y ella, feliz, notaba el bien que aquellos manjares le hacían. Cuando acabó, se lavó y vistió para visitar a la señorita Abbad. Antes de salir, escribió el abecedario en la agenda que llevaba siempre en el bolso.

Un coche la esperaba para llevarla a donde quisiera, así que, tal y como había quedado la noche anterior, volvió a la casa grande. Un mayordomo la recibió en la puerta y la acompañó al jardín, atravesando los terrenos en los que hacía pocas horas habían celebrado la boda de Iris y Miguel. Decenas de esclavos recogían los restos de la fiesta, mesas, sillas, guirnaldas y botellas, recuerdos de una noche para ella inolvidable.

Tras las cortinas blancas que ondeaban al viento, bajo una pérgola cubierta de plumbago azul, distinguió la silueta de la silla de ruedas de Alicia. Agradeció al mayordomo su cortesía y se acercó a la inválida y su doncella. Ambas tenían mejor aspecto que el día anterior y pudo ver en sus ojos la alegría que les producía su visita. Inés se sentó junto a ambas.

—¿Se encuentra bien, señorita Abbad?

Dora se afanó en contestar.

—Sí, se encuentra mucho mejor. Mire qué piel más bonita tiene la señorita.

—Dora, usted ya ha establecido una manera de comunicarse con Alicia. Por favor, ¿podría dejar que fuera ella quien me respondiera? —le dijo Inés sonriendo con tanta delicadeza como determinación.

—Desde luego —respondió la doncella, retirándose un poco.

—¿Se encuentra mejor, señorita Abbad? —preguntó de nuevo Inés.

Alicia cerró los ojos dos veces.

—Eso está bien. Alicia, le voy a hacer algunas preguntas y le daré varias respuestas. Por favor, si sabe cuál es la correcta, cierre los ojos. ¿Lo ha entendido?

A nadie se le había ocurrido un sistema para comunicarse con Alicia tan sencillo. Dora no era inteligente y Miguel no había dedicado tiempo a buscar formas de hacerlo, dedicado de lleno a la plantación y su boda.

—¿Qué día de la semana es hoy? —preguntó Inés—. Cierre los ojos si lo sabe: lunes... martes... miércoles... jueves... viernes... sábado...

Al oír este último, Alicia cerró los ojos.

—¡Sí, señorita, sí! Es sábado —dijo Dora mientras aplaudía emocionada.

—Efectivamente —confirmó Inés—, es sábado. Ahora lo vamos a complicar un poco. —Sacó del bolso la agenda y la abrió por la página en la que había apuntado el abecedario para enseñárselo a Alicia—. Ahora quiero que me diga cómo se llama la isla en la que estamos. Señalaré cada una de las letras. Usted cierre los ojos cuando llegue a la adecuada para deletrear el nombre. ¿Lo ha entendido?

Alicia cerró los ojos dos veces.

—Vamos entonces.

Señaló las letras y al llegar a la C, Alicia cerró los ojos. Lo mismo hizo en la U, la B y la A que la seguían: C-U-B-A. Dora aplaudió emocionada e Inés le hizo más preguntas. Todas las que no implicaban volver al pasado reciente de su accidente eran contestadas sin dificultad. Al rato, la emoción se percibía en los ojos de Inés, Dora y, sobre todo, de Alicia, que sentía que sus palabras podían salir al fin de su interior.

Inés se volvió entonces hacia la doncella de forma que ambas la vieran.

—Esta técnica es sencilla, pero muy mejorable. Dora, debe usted dibujar un abecedario más grande que facilite el sistema. Además, lleve una libreta a mano, para apuntar las letras que la señorita Abbad le vaya indicando. Es un método lento, pero servirá mientras las dos aprenden el que les enseñaré, que es mucho mejor. Si lo aprenden, no tendrán que acarrear el abecedario de un lado a otro y quizás, a la larga, puedan obviar incluso la libreta, pero vayamos paso a paso. Tienen mucho tiempo, creo que les divertirá su aprendizaje. Es un método muy ingenioso que se utiliza para las comunicaciones telegráficas, un alfabeto de señales que usan mucho los barcos. Hablaré con el señor Abbad. Si me convida la semana que viene, yo misma les traeré ese peculiar abecedario. Con un poco de interés, lo aprenderán enseguida.

—Y... ¿qué método es ese? —preguntó Dora, que ya estaba dispuesta a usar el sencillo sistema que acaba de conocer y a descartar el aprendizaje de uno nuevo.

—Lo llaman morse. Código morse.

16

I

El inicio de la zafra se planificó para principios de noviembre y con ella se ultimaron los preparativos de una actividad frenética, que debía resultar en la obtención del mayor número de toneladas de azúcar. Ese era el objetivo en San Rafael, San Gabriel y San Miguel, y, sin embargo, cada uno lo afrontaba de manera distinta.

En San Miguel, todo lo dirigía Miguel Abbad en un difícil equilibrio para intentar que las condiciones de trabajo fueran humanas y, a la vez, se mantuviera la gran producción a la que estaban acostumbrados. Sabía que su mujer pasearía todos aquellos meses por los cañaverales poniendo el foco en que todos los esclavos fueran bien tratados y que ninguno de los trabajadores libres que los dirigían se propasara. En el pasado, ninguno de los propietarios del ingenio había titubeado en usar la mano dura. Años después, cuando la responsabilidad de la plantación fue suya, aquellas prácticas se habían abandonado poco a poco y, habida cuenta de la productividad de su finca, no le había parecido necesario recuperarlas. Iris no lo habría permitido, pero lo cierto es que él mismo ya había tomado la decisión sin darse mucha cuenta. La ventaja era que los esclavos, de manera equivocada, asumían que los azotes aún eran posibles y trabajaban en consecuencia.

En San Rafael, Germán García se había esfumado, y aunque nadie le tenía demasiado cariño, temían que su sustituta, Isabel Palau, les hiciera añorarlo. Su objetivo era superar con mucho la producción de los años anteriores y había dado instrucciones a todos los trabajadores libres que conformaban su equipo para que actuaran en consecuencia. La sospecha de que el látigo no tardaría en volver a sonar en el valle, creció.

Mientras tanto, en San Gabriel, el negro Tomás, mayoral inesperado, tenía un arduo trabajo, pues debía mantener la producción, ya aceptadamente escasa para una explotación de aquel tamaño y, a la vez, conservar las condiciones únicas de los esclavos de la finca, que descansaban frecuentemente y jamás eran castigados con nada que no fueran reprimendas verbales. De pronto, Tomás se encontraba en el lado de los plantadores contra los que, en secreto, estaba preparándose para luchar.

Gabriel afrontaba aquellos días como un reto. Tenía que demostrar su valía y hacer que todos lo vieran como un plantador, no solo como el afortunado heredero de una tía a la que apenas había conocido hasta entonces. Su relación con Tomás era buena, y aunque no podía decir que fueran amigos, sí creía tener un buen mayoral en el que apoyarse. No había vuelto a hablar con Isabel desde el día en que la informó de sus sospechas sobre el asesino del valle, su certeza de que Germán estaba relacionado de alguna forma con él, si no era él mismo. La noche anterior, cuando en la biblioteca Tomás y él trabajaban sobre los planos de la finca, planificando ordenadamente la secuencia de la zafra, su tía Lucía los había interrumpido.

—Germán García ha desaparecido. Nadie lo encuentra. Este es un giro inesperado.

Los dos hombres la miraron con impaciencia. Estaban a las puertas del momento más crucial del año y no querían que ninguna otra cosa ocupara sus pensamientos, menos aún sus quehaceres. Lucía captó perfectamente su mirada.

—Me trae sin cuidado lo que tengáis que hacer. Esto es importante. Es la confirmación. Si el asesino es, como estamos prácticamente seguros, Germán, no me cabe ninguna duda de que la infausta señora Palau, bueno, ahora señora Viader, está enterada de todo. Esa mujer ha utilizado tu información de una forma inesperada. O ha puesto sobre aviso a Germán, que habrá huido, en cuyo caso habría que preguntarle por qué tenía interés en salvar al asesino, o lo ha matado. El segundo caso confirmaría mi teoría con más fuerza. La señora Palau o Viader, o como diantre se llame esa advenediza, se lo ha quitado de en medio para no ser descubierta.

Tanto Tomás como Gabriel sabían que no podían escapar a aquella conversación.

—¿Y qué quiere que hagamos, tía?

—El cebo no ha funcionado. Queríamos que te intentara matar el asesino para capturarlo, pero no ha funcionado. O eso creo. Han pasado unas semanas desde que hablaste con Isabel. Es inaudito que no hayan intentado matarte aún. Desesperante. Cada noche he rezado por ello, pero no hemos tenido éxito.

Que su tía rezara porque intentaran matarlo era algo que a Gabriel le parecía cuando menos sorprendente. No pudo evitar torcer el gesto.

—No seas ingenuo, Gabi. Lo tengo todo preparado para capturar a quien quiera hacerte daño. Me he tomado muchas molestias. No temas. En cualquier caso, debemos cambiar de plan. Tomás, necesito que busques a alguien en San Rafael. Alguien que vigile a Isabel como hacía el pobre Roque. Mientras, la nueva guardia, los inútiles esos que no sirven para nada, está rastreando el valle en busca de Germán. También he hablado con la Guardia Civil. Están buscándolo, o eso dicen. He dado buenas propinas, aunque probablemente ya se las estén gastando en las tabernas de La Habana vieja. Y hay una cosa más. Otra desaparición misteriosa.

Tomás sintió que sus músculos se tensaban.

—No se ha recuperado ni una sola de las mercancías que cayeron con el tren al río —continuó Lucía—. Ni una. —Hizo una pausa para escrutar las caras de su sobrino y su mayoral. Tomás supo que las sospechas se cernían sobre él.

—Yo no sé nada de eso, señora Lucía —dijo en voz baja pero audible.

—Es extraño —se limitó a decir Gabriel mientras Tomás callaba.

—Es más que extraño. No era comida lo que venía desde Matanzas. Eran armas. Armas para la nueva guardia. Deberían estar todas en el lecho del río y, sin embargo, no han hallado ni una. Conozco el río. Lo conocemos todos. No tiene fuerza suficiente para arrastrar ese peso, al menos en ese punto. Si esos fusiles no aparecen, nadie creerá que el descarrilamiento del tren fuera fortuito. Y podría haber muerto alguien, Isabel Palau por ejemplo, que viajaba en el vagón de los plantadores y a la que no tengo ninguna simpatía, pero tampoco quiero muerta, al menos, de momento. Aquí están pasando cosas muy extrañas y me da en la nariz que todas están relacionadas de alguna manera. Hay que tener los ojos abiertos. Sobre todo usted, Tomás. Conoce a los esclavos, a toda la negrada, confían en usted. Espero resultados. Estoy harta de tanto misterio. Quiero saber qué es lo que sucede y quiero saberlo ya.

Gabriel quiso ayudar a Tomás. El mayoral llevaba días trabajando de sol a sol en la organización de la zafra y creía que debía defenderle.

—Tía, este es el peor momento para distraernos. La zafra empieza mañana, como bien sabe.

Lucía respiró profundamente cerrando los ojos, como hacía cuando se enfadaba para intentar contenerse.

—Gabi, esto no es ninguna distracción. Puedo sobrevivir décadas sin cosechar, pero no sobreviviré a un asesino o a un grupo revolucionario cargado de fusiles robados. Así que menos excusas. ¡Quiero soluciones!

Se dio la vuelta, airada, y abandonó la estancia. Mientras se alejaba hacia el salón, la oyeron decir:

—¡Distracciones! ¡Un asesino! ¡Una revolución!

II

La noche había empezado su inexorable retirada y el sol ya se presentía entre las brumas húmedas por las que asomaban palmeras, ficus, ceibas y jagüeys. Los animales de la noche habían concluido su festival de sonidos y los mugidos de los bueyes y los cantos de los gallos los sustituían, sumándose al lento despertar de los seres que habitaban los bosques y paseaban entre los cañaverales. Gabriel, echado en su cama, ya había abierto los ojos cuando desde diferentes puntos del valle las campanas empezaron a sonar y, prácticamente a la vez, la temporada de zafra empezó en los tres ingenios. Se asomó a la ventana para ver como en el mástil del jardín, un esclavo izaba el gallardete rojo que indicaba que estaban en época de la zafra.

En los patios de los esclavos, las casas de los mayorales, las casas de calderas, las viviendas de los trabajadores libres y las tres mansiones de los plantadores apenas se había dormido, nerviosos todos por igual ante el inicio de los meses para los que se habían estado preparando todo el año. Todo estaba dispuesto minuciosamente para el trabajo y aunque las previsiones eran excelentes, la maquinaria que movía aquellos ingenios debía funcionar a la perfección para que no surgieran imprevistos, controlando al detalle lo que estaba en su mano y rezando al cielo para que lo incontrolable los respetara.

Bajó a desayunar al comedor, donde su tía ya lo esperaba. Parecía eufórica.

—Ha llegado el día, Gabi. Hagamos que tu tío y tu primo se sientan orgullosos.

—Espero dar la talla, tía —dijo él. Estaba realmente nervioso, deseoso de empezar.

—No temas, Gabi. Lo harás bien. La cobardía deja muchos finales y pocas historias. La gente cobarde nunca toca el fracaso, pero tampoco la gloria. Equivócate, pero actúa. No soporto a los que se quedan sentados. La gloria te espera, estoy segura.

Gabriel se tranquilizó un poco.

—Desayuna fuerte. Come de eso, y de eso, y mucho de eso también —dijo señalando la bien surtida mesa—. Tendremos avituallamiento de la casa durante todo el día, pero no me gusta que los esclavos nos vean cebarnos. Comeremos con ellos hoy.

—No tengo hambre —dijo él con sinceridad.

—Eso no importa: come. Te arrepentirás si no lo haces —le ordenó ella.

Desayunaron tan fuerte como Lucía exigió y acudieron al potrero, donde sus caballos ya estaban ensillados y Tomás los esperaba, ataviado con un traje de lino crudo y tocado con un sombrero que realzaba su imponente presencia. En la mirada del único mayoral negro de la isla, también se adivinaba el nerviosismo. Les indicó los planes, sacándose un reloj de bolsillo del interior de su chaqueta.

—A las seis y cuarto oraremos y empezamos. El padre Pellón ya está en la loma del Tomeguín. Todos están en sus puestos, empezaremos por los campos de la vertiente este, que son los que están más crecidos. Hay ciento ochenta hombres allí. Hemos repartido las mochas esta mañana.

—Vayamos hacia la loma. A todos nos conviene rezar un poco —replicó Lucía golpeando con los talones a su caballo para salir al trote del patio y ponerse rápidamente a un galope corto que imitaron Gabriel y Tomás.

A los pocos minutos se bajaban de sus monturas en la loma del Tomeguín, una pequeña elevación coronada por una cruz desde la que se veían muchos de los campos de caña de San Gabriel. El sacerdote los recibió encantado y enseguida, tras un nuevo repique de las campanas del valle, bendijo a todos y rezó por una zafra abundante y sin accidentes. Con el amén general, las campanas volvieron a repicar. La zafra había comenzado.

III

Isabel recorría los campos en el coche que conducía Lucas. No le hablaba, tan solo le dirigía hacia un lado u otro. Estaba contrariada: precisamente cuando más energía necesitaba, aquel niño que crecía en su interior la consumía con insistencia. Su barriga ya era visible y sus pechos se habían hinchado de forma exagerada, incomodándola. Lucas se los había mirado de reojo varias veces hasta que ella le había devuelto una mirada encendida de odio como severa advertencia. Aquellos animales eran incontrolables, se confirmó a sí misma.

Estaba completamente centrada en la zafra, que había organizado con diligencia para cumplir con el objetivo que se había marcado: producir más que los otros dos ingenios del valle, fuera como que fuera. Le había molestado que Rafael, según una tradición del valle que le parecía absurdo mantener, la obligara a empezar a la vez que las demás haciendas, y sus nervios habían estado a punto de hacerla estallar hasta que finalmente las campanas del valle habían repicado por última vez. Rafael se había reído de ella, mofándose de una ambición que él jamás había tenido. Tenían más dinero del que podrían gastar jamás, le repetía a menudo, pero ella sentía que nunca había bastante. Además, quería demostrarles a todos los que la miraban con suspicacia, a todos los que desconfiaban de sus aptitudes y dudaban de su éxito en solitario, sin la ayuda de Germán, que ella podía ser tan hábil como cualquier hombre y que, al final, el trabajo duro daría su fruto.

Empezaron la zafra tal como había planificado Germán antes de que lo asesinara, por los campos de Planot, que se ubicaban cerca de la casa de calderas y donde los esclavos ya trabajaban al ritmo de las monótonas canciones que Isabel odiaba.

Cuadrillas de veinticinco esclavos cortaban la caña con un golpe de machete y la limpiaban rápidamente de las hojas que salían del tronco antes de amontonarla al lado. El «alza», como se llamaba a la recolección de la caña cortada y su colocación en los carros, la realizaba otro grupo de esclavos. Había carros situados en varios puntos para que el alza fuera ágil, a medida que se llenaban, salían hacia la casa de calderas todo lo rápido que los bueyes permitían. Las cañas, nada más ser cortadas, debían llegar presto a las prensas de vapor, que funcionaban sin descanso día y noche, para que no se perdiera nada del rendimiento por fermentación de la planta y no se alteraran los jugos que desprendía. Si la caña se prensaba al poco de ser cortada, se obtenía una buena cantidad de líquido, que luego evaporaban en las calderas para crear la melaza que más tarde centrifugaban y trataban para convertir en el azúcar que les había hecho ricos.

Isabel había planificado con Germán el terreno a zafrar cada día, e independientemente de las circunstancias, no pensaba desviarse ni un milímetro de sus planes. La casa de calderas tampoco pararía. Había intentado explicarle sus planes a Rafael, pero en seguida él había perdido interés, así que mantenía la comunicación respecto al tema con Juan Luis Calleja, el maestro de calderas y la persona más importante en la producción en «ausencia» de Germán. Por supuesto, había contramayorales aún de servicio y un organigrama muy completo de capataces de cada área, pero por alguna razón, a Isabel el maestro de calderas le parecía el más inteligente. Calleja no había hecho nada para ganarse su confianza más allá de trabajar meticulosamente y con eficacia: ni era, ni quería ser, su amigo. El hombre tenía un carácter voluble y no soportaba que se metieran en su trabajo, pero tampoco pretendía meterse en el de la zafra propiamente dicha si sabía que no podría cambiar nada. Con todo, no pudo evitar levantar una ceja con incredulidad cuando Isabel le había contado sus planes. Nadie creía en ella, lo que la animaba más aún a demostrar que estaban equivocados.

A mediodía sonaron las campanas advirtiendo del receso para comer y varios carros llevaron el rancho de los esclavos a diferentes puntos. Las campanas de cada hacienda tenían un repique diferente, de forma que, en los puntos en los que las fincas lindaban, los esclavos sabían perfectamente a cuales debían obedecer. Isabel, que solo se obedecía a sí misma, ordenó a Lucas que la llevara al lugar donde comería. Allí la esperaba su marido.

En un pequeño repecho del terreno habían colocado una carpa de rayas azules y ricos cortinajes que se movían con la brisa. En cada una de sus cuatro esquinas, un esclavo doméstico, vestido para servir con guerrera blanca de botones dorados, aguardaba paciente. Dos consolas de caoba sostenían varias fuentes de plata cubiertas a las que rodeaban grandes arreglos florales en blancos y azules. En el centro, a la sombra, una mesa para dos meticulosamente vestida les esperaba. A un lado, unos cortinajes creaban una estancia menor, más privada, donde habían colocado un aguamanil con agua de rosas, algunas botellas de colonia y camisas y faldas limpias para que, de necesitarlo, Isabel pudiera asearse un poco y cambiarse de ropa.

A veinticinco, quizás treinta metros, los esclavos comían en el suelo a la sombra de una ceiba, observando cómo sus amos, ni siquiera en aquella situación, disimulaban el abismo que les separaba. A Isabel no le importó lo más mínimo que la vieran. Para Rafael aquellas gentes eran sencillamente invisibles y en ningún momento reparó en ellos.

Tras dejar a Isabel en su espléndido comedor campestre, Lucas había acudido al carro donde le sirvieron salcocho, el engrudo insípido que lo acompañaba día sí, día no. Odiaba a Isabel precisamente porque conocía sus secretos mejor que nadie. Germán se los había contado. Le había contado cómo había sido descubierto por Isabel tras matar a Manuel Mantecón y cómo ella le había chantajeado para ponerlo a su servicio, aunque él se había atribuido todos los asesinatos y no lo había delatado, ni a él ni a Elías. Le explicó entonces que Isabel sería la que les indicara a quién matar. Germán le había dicho que el plan de la plantadora era acabar con los Abbad y los Gorchs para quedarse ella sola en el valle, pero que cuando lo estuviera, ellos la traicionarían y la matarían también. Pero no habían planificado más asesinatos y Lucas se había sentido engañado. Luego, Germán había desaparecido, probablemente a manos de Isabel. Supuso que aquella mujer había estimado útil tener a un asesino cerca y que más tarde había pensado que era mejor prescindir de él.

Pero Isabel no sabía que Lucas existía. No sabía que él estaba allí para continuar matando, ahora sin que nadie le dirigiera. Cuando veía a tantos centenares de los suyos esclavizados por tan pocos amos, se sublevaba. Le enervaba el dócil servilismo y la falta de ambición de un grupo tan numeroso.

Si hacía falta, mataría a los amos uno a uno hasta que no fuera necesaria una revolución, hasta que la simple ocupación de unas mansiones vacías bastara para cambiar el orden. Isabel contribuía día a día a ello sin saberlo. Contribuía a justificar la violencia mejor que ninguna otra persona del valle. Con su mano dura, los esclavos de San Rafael cada vez se sentían peor tratados, y Lucas no tenía ninguna duda de que la situación se tensaría más y más. Cuando todos estuvieran hartos, cuando solo faltara una chispa para que se levantaran, él mismo mataría a aquella mujer. El amo Rafael no sería difícil de eliminar tampoco, podía haberle matado en infinidad de ocasiones desde que le había encargado, precisamente a él, que custodiara a su mujer. No se podía ser más ciego. Pero eran estos ciegos quienes los dominaban. Ciegos al miedo, ciegos al peligro, ciegos a la justicia. Ciegos al asesino que los acompañaba cada día y que ya había matado a los amos de San Gabriel, al hermano y cuñada del amo de San Rafael y al esclavo Roque.

Todos habían sido ciegos a la mirada de odio que hubieran descubierto con tan solo mirarle a la cara.

Los observó desde el suelo, donde comía rodeado de tristes figuras harapientas. Parecía que la luz los iluminara solo a ellos, que los plantadores de San Rafael también se hubieran quedado el brillo del sol en exclusiva. Mientras su entorno de esclavos era marrón y negro, la tienda en la que comían los amos era un despliegue armonioso de color, de plata brillante y flores hermosas. Los camareros les servían diligentemente y ellos comían solo un poco de cada exquisito plato que les ofrecían, descartando el resto, que Lucas y los que lo rodeaban hubieran soñado con degustar. De vez en cuando, Isabel arrugaba el entrecejo con disgusto cuando veía algunos platos y en ningún caso parecía consciente de su privilegio, comiendo con desgana.

Podría haberla matado, pero aunque la odiaba, Isabel, con su mano dura, estaba sirviendo al propósito que él ansiaba. Ningún esclavo estaría contento con aquella ama. Quizás alguien la matara antes de que lo hiciera él.

Las diferencias entre unas y otras plantaciones enseguida se hicieron notar. A las ocho, cuando el turno en San Gabriel tocó a su fin, todos los esclavos que lo acababan sabían que les esperaban ocho horas de descanso. Una para cenar y siete para dormir antes de que el repique de las campanas del ingenio los volviera a arrastrar a los campos. A las cuatro volverían a empezar. El turno que los relevaba, trabajaría hasta las doce del mediodía. Los plantadores creían que las calderas no se debían enfriar durante los seis meses de cosecha, así que el trabajo nunca cesaba. Con todo, los que trabajaban en San Gabriel se sentían afortunados.

En San Miguel el descanso se reducía en una hora. Acabarían el turno una hora más tarde y lo retomarían a las cuatro, como en San Gabriel. Descansarían siete horas y trabajarían diecisiete.

Isabel había leído mucho sobre los negros, sobre sus características físicas. Sobre su fortaleza y necesidades. También había hablado con muchos plantadores. Esencialmente, sus fuentes habían sido cuidadosamente elegidas entre los que producían más azúcar, con frecuencia, los que peor trataban a su mano de obra. Le habían dicho que los africanos no necesitaban más de cuatro horas de sueño diario y, en un ejercicio de dadivosidad, decidió que descansaran una hora más. Así que acabarían el turno a las nueve, igual que los esclavos de San Miguel, pero lo retomarían dos horas antes, trabajando jornadas de diecinueve horas. Ella acabó el primer día a la vez, controlando el cambio de turno.

No estaba cansada, sino feliz, exultante incluso, pues todo había funcionado exactamente como habían planeado. Las dudas que había tenido, muy pocas, las había consultado con Juan Luis Calleja, que conocía los procesos del ingenio a la perfección, lo cual le dio seguridad. Cuando llegó a la casa azul, quiso despertar a Rafael para explicarle el éxito de su primer día como plantadora y mayoral pero, lamentablemente, su marido dormía. Desnudo sobre su lecho, acompañado por una niña negra que desde la esquina hacía mover un abanico del techo para refrescarle, Isabel intentó despertarlo, pero al no conseguirlo, se bañó resignada y se acostó deseando que amaneciera pronto para afrontar un nuevo día.

IV

En San Gabriel pospusieron el análisis del día para el desayuno, al que Lucía invitó a Tomás. No era un esclavo sino un hombre libre y el trabajador de mayor rango del ingenio, pese a lo cual el joven se sintió incómodo desde el momento en el que tomó asiento.

—Ayer todo fue bien —dijo—. Ninguna lesión, ningún accidente. Zaframos algo menos de lo que pensábamos, lo cual fue un poco decepcionante, pero la negrada está contenta.

—¿Y por qué creéis que zaframos menos? —preguntó Lucía

—Es por los esclavos —apuntó Gabriel, que ya había indagado sobre el tema—. Algunos se hacen irremediablemente mayores. Deberíamos reponer trabajadores.

—Lo tendría que haber pensado antes —musitó ella—, pero este año han pasado demasiadas cosas, muchas malas. Dios quiera que mil ochocientos sesenta y seis no nos tenga más sorpresas preparadas. Hemos estado distraídos. Tengo suerte de teneros, si no, no sé qué hubiera hecho.

—Hubiera dirigido la zafra, tía, no tengo ninguna duda —dijo Gabriel riéndose.

—Será una buena cosecha, patrona. No se preocupe —la animó Tomás.

—Solo me preocupo por las cosas que tienen solución. Las irremediables las asumo lo mejor que puedo, Tomás. Pero hay que empezar a moverse. No tendremos más esclavos. No tenemos dinero para comprar esclavos a seiscientos pesos, bueno, o quizás sí, pero no tengo ningunas ganas. Hay que salir de eso. Investiguemos. Los chinos que han venido a trabajar a Cuba mueren mucho, según me han dicho.

—Sí, patrona —explicó Tomás—, pero es por su cultura. Por su cultura y el trato que les dan en los ingenios. Los culíes, cuando se les castiga físicamente, lo ven con un dolor diferente a nosotros. Lo ven como una vejación. Se desmoronan moralmente. Muchos se suicidan. Además, son más débiles que los africanos.

—Comprendo. Es espantoso. Pero aquí nadie les azotaría —apuntó ella.

—También han venido gallegos. Los ojiazules les llaman, no sé mucho de eso —intervino Gabriel.

—Bueno, los blancos siempre se han adaptado fatal a los cañaverales. Mueren de fiebre amarilla y otras enfermedades que los negros ni huelen. Pero tengámoslo en mente. Preguntaré a los demás. Seguro que tienen el mismo problema. Si puedo, me escaparé a La Habana en algún momento. En el Real Consulado y la Junta de Fomento puede que tengan alguna solución.

—Seguro, tía —confirmó Gabriel.

—¿Y hoy? ¿Cuál es el plan? —preguntó Lucía, cambiando de tema con cierta excitación.

—El segundo turno lleva apenas tres horas y acabará pasado mediodía. Si no hay ninguna incidencia, tres cuartas partes de los campos del llano de las jutías deberían estar zafrados para entonces. El alza y tiro deberían acabar dos horas más tarde a lo sumo —dijo Gabriel, esforzándose por utilizar la terminología específica de los ingenios azucareros.

—Muy bien. Eso es estupendo. Iré a mediodía a la casa de calderas —dijo Lucía. Luego se dirigió a Tomás—. ¿Y de los fusiles? ¿Sabemos algo de eso?

Tan solo habían pasado dos días desde que Lucía les había hablado de la situación de los fusiles. De su convencimiento de que alguien los había sustraído del lecho del río y Tomás, que lo sabía todo porque él mismo lo había planificado, no encontraba la manera de escapar de aquella situación. Estaba planeando una revolución, por supuesto, pero a la vez estaba dirigiendo un ingenio azucarero. Hubiese deseado desdoblarse y que sus dos yos peleasen a muerte hasta que quedara uno solo. Debía encontrar una solución, algo que responder. En el valle se decía en broma que cuando a Lucía Gorchs se le metía algo en la cabeza, era más fácil sacarle la cabeza que la idea, y era cierto. Aquella mujer era irreductible.

—¿Y bien? —insistió Lucía mirándolo de nuevo con suspicacia.

Tomás bajó la cabeza y calló, reconociendo que no sabía qué demonios hacer. Lucía retomó la conversación tras observarlo unos segundos en silencio.

—Comprendo. Tomás, quiero que duerma en la casa inglesa hasta que se resuelva este asunto. Esta misma noche. Ya me han matado a un mayoral. Si hay gente armada por el valle, no quiero que corramos más riesgos de los necesarios. Ahora váyase, me he puesto de mal humor.

Era verdad, en parte. A Lucía le exasperaba no encontrar respuesta a sus dudas y comenzaba a tener demasiadas. Un asesino desconocido, unas armas perdidas, un tren descarrilado. No sabía qué estaba pasando en el lugar que hasta hacía poco había sido el más pacífico de la Gran Antilla. Además, quería hablar con Gabriel a solas. Esperó a que Tomás se alejara y se sentó en la silla a su lado, susurrando.

—Tomás está metido en esto. Hasta el cuello. Conozco al hombre desde hace años, desde joven no sabe mentir. Siempre hace lo mismo cuando calla lo que sabe. Pone la misma cara de cordero degollado, se ruboriza y baja la cabeza. Siempre. Y recordé que el día del accidente del tren estuvo desaparecido. Que apareció de pronto, de la nada, en el lugar de los hechos. Tenemos que vigilarle, tú y yo. He preparado algo. Acompáñame.

Se levantó de la mesa y con su mano de tacto aviar cogió la de Gabriel para tirar de él hacia el interior de la casa. Subieron las escaleras y entraron en su habitación, la principal de la casa. Cerró la puerta tras ella y anduvo hasta la ventana, que se abría a una amplia terraza desde la que se divisaba todo el valle. Corrió las cortinas y se puso el dedo índice sobre los labios, llamándole al silencio. Luego se acercó a la cama y levantó la alfombra que había a los pies.

—Mira lo que he hecho —le dijo a su sobrino.

Gabriel escrutó el suelo de madera oscura sin encontrar nada extraño hasta pasados unos segundos. Era pequeño e imperceptible desde el ángulo en el que él se encontraba, pero al acercarse a su tía descubrió que había perforado el piso con un pequeño agujero de forma que la luz de la planta inferior se colaba por él.

—Es la habitación que he preparado para Tomás. Lo espiaré. Soy buena espía. Si durante el día está contigo, solo podrá actuar por la noche, que será cuando yo lo vigile. Hoy he hecho colocar un sistema muy ingenioso. Me lo ha colocado uno de los ingenieros de la casa de calderas, que debe de estar preguntándose para qué lo quería, pero es bastante sencillo. Cuando la puerta de Tomás se abre, una cuerdecita escondida tras los cuadros y las tapicerías de su habitación sube por aquel otro agujerito —Señaló un segundo agujero minúsculo pegado a la pared, del que salía una cuerda tensa— y estira la campanita que tengo allí. —Señaló a una campana colgada en un soporte sobre la pared—. Es decir, cada vez que entre o salga de su habitación sonará mi campanita y yo lo sabré. Es el mismo sistema para llamar a los domésticos que tenemos en las habitaciones, pero en este caso —Y sonrió triunfal—, me llamará a mí. Así que por el agujerito bajo la alfombra veré lo que hace, y si me duermo y Tomás sale a conspirar, me enteraré y podré seguirlo o actuar en consecuencia.

—Parece muy convencida de que Tomás oculta algo, tía —dijo Gabriel.

—Mucho. Muy convencida. Pero a la vez, creo que podemos confiar en él. Inaudito, ¿no? Pues sí, así es. Creo que Tomás nunca nos haría daño. Creo que nos quiere, a mí más que a ti. Lo que sea que trame tiene motivaciones que no conocemos, pero aunque no peligremos, quiero conocer el terreno que piso.

V

Isabel se subió al coche con el que Lucas la esperaba frente a la casa azul. Lo limpiaban en el potrero cada día para que reluciera los cinco minutos que precedían a su trasiego por caminos llenos de barro o, si no había llovido, polvo. Lucas supuso que se encaminarían a los campos que se estaban zafrando, pero en lugar de eso, Isabel le indicó secamente que acudieran a los almacenes del rocoso.

El rocoso era, junto a la meseta sobre la que se asentaba la casa azul, una de las pocas zonas del ingenio que no era cultivable, así que habían aprovechado para edificar allí varios almacenes. Cuando llegaron, el paisaje se mostraba solitario, las naves escondían sus tesoros tras puertas cerradas con gruesos candados. Isabel solo había estado una vez allí, pero tras investigar un poco creía que en una de las construcciones podía estar el artilugio que buscaba. Sacó un aro de llaves y, sin dilación, se dirigió al menor de los tres almacenes. La cuarta llave abrió una puerta oxidada que crujió mientras permitía que la luz iluminara el interior. Había muebles y maquinaria, guarniciones de caballo acartonadas, guadañas, un grupo de sillas sin asiento y, al fondo, un artilugio tapado por una manta. Isabel supuso que era lo que buscaba. Deslizándose entre montañas de objetos apilados en un falso desorden, pudo meter la mano para descubrirlo ligeramente. En la penumbra palpó la madera gastada y su suciedad pegajosa. Debía sacarlo de ahí.

Salió del almacén y reclamó a Lucas.

—Negro, ¿ves aquella manta del fondo? Saca el artilugio que hay debajo. Tendrás que despejar todo esto antes —dijo moviendo la mano—, te esperaré sentada en el coche. No tardes.

Lucas asintió, controlando las ganas de saltarle al cuello a aquella déspota y enseguida se puso a sacar uno a uno todos los objetos que impedían el paso al que debía coger. A la media hora arrastraba con dificultad un pesado objeto que no pudo reconocer hasta que lo sacó a la luz. Una vez a la vista, deseó no haberlo trasladado nunca. Deseó no haberlo visto, haberlo guardado entre las historias de crueldad de sus abuelos, haberlo imaginado entrelazado a las desgraciadas vidas de sus antepasados y haber olvidado que alguna vez fue real. Pero allí estaba.

Isabel se acercó. Dio una vuelta al objeto, que medía alrededor de dos metros de largo por medio de ancho y de alto. En el centro, dos agujeros redondos flanqueaban uno mayor.

—Es un... —dijo Lucas.

—Un cepo. Sí. Y lo vamos a colocar en un lugar visible. Ocúpate de encontrar un carro y esclavos que te ayuden a cargarlo. Llevadlo a la entrada del patio de la negrada. Quiero que lo coloquéis frente a la puerta esta noche. Que todo el mundo entienda que aquí los esclavos deben trabajar. Y ahora llévame a la casa de calderas, quiero ver cómo va eso.

Lucas supo que un día mataría a aquella mujer. Debía esperar un poco, pero tarde o temprano, no podría resistirse. Nadie le había provocado tanto odio desde hacía años.

Llegaron a trote ligero a la casa de calderas, cuyas chimeneas ya desprendían el vapor del jugo de las cañas, que se mezclaba con el de la maquinaria. La construcción, una planta enorme de cien metros de largo por cincuenta y seis de ancho y veinte de altura, estaba techada a dos aguas con teja plana hasta pocos metros del suelo y era igual en los tres ingenios, pues en San Gabriel y San Miguel la habían replicado. Su imponencia la hacía predominar sobre las demás construcciones que la rodeaban. Además de aquella gran nave, estaba la que cobijaba el molino donde se prensaban las cañas y otra que recibía el nombre de «casa de purgar», donde se colocaban —hasta que cristalizaba el azúcar contenido en su interior—las formas que se obtenían tras evaporar el líquido en las calderas. Había naves para secar el azúcar y para almacenarlo, y otras para diferentes maquinarias, utensilios y partes del proceso, que se arremolinaban ordenadamente en la zona que conocían como «el batey», una gran explanada donde la actividad no cesaba.

Para Isabel aquella era la visión más hermosa de la tierra.

Bajó del coche y entró directamente en la casa de calderas buscando con la mirada a Juan Luis Calleja. La temperatura fácilmente superaba los 45 grados pese a que la construcción estaba bien ventilada. El interior de la nave era aún más espectacular que el exterior. Toda la maquinaria relucía y funcionaba a pleno rendimiento en diferentes alturas, pasarelas, escaleras y ruedas gigantes que se movían a distintos ritmos.

Sostenido por columnas de hierro, en un lado, un piso alargado dejaba ver las hileras de relucientes calderas y pailas de cobre. Sobre muchas de ellas asomaban los esclavos espumadores, que removían el guarapo, como llamaban al líquido de la caña que hervía en su interior, a pecho descubierto, con sus cuerpos mojados y brillantes por el sofocante calor. El olor dulzón y pegajoso del aire lo llenaba todo. El dueño de la plantación jamás las había contado, pero Isabel sabía que eran exactamente cincuenta y tres calderas y las observaba con orgullo maternal. Vio al maestro azucarero revisando todo el proceso, apuntando lo que habría que añadir a la mezcla e indicando a los esclavos cómo proceder.

Por el piso de tierra compactada, los vagones sobre raíles se cruzaban unos con otros transportando el material. Los bueyes tiraban de los más pesados, pero la mayoría era empujada por esclavos. Aquella actividad duraría casi seis meses y la intención de Isabel era que el ritmo no se ralentizara en todo el tiempo.

Localizó al maestro de calderas al fondo de la nave. Calleja llevaba la camisa abierta y completamente sudada y tenía en la cara su habitual gesto de mal humor. A Isabel eso le gustaba. Estaba harta de buenas intenciones y miradas bondadosas. Se acercó a él. Sin traslucir sus intenciones, le explicó cómo iba la zafra, cómo avanzaba el trabajo en los cañaverales, para que él le indicara si se estaba equivocando. Seguía el plan trazado con Germán, pero habían pasado dos días y ya había lamentado en alguna ocasión haberlo matado. Debería haber esperado un poco más, pero lo hecho, hecho estaba, así que, intentando mostrar total seguridad, se dejaba orientar por la persona que sabía más del ingenio. Intentó que Rafael, su marido, la aconsejara, pero enseguida había descubierto que sabía mucho menos que ella y que no le interesaba lo más mínimo todo lo que sucediera allende el jardín de San Rafael.

Juan Luis Calleja comentó lo esperado.

—Diecinueve horas de trabajo —dijo escueto—. Los esclavos no están contentos.

Isabel respiró profundamente.

—Deberíamos empezar a entender que ser esclavo y estar contento es una imposibilidad, señor Calleja. Esos hombres han venido al mundo a trabajar. Sabe perfectamente que en infinidad de ingenios trabajan veinte horas —replicó ella.

—Lo sé, pero no en el valle. No desde hace años. No con la tensión y las sublevaciones de las que tenemos noticia cada vez más frecuentemente.

Isabel cruzó los brazos y esperó unos segundos, conteniéndose.

—No viviré con miedo. Mi marido pagó por esa gente, los alimentamos, los mantenemos. Cualquier mínimo desacato, será aplastado. Tenemos una guardia que hasta ahora se ha mostrado inútil en todo, pero actuarán y harán lo que yo les diga a la mínima que esos animales nos fallen.

—Usted manda —dijo él, que jamás discutía causas perdidas de antemano.

—Así es —replicó Isabel, que se esforzaba por decir siempre la última palabra.

Salieron e Isabel departió con él casi una hora fuera de la nave, bajo un grupo de palmeras que les daban sombra y les refrescaban. Hablaron sobre las excelentes previsiones, sobre los campos que convenía acelerar y los que podían esperar algo más, sobre las cuadrillas que estaban rindiendo más y las que menos, hasta que unos gritos les interrumpieron y Juan Luis entró veloz en la nave para ver que sucedía. Isabel lo siguió.

A grandes zancadas, subieron las escaleras hacia la zona de calderas de donde provenían los lamentos. Allí, un negro popó se revolvía gritando en el suelo, cruzando los brazos sobre el cuerpo enrojecido y ampollado. Su cabeza, cuello y pecho estaban en carne viva y las quemaduras eran las mayores que Isabel hubiera visto. Se retorcía de dolor gritando a los pies de una de las pailas. El que lo acompañaba les explicó el accidente.

—Ama Isabel, el pobre negro Moisés andaba espumando el guarapo, resbaló y cayó dentro de la paila. Ay, ama: el pobre hombre se hundió hasta la cintura. El pobre negro tonto se quedó dormido, ya sabe que no hemos dormido más de cuatro horas.

Mientras se explicaba, una camilla llegó y entre lamentos lo cargaron y se lo llevaron a toda velocidad. El médico estaba siempre alerta, pero había tan solo uno para los tres ingenios, así que tenían que trasladarlo al pequeño hospital que regentaba a media distancia de las tres plantaciones. La cara sombría de Calleja certificaba las pocas esperanzas que tenía de que se curara. Luego, se acercó al esclavo que estaba explicándolo todo.

—Moisés no es espumador. Exijo saber qué es lo que hacía aquí —dijo serio.

El esclavo cambió de expresión de tal forma que todos supieron que se había obrado mal.

—Ay, señor Juan Luis. El esclavo Devoto tenía mucho calor y pidió al esclavo Moisés que le cambiara tan solo un ratico. Él se fue al piso de abajo, a empujar los vagones y transportar el material. Es una buena cosa señor, se lo digo de verdad, pues alternando el trabajo se vuelve más variado y menos pesante.

Isabel tomó la palabra.

—Eso está muy bien, negro —dijo acercándose—. Muy bien. —Le acercó la mano a la cara y lo acarició, algo que aterrorizó al esclavo, que no sabía qué esperar—. Y tú, ¿dónde quieres ir ahora? ¿A los campos, quizás? Ahora la temperatura allí es mejor, hay una suave brisa. Además, podrías cambiarte con alguien del turno de la noche, así solo trabajarías cinco horas. Es mucho menos cansado que trabajar diecinueve, ¿no es así? Menos «pesante».

Todos miraban la situación, e incluso los que, desde el piso de abajo, veían la zona de calderas elevada, no podían evitar llevar sus ojos allí mientras, temerosos, seguían con su trabajo. No oían nada, pero la escena ofrecía pocas dudas. Vieron como Isabel cogía impulso y pegaba al negro en la cara con la mano abierta una y otra vez. El esclavo, muy quieto, ni siquiera osó tratar de esquivarla. Luego, se dio la vuelta, habló brevemente con Calleja, recorrió con su mirada a todo el personal desde aquella altura y, tras bajar las escaleras con la cabeza alta, abandonó la casa de calderas.

A los pocos minutos, cuatro miembros de la nueva guardia entraban apresuradamente en la nave y se llevaban al esclavo Devoto, el que había cambiado su posición asignada en la producción, y al espumador que lo flanqueaba y que necesariamente había sabido lo que había hecho. Isabel se alegró de que el cepo se fuera a colocar aquella noche. Antes, por la tarde, se acercó a la carpintería del ingenio, donde encargó dos más: estaba claro que hacían falta.

17

I

Inés Fernández volvió al valle en un coche de San Miguel que la había recogido por la mañana en La Habana. Miguel Abbad se había mostrado encantado con la idea de enseñar el código morse a su tía Alicia y él mismo se había comprometido a aprenderlo también, pues no había nada que deseara más que poder comunicarse como antaño con ella. Quizás nunca volvería a hacerlo con la misma fluidez, pero la perspectiva de poder entender lo que sentía la pobre mujer le ilusionaba tanto que había insistido en poner todas las facilidades para que Inés volviera al valle cuanto antes. Inés volvía exactamente una semana después de la boda. No había dejado de pensar en Gabriel ni un solo instante y esperaba que él también hubiera estado pensando en ella.

Cuando, a media tarde, tras dejar que descansara, Dora llevó a Alicia al salón donde la esperaba, Inés se alegró al ver que el espíritu de su paciente se mostraba ya más alegre y sus facciones eran menos tristes. La doncella de Alicia Abbad había elaborado un abecedario sobre una tabla que acarreaba de un lugar a otro. Su señora parpadeaba cuando ella le señalaba la letra correspondiente y ella apuntaba una a una cada letra en su libreta para crear las palabras. Era un sistema lento y aburrido, pero también el único eficaz que conocían hasta la fecha. Inés esperaba que el código morse facilitara las cosas. Se lo explicó, mostrándoles una tabla con el abecedario donde cada letra tenía su equivalencia en una combinación de puntos y guiones.

—Este código se basa en puntos y guiones. Es decir, cada letra se representa por una combinación de ambos.

Dora y Alicia la miraron con extrañeza. Inés prosiguió.

—Cierre los ojos y vuelva a abrirlos rápido, señorita Abbad.

La mujer obedeció.

—Eso sería un punto —explicó Inés—. Ahora cierre los ojos, espere un segundo y vuelva a abrirlos.

Alicia hizo lo que le pedía.

—Eso sería un guion. Ahora cierre y abra los ojos rápido una vez y luego ciérrelos dos segundos.

Alicia volvió a obedecer.

—Acaba usted de decir «a». Felicidades. Punto y guion significan «a». Observe, aquí lo tiene —dijo señalando la tabla en la que aparecía la equivalencia—. Tiene que calcular que un guion ocupa el tiempo de tres puntos. Le he traído el abecedario completo en morse. Verá que cada letra tiene una combinación diferente. Pruebe ahora con la «b —dijo señalándola—: tiene que hacer un guion y tres puntos, es decir, cierre los ojos dos segundos y luego abra y cierre los ojos más rápido, tres veces, para hacer tres puntos. ¿Comprende?

Señora y doncella comprendieron la brillantez de la idea. Dora se mostró excitada. Alicia deseó gritar de emoción, pero, sin posibilidad de hacerlo, ilusionada, decidió que en poco tiempo dominaría el morse mejor que el que lo había inventado. Inés les dejo la tabla, suficientemente pequeña para que la llevaran a cuestas hasta recordarla entera. La había dibujado cuidadosamente para que se entendiera con claridad. Dora la apoyó en un velador, de forma que tanto ella como su señora la podían ver. Practicaron durante media hora sin descanso. Luego Alicia deletreó, copiando el código: I-N-E-S G-R-A-C-I-A-S V-A-Y-A-S-E.

Al comprenderla, Inés no pudo evitar reírse.

—¿Quiere que me vaya para empezar a aprender?

—S-Í —deletreó ella.

—Pues eso mismo voy a hacer. Su sobrino me ha invitado a quedarme hasta el domingo. Espero que podamos volver a vernos y conversar. Cada vez más. Alicia, vaya paso a paso. Así es como avanzamos en la vida. Nunca sabemos lo que hay a la vuelta de la esquina. Vaya paso a paso y en poco tiempo, al girarse, descubrirá que ha subido una montaña. Yo la ayudaré.

Se levantó de donde estaban y se fue al porche donde la esperaba Miguel. Con una sorpresa. A su lado, de pie y sonriente, evidenciando que no la había olvidado, la esperaba Gabriel. Inés no pudo evitar sonreír abiertamente y sonrojarse al notar que no era capaz de mantener la compostura, que no podía pretender no alegrarse más de lo normal al ver al joven. Miguel, que había captado la situación, fingió tener cosas que hacer y volvió al interior de la casa, dejándolos solos.

Se acercaron el uno al otro con la tensión que provoca la atracción física primeriza, se subieron al quitrín que esperaba en la puerta de la casa grande y enseguida enfilaron en dirección al ingenio que un día habría de heredar.

La temperatura del inicio del invierno cubano era suave y una agradable brisa los refrescaba mientras colocaban una manta sobre la hierba y se sentaban cara a cara. Gabriel abrió un buen rioja deseando que un par de copas lo ayudaran a tranquilizarse un poco. Estaba nervioso. Lo había planeado todo, pero se daba cuenta de que, cuando la atracción se hacía evidente, su cuerpo vacilaba. Con la segunda copa de vino, sintió cómo su cuerpo se relajaba y empezó a disfrutar de verdad. Le explicó la finca, deteniéndose en todas las partes que se veían desde aquel punto, y ella pareció sinceramente impresionada al divisar con claridad, entre la arboleda de sus jardines, la casa inglesa. Lo cierto es que, aunque no encajara con el entorno, a Gabriel también le gustaba su casa y agradeció que Inés se ahorrara comentarios jocosos sobre la excentricidad de la construcción. Luego ella le explicó cómo se había desarrollado su idea con Alicia Abbad y cómo creía que iba a mejorar su vida gracias a la mejora de su comunicación.

—La va a estimular. Gabriel, esa mujer de pronto tiene esperanza y eso puede ser la chispa que la haga reaccionar. Todos necesitamos estímulos. Como enfermera, lo veo a diario: cuando un paciente pierde la ilusión, acaba falleciendo. La señorita Abbad mejorará, estoy segura, no puedo asegurárselo a sus familiares, pero te lo digo a ti. Nada envejece más que la pérdida de ilusión, por eso es importante buscarla, porque no siempre viene a ti regalada. Todos tenemos algo que nos motiva, aunque no lo sepamos. Los que encuentran muchas cosas motivantes son más felices y, al pedirle más a su cuerpo, muchas veces también están más sanos. Necesitamos ilusiones que nos hagan reaccionar, que nos empujen a vivir.

—Pobre Alicia. Le salvaste la vida en la boda. Estuviste magnífica.

—No lo hice —lo miró a los ojos—. En serio, Gabriel, no lo hice. Aunque he estado pensando sobre eso. Algo hizo que reaccionara así. Y no fue su sobrino, al que ve a diario.

—En el grupo solo estaban él, dos plantadores y...

—Aquella mujer. La guapa.

—Isabel Palau. Fuimos amigos, pero no me gusta. Es...

—Fría —lo interrumpió.

—Mucho. Pero no me consta que fuera amiga de Alicia. Isabel se ha casado con Rafael Viader, propietario de San Rafael —Levantó un poco la mirada—, aquella casa azul del fondo, la que está sobre el acantilado.

—Pues quizás Isabel le recordó a Alicia a alguna otra persona, o le dio miedo por alguna razón. A veces un color, un gesto, un olor, pueden desbloquear recuerdos. En este caso está claro que era un mal recuerdo. Quizás algo del día del atraco en el que se vio envuelta. Pero recordar, en el caso de Alicia, aunque sean cosas desagradables, no es necesariamente malo; es más, creo que cualquier cosa que recuerde la puede ayudar.

—Que los Abbad inviten a Isabel. Que se encuentre con Alicia. Quizás eso ayude —sugirió Gabriel

—Quizás. Se lo diré a Miguel.

—Isabel no es una buena persona. Pero no tiene sentido que despierte esa sensación en Alicia. Sin embargo...

—Sin embargo ¿qué? —insistió Inés.

—Bueno, quizás sea una tontería. Imagino que sabes que ha habido asesinatos en el valle. Mi tío, mi primo, nuestro mayoral, el jefe de los esclavos de San Rafael, el hermano y la cuñada de Rafael Viader y... Bueno, nadie sabe dónde está el mayoral de San Rafael. Lo que te voy a decir es confidencial.

—No diré nada —dijo ella y Gabriel le creyó.

—Mi tía sospecha de Isabel. Que está implicada en todo, que sabe más de lo que dice, pero no conseguimos encontrarle el sentido, la relación.

—¿Podemos hablar con ella?

—¿Con mi tía? No le va a gustar que te lo haya contado. Pero supongo que sí. Podemos hacerlo. ¿Quieres cenar en la casa inglesa?

—Nada me gustaría más —dijo Inés sonriendo.

Permanecieron en aquel lugar hasta que el sol empezó a hacer visos de esconderse, momento en el que se dirigieron a la casa inglesa, cuyo jardín, en aquella hora mágica, prometía ser el mejor aliado de Gabriel. Hubiese sido perfecto de no ser porque, al verles llegar, su tía Lucía no pudo evitar unirse al paseo. La tentación de enseñar su creación paisajista a una chica a la que adoraba pudo con las ganas de que la relación entre Inés y Gabriel avanzara.

Pero, una vez asumido que había actuado con cierta torpeza, Lucía tenía tanta gracia, tanto conocimiento y personalidad, que el joven supo que Inés estaba disfrutando del momento mientras conocía las anécdotas del jardín que la hacendada cuidaba sin descanso. Al pasar por uno de los templetes que lo decoraban, Inés se quedó mirándolo con curiosidad.

—Sí. Así es la memoria, querida —le dijo Lucía, cogiéndola por los hombros.

—Yo... —dijo Inés, entornando la mirada, escrutando la construcción.

—Cuando eras una niña, viniste a San Gabriel con tus padres. Jugaste todo el día en este templete. Un esclavo te regaló un pequeño juguete con ruedas, no recuerdo exactamente lo que era. Estuviste horas empujándolo con tus manos, a la sombra de este lugar. Es increíble que lo recuerdes.

—Lo recuerdo. Había flores rojas.

—Un hibisco, sí. Hace trompetas rojas y grandes. Murió hace unos años y ahora hemos plantado plumbago.

—Los colores rojo y amarillo son más estimulantes para el cerebro. Lo hacen trabajar más. Se recuerdan más. Me lo explicaron cuando estudiaba —se calló de pronto—. Perdón, parezco redicha.

—No, es interesante —intervino Gabriel—. De hecho, hace un rato hablábamos precisamente de eso. De recordar.

Entraron en la casa, tras cuyos cristales se empezaban a encender las luces. Gabriel explicó a su tía todo lo que habían comentado Inés y él mientras merendaban. A Lucía pareció no molestarle que su sobrino hubiera hablado de las sospechas que ella tenía y las resumió.

—Mis sospechas vienen de un hecho claro. Si hay un asesino ajusticiando a las autoridades de las plantaciones del Valle de los Arcángeles, no encuentro explicación a que Isabel, la peor y más déspota de todas, no haya sido amenazada. Sobre todo cuando creemos que su mayoral estaba implicado y eran uña y carne. Lo que creemos es que si German, su mayoral, forma parte de esto, ella también, posiblemente liderándolo todo.

—¿Y la señorita Abbad? —preguntó Inés.

—Alicia fue asaltada en un atraco a una joyería. No creo que ella fuera el objetivo del atraco. Simplemente, tuvo la mala suerte de verse implicada. El día que encuentren las joyas sustraídas, hallarán al asesino, pero en esta isla todo queda impune. No veo relación posible con Isabel. Quizás no le cayera bien y por eso reaccionó así en la boda. Probablemente sea algo de fácil explicación.

—Es cierto —dijo Inés, mientras se quedaban mirándose unos segundos, sin nada más que decirse.

—¿Cenas aquí, querida? —preguntó Lucía.

Inés aceptó la invitación de Lucía con casi la misma alegría que había aceptado la de Gabriel. Tras la cena, se sentaron en el porche. Un doméstico les llevó mantas y se quedó a unos metros tras el mueble bar a la espera de que alguien pidiera una copa. Aunque no habían trabajado, Lucía, Inés y Gabriel sentían que se apagaban como el cielo rosado que precedía a la oscuridad. Gabriel miró a Inés mientras hablaba con su tía y sonrió al ver que parecía que ya estuviera integrada en la familia. Prácticamente no se conocían, pero mientras la observaba reír, gesticular y hablar de cosas interesantes que él desconocía, le pareció bella y única. Sintió que había conocido a alguien especial, que su relación no había hecho más que empezar y que aquella tarde había sido la mejor de su vida. Por desgracia, de pronto, unas pisadas apresuradas tras ellos vinieron a romper el momento. Era Tomás, que se presentaba allí inesperadamente, visiblemente excitado.

—Patrones, discúlpenme la falta de aviso. Es por algo que he creído imprescindible notificar. Es indignante y tendrá consecuencias.

—Al grano, Tomás —lo empujó Lucía, que se había incorporado en su asiento y lo miraba con el aspecto de ave alerta que adoptaba cuando escuchaba con interés.

—Ha puesto cepos. Esa mujer. Isabel Palau. Ha puesto tres cepos y los tres ya están ocupados. Ha azotado a tres esclavos, incluso al muerto. Quince azotes a cada uno con un látigo rematado por nudo de cáñamo. En el patio de esclavos de San Rafael, se ha alarmado tanto la gente que ha tenido que venir la nueva guardia a controlar que no se fueran las cosas de las manos. La noticia ha corrido como la pólvora y ya está todo el valle enterado.

—Pero... ¿Qué han hecho los pobres desgraciados para acabar en el cepo? ¿Qué razón ha dado la inconsciente esa? —preguntó Lucía, estupefacta.

—Sucedió en la casa de calderas. Parece ser que dos negros se cambiaron los puestos y uno cayó en una de las calderas. Ha muerto por las quemaduras. La señora Isabel ha hecho poner su cadáver en uno de los cepos y en los otros ha colocado al que batía el jugo en la caldera de al lado y no dijo nada, y al que se cambió de sitio.

Lucía se puso en pie.

—Vayamos a San Miguel. Tenemos que hablar con Miguel Abbad y decidir qué hacer. Esa loca va a destruir todo lo que llevamos años intentando conseguir.

Cuando llegaron a la casa grande de San Miguel, el ambiente era totalmente diferente al que les había acogido durante la boda de sus propietarios la semana anterior. Siempre que los plantadores se alteraban, parecía que todo el ingenio lo hacía con ellos, y en el trayecto hacia la mansión ya habían visto mayor actividad que a la misma hora el día anterior. La zafra seguía y los esclavos, cansados y empujados al trabajo extenuante, eran carne de cañón para una rebelión, lo que había requerido que la nueva guardia estuviera vigilante a cualquier movimiento inusual, especialmente cuando todos sabían que la noticia del regreso de los cepos a San Rafael ya estaba en boca de todo el valle. Así, encontraron varios controles en las entradas, y al pasar por los cañaverales, varios grupos de soldados vigilaban que todo se mantuviera en orden. Supusieron que la mayoría de los guardias estaba ya en San Rafael, el ingenio que, para desgracia de todos, Isabel gestionaba. Pero fue al llegar a la casa de los Abbad cuando percibieron la tensión.

Les recibió el mayordomo con su cara oscura apurada por la situación y, sin dilación, les llevó al salón de plantadores, una estancia que las tres casas del valle tenían y que se abría especialmente para recibir a los mismos. Tomás se quedó esperando fuera e Inés decidió retirarse discretamente a la habitación en la que estaba alojada. Mientras el mayordomo se iba para anunciar su presencia a los amos, los gritos de una discusión acalorada que provenían del piso de arriba hicieron que Gabriel y Lucía se quedaran en silencio, mirándose el uno al otro con preocupación y asombro. Iris y Miguel, la pareja perfecta, parecían inmersos en una batalla dialéctica a gritos cuya causa todos conocían y cuyo desarrollo suponían. Iris le estaría diciendo a Miguel que actuase y él le estaría recordando su nula responsabilidad sobre las decisiones que tomaran en la plantación vecina. Tras unos minutos, Miguel entró en el salón. Su cara era de consternación, impotencia y enfado.

—Esa Isabel es una inconsciente. ¡¡Inconsciente!! ¿Qué necesidad hay? Hay mil maneras de castigar a los esclavos sin que los demás se sientan castigados también. ¡Idiota! ¡Eso es lo que es!

Lucía se sentó a su lado y le puso la mano en el hombro, intentando tranquilizarlo. Era la de mayor edad entre los plantadores del valle y todos la respetaban. No siempre estaban de acuerdo con ella, pero sabían que su experiencia le hacía ver las cosas desde la perspectiva del que ha aprendido tras tropezar más veces que el resto.

—Hay que hablar con Rafael —dijo Gabriel.

—Rafael está cegado. Cualquier cosa que le digamos sobre su mujer revertirá en nuestra contra. Es con Isabel con quien hay que hablar —apuntó Lucía.

—¿Y qué le decimos? —intervino Miguel.

—A esa mujer lo único que le importa es la rentabilidad de su ingenio. Es más, si es como creo que es, lo que de verdad le importa es producir este año más que vosotros, que San Miguel —dijo Lucía—. Es su manera de probar que ella sabe llevar el negocio. Que vale para esto.

—Es absurdo —repuso Miguel.

—Lo es. Hay mucha gente absurda. Demasiada. Pero a veces es mejor que les demos la razón.

—Los esclavos estarán enfadados. Justo ahora que los necesitamos del mejor humor. Esto lo puede cambiar todo.

—Miguel, he pensado en eso. ¿Qué pasaría si los que están en el cepo escaparan? Podemos simularlo. La ira de los esclavos irá en aumento con cada día que los vean allí. Luego crearemos el rumor de que la misma nueva guardia los ha liberado. Será una forma de que los esclavos no los vean como enemigos. De paso, podrán sernos útiles por una vez. Llevaremos a los dos esclavos a La Habana y los dejaremos en alguna casa conocida. En unos años podrían volver.

—Inés tiene una casa en La Habana —intervino Gabriel.

—Esa sería una excelente opción, Gabi. A Inés la ayudarían en la casa, y habida cuenta de que no es uno de los palacios que frecuentan los Viader, jamás los encontrarán. En cualquier caso, para Isabel y Rafael los esclavos son invisibles, no creo que recuerden ni una de sus caras.

—Entonces, ¿qué hacemos? —preguntó Miguel, que, bloqueado, no parecía capaz de tomar ninguna decisión.

Se notaba que el pobre hombre tenía dos frentes abiertos. Por un lado, en los cañaverales debía intentar que los esclavos trabajaran sin rebelarse; por el otro, debía actuar si pretendía que su mujer, negra y esclava de nacimiento, le volviera a dirigir la palabra.

—Haremos dos cosas. Primero, debemos hacerle llegar a Isabel números falsos sobre nuestra producción. Números menores. Eso aflojará la presión sobre su negrada. Segundo, esta misma noche debemos liberar a los esclavos castigados. También hay que llevarse el cadáver para que no se pudra ante los suyos, metido en un cepo. Los esclavos deben partir hoy mismo a La Habana. Gabi, explícaselo todo a Inés, seguirá despierta.

—Sabe, Lucía... —meditó Miguel—. Esto es inesperado. Me gustaba esa mujer. Estuvo muy atenta cuando a mi tía Alicia la asaltaron. Casualmente estaba en La Habana el día en cuestión y fue rauda al hospital a verla. Me sorprendió su visita y no dejé que viera a mi tía en aquel momento, pero luego, no sé, agradecí sus buenos sentimientos, parecía tener verdadero interés en conocer su estado. Luego vino aquí, a visitarla, y a menudo se interesa por ella, por si recupera la memoria, el habla... Tanta amabilidad por un lado y tanta maldad por otro... No lo entiendo, de veras que no lo entiendo.

Se hizo el silencio. Gabriel y Lucía se miraron. Ella musitó para sí.

—Eso es interesante —dijo Lucía; luego se levantó —, pero no nos distraigamos. Tenemos mucho trabajo.

II

Tomás quedó encargado de la operación de rescate de los esclavos que estaban en los cepos. Para ello enseguida pensó en solicitar la ayuda de Mateo de Abbad, el jefe de los esclavos de San Miguel, con el que se reunía cada luna llena en la cueva de Crista, la sacerdotisa. Mateo también estaba en la casa grande, pues igual que él, había ido a informar de lo acaecido a sus amos. Además, el esclavo siempre estaba dispuesto a participar en cualquier acción que tuviera el mínimo barniz revolucionario y propuso ir más allá.

—Tomás, no los saquemos de los cepos, saquémoslos «con» los cepos. Librémonos de esos artilugios del demonio.

—Isabel Palau encargará otros tres para mañana mismo.

—Los volveremos a quitar. Lo haremos cada vez hasta que no queden árboles en toda Cuba para fabricarlos. Pero da lo mismo, aunque sea una sola vez, mandaremos un mensaje a esa infame mujer.

Tomás dudó unos segundos, pero acto seguido pensó que llevarse los cepos facilitaría la operación, ya que los podrían romper una vez estuvieran en San Gabriel, a donde no se acercaría nadie a las órdenes de Isabel. El problema era que de ninguna manera podrían con el peso de hombres y cepos con solo cuatro manos, pero también eso se resolvió con presteza. Estaban discutiendo la solución cuando Gabriel se les acercó.

—Voy con vosotros. Creo que es mejor que no vaya a hablar con Isabel. Me exaspera y será difícil que me contenga. En cambio, a vosotros os seré de ayuda. Si hay alguien allí de la nueva guardia o alguna autoridad de San Rafael, conmigo no se atreverán.

Tomás tuvo que reconocer de nuevo que aquel joven no era como lo había juzgado y asintió aliviado a una decisión que no admitía discusión y que venía a hacer factible la operación que habían planificado. En el potrero engancharon a un frisón en el coche de carga más amplio y salieron discretamente hacia San Rafael. Al mismo tiempo, Miguel Abbad y Lucía Gorchs se dirigieron a la casa azul.

Llegaron pasadas las diez de la noche y lo único que parecía diferente a cualquier día era la numerosa guarnición de hombres que custodiaba la verja de entrada. Por lo demás, la casa, con sus dos torres y cuidado jardín, parecía en perfecta calma. El mayordomo les condujo al porche delantero, donde cuatro esclavos tocaban el violín mientras Isabel y Rafael conversaban recostados en dos camas de enea. Al verlos, ambos parecieron sorprendidos y Rafael, además, contento.

—¡Esta sí que es una grata sorpresa, queridos vecinos! Miguel, hace pocos minutos justo pasaste por mi cabeza. Hemos abierto un oporto que tienes que probar. Es algo superior a todo lo que hayas degustado y ya sabes que jamás hemos pretendido en esta humilde casa competir con la bodega de vuestro San Miguel.

—Tomaré una copa —respondió Miguel secamente.

—Yo otra —se sumó Lucía.

Se hicieron sitio en uno de los sofás del porche mientras Isabel se incorporaba un poco. Sabía el motivo de la visita de sus vecinos, pero esperó a que ellos mismos lo adelantaran.

—Estamos preocupados, Rafael, por eso hemos venido —dijo Miguel.

—¿Y eso? —respondió él.

—Los cepos. Nos ha sorprendido que hayáis vuelto a utilizarlos después de tanto tiempo.

Isabel intervino, dirigiéndose a Rafael, quien por su expresión evidenció que desconocía totalmente el asunto.

—Ah, eso. Rafael, querido, es cierto. He decidido volver a utilizarlos. Sin Germán, nuestro mayoral, varios esclavos se estaban comportando de forma inadecuada. Decidí castigarlos, quince azotes de nada.

—Pero... —dijo él, asombrado—. Hace años que no usamos esos artilugios y todo ha marchado perfectamente. Hubiese preferido...

—Yo también. Pero ha sido necesario —lo interrumpió Isabel.

En ese momento, Miguel retomó la palabra.

—Como sabéis, en San Miguel y San Gabriel estamos en contra de los castigos físicos a los esclavos, pero entendemos que cada uno debe dirigir su ingenio como crea conveniente. Lo que nos trae aquí es la preocupación por la seguridad de los plantadores. Durante unos días, quizás semanas, debemos reforzarla. Muchos esclavos se resignarán: los kongo, los wólof, los fula... Pero los mandinga estarán enfurecidos, y los yoruba: si es cierto que los esclavos castigados son de su etnia, más aún.

—¿Y qué sugieres? —dijo Isabel.

—Nos gustaría reunir a toda la nueva guardia aquí, ahora, para planificar cómo proceder, qué partes deben proteger, etcétera. Tanto Lucía como yo necesitaremos también mayor protección en la casa inglesa y la casa grande.

A Isabel le sorprendió mucho que el conflicto que había previsto no se produjera. Estaba convencida de que los plantadores vecinos estarían muy molestos por su decisión y, en cambio, parecían aceptarla sin demasiado problema. Se alegró mucho de no entrar en un enfrentamiento.

—Nos parece perfecto —dijo, hablando por su marido—. Ahora mismo diré al capitán Velasco que los llame a todos. Dejaremos solo unos pocos vigilando los puntos clave y los patios. —Luego miró a la pequeña orquesta que los acompañaba, que había dejado de tocar, y los apremió—. ¡Tocad algo, negros!

La música volvió a sonar y dos copas de cristal labrado con el alabado oporto acabaron en las manos de Miguel y Lucía, que siguieron pretendiendo no estar a punto de estallar de ira.

III

Tomás, Gabriel y Mateo de Abbad habían dejado el carro a unos metros del primero de los cepos, situado en uno de los cruces de caminos de la plantación de San Rafael por el que la mayoría de los esclavos transitaban a diario. La crueldad del aparato apresaba a uno de los cómplices del popó que había caído en la paila al quedarse dormido y por cuya vida no habían podido hacer nada. Desde aquella distancia, no hubieran sabido si el infeliz estaba vivo o muerto, pues cualquier movimiento de su cuerpo quedaba neutralizado por el peso del cepo que lo torturaba. Tenía la espalda descubierta y marcada por los azotes. A su alrededor había varios hombres de la nueva guardia, seis en total. Algunos fumaban mientras otros andaban de un lado a otro. Varias antorchas iluminaban la escena en aquella noche sin luna.

Los tres conspiradores esperaron agazapados veinte minutos entre la maleza, notando cómo sus camisas se mojaban y la naturaleza los absorbía entre sus bichos y hojas. Entonces, un hombre a caballo se acercó y, tras darles unas órdenes, todos los guardias se marcharon, dejando a uno solo en su puesto. Los tres se miraron entre sí, sonriendo, y esperaron unos minutos hasta que supieron que el enemigo estaba lejos. Luego, Mateo supo lo que tenía que hacer. Corriendo con el sigilo de una ardilla salvó los metros que les separaban del guardia y le atestó un golpe tan fuerte en la nuca que lo dejó inconsciente en el acto, cayendo a plomo sobre la tierra húmeda. El sonido pareció despertar al esclavo castigado que, a poca distancia del suelo, aprisionado por los antebrazos y el cuello, levantó como pudo la cabeza para ver qué sucedía. Sin saber bien cómo, de pronto notó que se elevaba y que podía ponerse de pie. Al mirar a los lados, tres hombres lo ayudaban a caminar sosteniendo el cepo.

—Te vamos a liberar, hermano —le dijo uno.

Llegaron al carro y lo subieron a él. Unas manos blancas martillearon uno de los lados hasta que el esclavo sintió que la presión aflojaba y apartaban el cepo de su cuerpo. Se giró, contento y temeroso. Tres caras lo miraban sonrientes. Dos eran hermanos negros. El otro se acababa de convertir en hermano blanco.

Cuando llegaron al siguiente punto, el otro esclavo ajusticiado permanecía solo en medio de la oscuridad, en otro cruce en mitad de la selva. Gabriel pensó que, en su situación, hubiera preferido estar acompañado, aunque fuera por los guardias que se habían ido prestos tras la llamada desde San Rafael. El infeliz tenía la espalda cubierta de moscas que disfrutaban de sus heridas y una rata huyó de sus pies en cuanto Tomás, Mateo, el esclavo liberado y él se acercaron.

El empeño en llevarse no solo a los prisioneros, sino al cepo en sí, era algo que Gabriel entendía pero que complicaba la operación. Los cepos eran pesados y difíciles de mover, más aún con un hombre apresado en ellos que, como aquel, a duras penas podía ponerse en pie. Intentaron romper la cerradura allí mismo, pero fue imposible, así que, como pudieron, entre los cuatro subieron el conjunto al carro. Allí, tras golpearlo fuertemente con un mazo, consiguieron doblegar el cierre del cepo lo suficiente para que las dos piezas se separaran y el segundo de los esclavos deslizara su cabeza y brazos y quedara liberado. El hombre, de etnia yoruba, no articuló palabra mientras los miraba. No pudo sonreír, preso como estaba del odio. Miró a sus liberadores negros a los ojos, uno a uno, y supieron que estaba agradecido, pero también marcado de por vida. Luego se acercó a Gabriel como una pantera a punto de lanzarse sobre su presa, puso su cara frente a la del joven y lo miró a los ojos. Gabriel le sostuvo la mirada mientras disimulaba el escalofrío que recorría su cuerpo. Los ojos del esclavo eran grandes, ensangrentados en los extremos por el trance sufrido, y lo miraban para recordar su cara. Luego, cuando las facciones del plantador quedaron grabadas en el cerebro del negro, desvió la mirada y se apartó.

—¿Cómo te llamas? —le dijo Gabriel.

El negro lo miró de nuevo, desafiante.

—Devoto de Viader. Aunque ya no soy ni Devoto ni mucho menos de Viader.

Gabriel no le reprochó la respuesta pues estaba convencido de que él habría reaccionado de la misma manera.

Aceleraron el paso del carro en dirección al tercero de los cepos en el que estaba atrapado el esclavo muerto. Aparcaron entre la espesa vegetación y avanzaron sigilosos hacia el objetivo. Lo habían colocado frente al patio de los esclavos de San Rafael, para que todos vieran cómo se pudría y recordaran que los días de trato —muy relativamente— humano habían acabado. Por su localización, aquel cepo era el mejor custodiado: cuatro soldados hacían guardia entre él y la entrada al patio, algo separados del esclavo muerto, que se descomponía rápidamente apestando el entorno.

—¿Qué hacemos? —susurró Tomás a Gabriel, que se agazapaba a su lado.

—Necesitamos distraerlos. Que se vayan de aquí. Quizás llamando la atención hacia otro lugar. Maldita sea, debí suponer que no abandonarían la guardia en el patio de los esclavos.

Miraron hacia uno y otro lado, escrutando el entorno en busca de algo que llamara la atención de los guardias, pero, cuando aún no había surgido ninguna idea y todos confiaban en el de al lado para que se le ocurriera, la distracción apareció inesperadamente por detrás de ellos.

Devoto de Viader había bajado del vehículo al irse ellos y, como una exhalación, les superó corriendo en dirección a los guardias. Ninguno lo vio venir, y cuando finalmente lo hicieron, la negrura de su cuerpo veloz surgido del espesor de la selva pareció asustarlos. El hombre portaba una rama gruesa en la mano y golpeó con ella a uno de los guardias en la cabeza haciéndole caer al suelo, luego se acercó a otro y le propinó un segundo golpe. Los otros dos soldados ya apuntaban titubeantes con su rifle cuando el negro pasó volando junto a ellos en dirección al bosque que empezaba tras el patio y rápidamente escalaba hacia las colinas.

Aun sabiendo que era inalcanzable, todos los guardias le siguieron.

—Tú no te vayas —le dijo Gabriel al otro liberado—. Tengo una buena vida preparada para ti.

—No me iré, amo —dijo el negro, que parecía tan sorprendido como Gabriel, Tomás y Mateo por la huida de su compañero—. Yo no quiero *cimarronearme*.

Cortaron la cabeza y los brazos del cadáver del tercer ajusticiado para sacarlo del cepo y llevarlo al carro. Gabriel no pudo contener las arcadas. Olía peor que nada que hubiese llegado a su nariz y el tacto de aquel cuerpo plagado de bichos, agujereado, apergaminado y quemado, habría sido repugnante incluso para el más avezado forense. También se llevaron el tercer cepo que Isabel había instalado.

El carro recorrió los caminos hasta San Gabriel más rápido de lo que ninguno de sus pasajeros lo hubiera hecho nunca, y cuando empezaron a bordear uno de los acantilados que recorrían el extremo sur de la finca, se detuvieron para lanzar los tres cepos y el cadáver, esperando no volver a ver ninguno de ellos jamás. Luego, de nuevo a toda prisa, llegaron a los monolitos que despedían el valle. Allí, en la loma a partir de la cual las posesiones de los Abbad, los Gorchs y los Viader se extinguían, un faetón esperaba.

Inés Fernández estaba en él. Gabriel paro el carro junto al carruaje y se volvió hacia el esclavo que acababan de liberar.

—¿Cómo te llamas?

El hombre lo miró, temeroso de responder algo que no fuera correcto.

—Simón, amo. Soy Simón de Viader.

—Simón. A partir de ahora, si tú lo quieres, vivirás y ayudarás a la ama Inés Fernández. Cuando te hayan dejado de buscar, te liberará. De momento te recomiendo que vivas con ella. Estarás más seguro y nadie te encontrará. Serás, si tú quieres, Simón de Fernández.

Simón respiró. Había pasado la peor experiencia de su vida, y aunque la esclavitud le había mostrado su cara violenta, la prefería a lo desconocido. Era consciente: ni tenía recursos para vivir fuera del valle, ni ideas sobre qué hacer. Temía hacerse cimarrón y ser capturado, castigado y esclavizado por gente peor a la que lo había dominado hasta entonces. Así que aquella era una opción perfecta. Miró a la cara de su nueva ama, cuya sonrisa y facciones desprendían bondad, y no lo dudó. Bajó del carro y se subió al faetón que Miguel Abbad había puesto a la disposición de Inés y se sentó a su lado. La joven chocó su hombro derecho con el izquierdo de Simón en señal de complicidad.

—Vámonos corriendo —dijo antes de azuzar a la yegua para escapar del valle.

Simón se giró para ver a las tres personas que lo habían salvado. Recordaría sus caras.

IV

Isabel se levantó pronto y en paz. La noche anterior había sido realmente extraordinaria. Había departido con los otros plantadores del valle y sentido que la trataban como a una igual. Se reafirmó en que debía actuar sin miedo a represalias, en hacer con inteligencia lo que su instinto le pidiera. Ninguno de sus iguales había cuestionado sus decisiones respecto a retomar los castigos físicos a los esclavos, aunque sabía que no lo aprobaban. Simplemente habían comprendido que, aunque en el valle ella fuera la excepción, en Cuba la excepción eran ellos. Pero había algo más. Cuando lo supo, tuvo que contener la emoción, disimular y asentir aunque todo su cuerpo le pedía alzar los brazos y gritar con alegría. Miguel y Lucía le habían hablado abiertamente de la cantidad de caña que llevaban zafrada y cómo marchaba la producción en sus ingenios. San Gabriel, como siempre, dirigida con una ternura imposible, tenía pobres resultados. Nada sorprendente. Pero San Miguel, que era una hacienda extremadamente rentable, tenía en aquel momento de la cosecha una producción mucho menor que la suya. Bajo su mando, San Rafael, su ingenio, ya rebasaba ampliamente la producción de sus vecinos y lideraba el valle, algo que nunca había hecho. Por supuesto, su marido no cayó en la cuenta, pues no tenía ni idea de lo que producían sus tierras ni entonces ni en años anteriores, y ella tampoco le subrayó los datos. Ella calló. Mintió, como tantas otras veces, pero esta vez respecto a su producción, cuyos números redujo de forma que ocuparan el segundo puesto tras San Miguel, la posición que arrastraban desde hacía décadas. Mientras lo decía, sentía que su sangre fluía más armoniosa, que su piel se hidrataba, que sus facciones se dulcificaban, que todo en ella mejoraba. Que rozaba la felicidad.

Y aquella sensación aún permanecía.

Se acarició el vientre lentamente. De pronto, quiso al bebé que llevaba en su interior por primera vez, como si antes de poder dedicarle algo de amor a él, hubiera tenido que reafirmarse ella, como si tuviera que organizar la tierra que un día habría de ser suya antes de poder darle lo que realmente un bebé espera de una madre. Aquel sería un niño afortunado, no le cupo duda. Se permitió un largo baño para disfrutar del momento, relajándose por primera vez en días, aparcando la ansiedad con la que cada mañana se había despertado y desayunado para acudir con premura a ver los cañaverales y el molino. Se demoró tanto que, cuando tras el baño empezó a secar su cuerpo fino y perfecto, Rafael ya estaba despierto y, envuelto en una bata de algodón fino, pedía el desayuno en la terraza de la habitación.

Se acercó a él y le besó en la cabeza. Le gustaba ver a su marido a aquellas horas, quizás porque rara vez lo hacía, ya que cuando Rafael despertaba, ella ya estaba en dirección a los campos.

—¿Aún por aquí? —le dijo él, soñoliento.

—Sí. Quería verte. En estos días hay tanto trabajo que te tengo desatendido.

—He dormido de maravilla —dijo. Rafael siempre dormía bien. Isabel estaba segura de que era por su absoluta falta de problemas. Los que había tenido, los había olvidado—. Pero me habría gustado que me hubieras explicado lo de los cepos. Sabes que esa no es la senda que hemos planificado para el valle. De hecho, es todo lo contrario. Queremos liberar a los esclavos en cuanto podamos.

—Lo sé. Pero hasta entonces debemos hacer que rindan. Son un atajo de vagos —dijo molesta.

—Va en su naturaleza supongo, no les podemos pedir más.

Isabel pensó que era irónico que Rafael, que jamás había trabajado ni pretendía hacerlo, tachase a cualquier otro de vago.

—Lo sé —dijo ella—. Lo compruebo a diario. Y creo que el plan es una equivocación. Los cuidamos porque queremos liberarlos y que se queden con nosotros una vez eso suceda. Pero se irán. Vaya si lo harán.

—No es tan mala idea cuando piensas que el privilegio de tener esclavos no va a durar mucho —opinó él—. Ya lo sabes. Si acabas con los que tenemos, tendremos que contratar trabajadores libres o emancipados.

—Si no los liberamos, no se podrán ir —dijo ella.

—Lo sé, pero incluso si no los liberamos, no tenemos repuesto para esos hombres, así que conviene que nos duren. En otros ingenios, en los que se les da un trato como el que intuyo tú propones, al menos el veinte por ciento muere en cada cosecha. Es decir, en cinco años, los ingenios que maltratan a sus esclavos, en teoría, se quedarían sin ninguno.

—En teoría —recalcó Isabel.

—Solo porque sigue habiendo contrabando, pero Isabel, cada vez es más difícil. La solución que habíamos pensado es la mejor, créeme. —Miró a su mujer, que le sonreía con ironía, como si dudase de sus palabras—. Y si podemos evitar una revolución, tanto mejor. No seríamos los primeros hacendados en morir y no hace falta que te recuerde que ya llevamos unos cuantos asesinatos en el valle.

—Eso no me preocupa nada —se oyó decir Isabel con una firmeza de la que cualquier otro salvo Rafael hubiera sospechado. Luego volvió sobre sus palabras—. ¿Habías nombrado a los emancipados?

—Sí, emancipados. Son los negros de los barcos que se capturan. Se los queda el Gobierno, ya que es imposible devolverlos a sus países de origen y tampoco podemos soltar a esos bozales por las calles de La Habana sin oficio ni beneficio. Así que el Gobierno los adiestra, les enseña la fe, la lengua, lo básico... y los alquila. La mayoría van a los cañaverales, claro.

—Eso es interesante.

—Es una solución. Pero son propiedad del depósito de emancipados del Gobierno. Cuando acaba la zafra, se devuelven.

—¿Y si enferman? —preguntó Isabel con interés.

—Se devuelven o... no sé; en cualquier caso, son responsabilidad del Gobierno.

—Así que nadie cuida de ellos —observó Isabel con malicia.

—Bueno, sí, eso es cierto. Los pobres comen peor que los esclavos, esa es la verdad, y mueren muchos porque, lógicamente, los plantadores los cuidan menos.

—Y el Gobierno no se...

—No se queja, no —la interrumpió Rafael—; en el fondo, no saben qué hacer con ellos.

Aquella información despertó una idea tan obvia en su cabeza que supo que era imposible que nadie la hubiera pensado antes que ella. Su mirada adquirió el inevitable brillo del que da con una solución genial.

—¿Qué? —le dijo Rafael, al verla sonreír en silencio y casi oír como su cerebro se revolucionaba.

—Nada. Que todo se desarrollará a nuestro favor. Encontraré una solución.

—Me da en la nariz que lo acabas de hacer —dijo él, que cada vez conocía más a su mujer.

—Quizás. Tú déjalo en mis manos.

—Menos cepos, querida, haz el favor.

—Déjalo en mis manos, Rafael —le dijo mientras le apartaba el pelo con la mano y le volvía a besar en la frente, girando luego sobre sí misma para vestirse y salir a trabajar.

Se subió al coche que conducía el ser que más la odiaba sobre la faz de la tierra y le ordenó que la llevara a la casa de calderas. Allí reclamó a Juan Luis Calleja, al que esperó bajo un grupo de palmeras que sombreaba la esquina del batey. Vio llegar al hombre con el mismo aspecto sombrío de siempre y pensó que quizás Calleja no supiera sonreír, pero le importó poco. No le pagaba por sonreír.

—He pensado algo —dijo ella directamente.

—La escucho —respondió él, escueto.

—Hay una solución para la escasez de esclavos, una estupenda además: vamos a alquilar emancipados. Treinta quizás. Los tendremos trabajando.

—Para eso son —replicó él.

—Sí. Pero también nos van a servir para algo más. Sé que le preocupa el trato que les estamos dando a los esclavos. A mí, también, pero no porque me importen esos animales, sino porque me importa la producción. Soy consciente de que muchos no llegarán al final de la zafra, por eso he pensado lo siguiente. La idea es brillante, tanto, que seguro muchos la habrán aplicado ya.

El hombre empezó a adivinar lo que Isabel pretendía. Era ilegal, pero era cierto que se había hecho y se hacía aún en algunos ingenios. Calló, deseando que no fuera lo que temía.

—Contrataremos emancipados. A los más fuertes que veamos, pero también a los que hayan llegado más recientemente a Cuba. No me importa que no hablen nuestro idioma, de hecho, casi mejor. Trabajarán como el resto de los esclavos y no haremos distinción en los cuidados. Cuando uno de los nuestros muera, cambiaremos sus papeles. Están todos censados, unos y otros, pero nadie sabe qué cara tienen exactamente. Si muere un esclavo, cambiaremos los papeles y certificaremos la muerte de un emancipado. Así nuestra dotación no se verá disminuida.

—Eso es ilegal, patrona.

—Lo sé, claro que lo es. Pero nadie se dará cuenta. En cuanto lleguen, revisaremos sus papeles. Si en ellos aparece alguna marca identificativa, algo que los haga distinguibles, la borraremos de su cuerpo: tatuajes, marcas de nacimiento, pelo... Podemos cambiarlo todo. De cualquier manera, alquilaremos emancipados de las etnias más comunes, que acaben de llegar. Que no conozcan sus derechos. En el ingenio nadie debe saber que son emancipados, solo usted y yo. Si alguien lo averigua, sabré que ha sido por su indiscreción, señor Calleja.

—¿Y si nos descubren?

—Nadie lo hará. Nadie. Es imposible. O casi. Y de todas formas, no sé yo de ningún plantador de nuestra importancia, fiel a la Corona, que no pueda desenvolverse bien y hacer la ley suya, ya me entiende. El día que en Madrid se empiecen a preguntar por qué todos los capitanes generales de Cuba vuelven millonarios, quizá debamos replantearnos todo. Hasta entonces, actuaremos con tranquilidad.

Se hizo el silencio unos segundos entre ellos. Calleja sabía que era inútil discutir con la patrona. Isabel sabía que era inútil buscar el entusiasmo en Calleja.

—Iremos juntos. Organice el viaje para esta semana. Yo no sé dónde están los almacenes esos y tampoco tengo experiencia en la elección de esclavos. Mientras tanto, no vacile en aplicar bocabajos a quien no rinda lo que deba. Unos azotes a tiempo habrían cambiado mucho las cosas en este ingenio.

Se levantó, se puso las manos sobre los riñones y arqueó un poco la espalda, como haría innumerables veces a lo largo de los siguientes meses de embarazo, y se dirigió hacia el coche, desde el que saltó su calesero para ayudarla a subir. Estaba tan satisfecha de su idea que mientras se dirigía a los campos, no reparó en que todos los cepos que había colocado habían desaparecido. Lucas, que sí lo advirtió, sonrió con picardía. Todos los demás que también lo habían advertido se callaron, esperando demorar una tormenta que era inevitable.

Porque Isabel, cada vez más, era esa tormenta.

18

I

Lucía controlaba cada vez mejor los tiempos de Tomás, en el que confiaba y desconfiaba a la vez. Sabía cuándo se levantaba y cuándo se acostaba, lo veía rezar y trabajar en el escritorio de su habitación cuando lo espiaba desde la suya. Todo parecía normal y, sin embargo, era extraño. Estaba segura de que Tomás no les dañaría y que velaría por sus intereses, pero a la vez, sabía que su mayoral ocultaba algo, lo veía en la rebeldía de sus ojos.

Estaba ya en camisón cuando sonó la campanita y se arrodilló para espiar lo que Tomás hacía. Lo vio tumbado en su cama casi una hora, descansando. Luego hizo algunas anotaciones en los libros de cuentas y nada emocionante aconteció hasta alrededor de la una. Entonces, el negro se asomó a la ventana, y tras mirar a la luna, se desvistió, quitándose el traje de mayoral para ponerse el de cáñamo y algodón de los esclavos. Luego miró al reloj que colgaba de una de las paredes y saltó por la ventana. Lucía fue corriendo a la suya para ver cómo se alejaba en dirección a la espesura. Estaba claro: Tomás escondía algo.

Escondía su ira, su impotencia, sus ganas de cambiarlo todo de una vez por todas. Corría por la selva iluminado a intervalos por la luna llena, alimentado por una frustración que podía con el cansancio de todo un día de zafra. Necesitaba que Crista, la santera sabia que veía más allá de lo que el ojo y la mente humana alcanzan, le indicase qué hacer. Corría hacia ella, saltando márgenes, esquivando arbustos y maleza, consciente de que desde San Miguel, Mateo de Abbad estaría también acudiendo a la cita que tenían cada luna llena, pero más decidido que nunca a actuar. No estaba seguro de poder pararle los pies esta vez. Ni siquiera estaba seguro de tener que hacerlo. De tener razón.

Había desarrollado, como muchos de los que habitaban en esa finca de selva y campos domesticados, un sentido algo animal, un oído fino a los diferentes sonidos animales y vegetales, un tacto con el que distinguir cualquier especie con el leve roce de su mano sobre las hojas y por eso, no tardo en percibir que lo seguían. Se paró en seco, girando sobre sí mismo, escrutando el entorno. Levantó la cabeza para olfatear y cerró los ojos para que nada lo distrajera. Luego volvió a mirar alrededor. Estaba seguro de que algo se había cruzado con él, pero, con prisa por llegar junto a Crista, siguió su camino.

Llegó a la cascada y con cautela bajó por el camino embarrado que desaparecía tras ella. Atravesó el agua empapando su camisa y penetró en la morada de aquel ser casi mágico. Al fondo, como siempre, la luz del fuego resplandecía. Mateo de Abbad estaba sentado junto a Crista en silencio: su cara hablaba por sí sola. Habían liberado juntos a los esclavos de los cepos y, sin embargo, su expresión era diferente a cuando lo hicieron tan solo tres noches antes. Primero dejaron que hablara la sacerdotisa.

—M'hijitos, ya no hay vuelta atrás. Pero deberán elegir bien al amigo y al enemigo, pues no todos los amigos están con los amigos y no todos los enemigos están con los enemigos.

Mateo no entendió nada, pero para Tomás sí pareció claro.

—Lo que hagan es solo una advertencia de lo que vendrá después y lo que vendrá luego. Su sangre lo verá, pero no todos ustedes lo harán. De cómo manchen sus manos dependerá de cómo las limpien otros.

Mateo siguió sin entender. Crista respiró profundamente, levantó los brazos al aire y se quedó en silenció. Les pareció que sus ojos en blanco de pronto recibían un haz de luz. Luego cogió un puñado de hierbas que acumulaba entre sus piernas cruzadas y las tiró al fuego.

—Su objetivo es acabar con el mal, pero el bien habrá de llegar con más ayuda. Si acaban con la mujer y su poder, el camino hacia el bien no tendrá retorno. Del control de lo que haya de suceder dependerá su éxito. Un poderoso venado puede romper el tronco de un árbol, pero no acaba con la madera; en cambio, una pequeña termita lo hace desaparecer. Mejor actúen como termitas, pues una vez el árbol está plagado de ellas no tiene salvación, mas cuando el venado lo golpea, es fácil que rebrote. Lo dicen las llamas, lo dice la tierra, lo dice el aire.

De pronto, Crista levantó la cabeza y sus ojos blanquecinos volvieron a parpadear como si algún estímulo estuviera llegando a su cabeza. La mantuvo así unos segundos. Luego cerró los ojos y volvió la cabeza hacia la entrada de la cueva, desde la que el frescor y la humedad se colaban hasta sus espaldas, que se enfriaban mientras sus pechos y caras se calentaban al fuego.

—Acérquese sin miedo ya que llegó hasta acá —dijo en alto.

Nada sucedió. Tomás y Mateo se volvieron también.

—¡Acérquese le digo!

Las sombras se fundieron unas con otras y poco a poco la luz cálida y roja del fuego empezó a definir las formas de un hombre corpulento, negro, vestido con ropas hechas jirones y manchadas de barro y hierba. Mateo y Tomás lo reconocieron. Crista, que apenas veía con los ojos, pero sí con el corazón, también lo hizo.

Se trataba de Devoto, el esclavo yoruba que había huido cuando, hacía tres días, lo habían liberado. El que los había mirado con agradecimiento pero con odio, el que se había convertido en guerrero con cada golpe con el que el cuero del látigo de San Rafael había marcado su espalda. Tomás supo que aquel cimarrón era quien le había seguido hasta allí y que sus sentidos no le habían traicionado.

—Yo quiero matarlos a todos —dijo haciendo evidente para todos que había asistido a toda la conversación.

—Siéntese m'hijito —le indicó Crista.

—A todos —repitió mientras hacía caso a la sacerdotisa.

Tomás intervino.

—Tú no sabes nada de lo que llevamos meses planificando. Aún tienes que demostrar tu entrega, tu fidelidad a la causa... —calló unos segundos— y tu discreción.

—Haré todo lo que me digáis. Mi vida ya solo vale lo que pueda hacer por mis hermanos. Moriré por ellos con tal de liberarlos. Con tal de acabar con esa mujer que los esclaviza.

—No solo los esclaviza esa mujer —apuntó Mateo.

—Esa es la primera de mi lista, pero quiero liberar a todo el valle. A toda Cuba.

—No podrás hacerlo solo. Así que serénate, calla y escucha —intervino Tomás—. No tenemos representante de San Rafael desde que Roque de Viader fue asesinado. Gánate el respeto de los jefes de los esclavos de San Rafael y conviértete en su líder. Si no, no nos sirves de nada. Nosotros nos hemos ganado nuestro sitio en esta cueva, tú tan solo nos has seguido hasta aquí.

—Eso es cierto —dijo—, pero ninguno está tan decidido a hacer algo como yo. No esperaré.

Mateo sonrió. Eso era justo lo que necesitaban. Decisión. Pero Devoto no era útil si no podía movilizar a los esclavos de San Rafael.

—Te esperaremos hasta el final de la zafra. Si para entonces tienes ascendente sobre los esclavos de los Viader, tendrás voz en esta conspiración. Te explicaremos todo lo que hemos hecho, que no es poco. Pero debes ganártelo.

Tomás pensó que esa era la fecha que Mateo estaba imponiendo. Cuando acabara la zafra, empezaría la sublevación.

II

Lucía había perdido la pista de Tomás esa noche, pero tenía otras cosas en la cabeza. Cosas importantes. Se hallaba sentada en su escritorio de la biblioteca, en bata, antes del desayuno, contemplando cómo su jardín se despertaba entre brumas, en uno de los pocos momentos en los que sí parecía que la casa inglesa encajara en aquel entorno tropical. Su cabeza se había pasado la noche analizando datos, pequeñas piezas de un puzle que no conseguía encajar.

Por un lado, estaba todo lo concerniente a la misteriosa escapada de Tomás, pero tampoco podía olvidar que cuando visitó a Miguel Abbad para tratar el desagradable asunto de los cepos, aquel le había comentado, casi de pasada, que Isabel se encontraba en La Habana cuando su tía Alicia fue atacada. No le hubiera dado importancia si Inés Fernández, de quien esperaba que formalizara una relación con su sobrino Gabriel, no hubiera comentado que el ataque de pánico de Alicia en la boda de Miguel podía deberse a algo que había visto y había despertado una parte traumática de su memoria perdida. Resumió la situación en su cabeza y escribió en una hoja con membrete de su ingenio:

1. Isabel Palau - Germán - Asesinatos

Hacía meses que desconfiaba de Isabel Palau. Creía que estaba implicada de alguna manera en los asesinatos del valle. Creía que podía ser cómplice de dichos asesinatos con Germán, el mayoral de San Rafael, misteriosamente desaparecido cuando Gabriel informó a la plantadora de sus sospechas sobre él. Probablemente hubiera dirigido o chantajeado al mayoral al descubrirle, porque la mayoría de los asesinatos se había producido antes de la llegada de Isabel al valle.

2. Isabel Palau - Alicia Abbad

Esta era la segunda anotación. Alicia Abbad había sufrido un ataque de pánico incontrolable en la boda de su sobrino, justo al acercarse a saludar a un pequeño grupo en el que se encontraba Isabel. En tercer lugar, Lucía anotó:

3. ¿Trauma Alicia? - Hablar con Inés Fernández

Inés Fernández, que la había asistido, dijo que el ataque podía deberse a que Alicia recordara algo traumático al ver algo o alguien.

4. ¿Qué hacía realmente Isabel en La Habana?

Esta era la última nota. Miguel había confirmado, días después, de pasada, que Isabel se encontraba en La Habana cuando Alicia había sido atacada. ¿Coincidencia?

Miró la hoja y respiró profundamente. En resumen, un lío tremendo que no conseguía desentrañar. Lo que parecía claro es que cada fatalidad acaecida en el valle en los últimos meses rozaba de alguna manera a Isabel Palau, un personaje misterioso del que poco a poco conocía algunos rasgos. Había visto su cara iluminarse cuando le mintieron sobre la producción de sus ingenios y ella había pensado que San Rafael estaba produciendo más que nadie, momento en que corroboró su ambición. Gabriel le había hablado de ella, de que podía ser seductora y cándida cuando quería, pero que en su interior era vengativa y despiadada. También era hábil, no lo podía negar. Se había hecho con las riendas de un ingenio centenario y acabado con la soltería empedernida de su codiciado heredero de un plumazo. Luego, embarazada, se había asegurado de que todo lo que había conseguido se alargase en el tiempo, que no acabase con ella. De hecho, más que perpetuar la saga de los Viader, había creado una saga nueva, la de los Palau, la suya. En definitiva, Isabel era un personaje complejo del que podía esperarse todo. ¿También el asesinato? «Probablemente sí», pensó Lucía.

En cualquier caso, pesaba sobre ella la posibilidad de que hubiese errado el camino desde el primer momento y se estuviese alejando de la solución al misterio. Le recordaba a cuando, de pequeña, en el Panedés, donde tenían una finca, perdían a su perro y salían a buscarlo. Cuando equivocaban el camino en el primer cruce, se alejaban cada vez más del lugar donde el animal les esperaba. Debía llegar al fondo de la cuestión, y para cuando su sobrino Gabriel bajó a desayunar, ya había tomado una decisión.

—Nos vamos a La Habana, Gabi. Ya lo he dispuesto todo.

Gabriel mostró en cada uno de sus rasgos el fastidio que le causaba aquello. No podía ir a La Habana, no en medio de la zafra, no cuando cada día representaba un esfuerzo titánico de horas a caballo de un campo a otro, de las naves del batey a los almacenes y de la casa inglesa a la oficina de los contables. «No, por favor, no ahora», quiso decir. Pero no dijo nada a sabiendas de que era inútil.

—Ya lo sé, Gabi, ya lo sé —dijo Lucía, que interpretó la actitud de Gabriel a la perfección—. Y tienes razón, pero tenemos que resolver este misterio. La prioridad actual es averiguar quién es Isabel y su implicación en demasiadas cosas. Probablemente sea todo casual, pero quiero ver la joyería donde atacaron a Alicia Abbad, quiero hablar con todo el que haya alternado con Isabel. Quiero...

Necesito saber más. Lo necesitamos todos. Delega en Tomás, del que, por cierto, también quiero hablarte.

—Ya, tía... es solo que...

—Tienes razón, pero me vas a tener que hacer caso por una vez —lo interrumpió ella.

Gabriel no recordaba ni una sola vez en la que no hubiera hecho caso a su tía Lucía.

—Además, tengo una sorpresa. Dormiremos en casa de la señorita Inés Fernández.

La idea le hizo sonreír.

Viajaron en el mejor quitrín de San Gabriel, que solo salía de las cocheras para ir a La Habana, donde ese tipo de carruaje era un símbolo de estatus y todos inspeccionaban los vehículos de los demás con admiración y envidia. Habría sido absurdo utilizarlo en los caminos de tierra y barro del ingenio, pero en cambio, sí era cómodo para circular por la capital, y pese a que Lucía era enemiga de cualquier tipo de ostentación vanidosa, fueron en él.

—Ya que lo tenemos, lo usaremos —había dicho mientras se subía con desinterés al coche.

A los caleseros les encantaba sacar aquel vehículo con herrajes de plata, tapicería de seda y carrocería color verde y oro de las cocheras de la casa inglesa, sobre todo porque significaba que debían utilizar el uniforme con el que se acompañaba, ciertamente vistoso. Cuando el esclavo calesero se ponía su casaca de paño verde profusamente bordada en oro, sus polainas de brillante charol y su chistera, su pecho se henchía de orgullo mientras veía cómo las mujeres de La Habana se detenían a mirarlo como hubiesen hecho al paso de un rey.

Cruzaron la plaza de la Catedral y giraron al llegar a la calle Obra Pía, saltando en cada bache mientras Lucía explicaba a Gabriel qué era cada edificio y quién eran su propietario. Gabriel no conocía nada más que la bahía de La Habana por lo que, como todos los que recorrían la ciudad por primera vez, quedo impresionado por su bullicio, su riqueza y su excepcionalidad.

—Es aquí —oyó a su tía decirle al calesero, que paró los caballos suavemente, acercando el quitrín a la acera.

Se detuvieron frente a un palacio de tamaño mediano que había vivido mejores tiempos pero aún conservaba su solera. Dos plantas con paredes pintadas de verde agua, la baja, que daba a la calle, con siete arcos que cobijaban, a cada lado de una entrada central, dos comercios, uno de frutas y otro de carnes, y una planta superior con grandes ventanales adornados con yeserías de volutas y hojas. Macetones con geranios colgaban entre los barrotes de todos los balcones. Por un lado, frondosa pero domada, una glicinia trepaba agarrada a los sillares con los que se remataban las esquinas de la construcción.

—Esta chica vale un Potosí—dijo Lucía mientras ofrecía la mano al calesero para que la ayudara a bajar del quitrín—. Mantener esto tan primorosamente tiene que costarle sudor y lágrimas, amén de un dinero que no tiene.

—Es muy bonito —dijo Gabriel.

—Más que eso, Gabi. Una prueba de valía. Cuando os caséis, Inés será la mejor compañera. Es justo lo que necesitamos.

Gabriel obvió decir que, de momento, ni siquiera tenía una relación sentimental con Inés Fernández. Su tía lo sabía, pero parecía conocer un futuro sobre el que él también había fabulado con una sonrisa.

Eran las siete de la tarde cuando, empujando la reja que la cerraba, subieron las escaleras hacia la vivienda de los Fernández. Todo estaba limpio y en buen estado, y por doquier colgaban espectaculares arañas de cristal y bronce dorado, pero también varias marcas de cuadros desaparecidos decoraban las paredes. Gabriel se dio cuenta de que Inés había tenido que desprenderse de muchos de sus enseres para mantener aquel inmueble. Al alcanzar la primera planta, les sobrevino la primera sorpresa: Simón de Viader, el esclavo al que habían liberado y ayudado a escapar del valle tan solo una semana antes, les recibió vestido de mayordomo, sonriente y feliz.

Esforzándose en abandonar su deje rural y adoptar las costumbres urbanas de los esclavos domésticos, les llevó ante Inés. La joven aún llevaba el uniforme de enfermera con el que trabajaba y se encontraba adormilada sobre un sofá encarado hacia la ventana, del que se descolgaban por un lado sus pies descalzos. Bajo ellos, con el hocico metido en uno de sus zapatos, un labrador color crema levantó la cabeza, puso sus orejas en alerta y movió el rabo al verles, golpeando con fuerza el suelo. El sonido hizo que Inés despertara y se incorporara para ver quién perturbaba su siesta tardía. Aunque su cara y su cuerpo parecían cansados tras otra dura jornada laboral, mostró una sonrisa abierta, franca y espontánea en cuanto los vio, se puso de pie de un salto y se acercó con los brazos abiertos. El perro, que reconocía a las buenas personas, se alegró al verlos por primera vez tanto como su dueña.

Desde el primer momento, estuvo encantada de que se alojasen en su palacio; además, envió a Simón al hospital de San Lázaro, donde trabajaba, para solicitar dos días de libranza. Quería compartir cada instante con ellos, sobre todo con Gabriel, por supuesto. Tampoco pudo evitar que el motivo de su vista le pareciera emocionante. Quería formar parte de aquella investigación.

Al día siguiente, tras desayunar, se pusieron en marcha, dividiéndose para visitar dos puntos clave. Gabriel e Inés, a la que siempre acompañaba Chipi, su fiel labrador, visitarían la joyería donde Alicia Abbad había sido atacada. Mientras, Lucía iría al Hotel Telégrafo, donde sabían que Isabel se había alojado varios días.

La Joyería El Sol había cambiado de nombre, quizás para dejar atrás el infortunio que había acabado abruptamente con el anterior negocio. Cuando Inés y Gabriel la encontraron, un cartel grande anunciaba: «HEREDEROS DE VALLÉS, JOYERÍA». Entraron en el local, que parecía reformado recientemente, y un hombre que supusieron era el dueño los atendió con la solicitud del que acaba de abrir un negocio y necesita que vaya bien. Tan pronto le preguntaron por el atraco, notaron que se desanimaba.

—Ya le conté todo lo que sabía a la policía. La víctima fue mi padre y, como comprenderá, no es un asunto del que me sea agradable hablar.

—La otra víctima, la señora Alvear, es nuestra vecina —dijo Gabriel, intentando que el hombre se ablandara. No sabían por qué Alicia Abbad había dado un nombre falso en la joyería y Dora, que les había informado de aquel detalle, tampoco tenía ninguna explicación.

—Espero que haya mejorado. No sé exactamente qué había venido a comprar, pero la pobre recordará el local de mi padre con horror, imagino.

—Lo cierto es que la señora Alvear no recuerda nada. Es una tragedia.

—Sí que lo es. Lo siento muchísimo, denle mis mejores deseos, por favor. No me conoce, pero... Pienso a menudo en ella. Buena clienta. En las anotaciones de la contabilidad, vi alguna compra importante a su nombre, y el día del incidente también debía de haber venido a por alguna pieza de valor, pues la encontraron en la salita, donde se muestran las joyas más importantes.

—Isabel Palau también era clienta de su padre, ¿no es así? —dijo Inés, cambiando la conversación hacia el asunto que les ocupaba.

Vallés los miró con reticencia, parte de su oficio se basaba en la discreción y nunca revelaba datos de sus clientes. Calló unos instantes hasta que Gabriel intervino.

—La señora Palau, ahora señora de Viader, es nuestra vecina y, al saber que veníamos a La Habana, nos pidió que le diéramos sus más sentidas condolencias... —El joyero cambió la expresión.

—Sí que lo era. Como muchas otras, pero debo decir que le estoy especialmente agradecido a la señora Palau.

Inés y Gabriel se miraron extrañados

—Se lo explicaré —dijo el joyero—. Este negocio ha sido muy difícil de levantar de nuevo. A la pérdida emocional se unió la económica. En el atraco, nos sustrajeron la mayoría de las joyas de valor. Por suerte no abrieron la caja fuerte, pero todo lo que estaba en las vitrinas desapareció. Ha sido difícil volver a empezar, esa es la verdad: tuvimos que pagar el valor de las joyas que habían depositado aquí las clientas, ya sea para arreglar o para vender. Por suerte, la señora Palau nos dio un respiro: tenía en depósito la pieza más valiosa de cuantas han pasado por la joyería. Unos pendientes de rubíes de la mejor calidad. Desafortunadamente también fueron robados, pero la señora ha sido tan amable de no reclamar su valor, y por el saludo cariñoso que envía a través de ustedes, deduzco que no lo hará. Nos hubiésemos arruinado sin remedio. A mi padre le impresionaron tanto que los dibujó a escala real con la idea de copiarlos algún día. —Los miró unos segundos a la cara en silencio y sonrió—. Se lo enseñaré. Eran magníficos.

Rebuscó en una carpeta y extrajo un dibujo hecho a lápiz y coloreado con ceras. Tanto Inés como Gabriel lo memorizaron.

—Realmente, parecen unas piezas magníficas. Su padre dibujaba muy bien —dijo Inés muy amablemente.

—Tenía manos de artista. Era un orfebre del detalle... —respondió con pena el joyero—. En fin... Les seré franco: he rezado mucho para que la señora Palau no apareciera por la puerta. Saber que no reclamará supone un tremendo alivio. No la he visto nunca, solo sé de su existencia por los libros de contabilidad. Supongo que supo de nuestro infortunio y por la especial relación que mantenía con mi padre y la joyería decidió perdonarnos la deuda. Aquel día infausto tenía cita en este establecimiento. Supongo que vino después del asalto, ¡menos mal! Y nunca ha vuelto.

Gabriel e Inés se miraron de reojo un instante. Aquella revelación era sorprendente.

—Ha dicho que tenía una relación especial con su joyería —dijo Inés.

—Sí, con mi padre. Digamos que era embajadora de mi padre, en paz descanse —aclaró Vallés—. Él le prestaba joyas que ella lucía en las fiestas. Todas las mujeres que ansiaban parecerse a ella, tener su estilo, acababan en esta joyería. Nunca vi a mi padre tan pletórico. Fue una pena que todo acabara como acabó.

Mientras el joyero se explicaba, Inés miró a su alrededor y reparó en unos pequeños catálogos encuadernados elegantemente.

—¿Puedo? —dijo haciendo ademán de coger uno.

—Por supuesto, aunque están obsoletos. En sus páginas aparecen muchas de las joyas que mi padre creó el último año. Se esforzaba mucho en no repetir diseños, ya sabe, por mantener la exclusividad. Actualizábamos todos los catálogos a mano a medida que las piezas se vendían. Eso animaba a las clientas, pensaban que si no compraban la pieza, quizás otra interesada se la arrebatara. Verá que en algunas aparece la leyenda «no disponible». Esas son las que se vendieron.

—¿Puedo llevármelo? —preguntó Inés, sin saber exactamente por qué pedía aquello.

Salieron a la calle del Obispo con el catálogo bajo el brazo y la cabeza sembrada de preguntas, no tantas, sin embargo, para obviar la ilusión que les hacía volver a estar juntos. Gabriel había ido a La Habana a regañadientes para ayudar a su tía en la investigación que la tenía absorbida y poder ver a Inés era su único aliciente. Aquella mujer le tenía prendado. La admiraba por su inteligencia y su fuerza, por su positivismo y su alegría, por su manera de hacer que se sintieran cómodos el uno con el otro sin perder la tensión sexual de dos jóvenes en edad casadera. Cuando se miraban y reían, sabía que su relación no acabaría en una amistad, sino en mucho más.

Pasearon por delante del Campo de Marte y en un pequeño puesto compraron dos bocadillos de cecina y unas bebidas. Inés había dicho que aquel era el mejor puesto de bocadillos de la ciudad y a él, que ya confiaba en ella ciegamente, así se lo parecieron cuando se sentaron a dar buena cuenta de ellos en un banco frente al parque. A su alrededor tres niños pordioseros jugaban corriendo entre la concurrencia, una guarnición hacía maniobras frente a un grupo de elegantes señores y la vida de La Habana se desarrollaba alegremente. En realidad, lo único excepcional para Gabriel era la mujer que tenía al lado. Inés llevaba un vestido crema de escote cuadrado que se ajustaba hasta la cintura, de donde salía una falda cuyo exagerado volumen en forma de drapeados se ordenaba sobre la parte trasera con cintas azules y sostenida por un bullicio. Vio cómo se quitaba el sombrero y se lo ponía sobre las rodillas para colocarse el pelo. Sobre el asiento del banco colocó su bolso. Luego acarició a su labrador, que se echó a sus pies. Gabriel pensó que parecían una familia.

—Me gusta estar aquí —dijo espontáneamente.

—A mí también me gusta —asintió ella.

Se quedaron en silencio, cerrando los ojos al sol, cerca el uno del otro, sintiendo que momentos como aquel eran los que importaban en la vida. Sin decirlo, ambos coincidieron en que no necesitaban más, porque no había más que estar tranquilos, juntos, viviendo un presente que prometía sin acuciar y un futuro que sentían acercarse sin oscuridad. Gabriel abrió los ojos y la miró. Sonreía a su lado, cara al sol que sonrosaba sus mejillas mientras lo disfrutaba con los ojos cerrados. Le inspiró tanta ternura que, por una vez, su impulso pudo al miedo y acercó sus labios para besarla en la mejilla. Ella no se apartó, ni siquiera se asustó, solo amplió su sonrisa, como si hubiera estado esperando el momento. Cuando Gabriel, al cabo de unos segundos, se apartó, ella tan solo volvió la cara hacia él, le sonrió de nuevo y con la boca pequeña, casi susurrando, dijo:

—Gracias.

Detrás de ella, un niño que aún no tendría diez años los miraba divertido, de pie. Se sorprendió cuando Gabriel reparó en él y, asustado, corrió alejándose de ellos. Ninguno le prestó demasiada atención salvo Chipi, que se levantó de un salto sobresaltado y, al ver al zagal alejarse, corrió tras él ladrando. Sabían que los labradores jamás atacan al hombre, pero por alguna razón, aquel niño había despertado un instinto que Inés desconocía en el animal. Corrieron tras él gritando para que volviera, pero, acercándose a su presa, Chipi no descansaba. Su cuerpo macizo y sus patas firmes solo se detuvieron cuando, como un gato, el niño trepó a un árbol.

Bajo él, el labrador de Inés ladraba lo suficientemente enfurecido para asustar al chaval. Inés se acercó a él molesta, jamás había visto a su perro comportarse así. Le cogió del collar tirando hacia sí, pero el perro tiraba con fuerza en dirección contraria, poniéndose a dos patas para apoyarse en el tronco del árbol al que se había encaramado aquel pobre niño. De pronto, todo tuvo sentido.

—¡Tómalo, tómalo! ¡Lo hice sin pensar! ¡Tengo mucha hambre! —dijo el niño, al tiempo que se sacaba el bolso de Inés del interior de la camisa y se lo lanzaba desde la rama.

Inés lo recogió del suelo, sorprendida. En el acto, Chipi se tranquilizó, frotó la cabeza contra la falda de su dueña y movió el rabo como hacía habitualmente. Mientras lo hacía, el niño saltó ágilmente del árbol y se lanzó a la carrera, huyendo de Inés y Gabriel. En su escapada, Gabriel pudo ver cómo el ratero alargaba disimuladamente la mano para robar otro bolso descuidado sobre un banco.

Mientras tanto, en el Telégrafo Lucía se entrevistaba, entre grandes muestras de devoción, con el director del hotel.

—Mi distinguida señora, qué alegría es tenerla de nuevo en mi humilde establecimiento —dijo pomposo tras ayudarla a tomar asiento en su despacho, al otro lado de su escritorio de nogal.

—Oh, señor director —Le acababan de recordar su nombre, pero ya se le había olvidado—, siempre es un placer volver al Telégrafo. Y de humilde, nada de nada, su casa sería la envidia de muchos de los mejores hoteles europeos —mintió Lucía a sabiendas de que eso era exactamente lo que el hombre que tenía en frente quería oír.

—¿Y qué es lo que la trae por aquí? ¿Duerme en el palacio Serrano?

—Uy, no. No lo usamos ya. Yo soy una pobre campesina viuda, ya sabe, me gusta estar entre mis árboles. Lo tenemos arrendado a unos comerciantes asturianos. Buena gente, encantadores, pero hace años que no lo piso, esa es la verdad. Nos alojamos en el palacio de los Fernández, en Obra Pía, invitados por la señorita Fernández, que es un tesoro de mujer. Vengo en busca de información, Dios sabe que usted es el que posee la más fidedigna —le dijo, halagándole —. Estoy segura de que me podrá ayudar.

—Haré lo que pueda, señora mía —respondió el director, sonrojado.

—Lo sé. Recientemente ha llegado a la hacienda que linda con la mía una mujer decidida y encantadora. Nos llevamos muy bien, es más, nos estamos haciendo rápidamente amigas. Se ha casado con el hacendado Rafael Viader, amigo y vecino, ser entrañable, pero sabemos poco de ella al margen de todo lo maravilloso que descubrimos día a día.

El director pareció dudar. Había sido aleccionado para ser discreto, pero nada le gustaba más que relacionarse con la alta sociedad de la isla y la información que poseía siempre era la mejor forma de aproximarse a ella. Lucía captó su mirada.

—Por supuesto entenderé que deba ser discreto a pesar de nuestra amistad —dijo sonriendo

—Lo cierto es que la señora Palau es una mujer difícil de olvidar —dijo él acercándose un poco y bajando la voz—, bella como pocas. La tuvimos aquí hace meses y, ya casada, hace solo unas semanas. Déjeme que compruebe los datos de su alojamiento.

El hombre abrió el cajón del escritorio y extrajo un libro que procedió a revisar con atención.

—Aquí está. Por el listado de llegada veo que arribó en el Santa Graciela, ese clíper magnífico que sale de Barcelona, a principios de junio. Su primera semana en el hotel la pagó un caballero también de esa ciudad, el señor Fabre, pero estaban en habitaciones separadas y alejadas, así que... No sé si me entiende... —dijo el director mirando a Lucía mientras sonreía.

—Lo hago, señor mío —dijo Lucía, leyendo entre líneas que Isabel y el tal Fabre no eran amantes.

—Causó sensación por sus vestidos y sus joyas, y fue a muchos bailes. A todos los que hubo esas semanas, que fueron numerosos. Aún sigue impresionando a todos ahora que la acompaña su marido. Son una pareja ciertamente vistosa, nadie puede negarlo. Todo un caballero el señor Viader que, por cierto, la conoció mientras ella estaba aquí y venía a recogerla con frecuencia. Pero eso es todo lo que sé... Al fin y al cabo, yo tan solo soy un servidor de mis huéspedes. Quizás en el Santa Graciela pueda recabar más información. Llegó ayer a puerto. Está en el muelle de Luz, lo reconocerá fácilmente por su casco azul. Es un prodigio de la ingeniería.

Por la noche, cuando se reunieron de nuevo en el palacio Fernández, Inés, Lucía y Gabriel tenían nuevas y sorprendentes piezas por colocar en aquel puzle indescifrable. Habían averiguado que Isabel tenía cita en la joyería el mismo día del atraco. Tenía allí joyas valiosas, pero no había vuelto a por ellas ni había reclamado su valor.

Lucía, por su parte, tras hablar con el capitán del Santa Graciela, había descubierto que aquella mujer había viajado en un camarote a nombre de la familia Abbad. También, que Alicia, dueña de ese camarote, había preguntado sobre ese dato y se había sorprendido. Había descubierto, igual que Gabriel, que las vidas de Alicia e Isabel se entremezclaban una y otra vez y que, en definitiva, era imposible que no se conocieran mejor de lo que ellos suponían. Se encontraban frente a una quimera de pistas extrañas y datos difusos que ligaban a dos personas, y sabían que cuando vieran todo aquel tremendo lío desde otra perspectiva, descubrirían la verdad que buscaban.

El descanso y la reflexión nocturna sentó bien a todos. Especialmente a Lucía. Tras meditar y dar vueltas en la cama buscando una solución a todo aquel enredo, le pareció que podía haber hallado una débil luz al final del túnel. Se lo explicó al resto mientras entre los tres ayudaban a una esclava a preparar el desayuno que tomarían en la terraza del palacete Fernández. Chipi los observaba desde el suelo moviendo el rabo cada vez que asomaba algo de lo que estaban preparando.

—Creo que he averiguado la manera de resolver este entuerto —dijo triunfal Lucía—. Tenemos que conseguir alguna joya de Isabel. Esa parece ser la pista clave. Si alguna de las joyas no vendidas de la joyería que aparecen en el catálogo que trajisteis ayer está en su posesión, sabremos que está implicada en el atraco. Conocemos poco a esa mujer, pero si los pendientes que tenía en depósito eran tan importantes, es imposible que no los haya reclamado, ella no es así. La única razón para que no lo haya hecho es que ya los tenga en su poder. Quizás el atracador encontrara a Alicia allí y la agrediera. Quizás Isabel se sintió culpable al ser ella la que había encargado el atraco y por eso fue a verla al hospital.

—O más aún —dijo Gabriel pensativo—. Quiero decir peor: si Alicia Abbad sufrió un ataque de pánico al ver a Isabel, quizás fuera porque fue ella misma la que atracó el local. Sabemos que tenía una cita acordada con el joyero, quizás se valió de su confianza para matarlo. Luego, al ver a Alicia y verse descubierta, la quiso matar también. Pero falló.

—Eso explicaría el miedo de Alicia al ver a Isabel, el ataque de pánico que todos presenciamos en la boda de Miguel e Iris. Por desgracia, Alicia no recuerda nada del atraco —apuntó Lucía.

—Tenemos que refrescarle la memoria. Hay que llevarla junto a Isabel —concluyó Inés—. Si vuelve a sufrir un ataque, sabremos que es a ella a quien teme.

—También necesitamos a alguien que robe el joyero de la señora Palau. Con tenerlo unas horas bastará para revisar si alguna de sus joyas es robada. Luego lo devolveremos para que ella no se percate de nada —añadió Lucía.

Inés intervino: aunque todo le parecía bien hilado, faltaba un elemento clave en aquel plan.

—Pero... ¿quién podría robarlo?

—Para eso sí tengo una solución —dijo Gabriel.

III

Isabel Palau también llegó a La Habana a principios de diciembre. Como a Gabriel, le pesaba dejar su ingenio en medio de la vorágine de la zafra, pero debía llevar a cabo la idea que a su juicio iba a solucionar los problemas que preveía con los esclavos. Si todo salía como esperaba, San Rafael se colocaría a la cabeza de los ingenios del valle y en la más alta élite de los de la isla. Lamentablemente, su marido la acompañaba. Rafael ansiaba las noches de La Habana y, como a un animal, de vez en cuando había que alimentarlo con algo de fiesta y alterne.

A su calesa, que conducía Lucas, cejijunto y hermético, seguía otra menos lujosa que llevaba a Juan Luis Calleja y a uno de los capataces que mejor conocía la dotación de esclavos. Ellos serían los que la acompañarían en sus visitas a los diferentes depósitos de emancipados, donde elegiría la mercancía que serviría para suplantar a los esclavos que no llegaran al final de la zafra. Ella sabía poco sobre esclavos, solo lo fundamental: que los necesitaba para que San Rafael funcionara como ella quería. Trabajar constantemente con el temor de que los negros enfermaran, se lisiaran o murieran era angustioso. Debían poder quitarse de en medio a los que no sirvieran.

Se alojaron en su palacio de la calle Lamparilla, cerca de la plaza de Armas de La Habana de intramuros. Isabel tenía curiosidad por conocer la casa, y mientras recorría los salones que los esclavos domésticos acababan de arreglar, se dijo satisfecha que era tan lujosa como cabía esperar de la familia Viader, pero también que la usaría en raras ocasiones, pues, a diferencia de la casa azul, sentía que aquel lugar nunca formaría parte de su corazón. El palacio era enorme, frío y decorado con la austeridad de las casas poco vividas. Muchas estancias, demasiado desnudas, resonaban con eco a su paso, y los sillones y divanes estaban tan separados los unos de los otros que las conversaciones parecían imposibles. Los Viader habían utilizado el palacio únicamente para recibir y dar fiestas, y todo respondía a aquel propósito. Era bonito y elegante, pero incluso rodeado del cálido clima caribeño, resultaba frío y poco acogedor. Lo mejor eran las habitaciones, con grandes camas con dosel y situadas en la segunda planta, la más alta, desde la que se veían los tejados de las casas de alrededor y el brillante mar al fondo.

Tan pronto llegaron, Rafael se fue de compras y ella se unió a Calleja, y como quiera que se llamara el otro empleado, para acudir al primer depósito.

La sorpresa fue mayúscula.

En el barrio de Jesús María, les guiaron hasta el primer almacén de emancipados, cercano a los muelles y similar a muchos otros que guardaban variadas mercancías. Isabel, que estaba ilusionada con encontrar fornidos negros, se decepcionó en cuanto entró. Aquel espacio grande, alargado y oscuro, de altos techos y cubierta a dos aguas, parecía vacío. Luego, al fijarse en los lados y las esquinas, descubrió pequeños grupos de tres o cuatro personas tumbadas en el suelo o sentadas contra la pared. La imagen le recordó a la de una casa desvalijada en cuyas estancias no queda nada de valor, tan solo algunos libros tirados por el suelo, prendas de ropa sucia olvidadas en las esquinas, fragmentos de madera y yeso, y postales que nadie echaría de menos. Tampoco nadie echaría de menos lo que quedaba en esos almacenes, sencillamente, porque carecía de valor.

Paseó acercándose a cada grupo y con un gesto ordenó a los que le parecieron menos miserables que se pusieran en pie. Ninguno era de calidad y se convenció de que cualquiera de aquellos desafortunados moriría antes de acabar la zafra, por lo que no podría suplantar a ninguno de los esclavos de San Rafael que eran, sin excepción, más fuertes y sanos que la mercancía que había en aquel almacén.

—Estos negros no podrían trabajar ni un día en mi ingenio —dijo sin mirar al consignatario.

—Son lo que queda. El resto están construyendo el ferrocarril, trabajando en el alumbrado, en el servicio doméstico y, por supuesto, en la zafra. Llega usted tarde.

—Llego cuando tengo que llegar. Si aquí no tienen lo que busco, miraré en otros lugares —dijo ella, molesta.

—Me temo que no hallará lo que busca en ninguno de los depósitos.

—Pues lo buscaré en otro lugar. No tenga ninguna duda de que lo encontraré.

Pero a media tarde empezó a convencerse de que sería más difícil de lo que esperaba. De que tendría que cambiar de planes. Llegó de mal humor al palacio Viader. A la preocupación por su plan fallido, se sumó la irritación que le provocó la agenda nocturna que Rafael le había preparado.

—La Habana está muerta en esta época. Todos los plantadores están pendientes de la zafra —le dijo a pesar de estar cambiándose para salir.

—Menos nosotros —dijo ella, lamentando estar allí en lugar de en el ingenio.

—Amiga mía, me dijiste que tenías gestiones que hacer, así que ahora no te quejes. Estamos en la ciudad porque tú lo has querido.

—Es cierto —murmuró Isabel.

—El asunto es que no hay ninguna fiesta organizada hasta dentro de dos semanas, pero he tenido una idea fantástica. Ponte un traje de calle, uno sobrio. Saldremos a un par de lugares que conozco. Le he dicho a tu calesero, a Lucas, que tenga el coche listo. He invitado al señor Calleja, imagino que agradecerá pasearse por la ciudad. El pobre debe de estar harto de los cañaverales.

—Lo cierto es que Juan Luis Calleja no va a los cañaverales. Está en la casa de calderas, siempre.

Isabel no dejaba de asombrarse por el desinterés de su marido en el negocio que subvencionaba su vida de caprichos.

—Bueno, lo que sea... —dijo sin escucharla mientras encendía un cigarro y se arreglaba el corbatín—. Te espero en el salón, no tardes.

Isabel lo miró con cara de desprecio sin que, de nuevo, él le hiciera el menor caso. Por desgracia, necesitaba que su relación con Rafael marchara bien, así que se bañó, se intentó relajar sin conseguirlo, y con la ayuda de dos esclavas se puso uno de los pocos vestidos que aún no le apretaban demasiado el vientre. «Sí, el inoportuno bebé sigue creciendo en mi interior», se dijo mientras maldecía a su hijo. Muchas mujeres abortaban naturalmente, pero aquel niño parecía decidido a culminar sano y fuerte el embarazo pese a que su madre no le prestaba ningún cuidado.

Se miró al espejo y le pareció que el cansancio estaba haciendo mella en su cuerpo. Las esclavas, que esperaban instrucciones a su espalda, la miraban con menos admiración y confirmaban sus sospechas. Se recogió el pelo y se miró de perfil.

—Negra, péiname —ordenó.

—¿Cómo quiere que la peine, ama Isabel?

—En silencio —le dijo antipática— y con un moño alto.

Al rato bajó al patio, donde esperaban Rafael y Juan Luis Calleja charlando animadamente. Su coche ya estaba listo para salir, con Lucas vestido lujosamente con casaca de paño azul y chistera, esperando junto a la puerta, serio y recto como un palo de escoba.

Isabel se dio cuenta enseguida de que iban a acudir a los locales a los que iban los hombres cuando querían huir de sus mujeres y de la alta sociedad habanera. Al entrar en la tasca del Vedado que había elegido, Rafael la miró esperando verla desubicada o sorprendida, sin saber que, precisamente en un lugar como aquel era donde ella se había criado y que se sentía perfectamente cómoda.

El Vedado recibía su nombre de la antigua prohibición que había establecido el Gobierno de la isla de asentarse allí, de hacer caminos, pastorear o limpiar la zona. La idea era dificultar el desembarco de piratas y corsarios en la costa, desde la que, de haberlo facilitado, era sencillo llegar hasta las murallas de La Habana, un flanco demasiado débil por sí solo para su defensa. La franja frente al mar que se situaba entre el torreón de San Lázaro y la boca de La Chorrera se había sembrado de manigua impenetrable y diente de perro, pero en aquellas fechas su uso secular estaba finalmente cambiando y se había parcelado para construir. Apenas había veinte casas edificadas a los lados de la calle que llamaban de «la línea», porque era por donde circulaba la línea de tranvía de tracción animal que lo comunicaba con la ciudad. Al borde del mar, se habían construido también algunos balnearios. Le recordó al lugar donde se asentaba el odiado chiringuito que regentaban sus padres.

Para cuando acabaron de cenar, Rafael ya había adquirido la mirada ebria y las manos largas de cuando tomaba demasiado ron y aguardiente. Isabel, que jamás perdía la claridad, también bebió y se relajó, tras un día nefasto, al ver cómo su marido se reía a carcajadas con las anécdotas del ingenio que Calleja explicaba sin atisbo de gracia. Por supuesto, la noche no había hecho más que empezar. Cuando salieron de la sencilla casa de comidas, el coche enfiló de vuelta a La Habana, cruzando toda la zona que ella conocía para adentrarse en la que jamás había pisado. Isabel había supuesto que su marido tampoco conocía el barrio de Arsenal, uno de los más pobres de la ciudad y el que mayor porcentaje de población de color habitaba.

Se equivocaba.

Bajaron por un callejón pasada la calle Milicias para entrar en un tugurio de aire irrespirable, humo y ruido. En cuanto su presencia se hizo patente, una mujer negra y gorda se acercó al trío, sonriente, contoneando sus caderas al ritmo de las guitarras y el arpa que animaban a la gente a bailar. Al llegar a Rafael lo abrazó y lo besó en las dos mejillas ante una Isabel atónita que jamás había visto a una persona negra abrazar, siquiera tocar, a su marido. Luego, la siguieron hasta una mesa en torno a la pista de baile, de la que la negra levantó de malos modos a un grupo para que se sentaran ellos. Enseguida, una botella de ron y otra de aguardiente los acompañaban. Eran un grupo inesperado y extraño en el que, sorprendentemente, todos parecían estar divirtiéndose a su manera, especialmente Rafael, que descubría impresionado que, a diferencia de la mayoría de las mujeres de su clase, a Isabel aquel ambiente no la incomodaba. La música y el ruido hacían del local un lugar difícil para la conversación e idóneo para el baile. Todos reían, bebían, aplaudían, cantaban y se contoneaban al ritmo frenético de la pequeña orquesta.

—¡A los locales como este les llaman bailes de cuna! —le gritó su marido—¡Bailes de cuna! Son para los negros, sobre todo, pero les encanta que vengamos nosotros. ¡Gastamos más! ¡Prestigiamos el local!

—¿Bailes de Cuba has dicho? —respondió Isabel también a gritos.

—¡De cuna! ¡Con «ene»! ¡Me encantan estos sitios! ¡Aquí sí saben pasárselo bien!

La miró a los ojos, aplaudiendo al ritmo y cerrando los suyos, extasiándose con el ambiente; luego, la cogió de la mano y la obligó a levantarse, acercándola a él para empezar a bailar. Rafael bailaba con la indolencia del que se cree por encima del resto. Probablemente bailara mal, pero era el más rico y el que lo hacía con la mujer más bella del local, que además era la única blanca, así que no temía que sus pies fueran más lentos que los de los demás bailarines, ni que su cuerpo se moviera a un ritmo diferente.

Mientras bailaban, un hombre vestido elegantemente fue acomodado en la mesa que había más cerca de la suya, de la que rápidamente fueron desalojados sus ocupantes de color. Tendría cincuenta años y exhibía una barriga generosa y una cara sonrojada por los excesos, picada por la mala vida y tostada por el sol. No se quitó el sombrero de yarey ni sonrió: se sentó repantingado en su silla olvidando toda educación. No estaba bebido y los miraba mientras bailaban. Isabel vio a Calleja acercarse a su mesa y saludar con cortesía al individuo, que lo miró con indiferencia y solo se tocó el sombrero cuando fue Rafael el que, desde la pista, lo saludó.

—Es Reinaldo Sobrado, el traficante —le dijo a su mujer al oído.

—De...

—De esclavos, de qué va a ser. Su padre era negrero. Cuando se prohibió la trata, se reconvirtió en traficante, que es lo mismo. Mi padre fue buen cliente suyo.

—Necesitamos esclavos —dijo Isabel.

—Sabía que dirías eso. No los necesitamos y no quiero gastar dinero en eso. Un bozal cuesta veintitrés onzas de oro, así que olvídate.

—Tienes dinero más que suficiente.

—Sí, pero no lo gastaré en algo ilegal que me puede ser arrebatado. Tenemos más esclavos que la mayoría —concluyó él, sonriéndole y haciéndola girar con la música.

—¿Y cómo se atreve a venir aquí? ¿No lo odia todo el mundo?

—Fuera tendrá a cuatro personas para protegerlo... pero, no, no lo odian. Los plantadores le apreciamos. Soluciona problemas. A la propietaria le viene bien el gasto que hará esta noche en este baile de cuna y los libres de color... Bueno, hay de todo, pero muchos lo toleran sin problema. No todos son abolicionistas. Quien más, quien menos, sabe que sin esclavos la Cuba que conocemos acabaría. En cualquier caso, sus negocios no nos incumben.

Pero a Isabel le daba igual lo que Rafael dijera. Necesitaba conocer a aquel hombre. Cuando acabó la pieza, antes de sentarse, Rafael se acercó con ella a saludar al recién llegado, que le tendió la mano, pero que, acorde a la educación que Isabel le suponía, no se levantó en su presencia, haciendo un leve gesto con la cabeza y tocándose el sombrero como única cortesía hacia ella.

Conforme la noche avanzaba, la situación cambió poco a poco. Isabel miraba la mesa vecina con disimulo, viendo cómo la bebida fluía y cómo el impertérrito Reinaldo Sobrado empezaba a mostrar signos de animación, siguiendo el ritmo con los pies y contemplando con lascivia los cuerpos de las negras y mulatas que se contoneaban en la pista de baile. Rafael bailó con muchas de ellas, sin ninguna preocupación por que ella lo amonestara, pues sabía que no lo haría. Lo que hacía Isabel era más inteligente y meditado. Se esforzó en crear cierta complicidad con la mesa vecina, quedándose sola en las numerosas ocasiones en que sus acompañantes la dejaron y brindando desde la distancia cuando sus ojos se cruzaban con los del traficante.

A media noche, el hombre se sentó a su lado. No hizo falta hablar a gritos para que se entendieran, uno cerca de la otra.

—Me gusta verlos aquí, en plena zafra. Es señal de que todo está en orden en su ingenio. San Rafael, ¿no es así?

—San Rafael, efectivamente, señor Sobrado.

—Tengo una memoria prodigiosa, incluso para los que no son más que antiguos clientes de la empresa.

—Pero no todo está en orden —apuntó Isabel—. En la virtud de un buen plantador está el adelantarse a los problemas futuros. Solucionarlos antes de que se produzcan.

—Y qué problemas augura usted, señora...

—Isabel Palau —dijo reafirmando su independencia—. El problema es el mismo de siempre. En esta isla hay una ausencia crónica de mano de obra.

—El Gobierno no ha hecho más que dificultar las cosas, como sabrá.

—Pero los esclavos siguen llegando —apuntó ella.

—Pocos, muy pocos. Es ilegal. Nadie querría meterse en un negocio tan costoso que encima está proscrito —contestó Reinaldo Sobrado, a sabiendas de que su interlocutora no le creía.

—Ya. Comprendo. Pero usted comercia con...

—Ébano, carbón, algo de pizarra... —dijo él con ironía—. Si le interesara, quizás podríamos encontrar un poco para usted.

—Necesito por lo menos cien sacos —dijo Isabel.

—Son muchos.

—Son los que necesito.

—Puedo financiarle la compra a un interés conveniente. Me puede pagar al finalizar la zafra. Creo que este año es buena.

—La nuestra es la mejor que se recuerda, pero no necesitamos financiar nada. Pagaremos al contado.

—Eso es inaudito —respondió el hombre, incrédulo.

Hablaron casi una hora más mientras Rafael reía y bebía en el otro extremo del local, rodeado de mulatas y negras que se lo comían con los ojos. Cuando su marido volvió a la mesa, Isabel ya había cerrado un trato para comprar cien esclavos yoruba que desembarcarían en cala Cerrada en seis semanas. No sabía dónde estaba el lugar y debía convencer a Rafael para que pagara lo acordado, mil novecientas onzas de oro a las que ella no tenía acceso. Aún.

A las tres de la madrugada volvían a su palacio de intramuros. Para todos había sido una noche excepcional.

IV

El barrio de Santo Ángel era uno de los lugares que la gente pudiente evitaba, por lo que resultaba perfecto para que él viviera allí. Como un animal, salía a cazar por intramuros, por la zona de Marte y Tacón, por Santa Clara o Santo Cristo, y volvía a su cueva para almacenar o degustar la presa del día. A veces eran pequeñas alhajas que cortaba de las muñecas de las mujeres, otras algo de fruta o pescado. En los días realmente buenos, se hacía con un bolso lleno de enseres que vender o un sabroso trozo de carne. Si un profesional era aquel que realizaba bien su trabajo, estaba claro que él era un profesional. Un ratero profesional.

Era huérfano y vivía en un armario de escobas en desuso, en el lateral de una fábrica de habanos. Se colaba cada noche por debajo de una reja y dormía como el niño que era sobre un colchón de lana que también había robado. En el orfanato del que escapó, le habían dicho una vez su edad, y tras unos años fugado, calculaba tener nueve o diez. También le habían dicho su nombre, pero como no le gustaba se lo había cambiado. Se había bautizado a sí mismo Cid, como el valeroso guerrero patrio.

Rara vez fallaba, esa era la verdad. La última vez había sido el día anterior, pero solo porque el que le perseguía era un perro. Había dudado al robar el bolso, pero al ver al labrador recordó la bondad y sueño profundo de la raza, por lo que dio por seguro que jamás saldría tras él, una equivocación que no volvería a cometer.

Había visto a su nueva presa hacía unos minutos y la había seguido a cierta distancia, esperando a que se despistara, que confiara que el sol que les alumbraba y el calor que les calentaba fueran suficientes para protegerla. Era mayor e iba sola, algo realmente raro en las calles de La Habana. Probablemente fuera viuda. Seguro que era rica. Había salido del Hotel Telégrafo y paseaba por el Campo de Marte, que era como su coto de caza particular, con el inconfundible brillo del oro en una de sus muñecas y un bastón con empuñadura de plata que sería fácil de robar. Si hubiera sido un león, en aquellos momentos habría estado agachado, con las patas y el cuerpo en tensión, la cabeza asomando entre la hierba y los ojos fijos en la presa, que no tenía ninguna posibilidad. Pero antes de que echara a correr hacia su objetivo, un brazo lo agarró del cuello de la camisa y lo obligó a levantarse.

Se revolvió con brazos y piernas pero, aunque fuerte, su pequeño cuerpo no tenía nada que hacer frente a quien lo arrastraba. Gritó un poco, pero nadie le hizo caso. Todo el mundo gritaba en La Habana. Lo llevó a un callejón y con fuerza lo empujó contra una esquina. Se dio la vuelta y se agachó, balanceándose sobre una y otra pierna, tanteando la vía de escape. Ante él, un hombre hacía exactamente lo mismo, bloqueándole la salida. Era joven y guapo, alto y fuerte, un enemigo difícil, pero su cara no era amenazante, más bien parecía divertido. Permanecieron en tensión uno frente al otro unos segundos hasta que le gritó.

—¡Déjame ir! ¡¿Qué es lo que quieres?!

—Quiero hablar contigo. De negocios —respondió el desconocido—. Si llegamos a un acuerdo, vivirás como un hacendado y abandonarás esta vida.

—¡No conoces mi vida! —dijo Cid, pero luego, deteniéndose en la cara del hombre, reconoció al acompañante de la mujer del perro. Aquel señor sí conocía su vida, al menos una parte esencial.

—Vamos. No te haré daño —le dijo—. Te invito a comer lo que quieras. Son solo negocios. Si no te gustan, te puedes ir, pero déjame que te explique mi idea.

Cid amaba comer más que ninguna otra cosa.

—Está bien —dijo resuelto—, siempre me interesan los negocios. —Irguió su cuerpo de poco más de un metro con dignidad y se cogió de los tirantes—. Tienes suerte —le dijo pasando a su lado—. Precisamente hoy, no he comido aún.

A su espalda, Gabriel tuvo que contener una carcajada.

V

—¡No, no, no y no! ¡Mil veces, no!

Los gritos desde el salón de zafra de la casa azul se oían en todos los rincones de la mansión. El espacio tenía la mejor vista sobre los cañaverales, de manera que, desde sus mullidos sofás, se podía ver fácilmente qué campos estaban ya zafrados y cuáles quedaban aún por cortar. Decorado con grandes planos de la finca y un retrato del abuelo de Rafael enfrentado a los ventanales, solía ser un espacio tranquilo, pero no aquella tarde.

Isabel se había puesto un vestido escotado, perfumado y peinado lo justo para parecer bella sin caer en la obviedad de lo que pretendía. Conquistar a su marido lo suficiente, rozarle como sabía, hablarle como Rafael deseaba, para conseguir que pagara los esclavos que ella había decidido comprar. Pero su esposo se había enfurecido y la gritaba como no lo había hecho jamás, de forma que ni siquiera ella, que lo dominaba con facilidad, era capaz de amainar aquel caballo desbocado. No compraría los esclavos que Isabel había acordado con Reinaldo Sobrado. No lo haría.

Era la primera vez que su marido contenía el incesante flujo de gastos que sus cuentas registraban y no lo hacía por economía, lo hacía por convicción. Se lo había explicado a gritos. La trata era ilegal. Tenían muchos esclavos. Llevaban años preparándose para una transición suave. En pocos años liberarían a los que aún quedaran y contratarían hombres libres. Chinos, emancipados, mexicanos, qué más daba. No quería gastar dinero en unos bienes que un Gobierno abolicionista le arrebataría nada más llegar al poder. Los trabajadores libres eran baratos, podían incorporarlos poco a poco.

La discusión había sucedido en un momento en el que Isabel había visto doblemente cuestionada su autoridad. Al pasear por la plantación, horas antes, había descubierto que los cepos que había colocado no estaban en su sitio y que nadie sabía de su ubicación. Tampoco se sabía nada de los esclavos que había querido que todos vieran morir. Hasta el cadáver que había colocado en uno de los cepos había desaparecido. Quiso comentar el tema con su marido, para reforzar la idea de que se necesitaba mano dura, pero su respuesta al plan de compra de esclavos había sido tan iracunda que había rechazado toda oportunidad de explicárselo.

—¡Págalos tú si quieres! ¡Quema tu dinero, no el mío! —le había dicho Rafael, aludiendo a un dinero del que Isabel no disponía.

Lo que le quedaba de sus tratos con la Joyería El Sol era insuficiente para comprar los esclavos que había reservado. Quizás vendiendo todas sus joyas robadas podría haber alcanzado dicha suma, pero hacerlo habría sido lento y arriesgado. Isabel lo miró en silencio. No. No tenía aquel dinero.

—Está claro entonces —replicó Rafael, respirando profundamente para intentar calmarse—. Ahora mismo escribiré al señor Sobrado pidiendo disculpas y anulando la compra. Sé que para ti es imposible hacerlo, así que ni pelearé por ello. ¡Que sea la última vez que me desobedeces!

—De acuerdo —dijo ella, dándose la vuelta y abandonando la sala con los ojos llorosos.

Se dirigió al potrero en busca de su coche. Necesitaba pasear por San Rafael, la plantación que llevaba tan injustamente el nombre de una persona que no se preocupaba por ella. Allí, Lucas estaba acabando de limpiar el coche tras un día cubriéndolo de barro por los caminos de la hacienda.

—Quiero pasear —se limitó a decir ella mientras subía al coche y esperaba sentada a que el esclavo volviera a enganchar el caballo que tiraba de él.

Estaba sentada, esperando, impacientándose por el metódico trabajo de enganchar el caballo, cuando un niño apareció en una esquina del patio, tras una madreselva. Negro, con un aro en una oreja, no debía estar allí, sino en el patio de los esclavos. Las tres plantaciones se habían esmerado en que los esclavos permanecieran en sus reductos cuando no trabajaban, que la mayoría vivieran allí, no desperdigados por el valle, donde serían más difíciles de controlar. Se puso en pie y avisó a Lucas.

—Ese mocoso no puede estar aquí. ¿Qué diantre hace en el potrero a estas horas?

Lucas se acercó al coche y se dirigió a ella.

—Ama Isabel, tiene razón. El muchacho pidió ver los caballos y luego el trabajo se acumuló y no pude devolverlo a tiempo a donde pertenece.

—Me pertenece a mí. Igual que tú y todos los demás —dijo ella—. Ese negrito no debe estar aquí. Que se suba y llévame al patio de la negrada. Hoy se ha librado de un bocabajo y tú de otro —dijo y tras buscar con la mirada al niño, lo llamó—: ¡Tú! ¡Negro! ¡Ven aquí!

Lucas vio sorprendido cómo Isabel le pedía a Elías que se sentara a su lado en lugar de junto a él en el pescante. Enseguida se pusieron en marcha. La inquietud por ver a su hijo sentado junto a aquella mujer le apretaba en la espalda como una losa de piedra. Oía perfectamente lo que le decía.

—Sabes, estas manitas tuyas el año que viene ya podrán zafrar caña. Mucha. Y eso es lo que harás toda tu vida. Y cuando mueras, tus hijos, y los hijos de tus hijos también zafrarán para mis hijos y los suyos —lo decía en un tono amable que luego cambió—, pero si te escapas del patio, si te mueves por donde no debes, te azotaré en esta espalda que tienes y las cicatrices harán juego con esta tan fea que ya tienes en el pecho.

Lucas creyó que estallaba. No quería que aquella mujer tocara a su hijo. Pero ella siguió.

—El látigo es de cuero, te ataré boca abajo para que no te muevas mientras lo utilizo. Si te portas realmente mal, le haré un nudo al final del cuero. Eso hará que te duela más, pero es importante que seas educado, domesticado.

Elías ya lloraba sin descanso.

—Y lo mismo haré con tu madre, y con tu padre si te vuelves a portar...

—Basta —dijo Lucas, tras parar el coche en seco—. Basta, ama Isabel —luego se dio cuenta de que había sido temerario y cambió el tono, pero la mirada de odio era imposible de atenuar—. Se lo ruego.

Primero, Isabel se irguió, ultrajada por la impertinencia de su calesero. Luego, parados en aquel camino que se oscurecía con la llegada de la noche, la curiosidad pudo más que la ira. Nunca había hablado con un esclavo, solo había ordenado que hicieran esto o aquello.

—Me matarías —le dijo—. Lo harías, ¿no es así? Lo veo en tus ojos, siempre. Tienes odio en la mirada, más que ningún otro. Lo harías ahora mismo si no fuera porque yo no tengo la culpa de nada de lo que te pasa. Si no fuera porque llegas tarde. Porque llegáis tarde todos. Si me matas a mí, otro plantador vendrá y os tratará con más crueldad que yo, para que no vuelva a haber duda de quien manda aquí. Llegas tarde porque yo solo gestiono un bien. Gestiono un bien que está a la venta porque alguien lo puso a disposición de los compradores. Es a ese al que deberías matar y volver a tu país. O haberte escapado a las montañas con tus hermanos, igual de blandos que tú. Sí, que tú. Mata a un traficante, mata a uno de los dueños del negocio. Yo solo soy una compradora.

Y de pronto, una idea cruzó su mente. Acababa de encontrar la solución a su problema: «Matar siempre es una buena solución». Se le esbozó una sonrisa que Lucas, humillado por la lengua de aquella mujer, no supo entender.

—Dejemos primero al negrito en el patio —dijo Isabel abandonando sus pensamientos— y vuelve a llevarme a la casa azul. Deprisa.

Lucas reanudó la marcha. Su rabia era tan grande que temió que sus venas y su corazón estallaran de ira.

Aquella noche, Isabel se acostó sola en su cama por primera vez en meses mientras Rafael bebía hasta la inconsciencia en el salón, como hacía siempre que se enfadaba. Apenas durmió. Pensó y pensó, y cuando su cabeza dejo de bullir con planes, miró hacia la ventana, impaciente porque amaneciera. En cuanto el sol asomó, se dirigió con Lucas al cuartelillo del valle.

La construcción, un pequeño chamizo con techo de guano junto a la estación del tren, alojaba al capitán de la nueva guardia. Entró sin llamar, fingidamente enfurecida.

—¡Quiero hablar con el capitán Velasco inmediatamente!

Dos hombres que dormitaban en sus respectivas sillas se despertaron sobresaltados y enseguida se pusieron en pie, pero no hizo falta llamar al capitán, pues pocos segundos después asomaba por la puerta.

—Señora Viader.

—Señora Palau, si no le importa —Isabel se resistía a abandonar el apellido que con tanto esfuerzo había inventado.

—Señora Palau, acompáñeme, por favor, y cuénteme qué es lo que la subleva tanto —dijo calmado pero sorprendido Velasco.

Entraron en su despacho. El capitán apartó la silla para que aquella fiera se sentara. En cuanto lo hizo, Isabel siguió con su comedia.

—Quiero que sepan que hoy mismo conseguiré que los expulsen a todos del valle, ya que su inutilidad ha quedado sobradamente manifiesta.

—¿Qué es lo que le hace pensar así, señora mía? —respondió el hombre, ya intranquilo.

—Sencillamente, que están ustedes aquí para protegernos, y como sabe los asesinatos siguen impunes y...

—Señora Palau, la investigación no ha cesado y... —la interrumpió Velasco.

—¡Y nada! —exclamó Isabel—. Son ustedes un atajo de inútiles. Los cepos y los esclavos que en ellos había, incluido el muerto, han desaparecido. Sería hasta gracioso si no fuera tan indignante... ¡los mismos cepos! A ustedes se les escapan hasta los muertos y las maderas. Así que no, ya he tenido suficiente, y sepa que en lo que respecta a ustedes, el que manda es quien los contrató, y ese no es otro que mi marido, que hará lo que yo le diga.

El capitán Velasco empezó a sudar. Necesitaba aquel trabajo. Le pagaban infinitamente mejor que en el ejército y sus desmanes pasados hacían imposible que volviera a él, igual que el grupo de soldados que había reclutado. Todos eran material defectuoso, ya fuera por su afición al alcohol, su nula inteligencia o su falta de mesura en los momentos críticos. Eran mercenarios, pero a diferencia de sus iguales, tenían un sueldo generoso, una vida agradable y un trabajo con poco riesgo. Tenía que mantener el puesto.

—Señora, nos esforzaremos más. Estoy de acuerdo que el asunto de los cepos ha sido cuanto menos...

—Imperdonable —remató Isabel.

—Bueno, sí. Iba a decir digno de revisión, pero sí, quizás sea esa la palabra que se ajuste más a los hechos. Pero, señora, dígame cómo podemos enmendar su disgusto. Estoy a su entera disposición.

—Eso me gusta más —dijo ella, intentando no sonreír—. Está claro que necesitan dirección, pero quizás lo está también que no les hemos orientado respecto a lo que pasa aquí y lo que necesitamos en realidad. Suponíamos todos que no hacía falta y probablemente ese haya sido nuestro error. A partir de ahora les encomendaremos tareas mejor definidas.

—Eso sería perfecto —respiró el capitán, aliviado al ver que la posibilidad de su despido se alejaba.

—Muy bien. Pues empecemos ahora mismo. Necesito que reclute a sus seis mejores hombres. Los que tengan mejor puntería y estén más acostumbrados a disparar sin preguntar. Ellos y usted vendrán conmigo la primera semana de enero. Deje todo organizado aquí. Estaremos cinco días fuera como máximo y todo lo que hagamos será absolutamente secreto.

El capitán la miró. Era un mercenario y estaba acostumbrado a actuar al margen de la ley, por lo que estaba seguro de que lo que aquella mujer pretendía era ilegal. Su acercamiento había sido muy parecido a los que ya había vivido en las tabernas del Arenal de La Habana por personas menos distinguidas. La señora Palau quería matar o robar, como tantas otras, pero, a diferencia de estas, le había pagado ya y le ofrecía una vida a la que ninguno de sus subordinados querría renunciar.

—Cuente conmigo, señora —dijo sin tener que pensar otra respuesta.

Isabel dejó que su sonrisa asomara al fin. Solucionar problemas reafirmaba su seguridad en sí misma. Su falta de escrúpulos le daba de nuevo ventaja respecto al resto. Rafael había anulado la compra de sus esclavos, pero ella conseguiría lo que quería.

De la misma forma que había conseguido lo que tenía.

19

1867

I

Cuando llegó el año nuevo, todos en San Miguel sabían ya que la zafra sería excelente. Miguel paseaba a diario por los campos de su hacienda y visitaba la casa de calderas, donde el trabajo se ejecutaba con una precisión solo a la altura de los mejores ingenios de la isla. Le gustaban las cosas bien hechas. Le gustaba ver el orden con el que cada paso de la producción se resolvía y cómo todo el mundo sabía exactamente qué hacer. Cuando observaba aquel engranaje perfecto de hombres, comprendía el valor de tener trabajadores experimentados y el interés, no solo moral sino económico, de mantenerlos en buen estado, igual que hacía con todos los demás elementos con los que rentabilizaba aquellas tierras.

Desde el episodio de los azotes y los cepos acaecido en la plantación vecina, su mujer vigilaba constantemente que la comida y el descanso que se ofrecía a la negrada de San Miguel fuesen mejores que nunca, que nadie se propasara y que todos los esclavos se sintieran cuidados. También había prohibido a Miguel que invitara a Isabel Palau a su casa y había prometido no volver a poner un pie en San Rafael ni en su casa azul mientras aquella mujer siguiera en la finca.

Miguel agradeció en silencio que Rafael, al que tenía aprecio sincero, estuviera demasiado entretenido con sus innumerables caprichos para comprender que su mujer le estaba apartando rápidamente de todos.

Lo mejor de aquellos meses había sido sin duda el aprendizaje del abecedario morse. Su tía Alicia lo dominaba ya a la perfección y Dora también lo manejaba con soltura. Iris y él lo estaban aprendiendo y se esperanzaban viendo como, día a día, la comunicación con Alicia era más fluida y el fin de su aislamiento de los demás la llenaba de felicidad. Seguía postrada en su silla de ruedas y no podía mover más que los párpados, pero ya conversaba con Dora y le podía indicar qué era lo que quería hacer. Respondía a las preguntas brevemente, pero lo hacía, lo cual suponía un paso de gigante. Bendecían la idea de Inés Fernández a diario.

Las lagunas en su memoria seguían allí, aún no recordaba nada de lo sucedido el día del atraco a la Joyería El Sol, por qué se encontraba en aquel comercio ni la cara del joyero. Tampoco recordaba a muchos de sus amigos de Barcelona. Sí recordaba a su hermano y su muerte, también a Ginés, el mayordomo del palacete Abbad, pero no a Candela, el ama de llaves, la persona del servicio con quien más horas había pasado a excepción de su doncella. Pasaban buena parte del día intentando que recuperara esos recuerdos. Dora le preguntaba por esta u aquella persona, le explicaba anécdotas de Barcelona que habían vivido juntas y desgranaban uno a uno los detalles que ella recordaba. Durante semanas, recorrieron las estancias de su casa barcelonesa. Dedicaron un día entero a dibujar mentalmente los detalles de la escalera principal, otro, a los del comedor y así, poco a poco, entre las dos volvieron vagamente al marco de la vida casi perfecta que Alicia había disfrutado hasta hacía bien poco.

Con todo, había secuelas inexplicables del altercado que ni la misma Alicia comprendía. No podía ver el color rojo. En cuanto lo hacía, en una flor, en una tela, a veces incluso cuando el atardecer tornaba en aquel color, se ponía nerviosa y apremiaba a Dora para que la llevase a su habitación y cerrara las ventanas. Sin dudarlo, Miguel había talado los hibiscos y los flamboyanes del jardín para que sus flores rojas no le arrancaran a Alicia la frágil felicidad que parecía estar recuperando. Todos habían proscrito aquel color. Nada era rojo en la casa grande de San Miguel.

La noche de fin de año solía ser tranquila en el valle, donde todos los plantadores la celebraban juntos en una cena que cada año se hacía en una de las casas. La suerte había querido que aquel fin de año de 1866 se celebrara en la casa inglesa, cosa muy conveniente dada la creciente tensión entre la casa de San Miguel y la casa azul a raíz del conflicto de los cepos. Pese a ello, los hacendados acudían a la cita sin ganas y deseando que transcurriera lo más rápido y en paz. Lucía había preparado la celebración al detalle.

La casa estaba enteramente decorada de Navidad, pero excluyendo los toques rojos que habitualmente daba el acebo, las bolas y guirnaldas. Aquel fin de año todo era verde y la creatividad y el gusto por lo exagerado de los cubanos llenaba cada esquina. La cena, que les esperaba en el comedor principal, se serviría en una estancia plagada de grandes bananos en macetones, que balanceaban sus hojas a la altura del techo haciendo que las lámparas de araña que colgaban de él pareciesen frutos del propio árbol. Sobre la mesa, Lucía había colocado centros vegetales de varias alturas, los más altos frente al lugar donde se sentaría Isabel, un personaje que tanto ella como —especialmente— Iris, aborrecían. Sobre la mantelería verde y la larga mesa resaltaban la cubertería y los bajoplatos de oro.

Pero la meticulosidad con la que Lucía preparaba los detalles en aquella ocasión había ido más allá. Había pedido a Tomás que corriera el rumor entre el servicio de la casa azul de que Alicia Abbad acudiría a la cena. También, que la mujer estaba muy débil y que sufría ataques al ver el color rojo. Tomás se lo había dicho a Lucas, el calesero de Isabel, que se lo había transmitido en una de las escasas ocasiones en que la mujer le permitía dirigirse a ella.

La idea era sencilla.

—Un poco cruel, pero sencilla —había dicho Lucía al planificarla con Inés y Gabriel—. Si Isabel viene vestida de rojo, quedará claro que tiene algo en contra de Alicia. Que desea provocarle un ataque, probablemente quitársela de en medio. Que no tiene ninguna buena intención para con la pobre mujer y que posiblemente esté implicada en el atraco que dejó a Alicia en silla de ruedas. Nosotros sabemos que ella está al corriente de lo que el color rojo provoca en Alicia. Pero Isabel puede fingir lo contrario, porque mucha gente del valle lo desconoce. En la mesa tendremos que sentar a la inválida junto a Iris y Miguel, que son los únicos que se pueden comunicar con ella, pero dejaremos a Isabel a su vista, quizás pueda recordar algo si la observa un buen rato.

—Pero tía, Alicia está realmente débil, ¿no es peligroso que le dé un ataque?

—Quizás un poco. No mucho. Está más fuerte que cuando le dio el primero, mucho más, y no creo que le dé un ataque igual. Ha tenido solo uno más por lo que sé. Probablemente solo se contraríe un poco, nada más. Es más peligroso tener a una asesina de vecina que a la desafortunada Alicia le den unos espasmos. Eso opino yo, Gabi.

—No creo que le dé un ataque —confirmó Inés, que cada vez pasaba más tiempo con Gabriel, con quien consolidaba día a día una relación ya declaradamente amorosa.

—En cualquier caso, quiero resultados. Necesitamos saber qué narices pasa en este valle. Hay un asesino suelto que mata y arranca corazones, pero por alguna razón, una vez desaparecido Germán, que era nuestro principal sospechoso, todas nuestras pistas acaban en Isabel, que ni siquiera estaba en Cuba cuando varios de los asesinatos se cometieron. Solo creemos que era amiga del mayoral sospechoso y que este desapareció en cuanto le dijimos a Isabel que sospechábamos de él. Todo huele muy mal, pero no sé a qué. En fin, este va a ser un fin de año muy diferente.

A las nueve llegó la comitiva de San Miguel. Alicia iba asistida por un esclavo negro, pues su fiel doncella había pedido la noche libre para celebrarla con el resto del personal. En seguida, Gabriel percibió la tensión en la cara de Iris.

—¿Ha llegado ya esa mujer? —le dijo al saludarle, recorriendo con la mirada la estancia. Estaba claro que no quería estar con Isabel más de lo imprescindible.

Pasaron al porche y se sirvieron ellos mismos, pues, tanto el día de fin de año con en nochebuena, todo el personal doméstico y agrícola de San Gabriel tenía el día libre. Además, se les regalaba una muda de ropa nueva, bueyes para asar y aguardiente para que festejaran. También en San Miguel se les proporcionaba a los esclavos comida especial, aunque el ingenio seguía trabajando en turnos más relajados. San Rafael había mantenido las rutinas de trabajo exactamente igual que cualquier otro día.

Lucía señalaba los hitos vegetales de su jardín cuando oyeron a Gabriel dar la bienvenida a los plantadores de San Rafael.

Formaban un dúo sin duda elegante, con Rafael vestido de frac e Isabel peinada hacia atrás con un arreglo en el que se enredaban flores silvestres. Llevaba una capa cerrada en el cuello con un gran lazo que no dejaba ver su vestido. Lucía, Gabriel e Inés estaban seguros de que sería una prenda roja como la sangre que sospechaban manchaba sus manos. Su embarazo ya era bien visible y la cara se le había redondeado levemente, dulcificando sus rasgos. Isabel sabía que Iris, como todos los negros, no podía ni verla, precisamente por lo cual la abrazó mientras la saludaba, un gesto tan inesperado que la mujer de Miguel Abbad no pudo esquivar como habría sido su deseo. Cuando se agachó para saludar a Alicia, a Gabriel le pareció que la mujer contenía una mueca y que su cuerpo inmóvil temblaba un poco.

Pasado un rato, Lucía invitó a todos a pasar al comedor, al que había acudido minutos antes para encender las numerosas velas que lo decoraban. Gabriel se acercó a Isabel.

—¿Me permites tu capa?

Ella se giró dándole la espalda mientras se desataba la lazada del cuello. Cuando Gabriel empezó a retirar la prenda, el rojo más resplandeciente apareció, exactamente como habían esperado, en un espectacular vestido de raso y pedrería. En cada esquina del salón, mientras los demás invitados se quitaban capas y abrigos, Inés, Lucía y Gabriel cruzaron una mirada cómplice. No había duda de que las intenciones de Isabel con Alicia no eran buenas, más bien al contrario.

En cuanto Miguel Abbad vio el vestido rojo se acercó a ella a paso ligero.

—Isabel, querida, no puedo creer nuestra torpeza. No te advertimos de una de las inesperadas consecuencias del golpe que recibió mi tía Alicia. Por desgracia, voy a tener que pedirte que te vuelvas a poner la capa, de lo contrario, temo que mi tía sufra un ataque. Su cuerpo reacciona con angustia al color rojo. No sabemos qué lo provoca.

Isabel buscó con la mirada a Alicia. Desde su silla de ruedas, la inválida la miraba a pocos metros ante la puerta del comedor. Parecía tranquila, pero sus ojos tenían una chispa de vida, de malicia, que no le veían desde el accidente. Isabel abrió los brazos enguantados en blanco como si fuera a saludar a alguien, dejando que todos vieran su vestido.

—Señorita Abbad, ¿no le gusta mi vestido?

A nadie le hizo gracia el comentario, pero Alicia no reaccionó como esperaban. De hecho, parecía tranquila. Miguel se acercó a ella, arrodillándose para preguntarle.

—Tía, ¿está bien? ¿Quiere que Isabel se cambie?

—No —respondió ella con su silencioso morse, abriendo y cerrando los ojos.

—¿Seguro?

—No —repitió—. No es el traje. Es la mujer.

—¿Quiere que nos vayamos? —susurró preocupado.

—No. Quiero quedarme —contestó ella.

Miguel se sorprendió, pero haciendo caso a lo que su tía le había pedido, empujó su silla hasta el lugar que le indicaba Lucía en el cabecero de la mesa, con Iris a un lado y él al otro. Muy cerca se sentó Isabel.

Alicia no sabía qué era lo que aquella cara tenía. En su mundo silencioso, en el que cada palabra era un tesoro y cada cosa que miraba una historia por descubrir, tan rápido como había perdido la movilidad y el tacto había desarrollado otro sentido, más relacionado con la intuición y las sensaciones. Sabía que conocía a la mujer a la que miraba fijamente, pero a diferencia de cuando recordaba, rebuscando en los rincones de su memoria momentos de su vida en Barcelona, de su casa y amigos, y sentía las cicatrices de su cerebro sanar acariciadas por un dulce pasado, sospechaba que lo que había compartido con Isabel estaba mejor donde estaba. En el olvido. Por desgracia, no podía elegir qué recordar y qué olvidar y, como todos los humanos, se tenía que resignar a almacenar en su cabeza lo que aquella decidiera.

Isabel habló la mayor parte de la cena sobre el desarrollo de la zafra. Como habían hecho anteriormente, pero sin necesitad de ponerse de acuerdo, tanto Gabriel como Miguel mintieron de nuevo en las cifras de sus ingenios. La conversación se volvió tediosa para todos los que la escuchaban, que estaban hartos de hablar sobre guarapo, centrifugadoras y caña. Rafael lo percibió.

—Esta mujer es increíble. Así está todo el día. Azúcar, azúcar y azúcar. No he conseguido que descanse ni siquiera en su estado —dijo.

—No quiero descansar porque me siento mejor que nunca. No soy una inválida —dijo sin prestar atención a Alicia—, tan solo estoy embarazada.

—De hecho, se va a La Habana el próximo martes. Sola. No me ha dejado que vaya con ella. Dice que me debo quedar al mando del ingenio... ¡Yo! ¿Os figuráis? —bromeó Rafael. Todos rieron, sabedores del nulo interés de su vecino por la plantación.

—Serán solo tres días. Incluso tú podrás evitar el desastre —puntualizó ella.

Gabriel, Inés y Lucía apuntaron el dato.

Tras la cena, esperaron a las doce sentados en el porche conversando frente al jardín. El gong que el mayordomo habitualmente utilizaba para anunciar las comidas se había colocado en un lado y Lucía, como una niña pequeña, lo miraba y controlaba la hora, impaciente por hacerlo sonar. Cuando quedaban cinco minutos para las doce, se levantó para despedir el año con un breve discurso, como hacía cada año el anfitrión de la velada.

—Queridos vecinos, para mí es un placer disfrutar un año más de este momento con vosotros. Este ha sido un año nefasto, pero me resisto a decir que sea un año para olvidar. De los años malos se aprende mucho y de los malos momentos se sale reforzado o no se sale. Nosotros vamos a salir de este. Se lo debemos a mi difunto esposo, a mi hijo Bruno, a Sebastián Viader, a su encantadora esposa Dionisia, a mi querido mayoral el señor Mantecón... No, este año no es un año para olvidar, sino un año para no repetir, porque igual que de las grandes crisis salen los mejores poetas, debemos aprovechar el momento para mejorar y aprender. Mejorar por fuera, pero sobre todo por dentro, que es más difícil, pero también lo que verdaderamente importa. No soy ninguna filósofa y sé que tengo mis excentricidades, pero creo que la vida consentida ablanda el espíritu. Que una vida sin problemas, aunque todos la deseemos, no nos mejora como personas, sino al contrario. Sabéis lo que pasa cuando podamos un rosal, ¿no es así? Meses después de podarlo y dejar de él tan solo un feo palo con espinas, crece más alto, con un tronco más firme, y la rosa que florece es más hermosa y viene acompañada de otras dos o tres. También los árboles profundizan sus raíces tras las tormentas. Los problemas nos dan la posibilidad de fortalecernos y hacernos más firmes, como el rosal, como los árboles, pero también de acercarnos los unos a los otros, de mostrar nuestra caridad y nuestra solidaridad. Porque superaremos este nefasto año y, si no lo hacemos, aquí tenéis a una amiga que descansará tranquila por haberlo intentado hasta el final. Amigos míos, plantadores de este edén, que los problemas sean los justos para mejorarnos y que el azúcar que producimos endulce nuestro paladar tanto como nuestro corazón. Feliz mil ochocientos sesenta y siete.

Todos aplaudieron. Lucía cogió el mazo de manos de su sobrino Gabriel para golpear el gong y miró el reloj. Aún quedaban dos minutos.

—Lo del azúcar me ha quedado un poco cursi, ¿no es así, Gabi?

Gabriel se rio y lo negó. Luego, besó la mano de su tía cariñosamente y se levantó para colocarse detrás de Inés y abrazarla por la cintura mientras esperaba que su tía, liviana y excéntrica, genial y buena, golpeara el disco doce veces.

El año más decisivo de sus vidas acababa de empezar.

II

Seis esclavos y una mujer embarazada se agazapaban entre la espesa selva que atalayaba la cala Cerrada, al norte de Camagüey, frente al Atlántico, escondida tras innumerables cayos. Perfecta para descargar cualquier mercancía discretamente. El barco que llegara hasta la cala Cerrada sin embarrancar encontraría un lugar tan bonito como desconocido, una playa redonda rodeada de una vegetación que la escondía desde tierra y una estrecha entrada por mar que la hacía prácticamente invisible tras los cayos.

La noche sin luna favorecía que unos y otros avanzaran sin ser vistos por lo que, en cuanto desde el barco empezaron las señales luminosas, se acercaron a la playa, tendiéndose sobre la hierba que crecía justo antes de la arena. Enseguida, del otro extremo de la playa un farol respondió a las señales y una quincena de hombres armados formó junto al agua. La luz de los faroles los iluminó lo suficiente como para que Isabel reconociera al frente de todos ellos a Reinaldo Sobrado, el esclavista con el que había acordado la venta de la mercancía que iba a ser descargada. Esa que no podía pagar.

El frío de la tierra húmeda le calaba el vestido. Se había cubierto la cara con barro, aunque era improbable que sus facciones rosadas se vieran a tanta distancia. La noche era crucial y ya era un éxito desde varios puntos de vista. Había conseguido movilizar a doce hombres, aparte de los cocheros, sin apenas esfuerzo, tan solo con amenazas y veladas esperanzas que eran tan poderosas como la mejor de las armas. Tensa pero segura, se acarició el vientre al sentir una patada del bebé. No había tiempo para aquel incordio, aunque se dijo a sí misma, contenta, que su hijo también participaba en la acción. Nadie como ella para hacer de su vástago un hombre fuerte, habida cuenta de que su padre tan solo lo ablandaría. Aquella noche también le beneficiaría a él, que heredaría una plantación sin el principal problema que amenazaba a las de su entorno.

Pese a la oscuridad de la noche, la silueta del velero se dibujaba en el centro de la cala, a unos quinientos metros de la playa. Sobre su cubierta, se adivinaba cierto trajín silencioso y ordenado. No oyeron gritos ni quejas, solo pasos sobre la madera y el sonido de cadenas. Venían de Lomboko, en la costa africana, un lugar de leyenda que muchos esclavos de Cuba recordaban como un infierno difuso pero real, como el punto en el que sus vidas se habían puesto boca abajo y habían pasado de vivir libres con sus familias a convertirse en objetos. Isabel no sabía eso y, además, le daba igual. Mientras aquel barco proviniera de África y llevara en sus bodegas brazos fuertes para zafrar, a ella lo único que le importaba era donde se encontraba en aquel momento. A su alcance. Se sentía igual que cuando de pequeña, en Barcelona, paseaba frente a la Pastelería Fargas de la calle del Pino y, desde el escaparate, observaba a los clientes mojar sus melindros en tazas de chocolate con nata, soñando con llevarse uno a la boca. Felizmente aquello quedaba lejos, esa noche se haría con lo que deseaba.

Al rato, un pequeño farolillo se empezó a acercar a la costa seguido de cinco más. Cinco embarcaciones cargadas del maná que Isabel ansiaba. A su señal, los esclavos que la acompañaban se metieron en el agua, nadando silenciosamente hacia las barcas. Isabel calculó que las interceptarían a cien metros de la playa, lo cual era perfecto.

Lucas y otros cuatro mandinga nadaban con toda la fuerza de sus cuerpos, la rabia de sus corazones y un machete entre los dientes. En tierra quedó Cornelio, un yoruba que formaba parte de la segunda fase del plan. Todos los que estaban allí habían nacido en la plantación, hijos de padres esclavos, que, sin excepción, habían oído las historias de cómo aquellos habían sido raptados, hacinados en barcos y traídos a una tierra extraña para ser vendidos. Los seis odiaban a esclavistas y plantadores, a todo el sistema inhumano que les gobernaba, razón por la que, lejos de estar asustados, la ocasión de liberar a aquellos infelices era algo que habían esperado con ilusión. No se pararon a pensar por qué su ama quería hacer algo así, supusieron que se trataba de una venganza entre ingenios rivales o algo similar. Si servía para devolverles la libertad a sus hermanos, no les importaba el motivo.

Los esclavos a descargar remaban monótonamente hacia la playa a punta de pistola, comandados por un solo marinero que dominaba a veinte almas encadenadas de pies y manos a la embarcación y los remos. No hacía falta más para controlar a aquellos desafortunados que habrían muerto ahogados de caer al agua.

Lucas no estaba encadenado, todo lo contrario. Cuando su cuerpo desnudo trepó ágilmente a la popa de la embarcación, el marinero que la comandaba no tuvo tiempo ni de volverse antes de caer muerto. Los que lo vieron no entendieron lo que sucedía, pero ante las señales de Lucas se esforzaron en mantener el silencio. La mayoría de los que se encontraban cerca de la proa ni siquiera fue consciente de lo que acababa de suceder en su bote y los otros cuatro que lo seguían. En tierra, nadie prestó atención a los escasos segundos en los que el farolillo que sostenía el marinero de cada embarcación había caído antes de volver a elevarse. Lucas comprobó que sus compañeros también habían cumplido la primera parte del plan, pues los botes seguían acercándose en silencio a la playa.

Quedaban tan solo unos metros antes de que embarrancaran en la arena cuando cinco de los hombres que los esperaban en tierra se adelantaron, mojándose hasta las rodillas y cogiendo el bote por una de sus amuras para ayudar en la maniobra. Tan solo uno tuvo tiempo de lanzar un breve quejido antes de ser degollado. La piel negra, que tantas veces había sido una maldición, era en aquella noche oscura, en aquella situación inesperada, una ventaja. Ninguno de los cinco hombres que les iba a ayudar a descargar los había visto venir. Ninguno lo había esperado. Desde la arena, oyeron a Reinaldo Sobrado pronunciar sus últimas palabras:

—¿Qué sucede ahí?

En el acto, un disparo le atravesaba la cabeza, que iluminada por el farolillo que sostenía el esclavista, era lo que se veía mejor en aquella oscuridad. Enseguida, los nueve hombres que quedaban se arremolinaron, espalda contra espalda y empezaron a disparar a un blanco invisible. Ellos no lo eran. Llevaban varios minutos en la misma posición y la luz de sus farolillos los delataba. Además, se habían agrupado, mostrando poca profesionalidad. Los seis hombres de la nueva guardia del Valle de los Arcángeles que acompañaban al capitán Velasco tan solo tuvieron que disparar al grupo en repetidas ocasiones para dar en el blanco con uno u otro tiro. Al minuto, se hizo el silencio. Bastaron unos segundos para que Lucas comprendiera que habían vencido. Gritó emocionado levantando las manos al cielo. Matar a aquellos hombres había sido lo mejor que había hecho nunca, pero la alerta ya habría cundido en el barco al oír los disparos y debían huir de allí antes de que la tripulación acudiera en su busca.

—¡Corred! ¡A los carros! —le dijo Isabel, que de pronto estaba frente a él.

El esclavo yoruba, aquel que compartía tribu con los cien hombres encandenados que pisaban Cuba por primera vez, les dijo lo mismo en su idioma. Aquello pareció dar confianza a los ocupantes de los botes, que enseguida comprendieron que debían salir de allí a la mayor velocidad. Todos se esforzaron en moverse en la dirección que Isabel les indicaba.

Los hombres de la nueva guardia ayudaron a los esclavos a desembarcar y les dirigieron, tan rápido como las cadenas de sus piernas les permitían, a seis carros que esperaban dispuestos en el camino, justo al otro extremo de la playa al que habían llegado Isabel y Lucas. Allí, los subieron en la parte trasera en grupos junto con uno de los guardias. En cuanto los vehículos estuvieron llenos, salieron uno a uno a toda prisa y sin esperar a los que aún se estaban cargando. Cuando el último de los esclavos del barco había sido sacado de la playa, Isabel se dirigió a su carro y se montó con los esclavos que había traído para volver a San Rafael. Le pareció que hasta Lucas la sonreía. «Pobre infeliz», pensó.

Pasaron varias horas hasta que, aún de noche, el carro de Isabel se encontró con el del capitán Velasco y, de no haber estado todos tan cansados, Lucas habría comprendido enseguida que todo iba terriblemente mal. Habían llegado a un claro en el bosque, en un cruce de caminos sin tránsito alguno más allá del de sus ruedas. Isabel pidió que se detuvieran para beber y comer de los víveres que llevaba consigo el capitán, pero, en cuanto Lucas y los seis esclavos de San Rafael saltaron del coche, a punta de fusil les pidieron que no se movieran. Uno de los guardias se acercó a ellos con cadenas para inmovilizarlos exactamente igual que a sus hermanos recién desembarcados. Lucas comprendió que para Isabel ninguno de ellos sería jamás otra cosa que un esclavo. Miró a la mujer.

—Pero ¿entonces? —preguntó más confundido que enfadado.

—¿Entonces qué, negro? Te dije que podrías matar a un esclavista y eso has hecho —respondió ella.

—Pensé que nos liberaría —dijo sin atisbo de esperanza.

—Jamás dije que lo haría, negro. Tus fantasías no son problema mío. Pero alégrate, pasado mañana, al llegar a San Rafael, tú y los demás tendréis una buena ración de comida y un día de descanso. No encontrarás a nadie más magnánimo que yo. Pero no te confundas. Soy tu ama.

La vio acercarse a los carros y empezar a contar con el dedo.

... trece, catorce, quince... cuarenta y uno, cuarenta y dos... noventa y ocho... cien... ciento cuatro... ¡Ciento cuatro! Eso es fantástico. —Y palmeó en la espalda al capital Velasco, felicitándolo.

—Es magnífico, señora, así es —repitió él.

—Que los marquen mañana mismo para que no haya duda de que nos pertenecen. Que lo hagan encima de la marca que tienen ahora, o en otro lugar, y les quiten la que tienen. Hay quince mujeres, seleccionaré a algunas que quiero que preñen cuanto antes para que pasen la mayor parte del embarazo entre zafras. Así podrán trabajar en esta y la siguiente. Pero bueno, son detalles. Sigamos a San Rafael, capitán. Cargue a estos negros con los nuevos —dijo señalando a Lucas y los demás—; puede llevar usted mi coche.

Lucas se revolvió mientras lo intentaban encadenar. Golpeó al mercenario que le cogía las manos con la cabeza y de un empujón redujo al otro. Con las dos manos pegó en el cuello a un tercero y corrió como pudo en dirección a la espesura. Isabel sonrió. Le gustaba que Lucas fuera indomable. Buscó con la mano en su espalda y sacó su revolver. Disparó una sola vez, certera, y lo alcanzó en la parte superior del muslo. El mandinga cayó de bruces y fue rápidamente reducido por cuatro hombres que, ahora sí, lo encadenaron con fuerza. Sangrando, lo subieron al carro.

—Sáquenle la bala ahora mismo y pónganle algo en la herida, hagan el favor. Necesito sus piernas aún muchos años más —ordenó Isabel con indiferencia, como si nada hubiese ocurrido, mientras devolvía su revolver al bolsillo trasero de su falda.

Lucas la miró mientras entre cuatro lo subían al carro. La mataría. Sin duda que lo haría.

Pero de momento había servido a sus infames propósitos una vez más.

III

Le habían explicado cómo era la casa azul y dónde estaba el vestidor de Isabel, la mujer a la que debía robar y que sabían que no se encontraba en la plantación. También por dónde debía entrar, dónde estaban los puntos en los que cabía esperar más gente y exactamente lo que buscaban. Le hicieron repasar una y otra vez el catálogo de joyas que Inés Fernández se había llevado de la Joyería El Sol para que entendiera bien lo que buscaban, y él había lamentado no haber sabido antes las maravillas que la gente rica compraba en el establecimiento de la calle del Obispo. De haberlo hecho, se habría pasado media vida apostado en las calles cercanas y desvalijado a sus clientes. Se habría hecho rico, aunque en realidad llevaba ya unas semanas viviendo como uno.

Cid vivía en la casa inglesa, donde le trataban como a uno más de los señores que la habitaban. Comía mucho más que nunca, y esperaba cada una de las citas en el comedor con gran ilusión. ¡Cinco comidas al día, ni más ni menos! No entendía que no estuvieran todos como bueyes, cuando él mismo había engordado ya un poco y no podía palparse las costillas como estaba acostumbrado desde niño. Todos lo trataban bien y no solo porque lo necesitaran —pensó dándose importancia—, sino porque les hacía gracia y les divertía. Les caía bien. Esa había sido la ventaja que siempre había tenido. Ponía su cara de pena y enternecía a cualquiera, pero también podía sentarse con un adulto y hablar como uno más mientras se fumaba un puro, aunque en la casa inglesa no le dejaban hacerlo. Sospechó que en lugares como aquel sus costumbres desentonaban, lo cual era lógico, a él también le parecía extraña esa casa.

Sentía que, ni cubierta de oro la casa de los Serrano podía ser más lujosa, con porcelanas, cuadros, alfombras, lámparas y cortinajes en cada esquina, y un ejército de esclavos domésticos dedicados a que todo brillara, especialmente los cristales que habían puesto en las ventanas, no entendía bien por qué.

Se le iba la mano a menudo. No lo podía evitar. Luego, cuando llegaba la hora de sentarse a la mesa, en medio de una conversación y sin darle demasiada importancia, la señora Lucía le decía algo como:

—... y por cierto Cid, devuelve el perrito de porcelana de Sèvres a la cómoda del salón de plantadores.

Él pasaba un poco de vergüenza y lo devolvía por la tarde. Por eso habían insistido tanto en que no se llevara nada más de lo acordado de la casa azul. Cid les había dicho que no tenían por qué preocuparse, aunque sabía que era mentira. Tenía la mano larga, no lo podía evitar. No creía que pudiera resistirse a la tentación.

Llegó a la valla que cercaba el perímetro del jardín. La noche era cerrada y él era pequeño. Diez años de mala alimentación daban para lo que daban, pero a menos envergadura, menos posibilidad de ser visto. No le hizo falta trepar, pues su cuerpo se coló entre los barrotes sin problema. «Otra ventaja más», sonrió. Luego, se deslizó por la hierba mojada, silencioso como una serpiente, para acercarse a las ventanas delanteras de la casa, las que daban a la parte del jardín desde donde se veía el valle y que le habían dicho correspondían a los salones. La parte trasera, la de servicio, estaría llena de actividad aunque fueran las dos de la madrugada, pero no así los salones. Saltó al interior y con sigilo siguió una luz que, al fondo, permanecía encendida. Agradeció no ver las riquezas que sabía lo rodeaban en aquel salón enorme que olía a tela y madera, a dama de noche y jazmín. En el vestíbulo encontró la escalera principal de la casa que lo llevaría al segundo piso. Subió peldaño a peldaño amortiguando sus pasos hasta el vestíbulo de la primera planta. Allí radicaba la primera dificultad. Había una gran puerta, más alta que las demás y ricamente rodeada de yeserías —la de la habitación de Rafael Viader, el plantador, según le habían explicado—, pero él debía dirigirse a la que estaba marcada con el número cuatro, el vestidor de la señora Palau. «¡Así de fácil! No tiene pérdida», le había dicho Gabriel, obviando un detalle. Él no conocía los números. Le había dado vergüenza decirlo cuando habían elaborado el plan y ahora surgía el problema. Miró cada una de las cinco puertas que flanqueaban el vestíbulo intentando imaginar cuál sería. Pero no tenía otra que probar.

Le habían dicho que el vestidor de Isabel estaba tapizado con tela roja. Que era el único tapizado de aquella planta, así que no debería ser difícil de distinguir. Abrió la primera puerta un poco y metió la mano para tocar la pared. No estaba tapizada. La cerró y repitió la operación con la siguiente. Tampoco notó el tacto de la tela, así que probó con la siguiente. Al abrirla, oyó un ronquido, así que la cerró rápidamente, asustado. La puerta contigua desveló una pared fina como la seda. Entró sin dilación y cerró a su espalda. Sacó una vela del bolsillo y la encendió, viendo enseguida el tocador de Isabel, donde le habían dicho que debían de estar las joyas. Abrió los cajones silenciosamente y rebuscó, pero no dio con ninguna. Enseguida entendió que lo que buscaba estaría en alguno de los armarios altos que rodeaban la estancia. Estaba abriendo el primero de ellos cuando oyó una puerta abrirse en el pasillo.

Rápidamente se metió en él, pegándose al fondo del mueble, escondido entre vestidos largos y pesados. Se sentó en lo que parecía una gran caja dentro del armario. Contuvo la respiración cuando oyó cómo se abría la puerta de la habitación. Pasos. Silencio. Pie dando golpecitos en el suelo, como si su dueño estuviese pensando. Pasos. Cierre de puerta. Se quedó unos minutos esperando, sin apenas respirar, metido en el armario.

Empezó a palpar el objeto sobre el que se había sentado. Luego, al reconocer una caja, se puso de rodillas frente a ella y busco la abertura. Encendió una vela para ver lo que tocaba y cuando localizó la tapa, la levantó. El brillo de los diamantes enseguida le confirmó que estaba ante lo que buscaba, pero estaba asustado y su memoria le fallaba. Tan solo recordó que no debía llevarse collares de bolitas blancas, porque Lucía había dicho que eran muy comunes y que todas las señoras los tenían parecidos. Miro la primera joya intentando recordar si aparecía en las fotos del catálogo de la joyería, luego la segunda, escrutando en su memoria. A partir de la tercera, todas le parecieron exactamente iguales, así que, nervioso, hizo lo que hubiera hecho de haber actuado en su beneficio. Cogió las joyas más grandes, tres tiaras y tres collares, y dos pares de pendientes de gran tamaño. Vio más anillos y broches, pero solo eligió los tres mayores, lamentando no tener sitio en su zurrón para todos. De entre lo seleccionado, separó un anillo y un collar que se metió en un bolsillo. Eso era para él, para venderlo en La Habana cuando le echaran de la casa inglesa. Cerró la bolsa e intentó recordar cómo los había encontrado para devolverlos de igual forma luego. No se esforzó demasiado. Sabía que su memoria era escasa. Se maldijo porque había chamuscado el bajo de una falda y salió del armario.

Luego se acercó al balcón y bajó descolgándose por la fachada. Era una suerte que pesara poco, aquella hiedra no hubiera aguantado el peso de nadie más. Por desgracia, al saltar sobre el suelo, la rama de un arbusto se partió, crujiendo lo suficientemente fuerte para que los alanos que patrullaban junto con la nueva guardia afilaran el hocico en dirección al sonido y llevaran a los hombres hacia allí ladrando.

Cid se levantó consciente de que había puesto a los vigilantes en alerta y, sin posibilidad de volver por donde había llegado, corrió hacia el extremo opuesto del jardín. Cuando se empezaba a deslizar entre los barrotes, una voz tras él le gritó en vano.

—¡Quieto! ¡Niño! ¡Negro! ¡Alto o disparo!

«¿Negro?», se preguntó mientras haciendo caso omiso conseguía pasar al otro lado de la verja y empezaba a descender por un barranco rocoso. Varios tiros sonaron tras él. Todo inútil. Para cuando los hombres que le perseguían salieran por la única puerta del cercado y, rodeando la verja, llegaran al punto por donde él sí había podido deslizarse, ya estaría lejos, sobre todo al ritmo al que bajaba aquella pendiente empinada. Corría tanto que no sabía si corría o caía, pero su cuerpo ágil y sus piernas jóvenes parecían de goma: incluso en aquella oscuridad, solo dio con el suelo un par de veces. Al llegar al final de la pendiente, se apoyó unos segundos en la pared de roca que crecía desde el lecho de selva en el que se encontraba. Miró hacia arriba. Sabía dónde estaba. Se encontraba al pie del acantilado sobre el que se alzaba la casa azul. El que la aupaba en aquella atalaya rematada por su hermoso jardín. Miró hacia arriba y creyó distinguir el mástil con la bandera del ingenio y el gallardete que marcaba el tiempo anual de zafra. No oía más que la selva a su alrededor y, aunque prefería el silencio que rezumaba peligro de las noches de La Habana, no sintió más inquietud que la que lo empujaba a seguir su camino a la casa inglesa y salir de allí. No le daban miedo los animales y tampoco las serpientes. No había grandes depredadores en Cuba al margen de los cocodrilos, y tampoco había de esos por ahí. Eso le había dicho Gabriel y hasta la fecha él era una de las pocas personas en las que confiaba.

Miró a su alrededor, pero no fue la vista el sentido que recibió mayores estímulos. A su nariz llegó el olor reconocible de la muerte. Su hedor. Tampoco eso le asustó. Había visto un cadáver descompuesto hacía algunos meses, en un callejón de La Habana, y antes de aquello también muchos muertos. Encendió de nuevo la vela que llevaba en el bolsillo y se dejó guiar por el olfato hasta encontrar lo que buscaba a pocos metros. Estaba claro que había caído por el acantilado desde el jardín de la casa azul. Tenía la cabeza girada hacia un lado y el cuerpo desordenado contra el suelo, con brazos y piernas en una posición que no ofrecía dudas de su estado vital. Le giró el cráneo tapándose la nariz y dio un paso hacia atrás asqueado ante la visión de aquella calavera. El hueso era bien visible, pero los restos de lo que tenía que haber sido una cara también estaban allí repletos de agujeros por los que gusanos y escolopendras se movían. Cogió el cuerpo por los brazos y lo arrastró notando cómo se partía a la altura de la cadera y se separaba en dos mitades. Las alimañas se habían dado un festín de carne humana, pero aún se adivinaba la elegancia del traje que el hombre llevaba en su primera visita al infierno. Le abrió la chaqueta y buscó en sus bolsillos, de los que sacó una cajita de rapé dorada y una pipa. Los acercó a la vela con ilusión y se los metió en el bolsillo. Luego rebuscó en los pantalones. Pensó que él también era un pequeño animalillo y quería su parte exactamente igual que el resto de los seres que habían dado buena cuenta de aquel cuerpo. En la cinturilla del pantalón, encontró una pequeña pistola. Perfecta para él. Sin darle demasiada importancia, pasó los ojos sobre el cuchillo que el hombre tenía clavado en un costado. Así que lo habían asesinado... «Bueno, otro más», pensó, desviando su atención a las botas de la víctima. Serían un bonito regalo para Gabriel, pero no era prudente entretenerse más, por lo que decidió proseguir su camino. Se dijo que la noche no podía haber ido mejor.

Pasaron tres horas largas hasta que las luces de la casa inglesa aparecieron al fondo del camino. Como un niño deseoso de mostrar sus excelentes calificaciones a sus padres, Cid corrió hacia la mansión sin poder evitar dar los pequeños saltitos de alegría que delataban su edad. Cruzó el *hall* y se plantó en el salón principal, donde recostados y adormilados, esperaban Inés, Gabriel y Lucía. Los tres se levantaron en cuanto entró ruidosamente.

Cid les explicó eufórico toda su aventura. Para él había sido un éxito rotundo, pero los adultos necesitaban ver qué era lo que había sustraído antes de congratularse. Además, les preocupó que hubiera sido visto en el jardín, pues sabían que rápidamente se desvelaría lo que había hecho en el interior. Lo que había robado. Pese a todo, no quisieron decepcionarlo y tras felicitarlo, se acercaron a una mesilla para que el niño depositara el botín de la noche.

Cid se acercó a la mesa, que le quedaba a la altura de la cabeza, y una a una sacó cuidadosamente las joyas que había sustraído. Tres tiaras, tres collares y dos pares de pendientes. Inés abrió el catálogo de joyas que tenían a la venta en El Sol el día del atraco. Poco a poco fue apartándolas todas. Luego miró a los demás y negó con la cabeza.

—Ninguna de estas joyas estaba en la joyería.

Lucía las observó con detenimiento. Luego las cogió, poniéndolas en tres grupos.

—Fijaos —les dijo.

—Claro —dijeron Inés y Gabriel al verlo.

Cid no entendía nada.

—Esto son dos aderezos. Uno de zafiros y uno de brillantes. Tiara, pendientes, collar y anillo —apuntó Lucía.

—¿Y lo otro?

—Lo otro parece individual. Una tiara de rubíes —dijo, y después miró a Cid—. ¿No había más joyas de este color?

El niño se ruborizó de manera que supieron que escondía algo. Gabriel lo miró muy serio.

—¿Ciiid? ¿Qué es lo que escondes?

—¡Nada! —mintió el niño.

—¿Ciiid? Me estás mintiendo.

El niño había empezado lentamente a retroceder.

—¡No tengo nada! ¡No me gusta que me acusen!

Se volvió y echo a correr, pero Inés, en previsión de que lo hiciera, ya había cerrado las puertas del salón sin que él se diera cuenta.

Gabriel se lanzó a atrapar al ratero, que se revolvió hasta que ambos cayeron al suelo. Gabriel no podía parar de reír, pero a Cid la situación le resultaba embarazosa. Odiaba que le trataran como a un niño cuando él no lo pedía. Gabriel le metió las manos en los bolsillos de la chaqueta para registrarlo y le provocó cosquillas, por lo que el crío se puso también a reír. A los pocos segundos, Gabriel dejó de cachearlo y se levantó.

—Eres un ladronzuelo muy sagaz, pero tu cara te traiciona, jovencito.

Se acercó a la mesa y depositó un collar y un anillo de rubíes. Sostenía en las manos la pistola y la caja de rapé que el niño también había obtenido aquella noche. Cid lo miraba desde el suelo, con los brazos cruzados. Enfadado. Todos le ignoraron.

Lucía cogió las dos nuevas piezas y las acercó a la tiara con la que formaban un conjunto.

—Tres aderezos. Cada uno con tiara, collar, pendientes y anillo. Salvo en un caso.

—El de rubíes —apuntó Inés—. No tiene pendientes.

—Y todos recordamos qué era lo que tenía Isabel a recaudo en El Sol, ¿no es así?

—Unos pendientes de rubíes —respondió Inés.

—Así que las sospechas sobre ella disminuyen. Isabel no se llevó joyas en el atraco, ni siquiera las que ella misma tenía depositadas. Diantre. No hay manera de arrojar luz sobre este caso.

—Hay algo más —matizó Gabriel, que había permanecido callado a la espera de que su tía acabara.

Se acercó a Cid y le puso cerca de la cara la caja de rapé y la pistola que le había quitado.

—Ahora este hombrecillo nos va a explicar de dónde ha sacado esto.

Cid lo miró desde el suelo. Volvía a ser el niño que era en realidad. Estaba tan triste como estaría cualquier zagal de diez años al que le hubieran arrebatado un juguete. Chipi, que como tantos perros entendía mejor los sentimientos de las personas que sus iguales, se acercó a él, le lamió la cara y se echó a su lado, casi encima de sus piernas cruzadas. El niño lo abrazó del cuello y se acurrucó en él. Gabriel se acercó al niño y le acarició la cabeza.

—Cid, no quiero quitarte nada que sea tuyo, pero ahora estas cosas ya no te van a hacer falta. Estás aquí y te podemos cuidar. Ya no hace falta que robes para comer.

—¿Y cuando me vaya de aquí? —respondió él, sollozando.

—No te tienes que ir de aquí si no quieres. ¿Acaso no te gusta esta casa? ¿No te gustaría quedarte a vivir con nosotros?

Gabriel miro a su tía Lucía, que con la cabeza asintió a la petición que acababa de surgir mientras gesticulaba: «Por supuesto». Cid se enjugó las lágrimas y sonrió. La ternura de su mirada infantil mostró tan solo unos segundos agradecimiento, descanso, paz y alegría inmensa. Luego volvió a tornarse pícara. Chipi movió la cola golpeándola contra el suelo mientras le lamía otra vez. El niño le besó en el morro y se puso de pie, poniendo los brazos en jarras, orgulloso.

—Sabía que no podríais vivir sin mí. La pistola y la cajita no estaban en la casa azul. Le quité estas cosas a un muerto. Lo encontré justo debajo del acantilado de la casa azul.

Gabriel inspeccionó la pistola con más atención. Era un arma elegante con puño de marfil y elaborados dibujos en el cañón. En el borde, grabadas, unas iniciales le hicieron abrir los ojos: «G. G.». Lucía, que también se había acercado a mirar, confirmó sus sospechas.

—Germán García. Así que el mayoral de San Rafael, que llevaba tanto tiempo desaparecido, está muerto. Cayó por el acantilado de la casa azul y me da en la nariz que alguien ayudó.

—Ah sí, no os lo conté antes. Ese señor tenía un cuchillo clavado en un costado. Uno muy bonito.

Todos se miraron.

—¿Lo queríais? —dijo Cid.

Por la mañana, aprovechando que Isabel no había vuelto de su viaje, Inés, Gabriel y Lucía emprendieron una excursión a caballo guiados por Cid, al que habían montado en un poni y parecía más feliz que en toda su vida. El perro labrador de Inés entraba y salía del camino que transitaban persiguiendo pájaros y pequeños animales. Lo llevaban consigo para dar con el cadáver que la noche anterior Cid había localizado, aunque el niño había asegurado que el perro no les haría falta y por la descripción del lugar que les había hecho, justo debajo del precipicio sobre el que se edificaba la casa azul, todos creían que sería muy fácil encontrar lo que buscaban.

Cuando la ruta empezó a ascender en curvas cerradas, se apartaron para internarse en el bosque que crecía entre rocas a los pies de la meseta que ocupaba la casa azul. El paisaje se tornó más escarpado y tuvieron que atar sus monturas a un árbol y seguir avanzando a pie. Cid lo hizo a regañadientes, despidiéndose de su poni con grandes besos como si nunca más lo fuera a ver. Anduvieron a pie media hora por un terreno desigual, que en ocasiones parecía el de unas antiguas ruinas comidas por la vegetación, hasta que el olor a putrefacción empezó a ser evidente. Se acercaban. Cid vaciló un poco y rectificó el camino un par de veces. La brisa dispersaba el olor llenando todo el aire de forma que no resultaba fácil localizar lo que buscaban tan rápidamente como hubieran querido.

A treinta metros dieron con el cadáver, tapado por arbustos y en el mismo estado que Cid les había descrito. Gabriel contuvo una arcada y, como todos los demás, se tapó la nariz con un pañuelo. Inés, que por su profesión estaba acostumbrada a ver cadáveres, mantuvo la compostura y con cuidado empezó a estudiar el cuerpo y a moverlo ligeramente para ver la herida. Lucía apuntó varios detalles de importancia.

—Es Germán, no cabe duda. Y tampoco el día en el que fue asesinado. Este hombre va vestido para una boda. Para «la» boda. Lo asesinaron el mismo día que Isabel y Rafael se casaron en la casa que tenemos a cuarenta metros sobre este lugar.

—Sí, tía —contestó Gabriel—. Ninguno fuimos a la boda, pero resultará muy fácil conseguir la lista de invitados. Eran poquísimos. Isabel nos informó a todos de que esa era la razón de no ser convocados.

—Lo recuerdo. Eso reduce mucho el número de sospechosos. Por supuesto, el asesino podría ser cualquiera del servicio doméstico, pero me extrañaría. El personal de la casa no trata con los mayorales, por lo que rara vez despiertan el odio que hizo que mataran a Germán. No. Creo que todos estamos pensando, nuevamente, en la misma persona.

—Isabel.

—Sí, Gabi. Cómo no. Tú le dijiste que sospechábamos de Germán. Que creíamos que era él quien estaba detrás de los asesinatos del valle. Le diste todas las pistas que nos habían llevado a esa sospecha y ella, en lugar de interrogarlo y hacer que lo detengan, se lo quita de en medio antes de que se descubra (o él mismo confiese) que ella está enterada de todo. Que es su cómplice. —Cerró los ojos pensativa; luego los volvió a abrir y miró a los demás—. Tiene sentido, ¿no?

Voltearon el cuerpo en descomposición dejando al descubierto el puñal que, apresado por cada vez menos carne, bailó y cayó al suelo. Gabriel se agacho para cogerlo: era un cuchillo corto y de mango dorado, decorado de manera exquisita. Lucía lo reconoció al instante.

—Es uno de los cuchillos de los cuadros —aseguró.

—¿De los cuadros? —preguntó Inés.

—Sí. Los tienen en San Rafael. En la casa azul tienen buenos cuadros. españoles, flamencos, hasta un Goya maravilloso que representa a un murciélago enorme comiendo la carne de un muerto. —Gabriel agradeció no tener aquella obra maestra en la casa inglesa. Lucía captó su mirada—. Eres un blando, Gabi. Te digo que es precioso de verdad. El caso es que cada uno de los cuadros de la casa azul, o por lo menos los óleos más importantes, tienen agarrado al marco un cuchillo como este. La idea es que si hay un incendio, estas obras, por su tamaño, serían muy difíciles de sacar de la casa con el marco, así que el cuchillo está a mano para cortar el lienzo por el borde, enrollarlo y tirarlo por la ventana. A los Viader les encanta su colección. Han gastado una fortuna en ella. Seguro que Rafael se alarmaría si viera que cualquiera de sus obras no cuenta con el cuchillo salvador.

—Probablemente el cuchillo que falte sea el de alguna obra que esté en un lugar menos visible —apuntó Inés.

—Una obra que solo vea Isabel. Una obra que esté en su habitación.

Los tres se miraron. Luego Gabriel miró a Cid, que seguía entretenido devolviéndole a Chipi los lametazos que este le daba.

—Cid —lo llamó Gabriel.

El niño se quitó unos pelos del perro de la lengua antes de mirarles con atención.

—¿Podrás volver a la casa azul? —le preguntó.

—¡Claro! —dijo el niño contento—. Esos guardias son muy tontos. Puedo volver cuando quiera.

Los tenía totalmente seducidos. Listo, valiente, rápido y orgulloso, aquel era el hijo que Gabriel hubiera deseado tener. Se acercó a él y le revolvió el pelo.

—No sé por qué sabía que dirías eso, pequeño amigo.

—Irás conmigo —le dijo Lucía, que se había vuelto a agachar y, dándoles la espalda, miraba al cadáver a la cara—. Necesitaremos tener a todos entretenidos. Además, quiero ver a la que ha hecho esto.

IV

Devoto, el esclavo que había sido liberado del cepo y se había adjudicado la tarea de convencer a la negrada de San Rafael para levantarse contra sus amos, llevaba semanas cimarroneado, viviendo de lo que robaba de los almacenes, durmiendo en una pequeña gruta que había encontrado cerca de la loma del Tomeguín y tramando la rebelión, cuando desde su escondite oyó una lenta procesión transitar por el camino que llevaba a San Rafael, ya en pleno Valle de los Arcángeles. Se aproximó como el animal en que se había convertido y se subió a una acacia para observar el hecho que habría de cambiarlo todo. Ciento cuatro almas transitaban el camino que llevaba al patio de los esclavos de San Rafael. Abrió los ojos como platos al reconocer los rasgos que diferenciaban a los de su etnia. Al oírles hablar, el cuerpo se le erizó con emoción y rezó a Shangó, dios de la justicia, el trueno y el fuego, para que aquellas personas se unieran a él en la búsqueda de la libertad, la misma que él había alcanzado al huir cuando fue liberado del cepo. Había intentado que los esclavos que había en San Rafael se le unieran para planificar juntos la rebelión, pero la zafra era extenuante y, tras diecinueve horas de trabajo, cuando se reunía con ellos solo tenían ganas de dormir. Esperaba tener más suerte con aquellos nuevos esclavos.

Aquella misma noche, se coló en el patio para conocerlos.

Los nuevos esclavos de Isabel habían llegado a San Rafael tres días después de haber pisado tierra cubana. La mayoría entraron en el patio de los esclavos cansados, tristes y desanimados, pero Lucas y los suyos, que engañados por Isabel habían participado en la acción, lo hicieron iracundos y con sed de venganza. Ni cien bocabajos les hubieran indignado más. Su mirada era tan elocuente, su odio tan evidente, que cuando a todos los liberaron de las cadenas, a ellos los dejaron encadenados de pies, calculando que haría falta por lo menos una semana más para que se calmaran.

Los plantadores siempre se esforzaban en que sus esclavos tuvieran procedencias variadas. Por supuesto, todos deseaban esclavos africanos, pero intentaban que tuvieran religiones, etnias y costumbres diferentes y en que no formaran lazos demasiado estrechos entre ellos. En ocasiones, se beneficiaba a una de las etnias para provocar la envidia de las otras, o se arrebataba algo a unos para dárselos a otros. El motivo era obvio: mientras la negrada no formara un grupo homogéneo sería más fácil de dominar. «Divide y vencerás», había dicho Julio César, y los plantadores habían tomado buena nota.

La inexperiencia de Isabel había resultado en todo lo contrario. De pronto, cien esclavos yoruba vinieron a sumarse a los otros cien ya existentes en el patio, creando por primera vez desde el inicio de la plantación un grupo étnico claramente más numeroso que los demás. Peor aún. Eran cien bozales yorubas, es decir, traídos directamente de África, de su tierra cerca del golfo de Guinea, que no hablaban español y no habían olvidado la libertad que les había sido cruelmente arrebatada. Su idioma, que había pasado de padres a hijos, era también el de los esclavos de su etnia que ya estaban en San Rafael e inmediatamente se convirtió en el sonido más habitual entre la negrada. El malestar por la injusticia de su situación empezó a resucitar en el interior de los que lo habían enterrado tras años de sometimiento.

Isabel mostró orgullosa su adquisición a Juan Luis Calleja, que se sorprendió al ver el nuevo contingente de esclavos pero no preguntó por su procedencia, sabedor de que a veces el conocimiento conducía a lugares peligrosos. Tampoco apuntó a la mujer la inconveniencia de que todos fueran de la misma etnia. Aquel ingenio empezaba a ser una bomba de relojería y él no quería verla estallar, así que decidió que, en cuanto acabara la zafra, buscaría trabajo en otro lugar donde las riendas las llevase alguien con menos ambición y más cabeza.

Los yorubas apuraban el tercer día de descanso, sin saber bien dónde estaban y qué era lo que les esperaba, cuando Devoto se coló de nuevo en el patio para hablarles. Era la tercera noche que lo hacía. Estaba tan convencido de que no había nada mejor que la libertad que no le costó convencer a sus hermanos yoruba de que se unieran a él en la rebelión que estaba preparando. Repitió lo mismo varias veces y con la misma energía en cada uno de los barracones en los que se amontonaban los suyos. El primer día apenas lo habían escuchado, pero a partir del segundo su público empezó a prestarle atención, pues era la única esperanza que tenían al alcance para salir del infierno en el que se encontraban.

Entraba en el patio camuflado entre los que volvían de los cañaverales, en el turno de día y el de noche, y se sentaba en los pequeños grupos para hablarles de un plan que de momento solo existía de forma abstracta y sin ninguna concreción. Se ocupaba de sondear la opinión de la negrada, de ver quién estaba dispuesto a arriesgarse luchando por la libertad. También mentía. Hablaba de rebeliones exitosas en ingenios que nadie conocía y que, por supuesto, jamás se habían producido, a sabiendas de que hubiera sido imposible que se unieran a la suya de haber sabido que todas habían sido aplastadas con mano de hierro. La incorporación al trabajo de los nuevos esclavos resultó en una avalancha de adhesiones a su causa, la de todos los yoruba, pero también de algunos mandinga liderados por Lucas, cuya historia criminal ninguno conocía y que él estaba deseando retomar. Wólofs, fulas y kongós también empezaron a abrir sus oídos a los planes que se susurraban cada vez con mayor claridad en el patio de los esclavos de San Rafael.

Había pasado casi un mes cuando el jefe del contingente yoruba bendijo a Devoto y le trasladó toda la autoridad sobre el grupo, colmándole de orgullo, pero también de responsabilidad. No podía fallarles. Desorientados, confundidos, extraños en una tierra que jamás deberían haber pisado, los nuevos esclavos de Isabel habían tardado un mes en convertirse en servidores de Devoto, el valiente cimarrón que les devolvería la libertad.

Y con esas credenciales, el pecho hinchado y el corazón lleno de esperanza, dejó que la luna llena iluminara su camino a la cueva de Crista.

V

Frente al fuego, en aquella cueva escondida tras la cascada, Crista mantenía su estado de semi trance, pero sus hijitos, como les llamaba, solo pensaban en los logros de Devoto. Mateo de Abbad no podía contener la alegría y lo había abrazado emocionado cuando él había explicado todos sus avances. Cómo había conseguido que doscientos yoruba estuvieran dispuestos al levantamiento y cómo preveía que al final de la zafra el resto de la negrada de San Rafael se sumara a sus planes. Tomás tuvo una reacción muy propia de él.

—De acuerdo —dijo—, ya tenemos los hombres y tenemos la fecha. En el periodo entre una zafra y otra habrá un levantamiento en el valle. Ahora falta la planificación, el otro elemento clave si queremos tener éxito. Supongo que tenemos todos claro que nos jugamos mucho en esto y que puede ser duro.

—Lo sabemos —dijeron al unísono Mateo y Devoto.

—Así lo espero. Mucha gente morirá y no será fácil que ganemos.

—Ganarán —dijo Crista—. Lo dice el aire, lo dice la tierra, lo dicen las llamas. Ganarán algún día. Pero m'hijitos, la vida es dura. Duro es someterse y duro es levantarse. Duro es comer salcocho y duro buscar qué comer. Duro es estar solo y duro es estar casado. Duro es pasar calor en el bohío y duro es buscar un cobijo en el frío. Comunicarse es duro, pero no comunicarse es duro también. Duro esperar y duro actuar. La vida siempre es dura, elijan su dureza. —Abrió sus ojos entelados y miró a cada uno a los suyos—. Elijan sabiamente.

Se hizo el silencio mientras la santera avivaba el fuego tirando hierbas y polvos, musitando oraciones que no entendían y moviendo los brazos a diferentes ritmos, con los ojos en blanco.

—Informen a todos y a más. Solo así triunfarán —dijo por último.

El consejo de Crista fue el eje de las decisiones que se tomaron aquella noche. Tomás ofreció a Devoto uno de los caballos que pastaban en los campos más lejanos de San Gabriel, que nadie echaría de menos, para que empezara a recorrer, uno a uno, los ingenios que tenían cerca y, si podía, alguno de los importantes que se encontraban más lejos. Debía llevarse palomas mensajeras de San Gabriel e intercambiarlas con las de los ingenios que visitara para mantener la comunicación. Tomás, como mayoral, leía antes que nadie los mensajes que las palomas llevaban al ingenio, la mayoría anunciando que un cargamento había llegado al puerto de La Habana o el de Matanzas, así que sería él quien recibiría la información. Necesitaban que los jefes de los esclavos de cada plantación informaran de su disposición a la rebelión y luego, coordinarse para realizarla a la vez. Si muchos ingenios se levantaban juntos, el Gobierno se vería incapaz de controlar la situación. También era fundamental hablar con los abolicionistas, que se concentraban sobre todo en el otro extremo de la isla, en la zona donde muchos se habían arruinado con el café.

Tomás supo que habría un levantamiento de los esclavos del valle hubiera o no hubiera más plantaciones dispuestas a hacer lo mismo. De que muchos más se sumaran dependía el éxito. Si no hallaban mayor respaldo, su precipitación y urgencia los llevaría al fracaso. Volvió a la casa inglesa preocupado. ¿Había llegado la hora de la revolución o se estaban precipitando?

Pese a todo, cuando se despidieron antes de salir de la cueva de Crista, la cara de sus compinches era de esperanza. Cogió a Devoto por los hombros y lo miró a los ojos.

—Tu misión es fundamental. Tanto si tienes éxito como si no, infórmanos. De la disposición para la rebelión de los demás ingenios deberían depender nuestras decisiones. Manda palomas, pero sobre todo, vuelve. Vuelve y explícanos.

—Lo haré. Seré fiel a la misión. Volveré, lo juro por mis muertos, aunque sea lo último que haga. Tendréis la información. Yo os la daré.

Esa misma noche, con su juramento aún resonándole en la cabeza, Devoto de Viader revisó la carga de comida y palomas que llevaba, miró hacia el sureste, golpeó con los talones el vientre de su jaca y se puso en marcha.

Esperanzado.

Feliz.

Libre.

VI

Lucía había visto a Tomás asomar entre la maleza que escondía el desfiladero por el que una hora antes había desaparecido. Lo acompañaban otros dos negros.

No era la primera vez que había intentado seguirle en sus misteriosas escapadas nocturnas. De hecho, hacía meses que había reparado en que su mayoral siempre desaparecía las noches de luna llena y estaba alerta a la fecha para ir tras él a donde fuera. Todas los anteriores intentos habían sido fallidos, pues Tomás corría con su cuerpo flexible y perfecto mejor y más rápido que ella, que habría perdido su rastro incluso con treinta años menos. Pero aquella noche su mayoral había realizado el recorrido hasta el río Alegre a un paso que ella pudo seguir y, una vez en la ribera, el camino fue fácilmente deducible. Al llegar a la cascada y no verlo, había buscado y rebuscado una senda que seguir hasta que las huellas en el barro revelaron un pequeño desfiladero que se descolgaba hacia abajo peligrosamente, pegado a la pared del salto de agua. De noche, no se había atrevido a seguirlo, pero apuntó varias referencias en su mente para recordar su ubicación al día siguiente.

Conocía a Tomás y pudo ver la preocupación en su cara incluso a esa distancia y con la única iluminación de la luna llena. Su expresión era diferente a la de los otros dos, que parecían contentos y supuso que pertenecían a los ingenios vecinos, pues aquel era un punto equidistante entre las tres fincas y por tanto ideal para que se reunieran tres representantes de las mismas. De haber sido todos de San Gabriel, se hubieran reunido en la plantación. Pensó que, si el negro de mayor rango del valle, un hombre libre y gestor del ingenio donde mejor trataban a los suyos, estaba preocupado y, en cambio, el esclavo de San Rafael, fuera cual fuera de los otros dos, estaba contento, sería porque planeaban algo para mejorar la vida del segundo, algo que, probablemente, pondría en peligro la del primero. Supuso que a Tomás le preocupaba hacer algo que empeorase su situación y, en cambio, a los otros dos les alegraba hacer lo que fuera que mejorara la suya. En cualquier caso, decidió volver el día siguiente para seguir el desfiladero en busca de más pistas.

Lo hizo con Inés Fernández, que apuraba sus últimos días en San Gabriel antes de volver a La Habana. Al llegar al punto en el que el río desaparecía descendiendo en vertical hacia el fondo del valle, ataron sus monturas a un árbol y revisaron los alrededores esperando que nadie las viera. Luego, Lucía aguzó la mirada y detectó las referencias visuales que había apuntado mentalmente la noche anterior para localizar la entrada del desfiladero. Con la mano indicó a Inés que la siguiera y sorteó varios arbustos para descubrir un pequeño sendero de apenas medio metro de ancho. Aún tenía marcadas las huellas de los que habían transitado por él hacía tan solo unas horas.

—Por aquí es —dijo escueta y en voz baja, temerosa de que alguien pudiera oírla.

Inés la siguió unos cuantos metros hasta que el vértigo de la altura las sorprendió. El terreno caía en picado en un alto precipicio bajo el que la vegetación se volvía más espesa y el río Alegre continuaba su curso, inexplorado y salvaje. Pegado a un lado de la caída, el sendero continuaba descendiendo, empinado pero transitable. Lucía no se lo pensó.

—No te resbales, Inés. A ver si vas a dejar viudo a mi sobrino antes de hora —le dijo seria.

—Lo intentaré —respondió su secuaz, asustada por la excursión.

Apoyaron una mano en la pared, tumbando todo su peso en ella mientras poco a poco descendían. Lucía seguía las huellas y se esmeraba en no resbalar, avanzando cautelosa. Al acercarse a la cascada que interrumpía el camino, no aminoró el paso. Sin preguntar a Inés, dejó que su cuerpo se empapara y atravesó el agua para aparecer de pronto en la gruta que se escondía tras ella. Poco después Inés estaba allí. Antes de que pudiera decir nada, Lucía le pidió silencio con el índice en los labios. Luego avanzó sigilosa entre el sonido de la cascada que se alejaba a su espalda y el del lento goteo de las estalactitas que se hacía más presente y resonaba entre las paredes pétreas. A los pocos metros, el olor de la hoguera apagada se hizo evidente y supieron que allí era donde los tres esclavos se habían reunido. Como la oscuridad impedía la inspección, Lucía sacó unos fósforos y velas de su bolsillo y encendió una para ella y otra para Inés. Desde que había decidido seguir a Tomás en sus andaduras nocturnas, siempre las llevaba por si acaso. La noche remitió y pudieron ver los restos de la hoguera y algunas mantas en el suelo.

—Veamos qué hay aquí —dijo Lucía agachándose para coger algo del suelo. Se levantó con una camisa rota y manchada, que cogió de las mangas para abrirla—. Esto es interesante. Fíjate. Es la camisa de un esclavo. Les proporcionamos la ropa nosotros. Diría que esta es de San Rafael.

Inés acercó la vela a la prenda.

—Parece manchada de sangre. De mucha —dijo.

—Es sangre —confirmó Lucía—. ¿Y quién sangra tanto por la espalda sino alguien que ha sido azotado? Esta camisa es del esclavo que escapó cuando Gabriel lo liberó de los cepos. Así que ya sabemos la identidad de otro de los hombres que se reúnen aquí. Pero, ¿qué tramaría un esclavo fugado y azotado? ¿Por qué no desaparecería para siempre? No se reúne con Tomás para tramar una venganza. Mi mayoral no se metería en eso. Están armando una rebelión. Un levantamiento. Por eso Tomás está preocupado, porque va a traicionarnos y no quiere hacerlo aunque deba.

—Tiene sentido.

—Lo tiene porque es lo que está sucediendo. La próxima luna llena detendremos a los tres cabecillas aquí.

Se dieron la vuelta y volvieron sobre sus pasos, saliendo al exterior tan preocupadas como Lucía había visto salir a Tomás.

En un hueco en la roca, integrada en ella, tan gris y tan anciana como las paredes que la rodeaban, Crista abrió los ojos al oír alejarse a aquellas intrusas.

VII

En la casa azul, las consecuencias del robo de las joyas no se hicieron esperar. Isabel enfureció, no por lo robado, sino porque nada parecía protegerla lo suficiente de la selva de animales que se abría tras las verjas de su jardín. Porque eran animales. Igual que los monos o los sapos, las jutías o los manatíes. Peor aún que ellos, pues no se contentaban con los barracones y los bohíos que los plantadores les proporcionaban, sino que ambicionaban más. Por suerte, la escasez de esclavos había acabado y gracias a ella podrían castigar a cuantos hiciera falta sin temer que murieran.

La noticia de la llegada del contingente yoruba había corrido como la pólvora por todo el valle. El silencio fue la respuesta de los plantadores vecinos de San Gabriel y San Miguel. «Seguro que se mueren de envidia», pensó Isabel, satisfecha. Por su parte, Rafael tuvo la reacción esperada. Acudió con ella a ver a los nuevos esclavos, los miró por encima como el material de poco interés que para él eran y le dijo aburrido:

—Has hecho una mala inversión, pero es tu dinero. El mío lo gastaremos en cosas más divertidas. Nuestro hijo tiene suerte de que su padre no malgaste su herencia tanto como su madre.

No preguntó ni de dónde habían salido, ni por qué estaban allí; sencillamente, le daba igual, como casi todo lo que sucedía en el ingenio. Isabel se tocó la barriga, convencida de que su adquisición daría frutos mucho más rentables que los innumerables caprichos de su marido.

El bebé que crecía en su interior ya tenía seis meses y cada vez se movía más. Cuando lo hacía y Rafael estaba cerca, Isabel le hacía poner al padre la mano sobre su vientre para que notara las patadas, cosa que a él le encantaba.

—¡Será un niño fuerte como yo! —decía antes de besarla.

Se llevaban bien. Se complementaban y, sin sacrificarse demasiado el uno por el otro, como los dos egoístas que eran, se reían y disfrutaban del tiempo que pasaban juntos. No era demasiado, especialmente en aquella época de zafra, pero para ambos parecía suficiente. A Rafael le sorprendía no haberse cansado aún de aquel capricho, a Isabel que el plantador no la exasperase a pesar de tener una vida tan alejada de la que ella hubiese deseado. Con todo, en la casa azul reinaba desde hacía semanas una armonía que solo perturbó la presencia de aquel niño negro que, según los guardias que patrullaban aquella noche, era el causante del robo. Por suerte, los pendientes de rubíes de Alicia Abbad estaban escondidos en el doble fondo de uno de los cajones de su joyero. Bendijo el día en que tomó aquella precaución. Y no necesitaba joyas: si surgía la ocasión, recuperaría alguna de las que escondía en el invernadero o esperaría a que Rafael se las regalara, cosa que su marido hacía con frecuencia.

El niño negro se convirtió en conversación recurrente entre los domésticos de la casa azul y le constaba que también entre los de las otras casas de los plantadores. Le tenían miedo. Todos recordaban que también se vio a un niño negro la noche que el hermano del patrón Rafael y su mujer habían muerto, y que el mismo niño había corrido por el jardín la noche que asesinaron al esclavo Roque. Las historias que relacionaban su presencia con una maldición empezaron a circular de boca en boca de todos los supersticiosos. Lo cierto era que la desventura se había cebado aquel año con los plantadores de un valle que había esquivado los infortunios durante décadas, y ante lo desconocido, en los patios siempre se volvía a la tradición africana de maldiciones y demonios y se obviaban las explicaciones más racionales. Isabel no creía en esas cosas, ni siquiera era creyente, aunque interpretara bien su devoción cada vez que hacía falta. Faltaban aún algunos meses para el final de la zafra y no convenía distraer a los esclavos con nada que no fuera su trabajo, pero el robo tendría sus consecuencias y serían tan crueles como hiciera falta. No había tantos niños en el valle, encontraría al osado que le había robado. Vaya si lo haría. Por lo pronto se encargó de que su ira se conociera entre la negrada y advirtió que, de no aparecer las joyas a la mayor brevedad, habría consecuencias.

Los esclavos, que recordaban vivamente los gritos de dolor del grupo de la casa de calderas al ser azotados, sabían que aquella amenaza iba en serio, pero fueron incapaces de averiguar quién había cometido el robo.

Mientras tanto, la zafra continuaba a buen ritmo en todo el valle aunque el ambiente entre los trabajadores libres y esclavos de San Rafael fuera diferente al de los otros dos ingenios. Estaban enfadados. No descansaban más que medio domingo y las recompensas en forma de aguardiente y música a las que estaban acostumbrados en años anteriores habían desaparecido. Los accidentes también se multiplicaron, muchos provocados por el cansancio y las escasas horas de sueño. Los esclavos se dormían ante los carros, que los atropellaban, o en la casa de calderas, donde los heridos y muertos por quemadura volvieron a subir tras años en los que habían sido infrecuentes. Juan Luis Calleja informó a Isabel que esperaba una mortandad de alrededor de un doce por ciento. La patrona calculó que enterrarían unos ochenta esclavos aquel año, pero no pestañeó. Volvería a encontrar la forma de conseguir negros.

Además, Isabel empezó un nuevo proyecto que llamó «la granja» porque, al fin y al cabo, eso era.

Lucas, que seguía a las riendas del carruaje, la había llevado a los almacenes de labranza, un grupo de naves de adobe y guano en el que se almacenaban los útiles de labranza y se administraba el ganado. Hacía años que no se usaban, pues al entrar los campos que tenían alrededor en época de barbecho, todo el material se había trasladado a otras construcciones más cercanas a los campos que sí rendían. No eran viviendas y no estaban pensadas para acoger a humanos, pese a lo cual a Isabel le parecieron perfectas para el propósito que buscaba. Las revisó con atención y se dio por satisfecha.

Luego se acercó a la carpintería del ingenio y encargó los muebles que necesitaría aquel lugar. Casi exclusivamente camas. Exigió que en una semana estuvieran todas en los almacenes que acababa de visitar. A mediodía comió con Rafael en su lujosa carpa recolocada junto a los campos que se estaban zafrando y hablaron de su hijo, al que faltaban tres meses para nacer. Por la tarde, cuando el primer turno de esclavos volvía al patio extenuado, ella los esperaba sentada en su coche en medio del recinto para poder verlos con detenimiento. A su lado, el contramayoral a cargo esperaba instrucciones. Los acompañaban veinte guardias colocados discretamente en lugares estratégicos.

Isabel vio a una de las esclavas yoruba salir de los barracones donde dormían. Vestía impúdicamente, aún poco habituada a las normas de la plantación. Sus pechos descubiertos, plenos y firmes, revelaban su juventud. No tendría más de quince años. Era alta, grande, y sus piernas y brazos eran fuertes. Perfecta para zafrar, aunque otro futuro le esperara.

—Aquella —dijo Isabel señalándola.

El contramayoral y dos guardias se acercaron a la mujer y, sin que ella entendiera nada, la sujetaron un momento para colocarle un anillo de hierro alrededor del cuello que cerraron con un candado. Luego la soltaron rápidamente y ella corrió al barracón del que acababa de salir. El resto de los esclavos miraba con los ojos entornados, demasiado cansados para reaccionar. Inmediatamente después, los ojos de Isabel se posaron sobre un mandinga. De haber sido más dóciles, habrían sido sus favoritos. El que llamó su atención era uno de los hombres más corpulentos del ingenio, tendría alrededor de diecinueve años. Sus músculos, como en muchos de los de su etnia, parecían brotar espontáneamente bajo su piel de genética privilegiada. Lo señaló sin dudar.

—Aquel también.

Entre cuatro inmovilizaron al esclavo apresándolo por la espalda sin que él lo esperara. También le colocaron el anillo del cuello, pero orgulloso, el hombre no huyó, se quedó sentado en el suelo justo donde lo habían asaltado. Isabel sonrió.

Les dio tiempo a seleccionar y «anillar» a tres esclavos más antes de que la negrada despertara de su cansancio y empezara a esconderse en los barracones, alarmada; entonces, la directora de toda aquella operación decidió que estaba bien para el primer día y abandonó el lugar. Cuando a las cuatro de la madrugada regresó el segundo turno, Isabel y su equipo volvían a estar allí para recibirlos.

A mediados de enero, todo estaba preparado para poner la granja en funcionamiento. Habían vallado el perímetro de los almacenes y colocado a cinco hombres con fusiles y una pareja de perros alanos para vigilar que nadie se moviera de donde debía estar. En el recinto, veinticuatro mujeres y seis hombres, desnudos y anillados, esperaban sin entender cuál era su cometido. Había tres hombres mandinga y dos kongo. Veinte de las mujeres eran yoruba, seleccionadas entre los esclavos recientemente adquiridos y ni siquiera hablaban español, por lo que fue necesario que un yoruba nacido en el patio les explicara lo que de ellas se pretendía. Cuatro eran wólof portadoras de la legendaria belleza de las de su etnia y habían nacido en la plantación.

Isabel no tardó en llegar. Sin bajarse del coche, se dirigió a ellos para aclarar sus dudas.

—Estáis aquí porque sois los mejores. Los mejores cuerpos del ingenio, los que más pueden servir a su producción, que es lo único que nos debe importar a todos. En este espacio hermoso comeréis mejor que los demás y trabajaréis menos que vuestros hermanos porque lo que se produce aquí requiere de una habilidad diferente. Dentro de dos meses, las veinticuatro negras que estáis aquí deberéis llevar un hijo en vuestro vientre. Cada negro deberá preñar a cuatro negras. Los que no cumplan con lo que deben, mujeres y hombres, volverán al campo. Las que no pongan todo su esfuerzo en quedar preñadas y los que no cubran a las hembras con suficiente frecuencia para que así sea serán castigados. Salir de este lugar sin un hijo es algo que tendrá sus consecuencias. Que nadie diga luego que no lo advertí. Quiero que cada vientre me dé dos niños cada tres años.

Mientras la ira entre los que esclavos ladinos, como llamaban a los que hablaban español, se desataba, el traductor repitió las palabras en idioma yoruba para las mujeres recién llegadas. Todas sin excepción se pusieron a llorar y se arremolinaron, abrazándose. Los hombres protestaron agitando los brazos, pero sin osar acercarse a los guardias, que les apuntaban con sus fusiles. La mayoría de los que estaban allí ya tenían familia y muchos tenían hijos. La perspectiva de no volver a verlos les sublevaba pese a que sabían que no podían hacer nada frente a la autoridad del ingenio. Isabel había seleccionado a muchas de las esclavas jóvenes y recién llegadas porque ninguno de los hombres las conocía aún, pues solo habían convivido unos pocos días. Pensó que sería más fácil para los hombres copular con mujeres que no pertenecían a ninguno de los machos que conocían. Se sorprendió a sí misma por aquel detalle, convencida de que el embarazo la estaba ablandando. Miró a las wólof. Las cuatro lloraban y negaban con la cabeza. Su belleza había sido su maldición. Tendrían que pagar por ella engendrando hijos con los maridos de otras mujeres en aquel lugar.

En medio de aquella consternación generalizada, ninguno de los esclavos reparó en que las cuentas no cuadraban. Si cada hombre debía preñar a cuatro negras y entre los encadenados solo había cinco hombres, quedaban cuatro hembras por cubrir. Pero Isabel sabía perfectamente lo que se hacía. Asintió con la cabeza a uno de los guardias y de pronto, por sorpresa, cuatro hombres se subieron al coche, bajaron a Lucas y lo aplastaron contra la tierra al tiempo que le anillaban el cuello, empujándolo luego junto al grupo que, entre incrédulo y asustado, los observaba desde la entrada del recinto.

Isabel lo miró desde la distancia.

—Agradece mi decisión, negro. Tu fuerza y tu herencia estaban desaprovechadas a los mandos de mi coche. Preña a tus cuatro mujeres. Así sí serás de utilidad. Además, tienes demasiadas ganas de matarme, cosa que comprendo. Pero te gobierno hasta en esto. Usarás tu energía para dar vida, no muerte. —Se volvió hacia uno de los guardias que vigilaría el recinto—. Que nadie coma hasta que todas las esclavas hayan sido cubiertas. No podemos demorarnos —luego volvió a dirigirse a los esclavos—: Es exactamente igual que en el campo. Si no trabajáis, porque, no erréis, esto *es* un trabajo, no comeréis.

Lucas pensó en su hijo, pensó en las veces que había podido matar a aquella mujer y no lo había hecho, y se decidió a acabar con ella más que nunca. Sabía mucho más de Isabel de lo que ella creía.

Tenía mucha información, pero no sabía cómo utilizarla sin perjudicarse.

Y lo acababan de encerrar en aquella prisión.

20

I

Faltaban dos noches para la luna llena del mes de febrero cuando Tomás se acercó a la escuela del Valle de los Arcángeles. Eran las dos de la tarde y llevaba desde las seis de la mañana entre los campos y la casa de calderas, donde la producción avanzaba a buen ritmo y el contramayoral, optimista, le había comunicado que de seguir así, aquella sería una cosecha mayor a todas las de la última década en San Gabriel. Él era modesto pero también realista, y sabía que su mano, conocedora de la plantación desde la base esclava hasta la dirección, era la clave para que la explotación funcionara como lo estaba haciendo. La preocupación y la culpa le venían, desde hacía meses, por otro lado. Alimentaba a diario al caballo que luego guiaría al precipicio y eso estaba mal. Lideraba una rebelión cuyo objetivo era destruir el orden para el que trabajaba fielmente.

Por eso acudía a la escuela casi cada día, aunque fuera tan solo unos minutos. Le tranquilizaba y le animaba ver a los niños jugar, aprender, comer. Le daba paz. Le gustaba especialmente ver a los hijos de Miguel Abbad relacionarse con los hijos de los esclavos y de los trabajadores en el jardín del edificio. Luego, cuando los niños se separaban en grupos y acudían a sus pupitres bajo diferentes palapas, recibían una formación distinta. A los hijos de los hombres libres, una maestra blanca les enseñaba a leer y escribir, mientras las esclavas de mayor edad cuidaban a los hijos de sus iguales, enseñándoles a cantar, a coser y a rezar. Con todo, la escuela era un lugar feliz y la visión de aquellos pequeños divertidos e inocentes levantaba el ánimo del atormentado Tomás.

Cuando llegó, Venancia, la esclava de mayor edad, estaba enseñando a cantar a los niños a su cargo. Decían que su cara apergaminada y sus profundas arrugas se debían a su permanente sonrisa. A sus noventa años de sonreírle a la desgracia. Muchas veces aquella sonrisa tornaba en carcajada y todos la adoraban, especialmente los niños, que reían con ella y aprendían sin darse cuenta de la sabiduría de la venerable anciana. Cuando Tomás se puso al final de la clase, observando la escena, la mujer estiró el cuello de una forma que al mayoral le recordó a una tortuga, y lo miró fijamente a los ojos con los suyos entornados tan solo unos segundos. Luego volvió a mover los brazos como estaba haciendo antes para dirigir a sus alumnos. Sus voces sonaron armoniosamente en una melodía muy similar a la de otras muchas canciones de las que escuchaba Tomás en sus visitas a los niños, pero la letra del estribillo era nueva. Tuvo que oírlo por segunda vez para comprender el mensaje que guardaba tenuemente oculto entre palabras que le daban musicalidad y rima:

Lo dicen las llamas, el aire, la tierra y el mar
al ver la luna brillando en la oscuridad,
llena como el sol, brillante como la plata,
su sol se cuela tras la catarata.
No vayas, no vayas, no vayas allá,
que el mal esperándote dentro está.

El mensaje era claro, pese a lo cual esperó a que la canción acabara para acercarse a la anciana que se la había enseñado a sus alumnos.

—Esta canción es nueva.

—Solo la letra lo es —respondió ella—. Es una canción que cantaba mi madre. Anoche un fantasma me pidió que se la enseñara a los alumnos. Me pidió que te la cantáramos a ti. No comprendo bien el significado de la letra, pero es lo que me pidió que cantara.

—¿Un fantasma? Venancia, ¿un fantasma has dicho?

—Sí. El espíritu de una mujer que desapareció hace mucho tiempo. Una mujer que conocí. Una mujer que vino con los que llegamos de Jamaica hace tantos años y escapó para convertirse en una leyenda. Soy la única que la conoció que sigue viva. Por eso se me apareció a mí.

—Entonces, ¿la viste?

—No —dijo categórica—, no vi nada. Ni tan siquiera abrí los ojos, pues sabía que era inútil, pues esa mujer murió hace largo tiempo. Fue su espíritu el que me susurró al oído con la misma voz con la que se despidió de mí hace muchas lunas. Desde el otro mundo.

—Esa mujer es...

—Yo sé quién es —le dijo acercándose a su cara—, reconocería esa voz, ese olor aun con mis sentidos lastrados por los años. Y si tú lo sabes también, no hace falta que pronuncies su nombre. Estaba ayer en mi bohío, ese que comparto con seis hermanas negras más, pero solo yo la escuché, porque solo yo debía hacerlo. Los espíritus saben hacer estas cosas. También saben encontrar palabras que para mí carecen de sentido, pero que tú pareces comprender. ¿No es así?

Tomás asintió.

—Pues entonces haz caso de lo que te indica. Los espíritus nunca se equivocan.

—Eso voy a hacer.

—Déjame que continúe con los niños. Vete de aquí. Vuelve pronto.

—Gracias, Venancia. La que te habló era una mujer sabia. Tú también lo eres. Me has ayudado mucho.

—Me alegro de haberlo hecho, aún sin saber cómo. Mucha suerte, m'hijito.

La palabra final le hizo sonreír y la misma Venancia pareció hacerlo levemente. M'hijito era una palabra que solo había oído pronunciar a Crista. Miró a la cara de la anciana y descubrió en sus facciones algo familiar, aunque más arrugadas aún, a las de la sacerdotisa. Supuso que serían hermanas, quizás primas, y que por eso Crista la había elegido para hacerle llegar su advertencia. Quiso decirle que no era un espíritu lo que la había visitado la noche anterior, pero, tras meditarlo brevemente, se dijo que ni él mismo estaba convencido de aquella afirmación.

Debía avisar a sus cómplices. Su lugar de reunión ya no era secreto.

II

Gabriel paseaba a caballo junto a la vía del tren, en el lugar donde había descarrilado la locomotora haciendo que los vagones cayeran al río Alegre. Su tía se encargaba de recordarle puntualmente que los fusiles que transportaba no habían sido recuperados, razón por la que con frecuencia Gabriel volvía al punto de donde se habían esfumado en busca de alguna pista que aclarase el suceso. Siempre regresaba, tras llenarse de barro y bregar con los mosquitos y otros insectos que rondaban su cuello, desanimado y con las mismas preguntas que le habían llevado allí. Se acercó al río por la zona donde aún se veían las roderas de los vagones cuando habían sido remolcados fuera del agua. Había llovido copiosamente la noche anterior y, sin embargo, a pesar de la crecida del Alegre, sus aguas bajaban mansas y sin fuerza. Sin fuerza para arrastrar nada con algo de peso que cayera en su fondo. Sin fuerza para llevarse casi cien fusiles río abajo. Cogió un guijarro y lo lanzo al río, viendo como rebotaba una y otra vez hasta llegar casi al otro lado.

—De pequeña hacía eso constantemente. Es hipnótico, ¿no te parece?

Se volvió al sonido de aquella voz reconocible. Isabel.

—No te he oído llegar —dijo sonriéndole.

—Ya lo he visto, espero no haberte asustado.

—No lo has hecho. Pero me sorprende verte aquí.

—No debería sorprenderte. Vengo de vez en cuando. Me traen en coche y me esperan junto a la vía. No quiero que me acompañen. Podría haber muerto aquí, podría haber perdido a mi hijo. En ese momento no lo pensé, pero hace algún tiempo que lo hago constantemente. Por suerte, el vagón en el que iba no cayó al río. No creo que hubiera podido salir nadando. Estos vestidos pesan lo suyo y más aún mojados. El caso es que no creo que hubiera intención de hacer caer el vagón de plantadores, creo que el objetivo eran los de carga.

—Entonces crees que...

—Sí. Claro. Igual que tú. Si no, no estarías aquí. Hicieron que el tren descarrilara. Se llevaron los fusiles pensando que no nos daríamos cuenta, que creeríamos que habían desaparecido río abajo. Además, vi algo.

—¿Qué viste?

—Al salir de la estación de Matanzas, no presté atención, pero había un chaval con una cesta de calabazas. Una tontería, ya lo sé, pero atiende. Cuando los vagones cayeron al río, cuando desaparecieron bajo sus aguas, vi esas calabazas flotando en su superficie.

—Claro. Las calabazas flotan.

—Lo sé. Pero se mueven. Quiero decir que lo normal hubiese sido que las arrastrara la corriente. No fue así. Las calabazas se quedaron quietas en la superficie. Justo en el lugar donde al cabo de unos minutos vi emerger a un hombre.

—No acabo de entender que has concluido con eso, Isabel.

—Creo que las calabazas no se movían porque estaban atadas al material que debía ser rescatado. Creo que, en poco tiempo, los que nos han robado los fusiles aprovecharon el desconcierto para sacarlos del fondo cuando aún no había llegado nadie y que las calabazas les indicaban exactamente dónde encontrar lo que buscaban.

—¿Le has comentado a alguien esto?

—Te lo estoy comentando a ti. Rafael está a otros asuntos. Y no me gusta hablar de cosas de las que no tengo certeza. Pero, bueno, tú eres mi amigo. ¿No es así?

—Supongo que sí... —dijo Gabriel, sin ninguna convicción.

—Y, además, estás buscando lo mismo que yo. Me alegro de no estar sola en esto. Que nos roben fusiles tiene que preocuparnos.

—Desde luego. Busquemos por aquí —propuso apuntando hacia el bosque.

Dejaron atrás la ribera del río y se adentraron en el bosque que la flanqueaba. El suelo estaba mojado y pequeños arroyos de agua serpenteaban entre plantas y piedras en dirección a su hermano mayor. Gabriel ofreció su brazo a Isabel, pero ella, aunque embarazada, odiaba parecer menos capaz que cualquier hombre y lo rechazó. Anduvieron más de una hora apartando hojas y arbustos hasta que Gabriel, cansado más anímica que físicamente, propuso que se sentaran en unas rocas que encontraron a su paso.

—¿Recuerdas el viaje en el Santa Graciela? —dijo ella de pronto.

—Parece que fue hace décadas.

—Así es —dijo Isabel—, pero yo lo recuerdo vívidamente. Fue el inicio de una nueva vida para los dos.

—No cabe duda.

—Y ¿es lo que esperabas? Para mí todo ha sido... no sé... inesperado. En poco más de ocho meses me he casado, voy a tener un hijo y me ocupo de una plantación importante. Pensaba que volvería a Barcelona, o que por lo menos mi vida se parecería en algo a la que allí conocí... pero Cuba es otro mundo.

—¿Echas de menos Barcelona?

—Nada —dijo sin dudar, dejando que la verdad brotara de manera espontánea—. Bueno, a algunos amigos, mis fincas, quizás algo... pero aquí tengo todo lo que quiero.

Cuando hablaban, Gabriel trataba de olvidar que estaba frente a una sospechosa de asesinato y creía imposible que un ser como aquel fuera capaz de tantas atrocidades. «¿Atacaste a Alicia Abbad? ¿Mataste al joyero? ¿A Germán? ¿A Roque? ¿A Mantecón?», quería preguntarle, deseando que existiera una explicación plausible que la apartara de sus sospechas, pero eran demasiadas coincidencias. Y había visto cómo trataba a sus esclavos, la había visto reaccionar con frialdad y sin corazón, azotar, poner cepos, intentar provocar la angustia de una inválida vistiéndose del color que le hacía estallar los nervios. No. Isabel seguía considerándolo un amigo, pero no había sitio en su corazón para ella. Incluso su belleza ya no le impresionaba y le parecía poco atractiva en comparación con la cara sonriente y los ojos despiertos de su novia. Los de Isabel, turquesas y grandes, de pronto empezaron a mirar alrededor, escrutando el lugar en el que estaban. Se levantó y dio una vuelta sobre sí misma. Luego avanzó en dirección a uno de los pequeños arroyitos que surcaban el bosque tras la lluvia.

—Gabriel, mira aquí —le dijo señalando un montoncito de piedras que desviaba el pequeño surco de agua, de menos de un palmo. Siguió revisando el suelo hasta otro punto—. Y aquí también —le dijo al joven señalando otro montón de piedras que desviaba el agua—; aquí uno más, y aquí otro.

Alguien se había entretenido en desviar los cursos de agua para que el lugar donde estaban se mantuviera seco. Isabel lo miró con la cara iluminada.

—Es rarísimo. Esto no tiene ningún sentido —dijo él—. ¿Quién habrá puesto esto aquí?

—Tiene todo el sentido, tonto. Alguien se ha esforzado mucho para que este terreno no se moje. Y creo que sabemos por qué.

Empezó a arrastrar los pies por la arena, golpeando con el talón el suelo esperando que sonara hueco o una puerta apareciera bajo la tierra. Gabriel la observaba apoyado en una piedra. Ella lo miró y, de repente, se puso frente a él.

—Aparta.

—¿Perdona?

—Aparta de la piedra. Fíjate en ella. No está clavada en el suelo. Lleva poco ahí. Alguien la ha cambiado de sitio.

Gabriel se apartó.

—Muévela. Ayúdame a arrastrarla.

Obedeció a Isabel y, como por arte de magia, una argolla apareció bajo la piedra.

—Lo sabía —dijo ella—. ¡Lo sabía!

Se agachó con dificultad y tiró de la argolla, pero no se movió. Alzó el rostro hacia Gabriel y se apartó para que este la sustituyera. Cuando Gabriel tiró, se levantó una trampilla de madera que dejó al descubierto la entrada a una cavidad. Isabel lo apartó con urgencia y asomó la cabeza al interior mientras Gabriel, tras ella, aguardaba impaciente.

—¿Qué hay dentro? —le preguntó.

—Eso es lo que vamos a ver. Ayúdame a bajar.

La cavidad no tenía escaleras que facilitasen el acceso, por lo que Gabriel descolgó a Isabel cogiéndola por los brazos, que se deslizaron entre sus manos hasta que solo quedaron fuera de aquel hoyo las muñecas. Ni siquiera le insinuó que le dejara bajar a él, seguro de ganarse una reprimenda. La vio hundirse bajo tierra hasta tocar pie en el fondo. Al cabo de unos segundos, sus manos aparecieron de nuevo.

—Súbeme —le dijo. Su cara triunfal no admitía dudas. En aquel zulo bajo tierra estaban los fusiles robados.

—Los encontramos, ¿no es así?

—Lo hicimos, Gabriel.

—Debemos marcar el lugar. La nueva guardia finalmente tendrá los fusiles.

—No harás nada de eso —sentenció ella.

No lo harían. Dejarían los fusiles donde estaban. Vigilarían a los que se acercaran al lugar y les tenderían una trampa. Identificarían a los rebeldes. Destaparían su plan y lo frustrarían.

Había sido un día nefasto para la rebelión.

III

A finales de marzo de 1867, Lucas de Viader llevaba ya dos meses instalado en una irrealidad en la que los días pasaban uno tras otro sin novedad, como una pesadilla recurrente que no tenía visos de acabar. Se había convertido en un semental de granja, un ser del que solo se esperaba que cubriera a los mejores ejemplares de la negrada para producir nuevos esclavos. Nadie que no viviera aquello comprendería la dureza de su situación. Muchos habrían hecho bromas jocosas sobre su suerte, sobre su vida de placer y sexo. No sabían nada. Cuando creían que nadie podía pisotearles más, Isabel Palau había encontrado la manera en aquella maldita granja de esclavos.

Al principio, ninguna de las personas encerradas en aquel lugar hizo el más mínimo movimiento para obedecer a Isabel y aparearse como animales solo porque ella quería que engendraran esclavos. Lucas había sido muy mujeriego. Había ido con unas y otras y había roto algunos corazones a su paso. Como muchos esclavos, había canalizado su frustración y la humillación a la que se le había sometido desde su nacimiento hacia la conquista de las mujeres más hermosas de la plantación. Había tenido éxito, pero jamás había tocado a una mujer que no quisiera nada de él. Hasta entonces.

Cuando al tercer día comprobaron que la amenaza de no darles agua ni comida si no hacían lo que se pedía de ellos era cierta, poco a poco todos empezaron a obedecer. Desde entonces, solo cuando el guardia informaba de que todas las mujeres de la nave habían sido cubiertas, llegaban el sustento y el agua. Lucas habría preferido que Isabel hiciera los grupos, pero ni siquiera eso lo puso fácil, así que, avergonzados, fueron ellos mismos los que se organizaron. Un hombre cada cuatro mujeres, evitando en lo posible que los que eran amigos o conocían a los maridos de las hembras, yacieran con ellas. Nadie podía negarse, todos debían colaborar.

Algunas de las mujeres lo pusieron más fácil, resignadas a hacer lo necesario para sobrevivir. Varias tenían hijos y familia en el patio, y sabían que la única manera de volver a verlos era obedecer las órdenes del ama. Para otras, la educación católica que los plantadores se habían esforzado en inculcarles hacía de aquel trance una losa imposible de soportar. Se dejaban violar por Lucas y los demás mientras lloraban, y luego se acurrucaban en una esquina, mancilladas y avergonzadas, seguras de que Dios las castigaría.

Caso excepcional también era el de las mujeres yoruba recién llegadas a Cuba, separadas de sus familias al pisar la plantación donde se las iba a esclavizar. Sin hablar el idioma y sin saber dónde estaban, de pronto comprendían la dimensión de la pesadilla que iban a protagonizar. Todos sentían que no podían caer más bajo.

Desde garitas elevadas como las de una prisión, los guardias los vigilaban. Cuando los allí encerrados levantaban la vista, podían ver sus caras lascivas, podían oír sus risas y sentir su falta de piedad. A veces, aplaudían al final de la cópula y todos se sentían sucios y degradados, participantes de un sórdido espectáculo pornográfico.

Lucas también se sentía violado. Hasta la última gota de su ser era ya propiedad de Isabel Palau ya que ni siquiera podía elegir con quien yacer. Había amado a una mujer y su sangre ya había sido perpetuada con ella, una guapa wolof que se había ido demasiado pronto, exactamente en el momento en que la vida que habían creado juntos había salido de su interior.

Elías, su hijo, era el motor de todo lo que hacía. De todo. Pero ahora estaba encerrado como el ganado y no sabía si lo volvería a ver. No quería traer más hijos al mundo, tan solo quería encontrar la forma de huir con el que tenía, alejarlo del futuro oscuro al que parecía predestinado.

Desde que Elías era muy pequeño, se había ocupado de que no normalizara la esclavitud y de que no viera la rendición en los ojos de su padre. Por eso, cuando Germán le había reclutado para los asesinatos, Lucas había decidido llevarse a su hijo consigo, en ocasiones para distraer a los guardias o a las víctimas; en otras, simplemente para que viera que su padre actuaba como un hombre que luchaba por la libertad, no como un dócil esclavo. Era pequeño y guapo, pero sobre todo listo, y Lucas veía cómo en los ojos del pequeño se había instalado ya la misma ambición que en los suyos. Además, los guardias habían empezado a hablar de Elías como si de una visión o una maldición se tratara. Lo veían en lugares en los que jamás había estado y la leyenda del niño que aparecía en los alrededores de donde luego acaecía una desgracia aumentaba día a día, lo cual era muy útil. El miedo siempre era una estrategia efectiva para acabar con cualquier cosa. Nadie se había ocupado de interrogar a los niños del patio de esclavos, excepto Roque, y había tenido lo que se merecía.

Lucas sonrió para sus adentros, añorando a su hijo. Luego miró a su alrededor. Era mediodía y el sol abrasaba el terreno yermo que rodeaba el barracón. Dentro, todos habían cumplido con lo que se pedía de ellos. Algunas mujeres llevaban ya semanas convencidas de estar embarazadas, lo que de alguna manera las tranquilizaba. Sabían que nadie las azotaría, que llevar en su interior el tesoro que el ama ansiaba las protegería durante, al menos, nueve meses. Lucas creía haber preñado a tres de las cuatro mujeres que le habían adjudicado. Tres hijos que no quería nacerían en ocho meses si todo iba como Isabel había planeado. La cuarta mujer había sangrado hacía una semana, así que era su preocupación principal. Otras diez mujeres también sabían que no estaban encinta y se debatían entre la dignidad con la que su cuerpo rechazaba embarazarse por obligación y el miedo por lo que el ama pudiera hacerles.

Se habían refugiado en el interior para huir del calor cuando oyeron abrirse las puertas de la empalizada. Luego lo hizo la puerta de su barracón. Allí estaba ella. Embarazada de nueve meses, con un vientre enorme, Isabel se colocó en el centro con decisión. Un par de hombres vigilaban desde la puerta, pero por lo demás, el miedo que infundía en todos los que habitaban en la granja era su protección más eficaz. Ninguno hubiera osado tocarla. Su mirada era la de siempre, altiva y fría; su actitud, también. Como acostumbraba, fue al grano.

—Buenos días, negros. ¿Quién está embarazada?

Se hizo el silencio.

—He hecho una pregunta. Que se pongan en pie todas las embarazadas junto a sus sementales. Las que no lo estén, que se pongan junto a la pared de la izquierda.

Los esclavos se reordenaron como el ama les había pedido. Algunas mujeres temían decir que estaban embarazadas sin saber si tan solo habían tenido un retraso, pero se arriesgaron. Isabel esperó impaciente golpeando con el pie el suelo de tierra hasta que todos se hubieron colocado. Miró al grupo. Trece grávidas y once que seguían igual que habían llegado hacía casi dos meses.

—Bueno, esto es decepcionante. Poco más de la mitad valéis para algo.

Miró a los hombres que habían tenido más éxito en sus labores. Un kongó había embarazado a las cuatro mujeres a su cargo, Lucas había preñado a tres. Tres hombres habían tenido éxito con la mitad de las mujeres a su cargo. Uno de los mandingas no había conseguido fecundar a ninguna. Isabel se acercó lentamente a él.

—Y luego estás tú —dijo mirándolo a los ojos de tal forma que el hombre bajó la cabeza—, que no vales ni para esto. —Le cogió los testículos por encima del pantalón de cañamazo y se los apretó durante unos segundos—. Soy poco amiga de conservar cosas inútiles y está claro que tú acarreas cargas innecesarias —dijo antes de dar una orden a los guardias de la puerta—. Señores, procedan.

Nadie entendió bien qué sucedía. Entraron seis guardias y se llevaron al mandinga al exterior, que no opuso ninguna resistencia pues no sabía lo que le esperaba.

—Tenéis un mes para arreglar esta calamidad. Tú y tú —dijo señalando a Lucas y al esclavo que había preñado a sus cuatro mujeres—, preñad a las del picha fría de vuestro amigo. Y vosotras —dijo mirando a las que no estaban embarazadas—, espabilad. Tenéis un mes.

No tardaron en oír unos gritos en el exterior del barracón. Los esclavos miraron a Isabel.

—Id fuera si queréis —dijo deseando que lo hicieran.

Todos salieron menos Lucas, que se quedó dentro mirándola a los ojos. Ella sonrió. Le gustaba aquel esclavo altivo. Siempre le habían gustado más los purasangres que los pencos. Aquel purasangre la odiaba, pero también le daría los mejores esclavos de la isla. Habría deseado que cubriera a todas las hembras del patio, pero incluso la fortaleza de aquel formidable mandinga debía tener un límite.

—¿Por qué no sales, negro? —le dijo, sabiendo que no salía precisamente porque era lo que ella deseaba.

—Estoy bien aquí —respondió Lucas, sin dejar de mirarla a los ojos, desafiante.

Lucas conocía bien a Isabel y sabía exactamente lo que estaba sucediendo. Cuando los gritos cesaron y solo un hilo de lamento los sustituyó, el esclavo castigado había perdido su hombría.

Había sido castrado.

IV

Había pasado un mes desde que Crista había avisado a Tomás por medio de la maestra de la escuela. Un mensaje que, de entrada, les había dejado sin un lugar para reunirse en secreto pero que iba más allá, les ponía sobre aviso y les advertía: estaban siendo vigilados. Los planes para la rebelión que ambos dirigían habían quedado en suspenso. Mientras tanto, Devoto, el esclavo que había ido en busca de apoyos a sus planes en otros ingenios, no había vuelto al valle. Sus noticias, en cambio, llegaron aquel día.

El palomar de San Gabriel, situado a pocos metros de las cuadras, parecía un molino sin aspas, alto, circular, encaramado a una roca que sobresalía varios metros del terreno. Cerca del tejado, grandes aberturas enrejadas enmarcaban las trampillas por las que las mensajeras entraban pero no podían salir una vez dentro. Era importante para el buen funcionamiento de la plantación. Las palomas eran el medio con el que los barcos avisaban de su llegada a puerto. Los ingenios más importantes también se intercambiaban aves y se esmeraban en mantenerse informados de los eventos más relevantes. Una tempestad, una plaga, una oferta, una visita, una invitación... Todo lo que podía ser de interés, se comunicaba, así que a diario Tomás visitaba el palomar para ver si en la pata de alguna de sus moradoras había noticias.

Subió la escalera que, pegada a la pared, giraba con el edificio hasta al lugar en el que las palomas descansaban. Pese a que se limpiaba a diario y las aves tenían cuencos para bañarse, el olor siempre era intenso. Sobre una vara, una mensajera portaba información nueva de parte de Devoto. La cogió y le quitó el mensaje que había transportado en el pequeño tubo que rodeaba una de sus patas. Lo leyó. Devoto no sabía escribir pero habían establecido un código fácil. Un aspa para cada ingenio que se uniera. Un punto por cada uno que no lo hiciera. Una cruz si el plan seguía adelante.

El mensaje constaba de un aspa seguida de cuatro puntos. Luego había una sucesión de muchas cruces. Comprendió la primera parte. Una de las negradas de los ingenios visitados se uniría. La otras cuatro visitadas no lo harían. La segunda parte, la que con insistencia —¿y entusiasmo? — dibujaba varias cruces indicando que el plan seguía adelante resultó indescifrable. Devoto debía de haber encontrado adhesiones a su revolución fuera de los ingenios, pero ¿dónde?

Estaba dándole vueltas a aquella intriga cuando el inequívoco sonido de otro aterrizaje en el columbario llegó a sus oídos. Se giró. Efectivamente, una paloma acababa de finalizar su certero trayecto al nido. Tomás la cogió sin dificultad y sacó el mensaje. Provenía de Luisa Bernarda, un ingenio anticuado pero con muchos esclavos, cercano a la ciudad de Cárdenas, en Matanzas. Tomás lo leyó en alto con la dificultad que la lectura aún le suponía.

—Asesinados los señores Santiago y Ana Lezo de Torres. Reivindica grupo revolucionario de cimarrones Los Devotos. Extremen precaución.

Un escalofrío recorrió su espalda. Repitió mentalmente: Los Devotos. Quizás fuera solo una coincidencia. ¿Habría creado Devoto un grupo de cimarrones asesinos? Deseó que las cruces que indicaban que el plan seguía adelante no tuvieran nada que ver con la aparición del grupo de cimarrones asesinos del que hablaba el segundo mensaje, pero no pudo evitar recordar la mirada de odio del esclavo fugado y temió que hubiera tomado la senda de la violencia y abandonado la planeada.

Con toda aquella información difusa y preocupante decidió ir a ver a Mateo de Abbad. Necesitaba hablar con alguien.

Por desgracia, Mateo hacía ya un rato que se había escabullido de sus obligaciones en uno de los campos de caña para ir a comprobar si las armas seguían en sus escondites.

Ató la yegua a un árbol y penetró en el bosque en busca del zulo que habían abierto en el suelo de la selva. Vislumbró el claro en el que se escondía y aceleró el paso. No podía ausentarse demasiado tiempo. Tan solo quería revisar que todo estuviera en su sitio y volver lo antes posible a su puesto, donde podían empezar a echarle en falta. Por desgracia, pisó donde no debía. Exactamente donde Isabel quería. Exactamente donde pretendían atraparle. En un santiamén, sin darse cuenta de lo que sucedía, una red lo envolvió, elevándolo hacia el cielo velozmente. Para cuando el movimiento cesó, se balanceaba colgado y apresado a más de una quincena de metros del suelo. Maldijo su falta de precaución al no haber visto aquella trampa. Luego, aún con el corazón a punto de salírsele del pecho, se dio cuenta de que aquella era una trampa pensada para un humano.

Alguien había descubierto el zulo y esperado a que su dueño se delatara. Pese a pertenecer a San Miguel, Mateo supo que sería duramente castigado. En San Rafael le habrían ahorcado. No tenía opción. Llevaba la mocha consigo, así que se decidió a cortar la red aunque había una buena caída por debajo. Inevitablemente, se rompería los huesos. Quizás muriera. Pero no le podían encontrar allí. Asustado, saco el machete y empezó a cortar la red de cuerda de pita que lo sostenía. Ni siquiera podía incorporarse un poco con facilidad, por lo que la forma en la que se estrellaría contra el suelo era también desconocida. No había acabado de cortar un nuevo trozo de la red cuando su cuerpo se escurrió hacia abajo y empezó a caer. Sintió que todo su esqueleto crujía al chocar contra la tierra, medio de rodillas, medio de lado. Todo le dolía y pensó que iba a desmayarse, pero su cabeza le exigió salir de allí. Arrastrándose con las manos entre la selva, sin poder levantarse y girando la cabeza de vez en cuando para ver sus piernas sin vida, dobladas de forma antinatural, tardó una hora en llegar a las patas de su yegua. Colgándose de las riendas consiguió que el animal se arrodillara para facilitar que lo montara. Luego, lentamente, volvió al cañaveral que con tan poco tino había abandonado hacía un rato.

Le dolía cada parte de su cuerpo y sus piernas estaban tan torcidas que le fue imposible poner los pies en los estribos, por lo que a cada paso de su yegua, estos se balanceaban golpeando el vientre del animal. Cualquiera que le hubiera observado tan solo unos segundos, se habría dado cuenta de que Mateo estaba gravemente lesionado, también herido, pues sus rodillas sangraban profusamente, pero todos los que le rodeaban estaban entretenidos con la zafra y el alza, así que nadie le prestó atención. Fue entonces cuando decidió que debía justificar su lesión por lo que, poco a poco, dirigió su yegua hasta una de las cuadrillas de esclavos más numerosa, y cuando creyó que más hombres lo veían, fingió caer de la montura. Una vez en el suelo, gritó por primera vez de dolor, sin necesidad de fingir, atrayendo sobre sí toda la atención de los que tenía cerca, que se acercaron rápidamente a ver qué le sucedía.

Enseguida, al ver como los ojos de Mateo amarilleaban y no podía ponerse en pie, lo cargaron en una carreta y lo llevaron al hospital. Allí, el médico certificó que tenía las dos piernas y tres costillas rotas, sorprendiéndose de que una caída desde un caballo tuviera tamañas consecuencias.

V

Lucía y Gabriel estaban desayunando en el jardín de la casa inglesa cuando vieron acercarse el coche de Isabel. Enseguida su vecina fue hacia ellos con paso firme. Solo su manera de andar ya era elocuente, estaba enfadada. Saludó brevemente con la cabeza a todos y pronunció un escueto «buenos días».

—Necesito que me escuchéis en confidencia. No puede haber esclavos aquí —dijo de entrada.

Con un gesto, Lucía pidió al servicio que se retirara dejándoles solos. Solo entonces Isabel se metió de lleno en el tema que la había soliviantado de aquella manera.

—Ayer alguien cayó en la trampa que colocamos junto al zulo.

Gabriel se levantó de su silla.

—¡¿Quién?!

Con la mano, Isabel le pidió que se sentara al tiempo que negaba con la cabeza.

—Eso me gustaría saber. Quien quiera que fuera, escapó. Cortó la red y cayó al suelo desde por lo menos quince metros. Por eso he venido. Tenéis que revisar a vuestros esclavos. Aquellos que se lesionaron ayer son sospechosos. Hay que hacer un listado y conseguir que confiesen. Esta mañana he ordenado que vacíen el zulo. Que retiren las armas. Nadie volverá allí ahora que saben que les esperamos.

—Esto complica las cosas —apuntó Gabriel—. Hemos perdido la oportunidad de cazar a uno de los rebeldes.

—El caso es que a estas alturas deben de ser muchos —dijo ella—. Se está formando un motín de esclavos en nuestras narices y no podemos pararlo. En mi ingenio empezaremos a interrogar a todos. Estoy harta.

—Nosotros no haremos tal cosa y te recomiendo que tú tampoco lo hagas —intervino Lucía—. Demostrar a nuestros esclavos que desconfiamos de ellos los puede llevar fácilmente al otro lado. Necesitamos afinar más el tiro antes de disparar. En mi ingenio creo que en poco tiempo sabré quién es la persona con la que negociar.

—¿Negociar? —dijo Isabel—. Negociar qué, si puede saberse.

—Isabel, si viene una revolución, todos perderemos, gane quien gane. No nos confundamos. Si ganamos nosotros, que parece probable aunque sea a la larga, ya que contamos con el ejército español para protegernos y poner orden, habremos perdido tiempo y dinero. Nuestras instalaciones quedarán dañadas y quién sabe cuántos de nosotros sobreviviremos a ese trance. No podemos perder esclavos. No nos lo podemos permitir. Cada muerte de un esclavo es una pérdida económica irreparable. Pero tenemos que saber qué es lo que quieren. Cuando hablo de negociar, utilizo el exacto sentido de la palabra: averiguar qué es lo que quiere el otro y mostrarle la manera de conseguirlo mientras somos nosotros los que conseguimos lo que queremos. Eso es lo que tenemos que hacer.

—Bueno, da igual —dijo Isabel, harta de teorías y frases bienintencionadas—. Por favor, averiguad si alguno de vuestros esclavos se lesionó ayer. Si es así, debemos interrogarle. En cualquier caso, me gustaría invitaros a cenar esta noche. Quiero que Rafael entienda la amenaza que se cierne sobre nosotros. Os digo que se está armando algo grande y que haremos bien en pararlo antes de que acabe con nosotros. Fusiles, trenes descarrilados, esclavos fugados. Supongo que habéis recibido las noticias del ingenio de Luisa Bernarda. Les cortaron la cabeza y las clavaron sobre picas. A la misma puerta de la plantación. Eso es lo que nos puede pasar a nosotros. Hay que tomar cartas en el asunto y hay que hacerlo ya.

Hacía días que Lucía buscaba la oportunidad de ir a la casa azul de San Rafael. Quería que Cid revisara todos los puñales que colgaban junto a los cuadros, especialmente los de las dependencias de Isabel, convencida de que el que había aparecido clavado en el costado de Germán provenía de allí.

—Me parece una excelente idea, querida —dijo encantada.

—Por supuesto, también he invitado a Miguel Abbad, pero se ha ido a La Habana. Hablaré con él a la vuelta, quizás tenga más información.

Así pues, Lucía y Gabriel fueron a cenar a la casa azul. Habían dejado al pequeño Cid en el potrero, cuidando de los caballos con el calesero que les había llevado hasta allí, aunque su función era otra. En cuanto los vio entrar en la casa, se puso en marcha. Gabriel le decía que era escurridizo como una lagartija y ágil como un mono, pero él se veía más como un gato. Silencioso, inteligente y capaz de ser fiero cuando la situación lo requería. Estaba muy contento con su nueva vida: sobre todo con la comida, que era buenísima y nunca se acababa. También le gustaba que le valorasen y que le encomendaran misiones como aquella, mucho más que cuando insinuaban que en breve debería empezar a acudir a la escuela con los demás niños del valle. Cid no se sentía un niño. No había tenido infancia, o al menos no que él recordara. Había aprendido a andar, a hablar y luego a robar y a escapar. Cuando a veces se disgustaba y no podía contener el llanto, se maldecía por no poder controlar aquel impulso infantil, por descubrir en sus reacciones lo que sus huesos flacos y su corta estatura clamaban: que aún tenía solo diez años. Así que cuando los adultos lo incluían en sus planes y lo hacían dándole un papel de importancia, Cid disfrutaba como el adulto que creía ser.

Se aproximó a la casa paseando tranquilamente. Era blanco e iba bien vestido, así que ningún guardia lo detuvo, seguro de que había llegado con los demás invitados. Sonrió al pensar en lo fácil que era para la mente engañar al ojo. Cuando lo habían visto correr por el jardín tras robar las joyas, los guardias habían creído que era negro.

Dio la vuelta a la casa distraído y entró sin vacilar por la puerta del zaguán del servicio, el lugar donde todos los que trabajaban allí dejaban sus abrigos y botas y se vestían adecuadamente para entrar en la casa de los amos. No había nadie, pero se oía ruido de platos y fogones en la cocina. Se deslizó por el pasillo sin hacer ruido y tras cruzar unas puertas batientes, el brillo de la zona de los señores dejó atrás la fría funcionalidad de las entrañas de la casa azul. Se encontraba en un gran vestíbulo con puertas en tres paredes y un arco que daba acceso a otra estancia aún mayor. Revisó uno de los cuadros que estaba colgado en la pared, un paisaje con un palacio al que no prestó demasiada atención, centrándose en el marco. El puñal estaba en su sitio. Miro el cuadro de al lado, también tenía el suyo pegado al marco. Ya sabía lo que tenía que buscar en la habitación de Isabel Palau. Cruzó el vestíbulo y accedió a otra gran sala, el comedor. La mesa estaba dispuesta para cuatro, con un mantel adamascado en azules sobre el que bailaban las velas de los candelabros; en el centro, una figura de *biscuit* de varios esclavos en la zafra, salpicada con pequeños arreglos florales, remataba con suntuosidad la decoración.

Cid rara vez tenía miedo, lo que suponía una ventaja y un inconveniente. No calculaba el riesgo y olvidaba rápidamente el peligro que corría. Se entretuvo pasando la mano por el mantel y toqueteando las flores, levantó la tapa de dos fuentes esperando que hubiera comida, a punto de ponerse a silbar una melodía, completamente ajeno al motivo que lo había llevado allí. No despertó de su ensoñación hasta que oyó cómo las puertas correderas se abrían desde la habitación de al lado. Le dio tiempo a ver la cara asustada de Gabriel al verlo allí antes de meterse bajo la mesa. Oyó como su amigo decía:

—Por favor, antes de que nos sentemos, ¿podemos ver un minuto tan solo el cedro del jardín? Mi tía dice que es mejor que el suyo y yo, que estoy empezando a contagiarme de su afición botánica, estoy deseoso de verlo otra vez, antes de que caiga la noche.

—Pues claro que sí, Gabriel. Encantado de hacerlo. Lo plantó mi abuelo, pero claramente los que más lo apreciáis sois tu tía y tú. Vamos a verlo —respondió cordial Rafael Viader.

Cid escuchó alejarse los pasos y rápidamente salió de su escondite. Corriendo, cruzó el salón, el vestíbulo principal y subió al piso de arriba. Allí entró directo en el vestidor de Isabel.

Había cuatro grandes óleos y un espejo hasta el suelo, además de algunos grabados pequeños, todos de marcado carácter femenino. Tocó con la mano el marco de tres de los óleos, encontrando en todos el puñal que los debía de salvar del fuego, pero el cuarto, tal y como Lucía había previsto, no lo tenía. Tan solo unos enganches metálicos recordaban su ausencia. Levantó los brazos al aire y en silencio se felicitó: «¡Bien!», contento de haber cumplido con su misión. Luego, como le pasaba siempre, de nuevo olvidó lo que había ido a hacer, y dando rienda suelta a su impulso de ladrón, empezó a revisar la habitación. Gabriel le había hecho prometer que no robaría nada, pero nadie dijo que no pudiera mirar. Abrió cajones sin cuidado, revolviendo con la mano lo que encontraba en ellos, canturreando en voz baja. Luego abrió el armario en el que había encontrado el joyero de Isabel y también lo examinó. Tenía tantas joyas como la última vez que lo había visto, pero se resistió a robar nada otra vez. Si se quedaba a vivir en San Gabriel, no podría vender las joyas a nadie. Así que pensó que sería mejor robar algo que pudiera usar. Abrió cuatro cajones repletos de alhajas y, al abrir el quinto, se dio cuenta de que era mucho mas corto que los otros. «Qué tonto», se dijo recordando la primera vez que había abierto aquel cajón. Metió la mano hasta el fondo y palpó la madera, luego, al detectar una pieza metálica, la pulsó y pudo tirar del cajón, sacándolo entero fuera del mueble. Volvió a meter la mano: detrás de aquel cajón menor, como había supuesto, había un hueco. Palpó algo envuelto y lo sacó: al retirar la tela descubrió unos pendientes de grandes rubíes rojos como la sangre. Los miró fijamente, impresionado por su tamaño y belleza. Aquella debía de ser la joya más valiosa de la colección de la señora Palau, ya que se había tomado la molestia de esconderla. Venciendo a la tentación de metérselos en el bolsillo, los dejo de nuevo en el espacio oculto del joyero y volvió al potrero, donde esperó a que la cena acabara.

Entretanto, en el comedor, Gabriel no respiró tranquilo hasta que vio a través de la ventana la menuda figura de Cid pasear por el jardín tranquilamente, saludando a los guardias mientras se dirigía a las cuadras. Ni a él ni a su tía les estaba resultando agradable la cena. Había empezado con el susto de ver a Cid en el comedor, que por suerte se había solucionado a tiempo, pero luego, todo el asunto que les había llevado allí resultó realmente preocupante. En eso estaban todos de acuerdo.

—No puedo creer que no hayamos encontrado a la persona que buscamos. Hablé con Miguel Abbad, porque el médico me dijo que el día que el rebelde cayó en la trampa solo había atendido a tres esclavos en el hospital. Dos tenían cortes y el tercero, un contramayoral de los Abbad, tenía huesos rotos, pero al parecer eran de una caída del caballo. Miguel va a investigarlo.

—Y hará bien. Uno no se rompe tantos huesos cayendo de un caballo así como así salvo que esté a la carrera —apuntó Rafael.

—Miguel está en ello. Es una lástima que no haya podido asistir esta noche —replicó Isabel.

—Quizás antes de preguntarnos quién, deberíamos preguntarnos por qué. ¿Por qué se está preparando una rebelión? Todos van a arriesgar mucho. Morirán muchísimos y lo normal es que, aunque acabaran con nosotros, el Gobierno de la isla los aplastara a los pocos días. Todos sabemos lo que le pasaría a cualquiera que participara —intervino Lucía

—Lucía, son esclavos. Quieren ser libres, eso es todo. Es así de simple —dijo Isabel.

—No tan simple, querida. Por supuesto todos quieren ser libres, pero ¿cuántos están dispuestos a arriesgar su vida ahora? La esclavitud acabará, por ley o por revolución, pero acabará. Ellos lo saben. También saben que no pueden hacer nada solos. ¿Está toda la negrada decidida a rebelarse? No lo creo. No creo que en San Gabriel piensen en arriesgarlo todo. Hay que llevarles muy al límite para que estén dispuestos a liberarse o morir.

—Tenemos que pensar en los tres ingenios —dijo Rafael.

Lucía dejó los cubiertos y se apoyó en la mesa. Cerró los ojos, como hacía cuando se armaba de valor para decir la cruda realidad.

—No—replicó—. No, Rafael. No puedes pretender que mi temor a mis esclavos, a los que cuido con esmero, sea igual al que tenéis aquí.

—Aquí también los cuida... —empezó a decir Rafael.

—No —lo interrumpió Isabel—. Aquí no los cuidamos igual. No creemos en eso. En San Rafael queremos producir más y mejor. Queremos que los negros trabajen y los castigamos si no lo hacen.

Se hizo el silencio. Rafael olvidaba rápidamente todo lo que concernía a los esclavos. Conocía el episodio de los cepos. También el extenuante horario de su negrada, pero nada le impresionaba ni ocupaba espacio alguno en sus pensamientos, así que tampoco pudo replicar.

—Esto es lo que haremos por nuestra parte —terció Gabriel—. Nosotros investigaremos y preguntaremos a nuestros esclavos. Nuestra buena relación con ellos nos lo puede facilitar. Por otro lado, los fusiles...

—Ya los tiene la nueva guardia —lo interrumpió Isabel.

—Eso está bien —concluyó Gabriel—. ¿Y qué tal el embarazo? —dijo cambiando de tema.

El resto de la velada se alargó lo mínimo necesario para no resultar descortés, tratando temas banales en los que era más fácil que se pusieran de acuerdo, sabedores todos de sus diferentes puntos de vista sobre el trato a sus esclavos.

De vuelta a San Gabriel, Lucía, Gabriel y Cid esperaron a que el calesero que les conducía no pudiera escuchares para hablar de lo importante.

Cid se retorcía de ganas de explicar todo lo que había descubierto. Se había pasado el trayecto agitando su pequeña mano para indicarles que era muy importante y Gabriel, al que el niño no le podía parecer más genial, intentaba no sonreír cuando le decía, también con gestos, que se tranquilizara y esperara.

Ya en el salón, el zagal estalló.

—¡Faltaba un puñal! ¡Tenía razón la señora Lucía! El soporte estaba vacío. ¡Todos los grandes los tenían, pero ese no!

—¡Lo sabía! —exclamó Lucía—. Aunque no podamos señalar directamente a Isabel, ya que cualquiera podría haber cogido el arma de la habitación de la señora Palau, es un indicio. Tenemos tantos que implican a esa mujer... Tan solo falta una prueba para que la podamos desenmascarar.

—Y seguimos teniendo todas sus joyas. ¿Has pensado qué vamos a hacer con ellas? Nuestro plan de devolverlas dejó de ser viable desde el momento en que descubrieron al niño. No se entendería que un ladrón devolviera las joyas. Resultaría sospechoso —dijo Gabriel.

—Había pensado dárselas a Tomás. Que las vendiera y ahorrase, pero es un regalo envenenado. Si Isabel ha denunciado el robo, estarán esperando a que alguien haga exactamente eso. Supongo que tendremos que dejar pasar tiempo. De momento, están enterradas junto a la secuoya.

—¡No le hacen falta! —intervino Cid—. Vuelve a tener todos los cajones llenos de ellas. Y encontré un lugar secreto donde guarda la más bonita de todas, unos pendientes con unas piedras rojas así de grandotas —dijo formando un ovalo con sus pequeños y hábiles dedos.

Lucía y Gabriel se miraron. Podía tratarse de los pendientes que Isabel había dejado en la Joyería El Sol, esos de los que el joyero les había hablado, aquellos pendientes valiosísimos que habían sido robados en el atraco pero que ella no había reclamado nunca. Cuando el joyero les había explicado aquello lo había hecho con profundo agradecimiento. Si la señora Palau los reclamaba, le arruinaría. Al oírle, a Gabriel le había extrañado sobremanera aquel gesto de una mujer que no se caracterizaba ni por su generosidad ni por su comprensión, lo que les había hecho suponer que Isabel no los reclamaba porque ya los tenía en su poder.

Los tenía porque ella misma había estado implicada en el atraco que había estado a punto de acabar con la vida de Alicia Abbad, pero en el primer registro —y robo— que Cid había realizado en la casa azul los pendientes no habían aparecido, así que habían dejado de tirar de aquel hilo. Ahora, parecía que podían retomarlo.

—¿Sabrías dibujar los pendientes, amigo? —le dijo Gabriel.

—Oh, sí. Dibujo muy bien. Pero necesitaré pintura roja para colorearlo —respondió el niño.

Gabriel había visto el dibujo de los pendientes que había hecho en su día Roberto Vallés. Se lo había mostrado el hijo del joyero asesinado a Inés y a él, orgulloso de la pieza y de la destreza de su padre con el lápiz. Tras unos minutos, Cid dibujó, con mano más insegura, los pendientes que había visto. Gabriel no tuvo ninguna duda: eran los mismos que habían servido de modelo para el dibujo de la joyería de La Habana.

VI

Devoto de Viader lideraba, tal y como Tomás había temido, el grupo de cimarrones conocido como Los Devotos del que había tenido noticia. En cada ingenio que visitaba, se le sumaban una decena de esclavos deseosos de actuar, así que no necesitaba convencer a toda la negrada, sino seguir creando un ejército realmente motivado como el de los cimarrones que lo acompañaban. Ya lideraba un grupo de casi cincuenta personas fugadas que a cada paso crecía y se consolidaba. Lo veneraban. Todo lo que decía era escuchado con fruición por aquellos que habían depositado todas sus ansias de libertad en él.

A su juicio, era una estrategia mucho más hábil: los que realmente estuvieran dispuestos a arriesgar, a fugarse convirtiéndose en cimarrones y a entrenarse serían siempre un ejército más motivado, mejor dirigido y más profesional que los que llegado el día tuvieran que dar un inseguro paso adelante y actuar.

Y se habían creado un hogar. Un lugar sencillo y humilde, pero suyo. El palenque de los Devotos se había instalado en algún punto de la sierra de Escambray, a escasos cincuenta kilómetros de Cienfuegos, en la zona que algunos conocían como «el nicho». La naturaleza virgen y el bosque, impenetrable y laberíntico para cualquiera que accediera por primera vez a él, resultaron perfectos para esconderse. Además, había innumerables riachuelos y lagos de los que abastecerse y abundante caza que llevarse a la boca. En la zona habían descubierto algunas buenas grutas y constantemente excavaban nuevas para dar cobijo a los cimarrones que se sumaban al grupo, que con habilidad creaban corrales y bohíos, cercados para el ganado que de vez en cuando conseguían robar y huertos que cultivaban esperanzados.

No habían cometido más que dos asesinatos, pero en ocasiones reivindicaban el asesinato en su nombre esclavos a los que conocían días después; gentes que tras vengarse se fugaban a la sierra de Escambray en busca del palenque de Los Devotos, un lugar que empezaba a ser legendario.

Los Devotos veían y oían todo lo que pasaba en la selva. Sin ser vistos, estudiaban a los que se perdían para decidir si aceptarlos o dejarlos pasar. Si aparecía cualquiera que pareciera enemigo o malintencionado, lo mataban.

Pero Devoto debía cumplir una promesa, un juramento, y con esa misión había montado en su caballo y marchaba en dirección a la tierra que lo había visto nacer. Había jurado volver al Valle de los Arcángeles para informar y debía hacerlo antes de que se levantaran en armas. Debía pedirles que esperaran, probablemente menos de un año, porque allá donde iba, la revolución estaba en boca de todos y porque él mismo podría iniciarla si el ritmo de adhesiones a su ejército de «devotos» continuaba. Sería él quien acudiera al valle y lo liberara si no lo hacían otros antes. Los abolicionistas y los independentistas se reunían con asiduidad en logias masónicas, en ingenios y teatros, y solo si uno estaba tan aislado de todo como los habitantes de San Gabriel, San Rafael y San Miguel podía escapar a aquella evidencia. Habría revolución y sería bien pronto, pero jamás triunfaría si no esperaban.

Llegó al valle cuando ya anochecía, cinco días después de haber dejado su palenque y a Los Devotos, a los que sentía como su hogar y su familia, pero no pudo evitar que cierta melancolía le asaltara cuando desde la cima de uno de los montes que cerraba el Valle de los Arcángeles lo vio en todo su esplendor. A aquella hora ya se estaban encendiendo las numerosas hogueras y antorchas que iluminaban los campos, dorándolos para que los esclavos que trabajaban de noche cortaran caña y no piernas. Pobres infelices, siempre trabajando, con una monotonía tan dolorosa como un azote.

Se escondió entre unos matorrales y cuando el turno de día pasó junto a él para ir a dormir sus cuatro exiguas horas, se coló entre ellos y entró en el patio donde fue directamente a hablar con el jefe de los esclavos, el yoruba al que hacía meses había convencido de que se unieran a la rebelión. Estaba sentado en el suelo, apoyado en la pared del barracón en que vivía. Al verlo, el hombre, al que habían llamado Jesús de Viader y ya era un anciano a sus cincuenta años, lo miró con tristeza.

—Así que has vuelto —fue lo primero que dijo.

—Sí. Lo he hecho, tal y como os dije. Además, con noticias esperanzadoras —respondió Devoto.

—La esperanza es muy peligrosa, hermano —dijo él—. Es el sueño del hombre despierto... y los sueños... Para nosotros es mejor no soñar demasiado.

—Te explicaré algo. Puede que alimente esos sueños. Puede que no sea tan imposible hacerlos reales.

Le explicó todo lo que había acontecido desde su marcha del valle. Le habló de Los Devotos de su palenque, del éxito que estaban teniendo. Le habló de lo que todo el mundo fuera de aquel valle hablaba, de revolución, de guerra, de abolición, de independencia. También le dijo que debían esperar un poco más. Que debían retrasar la rebelión en el valle para unirse a la que recorrería toda la isla.

Contrariamente a lo esperado, Jesús de Viader no pareció alegrarse demasiado. Se levantó y señaló al horizonte de montañas que cerraba el valle por el sur.

—¿Ves aquellas montañas? Cuando vea que llegáis por allí, cuando derribéis la puerta de este patio y queméis la casa azul, nos tendréis. A mí y a todos los míos, a todos los yoruba, pero seguro que también a los wólof, a los kongo y a los mandingas. Pero no me haré ilusiones hasta entonces. La vida empeora aquí cada día que pasa. Hasta han desaparecido algunas mujeres y hombres. Se han desvanecido, sin más. Nadie sabe dónde están y nadie puede tampoco buscarlos, ya que no salimos de aquí más que para ir a los campos y a la casa de calderas. Algunos tenían hijos. Hijos que ya no tienen a su madre o a su padre. Incluso hay uno que ha quedado huérfano, pues solo tenía a su padre, aquel al que llamaban Lucas, quizás lo recuerdes. Era el calesero del ama. De la mismísima demonia doña Isabel. Es aquel niño de allí, el que duerme junto al perro —dijo señalándolo tras haberlo buscado con la mirada.

Devotó miró al niño. Dormía plácidamente acurrucado junto a un perro lanudo.

—No quiere estar con ninguno de nosotros. Lo único que quiere es salir del patio. Su padre se lo llevaba con frecuencia. Pobre, no sabe que estas paredes lo encerrarán probablemente toda su vida. Le meten a dormir con los otros niños, pero se levanta y se va. Solo quiere salir de aquí. Varias veces lo hemos tenido que atrapar antes de que escapara. Lo azotarían si lo vieran fuera del patio. Quiere estar con su padre, pero, aún sin saber exactamente cómo es la vida, sobre todo quiere ser libre, más que ninguno de nosotros.

Devoto se quedó en silencio, pensativo. Recordaba bien a Lucas. Había confraternizado con Germán, el anterior mayoral. Luego había acompañado al ama Isabel a todos lados. Era un mandinga fuerte y orgulloso, introvertido y reservado, que siempre parecía atormentado. Su desaparición y la de los demás era intrigante. Ningún esclavo se escapaba dejando a sus hijos atrás y tampoco se castigaba a los esclavos en secreto, sino a la vista de todos, para dar ejemplo. También habría sido muy raro vender esclavos durante la zafra.

—Averiguaré qué es lo que les ha sucedido. Lo haré y volveré para informarte. Mientras, di a los tuyos y a los otros jefes que vamos a tener que esperar un poco más. Pero que lo hacemos porque vamos a triunfar. Puedes contarles todo lo que te he dicho.

Le apoyó la mano en el hombro y lo miró a los ojos. Jesús le devolvió la mirada. Parecía tener ganas de llorar, pero ni eso pudo hacer su cuerpo exhausto.

—Lo haré —dijo sin fuerza

Devoto miró de nuevo al niño de Lucas. Luego, las palabras brotaron directamente de su corazón sin pasar por el cerebro.

—Jesús, no busquéis al hijo de Lucas mañana. Puedes decir que ha escapado. Se viene conmigo.

VII

Había rumiado aquella idea desde que había visto a Tomás abandonar la cueva de Crista, pero se había decidido a ejecutarla una vez estaba claro que había una conspiración en marcha para que los esclavos se rebelaran.

Hizo llamar a Tomás y lo esperó en el porche que daba al jardín trasero. El joven seguía viviendo en la casa inglesa y Lucía seguía espiándole desde su habitación situada justo encima. Habían pasado una luna llena sin que saliera por la noche. Al preguntarse el porqué de aquella falta, sospechó que Mateo de Abbad, el esclavo que se había lisiado al caer del caballo, probablemente fuera otro de los conspiradores y, al no poder acudir a las reuniones, estas se habían aplazado. Quería a Tomás. Le había visto crecer y hacerse hombre. Se había esmerado en que le enseñaran a leer y escribir en la escuela. Luego, alentada por el interés que desde pequeño el mandinga había tenido en formarse, había seguido su educación y la había alimentado. Tomás era el más listo de todos los trabajadores de San Gabriel, probablemente también del valle, por eso le había hecho mayoral y por eso le había liberado.

Tomás se acercó a ella y, ofreciéndole el brazo, anduvieron en dirección al mirador, en el que aún ondeaba el gallardete rojo de la zafra. El mayoral era serio y solo sonreía cuando estaba entre los suyos y cuando bebía aguardiente para bailar, pero en aquel momento, además de serio, estaba tenso, pues no sabía qué era lo que su patrona quería decirle.

—Tomás, ¿está contento en el valle?

—Sí, patrona Lucía. Estoy bien. —No estaba contento y su tono no era capaz de dar credibilidad a sus palabras

—Ya. Bueno. Supongo que es difícil ser feliz en una posición como la de los suyos.

—Yo estoy bien, patrona Lucía.

—Los suyos, no. ¿Es eso?

—Bueno, patrona. Los míos, no tanto. Están muy cansados, aunque saben que ya queda poco tiempo de zafra.

—Tomás, desde pequeño ha sido especial. Es listo y noble, y quizás por eso entiendo que no pueda estar contento mientras los suyos viven esclavizados. Tengo planes para acabar con eso. Los tenemos los tres plantadores del valle, en realidad. Llegará el día en que los liberaremos y será pronto. Estamos preparándonos para hacerlo, estudiando la manera de que se haga realidad sin comprometer la viabilidad de los ingenios. Además, hay que ver la forma de hacerlo con legalidad. Ya sabe que ahora mismo no es posible.

—Eso está bien, patrona Lucía.

—Sé que no me cree, y no le culpo. Piense lo que piense, soy lo que hago. Yo y todos. Y de momento tengo seiscientas almas esclavizadas.

—Seiscientas sesenta, patrona Lucía —la corrigió Tomás.

—Por eso los quiere liberar ¿no es así? —continuó Lucía esquivando su equivocación—. Porque no cree que ninguno de los plantadores vayamos a hacerlo jamás.

—¿Patrona? —dijo él, asustado. No podía creer que Lucía Gorchs estuviera hablando de su rebelión.

—Tomás, ya sabe que hemos encontrado las armas. Y por más que Miguel Abbad y yo misma queramos alejar a Mateo de Isabel Palau, sabemos que fue él el que cayó en la trampa, el que luego cortó la red. Nadie que se caiga de un caballo prácticamente parado se rompe tantos huesos. Se han estado reuniendo a escondidas, y solo se me ocurre una razón para hacerlo.

—Patrona, yo... creo que se confunde.

—No, Tomás, no lo hago, estoy segura, pero si me mira a los ojos y me dice que estoy equivocada, le creeré. Le he puesto en una situación complicada, soy consciente. Me debe obediencia como mayoral y también se debe a los suyos, a los esclavos. Solo le pido lealtad. ¿Sabe lo que es la lealtad, Tomás?

—Sí, patrona, lo sé.

—Le diré lo que es para mí. Ser leal es más que ser fiel. Es arriesgarse por una persona y decir la verdad, aunque duela y disguste. Es más que no fallarle a alguien. La lealtad se demuestra en los momentos críticos, cuando hay que elegir, cuando se puede perder. Lutero decía que, cuando la batalla se recrudece, se demuestra la lealtad del soldado, y tenía razón. Tomás, sospecho que está metido en una conspiración que nos enfrentará. Podría hacer que lo encerraran, torturarlo hasta que confesara, o matarlo. Podría hacerlo con un solo gesto y acabaría con el problema, pero yo también le soy leal. Entiendo sus motivos y entiendo que no puedan esperar más, porque también entiendo que no me crea cuando le digo que pronto todos los suyos serán libres. Pero si está metido en esto, le pido que elija. Coja sus cosas y váyase del ingenio para planear lo que sea que pretendan, pero no me engañe con su buen trabajo y su cortesía. No comparta horas conmigo si luego va a venir a por mí. Coja el caballo que quiera y váyase del valle. Si está preparándose para acabar conmigo, déjeme que lo entienda, déjeme que no crea que cada conversación, cada gesto, cada rato que hemos compartido ha sido falso. —Lucía se calló un instante y suspiró, tenía los ojos humedecidos—. ¿Sabe?, en ocasiones soy rencorosa. Es una característica de mi carácter contra la que lucho, pero que a menudo me es imposible reprimir. Un cura me dijo que el rencor era común a algunas personas cuya virtud era la lealtad total. Cuando se sienten traicionados, sienten que la afrenta para ellos es tan grande, tan incomprensible, que no pueden olvidarla nunca. Yo soy así, Tomás. Si está conspirando, quiero que se vaya.

—Lo entiendo, patrona —dijo él, incapaz de negar la evidencia.

Se miraron a los ojos, sin más que decirse, ambos al borde de las lágrimas. Podrían haberse prometido imposibles; Lucía, que la liberación se produciría el año siguiente; Tomás, que vigilaría la rebelión para que la integridad de ella no peligrara, porque el objetivo principal no era San Gabriel, pero ambos sabían que no todo dependía de ellos. Lucía lo abrazó.

—Mi querido Tomás. No diga nada. Ya lo hemos dicho todo.

Por la noche, Tomás decidió que sería leal a sus principios y a la señora Lucía. Acabaría la zafra y después abandonaría el valle. De todas formas, no había vuelto a saber nada de Devoto y no habían llegado más palomas mensajeras de otros ingenios. Parecía que todo se había parado.

Lo estaba reflexionando, sentado en una butaca encarada al jardín, en su habitación, cuando una sombra en movimiento llamó su atención. Se deslizaba como una pantera silenciosa y agachada en dirección a su ventana, a la que se asomó al minuto. Devoto, el esclavo fugado había vuelto. Tomás vio enseguida un cambio en su mirada, un brillo de audacia y energía que no tenía cuando era tan solo uno de los músculos del ingenio vecino. Entró en su habitación de un salto y se apartó de la ventana para no ser visto. Con el dedo señaló a Tomás los candiles, pidiéndole que los apagara. Luego lo abrazó.

No eran amigos y habían hablado poco, pero ambos pertenecían al valle y estaban unidos por una causa común, así que se sentían cercanos.

—No entendí tu mensaje —se apresuró a decir Tomás—. Parece que solo una negrada se uniría a la revolución y, sin embargo, insistías en que todos los planes siguen adelante.

—Así es —dijo Devoto emocionado—. Y de mejor forma.

Le explicó todo lo que había sucedido y todo lo que preveía que sucediera de forma que Tomás también empezó a sentir la emoción y la energía que el cimarrón llevaba consigo. Devoto le habló de su palenque en el nicho, de su comunidad de hombres libres y motivados y Tomás deseó ir con él.

—De momento, me llevo al hijo de Lucas de Viader. Me han dicho que ha desaparecido. Él y otros tantos. Treinta, me dijeron. Nadie sabe dónde están, pero el hecho es que el niño ha quedado huérfano y parece que es como su padre, no deja que nadie le diga lo que hacer, se ha intentado escapar varias veces. Así que, cumpliendo sus deseos, eso es exactamente lo que va a hacer. Está esperándome en el bosque. No llora, no se queja. Es un guerrero.

—No han salido del valle. Me hubiera enterado. La nueva guardia lo sabría. Les preguntaré mañana. Nadie se esfuma así como así, si hubieran escapado, lo sabríamos todos.

—Lo sé, Tomás. Y tú... ¿por qué no vienes conmigo?

La idea había rondado su cabeza desde el mismo momento en el que Devoto se había explicado.

—Lo haré. Pero antes debo dejarlo todo arreglado aquí —dijo firme.

—Te esperaremos —respondió el cimarrón—. Ahora escúchame. Te enseñaré cómo encontrar el palenque.

Devoto durmió en el bosque con su nuevo amigo, el pequeño Elías. Le gustaba aquel niño. Era valiente y le hacía sentir que ya había salvado por lo menos una vida en el valle. Antes de dormirse apoyado en él, le había hablado bastante, y Devoto supo que serían amigos y que podría hacer de él un gran guerrero. Tenía casi ocho años y a su edad, en San Rafael, los niños ya trabajaban limpiando, dando de comer al ganado y ayudando en las tareas diarias de la casa y el batey. Lo hacían hasta caer rendidos, a menudo se les encontraba durmiendo en una u otra esquina, incapaces de aguantar más. Los adultos los despertaban y los cubrían acabando las tareas que los niños dejaban a medio hacer para que los capataces no los castigaran. Él se ocuparía de que Elías tuviera una vida mejor que aquellos niños, pero antes de irse del valle, tenía que averiguar qué era lo que había pasado con los esclavos desaparecidos.

Se despertó pronto, y con Elías sentado delante a él, se dirigió a caballo al monte Tamarindo, la elevación más alta del Valle de los Arcángeles, situada en los terrenos de San Rafael. Siempre le había parecido curioso que en una finca tan pulcramente cuidada, en la que los plantadores se habían afanado en crear rincones de asueto, con bancos, refugios, fuentecillas o palapas en cada lugar que lo merecía, hubiesen ignorado aquel lugar desde el que se tenía la mejor vista del valle. Llegó cuando el sol empezaba a asomar y rastreó con la mirada aquel entorno que conocía bien. El batey de cada plantación, la casa inglesa, la casa azul, la casa grande, las casas de calderas, que no cesaban de soltar humo, los corrales, los potreros, el hospital, la escuela, la ermita, los diferentes almacenes a los que nadie hacía demasiado caso... Luego se quedó mirando detenidamente uno de los núcleos de naves agrícolas de San Rafael. El más apartado, que él apenas recordaba, parecía haber cobrado vida. Tenía una alta empalizada nueva alrededor y una hoguera humeaba tras ella; también habían construido pequeñas torres de vigía en las esquinas del conjunto. Era extraño. Recordó cómo llegar al lugar de la manera más discreta y se dirigió hacia allí. Elías lo miró, intrigado y en silencio.

Cabalgó hasta las cercanías de los almacenes y escondió su caballo entre los árboles, donde se quedó pastando tranquilamente mientras él se acercaba más a su objetivo. A la zaga, Elías repetía sus movimientos con sigilo.

Enseguida, tras los arbustos, vieron el pequeño complejo que ambos desconocían: la empalizada con sus torres y, pegado a un lateral, un almacén largo cuyo techo asomaba por encima de los troncos. Dos guardias apoyados en la empalizada, sentados en el suelo, aburridos de vigilar, conversaban mientras un tercero espiaba el interior del almacén por una rendija. Otro, sentado en una silla sobre la torreta, oteaba lo que sucedía a sus pies con las manos descansando en su fusil. De pronto, el guardia que miraba a través de las tablas agitó la mano y llamó la atención de los demás.

—¡Ya empieza! ¡Ya empieza otra vez! ¡Ese Lucas es un toro!

Uno de los guardias acudió a su llamada, pero los otros dos se quedaron donde estaban con cara de aburrimiento.

Devoto no sabía lo que acababa de empezar, pero se alegró de saber que Lucas estaba allí y vivo. No podía liberarlo él solo, ni siquiera podía arriesgarse, pues estaba metido en algo de mucho mayor alcance, así que barajó alejarse discretamente sin despejar la incógnita de lo que sucedía en el interior del recinto, pero una manita le tocó la rodilla.

—¿Baba? —le preguntó mirándolo. Había oído nombrar a su padre y quería saber si estaba encerrado allí.

—Sí, Elías, baba está allí. Pero no podrá venir con nosotros hoy.

El niño asintió comprensivo sin que hiciera falta explicarle que ellos dos no podrían liberar aquel lugar solos. Reflexionó unos segundos y volvió a decirle con su voz infantil:

—Yo por allí, tú por allí, y miras —dijo señalándole dos direcciones opuestas.

Luego, sin tiempo a que Devoto pudiera frenarlo y sin entender bien lo que pretendía, el niño salió corriendo de la espesura y, silbando, pasó por delante de los guardias. Corría como un ratoncillo, lo suficientemente lento como para ser visto, pero haciendo giros rápidos y corriendo de manera que lo rozaran sin ser alcanzado. Lo miró unos segundos, maravillado y asustado a la vez, viendo cómo los guardias que patrullaban a pie de suelo empezaban a perseguirlo entre gritos, y el que vigilaba desde la torre le apuntaba sin tino. Devoto se lanzó a la carrera hasta el lugar desde donde los guardias habían escudriñado el interior del almacén e hizo lo que ellos.

Descubrió un espacio con muchas camas sobre las que yacían mujeres y hombres que se estaban incorporando, atraídos por el ajetreo que oían en el exterior. Miró en una dirección y otra y, susurrando todo lo alto que podía, llamó a Lucas. Este apareció de pronto frente a él, a pocos centímetros de su cara. Estaba completamente desnudo y había adelgazado. Su cara era de tristeza, pero, además, Devoto detectó la vergüenza en su expresión.

—¡Lucas! ¿Qué es lo que os hacen aquí?

Lucas bajó la cabeza.

—¡Lucas, dime! ¡Apresúrate! ¡Puedo ayudarte!

—Esto es una granja. Un criadero de esclavos.

Devoto miro por encima del hombro de Lucas y vio la silueta de varias mujeres. En algunas reconoció las curvas tempranas del embarazo. Se horrorizó. Lucas pudo verlo en sus ojos.

—Sí, es lo que piensas, hermano. Nos hacen cubrirlas. Si no quedan embarazadas, las castigan. Si nosotros no funcionamos, nos castran.

Devoto no podía creer tamaña sordidez. Lo miró y habló con el aplomo que Lucas había perdido.

—Te sacaré de aquí. Se está planeando algo grande. Te lo prometo. Podrás vengarte de quien te ha hecho esto.

Lucas parecía rendido. Ni siquiera tenía fuerzas para odiar a Isabel y no sabía si algún día las recuperaría.

—Tan solo quiero que salves a mi hijo. Está en el patio, solo, se llama...

—Elías —lo interrumpió Devoto—. Está conmigo. Lo cuidaré. Será un hombre libre. Me ayudará a liberarte. Volveré con más hombres.

—¿Está contigo? ¿Mi hijo está contigo?

—Sí. Es un guerrero. Luchará por la libertad. Tienes que estar muy orgulloso de él. Me lo voy a llevar del valle.

Pero el esclavo ya no escuchaba. Devoto vio como apoyaba la cabeza en la pared y, deslizando su frente por la misma, caía al suelo llorando de emoción, tapándose la boca abierta con la mano, temblando y sin fuerzas para seguir hablando. No había tiempo para más y ambos sabían que no se recompondría hasta al cabo de un rato por lo que la conversación acabó allí. El formidable mandinga, hecho de fuerza y de ira, lloraba desconsoladamente de rodillas, triste y vencido, pero por primera vez en meses también feliz de que su hijo fuera a esquivar el futuro cruel que el sistema esclavista le reservaba.

—Volveré, Lucas. Aguanta. Hazlo por Elías.

Devoto se internó de nuevo en la selva preguntándose qué había hecho Elías. A pocos metros en dirección opuesta, los guardias se abrían paso entre la maleza, llamándolo.

Él lo encontró exactamente en el lugar del que había partido. El niño lo miró.

Su cuerpo menudo era robusto y su pose, altanera.

—¿Baba está bien? —preguntó.

Devoto lo cogió por las axilas y lo aupó para que sus caras quedaran a la misma altura y entendiera la importancia de lo que le iba a decir.

—Lo estará —le dijo, seguro de que no le no mentía.

21

I

El 5 de mayo de 1867, día de san Peregrino, Miguel Abbad se asomó a la ventana y contempló la bruma húmeda que cubría el jardín. Se sentó en una butaca de la terraza de su habitación mientras Iris seguía durmiendo. A su alrededor, los sonidos de la naturaleza que les rodeaba despertaban con el día. Repetía aquel momento como un ritual, cada año, los primeros días de mayo. Le sirvieron un té caliente y aguardó mirando la vista de su jardín y del valle. Pasó media hora algo adormilado, disfrutando de aquel momento de soledad en una casa que rebosaba siempre actividad y en la que nunca tenía demasiado tiempo para sí mismo, hasta que vio caminar por la hierba fresca al esclavo al que estaba esperando.

El hombre iba perfectamente vestido con camisa y pantalón de cañamazo nuevos, blancos y relucientes, parte de la esquifación que les sería entregada a todos los demás pocas horas después, que también incluía un gorro, un chaquetón y una frazada. Lo observó dirigirse al extremo del jardín, aquel desde el que se abría la vista a todo el valle, y acercarse al mástil sobre el que ondeaban débilmente la bandera del Imperio, la de San Miguel y un gallardete rojo. El esclavo arrió el gallardete y, tras trabajar sobre el cabo, lo cambio e izó otro idéntico pero amarillo.

La zafra en San Miguel había concluido.

Miguel no pudo evitar que sus ojos se humedecieran. Otra zafra más, otro ciclo que terminaba y además, ese año, de la mejor manera posible. Solo habían muerto dos esclavos y ninguno de ellos por nada achacable al trabajo, así que estaba eufórico, especialmente porque su mujer lo estaba también.

Los números de aquel año también eran excelentes, mejores que los del año anterior, que también había sido bueno: el ingenio había producido 2.620 toneladas de azúcar, parte de las cuales ya estaban de camino al puerto de Matanzas.

En San Rafael, había concluido la zafra seis días antes y en San Gabriel, lo haría ese mismo día o el siguiente. Contempló cómo ondeaba el gallardete amarillo durante unos minutos, y como si aquel trozo de tela le hubiera dado permiso, volvió a meterse en la cama y se abrazó a Iris, pegándose a su cuerpo oscuro y terso. Ella sonrió, contagiándose de la alegría serena de su marido al saber de dónde venía. Sí, aquella zafra había sido un completo éxito.

En las habitaciones del piso inferior la actividad empezó apenas una hora después. Alicia seguía en silla de ruedas y no había recuperado el habla, pero se comunicaba con soltura con Dora, que, además, le hacía de traductora de morse con aquellos que desconocían el idioma que articulaba con sus párpados. Hacía una semana habían recibido una herramienta muy útil para ayudarla a recuperar la memoria y habían descubierto que las oscuridades de su cerebro se iluminaban poco a poco cuando recibían el estímulo adecuado. Tenían en su poder tres álbumes de copias a la albúmina con imágenes que el fallecido Ignasi Abbad había hecho tomar de su palacete y de varios miembros de su familia. Aquellas fotografías en blanco y negro, del tamaño de una tarjeta de visita, compartían protagonismo ocasionalmente con algún daguerrotipo y eran, a pesar de su tamaño, ventanas abiertas a la memoria de Alicia.

Cada imagen la hacía bendecir al fotógrafo que las había tomado y a su hermano, que había adorado aquel increíble avance tecnológico. Las miraba de cerca, escudriñándolas, entornando los ojos, y de pronto se obraba el milagro y se veía a sí misma en aquel salón, aquella escalera o frente a la chimenea que había calentado su hogar.

A la vez, le habían enviado los retratos familiares más manejables. Eran casi una veintena de óleos de tíos, primos, padres y abuelos que colgaron en sus aposentos cubanos y mediante los que también recordó a la familia que ya no estaba con ella. Cada avance que experimentaba le daba impulso para seguir trabajando. Su día se organizó de forma que Dora y ella sabían exactamente cuándo debían esforzarse sobre su cerebro dormido y cuándo podían descansar un poco y pasear por el exterior. Constituía un trabajo intenso y constante, y no perdonaban ni una de las horas que se habían marcado, seguras de que obtendrían un rédito importante. Alicia le había dicho muy poéticamente que debían aspirar a las estrellas, ya que si se quedaban por el camino, al menos lo harían bien arriba... Y eso hacían. Para Dora también era estimulante. Estaba convencida de que, de haber podido estudiar, habría sido una buena enfermera. Cuando Inés Fernández, que las visitaba cada fin de semana, le explicaba cómo atender a Alicia de la forma más profesional, comprobaba su destreza, pues era capaz de realizar todo lo aprendido con soltura al poco de escucharla.

Dora acabó de vestir a su señora y la bajaron al porche en el que servían el desayuno. Todos estaban eufóricos con el fin de la zafra y los niños, igual que los hijos de los esclavos, tenían la semana libre para estar con sus padres, que también tenían permiso para descansar. El ajetreo de su presencia se hacía notar, pero lo que en Barcelona hubiera sido motivo de castigo, en Cuba lo era de alegría y risas, así que poco importaba que corretearan alrededor de la mesa o que no guardaran las formas debidas aquella mañana. Al mirar a su sobrino y a su mujer, Alicia comprendió que ambos habían triunfado. Uno al concluir la mejor de las zafras que se recordaban y la otra al conseguir que lo hubiera hecho sin víctimas.

No habían acabado de desayunar cuando el mayordomo entornó la mirada hacia el valle.

—Amo Miguel, mire.

Miguel miró hacia donde apuntaba el hombre. Todos lo hicieron. En otro extremo del valle, en San Gabriel, habían arriado el gallardete rojo y en ese momento izaban el amarillo.

—Creo que en San Gabriel también han tenido un buen año. Ese chico vale más de lo que aparenta —opinó Miguel.

—Tiene a quien parecerse. Lucía Gorchs es una mujer sensacional —dijo Iris.

—San Rafael ha producido mucho también. Casi un veinticinco por ciento más que el año pasado.

—¿Cuantos han muerto? —preguntó ella, cambiando el gesto.

—No lo sé exactamente —respondió Miguel, aunque conocía perfectamente la cifra.

—Yo sí lo sé —dijo Iris, cerró los ojos y suspiró—: noventa y dos. Eso es lo que me han dicho.

—No sabes cómo lamento oír eso.

—Tienes que hacer algo, Miguel. No me basta con que lo sientas. Habla con esa mujer. Amenázala.

—Iris, no podemos enemistarnos con nuestros vecinos. Compartimos intereses, instalaciones, constantemente estamos colaborando. Y Rafael es amigo nuestro desde que nacimos. No puedo enemistarme con su mujer.

—Rafael es un pusilánime. Te digo que tienes que hacer algo. Habla con esa mujer.

—Organizaré una reunión.

—Que no sea en mi casa. No quiero verla aquí jamás.

—Iré a verla entonces. No creo que pueda hacer nada, pero lo intentaré.

—Hay algo que ahora puedes hacer. Acoge a los que quieran cambiar de amo.

Los esclavos tenían cada año, por ley, cuatro días para buscar otros amos si no estaban satisfechos con los suyos, pero los plantadores evitaban quedarse con los esclavos de ingenios amigos, pues sabían del perjuicio que suponía para cualquier explotación. En el Valle de los Arcángeles, el pacto tácito se había cumplido desde hacía décadas, lo que había evitado que toda la masa esclava hubiera acudido a San Gabriel. Miguel sabía que romper aquella norma era como una declaración de guerra.

—Iris, sabes que no puedo hacer eso. Rafael no me lo perdonaría nunca.

—Si no hacemos algo, la que nunca se lo perdonará seré yo —replicó ella.

II

Isabel se encontraba en el despacho de la casa azul revisando cifras con el contable. El resumen era el esperado: habían producido mucho más que ningún otro año, casi 2.200 toneladas, un verdadero hito en la historia de San Rafael que la llenaba de una euforia que no podía compartir con Rafael, que se había ido a La Habana dos días antes, esta vez encaprichado con la compra de una fiera que había llegado de África y por la que pelearía en puja con algún otro caprichoso terrateniente. Tampoco creía que, de haber estado allí su marido, hubiera prestado demasiada atención a su logro. Se atraían aún con fuerza, pero sus prioridades en la vida eran opuestas.

Se levantó con dificultad de la butaca y despidió al contable, que suspiró aliviado al haber superado aquella reunión sin ser amonestado. Luego, tras pensar unos segundos, se encaminó a la entrada para reunirse con su cita.

En la misma puerta encontró al negro que llamaban Sabino, su nuevo cochero, pues Lucas seguía dedicado a las tareas de semental que cumplía con éxito. Isabel había encargado a Sabino recabar cierta información en cuanto había visto ondear los gallardetes amarillos de San Miguel y San Gabriel aquella mañana. Quería ratificar la idea que tenía por segura de que San Rafael era el que mayor producción de azúcar había tenido aquel año. Terminaron antes la zafra, pero habían trabajado más horas cada día y sin descasar ningún domingo. Había llegado el momento de saber cuántas toneladas más que ellos habían producido.

—Quiero pasear —le dijo, reclamando su ayuda para subir al coche de caballos que conducía el esclavo.

Sabino saludó a su ama descubriéndose respetuoso antes de ayudarla a subir al pescante del coche. Luego, él mismo subió, quedando sentado codo con codo con Isabel. Parecía intranquilo, pero los esclavos siempre lo estaban en su presencia. Transcurrieron unos minutos en silencio hasta que ella habló.

—Dime, negro —le dijo Isabel una vez iniciada la marcha—. ¿Cuánto han producido los otros?

Sabino pareció inquietarse más y aminoró un poco el trote del caballo antes de hablar.

—Sepa, ama Isabel, que en San Gabriel han producido este año mil doscientas cincuenta toneladas y que la señora Lucía anda muy contenta y ha dado bueyes y aguardiente para que su dotación festeje esta noche.

—Me da igual San Gabriel —dijo ella—. Esos se arruinarán irremediablemente si siguen con tanto festejo. Les compraré el ingenio a no mucho tardar y lo verás con tus ojos, negro. Háblame de San Miguel. Son ellos los que me interesan.

El esclavo bajó la cabeza, como si fuera él el culpable de la noticia que estaba a punto de dar.

—En San Miguel han producido dos mil seiscientas veinte toneladas, ama.

El caballo se había puesto al paso, como si también esperara una mala reacción.

—Eso no puede ser —dijo ella.

—Eso es lo que me dijo el señor Bescós, mayoral de San Miguel, ama.

—Mientes —dijo en voz baja, mirándolo directamente a los ojos, como si allí estuviera la solución a su ira. Sabino quiso saltar del coche y salir corriendo de allí, aterrorizado—. ¡Mientes! —gritó desatando su ira—. ¡Mientes! —repitió golpeándolo, deseando estar más lejos de él para poder azotarlo o arrojarle algo—. ¡Maldito bastardo, te haré arrancar la piel a tiras! ¡Eso es imposible, malnacido!

Pero sabía que aquel hombre decía la verdad. Si después de haber perdido noventa y dos esclavos y de haber trabajado más horas que todos los demás, San Miguel les había superado en producción, podía considerar que había fracasado clamorosamente. Se sentía avergonzada e inútil y todo el logro que suponía la dirección de aquella primera zafra le pareció insignificante. Necesitaba estar sola, necesitaba romper algo, matar a alguien, azotar, quemar, necesitaba dar salida a la ira que llenaba su interior.

—¡¡Fuera de mi vista!! —le dijo empujándolo fuera del coche.

Sabino saltó y corrió para alejarse del camino, dejándola allí, iracunda, enrojecida, con los ojos inyectados de odio y maldad. Isabel tomó las riendas y dejó que el caballo que tiraba del vehículo anduviera a su libre albedrío durante un par de horas. Rabiosa, no podía digerir su fracaso, no podía admitir que aún no fuera la mejor plantadora. Pasó cada minuto del trayecto maldiciendo con impotencia los seis meses que se abrían ante sus ojos. Seis meses de tregua en los que no podría hacer nada antes de la siguiente zafra en la que, esta vez sí, su ingenio iba a producir más que ninguno.

El caballo se detuvo al llegar al campo extenso y verde en el que acababa el camino que libremente había elegido. Isabel rara vez visitaba aquel lugar, que, sin embargo, había sido uno de los favoritos de los hombres de la familia antes de que ella llegara al valle. En medio del prado, flanqueada por dos grandes ceibas, una casita pintada en el azul del ingenio, con techo puntiagudo y recargadas yeserías en blanco enmarcando puertas y ventanas, había servido para que Rafael, su padre y hermanos organizaran las fiestas con mujeres que sus escrúpulos habían alejado de la casa azul. Lo llamaban San Rafaelito, y aparentemente era tan querido por los hombres de la familia como odiado por las mujeres, que lo hubieran hecho derribar de haber podido. A Isabel le daba exactamente igual. Rafael no le había dado ningún motivo para estar celosa. Aún presa de la ira, bajó como pudo del coche y se dirigió a la casa en busca de algo de beber que aliviase el calor sofocante que empezaba a sentir.

No se dio cuenta del líquido viscoso que dejaba a cada paso sobre la hierba.

Entró en la casa y se fue directa al cuarto de baño, donde se miró al espejo mientras llenaba un vaso de agua. Se contempló desencajada, sudada y con el pelo como cuando trabajaba en el infausto chiringuito de sus padres. Odió que su imagen le recordara aquellos días. Maldito Miguel Abbad, maldito San Miguel. Apartó de un manotazo un jarrón con flores mustias, estrellándolo contra el suelo.

—¡Tramposos! —gritó, convencida de que la zafra era una competición cuando ninguno de sus colegas lo sentía así.

Se palpó la frente húmeda. Todo su cuerpo se lo pareció de pronto. Apartó la vista del espejo y miró hacia abajo. Sus pies aparecían rodeados de líquido, se mojó la mano palpando el abundante hilo que recorría sus piernas. Era transparente como el agua; al olerlo, le resultó más dulce que la orina. Incrédula, se acercó a la única habitación de la casa y, tras apartar con la mano el polvo de la cama, se echó, momento en el que el líquido amniótico salió de ella en mayor cantidad y supo que estaba de parto. En seguida empezaron las contracciones, y sin capacidad ni ganas de pedir ayuda, decidió que al menos eso sí le saldría bien, pues por una vez dependía solo de ella y no necesitaba al atajo de zánganos que la rodeaban.

A las tres, cuando Rafael llegó a la casa azul, los criados le informaron de que su esposa no había vuelto. El mayordomo y todos los demás, que sabían de la conversación que Sabino había tenido con ella y el enfado que había provocado, se guardaron de dar malas noticias a su amo, que las detestaba, pero le informaron de que el esclavo había vuelto andando por orden de Isabel.

Rafael supuso que Isabel estaría trajinando y mandando en el batey, como hacía siempre, y comió solo. A media tarde, al ver que su mujer no volvía, se decidió finalmente a ir en su busca. Le fue fácil distinguir las huellas de las ruedas del coche de caballos, pero le sorprendió la dirección que habían tomado. Cuando llegó a San Rafaelito, pensó que en otras circunstancias hubiera sospechado de la fidelidad de su esposa, pues siempre que él había acudido a aquella casa lo había hecho con intenciones lujuriosas. Entró en la casa y miró a su alrededor. Las ventanas estaban cerradas y la luz peleaba sin éxito con la oscuridad colándose entre las fraileras. Una canción susurrada lo guio hacia la habitación. Llamó suavemente a la puerta y entró sin esperar respuesta, adelantando la cabeza con precaución para asegurarse de que no molestaba. No lo hacía, pero tampoco le habían echado de menos. La luz dorada del atardecer bañaba la habitación y el suave murmullo, solo roto por los cantos de los pájaros del exterior, acompañaba e invitaba a la emoción. En la cama, apoyada en el cabezal, Isabel era una mujer nueva. Su piel resplandecía y su mirada turquesa era limpia, se había desprendido de la chispa de maldad que dejaba escapar su interior oscuro. Una media sonrisa, serena y tranquila, se abría tan solo un poco para dejar escapar susurros con mimos y canciones dirigidos al cuerpo nuevo, suave, limpio y desnudo que sostenía en sus brazos. Rafael no pudo contenerse.

—¡Querida! ¡Esto es maravilloso! ¡Soy padre!

Se acercó a la cama y se sentó, pasó un brazo por detrás de su mujer y se acercó a ella. Miró al bebé y con los dedos le acarició la cara. Luego besó a su mujer en la frente.

—Eres formidable, querida. Nadie podría haberme dado un hijo más hermoso.

—Una hija —respondió ella sin mirarlo.

—¿Cómo dices? —dijo Rafael.

—He tenido una hija —confirmó ella.

Rafael destapó un poco la sábana que cubría al bebé para comprobar, incrédulo, que no había tenido el niño que esperaba. El niño que deseaba. Tenían una hija hermosa y sana, con la boca pequeña, los ojos grandes y la cabeza cubierta de una pelusa rubia, casi trasparente. No pudo evitar que la decepción le sobreviniera y tampoco hizo demasiado por disimular aquel sentimiento. Miró a la niña de nuevo, tratando de asegurarse de que sus ojos no le habían engañado, y se levantó de la cama.

—Pediré que te traigan algo de comer y un coche grande para que puedas volver cómodamente a la casa azul. ¿Te encuentras bien? ¿Necesitas algo?

Isabel lo miró con los ojos aún humedecidos y sonrió.

—No necesito nada. Por primera vez en mi vida, creo que lo tengo todo.

Rafael no pudo participar de aquella emoción. Ni siquiera la comprendía del todo.

—Pediré que te atiendan. No puedo creer que lo hayas hecho todo tú sola. —Se quedó en silencio mientras abría la puerta y se detuvo a mirarla antes de salir—. Y no te preocupes Isabel, el próximo seguro que será un niño.

Ella ni siquiera lo oyó.

III

Durante días, Isabel permaneció anestesiada del mundo, dedicada con todo su ser y todos sus pensamientos a aquella vida que había surgido de ella. Supo que antes de morir, cuando mirara hacia atrás, podría olvidar lo que su hija le hubiera dicho y lo que hubiera hecho, pero que jamás olvidaría lo que al nacer le había hecho sentir. Toda la ira con la que había empezado aquel día había desaparecido, arrasada por el amor de un momento único.

Instalaron al bebé en una habitación contigua a la de sus padres. Por iniciativa del contramayoral encargado de la vigilancia del patio de los esclavos, estos le regalaron una cuna elaborada con madera de jazmín, que impregnaban cada mañana con agua de su flor, de forma que al mecer a la niña, todo su cuerpo emanaba un olor fresco, dulce y suave. Un ama negra llegó desde el palacio del conde de Brunet, en Trinidad, y se intercambiaron dos jóvenes esclavos de San Rafael por dos esclavas domésticas de los marqueses de Aguas Claras para cuidar de la niña. Isabel sabía que en su ingenio la odiaban y no quería que nadie que se acercase a su hija pudiera vengarse en la pequeña, por lo que todos los que estaban a su cuidado vinieron de fuera del valle. Además, a la niña le regalaron un mulenque de tres años, un esclavo que habría de acompañarla, protegerla y asistirla toda la vida, y que dormía a los pies de su cuna, exactamente igual que hubiera hecho un perro fiel.

Mientras la casa se adaptaba sin problemas a su heredera, Rafael se dedicó brevemente y por primera vez en meses a su ingenio. Para no tener que ocuparse de la explotación en ausencia de su mujer, ascendió a Juan Luis Calleja a mayoral cuando el hombre ya estaba preparando las maletas para abandonar San Rafael, aumentándole el sueldo para que no pudiera rechazar la oferta. Sabía que Isabel, tarde o temprano, no podría resistir la tentación de volver a dirigir el ingenio, pero esperaba que dedicara unos meses a su familia, especialmente a él, que estaba harto de buscar en amantes lo que llevaba meses sin obtener en la casa azul.

Aún no se había dado cuenta de que Isabel había cambiado para siempre.

Protegidos del sol de junio con sombreros de yarey, Inés y Gabriel observaban desde la loma del Tomeguín cómo Tomás se alejaba por el camino que salía del valle. Nadie se había despedido de él, pues al dolor de su partida se unía la sensación de que lo hacía para volver en son de guerra. Lucía les había explicado la conversación que había mantenido con el mayoral, cómo este había reconocido con su silencio que tramaba una rebelión y cómo ella le había pedido que no se quedara en la casa inglesa si lo que pretendía era acabar con el sistema que la sostenía. Tomás se alejaba subido a una mula con alforjas cargadas de comida. En su habitación había dejado todo lo demás. La ropa que le habían dado y sus enseres más básicos estaban ordenados sobre la cama junto a una cantidad de pesos para pagar la vieja mula que se llevaba.

Gabriel supo que echaría de menos a Tomás. A su lado todo funcionaba mejor, todo era más operativo y fiable. Fiable. Resultaba irónico que fuera precisamente en Tomás en quien más confiaran, pero sabían que con él estaban seguros. Su tía le había dicho que Tomás sería un excelente amigo en el infierno. Si una revolución sobrevenía, aquel mandinga pondría el freno a todo lo que afectara a los Gorchs y su ingenio. Lucía estaba segura.

Gabriel había pedido a Inés que lo acompañara hasta la loma desde donde veían al mayoral despedirse del Valle de los Arcángeles. Se mantuvieron en silencio contemplando aquella imagen triste.

—Supongo que nadie puede pretender ser lo que no es toda la vida —dijo él al fin.

—Seguro que no —respondió ella.

—Ni ser dos personas a la vez. No tiene que haber sido fácil para Tomás, ya sabes, estar en la casa inglesa y conspirando a la vez.

Inés lo miró. Gabriel era la única persona con la que podría haber estado. La única de la que se había enamorado. Sabía que su amor era real porque solo le pedía que fuera ella misma. Se divertían y se querían, pero también podían estar separados, añorándose sin inquietarse, exprimiendo los recuerdos de cada encuentro hasta que llegaba el siguiente. Era una relación de paz con emoción, de serenidad y atracción, de tranquilidad y aventura. Era, sencillamente, perfecta. Sabía que se casarían, probablemente antes de la siguiente zafra, pero actuaban como si ya lo estuvieran, planificando su vida juntos y a largo plazo, y escapando cada noche de la habitación de uno a la del otro para estar unidos también en la oscuridad. Inés se había instalado casi permanentemente en la casa inglesa, acudiendo a La Habana tan solo una semana al mes. Había empezado a ayudar al médico del valle, que en el último tramo de la zafra se había visto desbordado por las lesiones y enfermedades de los esclavos, especialmente los de San Rafael, cuyos cuerpos exprimidos se rompían con frecuencia. Desde hacía casi un mes, atendía ella sola el dispensario, pues temiendo romperse también y aprovechando que por una vez tenía alguien para suplirle el médico había decidido tomarse un par de meses de descanso en su casita de Holguín.

Cuando la figura del mayoral se empezaba a perder entre los árboles, otra montura apareció por un camino más cercano, levantando polvo con su galope. Los dos se quedaron donde estaban, esperando a que les comunicaran la urgencia que indudablemente les traía. No conocían al negro que, tras desmontar, se acercó a ellos, pese a que él sabía perfectamente a quién buscaba. Parecía tan apurado como su caballo, incapaz de permanecer quieto mientras les hablaba.

—Señorita Fernández, la necesitamos en la granja de San Rafael. Una mujer preñada se ha puesto a sangrar y a lamentarse con dolor. Tememos que pierda el hijo que lleva dentro si no se apresura a ayudarla.

—Lo seguiré —dijo ella decidida—. Vamos, rápido.

Miró a Gabriel y aseguró las alforjas de su montura, donde llevaba siempre sus utensilios médicos.

—Voy con vosotros —dijo él.

Siguieron al hombre al galope por los caminos del valle en una dirección que era nueva para Gabriel. La granja que él conocía estaba en otro punto del ingenio vecino, cerca del batey, y tenía gran cantidad de gallinas, vacas lecheras y cerdos que abastecían a la casa azul, pero estaba claro que había una segunda granja en San Rafael. Cuando se detuvieron frente a una empalizada alta, vigilada por guardias, Inés y él se miraron con extrañeza. Armados y malcarados, les abrieron las puertas que encerraban el recinto y ellos accedieron con la sensación de estar poniendo el pie en una prisión. Enseguida oyeron los lamentos de una mujer. Inés y Gabriel entraron corriendo al barracón del que procedían los gritos y ella se dirigió sin apenas deternerse a la cama donde yacía una esclava empapada en sudor, gritando y llorando. No reparó en el entorno, pero Gabriel sí lo hizo, tan impresionado como confuso. En aquel barracón oscuro, todas las mujeres parecían embarazadas, y la mayoría lo miraban semidesnudas, incorporadas en humildes camas, atentas a lo que habían venido a solucionar. También había algunos hombres, muchísimos menos, que se arremolinaban en torno a la enferma.

Inés abrió su maletín y auscultó el vientre de la mujer.

—¿Cómo te llamas? —le dijo mirándola a los ojos.

Ella miró a un hombre entre los que la rodeaban y este le habló en el idioma yoruba, que Inés desconocía. Luego, la mujer volvió a mirarla para responder.

—Dayo.

—Muy bien, Dayo. ¿Te duele aquí? —le dijo presionando un costado.

No hizo falta que tradujeran sus palabras, pues la mujer se quejó en cuanto Inés aplicó presión en aquel punto. Luego convulsionó entre gritos.

—De acuerdo —dijo Inés acercándose a la cara de Dayo.

Comprobó que estaba hinchada alrededor de los ojos, luego le cogió la mano, también muy hinchada y miró a Gabriel, que captó su preocupación.

—Necesito que esta gente se aparte de la cama y que abráis los portones de enfrente un momento. Será tan solo un momento, necesito que le dé la luz.

Gabriel apartó a todos y uno de los hombres abrió los portones tal y como Inés había pedido. Al entrar la luz, la mujer cerró los ojos rápidamente, molesta, e Inés pidió que volvieran a cerrarlos. Luego acercó una mano a la cara de la enferma, colocándola ante sus ojos.

—Dayo, necesito que me digas cuántos dedos ves aquí.

El esclavo tradujo las palabras de la enfermera y luego, con preocupación, la respuesta de la enferma.

—Dice que ve cuatro y luego tres.

Inés solo había levantado un dedo. Se levantó y pidió a Gabriel que se acercara.

—Gabriel, creo que esta mujer tiene preclampsia. Pero yo no soy médico. El caso es que si la tiene y no hacemos nada, morirán ella y el bebé que lleva dentro.

—¿Y qué es lo que puedes hacer?

—Debería provocar el parto. El bebé morirá, pero ella podría vivir. El caso es que soy enfermera, no médico y...

—Inés, eres lo único que tenemos —la interrumpió—. ¿Hay tiempo para traer a un médico de La Habana o de Matanzas? Tardará por lo menos un día, si no más.

—No. No tenemos tanto tiempo —dijo ella.

—Entonces, no hay duda. ¿Qué necesitas? ¿Cómo te ayudo?

—Saca a toda esta gente de aquí. Que solo se quede el intérprete.

Todos salieron del espacio, quedando tan solo las mujeres, que observaban horrorizadas desde sus camas el dolor de su compañera, deseando no tener jamás que pasar por aquel trance. A las dos horas, Dayo había dado a luz a un niño bien formado para tener solo seis meses, pero muerto. Perdió la consciencia en cuanto el cuerpo del bebé salió de su interior y todos pensaron que era mucho mejor así, pues no podría haber soportado sumar a su dolor físico, el del corazón.

Inés también estaba cansada y triste. Nunca se acostumbraba a ver morir, menos aún a un bebé. Lo envolvió en una sábana dejando que solo asomara su carita azulada y preguntó por el padre. Un negro que le resultó familiar se acercó. Tristísimo, el mandinga parecía acumular una pena tras otra, y como le pasaba a la gente en desgracia permanente, Inés vio a un hombre vencido y hastiado de la vida.

—¿Cómo te llamas? —le preguntó.

—Soy Lucas de Viader —respondió él.

—Te recuerdo —intervino Gabriel—. Eres el cochero de la señora Isabel.

—Ya no lo soy —dijo Lucas—. Ahora... estoy aquí.

—No he podido salvar a tu hijo, Lucas. Lo siento mucho. Probablemente hubiera muerto también tu mujer de no haber provocado el parto. Pero Dayo sanará y podréis tener más hijos. Lo siento muchísimo.

—Dayo no es mi mujer.

—Bueno, pues tu novia. Eso no importa, podréis tener más hijos si es lo que queréis.

—Nosotros no tenemos hijos porque queramos. Los tenemos porque los quiere ama Isabel.

Fue entonces cuando entendieron lo que sucedía allí. Inés y Gabriel recorrieron la nave con la mirada: muchas mujeres, todas embarazadas de varios meses y tan solo algunos hombres, fuertes y jóvenes. Isabel estaba criando esclavos, igual que otros criaban gallinas o terneros. Al ver que la escena les horrorizaba tanto como a él mismo, Lucas procedió a detallar pausadamente cada una de las barbaridades que allí se perpetraban. Mientras lo escuchaban atónitos e indignados, Inés aprovechó para revisar una a una el estado de todas las mujeres. Una llevaba gemelos y sería la primera en parir, por lo que debería estar atenta. El resto no revestía problemas aparentes. La mayoría de los que estaban allí no hablaba español, Lucas les explicó su proveniencia. También eso les causo estupefacción.

Los guardias asomaban la cabeza de vez en cuando, inquietos por su demora en salir, pero cuando veían a la enfermera atender a otra de las mujeres, comprendían la importancia de aquellas horas. La patrona Isabel necesitaba que las mujeres estuvieran sanas.

Cuando ya de noche, les observaron abandonar el recinto no quedaba ningún secreto sobre aquel lugar que la pareja de San Gabriel no supiera.

Lucas los despidió en la puerta. Inés le hablaba cogiéndole los antebrazos con las manos, como hacía cuando quería que la tomaran muy en serio.

—Lucas, cuida de Dayo. Dale pan florecido. —El esclavo cambió la cara de forma que Inés supo que no disponía de pan de ningún tipo—. Diré que os traigan mañana. Que lo tome aunque le dé asco. La aliviará.

—Ningún pan nos da asco aquí, ama. Pelearán todos por él, esté en el estado en que esté —replicó él.

—Bueno, pues nos ocuparemos de que haya para todos. Pero que Dayo tome el florecido. Y... Lucas, muéstrale el bebé pero no dejes que se aferre a él.

—No lo haré, ama.

—No os dejaremos aquí —intervino Gabriel—. Haré cuanto esté en mi mano para que esto acabe.

Salieron del recinto y se subieron a los caballos. Gabriel miró a los guardias.

—Ustedes no fueron contratados para esto. Mañana mismo hablaré con el capitán Velasco.

Nadie respondió a sus palabras.

Los gritos de la esclava Dayo fueron susurros comparados con los que Lucía Gorchs profirió aquella noche. Gabriel nunca la había visto en un estado de cólera igual. A medida que le contaban sus descubrimientos de aquella tarde, poco a poco el gesto de la plantadora cambió de tal forma que su cara y sus ojos parecían estar a punto de estallar. Se levantó en silencio y aguantó unos segundos antes de empezar a gritar, insultando y maldiciendo a Isabel. Si su querido Tomás los había abandonado para rebelarse, era exactamente por cosas como aquella. Ella misma hubiera quemado San Rafael desde la primera caña a la última paila de haber estado en el lugar de los esclavos. Durante media hora, los domésticos dejaron todo lo que estaban haciendo para asomarse tímidamente al salón a ver qué sucedía, asustados por el ánimo de su ama, que, pese a toda su excentricidad, jamás perdía las formas de aquella manera.

Luego, cuando creyó que el corazón se le saldría del pecho, Lucía sentó su huesudo cuerpo en un sillón enorme entre cuyos brazos siempre parecía hacerse pequeña y pensó en alto.

—La mala sangre esa ha errado en algo. Atended —dijo incorporándose un poco y emergiendo de los cojines que la rodeaban—. Todo lo que ha hecho con sus esclavos es aberrante, pero también legal. De hecho, no es la primera que se monta una granja de negros. Respecto a los castigos: castrar, azotar, arrancar a esos hombres y mujeres de sus familias... tampoco ha faltado a la ley, pues son suyos y puede maltratarlos como quiera. —Respiró profundamente y sonrió por primera vez desde que le habían dado la noticia—. ¡Pero no puede robar esclavos! Lo que Lucas os ha contado es motivo suficiente para acabar entre rejas. Si el tráfico no estuviera prohibido, hoy mismo publicaría un comunicado en *La Aurora* de Matanzas y todos los diarios de la isla para decir que se ha robado una descarga de esclavos, pero en la situación actual me metería en un lío importante y mucha gente poderosa que sigue trayendo esclavos no dudaría en acabar conmigo. Pero daré voces entre los plantadores. Averiguaré quién compró una partida de yorubas que nunca llegó, o quién la esperaba para vender y la sigue esperando. Robar esclavos es un delito grave. Esa mujer no sabe lo que ha hecho. Si no acaban con ella las autoridades, lo harán los plantadores. Hay cosas con las que no se juega. Tenemos una carta poderosa para acabar con Isabel y la vamos a utilizar. No lo dudéis.

No perdonaría a Isabel aquello, que venía a confirmar que todos los indicios de su maldad eran reales. La mujer que se había casado con su vecino provenía del mismo infierno y cada descubrimiento que de ella hacían reforzaba la imagen de su mezquindad. Tener un vecino así era un problema, pero peor aún era que no hicieran nada para desmarcarse de lo que hacía. Si callaban, todos los esclavos pensarían que San Gabriel respaldaba a San Rafael, y eso era impensable para Lucía.

—Mañana quiero ver a Miguel Abbad. Si hace falta, construiremos un muro para separarnos de San Rafael, pero tiene que quedar muy claro que nosotros no somos como ellos. ¿Cómo se llama la esclava que has atendido? —le dijo a Inés.

—Dayo. Creo que eso he entendido.

—Pobre mujer.

—Significa «llega la alegría» —oyeron decir a Cid. El niño se había sentado en el suelo y jugaba con Chipi, desinteresado por lo que acaecía en el salón. Había hablado sin darse importancia y sin esperar que nadie lo escuchara.

—¿Que dices, niño? —le preguntó Lucía.

Cid levanto la cabeza y sonrió.

—Dayo significa «llega la alegría» en el idioma yoruba. Sé un poco. Trabajé con un niño yoruba, era mi amigo. También sé decir muchas cosas de mayores. ¿Queréis saber cómo se dice...?

—No, no queremos, Cid —lo interrumpió Gabriel—, pero eres una caja de sorpresas.

—Y ojalá ese nombre sea premonitorio —añadió Lucía—. Estoy hastiada de desgracias.

IV

Isabel volvió a la casa azul para comer tras haber pasado todo el día en San Rafaelito. Aquel lugar, testigo inesperado del nacimiento de su hija, le resultaba especial, la relajaba y le hacía sentir que nada podía ser mejor. Blanca, como habían bautizado a la pequeña, también disfrutaba cuando estaba allí y dejaba de llorar y quejarse en cuanto llegaban. A menudo, se llevaba la comida y sola con su hija, Isabel pasaba el día adormilada, mimando a la niña en el prado verde que rodeaba la casita.

Rafael vio cómo entraba en el salón y entregaba al bebé a una de sus amas antes de acercarse a él y besarle en la mejilla. No podía ocultar que Blanca no era el heredero que esperaba, pero comprendía que no tener un varón había sido una posibilidad desde el principio, así que no le daba más vueltas a aquella mala suerte y se preparaba para volver a dejar embarazada a Isabel lo antes posible.

—¿Otra vez en San Rafaelito? —preguntó él.

—Otra vez, sí. Me gusta ese lugar.

—A mí también me ha gustado siempre, pero debo reconocer que no lo he visitado tanto como tú, ni siquiera cuando...

—Ni siquiera cuando lo llenabas con tus amantes —dijo ella riéndose—, no te avergüences ahora.

—No lo hago. Tengo buenos recuerdos de San Rafaelito, esa es la verdad —replicó Rafael riéndose también.

—Puedes guardarlos para ti. No preguntaré. En cualquier caso, sin duda, es mi rincón favorito de todo el ingenio. Tiene algo especial. No sé que es.

—Supongo que no tiene demasiada importancia, pero lo cierto es que no es parte del ingenio. San Rafaelito era un trapiche que quedó arrinconado al comprar todo el terreno de San Rafael. Se adquirió más tarde. Creo que nunca se ha plantado, pero bueno, es útil como terreno de pasto. Son dos fincas separadas, aunque las dos sean nuestras. No cambia nada, pero si te divierte la pondré a tu nombre.

—Ponla al de Blanca. Así siempre tendrá un pedacito del valle si viene un varón.

—Vendrá. No lo digas en condicional, querida. Debe venir. Pero pondré San Rafaelito a nombre de la niña aunque sea eso, una niña.

—Y si no viene, no pasa nada. Te recuerdo que una reina, una mujer, nos gobierna ahora mismo —argumentó ella.

—¡Ja! ¡Y así nos va! —se mofó Rafael—. Isabel II es de lo peor que ha pasado por el trono de nuestro país, y eso que su padre y su abuelo dejaron el listón bien bajo. En fin, tampoco podemos esperar más. Quiero un varón para llevar esta plantación, seguro que lo comprendes.

Isabel trató de no molestarse demasiado, pero estaban entrando en terreno peligroso. Blanca debería haber tenido todos los derechos respecto a la herencia de sus padres, ninguno menos solo por el hecho de mujer, y tampoco le gustaba que Rafael cargara sobre ella una responsabilidad que era conjunta, como si ella sola hubiera fallado al tener una niña en lugar del deseado varón. Además, Blanca no era ningún error. Era la criatura más perfecta que hubiera pisado la tierra y merecía todos los parabienes que pudiera recibir.

Afortunadamente, justo cuando el ambiente se empezaba a tensar, el mayordomo los interrumpió portando un sobre con el membrete de San Gabriel. Rafael lo abrió y leyó rápidamente su contenido.

—¿Esperan respuesta? —preguntó al mayordomo sin mirarlo.

—Sí, amo. El mensajero de San Gabriel aguarda en la puerta.

—Dígale que allí estaré —dijo devolviendo el sobre a la bandeja.

—Gracias, amo.

Isabel esperaba impaciente por saber para qué convocaban a su marido.

—Lucía Gorchs quiere que me reúna esta tarde con ella en la casa inglesa. Por lo visto irá también Miguel Abbad. No sé qué querrá, pero asistiré —y frívolamente añadió—. Me divierte ver su casa. Cada vez es más extraña, igual que ella. Además, tiene un oporto buenísimo que nunca me ha querido decir dónde consigue.

—Te acompañaré —dijo Isabel.

—Sabía que dirías eso, querida —dijo Rafael, riéndose.

Pero las risas acabaron en cuanto entraron al salón de plantadores de la casa inglesa, donde les recibieron con semblante serio. El ambiente estaba cargado con el humo de varios cigarros acabados y algunas copas vacías denotaban que quienes los esperaban llevaban varias horas reunidos. Les ofrecieron asiento y Lucía fue directa al asunto que les ocupaba.

—Querido Rafael —dijo ignorando intencionadamente a Isabel, que no le era nada querida—, recientemente hemos tenido conocimiento de unos hechos que, de no corregirse, supondrán un antes y un después en la relación de los tres ingenios del valle. —Carraspeó un poco—. En realidad, son tan solo la culminación de lo que llevamos tiempo viendo con preocupación. Primero fueron los azotes y los cepos que pusisteis, que solo fueron el inicio de una vuelta atrás en la relación con vuestros esclavos, que, como sabes, no compartimos, y que ha desembocado en la muerte de unos noventa de vuestros negros en la pasada zafra.

—Eso no es correcto —intervino Isabel, defendiéndose tanto de los que la habían convocado a aquella reunión como de su marido, que desconocía la mayoría de los hechos y, por supuesto, aquel dato—. Puede contar a nuestros negros. Han muerto alrededor de veinte, la mayoría de viejos, alguno por accidente laboral, igual que en todos los ingenios de Cuba. Tenemos la misma cantidad de negrada que antes —dijo sin saber que Lucía conocía la llegada de sus nuevos esclavos robados.

—Creemos que no es así —repuso Lucía—, pero el asunto es que el maltrato a vuestros esclavos se está generalizando y eso nos salpica a todos.

Rafael sintió que tenía algo que decir.

—En cualquier caso, y como bien ha dicho usted, querida amiga, esos hombres son de nuestra propiedad, por lo que podemos tratarlos como convengamos que es mejor para el funcionamiento del ingenio.

—Lo sé, Rafael. Pero habíamos acordado que lo mejor era tratar bien a los esclavos. Hay rebeliones cada día. Aquí mismo, en el valle, tenemos un asesino suelto que no hay manera de que aparezca. En la casa azul lo habéis sufrido en primera persona y aquí también. Y hay gente que ha desaparecido —miró a Isabel—, como Germán, vuestro mayoral.

—Probablemente se fuera del valle. Ese hombre era extraño —se excusó Isabel.

—Quizás sí. Pero resulta que la señorita Inés Fernández, prometida de mi sobrino Gabriel y que, como sabéis, está dirigiendo el hospital, atendió hace un par de días el parto de una de vuestras esclavas. Un parto fallido, pues el niño nació muerto.

Isabel maldijo aquella noticia al suponer dónde se había producido. No le habían dicho que Inés había ido a su granja de negros, pero lo que realmente la molestó era haber perdido a uno de sus futuros esclavos.

—Eso es una lástima —dijo Rafael sin sentir ninguna pena.

—Lo es, pero no es lo importante —continuó Lucía—. El caso es que en el lugar al que fue Inés había muchos embarazos, pues habéis creado una granja de negros. Lo cual nos lleva al punto en el que nos encontramos.

—¿Una granja de esclavos? —dijo Rafael, perplejo.

—Sí, querido, lo hablamos por encima un día —se apresuró a mentir Isabel—. Necesitamos renovar la mano de obra, ser previsores. Las mejores hembras de nuestro ingenio están trabajando para producir la siguiente generación de esclavos con los mejores machos. Los dos convenimos que era una buena idea.

Rafael estaba casi convencido de no haber hablado de aquello jamás, pero no quería poner en evidencia su falta de control sobre el ingenio que le pertenecía, así que siguió la corriente.

—Sí, por supuesto, ya lo recuerdo —dijo.

—Muy bien. Pues el asunto es grave —continuó Lucía—. Nuestros esclavos no tardarán en enterarse de lo que sucede en vuestra granja y los vuestros tampoco lo harán. Y se indignarán. Acercaos a la mesa, por favor.

Se acercaron a la mesa sobre la que estaba desplegado un gran plano de la isla. En varios puntos habían colocado una pequeña banderita que se sostenía con un pie.

—Cada una de las banderas representa un ingenio en el que ha ocurrido una rebelión de esclavos en los últimos cinco años. —Había fácilmente una cincuentena—. Algunas han sido en pequeños trapiches, pero Rafael, la mayoría son en ingenios como el tuyo y el mío. Nuestro plan peligra.

—Era una irrealidad —dijo Isabel—. Además, nuestros esclavos siempre pueden comprar la libertad y coartarse, como en todas las plantaciones.

Lucía la miró. Tenía serias tentaciones de hablar allí mismo del robo de los esclavos, algo que ni el amor más ciego de Rafael aceptaría, pero se contuvo, guardando esa carta para una mano mejor.

—Querida, tengo cincuenta años. Llevo casi treinta en el valle. Así que no digo irrealidades, sino cosas basadas en mi experiencia. He visto crecer a los que trabajan mis cañaverales, hablo con sus madres, conozco a muchos de sus padres. Para coartarse los esclavos tienen que trabajar en sus horas libres para producir algo suyo que vender, y en el valle solo les pueden comprar esos productos nuestros trabajadores libres. Es casi imposible que reúnan el dinero para hacer lo que dices. No pueden comprar su libertad más que en infinitos y desesperanzadores plazos. Lo que habíamos planificado era diferente... y es lo único que nos puede salvar.

—No estoy de acuerdo —replicó altiva Isabel.

—Lo suponíamos. Es por eso por lo que hemos tomado una decisión. Miguel, explícaselo, por favor.

—En la situación actual —dijo Miguel—, dada la manifiesta división de opiniones en un tema tan trascendental, creemos que lo mejor es acabar la relación con San Rafael. Hemos hecho una propuesta para la división de las instalaciones que compartimos, fundamentalmente el colegio y el hospital, y otra propuesta para la regulación más detallada del uso del tren. También hemos decidido considerar a todos los esclavos de San Rafael que llamen a nuestra puerta para cambiar de amos.

—¿Cómo? —se indignó Rafael.

—Sí, Rafael. Lo vamos a hacer —confirmó Miguel—. Y esto no viene de mi mujer, ella ni siquiera sabe lo que estáis haciendo, aunque esté atónita e indignada con las muertes que habéis tenido esta zafra. Si no lo hago, mi negrada pensará que estoy de acuerdo con lo que hacéis y se volverá en mi contra. Recibiré a todos los esclavos de San Rafael que llamen a la puerta de San Miguel para convertirse en mi propiedad.

—Yo también lo haré —añadió Lucía.

—No podéis hacer eso —dijo Rafael—. Sería la guerra.

—Puedes evitarlo fácilmente —respondió Miguel—. Que todos los esclavos vuelvan al patio, cierra la granja y declara la libertad de vientres, solventa la aberración liberando a los que están por nacer.

—No haremos nada de eso —intervino Isabel—. San Rafael funciona de otra manera y no tardará en superar a San Miguel en producción.

—Eso me da igual —dijo Miguel—. En realidad, creo que la única persona de esta habitación a la que le importa lo que producen los demás ingenios eres tú, Isabel.

—Pensaremos en todo lo que proponéis —dijo Rafael—, pero me voy muy decepcionado. Pensaba que éramos amigos.

—Lo somos, Rafael —intervino Lucía—, pero si no acabamos con esto nos hundiremos todos con vosotros. San Rafael está zozobrando y ninguno os dais cuenta. Muertes, desapariciones, fugas... ¿es que no lo ves? Rectificad. No nos podéis pedir que os demos la mano si lo que pretendéis es saltar al abismo.

—No rectificaremos —declaró Isabel—. Lo único que habéis conseguido con vuestra deslealtad es que paguen los esclavos, que no podrán pasear por el valle sin ser vigilados para que no escapen a vuestros ingenios. La noticia de vuestros métodos correrá por Cuba, seréis la vergüenza de los plantadores. Si todos hicieran lo que vosotros, el sistema se vendría abajo.

Isabel los miró a la cara, llena de ira. Luego cogió a Rafael del brazo.

—Vámonos, querido. Aquí no te quieren.

—No te queremos a ti —se oyó decir en voz baja a Lucía.

V

Al atardecer del décimo día de trayecto, tras seguir una a una las indicaciones que Devoto le había dado en su visita al valle, Tomás encontró el último punto que el cimarrón le había indicado, una peña puntiaguda y estrecha que asomaba entre los árboles. Había cruzado Cuba y había penetrado en la densa selva de una sierra que desconocía, pero en ningún momento se había perdido y su espíritu era animoso y optimista. Era libre desde hacía meses, pero durante aquel trayecto se había sentido de aquella forma por primera vez. Debía escalar hasta la mitad de la roca, donde un hueco dejaba ver el cielo al otro lado. Cuando llegó, agotado pero ansioso, descubrió a sus pies el palenque de Los Devotos. Alzó los brazos al aire y gritó de alegría. Luego lo observó desde aquel punto.

La primera impresión fue la de un desorden feliz, la de una vuelta a lo primitivo y lo esencial. Había muchos tipos de viviendas, unas más elaboradas y otras configuradas como simples conos cubiertos de palmas, huertos que cultivaban verduras y hortalizas de diversas variedades, caminos mal trazados por los que correteaban niños desnudos, picoteaban las gallinas, y mujeres y hombres trajinaban de aquí para allá. Desprendía libertad y felicidad. Le pareció que lo poblaba más de un centenar de cimarrones. Distinguió enseguida a Devoto, sentado conversando con un grupo de jóvenes en la terraza de un palafito construido sobre estacas de palmera.

Tomás tenía sed y hambre, sobre todo de sumarse a la revolución, y se dirigió a paso ligero a la cabaña de Devoto. Antes de llegar, su compañero ya le había visto y, de pie, sonriendo, sin poder controlar pequeñas carcajadas de alegría, le esperaba con los brazos abiertos. El recién llegado subió la escalera al borde de las lágrimas, emocionado por la conclusión de unos días inciertos. Devoto lo abrazó con fuerza. Mientras lo hacía, también emocionado, le dijo:

—Ahora sí puede comenzar la revolución.

22

I

El año 1867 fue un año extraño en el Valle de los Arcángeles, uno de aquellos en los que el ánimo obliga a estirar los recuerdos de las alegrías puntuales para sobrevivir al presente más penoso. El aroma que lo viciaba todo y que no les dejaba ser felices era el enfrentamiento, ya manifiesto, entre los ingenios.

San Rafael se quedó con la nueva guardia en su totalidad, cosa que ni a los Abbad ni a los Gorchs les importó, pues no confiaban en ella y sabían que llevaba meses obedeciendo a los intereses de Isabel, que la había utilizado para establecer una vigilancia férrea sobre sus esclavos. Juan Luis Calleja castigaba sin piedad, sin importarle los problemas futuros que la escasez o el maltrato a los esclavos podría causarles.

No hubo fiesta de los arcángeles, ni ninguna otra para los esclavos de San Rafael. Isabel ya lo había previsto, pero achacaron la decisión a la muerte en Barcelona de los padres de su marido, a los que no había conocido. Primero había fallecido el padre y más o menos cuando la noticia llegó a Cuba, su madre moría también harta de aquel periodo aciago.

Pese a que por ley, en los periodos entre zafra, los domingos se destinaban al descanso, a menudo se obviaba aquella norma y los esclavos trabajaban también. Talaban la selva a su alrededor y hacían leña y pasto, sembraban más y más caña y constantemente pintaban y arreglaban todas las construcciones del ingenio, relucientes elementos de una maquinaria cada vez más despiadada. Rafael se comportó como hacía siempre que había algún conflicto, apartándolo de su mente y buscando una distracción para tratar de olvidarlo lo antes posible. Aquel año fueron los caballos de carreras, para los que construyó una pista en la que entrenaba a tres niños que estimó serían buenos *jockeys*. Competían contra otros dos ingenios con propietarios tan caprichosos como él.

Su relación con Isabel se había asentado en una cómoda convivencia aún alimentada por la pasión, pero también basada en un acuerdo tácito: Isabel manejaba el ingenio y Rafael gastaba el dinero. A ella le gustaba el poder, a él la buena vida.

Con todo, en paralelo a la Isabel que había sustituido a Pepa, se formó otra inesperada, absolutamente desconocida incluso para ella misma. Toda la maldad a la que no ponía freno en la gestión del ingenio desaparecía por completo en cuanto se recluía en el ámbito familiar, donde incluso los esclavos domésticos, se sorprendían de su dualidad. En la casa azul, con el nacimiento de Blanca, de pronto todo funcionaba con suavidad, consideración y buen ambiente. La sola visión de su hija despertaba en Isabel a la mejor madre que nadie hubiera conocido y a una considerada ama de su gran casa. Cuando, echada en la cama, se preguntaba qué era lo que le pasaba, resolvía que en lugar de repartir amor a mucha gente, ella solo era capaz de entregar todo el que tenía, junto y sin desperdiciar un ápice, al bebé que había nacido de su interior. Era una manera extraña de justificarse, pero la única que le parecía tener sentido.

Cuando se agotaba mandando al atajo de vagos que poseía, cuando los castigaba por sus faltas, cuando no permitía que se relajaran y ordenaba rectitud y sumisión, lo hacía por Blanca, pues quería que heredara el mejor de los ingenios, no una especie de Xanadú para negros como los de sus vecinos. Malditos Gorchs, malditos Abbad.

Reservaba varias mañanas para pasear por San Rafaelito, que, siguiendo sus indicaciones, Rafael había puesto a nombre de la pequeña. A pesar de los numerosos intentos, no se había quedado encinta otra vez, como si Blanca, que se había quedado con todo su amor, también hubiera acaparado su fertilidad para ser la única que recibiera sus atenciones.

La zafra que empezó en noviembre estuvo mejor organizada desde el principio. Isabel sabía hasta dónde podía presionar a Juan

Luis Calleja y cuándo debía parar si quería que el carácter del hombre no se volviera en su contra. A diferencia de la anterior zafra, decidió dar una oportunidad a la experiencia del mayoral y tomar más en serio sus consejos, esperanzada con producir más que San Miguel. No le obsesionaba tanto como antaño, pero seguía siendo importante conseguirlo.

Sabía reconocer sus errores. No se tendría que haber implicado en los asesinatos del valle, no tendría que haberlos ocultado. En su momento, pensó que era buena idea tener a un asesino a sus órdenes, pero en última instancia solo había conseguido que fuera ella la que se manchara las manos de sangre al matarlo. El asunto de Alicia Abbad también era espinoso, especialmente cuando sabía que pasaba el día ejercitando la memoria. Con todo, estaba segura de que el trauma sufrido por su ataque, tanto físico como psicológico, jamás le permitiría recordar lo acaecido. La distancia que habían marcado San Gabriel y San Miguel la beneficiaba en eso. No quería que Alicia recordara siquiera que existía, y para ello lo mejor era no verse nunca. Tampoco necesitaba la compañía de los plantadores del valle. Cuando raramente necesitaba relacionarse, acudía a La Habana con Rafael. En la ciudad de los petulantes y las gentes seguras de estar por encima del bien y del mal, a nadie le preocupaba el trato que diera a sus esclavos. Isabel sabía que lo único que no le habrían perdonado era que fuera pobre, cosa que no era, más bien todo lo contrario.

II

Tampoco eran pobres los Abbad, pero en su caso, la enemistad con San Rafael les dolía más. Iris rabiaba con la impotencia de saber que no podía hacer nada por los esclavos de Isabel Palau, que toda la presión que habían ejercido había sido inútil y que tampoco podía reclamar a un Gobierno que permitía abiertamente aquellas prácticas que pusiera orden. Había dejado de insistir a su marido en que hiciera algo, pues Miguel invariablemente se encogía de hombros y le repetía que no podía actuar en una propiedad que no le pertenecía. Para compensar, ella se dedicó aún más a mejorar las condiciones de vida de la gente de su propiedad. Se dieron esquifaciones mejores y más completas, que además de pantalón, camisa, sombrero y manta, incluían zapatos y pantalones cortos; se pusieron mosquiteras en todas las construcciones y se ampliaron los corrales para que pudieran comer huevos cuando quisieran. También se organizó la zafra de manera que trabajaran una hora menos al día y que, de manera alterna, descansaran dos días seguidos en lugar de uno, lo que era un cambio extraordinario. Con todo, lo más relevante del año 1867 sucedió a pocos días de que acabase, cuando la zafra estaba en su momento más intenso y nadie tenía tiempo para nada.

Alicia mejoraba poco a poco, pero las lagunas respecto al día del atraco y el motivo de su visita a la joyería persistían. Inés la seguía visitando semanalmente y estaba probando una nueva técnica sobre la que había leído. Le pedía que le explicara sus sueños y ella los anotaba para interpretarlos luego. Apuntaba detalles que se repetían en las pesadillas de Alicia: el color rojo, joyas que la ahogaban y su hermano sufriendo de diversas formas, normalmente relacionadas con mujeres. Un día reparó, casi sin darse cuenta, en un tema al que ninguna de las dos había prestado atención hasta entonces. Alicia había vuelto a tener una pesadilla recurrente en la que unas manos aplastaban por la espalda, abrazándolo, a su hermano, que no podía hacer nada para salvarse. Inés conocía los sucesos de la muerte de Ignasi, también que la sospechosa, una tal Pepa Gómez, se había esfumado. Alicia le había explicado que la asesina era una pinche de cocina de su casa de Barcelona; también que era guapa, pero ni siquiera podía recordar si era rubia o morena, alta o baja. Indudablemente, la persona que aplastaba a su hermano en sueños era aquella mujer, así que Inés había intentado tirar del hilo. Apenas veía una sombra de su figura, pero Alicia, de pronto, habló sobre los pendientes que llevaba aquella misteriosa asesina.

—Pendientes, grandes, rojos... de rubíes —dijo parpadeando, cerrando los ojos un momento para intentar ser más concreta—. Mis pendientes. Los que me robaron —concluyó.

Volvió a cerrar los ojos, e Inés y Dora se quedaron mirándola, sabiendo que una débil luz estaba iluminando un nuevo rincón de su memoria.

—Los tenían en la joyería —dijo de pronto. —Para eso fuimos. Para recuperarlos. Para saber cómo habían llegado allí.

—Nunca supe para qué volvimos tan apresuradamente a la joyería —intervino Dora—, pero el día que encargamos el anillo del señor Miguel Abbad, la señorita me preguntó por los pendientes. Me extrañó, pues no eran de sus favoritos. Le dije que estaban en Barcelona, que yo misma los guardé antes de venir a Cuba.

—Eran mis pendientes. Tenían mis iniciales. Tenía una cita con la propietaria. Dije que quería comprárselos, pero en realidad solo quería saber quién se los había vendido a ella —siguió recordando Alicia.

—Por desgracia, la casualidad hizo que se produjera el atraco justo el día que podíamos haber descubierto aquel misterio —intervino Dora—. Supongo que nunca sabremos quién tenía los pendientes.

«Quizás no fuera una casualidad», pensó Inés, ansiosa por volver a la casa inglesa para comunicar la información que acababa de recibir. Sabía dónde estaban aquellos pendientes. Sabía que los tenía Isabel.

—¿Es importante lo que ha recordado la señorita? —dijo Dora al ver que Inés se animaba.

—A mí sí me lo parece, Dora. Muy importante. Pero déjenme que haga algunas averiguaciones. Alicia, si recuerda algo más, avíseme enseguida. Intentaré visitarla de nuevo muy pronto.

Volvió a toda prisa a la casa inglesa. Lucía y Gabriel estaban controlando la zafra, así que tuvo que esperarles hasta bien entrada la tarde.

Cuando regresaron, Inés ya había sacado sus conclusiones.

—Los pendientes de Isabel, los que no ha reclamado a la joyería son, o eran, de Alicia Abbad —dijo directamente, explicando luego todo lo que Alicia había recordado.

—No te entiendo —replicó Gabriel, que seguía con la cabeza puesta en los cañaverales y estaba cansado para pensar.

Lucía, que también volvía del campo, se desplomó agotada en un sillón. Cid y Chipi corrieron por el salón hasta que los echó de allí con un grito.

—Pesados... ¡fuera de aquí! —dijo señalándoles el jardín—. Bueno, cuéntame, querida, ¡qué tremendo lío es todo esto! Qué dolores de cabeza nos ha traído esa maldita. De todas formas, si Alicia relaciona inconscientemente los pendientes robados con Isabel... eso explicaría la aversión que le tiene. Quizás ese odio no sea tan irracional como pensábamos, quizás esté provocado por recuerdos que aún no han salido a la luz... Pero no se me ocurre cómo avanzar.

—A mí sí —continuó Inés—. Esos pendientes fueron sustraídos del palacete Abbad de Barcelona en fechas cercanas a la muerte de Ignasi, el hermano de Alicia. Lo sabemos por Dora, que controlaba el joyero de Alicia, pero solo conocemos la existencia de un delincuente entre esas paredes, la desaparecida pinche, una tal Pepa Gómez, que nadie ha vuelto a ver. Yo creo que nadie la ha visto en Barcelona porque se fugó a Cuba y lo hizo con joyas que robó antes de partir. Y creo que esa ladrona y asesina está de alguna forma relacionada con Isabel. Quizás se conozcan, quizás Pepa trabajó en casa de Isabel Palau antes de hacerlo en el palacete Abbad. El asunto es que en Cuba se tuvieron que ver y Pepa Gómez debió de pagar con los pendientes una deuda que tenía con Isabel o esta se los compró por alguna razón que desconocemos.

—Las posibilidades son infinitas. Y no tenemos pruebas de nada —dijo Gabriel.

—Si no hubiéramos roto relaciones, podríamos ir a San Rafael, y con cuatro preguntas respondidas con evasivas nos quedaría más claro. Pero ahora solo nos queda que Alicia recuerde más cosas. Que recuerde fundamentalmente lo que la une, o mejor, lo que la separa de Isabel. Seguiré hablando con ella. Le explicaré lo que sabemos, quizás eso le refresque la memoria —dijo Inés.

Lucía cavilaba en su sofá y había adquirido la expresión que siempre tenía cuando su cerebro trabajaba intensamente.

—En realidad, sabemos que cuando echamos un cebo, Isabel pica. La última vez picó, no exactamente como queríamos, porque en lugar de matar a Gabi mató a Germán.

—Gracias, tía —dijo Gabriel irónico.

—Ya me entiendes, sobrino. No quiero que nadie te mate... pero a lo que iba: echemos el cebo otra vez. Digamos que Alicia ha recuperado totalmente la memoria. Os aseguro que veremos cómo Isabel se revuelve. Reaccionará.

—Antes debe hablar con Miguel y con ella. Si Isabel es la persona que creemos, Alicia correrá un gran peligro —apuntó Gabriel.

—Lo haré, y creo que esta vez sí cazaremos a esa mala bestia.

Se quedaron en silencio unos minutos.

—Hay una última posibilidad, pero es tan enrevesada que me cuesta pensar que sea posible. Dices que la persona que exprime hasta la muerte a Ignasi Abbad en los sueños de su hermana Alicia tiene la cara irreconocible pero lleva los pendientes que nos ocupan. ¿Y si esa persona e Isabel fueran la misma? ¿Y si Isabel fuera en realidad Pepa? —dijo Lucía—. No sabemos nada de su vida anterior. Todo lo que ha contado es vago y sin sustancia.

—Alicia la habría reconocido. Ha coincidido con ella en el valle, ¿no es así?

—No mucho —intervino Gabriel—, que yo recuerde, tan solo tres veces. Una en la fiesta de los arcángeles.

—¡En la que Isabel llevaba una ridícula gasa que le escondía la cara! —dijo Lucía triunfal, viendo como su teoría se hacía más factible—. Y dime, Gabi, ¿podrías describirme a una de las pinches de cocina de nuestra casa?

—La verdad es que no. No sabría reconocer a ninguna —dijo algo avergonzado—. Las siguientes veces que Alicia e Isabel coincidieron, ella ya era la inválida que es ahora. Se vieron en la boda de Iris y Miguel, donde Alicia sufrió el ataque y también en fin de año.

—Gabi, esas ocasiones no cuentan —se impacientó Lucía—. Alicia apenas había empezado a comunicarse. Yo digo que echemos el cebo. Pretendamos que Alicia ha recuperado la memoria, a ver qué pasa.

—Hablemos con ella primero —repitió Gabriel antes de levantarse—. Estoy agotado física y mentalmente, ¿seguimos mañana? —preguntó.

Lucía asintió en silencio, sin prestarle atención, mientras su cabeza tramaba a toda velocidad. Gabriel agradeció que le dejara descansar y se dirigió andando pesadamente en dirección a su habitación.

Cuando entró vio luz en su cuarto de baño y se acercó. Le habían preparado un baño y el vapor humeante le invitó a meterse en el agua para relajarse. Esa era la clase de detalles que Inés tenía con él. A un lado le había dejado una botella de vino y una copa. Debajo, había una nota: «El viernes que viene nos casamos. Relájate, que empieza la aventura».

III

En el palenque de Los Devotos, el año había sido de exhaustiva preparación. Preparación para la revolución que estallaría en los meses venideros. No sabían exactamente cuándo, pero sí que sería pronto: los mensajeros que volvían a la sierra lo hacían con alentadoras noticias. El foco estaría en oriente, de eso no cabía duda, y los medios para que triunfaran se acumulaban en diferentes ingenios dispuestos al levantamiento. Se habían producido huelgas en haciendas tan importantes como la de Miguel Aldama o la de los Zulueta, donde los esclavos habían reivindicado que, al haber llegado a Cuba en barcos esclavistas cuando el tráfico ya había sido prohibido, eran hombres libres y debían ser pagados. Aquellos valientes solo habían vuelto al trabajo cuando el ejército les obligó, pero su historia se había propagado por la isla y su ejemplo se había seguido en otros puntos.

La novedad era que muchos plantadores, comerciantes y pequeños burgueses también estaban hartos, pues sentían que nada de lo que pedían al Gobierno de Madrid tenía la más mínima posibilidad de salir adelante. La gota que había colmado el vaso había caído en febrero. Cuando todos pensaban que las negociaciones que se habían concluido habían conseguido, por lo menos, abolir los derechos de aduanas y sustituirlos por un impuesto que iba del seis al doce por ciento sobre el valor de lo exportado, los derechos de aduanas no se abolieron y el impuesto que venía a sustituirlos se aplicó, de forma que todos sintieron que les habían vuelto a tomar el pelo. Descartada la opción de que Estados Unidos se anexionara Cuba, solo quedaba la opción de independizarse, y aquello no era posible sin contar con la masa esclava. El ejército independentista sería también abolicionista si con ello conseguía que los esclavos se incorporaran a él.

Los que se oponían a la independencia lo hacían por motivos patrióticos españoles pero, sobre todo, por el miedo a que trajera consigo la emancipación de los esclavos, que seguían siendo la base de la economía. Algunos proponían, de manera similar a lo que se trataba de hacer en el Valle de los Arcángeles, una suerte de emancipación por fases, alargada en el tiempo, que fuera dando cada vez más y más derechos a los esclavos hasta que alcanzaran la libertad plena mientras la economía se adaptaba al cambio. Por supuesto, también había muchos plantadores que seguían descartando cualquier posibilidad de abolición. Unos y otros sabían que necesitaban la ayuda del imperio para mantener la situación y confiaban su destino, a pesar de tantos agravios, al poder del que habían formado parte durante siglos.

Cuba bullía como nunca y en el palenque, todos sabían que, a no mucho tardar, todas las pequeñas revueltas, huelgas y conspiraciones derivarían en una sola. Aunque el líder indiscutible del grupo era Devoto, Tomás rápidamente se había convertido en el balance a su poder y lo matizaba, atenuándolo para que no se desbocara. Tomás valoraba y analizaba cada situación antes de actuar, lo que le restaba rapidez pero le sumaba efectividad. Erraba menos que los demás y Devoto lo sabía. También lo apreciaban por su generosidad. Sabían que era un hombre libre, formado, que podría haber ido a La Habana a buscarse una vida cómoda si lo que quería era dejar el campo, pero que en lugar de eso lo arriesgaba todo en pos de la libertad de sus hermanos. A Tomás le costaba odiar. Pensaba que el carácter de cada uno era consecuencia de lo bueno y lo malo que la vida le había impreso y por ello, era comprensivo casi con todo.

Intentaba que Elías fuera también así. El hijo de Lucas era indudablemente feliz en el palenque, donde la libertad que de forma natural había ansiado desde su más temprana edad se respiraba en cada esquina, pero cuando volvió a ver al niño, pensó que Devoto, sin saberlo, lo estaba educando en el odio, y que lo correcto era hacerlo en el amor, en querer crear, no en querer destruir. Era un matiz importante. También quería que su infancia no se circunscribiera solo a la revolución, sino a las cosas propias de un niño de su edad. Jugaba con él, le enseñaba a dibujar y el abecedario, para que aprendiera también a escribir. Le explicaba las cosas que sabía de historia, geografía... Lecciones que había aprendido y había memorizado con la esperanza de poder utilizar algún día para diferenciarse y mejorar respecto a los demás esclavos, que deseaban dejar de serlo, pero que en realidad no estaban formados para hacer nada que no fuera zafrar caña.

El palenque se abastecía cada vez más de los robos en los ingenios que tenían más cerca. En aquella precaria aldea, convivía cada vez más gente y lo que producían para autoabastecerse ya no era suficiente. El ir y venir de sus habitantes con mercaderías robadas creaba una situación que hacía que tanto Devoto como Tomás pusieran una fecha límite a la vida del palenque, que no podría permanecer oculto mucho más tiempo. Controlaban el bosque desde puestos de vigía en árboles, cambiaban y escondían los senderos y sondeaban exhaustivamente a los que intentaban llegar a sus cabañas antes de aceptarlos. Cualquiera que oliera a cazador o a chivato era ajusticiado sin piedad.

Aunque la revuelta de los esclavos empezaría en los ingenios empobrecidos de oriente, Devoto y Tomás solo pensaban en liberar el Valle de los Arcángeles, que estaba en occidente, lejos de donde la revuelta se iniciaría. Estaban decididos a prestar ayuda y obedecer al mando que dirigiera el levantamiento, pero desde el principio establecerían la condición de que ellos pudieran dirigirse hacia el valle que había sido su hogar lo antes posible. Si la revuelta triunfaba rápidamente, la ola que recorrería Cuba de oriente a occidente los apoyaría cuando el ejército empezara a luchar. Si, en cambio, avanzaba más lentamente o fracasaba, quedarían aislados y el ejército español los aplastaría.

Ese era el riesgo, pero ambos estaban decididos a asumirlo.

IV

No había pensado en su boda y tampoco había organizado nada del evento. Gabriel ni siquiera había pedido la mano de Inés, lo que había supuesto cinco días de mofa constante de su tía Lucía, que asistía en primera fila al que, pese a todo, era un muy feliz acontecimiento.

Se había acabado de vestir con un traje nuevo de los que había comprado en su reciente visita a La Habana y esperaba impaciente en su habitación a que su tía, que lo acompañaría hasta el altar, llamara a su puerta. Se miró al espejo satisfecho. No era el traje, ni el brillo de su pelo oscuro peinado hacia un lado, tampoco sus zapatos nuevos lo que había cambiado de su aspecto: lo que lo había mejorado era la presencia de un joven que finalmente había encontrado su sitio en el mundo. Gabriel tenía un trabajo que lo obligaba a superarse y aprender, una casa que sentía como propia y, a partir de aquel día, una esposa para acompañarlo. Hacía dos años estaba perdido, pero Cuba lo había cambiado todo. Su tía lo había cambiado todo.

Llamaron a la puerta y Lucía entró en la estancia con una gran sonrisa, ataviada con una pamela plagada de flores y uno de los vestidos con amplia falda y cola que detestaba.

—Oh, Gabi querido, estás imponente —dijo al verlo.

—Gracias, tía. Usted también está muy elegante.

—Me he cambiado dos veces. Quería dar la talla. Si voy a llevarte al altar, qué menos que hacerlo elegantemente, aunque arrastrar este despropósito por un ingenio —dijo mirándose— sea como procesionar con cruz al hombro. Pero por ti estoy dispuesta a todo, querido sobrino. Qué bien has elegido. Qué maravillosa cabeza la tuya, qué suerte que no te parezcas en nada a tu madre, mi querida cuñada.

—¡Tía! —replicó él, más divertido que enfadado.

—No te enfades, Gabi, si sabes que es cierto. Además, nadie mejor que yo para decirte unas últimas palabras antes de que te cases. Eso hacen los padres, ¿no? Dicen a sus hijas que, si se arrepienten, solo tienen que decirlo y anularán la boda un minuto antes, sermonean a sus hijos con palabras vacías, dando golpes en el hombro y deseando sonar solemnes sin decir nada importante de verdad. Yo no soy de convenciones, ni de aspavientos, ni de decir tonterías... pero, querido, estoy orgullosa de ti. Eres bueno y eres listo y, cuando te des cuenta de tu talento, lo sacarás a relucir de verdad. Por eso me gusta Inés, porque sé que sacará lo mejor de ti. No será difícil tampoco para ti sacar lo mejor de ella. Tu mayor enemigo, igual que el de todos, son tus propios temores. Inés te ayudará a enfrentarte a ellos igual que te has enfrentado con éxito a todos los retos de los últimos meses. Soy de la teoría de que si a un hombre le pides que haga más de lo que puede, lo hará; en cambio, si solo le pides lo que puede hacer, no hará nada. Tú eres la prueba. Cuando llegaste a San Gabriel eras otra persona. Fuérzate, Gabi, supérate, porque ya ves que llegas a donde no imaginabas. Me gusta Inés porque te da alas. Eso es lo que debes hacer tú con ella, porque no existe el verdadero amor sin libertad. Debes estar con Inés porque a ti te gusta estar con ella, no solo porque a ella le guste estar contigo. No sé si me explico. Y reíd, Gabi. Si sois libres y os reís juntos, tendréis éxito.

Se miraron unos segundos y se abrazaron. Luego Lucía se separó un poco y lo miró a los ojos.

—Te va a gustar lo que te hemos preparado, así que dejemos de cursilear.

Bajaron cogidos del brazo hasta la entrada de la casa, donde descubrieron la primera sorpresa. Gabriel tragó intentando no emocionarse. Todos los esclavos del ingenio esperaban a la puerta, flanqueando una larga alfombra de esparto que marcaba el camino hasta la gran secuoya que presidía el jardín delantero. Cuando los vieron, como un ejército, todos gritaron jubilosos y, agitándola, levantaron sobre sus cabezas una larga caña de azúcar de forma que el verdor los cubrió como si estuvieran en medio de los cañaverales. Los que estaban a los lados de la alfombra cruzaron sus cañas con los que tenían enfrente, formando un túnel por el que Gabriel y Lucía se dirigieron al altar. A su paso, los gritos de júbilo se sucedieron y multitud de caras sonrientes le hicieron sentirse realmente querido.

Al final del túnel, bajo las amplias ramas de la secuoya, el padre Pellón esperaba tras un altar plagado de flores. Pero las sorpresas no acababan allí.

Gabriel no había acabado de serenarse cuando un coro de voces infantiles entonó el «Ave María» de Schubert. Al mirar hacia arriba, vio a una veintena de niños subidos al árbol. Los rayos del sol dorado del atardecer se filtraban entre las ramas de la conífera, iluminándolos como a ángeles pintados en la cúpula de una iglesia, y sus voces sonaban emocionantes, pero sobre todo felices, pues todos sonreían, encantados de estar allí.

Sentía la música cayendo desde el cielo para envolverlo cuando se giró y vio que Inés se aproximaba por el mismo camino que él había recorrido hacía un instante, del brazo de Miguel Abbad, que actuaba de padrino.

Vestía un traje de cuello cerrado y mangas abullonadas bordado con pequeñas florecillas verdes que rompían el blanco del conjunto. Sobre el pelo, una corona de flores; sobre la cara, la más amplia sonrisa. Eso era lo único que Gabriel podía ver, esa sonrisa emocionada pero serena, divertida y vivaz, inteligente pero humilde con la que lo había conquistado, tan contagiosa que en cuanto estaban juntos se instalaba también en su cara sin motivo aparente.

Todos disfrutaron de la ceremonia, y cuando el padre Pellón la dio por finalizada y los niños que los observaban desde las ramas de los árboles entonaron sus voces por última vez, Gabriel se sintió el hombre más afortunado del mundo.

La celebración posterior llevaba el claro sello de su tía Lucía y era en realidad una réplica algo menos numerosa de la fiesta de los arcángeles, su favorita. Como en aquellas ocasiones, había usado a su favor la boda para acercarse a los esclavos en una época de prolongada tensión e incertidumbre. Gabriel alabó una vez más su inteligencia y comprendió que él y su mujer debían mezclarse con todos, bailar y conversar con quienes tuvieran alrededor, confraternizar con aquellos de los que dependían.

Cuando a medianoche los recién casados volvieron a su habitación en la casa inglesa, Lucía ya bailaba con su peculiar estilo rodeada de los esclavos a los que quería sinceramente.

Había sido una buena noche y Gabriel deseó que no fuera la última de aquel frágil mundo que sentía desaparecer.

23

1868

I

Pese a que a su marido no le parecía buena idea, Isabel decidió que celebrarían el fin de año en San Rafaelito en lugar de en la casa azul. Las visitas a aquella casita con su hija habían hecho que le tomara un cariño especial, y de pronto sentía que la casa azul era demasiado grande, demasiado lujosa y demasiado impersonal para poder sentir que era un hogar y no el palacio colonial que realmente era. A Rafael no le gustaban las cosas pequeñas y no sabía ver la gracia a la vida más sencilla que, ocasionalmente, Isabel planteaba en San Rafaelito, pero habían pasado el día de Navidad en La Habana, rodeados de los oropeles a los que estaban acostumbrados, y parecía saciado de lujo y excesos por el momento, así que aceptó.

Salieron cuando ya era de noche elegantemente vestidos para la velada, con su hija Blanca acomodada en su cuna a un lado del elegante coche húngaro que tiraban dos de sus mejores caballos, engalanados con guarniciones acharoladas en el azul de San Rafael. Isabel no hubiera cambiado la noche por nada y agradecía no haber tenido que reunirse con los demás plantadores como el año anterior, pero su marido le habló con cierta nostalgia en cuanto el camino que recorrían hacia San Rafaelito empezó a descender hacia el centro del valle.

—Hice llegar una felicitación de Navidad a San Miguel y San Gabriel. Me entristece que estemos en esta situación. Siempre fueron buenos amigos míos. Conozco a Miguel desde hace años y Bruno, el hijo de Lucía, fue mi compañero desde niño. Espero que algún día lo podamos arreglar.

—Depende de ellos —replicó Isabel, fría.

—Sí... bueno, depende de todos. Realmente a mí tampoco me agrada demasiado lo de la granja de negros. Me resulta, no sé... sórdido. No me gusta pensar en ello.

—No es algo bonito de pensar, pero es necesario, querido. —Le cogió la mano —. Nos quedaremos sin esclavos si no actuamos.

—Me devolvieron la felicitación. Te las enseñaré. Tanto los Gorchs como los Abbad. Nos envían cariñosos deseos para el año nuevo y me dieron algunas breves noticias. Buenas noticias, para variar. Parece ser que Gabriel se ha casado finalmente con la enfermera. Con la señorita Inés Fernández.

—Se veía venir —dijo ella, sin poder evitar una punzada de celos—. Esa chica le ha querido echar el lazo desde hace tiempo.

—También en San Miguel están contentos. La tía de Miguel ha recuperado completamente la memoria. Así, de pronto. Parece que despertó un día y hubo algo que vio que hizo que volvieran sus recuerdos. Están eufóricos. Miguel ha pedido que venga la Guardia Civil para que su tía detalle todo lo que sucedió el día del atraco.

Isabel tuvo que contener una arcada. Un escalofrío recorrió su cuerpo y se puso a temblar.

—Me encuentro mal —dijo inesperadamente.

—Querida, ¿qué te sucede? —replicó Rafael, preocupado.

—Que paren el coche... para el coche, por favor —dijo con los ojos cerrados.

Rafael se asustó.

—Paren el coche! ¡Ayuden a bajar al ama Isabel!

Pararon en seco y un lacayo se apresuró a desplegar la escalerita para que bajara al camino. Allí, Isabel empezó a vomitar, consternada por un hecho que podría cambiar su vida completamente. Maldita, maldita, maldita Alicia. Tendría que haberla matado hacía tiempo. Ahora debería hacerlo y debería ser rápido, en los próximos días.

Desde el coche, Rafael, que ni siquiera había bajado, ya no se preocupaba y la miraba con reparo.

—Querida, espero que te encuentres bien... ¿prefieres que volvamos a casa? —calló unos segundos—. ¿Quizás tienes alguna noticia que darme?

Isabel dejo de vomitar, se incorporó y levantó la cabeza, mirándolo con odio.

—¿Qué noticia quieres que te dé, Rafael?

Él sonrió.

—¿Quizás la del nacimiento de mi heredero?

Isabel ni siquiera respondió, pero le hubiese abroncado allí mismo, delante de los cocheros de no haberse encontrado tan mal. «Maldita Alicia», era lo único que sonaba en su cabeza.

—No, Rafael, no seremos ni uno más en este valle de momento.

«Probablemente uno menos», pensó mientras volvía al coche y se repetía: «Maldita Alicia».

La ventaja de que Rafael pensara solo en sí mismo era que rara vez reparaba en los humores de los demás, creyendo que el suyo era siempre el predominante, así que la noche de fin de año transcurrió sin novedad, con Isabel abiertamente disgustada pero él feliz, catando una botella tras otra de la caja de vinos de Burdeos que había comprado a precio de oro en La Habana.

Cuando ya de madrugada volvieron a la casa azul, Isabel estaba segura de que no dormiría ni un minuto. No lo hizo, pero al amanecer ya tenía un plan bien elaborado para acabar definitivamente con el problema que arrastraba desde hacía demasiado. Alicia debía morir antes de que aquel mes de enero de 1868 finalizara.

Pidió que su nuevo cochero la llevara a la granja. Le gustaba ir a aquel lugar y ver cómo la producción de esclavos iba a buen ritmo. Incorporaba a más hembras en cuanto las que había quedaban embarazadas y desterraba a los peores puestos de trabajo a las que no lo lograban. Le satisfacía especialmente su elección de sementales, una colección de negros formidables, de virilidad contrastada, que dejaban embarazadas a las mujeres con facilidad. Lucas ya no era el mejor de todos ellos, pero en ese momento no le importaba, ya que había previsto nuevas labores para su antiguo cochero.

Le colocaron una silla en el exterior del recinto, bajo una palmera que le daba sombra. Pidió que sacaran al esclavo Lucas y lo encadenaran al tronco de aquel árbol. Enseguida lo tuvo frente a ella, solos ellos dos, cara a cara. A Isabel le disgustaba que la mirara con menos rabia que antaño, rendido finalmente a la evidencia de una dominación contra la que no podía hacer nada, pero sabía que aún le sería de utilidad. Aquel negro la odiaba, pero también era el único con el que se había relacionado. El único del que podría haber hablado y del que recordaba su nombre a la primera. También lo había visto en acción cuando robaron los esclavos de Reinaldo Sobrado, y su decisión y arrojo la impresionaron. No tenía ni idea de que él había sido el brazo ejecutor de la mayoría de los asesinatos que había planeado German, con el que ella misma había tenido tratos igualmente oscuros.

—Buenos días, negro. Traigo buenas noticias para ti. Un encargo en realidad. Si lo cumples, te liberaré.

Lucas alzó su cabeza gacha e hinchó el pecho al mirarla.

—¿Por qué debería creerla? —dijo armándose de valor.

—Porque nunca te he mentido. Piénsalo. No te he prometido nada que no haya cumplido. En realidad, nunca te he prometido nada, así que tampoco he tenido la posibilidad de mentirte. Sé que opinas que no has sido justamente tratado y eso no es así. Te he tratado como lo que eres, un esclavo, y te he utilizado y te utilizaré para lo que quiera... si no cumples lo que te voy a proponer. En cualquier caso, siéntete afortunado, podrás elegir, algo que en cualquier otra circunstancia, te negaría. Quiero que mates a alguien y, una vez lo hayas hecho, que huyas. Antes, te habré dejado los papeles que certificarán que eres un hombre libre en un lugar que acordaremos solo tú y yo. También liberaré a tu hijo y lo dejaré junto a los papeles para que os vayáis para siempre del valle. Esto es importante, si hablas de esto con cualquier otro, te haré azotar hasta la muerte. Si aceptas ahora y no cumples luego, o fallas y confiesas, mataré a tu hijo y a cuatro niños más. Si escapas, morirán cinco niños de mi negrada. Si sales de la granja en la que estás, es solo para cumplir con lo que te voy a encargar.

Lucas sabía que su hijo ya no estaba en el valle, pero no advirtió a Isabel de aquello. En lugar de eso, decidió aprovechar la oportunidad.

—Quiero que, además de a mi hijo, libere a una mujer de las que aún no están en cinta.

A Isabel no le importó. Una negra de la granja que no había quedado embarazada no le servía.

—De acuerdo. Elige a la negra que te quieras llevar contigo. Ya veo que no soy la única a la que le gusta elegir qué hacer con los demás —ironizó—. Pero ahora me vas a atender. Debes matar a la tía del amo Miguel, la señorita Alicia Abbad, de San Miguel, esta misma semana. Te explicaré cómo. Será más fácil que ensillar a una mula penca. La mujer está en silla de ruedas. Ni siquiera puede hablar. En cualquier caso, yo he elaborado el plan por ti.

Asombrado, Lucas vio cómo lo volvían a utilizar para matar a familiares de los plantadores del valle por motivos que desconocía, con planes que escapaban a su entendimiento y a lo evidente. Una coincidencia tan extraordinaria que le hizo dudar de si Germán le había confesado en algún momento a Isabel que él había sido el brazo ejecutor de muchos de los asesinatos que se habían producido. En cualquier caso, odiaba a los hacendados y, aunque Isabel estaba la primera en su lista, acabaría con Alicia Abbad si con eso obtenía la libertad. Tan solo quería salir del Valle de los Arcángeles cuanto antes.

II

La fecha que eligió Isabel fue pocos días después, coincidiendo con un viaje a La Habana que, casi providencialmente, habían decidido emprender Miguel e Iris. Se había enterado de la maravillosa noticia a través del capitán Velasco, que igual que su inútil ejército, consumía los días paseando a caballo por el valle a pesar de estar contratado solo por el ingenio de Isabel. A las once de la noche abrieron la puerta de la granja para que Lucas saliera y volvieron a atarlo a la palmera frente a la que se sentaba la plantadora.

Le explicó cómo era la casa grande de San Miguel, cuál era la habitación de la planta baja donde dormía Alicia y le advirtió de que quizás tuviera que matar también a su doncella, que dormía en una recámara dentro de la misma habitación, permanentemente alerta a su señora.

—Si te da tiempo, sácale el corazón. Pensarán que el asesino del valle ha vuelto a actuar, desviará la atención. El miedo siempre hace que perdamos el foco, que nos despistemos y seamos menos efectivos. Te ayudará. ¿Sabrás hacerlo?

«Claro que sé hacerlo, lo he hecho varias veces en este mismo valle y te lo haré algún día a ti», quiso decirle, pero calló y tan solo asintió levemente.

—Tienes aquel caballo para actuar con rapidez —le dijo señalando a un penco atado a otro árbol—, pero no seas torpe, déjalo atado antes de llegar a las verjas de la casa grande para que no te oigan. Luego, huye al galope. En sus alforjas tienes una mocha para matar a Alicia y algo de comida y bebida. No quiero que te retrases deteniéndote a por víveres. Sal rápido de aquí.

—¿Y mis papeles?

—Los tendrá tu negra, a la que dejaré encadenada con tu hijo a una de las espadas del arcángel que hay al principio del camino a la casa azul. La llave de su grillete estará sobre la espada del otro lado. Tendrás que pasar por delante para huir. No te preocupes por la nueva guardia, a esas horas están todos vigilando esta granja y el patio de los esclavos. No te molestarán. Vete y no vuelvas, me he hartado de ti y supongo que tú también de mí.

—No me he hartado —dijo él mirándola con odio

—Eso me gusta —dijo captando su mirada, que recuperaba la misma fuerza que había tenido—. Odio a los débiles. Si fueras blanco seríamos amigos... o quizás no... pero serías un buen mayoral.

—No quiero ser mayoral.

—Me da lo mismo. Quieres ser libre. Así que actúa. Si te atrapan y confiesas, morirán muchos niños. El tuyo, el primero. Recuérdalo. Ni se te ocurra nombrarme jamás.

Lo dejó allí, se subió a su cabriolé y manejándolo ella misma, se alejó. Al minuto, un guardia le traía el caballo prometido y lo desencadenaba.

Le molestaba seguir las órdenes de Isabel. Le molestaba que aquella mujer mezquina siempre se saliera con la suya, pero haría lo que le había ordenado por última vez. Tenía mucho que ganar y no parecía difícil. En pocas horas esperaba poder estar cabalgando en dirección a la libertad con la negra Ekundayo, una de las desafortunadas mujeres de la granja de esclavos a la que se había visto obligado a cubrir. Su nombre yoruba significaba «la tristeza se convierte en alegría» y Lucas pensó que era una buena señal. Aún quedaban muchas como ella dentro de la granja, pero por lo menos lograría salvar a una. En cualquier caso, primero debía cumplir con el encargo.

Se acercó a la casa grande de San Miguel sorteando el camino principal para no ser visto. Cuando la tuvo a la vista, la observó unos minutos desde el bosque para comprobar que el enorme claro que ocupaba estaba tranquilo, con tan solo un par de vigilantes con farolillos paseando aburridos. Había tantos animales alrededor, escondidos entre los árboles igual que él, que los perros prestaban poca atención, adormilados junto a la entrada, bajo el porche de columnas que rodeaba la gran mansión. Algunas luces de la planta baja estaban encendidas y Lucas supuso que había varios domésticos limpiando y ordenando mientras los amos dormían. No había luz en la planta superior. Tampoco en una de las estancias principales de la planta baja, la que ocupaba la mujer a la que debía matar. Se quitó la camisa para que su piel se fundiera con la noche y, en cuanto vio a uno de los guardias volver la esquina, corrió agachado hasta la casa. Las ventanas de la planta baja quedaban a un metro y medio por encima del suelo, a la altura del porche. Ágilmente subió a pulso y se escondió tras una de las columnas, sintiendo que las acanaladuras se clavaban en su espalda. Volvió la cabeza hacia el jardín y al ver que nadie a la vista patrullaba, dio tres zancadas hasta la pared de la casa, acercándose a la ventana de la habitación de Alicia. Allí, entreabrió fácilmente una frailera y penetró en la estancia, silencioso como un felino. Acostumbró su vista tan solo unos segundos para entender dónde estaba. La claridad de la noche perfiló la habitación. En el centro había una gran cama con dosel flanqueada por dos mesitas. Frente a ella, una especie de diván. Junto a la ventana por la que había entrado, un *secrétaire* y una sillita completaban la decoración. A cada lado de la estancia dos puertas llevaban a dos habitaciones que desconocía, pero al ver que una tercera estaba abierta, supuso que allí era donde dormía, atenta, la doncella de la señorita Alicia. Se esforzó en ser silencioso. No le importaba matarla a ella también, pero de poder elegir, preferiría no tener que hacerlo.

Se acercó a la cama al tiempo que sacaba la mocha de su cinto y la empuñaba en alto y con decisión. Podía ver el bulto inmóvil del cuerpo de la mujer tapado con algunas mantas pese a que había más humedad que frío. Se puso a su lado y, calculando donde estaba la cabeza, se agachó un poco para ver el cuello. Lo rebanaría rápidamente de forma que la señora no sufriera demasiado y, sobre todo, para que no gritara. Separó un poco la sábana.

Pero no entendió lo que vio.

Tampoco le dio tiempo a hacerlo, pues, en un santiamén, las tres puertas que convergían en aquella habitación se abrieron. Seis hombres armados, dos desde cada puerta, le apuntaban. Otros tres, con faroles, iluminaron la estancia. Miró hacia la ventana, pero un hombre ya se había colocado ante ella; luego miró la cama: bajo las sábanas no había más que un par de grandes almohadones. Le habían engañado. Habían preparado una trampa y él había caído. Aún estuvo unos segundos más, con la mocha en la mano, brazo en alto y en tensión, flexionado, llevando su peso de una pierna a otra como un animal que sondea a sus enemigos al ser arrinconado, hasta que supo que era inútil. Le gritaban y lo amenazaban apuntándolo, pero él ya no oía nada. Se tumbó boca abajo en el suelo y sintió cómo varios hombres le inmovilizaban de piernas y manos y le ponían grilletes. Todos voceaban hasta que, con la cara pegada al suelo y un pie sobre su cabeza ocupándose de que no la levantara, vio unos zapatos elegantes acercarse a él.

—Llevadlo al calabozo. Quiero que tenga permanentemente a cuatro hombres con él. Dadle de comer y beber y no lo maltratéis. Creo que tenemos al asesino que buscábamos... o a su esclavo. —Se inclinó hacia él hasta que pudo verle la cara. Era el amo Miguel Abbad—. No conozco a este hombre —dijo; luego se dirigió a él, bajando un poco la voz—. No hables con nadie. Esta misma noche me lo explicarás todo a mí. Todo.

Miguel salió de la habitación y se dirigió a la planta superior. Entró en la suya, donde Iris y su tía Alicia le esperaban.

—Ya está. Efectivamente, han venido a matarla —dijo mirando a su tía—, pero ya hemos apresado al que lo ha intentado, así que no tiene nada que temer. De todas formas, si lo desea, la instalaremos en La Habana, o puede volver a Barcelona si lo prefiere.

—Me quedo. Quiero saber por qué —dijo con los párpados.

—Es todo extrañísimo —dijo Miguel aún impresionado—. Hemos hecho todo lo que Lucía Gorchs nos ha indicado y ha pasado exactamente lo que habíamos previsto. El asesino, el esclavo que ha intentado matarla, nos dará las respuestas. Ya he dado aviso para que vengan Lucía y Gabriel, que son los que parecen saber de qué va todo esto.

Miguel se alegró de haber ejecutado el plan tal y como Lucía se lo había planteado pese a que al principio no había creído que resultara. La hacendada aún no le había explicado los motivos que podía tener alguien para querer matar a su tía. Simplemente, le había pedido que hicieran llegar una carta a San Rafael explicando que Alicia había recuperado la memoria y que prepararan la trampa, pues estaba segura de que con ella apresarían al asesino del valle.

III

Isabel ya sabía que su plan había fracasado y se preparaba para eliminar todas las pruebas de lo que había intentado. Nuevamente se demostraba la inutilidad de aquellos negros estúpidos que ni siquiera eran capaces de matar a una inválida muda sin ser descubiertos. Lo supo cuando, tras oír las campanadas del reloj que presidía una de las paredes de la biblioteca, decidió acercarse a caballo a las espadas del camino para ver si la negra que Lucas quería llevar consigo había partido ya con él. Con rabia, comprobó que allí seguía, encadenada, sentada en el suelo, mirándola con aquella cara de indiferencia, sumisión y bondad que detestaba. Sobre la espada del otro lado del camino estaban los papeles que certificaban la libertad del asesino fallido y las llaves de las cadenas de la negra. Sin dudarlo, se acercó a la mujer y le rebanó el cuello con un cuchillo sin darle tiempo siquiera a entender qué era lo que Isabel estaba haciendo. Luego, cogió la llave de los grilletes y los papeles de Lucas, la desencadenó y la dejó allí tendida. Le sorprendió no ver al hijo de Lucas en aquel punto. Tendría qué averiguar qué había pasado.

Sus posibilidades de salir con bien se habían reducido a la falta de pruebas. Alicia podría recordar lo que quisiera, pero no tenía ninguna prueba. Nadie más que ella la había visto en la joyería. Nadie que estuviera vivo, claro, así que ella negaría y negaría. Alegaría que Alicia no estaba bien de la cabeza y simularía indignarse, no le quedaba otra opción. Si descubría su identidad, si reconocía a la Pepa que había sido y la relacionaba con el asesinato de su hermano, volvería a negarlo todo y pensaría qué hacer.

En otra situación, habría hecho las maletas, pero desde su boda con Rafael, tenía un lugar en la vida, una hija a la que quería más que a nada y mucho que perder.

Volvió a la casa azul y quemó los papeles de manumisión de Lucas. Luego fue al salón para llevar a cabo la segunda parte de su plan. La parte fácil fue tirar todo lo que había sobre las mesillas y volcar un par de butacas de forma que pareciera que había sucedido una pelea. La parte difícil iba a ser dolorosa, pero no se le ocurría otra cosa que hacer.

Cerró el puño y mirándolo como si no fuera suyo, se golpeó fuerte en la mejilla. Estuvo segura de que no era suficiente, así que repitió el gesto tres veces más. Se acercó al mueble-bar, agarró por el cuello una botella de brandy y le dio tres largos sorbos. «Bien, una vez más... más fuerte, imagina que tu cara es la de Alicia», pensó. Se golpeó con todas sus fuerzas en el ojo, sin tocar el globo, pero sabiendo que todo a su alrededor se pondría morado. Luego se acercó a uno de los enormes cuadros que decoraban la estancia y cogió el puñal que tenía adosado al marco. Se palpó el costado y con decisión se lo clavó certeramente obteniendo lo que buscaba. Más que un corte, menos que una herida superficial, que enseguida manchó su vestido de manera espectacular. Cogió un vaso de agua, mojó la herida para que pareciera que sangraba aún más y se acercó al jardín. Desde donde estaba, lanzó el puñal con todas sus fuerzas, viéndolo desaparecer entre los plumbagos de un lateral. Volvió a colocarse en el simulado centro de la acción y se tendió en el suelo.

Solo entonces, empezó a gritar. Ella, que jamás gritaba y odiaba a los débiles que lo hacían.

IV

Oyeron a los caballos del coche que llevaba a los Serrano-Gorchs detenerse frente a la casa. Desde la ventana vieron a Lucía, Inés y Gabriel entrar a paso ligero. Miguel Abbad les recibió, aún nervioso por lo que había sucedido, con una sensación en el cuerpo que no podía definir. Uno no se alegraba por que hubieran intentado matar a un familiar.

—¿Dónde está? —pregunto directamente Lucía.

—Lo hemos llevado al calabozo del potrero. Está bien vigilado —respondió Miguel.

—Vamos a verlo.

Lo habían encerrado en una jaula grande que llamaban el calabozo pero nunca se había utilizado con la función que el nombre indicaba. En realidad, era una jaula para animales grandes, a menudo para caballos salvajes a los que había que herrar o castrar, con argollas en las paredes para inmovilizarlos. En San Miguel, igual que en todos los ingenios, también había calabozos para las personas, normalmente no lejos del batey. En aquel entonces estaban vacíos.

Encontraron a Lucas atado de pies y manos a las argollas ancladas al centro de la jaula, inmovilizado en el suelo, sentado con la cabeza entre las piernas. Levantó la mirada al verlos llegar. Había llorado y su cara volvía a ser la que había adoptado tras meses en la granja: la de un hombre derrotado. A su alrededor, otros esclavos y algunos de los miembros del personal doméstico lo miraban con curiosidad. Ninguno lo recordaba.

—Apartaros de la jaula —ordenó Lucía.

—Sí, hacedlo —repitió Miguel, señalando con sutileza a quién pertenecían aquellas gentes—. ¡Todos fuera!

Se acercaron y Lucía arrastró un taburete para sentarse frente a él.

—Muy bien. Has caído en la trampa. Eres un asesino, de eso no hay duda. Probablemente el que llevábamos meses buscando. Sé que no perteneces a mi ingenio y Miguel sabe que no eres del suyo.

Lo sabía porque estaba segura de que le había enviado Isabel Palau, pero no lo dijo. Lucas no articuló palabra. Lucía intentó mantener la frialdad, arrinconando en su cabeza la idea de que, probablemente, tuviera delante a quien había matado a sus familiares.

—Tienes suerte. Nosotros no somos asesinos como tú. Pensamos las cosas antes de actuar. Intentamos entender el porqué. Eso es lo que quiero saber. ¿Por qué estás aquí? ¿Por qué merecía morir «precisamente» la señorita Alicia? ¿Por qué no el amo Miguel, o yo misma? Pero, sobre todo ¿por qué no el amo Rafael o el ama Isabel? Son ellos tus amos. Son ellos los que te han tratado como lo han hecho. —No hubo respuesta, así que Lucía se contestó a sí misma—. Creo que no lo sabes porque cumples un encargo. Creo que alguien te ha pedido que mates a Alicia. ¿Es así?

Lucas sabía que si hablaba Isabel se cebaría con los niños del patio de los esclavos. No creía a la mujer en casi nada, pero sí en aquello. Estaba seguro de que cumpliría su amenaza. También que el lugar más seguro para él era aquella jaula. De haber podido, Isabel le habría matado en el acto, pues podía delatarla. Agradeció que no supiera hasta qué punto podía hundirla: podía hablar del asesinato que pretendía, pero también de todos los que ella había encubierto, de todos los que habían ejecutado bajo las órdenes de Germán.

—No tienes opciones —continuó Lucía—. Si no hablas, permanecerás en esta jaula indefinidamente. No te torturaremos, no te maltrataremos, pues eso daría emoción a tus días. Te alimentaremos siempre con exactamente lo mismo. Y permanecerás aquí. —Lo miró sin hablar durante un instante—. Debes de tener dieciocho, diecinueve años. Puedes vivir fácilmente cuarenta más. Eso son casi quince mil días de silencio, de aburrimiento, de una vida desperdiciada. Hacia mitad de año desearás que te azotemos, que te peguemos, que hagamos algo para dar a tu día algo de emoción. A los seis meses de estar encadenado así, tu cuerpo se habrá olvidado de andar y no tendrá fuerzas para ponerse de pie.

—Pondré maderas a media altura para que no veas nada de lo que pasa fuera y castigaré duramente al que te dirija la palabra —añadió Miguel—. Hasta que no hables, seguirás así. Si confiesas, tendrás alguna oportunidad. Los plantadores obligamos a muchas cosas a nuestros esclavos, algunas muy crueles, soy consciente de ello. No creo que tú decidieras matar a mi tía. No tiene sentido. Habla y seremos benevolentes.

Lucas los miró llorando. Su vida no había acabado, lo cual era mucho peor que lo que hubiera hecho.

—No puedo —fue lo único que dijo, casi susurrando, antes de hundir la cabeza entre las piernas.

Lucía y Miguel se miraron.

—Este hombre está protegiendo a alguien —le dijo ella al oído—. Tendremos que pensar en algo para que hable.

Se levantaron y se separaron de la jaula. Miguel dio órdenes para que al día siguiente la cerraran con maderos a media altura, de forma que Lucas, que encadenado al suelo no podía levantarse, tampoco pudiera ver el exterior.

—La tortura que le vamos a infligir a este hombre es la peor —opinó Lucía—, pero creo que tenemos a quien ejecutó a mi marido y a mi hijo, a mi buen Mantecón, a los Viader... a todos. Tengo la corazonada de que fue él. De que este fue el brazo ejecutor de Germán y ha sido el de Isabel. Ha caído de cuatro patas en nuestra trampa. Ahora necesitamos que confirme lo que sabemos.

Salieron del potrero y se dirigieron a la casa grande. En el porche, vieron a Alicia en su silla de ruedas acompañada de su fiel Dora, a Gabriel y a Inés. Hablaban con alguien que acababa de llegar a caballo. Vieron a Inés subirse a otro caballo, que se acercó para cruzarse con ellos al paso que precedía al trote. Estaba preocupada.

—Han intentado matar a Isabel. Está malherida en su casa. Alguien la ha asaltado esta noche.

Lucía respiró profundamente. Más enfadada que preocupada. Con ganas de subirse al caballo también y acudir a la casa azul para rematar la tarea ella misma. Miguel captó su mirada.

—Te tengo que contar muchas cosas, Miguel. Todas malas. Todas preocupantes. Ya es hora —le dijo, decidida por fin a contar las historias de pendientes robados, de asesinatos sin resolver y de odios ocultos que rodeaban a su vecina.

V

Miguel Abbad no pudo conciliar el sueño en toda la noche. Su rabia le pedía ir directo a San Rafael, coger a Isabel y hacerle confesar, pero su cabeza le aconsejó esperar y atacar una sola vez para vencer. Le molestó que Lucía no le hubiera informado de la investigación a cada paso y de cómo cada nueva revelación apuntaba a Isabel, pero una vez se puso al día, decidió actuar. Mantenía la esperanza de que Lucas confesara tarde o temprano, pero abrió una vía nueva que podía desenmascararla.

Escribió al palacete Abbad en Barcelona y solicitó que Ginés, el mayordomo, se pusiera en contacto con la jefatura de policía de la ciudad. Quería que investigaran a la señora Isabel Palau, presunta viuda propietaria de fincas al norte de Barcelona. Una vez lo hubieran hecho, quería que el inspector a cargo de la investigación del asesinato de su padre viajara junto a Ginés a Cuba. El primero tendría información de la misteriosa Isabel Palau, el segundo podría reconocer a Pepa en Isabel si esa coincidencia existía. Dio permiso para que se pagara lo que fuera necesario para asegurar que el policía priorizaba su caso sobre el de cualquier otro y, seguro de que lo conseguiría, calculó que en siete u ocho meses de angustiosa espera tendría a Ginés en Cuba.

Sin las evidencias que el mayordomo y la policía de Barcelona podrían aportar *in situ*, la confesión de Lucas no dejaría de ser su palabra contra la de la plantadora. Tenían pues que esperar a que los dos hombres hicieran las averiguaciones y llegaran a la isla. Mientras tanto, acordaron decirles a los Viader que Lucas, como sospechoso de las muertes de los Serrano y Mantecón, quedaría bajo su custodia en San Gabriel hasta que confesara, por mucho tiempo que aquello requiriera.

Le comunicó todas estas noticias a Lucía Gorchs y ambos estipularon que lo más sensato sería no asustar a Isabel, que no tardaría en averiguar que Alicia no había recuperado la memoria y se quedaría en el valle, cerca de ellos. Cerca de su fin.

24

I

En septiembre, tras casi nueve meses de encierro, Lucas de Viader ya era tan solo un recuerdo del hombre fuerte y gallardo que había sido y su actitud tampoco se parecía en nada a la que había tenido antaño. Los huesos le dolían tanto que hacía una semana le habían cambiado de postura para que dejara de lamentarse, así que ya no estaba de rodillas sino sentado en el suelo. Al estirar las piernas gritó de dolor y luego, al ver sus extremidades reducidas a pellejo y huesos, a piezas inútiles de su cuerpo moribundo, lloró desconsoladamente. Después, como si la sangre que corría por ellas le hubiera activado también una parte del cerebro, una idea surgió en su cabeza. Una idea tan brillante que le hizo gritar reclamando la presencia del amo Miguel para explicársela.

Al rato oyó cómo se acercaba a la puerta de la jaula y la abría a su espalda, para colocarse después delante de él. Lo miraba con suspicacia, altivo, sin esperar nada de aquella conversación. Lucas estaba seguro de que en seguida cambiaría de opinión.

—Voy a hablar —le dijo—, pero antes quiero que me mate.

Miguel le siguió el juego.

—Me parece muy bien, siempre que invirtamos ese orden.

—¡Escúcheme! —reclamó Lucas—. Si saben que he hablado, morirá mucha gente. Gente a la que quiero. En cambio, si piensan que he muerto y ustedes actúan como si no fuera yo el que hubiera informado, nadie sufrirá. Un muerto no habla. Quiero que simulemos mi muerte, y quiero que se haga de forma tan cuidada que nadie tenga dudas de que he abandonado este cruel mundo. Una vez esté muerto, confesaré.

Miguel reflexionó. Luego le habló con sinceridad.

—Muy bien —dijo—. Supongo que no tengo nada que perder. Si simulamos tu muerte y luego no confiesas, te volveré a meter en esta jaula.

—Lo sé —afirmo el esclavo.

—De acuerdo entonces. Organizaré el teatro. Espero poder informarte del plan esta misma noche.

—Hágalo. No me quedan muchos días. Quiero confesar, quiero castigar a los que me han llevado hasta aquí. Si no cambian las cosas, moriré de verdad. Lo noto en cada hueso y cada músculo de mi cuerpo.

—Como aquellos a los que mataste. Tú pudiste elegir, beneficio que no diste a los demás. No me das ninguna lástima. Tenlo muy claro —dijo Miguel antes de encaminarse a la puerta y cerrar tras él.

Por la noche, Miguel volvió con el plan bien urdido. A finales de esa semana, Lucas de Viader moriría. Mandó a un mensajero a San Rafael para pedir la aprobación de Isabel y Rafael como propietarios del esclavo. Les explicaba que, tras haber sido enjaulado y torturado, aún no había confesado nada, por lo que se disponían a ejecutarlo por fusilamiento. En seguida, tal y como esperaba, recibió el beneplácito de Isabel para que se quitaran al hombre de encima. Supuso que estaba ansiosa por que el hombre que podía delatarla muriera. También informó de que enviaría a su mayoral para presenciar la ejecución.

El sábado sacaron a rastras a Lucas de su jaula. No hizo falta que fingiera aquel trance pues no podía sostenerse en pie sin ayuda. A su paso, muchos señalaron sus piernas vacías y delgadas. Lo ataron a un poste colocado a pocos metros delante de una pared. En frente, a cincuenta metros, tres trabajadores del ingenio apuntaban con sus fusiles. En teoría, dos debían llevar carga de fogueo y solo uno balas, de forma que al proceder no se supiera cuál de los tres había matado al reo, pero en aquella ocasión ninguno llevaba munición. Solo Iris, Miguel, Lucía y el propio Lucas conocían aquel detalle crucial.

A mediodía, como habían acordado, el padre Pellón bendijo brevemente a Lucas, poco después le vendaron los ojos y tras un silencio que pareció durar horas, oyó cómo el mayoral realizaba la cuenta atrás.

—Cinco, cuatro, tres, dos, uno... ¡disparen!

Los fusileros obedecieron. Todo se hizo de forma tan real que el esclavo no pudo evitar temblar de miedo, no del todo seguro de que una bala no le atravesara la cabeza. Mordió la cápsula con sangre que Miguel le había dado la noche anterior y enseguida de su boca brotó el líquido, rojo y espeso, que habían extraído de un cerdo, manchando su camisola de forma que todos dieron por hecho que el fusilamiento había sido exitoso. Juan Luis Calleja, el mayoral de San Rafael, lo observó desde la distancia y se dio la vuelta satisfecho para volver con las noticias que esperaban en la casa azul.

—Lo enterraremos inmediatamente —le confirmó Miguel antes de que se fuera.

Diez minutos después, con la zona despejada, lo desataron y lo llevaron a una caseta de aperos situada en la parte trasera de la casa. El falso muerto permanecía con las muñecas y los pies encadenados y ni Miguel ni Lucía pensaron ni por un segundo en liberarlo. Culpable en mayor o menor medida, además, Lucas era peligroso. Lo sentaron sobre unas cajas vacías y ellos se colocaron en frente.

Y confesó.

Confesó haber sido parte de una conspiración urdida por Germán para desestabilizar el valle matando a plantadores. Confesó haber matado al marido e hijo de Lucía, que lo escuchaba horrorizada, a los Viader y al esclavo Roque, que había descubierto su identidad. Explicó que fue Germán quien mató a Mantecón y que Isabel lo había descubierto, chantajeándole para que se pusiera a su servicio, pero que no tenía noticias de que hubiera matado más bajo sus órdenes. También que fue ella quien le había encargado que matara a Alicia. Les explicó cómo Isabel lo había amenazado para que lo hiciera. Por último, confirmó que había participado en el robo de los esclavos yoruba que habían llegado como por arte de magia a San Rafael.

Para cuando acabó, Lucía se había quedado muda y Miguel tan solo pudo pedir más tiempo.

—Todo esto va a ser muy complicado de digerir —dijo, más impresionado que enfadado—. Y no sé qué hacer contigo. Quédate aquí —cogió a Lucía del brazo y salieron de la caseta, cerrando con llave antes de alejarse.

Rumiaron en silencio, uno junto al otro, hasta un rincón del jardín, donde se sentaron en un banco.

—Te das cuenta de que no tenemos nada, ¿verdad, Miguel? —dijo Lucía.

—Lo sé.

—Nadie condenará a Isabel por la declaración de un esclavo asesino. Además, ella... aún no tenemos la certeza de que haya matado a nadie pese a haberlo intentado. El asesinato de Germán es el hecho que más pistas nos ha dejado en su contra... pero son solo eso. Pistas.

—Por lo menos se ha resuelto lo de los asesinatos. Quiero decir, que sabemos quién estaba detrás de ellos.

—¿Has recibido noticias de Barcelona?

—Sí. Bueno, en realidad la noticia es que no hay noticias, lo cual es bueno. No hay noticias de Isabel Palau. Nadie conoce a una viuda con ese nombre. Han encontrado a tres personas llamadas así, una de ellas es una anciana pobre y otras dos son campesinas de diferentes puntos, también de baja estofa. El señor Tiffón, notario de mi familia, ha investigado todas las propiedades agrícolas de importancia al norte de Barcelona y ninguna pertenece a nadie llamado así. También ha buscado propiedades a su nombre en la ciudad y registros en los hoteles de lujo. Nada ha sido hallado. La señora Isabel Palau que conocemos, la que nos ha vendido ella misma, no existe en Europa —respiró profundamente antes de continuar—. Así que ya están viniendo hacia aquí el mayordomo de nuestra casa de Barcelona y un inspector de policía.

—Tengo la corazonada de que estamos a punto de desenmascarar a esa mala pécora —dijo Lucía—. He enviado cartas a nuestros amigos en diferentes ingenios para ver si saben algo de los esclavos robados. Eso será más fácil de probar. Al que le hayan robado actuará sin piedad y sin esperar al Gobierno, que nada puede hacer, ya sabes: esos yoruba, en virtud de la prohibición del tráfico de esclavos son...

—Propiedad del Gobierno —la interrumpió Miguel con impaciencia—, pues han llegado ilegalmente a Cuba: serán emancipados y en cinco años, hombres libres.

—Exacto —recalcó Lucía—. Si Isabel no cae por una cosa, caerá por la otra. La estamos arrinconando.

—Yo también opino así, pero es crucial que la señora Palau no sepa nada. Que siga así. Hace meses que sabe que Alicia no ha recuperado la memoria pues de haberlo hecho estaría detenida como sospechosa. También duerme tranquila pensando que el esclavo Lucas no confesará jamás porque ha muerto. La tenemos donde queremos. Lista para ser capturada en cuanto sepamos un poco más.

Se sonrieron. Iban paso a paso en la buena dirección. Los dos hubieran querido avanzar más rápido, pero se contentaron en hacerlo con seguridad.

Cuando Lucía volvió a la casa inglesa, otra buena noticia la aguardaba.

Ingenio Las Barrancas de Pinalso
Santa Clara
7 de Septiembre de 1868

Apreciada Lucía:

En primer lugar permíteme que te salude con el afecto que sabes que te tengo. Guardo entrañables recuerdos de la fiesta que diste hace pocos años, en la que San Gabriel y tu original casa lucieron con tanto boato como nos tienes acostumbrados.

Respecto al tema motivo de tu misiva, decirte que, efectivamente, a principios del año pasado, un envío de ébano que esperaba y había pagado por adelantado, me fue robado en circunstancias violentas. No conozco los detalles de la descarga, pero sé que las cincuenta unidades de ébano yoruba jamás me fueron entregadas. Poco después, el barco que lo traía fue apresado por los ingleses y se halla retenido por ellos, Dios sabe dónde. ¡Cuántos disgustos nos trae la pérfida Albión a los españoles desde antiguo!

Imagino que hallarás a otros plantadores en mi situación, pues sé que el ébano que traía ese navío era abundante.

En cualquier caso, me encantaría que me desvelaras el misterio de tu pregunta. ¿Acaso conoces el paradero de mi mercancía? Si es así, por favor indícamelo. En tiempos como los que corren, debemos hacernos respetar con dureza frente a los robos, máxime con tan valioso material.

Quedo a la espera de tus noticias, hasta entonces, recibe un afectuoso abrazo de tu amigo,

Pablo García-Seto

—¡Ajá! —exclamó triunfal Lucía tras leer la carta—. Esa mujer va a pagar. Va a pagar muy caro.

II

En el palenque de Los Devotos se preparaban a buen ritmo para levantarse en armas. Habían acumulado armamento suficiente para que todos los hombres del emplazamiento, casi ciento cincuenta, tuvieran un fusil y un cuchillo y se los adiestraba para utilizar ambos con destreza. También tenían varios barriles de pólvora y un grupo se ocupaba de hacer granadas que pudieran lanzar con la mano y pequeños paquetes con todos los elementos necesarios para hacer bombas *in situ* de forma rápida y eficaz.

Tampoco se descuidaba el estado físico de cada cimarrón: la alimentación mejoró y se hizo más abundante para fortalecerlos. Se hicieron dos grupos de hombres, en dos columnas con dos mandos. Devoto era el general de la milicia, y coordinaba a la vez una de dichas columnas. Tomás, que estaba inmediatamente debajo de él en el mando, coordinaba la otra.

Sabían que era más que probable que les integraran en un cuerpo mayor en cuanto el alzamiento comenzara, pero querían mantenerse organizados hasta entonces.

A finales de julio de 1868, Devoto había asistido en las Tunas a una reunión con Carlos Manuel Céspedes, el que todos preveían que fuera el líder del movimiento revolucionario, en las Tunas.

Había vuelto triunfal, convencido por los asistentes a aquella reunión de que Los Devotos formarían un grupo clave en la revolución. Sabía que el levantamiento era inminente y había pedido ser informado de cada paso para preparar a sus hombres. Pero ninguna información llegó y los meses pasaron sin que nada hiciera pensar al cimarrón de que para los conspiradores fuera algo más que un esclavo con ínfulas. A Tomás le costó convencerlo de que aquello cambiaría en cuanto la guerra empezara.

Pero las noticias pronto les abrieron los ojos. A mediados de septiembre, un primer correo a caballo llegó con noticias frescas. En cuanto Tomás lo vio entrar en el palenque, se acercó corriendo al palafito de Devoto. Cuando llegó, la cara del cimarrón era la de un concentrado interés ante lo que le contaban: en España se había desatado una revolución.

—... La reina Isabel II ha sido aconsejada a no volver de sus vacaciones en San Sebastián, pues ni siquiera en Madrid pueden asegurar garantizar su seguridad... —explicaba el correo—. Todas las ciudades de la costa mediterránea van mostrando su adhesión a la revolución y son gobernadas ya por juntas revolucionarias. En La Habana aún sigue todo igual, pero el temor a que también aquí haya una revolución va de boca en boca...

—Sería muy torpe no aprovechar el momento —reflexionó Devoto—. No puedo creer que no tengamos aún noticias de tu Céspedes.

El correo les dejó a ambos con la sensación de que la partida estaba a punto de empezar y ellos no habían sido convocados. Tomás sintió deseos de cabalgar hasta Trinidad para enterarse de primera mano de lo que acaecía, pero se contuvo. Dejar a Devoto solo en aquel momento podía derivar en que el cimarrón, impulsivo más que reflexivo, actuara con precipitación. Tenía que quedarse a su lado para serenarlo y darle paciencia.

A primeros de octubre, otro correo les informó de que Isabel II había partido al exilio a Francia desde San Sebastián el pasado 30 de septiembre. Ni Tomás ni Devoto podían comprender a qué demonios esperaban los conspiradores para fijar una fecha inmediata para levantarse, aprovechando el momento, pero, aun confiados en que contaran con ellos, se prepararon sin descanso con la idea de partir en los siguientes días.

El día 23 de octubre, tras semanas de espera que mellaron sus nervios y sus esperanzas, llegó un tercer correo. Céspedes se había levantado en su ingenio de la Demajagua y había liberado a sus esclavos, una escasa cincuentena. Su ejército había sufrido una amarga primera derrota, pero hacía tres días había logrado una victoria importante y la ciudad de Bayamo era la primera de la nueva Cuba libre. La primera de muchas que la seguirían, a juicio del eufórico correo que les detallaba las noticias, que no reparaba en que los ojos de Devoto se nublaban al constatar lo que había temido: la revolución había empezado y nadie había contado con ellos. Sin opinar y sin fuerzas, el líder cimarrón se dio la vuelta y se refugió en su cabaña, triste y decepcionado.

Por la noche, cuando todo el palenque celebraba las noticias sin darle ninguna importancia a no participar de la acción, Tomás llamó a la puerta de Devoto y entró para conversar.

—Comprendo tu decepción —dijo—. Es la misma que tengo yo. Confié en Céspedes, lo reconozco. Creí que contaría con nosotros.

—Los dos lo hicimos. Tú no tienes culpa de nada —dijo Devoto.

—Lo sé. Pero nos hemos preparado mucho. Debemos participar. Debemos actuar. Seremos útiles a Céspedes, a la revolución. ¡No te quepa duda!

—Lo sé. Pero no quiero empezar así. No debe ser eso lo que hagamos. Tomás, llevamos toda la vida viendo a los nuestros mendigar dádivas miserables al amo blanco. Ahora, tenemos algo realmente importante, bueno, organizado, algo en lo que hemos invertido mucho esfuerzo y que puede ser extremadamente útil, y ni siquiera eso ha sido capaz de llamar la atención de unos hombres necesitados de muchos grupos como el nuestro. No, Tomás, creo que debemos hacer nuestra guerra, empezar por donde siempre quisimos, llevando nosotros a nuestros hombres. Rezar porque la guerra avance a occidente pronto y que a Bayamo le sigan Cienfuegos, Matanzas… Todas las ciudades hasta llegar a La Habana, pero hacer nuestra guerra. Que sea el hombre blanco el que pida nuestra ayuda por una vez, que sean ellos, Céspedes, Aguilera, Rubio, Mármol, Figueredo… ¡todos!, los que nos llamen.

—Te comprendo.

—Uno no puede vivir siempre así. Siempre arrodillado. Nos pusimos en pie y formamos a nuestros hombres, a nuestros Devotos. No consentiré que nos vuelvan a hacer de menos.

—Actuar solos será más arriesgado, lo sabes —dijo Tomás, que ya estaba convencido de actuar por libre tal y como proponía su líder.

—Tomás, arriesguémonos sin dudar. ¡Hagámoslo! Si ganamos, seremos felices. Si perdemos, seremos sabios. Si morimos, nutriremos la tierra de esta isla y las mentes de nuestros hijos para que sean ellos los que lo vuelvan a intentar.

Se miraron unos segundos a la cara. Sus ojos hablaban y, esperanzados de nuevo, se fundieron en un abrazo fuerte y largo. Eran diferentes, pero se valoraban y admiraban el uno al otro de la forma que solo lo hacen los mejores amigos. Sabían que acababan de sellar su destino y pese al miedo, jamás se habían sentido mejor.

Dos días después, se pusieron en marcha hacia el Valle de los Arcángeles y el palenque de Los Devotos volvió a pertenecer a la selva.

25

I

Ginés Caparrós llegó junto al inspector Barutell al puerto de Matanzas a principios de noviembre. El mayordomo era el clásico hombre que solo se movía con soltura en terreno conocido, en su caso, el palacete Abbad en Barcelona. Sus señores jamás le habían llamado la atención sobre su trabajo, pues jamás había descuidado ni una sola de las tareas que tenía encomendadas. La enorme residencia funcionaba con la precisión del reloj que guardaba prieto en el bolsillo de su chaleco y revisaba una y otra vez a lo largo del día. Ginés era fiel a la idea de que cada uno de los miembros del servicio del palacete, cada mueble, cada plato que se servía y cada copa que se limpiaba, hablaban de la dignidad de sus propietarios. Sabía que las paredes que manejaba se encontraban a la altura de los más distinguidos palacios barceloneses y se enorgullecía de que, en parte, fuera mérito suyo.

Pero en cuanto salía de Barcelona se convertía en alguien torpe e inútil, que miraba asustado a la vida veloz y a las gentes exóticas que lo rodeaban sin saber bien cómo comportarse. El puerto de Matanzas era el tipo de lugar que detestaba, pero por suerte el inspector Barutell estaba acostumbrado a terrenos como aquel. Le siguió hasta la estación con la maleta agarrada a la altura del pecho con las dos manos, como si alguien fuera a robársela, mientras la cabeza le sudaba bajo el bombín. Allí, al rato, consiguieron que les indicaran cuál era el tren al Valle de los Arcángeles, y solo cuando se sentó en el vagón pudo quitarse de encima el angustioso trajín con el que Cuba le había recibido.

No había confraternizado nada con el inspector Barutell, lo que le parecía bastante cómodo, pues suponía no tener que hablar si no había nada que decir ni compartir sus momentos de esparcimiento durante el viaje. No tenían nada que les interesase del otro. Barutell era un hombre ágil y joven, de corta estatura y pelo negro, mirada inteligente y porte valeroso, con un trabajo emocionante y peligroso. Él era alto y barrigón, veinte o treinta años mayor que el inspector, y vestía de forma que todos los que lo veían podían a menudo adivinar que era un fiel mayordomo, con trajes antiguos de excelente factura y porte digno, aburrido y serio.

Tan solo intercambiaron unas palabras al acceder al valle, cuando el inspector no pudo evitar opinar.

—Es muy bonito todo esto.

—Los señores Abbad siempre se cuidan de tener lo mejor —respondió él con suficiencia, pretendiendo no estar tan impresionado como su compañero de viaje.

Los llevaron directamente a la casa grande de San Miguel y allí, tras acomodarlos en habitaciones a las que ninguno de los dos estaba acostumbrado, les convocaron a una reunión en el porche.

Ginés había convivido y cuidado de Miguel Abbad hasta que este había partido a Cuba, por lo que se alegró de verlo convertido en un hombre. Le gustó que mantuviera el estatus de la familia y que fuera tan importante en Cuba como lo había sido su padre en Barcelona. Agradeció que Dora hubiese informado, en una carta dirigida al palacete Abbad, del matrimonio del señorito Miguel con una esclava de color, pues era nefasto disimulando y no hubiera podido mantener la calma de haber sido presentado a Iris sin conocer la historia con anterioridad. Por lo demás, achacaba la tensión de su cuerpo a la novedad de estar allí casi como un invitado y en una casa que dirigía otro mayordomo. En cualquier caso, en cuanto Miguel detalló todo lo que había pasado en los últimos años en el valle y, muy especialmente, desde que Isabel Palau estaba allí, el ánimo general se ensombreció y todo lo demás quedó en segundo plano.

El inspector tomó nota de todo en silencio y después, muy serio, tomó la palabra.

—Imagino que saben que en estos momentos todos los efectivos policiales están dedicados a sofocar el levantamiento que se está produciendo en oriente, es decir, que estamos en el peor momento posible para pedir ayuda a la Guardia Civil, por lo que debemos ser cautelosos. Lo prioritario es, sin duda, que el señor Ginés vea a la señora Palau. Que nos ayude a dirimir si es o no la misma persona que desapareció sospechosamente del palacete Abbad el día del envenenamiento del señor Ignasi Abbad. Si la reconoce, haré venir a la Guardia Civil para detenerla e interrogarla en dependencias policiales de La Habana. No puedo detenerla yo solo. No con una guardia, por ineficaz que sea, privada. Además, tiene una enorme masa esclava a la que puede lanzar contra nosotros. Vayamos por partes —afirmó antes de abrir su maletín y sacar un dibujo hecho a lápiz—. Este es el retrato que tenemos de Pepa Gómez, presunta asesina de Ignasi Abbad, realizado con las descripciones de la gente que la conoció, esto es, el servicio de los Abbad.

Iris y Miguel se acercaron a ver la imagen. Podía ser un dibujo de la cara de Isabel, sin duda, pero también de cualquier otra mujer guapa de su edad. No hizo falta que comentaran nada, pues sus expresiones hablaban elocuentemente.

—Lo sé —continuó el inspector Barutell—, puede ser la señora Palau... o no. Es lo malo de no tener fotografías. Por eso, lo primero que debemos hacer es acercarnos a ver a la sospechosa. Es clave que venga el señor Ginés, aquí presente, pero no me gustaría que ella, en el caso de ser quien sospechamos que es, lo reconociera. ¿Se les ocurre cómo hacerlo?

—Podemos usar un coche de transporte de animales. Van cerrados en la parte de la carga, pero tienen pequeños agujeros para que respiren las bestias —apuntó Miguel.

—Eso sería perfecto —opinó el inspector.

—Lo organizaré. Pero puede que nos cueste dar con Isabel. La zafra ha empezado y está todo el día recorriendo su finca sin descanso, controlando que todos trabajen. Lo normal es que a media tarde vuelva al batey.

—¿El batey? —preguntó el inspector

—Sí, es la zona en la que se encuentran las casas de calderas, el combustible, etcétera. Isabel acude a lo largo del día una o dos veces por lo menos. Podemos ir allí en busca de alguna herramienta.

A Isabel le extrañará, pero no tanto como para sospechar. Estamos en un mal momento de nuestra relación, pero puede que lo vea como un intento de acercamiento.

—Perfecto entonces. Organícenlo.

II

Isabel había recibido con preocupación las noticias del levantamiento en Santiago de Cuba, en el oriente de la isla, por los revolucionarios a cargo de Céspedes. Creía que era la única en el valle a la que aquel hecho le parecía crucial y peligroso, y no entendía por qué los demás no se preocupaban también. No había vuelto a hablar ni con Miguel ni con Gabriel desde que decidieron enfrentarse a ella por el asunto de la granja de esclavos y solo a través de notas cuando autorizaron el fusilamiento de Lucas, pero la comunicación entre mayorales seguía siendo fluida y las noticias importantes corrían con la misma rapidez de siempre. No podía creer que aún no se hubiesen reunido para hablar de la revolución y prepararse para defenderse en caso de que alcanzara el valle. Sabía que los insurrectos estaban aún lejos, pero hubiese dormido mejor de haber tenido un plan por si la temida situación se producía. Las noticias que llegaban de oriente no eran buenas, más bien todo lo contrario. La ciudad de Bayamo seguía en manos de los insurrectos y los más pesimistas auguraban que se mantendría así. Las acciones de aquellos revolucionarios eran a menudo estremecedoras. Hacía una semana habían tendido una emboscada a una guarnición española y habían matado a más de doscientos efectivos a machetazos. También había revueltas, asaltos a ingenios y asesinatos en Puerto Príncipe, más próxima a la de Matanzas, donde estaban ellos. No podía comprender que los demás no estuvieran asustados.

Rafael, por supuesto, estaba en La Habana, a donde había partido en cuanto había visto izarse el gallardete rojo que indicaba el inicio de la zafra. No le importaba por el trabajo, pues su marido no la ayudaba nunca en la gestión del ingenio, pero le sorprendía que Rafael no quisiera pasar más tiempo con su hija Blanca, la más bonita de todas las criaturas. Isabel ocupaba la mayor parte del día pensando en ella y la visitaba varias veces en los entoldados que les organizaban para comer y descansar, entre los cañaverales, en plena jornada de zafra. Allí, rodeada de juguetes y niñeras que la atendían como a una infanta real, Blanca respiraba el aire y el ambiente del ingenio que su madre esperaba legarle.

Había pasado la hora posterior a la comida con la niña en brazos, adormiladas ambas, antes de volver al trabajo. Había quedado con su mayoral en la casa de calderas, por lo que devolvió a la niña a su cuna y se encaminó a caballo hasta el batey. Juan Luis Calleja la esperaba allí, pero le sorprendió que lo hiciera junto a Miguel Abbad y otro hombre, que flanqueaban, a caballo, uno de los coches de transporte animal de San Miguel. Se esforzó por ser amable, pues aunque odiaba a sus vecinos, ahora necesitaba que se entendieran más que nunca.

—Buenas tardes, vecino —le dijo coloquialmente al verlos.

—Buenas tardes, Isabel. Ha pasado mucho tiempo —respondió Miguel.

—Demasiado. Cuando acabe la zafra deberíamos hablar. Rafael está muy disgustado con nuestro enfrentamiento... y a mí también me apena —mintió.

—Hablaremos, no tengas duda. Hemos venido a ver si las pailas que compramos a la vez os están dando problemas. Os hemos traído una para que veáis de lo que hablamos, la acabamos de descargar del coche.

Junto a ellos, Calleja revisaba una paila de cobre, cogiéndola de lado para comprobar la base, de forma acampanada, que usaban para concentrar el líquido hirviente de la caña. Cejijunto y malhumorado, al revisar los remaches diagnosticó:

—La han saboteado. La paila no es defectuosa.

Isabel miró a Miguel, pero se contuvo de reforzar su discurso de severidad hacia los esclavos. En cambio, lo dirigió al que ocupaba sus pensamientos.

—Esto va a más, Miguel. Los esclavos de Santiago ya se han levantado, los revolucionarios de ese Céspedes les mienten y les prometen imposibles. Os ruego que pensemos algo para pararlos si llegan aquí.

—Estamos trabajando en ello, Isabel. Pero no te preocupes demasiado aún. Están lejos.

—Pero los esclavos...

—Los esclavos de San Miguel y San Gabriel están bien. No tenemos problemas con ellos —dijo Miguel, sin poder evitar una velada crítica a su gestión de la negrada.

—Parece que algún problema sí tenéis. Acaban de sabotear una de tus pailas. Esos objetos son caros —suavizó el tono—. Bueno, pensadlo, por favor. Me gustaría estar preparada si los revolucionarios se acercan. Y, respecto a la paila, pedid a Calleja lo que necesitéis. Yo tengo que ir a revisar las calderas. —Sonrió con falsedad y desmontó del caballo para acercarse a pie a la nave.

En el interior del coche de carga animal, Ginés ya había olvidado el olor a cerdo y a gallina que lo rodeaba desde hacía más de una hora. A través de los respiraderos había visto un fantasma. Acababa de ver a Pepa.

III

El 11 de noviembre de 1868, día de san Martín de Tours, Los Devotos penetraron en el Valle de los Arcángeles cruzando el olvidado paso del Chipojo, que llevaba años cegado por la maleza y la vegetación.

Pasadas las seis de la mañana, las campanas de San Rafael empezaron a sonar. Isabel se levantó de la cama de un brinco y se asomó a la ventana. Rafael, que había llegado la noche anterior, la siguió preocupado. Las campanas solo se hacían sonar con aquel repique urgente cuando una catástrofe sobrevenía: un incendio, un desprendimiento... o una rebelión. Nunca antes las habían oído tañer, pero los dos sabían que no significaba nada bueno. A los pocos minutos, unos golpes apresurados llamaron a su puerta. Era el mayoral. Habitualmente frío y distante, había perdido toda compostura. Alarmado, se atropellaba al hablar.

—Patrones, nos atacan. Un grupo numeroso de esclavos está bajando por las colinas del Duque y la Encomienda. Han accedido al valle por el paso del Chipojo, no sabemos bien cómo. El capitán

Velasco ya ha sido avisado y ha enviado una comitiva para conocer las intenciones del grupo. Parecen cimarrones.

—¡¿Cimarrones?! Que carguen contra ellos inmediatamente. No esperen a que ellos les ataquen —ordenó Isabel—. Este no es un lugar de paso, solo pueden venir con malas intenciones.

Se acercó a la ventana. Casi instantáneamente oyó tres descargas de fusil resonar en el valle. Se giró hacia su mayoral.

—¿Eso ha sido Velasco?

—No lo ha sido él —intervino Rafael—. Sus armas no suenan así. Quienquiera que esté entrando en el valle acaba de disparar.

—Esto es intolerable —dijo Isabel.

No había acabado de pronunciar aquellas palabras cuando el capitán Velasco se presentó ante ella.

—Patrona, acaban de matar a tres de mis hombres. Al cuarto que les acompañaba lo han dejado libre para que nos diera el mensaje. Exigen su inmediata rendición. Van a liberar a todos los esclavos e incautar el ingenio. Mi recomendación es que obedezcamos, son casi ciento cincuenta y van bien armados.

—¡Es usted un inútil y un cobarde! —dijo ella apartándolo para salir de la habitación.

Subió las escaleras hasta la terraza de una de las dos torres de la casa azul y oteó su ingenio. Enseguida distinguió a dos grupos numerosos avanzando en formación. Unos parecían dirigirse al patio de los esclavos. Otros enfilaban hacia la casa de calderas. Ambos tardarían varias horas en alcanzar sus objetivos. En el mástil de su jardín, ya habían izado el gallardete negro avisando de la situación de emergencia. Su mayoral, su marido y el capitán de su guardia la habían seguido. Se giró para decir qué hacer a aquellos inútiles.

—Señor Calleja, quiero que todos los trabajadores libres de San Rafael estén aquí en una hora. Que se queden solo los que sean indispensables en su puesto. No les entretendré mucho. Rafael, abre el armero y cuenta las armas de las que disponemos. Di en el potrero que ensillen todos los caballos. Capitán Velasco, acompáñeme.

Corrió escaleras abajo. Los que trabajaban en la casa ya estaban alarmados y confusos y el repicar incesante de las campanas solo conseguía asustarles más. Entraron en el salón de la zafra. Isabel desplegó un plano de la plantación sobre la mesa.

—Quiero que corte los caminos aquí, aquí y aquí —le indicó con el dedo—. En estos puntos puede provocar desprendimientos. Quizás tenga que tirar algún árbol también. Utilice pólvora. No evitará que esos hijos de mala madre sigan su camino, pero sí que lo hagan a caballo. Los retrasará. Cuando haya acabado, vuelva con todos sus hombres aquí.

—Señora Palau, creo que sería más eficaz...

—Usted no sabe lo que es la eficacia —lo interrumpió Isabel—. Así que calle y déjeme a mí. Váyase y haga lo que le ordeno. Hará falta mucho más que un centenar de cimarrones negros para sacarme de mi casa.

Acudió entonces al armero, situado en el sótano de la casa. Rafael ya había abierto los armarios y tenía el armamento contabilizado.

—Tenemos doce rifles —le dijo—. También seis pistolas.

—¿Pólvora? —preguntó Isabel.

—En el almacén de las mochas hay suficiente como para volar la casa azul si eso es lo que quieres.

—Nadie va a volar esta casa. Los que volarán serán esos negros —aseguró Isabel.

—Podemos irnos. Corremos peligro. Isabel, esos delincuentes no resistirán el envite del ejército español. Una derrota hoy puede ser una victoria mañana.

—Nadie me sacará de San Rafael. Además, eres un ingenuo si crees que las salidas del valle no están vigiladas. Es lo primero que habrán hecho, por muy lerdos que sean. Atiende: ¿quién de esta casa mataría por ti?

Rafael meditó un momento.

—Sin duda, mamá Sagrario, la negra que nos crio a mi hermano y a mí. También sus dos hijas. El mayordomo está aquí desde hace décadas y siempre me ha mostrado devoción. Mi ayuda de cámara fue mulenque mío al nacer, imagino que probablemente también daría la cara por mí.

—Eso son cinco personas. Puede que las niñeras de Blanca también respondan por nosotros.

—Querida, ¿qué es lo que pretendes? —inquirió Rafael—. Esas personas son mansas como corderos.

—Les daremos una pistola. No son difíciles de manejar. No hará falta que apunten siquiera, habrá tantos cimarrones que acertarán incluso sin querer. A veces las personas con aspecto más inofensivo son las más eficaces.

—Realmente, esta es una situación desesperada —musitó Rafael—. Mamá Sagrario con una pistola...

—Reúnelos a todos y explícales lo que pasa, enséñales a disparar, aunque sea tan solo veinte minutos, pero no les des las armas aún. Esperaremos al último momento. Voy a cambiarme.

—¿Y Blanca?

—Se la llevarán a San Rafaelito ahora mismo. Nadie irá allí. Ahora, dame las llaves de la caja.

—¿La caja?

—Sí, apresúrate. Dámelas ya.

Treinta y cinco minutos después ya tenía a veintiocho hombres en su salón. Ninguno la quería ni hubiera arriesgado la vida por ella, especialmente su mayoral, que la detestaba. Todos la temían y sabían de su fuerza. Esperaban callados a saber cuál iba a ser su siguiente movimiento. Isabel apareció seguida de dos mozos que cargaban un baúl de buen tamaño. Lo colocaron sobre la mesa y abrió la tapa de forma que solo ella podía ver lo que contenía. Sacó un puñado de monedas de oro.

—Señores, no voy a intentar convencerlos de que luchen por el ingenio que les da de comer ni de que tengan el mínimo afecto hacia mi persona. No me lo tienen y tampoco yo he pretendido obtener nada más de ustedes que su dedicación y buen trabajo. Cosa que he conseguido y pagado. Hoy les doy la oportunidad de llenar sus cajas de caudales. —Miró al mayoral—. Señor Calleja, ¿en cuanto está el precio de un negro criollo?

—Ronda los ochocientos pesos, quizás más, depende del negro.

—¿Y de un negro bozal?

—Algo menos, quizás seiscientos.

—Muy bien —dijo ella mirando a todos y levantando su mano repleta de monedas—. Les daré novecientos por cada negro. Pero no los quiero vivos. Los quiero muertos. Pagaré esa cantidad por cada cabeza que me traigan de los cimarrones que nos están atacando.

Todos se miraron asombrados. En un día podrían ganar el sueldo de varios años. Retirarse incluso.

—Los que no acepten mi oferta, que se vayan, por favor.

Ninguno lo hizo.

—Muy bien, ahora les explicaré qué es lo que vamos a hacer.

Cerró el baúl y dejó las monedas dentro. Las únicas veinticinco monedas que contenía.

IV

En San Gabriel, aún no había cundido el pánico, solo la confusión, cuando Miguel Abbad llegó a caballo.

Habían oído repicar las campanas de los otros ingenios. Luego habían comprobado que el gallardete negro había sido izado en San Rafael. El mayoral estaba a punto de salir hacia allí, pero Miguel le ahorró el trabajo. Lucía tranquilizaba a los domésticos mientras Gabriel impartía órdenes en la puerta a los capataces.

—Vengo de San Rafael. Me han informado de lo que se sabe hasta el momento —explicó Miguel jadeando—. Es un levantamiento. Ha entrado un grupo numeroso de cimarrones. Piden la rendición de todos los hombres. Liberarán a los esclavos. Quieren que nos vayamos todos.

Lucía no dudó en responder.

—No lo haré. Si nos vamos de aquí, cuando recuperemos nuestras plantaciones no quedará piedra sobre piedra. Eso es lo que han hecho en la mayoría de los ingenios en los que ha sucedido lo mismo. Lo destruyen todo y matan a quien haga falta rápidamente, sin ánimo de conservar nada que saben que les va a ser imposible retener.

—Piénselo —le pidió él—. Las salidas del valle están cortadas. Solo el tren puede sacar de aquí a quien lo desee si se apresura. Iris y los niños ya están yendo hacia a él. Darán la alerta al llegar a Matanzas pero, con el desastre que hay en oriente, a saber cuándo nos vendrán a ayudar.

—¿Tu tía Alicia?

—Dice que se queda. Dora tiembla como una hoja, pero se ha quedado a su lado.

—No esperaba menos de ninguna de las dos. Y dime, esos hombres, ¿los has visto?

—No, solo de lejos. Están claramente dedicados a San Rafael ahora mismo, pero vendrán a por nosotros cuando consigan lo que quieren en ese ingenio.

—Eso es que conocen el valle —intervino Gabriel—. Empiezan por el ingenio que maltrata a sus hermanos. Tenemos que ir a ver quién está al mando de esto. Os aseguro que nos llevaremos una sorpresa. Tú, Miguel, en mayor grado que nosotros. Acerquémonos a donde estén.

—Muy bien. Pero debe empezar a prepararse para combatirles —dijo mirando a Lucía—, estos hombres acabarán con nosotros si no les plantamos cara.

—Combatamos juntos, pues. Tengo más de una veintena de hombres libres que lucharán sin dudarlo por San Gabriel y tú tienes otros tantos.

—Más —repuso Miguel.

—Mejor aún —dijo Lucía—. Si empiezan atacando San Rafael, el siguiente será San Miguel, que está mas cerca que el mío. Organiza la defensa y cuenta con mis hombres. Aquí tan solo pondré lo más valioso a buen recaudo. Si consiguen San Miguel, será inútil que San Gabriel oponga resistencia. Tendremos que negociar.

—Lucía —dijo Miguel poniéndole una mano en el hombro y mirándola a los ojos—. Nuestra esperanza es poder negociar. De que nuestras fuerzas sean equiparables a los de esos hombres, dependerá que podamos hacerlo. Reclute a todos sus hombres libres y llévelos a San Miguel. Haremos lo que podamos. Lucharemos por lo que es nuestro.

—Hablaré ahora mismo con el mayoral. Gabriel lo organizará todo aquí e irá hacia San Miguel inmediatamente después. Tú y yo tenemos que ir a ver quiénes son esos hombres. Tengo buenos binoculares que mi marido usaba para las cacerías.

—Están a tres horas del patio de esclavos de San Rafael, bajando por las colinas de la Encomienda. Quizás desde la loma del Tomeguín tengamos una buena perspectiva.

—Vayamos entonces.

Corrieron hacia el potrero. A su espalda vieron a Gabriel hablar con Inés.

—Siento que tengas que pasar por esto. Una recién casada tendría que estar dedicada a otras cosas, pero no podemos entretenernos. Averigua quién del servicio sabe usar un arma. Tenemos bastantes fusiles en el armero de casa. Creo que todos darán la cara por nosotros. Conocen a la tía desde hace décadas y los ha tratado bien. Son de la familia. Explica lo que sucede sin ambages. Si alguno no quiere luchar, no le obligaremos, pero que sepan lo que nos jugamos.

—Muy bien. ¿Qué más? —respondió Inés.

—Prepara una maleta. Mete dentro el contenido de la caja fuerte. Las llaves están en...

—Sé donde están.

—Perfecto. Mételo todo y escóndelo cerca de la salida del jardín delantero, la que lleva al camino. Si nada resulta, tendremos que huir por ahí.

—No huiremos —dijo ella, repitiendo las palabras de Lucía.

—No —dijo él esbozando una sonrisa resignada—, pero por si acaso.

Gabriel vio a Inés darse la vuelta y empezar a organizarlo todo. Era aquella decisión e inteligencia lo que le conquistaban, cada día, de su mujer. Se dijo que la compensaría por todo lo que le estaba haciendo pasar.

En la biblioteca, se reunió con el mayoral que había sustituido a Tomás para disponer que se colocasen cargas explosivas en el puente principal sobre el río Alegre y en los accesos al batey. También señalizaron los puntos en los que se podrían situar las emboscadas.

En la loma del Tomeguín, Lucía Gorchs y Miguel Abbad tuvieron, tal y como esperaban, una vista perfecta de lo que sucedía en el valle. Les recordó a un hormiguero, con grupos de personas corriendo de un lado a otro y dos formaciones de hombres avanzando desde el mismo punto pero en direcciones diferentes. Supieron exactamente hacia dónde. Primero enfocaron sus binoculares al grupo que iba hacia el patio de los esclavos. Lo comandaba un hombre a caballo que, cada cierto tiempo, ondeaba una bandera que desconocían. Lucía estudió su cara, que veía con suficiente claridad. Era un hombre de color grande y fuerte y arengaba a sus soldados con emoción, pero no lo reconoció. Miguel, que a su lado hacía lo mismo, tampoco recordaba haberlo visto antes. Giraron un poco la vista hacia el segundo grupo, que avanzaba hacia el batey. Recorrían el camino justo en el punto en el que este se adentraba en los cañaverales, así que sus caras no eran fáciles de ver, pues aparecían y desaparecían entre los cultivos. Al llegar a un primer puente, tuvieron la oportunidad. A lomos de una mula, un mandinga dirigía ordenadamente a los hombres que lo seguían. Su cara era de contenida emoción y Lucía, que lo reconoció al instante, no pudo evitar sentir una punzada de orgullo.

—Es Tomás —dijo—. Sabía que sería él.

—Tomás, su...

—Sí, el que fue mi mayoral. Tenemos que hablar con él. Solo con él. Pensemos cómo hacerlo. Dentro del desastre, esto es lo mejor que podía pasarnos. Tomás jamás me haría daño.

V

Devoto avanzaba por el valle con facilidad. Probablemente demasiada. Habían recibido como única resistencia a cuatro guardias de la inútil nueva guardia de San Rafael, que les habían dado el alto y preguntado por sus intenciones cuando aún estaban descendiendo por la loma de la Encomienda. Les explicó sus intenciones y acto seguido disparó a dos de ellos tan deprisa que ninguno había podido reaccionar. El tercero salvó la vida solo para transmitir su mensaje. Conocía a aquellos hombres, eran los mismos a los que había visto disfrutar azotándole antes de colocarlo en uno de los cepos de Isabel Palau dos años atrás. Nunca olvidaba una cara. Nunca perdonaba una afrenta.

Supuso que el pánico habría cundido ya entre los plantadores, pues, en realidad, poco podían hacer contra ellos. Habían cerrado el valle por todas sus entradas y la vía del tren también sería bloqueada con una barricada en los siguientes minutos. Eran más y serían más numerosos aún, pues no tenía duda de que los esclavos de San Rafael, especialmente los de la granja, estarían ansiosos por cobrarse tantos años de maltrato.

Cruzaron el río Alegre y al cabo de una hora vislumbraron el patio de los esclavos. A medida que se acercaban, los que descansaban tras el turno de noche empezaron a asomar, saliendo por la puerta que cerraba el recinto. Todos conocían a Devoto y lo admiraban por haber hecho lo que ellos jamás habían osado. Había sido castigado con el cepo y azotado por ayudar a un compañero en la casa de calderas, se había fugado y había vuelto para salvarles. Si aquella historia no era la de un héroe, no creían que ninguna lo fuera.

En la entrada al patio, les recibió un par de guardias temerosos. A su alrededor, los esclavos se reían de su miedo, pero no se atrevían aún a increparles.

—El patio es tuyo. No podemos hacer nada para defenderlo —le dijo a Devoto el que parecía más entero.

—Huid y no volváis nunca. Aprovechad la suerte de estar vivos. No habría apostado por que la tuvierais —respondió él orgulloso, mirándolos desde la altura de su caballo.

Entraron en el patio y el cimarrón se dirigió a saludar a los mayores, que lo bendijeron como a un jefe de tribu. La mayoría de los esclavos eran de su etnia, lo que facilitaba su liderazgo, pero enseguida todos los demás también lo vitorearon, acercándose para abrazarlo y felicitarlo por su hazaña. Meses de historias entre aquellas paredes habían reforzado y exagerado su periplo hasta hacerlo casi legendario. Los Devotos eran la salvación y la esperanza, y cada uno de ellos era recibido como un mesías. Un mandinga y un wólof auparon en hombros a Devoto y lo pasearon por el patio. Dio varias vueltas hasta que lo posaron sobre una pequeña fuente y desde allí pidió calma para empezar a hablar. Todos le prestaron atención admirados, tanto, que nada de lo que ocurría alrededor podría haber distraído su atención. Nadie podía robarle aquel momento.

Ni siquiera su mayor enemiga.

VI

Isabel observaba lo que sucedía desde el bosque, a escasos cincuenta metros de la puerta del patio, escondida junto a los hombres de la nueva guardia que la habían acompañado a caballo y a pie. Nadie la había visto, pues la atención se concentraba en aquel osado cimarrón. Todo estaba saliendo tal y como había planificado. Había visto a Devoto recorrer a hombros el recinto de lado a lado con los brazos en alto. Su presencia en el patio había hecho que todos los esclavos que habían salido a los caminos a recibirlos, hubieran vuelto a entrar para unirse a la celebración. Calculaba que al menos dos centenares de negros, entre los cimarrones y sus esclavos, se concentraban entre aquellas paredes esperando las palabras del yoruba. Una muestra más de la estupidez de aquella raza inferior.

Miró a su derecha para hacerle una señal al capitán Velasco. Él encendió una antorcha y, moviéndola de lado a lado, avisó a los guardias que habían simulado la rendición y aguardaban en el arco de entrada. Cuatro hombres se lanzaron a la carrera sigilosamente y se unieron a ellos. En un santiamén, cerraron los portones del patio y los aseguraron con travesaños metálicos a varias alturas. Una veintena de negros se quedó fuera sin entender qué era lo que sucedía, seguros de que no era nada bueno. No, desde luego que no lo era.

—¡Ahora! —gritó Isabel.

A su orden, los guardias de infantería apuntaron a los esclavos que estaban en el exterior del patio, dispararon y mataron a cuantos había. Dentro, el silencio expectante había sido sustituido por un rumor asustado. Isabel no pensaba malgastar su tiempo explicándoles qué era lo que pretendía. No tardarían demasiado en adivinarlo. Encendió su antorcha y se acercó al patio a caballo, lentamente, sintiendo cómo su sola presencia llenaba de temor los ojos de los moribundos que, ensangrentados y en el suelo, aún se resistían a abandonar la vida. Intencionadamente pasó por encima de uno de ellos y notó cómo sus huesos se partían con un ruido seco. Luego lanzó la antorcha sobre el techo de uno de los barracones que, rápidamente, empezó a arder. Contó mentalmente: «Cinco... cuatro... tres... dos...».

—¡¡Fuego!! ¡¡Fuego!! —oyó gritar en el interior del patio.

«Uno... cero». Sonrió. «Mucho fuego», repitió, mezquina y tranquila, para sí.

Los hombres de la nueva guardia siguieron su ejemplo y lanzaron una a una sus antorchas hasta convertir el lugar en un infierno de llamas. Alguno dudó, pero ninguno se mostró lo suficientemente escrupuloso. «No sobrevivirá ni uno», pensó Isabel mientras se acercaba al paso al portón. Puso la palma de la mano sobre una de las hojas de hierro de la puerta y notó cómo los esclavos la empujaban y la golpeaban inútilmente mientras se empezaba a calentar. Los gritos eran ensordecedores, pero no provocaban más efecto en ella que la rabia. No la estremecían lo más mínimo, la enfadaban. Los esclavos eran carísimos, matar a tantos comprometería las cuentas de San Rafael por lo menos un par de años, y todo por culpa de aquellos delincuentes.

—Que se queden diez hombres aquí. Que se aseguren de que no sale nadie. Ese muro es infranqueable, pero disparen a quien lo escale.

—Eso haremos —dijo el guardia a cargo del grupo.

—Vámonos de aquí —ordenó Isabel al capitán Velasco—. Huele a cadáver.

VII

El tren del valle tardó casi quince angustiosos minutos en dar la vuelta para encararse de nuevo hacia la salida. En la pequeña estación, el pánico y la urgencia se había apoderado de todos, Iris rezaba a cada uno de los dioses cristianos y africanos que le venían a la cabeza. Rezaba por ella y por sus niños, pero sobre todo por Miguel. Que su idílica vida acabase tan repentinamente era algo que jamás hubiera imaginado. Había intentado quedarse. Había discutido amargamente hasta comprender que su marido tenía razón. Le había dicho que se quedarían todos con él hasta el final. Que los niños no se irían sin ella y ella jamás se iría sin él, pero harto, Miguel le había ordenado a gritos que se fuera de allí y él jamás le ordenaba nada, más bien al contrario.

«Si te quedas, nuestros hijos pueden morir», le había dicho, rematando la frase con una advertencia: «y nunca te lo perdonaré». Así que se habían subido al coche con las dos esclavas que se hacían cargo de los niños y habían salido a toda prisa hacia la estación. En aquel momento, subían al vagón que debía sacarles de allí. No estaban solos. El padre Pellón, cargado con las joyas de la iglesia del valle, dos ancianas maestras que atendían la escuela y una veintena de los hijos de los trabajadores blancos que vivían en el valle estaban también allí. Se asomó a la ventanilla y vio cómo unas cincuenta personas más se acomodaban en uno de los vagones de carga. Enseguida, sin tiempo para despedidas ni comprobaciones, sin que ninguno dentro o fuera del tren estuviera preparado, el silbato de la locomotora sonó y se pusieron en marcha. Aceleraron de forma inesperada y rápidamente se pusieron a la mayor velocidad que el tren había viajado nunca, huyendo. Los niños se sentaron en el suelo y el padre Pellón se acercó a ellos para rezar. Iris, asustada, abrazó a su hijo menor mientras miraba al exterior. A lo lejos vio humo y supo que la tragedia empezaba a cernirse sobre el valle. En la cabeza del tren, la preocupación era otra.

Dos esclavos alimentaban la locomotora a toda velocidad, apremiados por el maquinista. Al entrar en el valle, hacía tan solo media hora, había visto a un grupo de negros a los lados de la vía y se había preguntado qué era lo que hacían allí. Al llegar a la estación y recibir las primeras informaciones, comprendió que estaban preparando una barricada para evitar que el tren volviera a Matanzas. Esperaba haber sido lo suficientemente rápido para evitar el obstáculo antes de que acabaran de colocarlo, pero a lo lejos, vislumbró lo que temía. Varios hombres tiraban tierra sobre la vía y otros colocaban troncos. A un lado, dos serraban un gran árbol para atravesarlo en su camino. Debía frenar. O quizá no. Gritó hacia atrás con la esperanza de ser oído.

—¡Agárrense fuerte! ¡Agárrense fuerte!

Pese al ruido, los dos carboneros lo oyeron y acto seguido transmitieron la orden hacia los vagones. Todos se asustaron, el padre Pellón se abrazó a los niños que lo rodeaban intentando protegerlos mientras Iris hacía lo mismo con el más pequeño.

El maquinista temió que, si no descarrilaban por la barricada, lo hicieran por la velocidad que llevarían al alcanzar la curva que la seguía, pero, pese a todo, siguió acelerando. Vio el árbol que había de bloquearles definitivamente empezar a tambalearse a pocos metros de ellos y, partido por la base, proyectarse sobre la vía ganando velocidad. Cerró los ojos y se encomendó a Jesucristo.

Y de pronto, el golpe. Seco, ferroso, duro y chirriante a la vez. Angustioso para todos los pasajeros que lo sintieron en sus cuerpos, chocando entre ellos de forma que los gritos y lloros llenaron los vagones.

Fueron tan solo unos segundos. Luego, tras sentir un traqueteo más forzado, la locomotora se abrió paso sobre los obstáculos y recuperó el ritmo en pocos metros, volviendo a ganar velocidad. Los pasajeros levantaron la cabeza aliviados y, al comprender que seguían en marcha, la alegría se contagió a todos, convencidos de haber salvado sus vidas.

Iris se alegró también de poder informar a las autoridades de lo que sucedía en el valle.

VIII

Tomás ya estaba llegando al batey cuando el sonido de una descarga de fusiles le hizo levantar la mano, recoger las riendas y parar en seco la marcha. No era buena señal, pues en lugar de aquello deberían estar oyendo un ruido desordenado de disparos. Se giró hacia donde estaba el patio de los esclavos escondido tras una zona arbolada y permaneció mirando en aquella dirección unos minutos, intentando comprender qué era lo que estaba pasando. Entonces vio una columna de humo, primero casi imperceptible y luego enorme, y supo que algo había ido mal. No había ningún plan para incendiar el patio de los esclavos. Sin tiempo para pensar y alarmadísimo, decidió aplazar la toma de la casa de calderas y acudir lo más rápido posible a donde Devoto había dirigido su columna. Dejó a uno de los jinetes al mando de su grupo y con los otros cuatro de los que disponía se dirigió tan rápido como pudo al patio. Cuando llegaron, a varios metros de sus paredes, el calor del fuego ya era abrasador y las llamas asomaban bailando por encima de la construcción. Con la cara embozada, varios hombres de la nueva guardia contemplaban la escena ensimismados, descuidando su retaguardia. El blanco más fácil posible.

Tomás indicó a sus hombres que dispararan y en un santiamén sus enemigos yacieron muertos. Corrieron hacia la puerta, pero abrasaba de tal forma que era imposible tocarla. Dentro ya no oían gritos, tan solo el furor destructivo del fuego. Se quitó la camisa y, tras mojarla con el agua de su cantimplora, se cubrió las manos con ella. Sus hombres lo imitaron. Notaban sus cuerpos abrasarse, pero el pensamiento del infierno que estaban sufriendo los allí encerrados demostró ser una fuerza más poderosa. Tiraron de la puerta hasta que los goznes cedieron, el portón se abrió y una ráfaga de calor les hizo gritar a todos al quemarles la piel. Luego, tapándose la boca y mojándose de arriba abajo, Tomás corrió al interior del recinto. Esquivó muchos cuerpos calcinados y otros que parecían también sin vida, pero, entornando la mirada, descubrió algunos grupos que se acurrucaban unos junto a otros y, en el centro, a una masa de esclavos que se arremolinaba en torno a la fuente desde la que un hombre salpicaba lo que podía. Era Devoto. Nadie les había visto abrir el portón.

—¡Las puertas están abiertas! —gritó Tomás—. ¡Salid de aquí corriendo! ¡Las puertas están abiertas! —repitió una y otra vez.

Devoto miró hacia donde él estaba y comprendió. El humo había contaminado sus pulmones, y la mayoría de los que aún vivían estaba sin fuerzas, pero él aún tenía ánimo para dirigir. Cogió de la mano a una mujer y se aseguró de que todos los que estaban cerca de ella los siguieran. Salieron tambaleándose y a pocos metros del portón, se derrumbaron.

Poco a poco, la avanzadilla de Tomás y los hombres que llegaron minutos después, sacaron a los que pudieron. Salvaron a muchos, pero el balance era inequívocamente trágico. Más de ciento cincuenta personas habían muerto asfixiadas o quemadas. Solo diez de Los Devotos habían sobrevivido y ninguno podía levantarse del suelo aún. La mayoría de los hombres que habían previsto que se unieran a ellos al liberar el patio de los esclavos también había muerto o se encontraba en tan mal estado que no podrían luchar. Tomás estaba al mando y decidió que, pese al riesgo que suponía, tendrían que aplazar la toma del batey y de la casa de calderas hasta el día siguiente.

Reparó en algo que lo cambiaba todo: la quema del patio había provocado que no pudiera haber más que un turno de zafra. Era la una del mediodía y quedaban cinco horas para el cambio de turno, que se produciría alrededor de las seis, pero sin esclavos para reemplazar a los que descansarían, el trabajo cesaría. A esa hora, los campos quedarían vacíos. Eso les daba una oportunidad. Tan solo necesitaba que el trabajo continuara al día siguiente, y conociendo a Isabel, estaba seguro de que así sería.

También decidió que debían seguir moviéndose y llevando la iniciativa. Jugaban con la ventaja de que nadie sabía que habían llegado a tiempo para salvar a algunas de las personas encerradas en el patio, así que *a priori*, no esperaban que la nueva guardia volviera por allí por lo menos hasta que el humo, que aún se elevaba desde la construcción, cesara. Escondieron a los guardias que habían matado y pidieron a los esclavos y cimarrones que habían sobrevivido que, cuando fuera posible, volvieran al patio y cerraran las puertas. Nadie repararía en que los travesaños exteriores habían sido retirados para que pudieran abrir los portones desde dentro, los muros exteriores habían aguantado el fragor de las llamas y lo que podía quemarse, ya lo había hecho, así que el escondite era seguro. El último lugar que revisarían los hombres de Isabel era el patio de los esclavos.

Devoto aún no se había repuesto y tenía un brazo con quemaduras de consideración, pero Tomás confió en poder contar con el líder al día siguiente. Mientras tanto, adelantarían la toma de otro objetivo: la granja de esclavos. El infausto lugar estaba alejado de la casa de calderas, pero compartían una parte del camino que llevaba hasta ella. La ruta se adentraba en un bosque en cuyo interior un desvío llevaba a la granja y otro camino, más importante, seguía hasta la casa de calderas. Tomás decidió aprovechar aquel hecho y la seguridad de que Isabel y sus hombres controlaban los movimientos de Los Devotos desde diferentes atalayas de la plantación.

Formaron y se pusieron en marcha a paso lento.

IX

—Mírelos, desconfiado, le dije que no llegarían a tiempo —comentó Isabel al capitán Velasco desde la torre izquierda de la casa azul—. Tan solo son cincuenta hombres... En el patio hemos horneado a la mitad de esos malnacidos. Será fácil acabar con ellos en la emboscada que les hemos preparado. Me va a salir caro, pero disfrutaré de cada muerto que me consigan mis hombres. También de los que maten los suyos, no se ponga celoso —dijo pretendiendo ser graciosa.

—Marchan muy lento —apuntó Rafael.

Acompañaba a su mujer de un lado a otro sin tomar ninguna decisión. Detestaba los problemas y, por ende, aquel día se había ganado ya un lugar de honor entre los peores de su vida.

—Me pregunto por qué lo harán —dijo el capitán Velasco.

—Lo hacen así porque son vagos y porque están cansados —se apresuró a responder Isabel—. Vienen desde más lejos que nosotros. En cualquier caso, capitán, puede enviar las señales al batey. Está claro que van hacia allí. Espero que no toquen ni una de las máquinas de mi casa de calderas. Le haré responsable de todo lo que salga mal.

—¡Pero señora! —se quejó él.

—Nada de señora. ¡Patrona! Haga las señales —ordenó ella.

El capitán Velasco ordenó el inicio de las señales, que hacían con un gran espejo ovalado especial para aquella función. Mediante reflejos, comunicaron al batey que los rebeldes iban hacia allí, información a la que respondieron inmediatamente con el mismo sistema, dándose por enterados.

Les subieron un refrigerio y Rafael pidió que también trajeran un par de butacones, pensando que si iban a seguir en aquel lugar remoto de la casa, por lo menos convenía hacerlo cómodamente. Por primera vez en la vida no se sentía afortunado. Había perdido a la mitad de sus esclavos y le costaría una fortuna reemplazarlos, si lo conseguía. Había tenido una hija en lugar del deseado hijo y, pese a su empeño, no había forma de que Isabel se quedara encinta de nuevo. Sus amigos del valle le daban la espalda y en La Habana el ritmo de fiestas había bajado considerablemente, con todo el mundo con la mirada puesta en lo que sucedía en oriente. El año 1868 estaba acabando fatal. Era deprimente. Había armado a mamá Sagrario y a los esclavos mansos y fieles de la casa. Isabel le había dicho que no lo hiciera aún, pero no quería volver a tener que bajar al sótano, que siempre olía raro y estaba lleno de negros por todos lados. En cualquier caso, no creía que los cimarrones llegaran a la casa azul. En su primera acción, ya había caído la mitad de su contingente.

Isabel seguía esperando que los rebeldes salieran del bosque, impaciente y revisando cada palmo de tierra con un catalejo dorado. Parecía divertirse, Rafael no estaba seguro de que aquel día también fuera malo para ella. Esa mujer lo había cambiado todo y, visto en perspectiva, por primera vez pensó que no para bien. Contempló su cuerpo bien formado y el pelo abundante que caía por su espalda y no sintió nada. La oyó hablar sin escucharla. Estaba harto de aquella comedia.

—No salen del bosque. ¿Por qué no salen del bosque? —exclamó Isabel.

X

No salieron del bosque hasta casi una hora más tarde, cuando los hombres que les esperaban en la emboscada preparada a la entrada del batey empezaron a mirarse sin entender qué era lo que sucedía.

Nadie prestaba demasiada atención a la granja de esclavos, que funcionaba de manera muy autónoma y en un lugar poco transitado del valle. Tampoco estaba excesivamente defendida, pues esperaban que los problemas vinieran desde el interior de su alta empalizada, nunca desde el exterior, que era exactamente lo que estaba a punto de ocurrir. Los Devotos habían ido a toda prisa en cuanto penetraron en el bosque donde no podía vigilarlos en la distancia. La idea era que, desde la casa azul, los vieran avanzar lentamente antes de entrar en el bosque y calcularan que a ese ritmo quedaría un largo rato para que llegaran al batey. Ese tiempo era el margen que tenían para correr hasta la granja sin despertar sospechas.

Cuando la tuvieron a la vista, se alegraron al ver que era tan expugnable. Cinco guardias la vigilaban sin ganas. Dos jugaban a las cartas, uno se apoyaba en la puerta mirando sin ver y otros dos charlaban en la torre vigía que atalayaba el conjunto. Tomás señaló a cada uno de sus hombres un objetivo, luego, él mismo apuntó al que le pareció que estaba en una posición más difícil de alcanzar. A su señal, cinco disparos certeros acabaron con los guardias. Habían sido tan discretos que Tomás albergó la esperanza de que en la casa azul no se hubieran dado cuenta. Abrieron las puertas, y enseguida los que estaban en el interior se dejaron ver, alertados por los disparos. El ambiente era parecido al de un hospital, con poca luz y el aire viciado. En sus camas, casi cincuenta mujeres se taparon los ojos deslumbradas por la luz exterior. En primera línea, de pie, doce esclavos grandes y fuertes les esperaban.

—Sois libres —les dijo Tomás.

Nadie le entendió.

—¿Libres? —contestó uno de los hombres. Parecían adormilados, pero estaban bien despiertos.

—Libres. Podéis salir de aquí. Nadie os volverá a maltratar así.

Los hombres se miraron entre ellos; luego se giraron hacia las camas donde yacían las mujeres, muchas embarazadas. Tomás pensó que eran, efectivamente, animales de granja, igual que gallinas sumisas y derrotadas, que vuelven a su corral cada día aunque les espere la muerte. Pero no todos eran así aún. Al fondo, vio levantarse de la cama a una mujer encinta. Se puso una camisola sobre su cuerpo desnudo y avanzó abriéndose paso entre los hombres para salir al exterior. Allí, mirando al sol, abrió los brazos, sonrió y les gritó:

—¡Libres! ¡Somos libres! ¡No esperéis a que estos desconocidos se lo piensen!

Varias mujeres la siguieron. Al ver el cadáver de uno de los guardias en el suelo, una de ellas le pegó una patada en la cara. Tomás decidió explicarse.

—No soy un desconocido. Seguro que alguno de vosotros me recuerda. Fui mayoral de San Gabriel. Hemos venido a liberar el valle. Un grupo muy numeroso de hombres viene al mando del cimarrón que llaman Devoto.

El nombre pareció hacer despertar a uno de los esclavos.

—Nos dijo que vendría. Nos avisó el negro Lucas antes de que lo sacaran de aquí. Queremos luchar con él. Queremos libertad, pero también necesitamos venganza.

—No esperaba menos —dijo Tomás, aliviado, viendo cómo poco a poco los encerrados en la oscuridad de la granja salían a la luz—. ¿Quién quiere luchar? —gritó al grupo.

Todos, incluso las que cargaban los vientres más abultados, levantaron la mano. Él paso entre los que allí estaban, mirándolos uno a uno, como un general pasando revista. Cuando acabó, una de las mujeres en más avanzado estado de gestación se acercó a él, casi amenazante. Andaba torpemente y apoyaba una mano en sus riñones.

—Me han violado y me han apartado de los míos. Ni sueñes con dejarme de lado. Yo quiero luchar.

Otra mujer se le unió.

—Yo también —dijo alzando el mentón, orgullosa.

—Y yo —repitió otra.

Tomás sonrió.

—Vosotras sois la parte más importante de lo que tengo pensado. No tardaréis en comprobarlo.

Su plan para el día siguiente se acababa de volver factible.

XI

En la casa inglesa esperaban noticias de la rebelión en San Rafael con ansia, pero cuando estas llegaron, desearon no haberlas recibido. Las explicó Gabriel, sin hallar la manera de atenuarlas para que no resultaran tan dolorosas. Cuando acabó, Lucía ya estaba de pie de cara a su jardín, silente y consternada. Gabriel e Inés se miraron, esperando a que hablara.

—No ayudaremos a San Rafael —dijo sin girarse—. No lo haremos. Nos defenderemos con San Miguel, pero yo misma me uniría a esos cimarrones si el objetivo fuera Isabel.

—Imaginaba que diría eso, tía.

—No puedo decir otra cosa, Gabi. Esto escapa a mi entendimiento. Es simplemente suicida. Isabel nos acaba de poner a todos en el mapa de la opresión. Esta noticia correrá como la pólvora. Cada cimarrón cubano hablará del Valle de los Arcángeles recordando lo que nuestra vecina acaba de hacer. Esa mujer está dispuesta a que su plantación se convierta en campos yermos y sus instalaciones en montañas de escombros con tal de castigar a los rebeldes. Lamentablemente, en la isla agrupan a San Miguel, San Rafael y San Gabriel como si fuéramos un solo ingenio. Tenemos que actuar si no queremos que, si superamos esta rebelión, que no está tan claro, tras ella vengan muchas otras. No quiero legarte un campo de batalla si puedo evitarlo, Gabi.

Llamaron a la puerta del salón y un contramayoral entró con más información.

—Acaban de asaltar la granja de esclavos de San Rafael. Lo hemos visto desde el Tomeguín. No tenemos la certeza de que lo sepan en la casa azul. ¿Informamos?

La sola pregunta hubiera sido absurda unos años antes. Se miraron los unos a los otros.

—No, no informéis —ordenó Lucía—. Si esos hombres acaban con Isabel, ganaremos todos. Avisad solo a los Abbad. Los cimarrones vuelven a ser numerosos... Cielo santo... Tenemos que hablar con Tomás. Tengo que saber qué es lo que podemos hacer. Debería reunirme con él.

—Antes de que llegue al grupo rebelde, le habrán pegado un tiro en la sien, tía. No puede correr el riesgo. La mayoría de esa gente no la conoce.

—Lo sé, Gabi, pero... es fundamental. Tomás y yo nos entendemos. Podemos solucionar esto.

—¿Por qué no le dices a él que venga a verte? —intervino Cid.

El niño siempre estaba con ellos, incluso cuando no le prestaban ninguna atención. Su mejor amigo era Chipi, al que estaba permanentemente pegado y acariciando. Le habían expulsado del colegio del valle varias veces y se había convertido en una terrible influencia para todos los que asistían a la escuela, que lo habían convertido en su líder. Era incorregible prácticamente en todo, pero también entrañable y rápido como un rayo. Una de las cosas que Gabriel no había conseguido era que el niño dejase de tutear a su tía.

—No sabría cómo hacerle llegar el mensaje —respondió Lucía.

—Ya —dijo él apoyando su cabeza sobre la de Chipi.

Gabriel conocía bien a Cid.

—Cid. No hagas nada. ¿Me has entendido?

—Sí —respondió él en voz baja.

—¿Seguro? —insistió Gabriel

—Seguro —confirmó Cid.

—Repite conmigo: «No le mandaré ningún mensaje a Tomás».

Cid puso los ojos en blanco, aburrido, y se levantó para salir del salón con Chipi.

—No le mandaré ningún mensaje a Tomás —dijo mientras cerraba la puerta tras él. «Se lo entregaré yo mismo», pensó, triunfal e indomable.

26

I

Nadie de San Rafael supo que la granja de esclavos estaba desierta y que los rebeldes habían recuperado a buena parte de los efectivos perdidos en el patio de los esclavos. Los Devotos se cuidaron de cerrar las puertas y colocar a los guardias muertos de forma que desde lejos pareciera que aún vigilaban el recinto. Luego, planificaron el siguiente engaño. Eran casi las seis y el sol empezaba a ponerse.

Tomás sabía que ninguno de los hombres que tenía Isabel se movería de los alrededores de la casa de calderas ni de la casa azul. Intuía que les tenían preparado algo en los accesos a esos lugares porque Isabel hubiera dejado que le cortaran los brazos con tal de que los puntos clave de su ingenio no cayeran en manos de los rebeldes. Eso favorecía lo que tenía en mente.

En cuanto se hizo de noche, encendieron antorchas y una columna de Devotos se encaminó hacia la salida del valle. Abandonaban la tierra de los tres ingenios con la idea de cruzar el paso del Chipojo antes de medianoche.

Isabel lo observaba desde la torre de la casa azul acompañada por el capitán Velasco. Rafael decidió que había tenido suficientes emociones por un día y se estaba preparando para una cena que esperaba transcurriera sin sobresaltos.

—Se van —dijo Isabel, triunfal.

—Es increíble. No puede ser —repuso el capitán.

—Volverán en un tiempo, no tengo duda, pero estaremos más preparados. Será divertido. Los mataremos como a perdices, uno detrás de otro.

—No tiene sentido —apuntó Velasco.

—Claro que lo tiene. En los primeros compases del día, hemos acabado con la mitad de sus hombres. Es comprensible que me vean como un enemigo más fuerte de lo que estimaban. Me han infravalorado. No lo volverán a hacer, pero cuando vuelvan, seré más fuerte aún.

Había un deje de orgullo en sus palabras. Isabel sentía que nada podía con ella y, si en algún momento del día había temido a los llamados Devotos, aquel miedo se había esfumado como la ceniza de un habano al viento. Volvió a mirar la lenta huida de los cimarrones.

—Podríamos haberles dado caza... No pensé en eso —dijo apenada—. Quizás alguno hubiera sido buen esclavo.

—No lo crea. Esos jamás serán mansos, hallaríamos esclavos igual de belicosos por pocos pesos. Además, enseguida estarán en terreno muy complicado para las monturas. Es preferible permanecer donde estamos. La casa y el batey están a salvo. Lo del patio de esclavos ha sido la pérdida mayor.

—Eso me molesta. Pero miraremos de arreglarlo. Tenemos casi sesenta esclavos en la granja. Y muchas embarazadas. En seis años tendremos a niños perfectamente válidos para trabajar. Pero sí, tenemos que pensar cómo solucionar eso. Con todo, tal como están las cosas, me parece un mal menor. Y espérese a que se resuelva lo de oriente. Los rebeldes están quemando uno a uno los insignificantes ingenios de allí. Cuando el ejército sofoque el levantamiento, habrá esclavos para todos los ingenios de occidente.

—Bien. Vigilaré que abandonen el valle. La negrada dormirá hoy en la casa del bagazo, en el batey —dijo Velasco mientras Isabel se sentaba por primera vez.

La casa del bagazo era el lugar donde se guardaba la leña, las cañas secas y todo lo que podía servir de combustible para la casa de calderas, que se situaba enfrente, al otro lado del batey. Al principio de la zafra, como era el caso, estaba más llena que nunca, así que dormir «en la casa del bagazo» no era dormir bajo techo, sino todo lo contrario. Por supuesto, a Isabel no le importó lo más mínimo. Se volvió a levantar para ver cómo el grupo, apenas iluminado por las antorchas, abandonaba el valle.

—Tiene algo de decepcionante, ¿no cree? Uno esperaría más de esos cimarrones. Suponía que darían más guerra. —Volvió a mirar con su catalejo—. Hasta se diría que avanzan con torpeza.

Desde su torre, altiva, contenta y confiada, la plantadora no alcanzó a ver que quien partía del valle no era ningún cimarrón, sino el grueso de las mujeres de su granja de esclavos que, ataviadas como hombres y con el pelo recogido, aprovechaban la noche para disfrazarse de rebeldes en retirada, marchando ordenadas de forma que desde donde se sabían observadas y con la oscuridad cerniéndose sobre el valle, fuera imposible descubrir quiénes y cuántas eran. Las embarazadas parirían lejos de Isabel y en libertad. Antes, habrían colaborado a aquel decisivo engaño.

II

A la mañana siguiente, tras revisar el patio de los esclavos y comprobar con asco y poca meticulosidad que nadie había sobrevivido, la nueva guardia patrulló el ingenio de arriba abajo. Un jinete acudió a la granja a llevar, como cada mañana, el avituallamiento de los guardias. El trabajo se reanudaría enseguida y los esclavos que quedaban trabajarían dividiendo su día entre los cañaverales y la casa de calderas. La producción sería más lenta, pero en aquellas circunstancias, Isabel y Juan Luis Calleja se conformaron con que no se parara completamente. Al mismo tiempo, los trabajadores libres empezaron a vaciar uno de los almacenes del batey para que durmieran allí los esclavos hasta que la zafra acabara y pudieran reconstruir ellos mismos los barracones del patio de los esclavos.

Los que se habían acostado junto a la casa del bagazo prácticamente no habían dormido. Desconocían qué era lo que había pasado el día anterior con los esclavos que descansaban mientras ellos cumplían su turno, pero habían visto el humo que se elevaba desde el patio y sabían que un grupo de cimarrones había entrado en el valle. En consecuencia, se temían lo peor y su ánimo iba de la tristeza y la rabia a la impotencia al no saber de sus amigos y familiares.

Mayorales, contramayorales, capataces y encargados dividieron la fuerza de trabajo en cuadrillas de veinticinco esclavos. Vigilándolos, un trabajador libre y dos guardias los dirigieron a los tramos de caña que deberían zafrar en aquella jornada.

A las seis de la mañana, el sonido de las mochas cortando la caña volvió a oírse en los campos de San Rafael como si nada hubiera pasado el día anterior.

Pero todo sucedía exactamente como Tomás y Devoto habían planeado. Aquella noche, en plena oscuridad, la actividad de los rebeldes no había cesado. Habían salido del bosque donde se escondían silenciosos y a esa hora, agachados entre los cañaverales, armados e inesperados, seguían camuflados como camaleones, con los cuerpos untados de barro y las ropas y el pelo cubiertas de hojas de caña, esperando para atacar. Tomás, subido a un árbol, comprobaba con satisfacción cómo el enemigo se desplegaba en pequeños grupos sin sospechar que los rebeldes aguardaban a pocos metros de sus monturas. Bastó menos de una hora para que cada cuadrilla empezara a zafrar y entonces, sin esperar más, Tomás disparó al aire tres veces. De pronto, en perfecta coordinación, los rebeldes se levantaron y atacaron a los que acompañaban a las cuadrillas. Eran más en número y, en cuanto la batalla comenzó, muchos de los esclavos utilizaron sus mochas para unirse a los rebeldes, reduciendo las posibilidades de victoria de sus opresores a la nada. En pocos minutos, la mayoría de la nueva guardia y los trabajadores libres yacían muertos. Los que habían conseguido esquivar los disparos huían despavoridos.

Tomás bajó del árbol para informar a Devoto, que esperaba a los pies, pues nada más podía hacer, impedido por las quemaduras. Aun así, él seguía siendo el líder indiscutible y la inspiración de todo lo excepcional que estaba ocurriendo ese día.

—¡Cuéntame Tomás, por favor! —le dijo en cuanto su compañero llegó junto a él.

Tomás lo abrazó.

—Hemos ganado, Devoto. Tus Devotos lo han logrado. Les hemos cogido totalmente de improviso. Todos los esclavos vienen hacia aquí. La mayoría de los capataces y encargados o han huido o han muerto. No creo que sean más de cuarenta en la casa de calderas. No tienen nada que hacer. Se rendirán si les queda algo de cordura.

—Veamos si es así. Reúne a todos, veamos quién nos apoya y marchemos hacia el batey.

—No —respondió Tomás—. Nadie defenderá el batey. Vamos a la casa azul. Cortemos la cabeza a la víbora. Con eso, acabará todo.

Devoto lo miró. Tenía toda la razón. En el batey nadie ofrecería resistencia ni se jugaría la vida por un ingenio que estaba perdido. Si acababan con Isabel, todo acabaría y podrían irse a liberar San Miguel.

Mientras hablaban, poco a poco, los disparos cesaron, los campos se vaciaron, y esclavos y Devotos, una unidad en rebeldía, fueron a donde Tomás y su líder los esperaban. Sus caras eran de alegría absoluta. Cuando la mayoría estuvo junto a ellos, Devoto se puso en pie para hablarles.

—Mis queridos Devotos y hermanos de San Rafael —dijo—. Necesito que vengáis conmigo los que estéis decididos a luchar. No queremos imponer nada, pues suficientes imposiciones habéis sufrido ya, pero necesitamos saber con quiénes podemos contar. Por favor, los que no estéis dispuestos a la batalla, apartaos hacia la izquierda.

Menos de veinte se apartaron. Luego, Tomás sumó a los que no lucharían a varios ancianos y niños, apartándolos del grupo. Descontando a aquellas gentes aún eran cerca de cuatrocientos. Un auténtico ejército que sería imposible detener. Pocas negradas habrían secundado a los rebeldes de aquella manera: Isabel se lo había ganado.

Formaron a los que allí estaban para que marcharan ordenadamente en grupos liderados por Los Devotos, que se habían entrenado para la guerra y llevaban armas de fuego. Antes de ponerse en movimiento, su líder los miró desde su caballo.

—Hermanos. Hoy todos sabrán que somos libres. Gritad conmigo: ¡Viva la libertad!

Un estruendo de voces negras respondió unánime, levantando sus mochas al cielo.

—¡A la casa azul —gritó Devoto.

III

Isabel estaba por primera realmente asustada y falta de ideas. No podía creer el engaño en el que había caído. Tampoco que hubieran descubierto tan tarde que varios rebeldes habían sobrevivido al incendio. El colmo de su ira llegó cuando hacía escasos minutos le habían informado de que su granja había sido desalojada. Rafael ni siquiera había despertado, convencido de que la pesadilla del día anterior había concluido.

—Que toquen la campana. Necesitamos la ayuda de San Miguel y San Gabriel —dijo seria y poco convencida de que aquella fuera una solución.

—No podremos con ellos, patrona. Es sencillamente imposible. Hay por lo menos cien o ciento cincuenta rebeldes armados con fusiles, a los que se ha sumado la negrada con sus mochas. En el batey, son menos de cincuenta personas y ya no hay tiempo para que la ayuda llegue hasta allí. A estas alturas, muchos estarán intentando huir. Se rendirán, no podemos hacer otra cosa —dijo Velasco.

—¿Cuántos guardias tenemos en la casa azul? —dijo ella resistiéndose a la derrota.

—Doce.

—Junto con el personal doméstico que podemos utilizar y nosotros mismos, llegamos a veinte.

—Patrona, no tiene ningún sentido —aseguró Velasco.

—Toque la campana y reúna a todos en el *hall*. No doy nada por perdido.

Bajaron de la torre y ella entró en su habitación para despertar a Rafael. Empezaba a hacerlo cuando el repicar de campanas hizo que se incorporase, alarmado.

—Qué diantres... ¿Otra rebelión? —preguntó convencido de que era imposible.

—La misma. Nos han engañado. Vienen hacia aquí —respondió ella desesperada—, no se qué hacer. Blanca sigue en San Rafaelito, quizás debas ir allí hasta que todo pase —dijo, esperando que Rafael hiciera gala de algo de arrojo y la contradijera, decidiendo quedarse para defender la casa.

—Es todo tu culpa —respondió él de forma espontánea e imprevista. Luego, sintiendo que era cierto, lo volvió a decir—. Todo, todo es tu culpa. Y esto no pasará. Esto no es una nube ni una tormenta. Esto es el final. Y es todo tu culpa —repitió.

Isabel se levantó sin mediar palabra. Quiso llorar, pero su tristeza se había mezclado con el odio en una sensación que desconocía. Vio a su marido llamar a su ayuda de cámara para vestirse, sospechó que para hacer las maletas. Ingrato... Había disfrutado de las mieles de su riqueza y de la plácida vida del que no tiene nada que hacer, mientras ella se dejaba los huesos en gestionar el ingenio. En unos segundos, lo dejó de querer. Poco después, lo empezó a odiar.

Isabel había decidido que no huiría. Huir era de cobardes y, sobre todo, de personas que podían hacerlo a algún lugar, pero su lugar en el mundo era aquel y estaba dispuesta a defenderlo con uñas y dientes. Era el lugar de su hija. No le daba miedo morir, pero Blanca merecía que luchara por ella. Si su muerte servía para que mantuviera lo que le pertenecía por sangre, estaba más que dispuesta a arriesgarse. «Pobre hija mía», pensó, con un padre que la quería poco y una madre que la quería demasiado.

Cuando llegó al *hall*, el servicio estaba reunido, asustado y vulnerable, con las armas que Rafael les había dado y que empuñaban por primera vez. Enseguida, los doce hombres de la guardia aparecieron también. Isabel no se demoró en explicaciones.

—Los rebeldes avanzan hacia aquí y ya han mostrado qué es lo que nos espera si no lo evitamos. Esas bestias han matado a más gente de la que ustedes pueden imaginar. A sus compañeros —Miró a los guardias—, a sus hermanos negros —mintió mirando a los esclavos—, y nos matarán a todos los que estamos aquí, estén seguros. Por suerte, no todo está perdido. La casa azul está aupada en una peña que nos protege por varios lados, como si fuera un castillo, así que será fácil de defender. Nos distribuiremos en el camino y los accesos. Los domésticos protegeréis la parte delantera, desde donde os será fácil disparar a quien se aproxime. El aviso a los ingenios vecinos está dado y no tardará en llegar su ayuda. Hasta entonces, resistiremos.

Nadie dijo nada. Sus caras eran de total escepticismo y hartazgo, pero Isabel pretendió no darse cuenta.

—¡Venceremos y os cubriré a todos de monedas! —gritó intentado arengarles sin éxito. Se acercó al capitán Velasco—. Distribuya a sus hombres. Preparemos una emboscada. Yo posicionaré a los negros.

Salió al exterior seguida por su inesperado y asustado batallón en dirección al extremo del jardín bajo el que se abría el acantilado. En algunos puntos era imposible de escalar, en otros, no tanto, pero en todos ponía al enemigo en situación de inferioridad, por muy numeroso que fuera. Colocó a todos sus criados. Mamá Sagrario se ocuparía del punto más sensible, pues supuso que era la única que estaba dispuesta de corazón a defenderles. El resto ocupó diferentes puntos en el perímetro.

Una vez estuvieron colocados, Isabel no pudo evitar realizar una prueba.

—A ver... —dijo sondeando a los que allí estaban—. ¡Tú! —ordenó a un lacayo adolescente—. Dispara a aquella roca de abajo.

Al fondo del acantilado, una roca enorme cubierta de musgo y helechos era un blanco fácil que se veía con claridad. El joven se colocó el rifle y disparó. Al instante, el retorno del arma lo tiró al suelo, de forma que el disparo se desvío al aire. Isabel no quiso parecer desesperada. Dependía de aquellos inútiles.

—Ya ves que el retorno tiene fuerza. Apoya la culata en tu hombro y pon el peso hacia delante. —Lo miró unos segundos, pensando que sus explicaciones no servirían de nada—. Lo harás perfectamente bien. Ya verás.

Los dejó allí y fue hacia la parte donde la nueva guardia preparaba la defensa. Habían colocado frente a la entrada algunos muebles y tumbado la gran mesa de comedor para que les sirviera de parapeto. Más adelante, las verjas se cerrarían y se asegurarían con barras de hierro para hacerlas más fuertes. En el camino, en el punto en que este se estrechaba para pasar entre dos grandes peñas, Velasco estaba colocando una carga explosiva.

—Haremos lo que podamos, patrona. Pero tenga la maleta preparada por si acaso —le dijo, desanimado.

Isabel temió que el que tuviera la maleta preparada fuera el capitán y que huyera en cuanto la situación se torciera. Volvió a la casa para prepararse. Rafael ya estaba haciéndolo, pero para huir.

Frente a la entrada, junto a la barricada que la nueva guardia preparaba, le esperaba el más grande de sus relucientes coches de caballos con varios baúles en el techo. Por una de las ventanas, vio cómo su ayuda de cámara lanzaba un lienzo enrollado que cayó a sus pies. Rafael salió de la casa y se acercó a ella, agachándose para recoger el rollo a sus pies.

—Es el Goya —dijo mirándola con hartura—. Y también lo más bonito que ha pasado por esta casa. Supongo que te quedas aquí, ¿no es así?

—Alguien tiene que hacerlo —dijo ella.

—En realidad, no. La vida del campo es detestable. Podemos vivir en La Habana o en Europa. Siempre me gustó Madrid.

—No podrás salir del valle, Rafael.

—Eso ya lo veremos. Tu credibilidad respecto a lo que se puede y lo que no se puede hacer es ya muy escasa. Hay sitio para ti en mi coche. Si no consigo salir del valle, me refugiaré en San Miguel. Los Abbad siempre me quisieron hasta que llegaste tú. No puedo decir que me apetezca que vengas conmigo, pero tampoco te deseo ningún mal. Puedes ir a por la niña y venir conmigo.

—Me quedaré aquí y Blanca también —dijo Isabel, odiándolo.

—Suponía que dirías eso. Suerte entonces —replicó fríamente.

—Suerte para ti también, Rafael.

Probablemente no se volvieran a ver. Rafael no podría salir del valle. Quizás lo mataran. Su coche lo era todo salvo discreto y sería un objetivo fácil para los rebeldes, razón por la que no le había pedido que recogiera a Blanca. Su hija, refugiada en San Rafaelito, estaba en el lugar más seguro posible. Mientras, su madre lucharía por ella.

IV

Cuando vieron la casa azul, Los Devotos hicieron, nuevamente, lo que nadie esperaba. Esperaron. Tomás y Devoto, como buenos conocedores del valle, habían supuesto acertadamente dónde se concentrarían las defensas y las emboscadas y, aunque no había duda de que serían insuficientes, una de las prioridades era superarlas con las menores bajas posibles. Aunque hubieran empezado el día con una victoria, no podían olvidar que el anterior había sido trágico.

Pensaban atacar por el único acceso a la casa, pero también estaban organizando un asalto por el acantilado. Todos los bozales escalaban con facilidad y gracias a Isabel, que los había robado, contaban con muchos entre las filas rebeldes. Además, su motivación era mayor que la de la mayoría, pues la libertad les había sido arrebatada hacía poco tiempo y la añoraban mucho más que los que habían nacido de padres esclavos en el ingenio.

Llegaron al pie de la elevación desde donde la casa azul presidía el valle y se resguardaron en el bosque para organizarse. Como siempre, llevaban una avanzadilla, una retaguardia y varios vigías subidos a árboles para sondear el terreno y asegurarse de cuáles eran las amenazas. Estaban sentados en un corrillo, frente a un plano dibujado sobre la tierra, cuando uno de los vigías oteó algo.

—¡Se acerca un coche! —gritó desde las alturas.

Tomás se levantó de un salto y se acercó al camino.

Efectivamente, un coche cerrado, enorme, tirado por seis caballos, avanzaba a toda velocidad. Llevaba baúles atados al techo y el único cochero compartía asiento con más equipaje. Supo que estaba viendo a los plantadores huir.

—¡Detenedlo como sea! —gritó enseguida.

Atravesaron varios troncos sobre el camino y un rebelde se preparó en medio de la vía para dar el alto. Desde el coche vieron al rebelde con preocupación.

—¡¡Nos hacen parar amo!! —gritó el cochero volviendo la cabeza hacia atrás.

Rafael asomó la cabeza y apuntó con su pistola. No, un esclavo no le haría parar. Eso mismo habían hecho con los Serrano y los habían matado a ambos.

—¡No frenes! —ordenó al tiempo que disparaba al rebelde varias veces.

Era bueno con las armas, pero el movimiento de su coche a toda prisa le hizo fallar cada tiro. A la vez, por los lados del camino, entre los árboles, empezó a ver al ejército de cimarrones que estaba asaltando el valle. Sin pensarlo, empezó a disparar contra ellos. Ninguno le apuntaba, pero al verse atacados, muchos lo hicieron y las balas llovieron hacia él. Se resguardó en el interior a tiempo de ver cómo su cochero caía al suelo malherido. Las balas atravesaban la madera del coche con facilidad y antes de darse cuenta él también sangraba sin remedio por varias heridas. Iba a morir. Lo habían alcanzado por lo menos cinco veces. Consciente y en paz, pensó en su vida mientras el coche aminoraba la velocidad y los caballos se ponían al paso. Había vivido como había querido y no se había privado de ningún capricho. Los mejores caballos, las mujeres más hermosas, las comidas más selectas... Nada que valiera la pena de aquel mundo de caballeros y esclavos, de palacios y bohíos, de palmeras y flores, de azúcar y café, le había quedado por degustar. Y cuando ese mundo, el suyo, llegaba al ocaso, le pareció perfecto hacerlo él también. Se dijo que había valido la pena vivir y que sería él quien bajara el telón. Se puso la pistola bajo el mentón y, casi feliz, disparó sin vacilar.

Cuando abrieron la puerta, el cuerpo sin vida de Rafael Viader, vestido elegantemente, estaba recostado sobre el capitoné aterciopelado del interior de su coche. Ni siquiera la sangre que mojaba su chaleco rojo desviaba la atención de su estampa aristocrática. Había muerto igual que había vivido. Una sonrisa irónica parecía dibujarse en su rostro, victoriosa.

V

Había visto a Los Devotos avanzar por el llano de cañaverales y cruzar el río Alegre en dirección a la casa azul durante horas, como una lenta e inexorable procesión. Luego, siguiendo el mismo camino que ella tomaba a diario, habían entrado en la selva que lo rodeaba. Desde allí deberían haber ascendido para llegar a su casa en menos de una hora, pero aún no había señales de los rebeldes. Era exasperante y una prueba para sus nervios y los de su escaso ejército, que en varios puntos seguía preparado para repeler el ataque.

De pronto, oyeron cascos de caballos, y subiendo a toda velocidad vieron el coche de Rafael que volvía a la casa. Isabel supuso que huía de las mismas personas a las que ella se debía enfrentar, algo que hablaba elocuentemente de la postura de cada uno frente a los problemas. A medida que ascendía, los guardias que estaban escondidos levantaron la cabeza extrañados y cuando, sin haber frenado, lo vieron acercarse a la verja se apresuraron a abrirla para darle paso. A la vez, varios disparos se oyeron en la parte del acantilado y mamá Sagrario gritó pidiendo ayuda.

Isabel corrió hacia donde había dejado a sus criados, que disparaban hacia abajo del acantilado pero, cuando ya estaba llegando, empezó a oír detonaciones a su espalda. Se volvió asustada. El coche de Rafael se había detenido junto a la puerta de la casa azul, pero en lugar de su marido, del interior del vehículo habían salido ocho rebeldes furiosos. A la vez, saltando del techo y el pescante, cuatro cimarrones más habían aparecido por sorpresa y encañonaban a los guardias apostados en la barricada. Maldijo haber sido engañada de nuevo mientras llegaba a donde estaba mamá Sagrario y, al fin, sucedía lo que ella había previsto.

Un buen número de rebeldes escalaba el acantilado, y pese a que sus criados les disparaban, ninguno había sido alcanzado. Comprobó que apretaban el gatillo sin tino y cargaban sus fusiles con torpeza, haciendo que el avance de aquellos hombres no fuera dificultoso más que por la escarpada orografía que debían salvar. Pudo ver las caras negras de los rebeldes, sosteniendo sus mochas en la boca, y se angustió pensando que semejantes criaturas se hicieran con su palacio colonial. No tenía sentido, sencillamente no podía ser.

Oyó una explosión y deseó que las trampas que habían puesto en el camino se hubieran llevado a muchos de aquellos negros por delante pero, tras sentir cómo retumbaba en el valle, el sonido de la deflagración mutó en una especie de grito de guerra colectivo y un fragor de disparos. Enseguida, esos mismos disparos empezaron a llegar a donde estaba ella. Tres criados se precipitaron al vacío justo en el momento en que uno había alcanzado a uno de los rebeldes. El resto soltó el fusil y se tiró al suelo.

Isabel los miró incrédula y no pudo controlar sus ganas de disparar contra uno de ellos allí mismo. Lo hizo. Los demás, que presenciaban la escena a pocos metros, de pronto no tuvieron dudas sobre quién era su auténtico enemigo. Por suerte para ella, sus criados no habrían acertado con sus fusiles ni a un metro y pudo alejarse de allí corriendo hacia la casa.

El jardín se había convertido en un campo de batalla. Varios hombres yacían con la cabeza contra la hierba. Muchos eran rebeldes, pero también había algunos guardias, lo que hacía prever una derrota sin paliativos. Olió a fuego y, asustada de verdad, en medio del silbido de las balas que recorrían el jardín, vio una llamarada salir del salón de plantadores. Enseguida, el humo apareció en las ventanas de la planta superior. La casa azul estaba en llamas. Giró sobre sí misma. Varios negros habían alcanzado la cima del acantilado que debía hacer el complejo inexpugnable. Aguardó unos segundos viendo cómo su sueño moría antes de decidir huir. Solo el pensamiento de su hija le dio fuerzas para no arrodillarse, llorar y esperar que un tiro la alcanzara antes de que aquella pesadilla se recrudeciera. Corrió y corrió hasta que el sonido de aquella orgía de destrucción dejó de atormentar sus oídos.

VI

Tomás no quería quemar la casa. Le hubiera bastado con capturar a Isabel, pero ninguno de sus dos deseos se había cumplido. Tampoco el de que hubiera pocas bajas porque... ¿cuántas bajas eran pocas? Una sola le parecía mucho y Dios sabía que tenía muchas más frente a él. Le partió el corazón ver a mamá Sagrario, que tan solo defendía fielmente el único hogar que conocía, desangrarse tras recibir un mochazo. Incluso los infelices de la nueva guardia o el capitán Velasco, cuyos cadáveres amontonaban para quemar, le dieron pena. En eso era diferente a Devoto, que jamás perdonaba y mataba con soltura, sin resquicio de piedad, seguro de estar haciendo lo correcto. Probablemente hicieran falta muchos Devotos y pocos Tomases para acabar con la esclavitud, pero aquella certeza no le consolaba.

La casa azul ardía sin descanso y todos menos él lo celebraban. Su experiencia era que donde se quemaba una casa, una fábrica o un almacén, al poco tiempo se construía otra, de modo que le parecía una pérdida de tiempo destruir para construir. Además, pese a lo que representaba, la casa era bella, y su azul había sido un punto de referencia del valle que lo había visto nacer. Era un sentimiento contradictorio, pero supuso que también los franceses apreciaban la belleza de Versalles aunque fuera el lugar desde el que los habían subyugado.

Se apartó del grupo y anduvo hacia una esquina del jardín escondiendo su semblante melancólico mientras todos celebraban la gesta consumiendo los víveres de la casa azul, abriendo botellas que supuso valiosas y latas de productos desconocidos. Devoto lo abrazó en silencio, sabiendo que Tomás era más complejo que él y dejándolo solo con sus pensamientos.

Se sentó sobre las raíces de un jagüey enorme, encajando su espalda entre los nervios de su tronco irregular y se quedó mirando la casa arder. Oscurecía rápidamente, de forma que la luz dorada de las llamas cada vez teñía más el entorno que el sol abandonaba. Estaba ensimismado en sus contradicciones cuando un animal le pisó. Luego, aún intentando comprender qué lo asaltaba, el animal le lamió y con la virtud única que tienen los perros para rescatar a los hombres de sus tristezas, le hizo sonreír. Lo cogió de la cabeza, sabiendo ya perfectamente quién estaba con él.

—¡Chipi! —le dijo—. ¡Qué demonios haces tú aquí!

El labrador de Inés Fernández, que había conocido y querido cuando la mujer empezó a frecuentar San Gabriel, saltaba sobre él pisándole sin cuidado, haciendo alarde del enorme corazón y la nula sutileza de los de su raza. Tras él, otro animalillo, igual de entrañable, apareció ante sus ojos.

VII

A algunos kilómetros, Lucía contemplaba la escena desde el palomar de la casa inglesa, el punto con la mejor vista de los que tenía en el entorno más cercano. La imagen era triste y cruel, pero también hipnótica. Hacía unas horas que las balas y explosiones habían dejado de oírse y la luz de la casa azul consumiéndose por el fuego iluminaba aún la oscuridad que se cernía sobre el valle. Lloró. Cómo no. Acabara como acabara aquello, San Rafael había caído y el recuerdo de la orgullosa posesión de los Viader, la primera que se había construido en el valle, diciéndoles adiós, la acompañaría siempre.

Había enviado palomas a diferentes ingenios pidiendo ayuda y sabía que el tren estaba en Matanzas, así que las autoridades vendrían en su rescate, más tarde que pronto pues aquel ataque en occidente era del todo inesperado. Era difícil que les prestaran atención con la premura que necesitaban, pero no sabía qué más hacer para evitar el desastre. Gabriel había preparado la defensa de su ingenio, pero desde el principio, todos habían sido conscientes de que solo serviría para retrasar lo inevitable si el ejército no acudía en su ayuda. Estaban solos. Muchos esclavos les estaban ayudando y los trabajadores libres se habían volcado en organizar cómo repeler el ataque de los rebeldes, pero no podrían resistir mucho por muy elaboradas que fueran sus trampas y emboscadas.

Soltó la última paloma del palomar y la vio desaparecer, certera, en el cielo. Quizás fuera ese mensaje el que les salvara. Probablemente no. Bajó la escalera para volver a la casa inglesa, pero al pie de la misma una cara conocida e inesperada la esperaba. Tomás.

Sin mediar palabra, se abrazó a él. Luego, le puso las manos en los hombros y lo miró a la cara. El hombre esbozó una sonrisa tímida. Luego se ensombreció un poco.

—Me han dicho que quiere que hablemos —le dijo el mandinga—. Nada me gustaría más.

—¡Se lo he dicho yo! —gritó Cid asomando en la entrada.

Tomás y Lucía sonrieron.

—No me pueden ver —dijo Tomás—. Nadie sabe que estoy aquí.

Se dirigieron a la caseta del jardinero, que se escondía en una de las esquinas del jardín, y Lucía encendió unas velas para que pudieran verse.

—San Rafael es nuestro. Supongo que ya lo sabrá.

—Lo sé, Tomás. He visto desde aquí cómo ardía la casa azul.

—Yo no la quería quemar, pero no controlo a todos. Somos muchos, Devoto de Viader es nuestro comandante, uno de los esclavos que liberamos de los cepos. Yo puedo influir mucho, pero no los puedo frenar. Tampoco quiero hacerlo si no hay ninguna otra opción, pero me aseguraré de que no le hagan daño.

—¿Como a Isabel y a Rafael? —dijo ella preguntando por la suerte de sus vecinos.

—El patrón Rafael fue abatido. Nos disparó y reaccionamos. La patrona Isabel ha huido. Acudirá a San Miguel, seguro, pero Devoto parece poco interesado en ir a por ella. Al menos de momento.

—Ahora planea cómo hacerse con los otros dos ingenios.

—Sí —dijo Tomás—. Queremos liberar a los esclavos.

—Tomás, sabe que todo lo que hacen puede ser efímero, ¿verdad? Que muy probablemente no tendrá continuidad en el tiempo. Comprendo sus motivaciones y no me cabe duda de que lo han planificado todo bien, pero... El ejército español es más fuerte que el de Céspedes y occidente mucho más poderoso que oriente. Incluso de dividirse la isla, de perder esa parte el imperio, ustedes no sobrevivirían. Han ocupado un ingenio que en cuanto la autoridad pueda, volverá a manos de los plantadores. De la heredera de los Viader, supongo. Su acción podría dejarse pasar en oriente, pero no aquí. No en el triángulo de oro del azúcar.

Tomás se quedó en silencio. Lucía verbalizaba las inquietudes que él tenía, le situaba frente al espejo y le hacía poner los pies en el suelo. Tenía razón. Podían llenarse la boca con proclamas emotivas, arengar a sus hombres con promesas divinas y destinos valerosos, con objetivos justos y necesarios... Pero nada cambiaría la realidad.

—Patrona —le dijo sin poder evitar llamarla así—, lo único que quiere esa gente es la libertad. Un lugar donde sus hijos puedan tener un futuro. Una vida sencilla que puedan decidir ellos mismos. Cada niño que nace de una madre esclava, duele en el corazón de nuestra comunidad, porque sabemos que le espera una existencia miserable. Por eso no he tenido hijos, no podría traer al mundo a nadie para vivir como un esclavo.

—Le entiendo bien. Y creo que se me ocurre algo. Traiga a su líder a San Miguel esta noche. Hablemos, y si luego aún nos quieren matar, que sea lo que Dios quiera.

—Yo no la quiero matar, patrona.

—Lo sé, Tomás. Pero apuesto a que tampoco hubiera matado al patrón Rafael.

VIII

Isabel caminaba por el bosque en dirección a San Miguel evitando los caminos principales, como una proscrita. Su vida se había derrumbado. Su marido, con toda seguridad, habría muerto, su casa era pasto de las llamas y sus esclavos habían vencido. «Por el momento», se dijo, «tan solo por el momento». Ningún plantador de occidente permitiría que un ingenio como el suyo permaneciera en manos de aquellos sucios cimarrones. Habría sido como aceptar la delincuencia y la ilegalidad, y un garrafal ejemplo para toda la masa esclava. No. Se animó un poco con esa idea. Volvería. Organizaría el ingenio a su manera y enseñaría a su hija Blanca a llevarlo con mano de hierro, pero sin los errores ni la falta de previsión que la habían abocado a aquella situación humillante.

Humillante era también tener que pedir refugio en San Miguel, pero no había ningún otro lugar al que pudiera ir. La campana de la casa azul había sonado insistentemente y no habían acudido en su ayuda. No podía recriminárselo entonces, pero se vengaría. Por supuesto que lo haría.

Llegó a la casa y enseguida le dieron el alto, atentos todos los trabajadores a incursiones como las que había vivido ella, contra las que nada iban a poder hacer. Los apartó con el brazo con desprecio y enseguida la reconocieron. En la puerta de la casa grande de San Miguel, la recibió el mayordomo.

—Dile al amo que estoy aquí —dijo.

—En realidad la esperan hace un rato en la biblioteca —replicó él—. ¿Puedo ofrecerle algo?

«Sí por favor, siete cañones y varias bombas para recuperar mi casa», pensó sarcástica.

—Llévame agua. Estoy sedienta. Sé dónde está la biblioteca. Iré yo misma.

Corrió las puertas dobles y entró en el impresionante espacio revestido de madera de raíz y libros encuadernados en cuero y oro. La chimenea estaba encendida y frente a ella, Gabriel y Lucía Gorchs la miraban severos. Isabel intentó contener su sorpresa.

—Oh... No esperaba veros aquí.

—Nosotros, sí te esperábamos, me temo que no podías ir a otro lugar —dijo Lucía.

—No ha sido un buen día —repuso Isabel, dando por hecho que sabían gran parte de lo que había sucedido—. Esas bestias han matado a mi marido —añadió, intentando que la consolaran, cosa que ninguno hizo.

—Eso es terrible —dijo, seria, Lucía—. Quise mucho a Rafael. Prácticamente lo vi nacer. Pero no es eso lo que queremos comentar. Vamos a solucionar esto de una vez.

—No veo cómo puede usted solucionar «esto» —respondió ella—, salvo que tenga unos cuantos centenares de soldados. Esos hombres son numerosos y sangrientos. Debemos huir enseguida y volver con refuerzos.

—No haremos nada de eso, Isabel —dijo Lucía poniéndose en pie.

Gabriel, cortésmente, también lo hizo, apoyándose en la chimenea. Agradeció el cambio, pues la pistola que llevaba en la cintura le molestaba cuando estaba sentado.

—Isabel, esa gente quiere una tierra y quiere la libertad, y les vamos a dar ambas cosas. Te enseñaré cómo enseguida. Antes, te explicaré otra cosa. Hoy he recibido del ingenio Buenavista la tercera carta sobre el mismo tema. Antes había recibido otras dos de San Isidro de los Destiladeros y de las Barrancas de Pinalso. Informan de lo mismo, como verás. En los tres casos, los plantadores andan buscando a un grupo numeroso de negros yoruba que les fueron robados violentamente el año pasado. —Isabel sintió que toda ella se erizaba—. También sabemos de la muerte de varios hombres, entre ellos el conocido Reinaldo Sobrado, cuyas actividades supongo todos recordamos, en una pequeña playa llamada Cala Cerrada...

—¿Y eso qué tiene que ver conmigo? —la interrumpió Isabel intentando mantener la calma.

—Oh, querida. Claro que tiene que ver, y mucho, además. Lucas, tu esclavo, el que te acompañó para realizar el robo y al que luego confinaste como a un animal en tu infame granja de esclavos, ha hablado. Y lo ha hecho alto y claro y lo puede hacer tantas veces como le pidamos.

—Ese hombre está...

—No —la interrumpió Lucía—. No está muerto. Ya ves que no eres la única que sabe mentir bien. Está vivo y a pocos metros de esta casa. El asunto que se deriva de todo esto es que tienes un grave problema. Uno importante de verdad. ¿Sabes?, Pablo García-Seto es un plantador encantador, un caballero, buen amigo mío, pero... desolló a un vulgar ladrón por robarle una yegua. A los otros también los conozco bien. Detestan que les roben y ciento cuatro esclavos... son muchos esclavos.

—No tiene pruebas... —balbuceó Isabel, sin poder evitar empezar a parecer realmente asustada.

—Oh, sí las tenemos. De hecho, tenemos muchas. Tantas como los esclavos robados que sobrevivieron a la hoguera en la que convertiste tu patio de esclavos. También tenemos a Lucas y a otros que te acompañaron en el robo y han sobrevivido milagrosamente. Tú los elegiste. Pero... las pruebas no son importantes cuando quien juzga no es un juez. Ya sabes que este asunto escapa a la justicia, porque, en realidad, esos esclavos son por derecho hombres libres, ya que han llegado a Cuba cuando su tráfico estaba prohibido. No han nacido aquí, los han traído de fuera, así que esos hombres son libres. El caso es que no tienes a nadie que te defienda y muy pocas opciones si no quieres que informemos a nuestros amigos damnificados.

Isabel intentó armarse de dignidad. Tenía que salir de allí. No tenía argumentos y tras aquel día, su cuerpo le empezaba a pedir una rendición.

—Esto es una afrenta que lamentaréis —dijo sin poder mirar a los ojos ni a Lucía ni a Gabriel—. ¡Me voy!

—Te matarán —dijo Lucía, tranquila—. A ti y a tu hija. Esos hombres no vacilarán.

La frase la hizo detenerse. Blanca no podía sufrir aquel horror. Se giró, llorosa.

—¿Qué es lo que queréis? —preguntó, vencida.

Gabriel se levantó y se acercó al escritorio que decoraba uno de los rincones de la estancia. Abrió una carpeta dejando varios folios escritos a la vista.

—Tienes que firmar aquí —le dijo.

Isabel se acercó lentamente y cogió el documento entre sus manos temblorosas. Con la primera frase, empezó a sollozar y no pudo parar hasta llegar al espacio en blanco que debía rubricar. Luego, harta, cogió una pluma y lo firmó.

—¿Eso es todo? —dijo humillada.

—Me temo que no —dijo una voz mientras las puertas de la biblioteca se separaban dejando entrar a varias personas.

Miguel Abbad apareció seguido por cuatro hombres. A tres no los reconoció, pero al mirar al cuarto, su mente regresó a Barcelona, a un palacete opulento cuyos propietarios eran mortalmente alérgicos a las nueces.

—Hola, Pepa —le dijo el mayordomo de aquel palacete.

Pepa Gómez retrocedió, acorralada. Histérica, llorando, empezó a delatarse.

—¡¡Yo no quería hacerlo!! ¡¡Yo no quería hacerlo!!

Los tres hombres que acompañaban a Miguel y a Ginés los rebasaron y se alinearon enfrentándose a ella, que seguía gritando mientras retrocedía hacia una de las ventanas. Acorralada, alargó la mano hacia lo más parecido a un arma que encontró: un abrecartas con empuñadura de marfil.

—¡Atrás! —gritó enfurecida—. ¡Yo no he hecho nada! ¡Atrás!

Se volvió un segundo hacia la ventana mientras los hombres abrían los brazos haciendo un círculo para atraparla. Entonces, saltó por ella.

Corrió hacia la entrada con el inspector Barutell y sus ayudantes pisándole los talones. Allí, se subió a uno de los caballos que esperaban atados a un poste. Soltó a los otros dos y dándoles un fuerte golpe en el costado, los hizo correr.

En un santiamén, se perdió al galope en la oscuridad.

Desde la entrada, Devoto y Tomás, que llegaban en ese momento a la casa grande, vieron partir un jinete a gran velocidad sin poder distinguir de quién se trataba.

Igual que a Isabel, los recibió el mayordomo, y también igual que a ella, los llevó a la biblioteca. Dentro, Gabriel y Lucía volvían a estar solos.

Saludaron a Tomás intentando que no se notara demasiado el afecto que le tenían. Luego se presentaron a Devoto. Los cuatro se sentaron en torno a la mesa de despacho donde minutos antes Isabel había firmado aquellos papeles.

Devoto tomó la palabra.

—No sé para qué estamos aquí y aprecio su invitación, pero debo dejar muy claras nuestras intenciones. Queremos que se vayan, que liberen a sus esclavos y que no vuelvan jamás. Hemos acabado fácilmente con San Rafael, supongo que no necesitamos demostrar nuestra fuerza. Si se van, nadie morirá. —Se notaba cierto nerviosismo en sus palabras. Nunca había estado reunido de aquella manera, ni había hablado a los plantadores de tú a tú.

—Tiene razón en todo —dijo Lucía—, y no, usted no necesita demostrar su fuerza pues la hemos visto ya. Pero déjeme que le hable de otra fuerza. Se llama ejército español y está combatiendo en oriente. Sus efectivos son numerosos, varias decenas de miles están ahora en Cuba —mintió, pues no llegaban a diez mil—, y en estos momentos cruzan el Atlántico varios barcos más. Uno de ellos está financiado completamente por el dueño de la silla que está utilizando. También hay otra fuerza más, la de los voluntarios. Esos son incontrolables. Dicen que rondan los treinta mil, pero aumentan día a día. Están en La Habana deseosos de luchar por el Imperio.

—Esos hombres están en La Habana, pero mis Devotos están aquí —dijo él.

—Lo sé. En realidad, esa es la cuestión de fondo. Si usted quiere ganar mañana, deseo concedido, ha ganado, nos iremos sin hacer ruido. Es la duración de este triunfo lo que debe decidir aquí y ahora. Me explico: aunque nos mate, nada podrá evitar que desde La Habana vuelvan para restablecer la ley en el valle y lo harán, seguro, antes de que Céspedes llegue aquí. La ley es injusta a veces, pero al capitán general Lersundi le irrita muchísimo que no se cumpla y... déjeme que le hable de Céspedes. ¿Lo conoce usted? Quiero decir, ¿ha hablado con él? ¿Se han sentado en una mesa y han hablado cara a cara?

Devoto no pudo evitar recordar el modo en el que les había ignorado aquel hombre y calló.

—Comprendo —continuó Lucía—. Así las cosas, tiene usted una hacienda que no ha adquirido legalmente, no entraré en la justicia de los hechos, y en la que tiene a unos esclavos que ha liberado. Supongo que sabe que está prohibido liberar a los esclavos. Incluso si yo lo propusiera, no sería fácil ahora mismo. Así que se propone conquistar el valle, pero sabe que su victoria se diluirá y que los tres ingenios volverán, más pronto que tarde, a las manos de un plantador, nosotros o quien venga detrás.

—Eso habría que verlo —replicó Devoto, cada vez menos seguro de que su plan fuera viable a largo plazo.

—Sería mejor no verlo, en mi opinión. Por eso le voy a proponer un trato. Los ingenios de San Miguel y San Gabriel, pasada esta zafra, nos comprometemos a permitir a quien lo desee, trabajar los seis meses entre zafras de forma remunerada fuera del ingenio, con papeles proporcionados por nosotros para que lo hagan legalmente. Podrán acudir a donde quieran a buscarse la vida si eso es lo que desean. Nosotros nos ahorraremos su manutención, que invertiremos en pagarles lo que sea posible durante la zafra siguiente. Trabajarán en turnos de catorce horas. Se seguirán prohibiendo los castigos físicos de cualquier tipo. Los esclavos tendrán un representante ante los plantadores y podrán solicitar cambio de dueño en cualquier momento del año.

—Eso no es suficiente.

—Lo sabemos. Puede que podamos ofrecer más, pero debemos estudiarlo. Usted deberá hacerlo también si acepta lo que le proponemos, ya que nuestra idea es convertirlo en plantador.

Tomás no podía creer la genialidad de la propuesta, imaginando lo que venía después.

—Así podrá ver qué margen hay para que el trato mejore manteniendo la rentabilidad del ingenio —continuó Lucía—. Si acepta nuestro trato, San Rafael será suyo. Isabel Palau acaba de cedernos la propiedad y nosotros estamos dispuestos a cedérsela a usted. Los esclavos y cimarrones de su ejército pasarán, sobre el papel, a ser propiedad suya, que los tratará como a hombres libres, pero a la vez quedarán a su amparo de forma que nadie podrá detenerlos. Además, vivirán en su ingenio, formando parte de sus beneficios. Nuestra recomendación es que continúe con la producción de azúcar. San Rafael tiene excelente tierra y maquinaria y Tomás ha demostrado sobradamente ser un excelente mayoral.

Gabriel tomó la palabra.

—Devoto, lo que viene tan rápido a menudo se va de la misma manera. No somos como Isabel. La detestamos tanto como usted, nos ha dañado casi tanto como a sus esclavos. Lo que le ofrecemos es, sin duda, bueno para nosotros, pero es excepcional para los suyos. Vivirán legalmente y de la misma forma que los hombres libres. No me gusta la esclavitud, pero estamos subidos a un caballo que aminora el galope poco a poco. Eso intentamos hacer, que se pare poco a poco. Confíe en mí.

Devoto lo miró a los ojos por primera vez. No había reparado aún en él, entregado como estaba a la explicación de Lucía, pero lo reconoció en el acto. Aquel era el hombre que lo había liberado del cepo. No había olvidado su cara. No había olvidado cómo había hecho lo contrario que esperaba de un plantador. Sí, confiaba en él.

Reflexionó. Se trataba de una solución imprevista pero excelente para que sus cimarrones volvieran a la legalidad, para que sus Devotos tuvieran un futuro y para mejorar el valle. Además, su rebelión no sería perseguida por las autoridades. Solo había un problema.

—No quiero ser plantador —dijo inesperadamente haciendo que todos pensaran que no aceptaba—. No me gusta la agricultura, no es lo que yo hago bien. He vivido demasiado tiempo encerrado como esclavo como para olvidar lo que este lugar me ha hecho. Yo soy un guerrero. Volveré a oriente y lucharé por lo mismo que he conseguido aquí. Quiero que el ingenio sea de Tomás.

Lucía intentó contener su alegría.

—No hay problema con eso —dijo sonriendo y mirando a su antiguo mayoral—, supongo que también podremos entendernos con Tomás.

—Y tengo una condición más —dijo Devoto.

IX

Habían desencadenado a Lucas a última hora de la noche, así que, aunque seguía encerrado y su estado era lamentable, se había podido echar y cambiar de postura varias veces, despertándose algo menos dolorido.

El esclavo no sabía lo que había motivado aquel cambio, pero ya no oía disparos y los que veía trabajar a su alrededor habían retomado la rutina perdida los días anteriores, así que supuso que los rebeldes, en cuyo éxito había depositado todas sus esperanzas, habían perdido.

Oyó la puerta abrirse a su espalda a la misma hora que todos los días y se preparó para ver un insípido plato de salcocho. Ni siquiera se volvió a mirar. A diario se decía que sería el último, que no comería más y se dejaría morir, pero aquel día, disipada toda posibilidad de ser liberado por sus hermanos, su voluntad era mayor que nunca.

Pero nadie le había llevado comida y, antes de que reparara en ello, unos brazos y piernas pequeños, gorditos y negros, lo abrazaron por la espalda, subiéndose a ella.

—¡Baba! —oyó en su oreja mientras notaba cómo la inconfundible cabeza de su hijo Elías se pegaba a su nuca y su piel nueva se pegaba a la suya.

Pensó que estaba soñando y que cuando despertara aquel sueño feliz se convertiría, ante la realidad, en la peor de las pesadillas. Cerró los ojos y no se movió, intentando conservar el instante hasta que el abrazo se deshizo y notó cómo alguien se ponía ante él. Abrió los ojos. Allí estaba el pequeño Elías, su hijo, más grande y fuerte, feliz de verle, sereno y orgulloso, tal y como él lo había criado. Lo abrazó sin poder evitar emocionarse.

Al levantar la cabeza, Lucía Gorchs estaba detrás del niño, mirándolos.

—Puedes irte —le dijo—. Da las gracias a Devoto, pues ha sido él quien lo ha exigido para cumplir una deuda contraída contigo.

Lucas recordó que el cimarrón le había prometido liberarlo cuando lo había visto en la granja de esclavos.

—Mataste a mi hijo y a mi marido, a los Viader y al esclavo Roque, e intentaste matar a Alicia Abbad, pero si rebeldes y patrones hemos decidido perdonar, todos debemos predicar con el ejemplo. Yo, la primera. Comprendo que actuaste bajo coacción, que te mandaron los que, como yo misma, hace demasiado tiempo que sostenemos este sistema injusto, así que... —Lucía calló un segundo y suspiró antes de continuar—, también yo te pido perdón —dijo, de forma que Lucas supo que las últimas palabras le habían supuesto un gran esfuerzo—. Ahora empezarán los días en que ambos intentaremos cambiarlo todo a nuestra manera. Tú, no dudo que con los rebeldes de oriente, yo, aquí, haciendo lo que pueda, quizás más despacio, pero creo que de forma más segura. Perdonándonos, no cambiaremos el pasado pero mejoraremos el futuro. Ojalá nunca más nos volvamos a hacer daño. Ojalá de tanto dolor surja algo bueno. Ojalá tu hijo Elías viva en paz y libertad. Te lo deseo de corazón. Tienes derecho a ello, todos los tenemos.

Lucas sabía que aquellas palabras eran, probablemente, las más difíciles que Lucía había tenido que pronunciar nunca, pero cuando se dio la vuelta y, dejándole allí, la vio alejarse, le pareció que lo hacía más ligera, más digna y más feliz.

Pensó que la plantadora había comprendido que, si no lo perdonaba, la que viviría encadenada el resto de su vida sería ella.

27

1869

I

El viento frío y húmedo de Barcelona asolaba las calles vaciándolas, haciendo que los que se veían obligados a recorrerlas miraran hacia las ventanas iluminadas y las chimeneas humeantes con envidia. En algunos portales, los indigentes aprovechaban las esquinas para acurrucarse entre las fachadas y las puertas hasta que los porteros los echaban de malas formas. La ciudad, que podía ser amable, aquel marzo era hostil.

Eran las cinco de la tarde y ya había oscurecido sin que una mujer, harta de la vida, hubiera encontrado cobijo para ella y su hija. La niña andaba a ratos, pero hacía horas que su cuerpo menudo había decidido rendirse, así que su madre la acarreaba subida a su espalda. Le dolían los huesos, pero hubiera preferido que lo hicieran más aún si ello significaba que su hija había ganado peso. Desde que habían llegado, solo había hecho que adelgazar, y aunque ella prácticamente no se alimentaba y se lo daba todo a la niña, cuando acariciaba su cuerpo notaba huesos que jamás habían asomado bajo su suave piel.

Habían pasado algunos días acogidas en la Casa de Caridad, pero al tercero, una pelea con una de las monjas había hecho que la expulsaran. La religiosa pretendía presentar a su hija a un benefactor y la quiso separar de ella, cosa que la volvió absolutamente loca, lo reconocía. Todo lo concerniente a aquella niña a la que no le quedaban más que un par de meses para cumplir los dos años, le concernía con una fuerza irracional.

Avanzó a paso ligero con sus últimas fuerzas hasta la iglesia del Pino y allí, antes de que cerraran las puertas, se escondió en uno de los confesionarios deseando que no la descubrieran para poder pasar la noche. Cuando, poco después, las luces se apagaron, respiró tranquila de haberlo conseguido y recorrió la iglesia gótica hasta acomodar a la niña en el banco del órgano, que con su mullido asiento de terciopelo parecía cómodo para dormir. Luego, a oscuras, tenuemente guiada por la luna llena que se colaba por el rosetón principal, anduvo de capilla en capilla.

Nunca había sido religiosa, ni siquiera cuando las cosas le habían ido bien, cuando le pareció más fácil serlo. No. No creía en Dios y si existía, no entendía qué plan macabro había diseñado para ella. Aun así, al cruzar una de las capillas, no pudo evitar sentarse ensimismada ante la imagen que la presidía. Una virgen bellísima, coronada y vestida ricamente, sostenía a un niño en un brazo. Con el otro, parecía cubrir a otros dos bajo su manto. Uno la miraba, el más pequeño rezaba. El primero era asombrosamente parecido a su hija. De pronto, la mujer, que jamás había hecho nada similar, se dirigió a ella.

—Me llamo Isabel, aunque también me llamé Pepa. No sé cómo te llamas tú y no sé qué virgen eres. No sé rezar. De pequeña me enseñaron el padrenuestro, pero ocupé mi cabeza en otras cosas. Quizás por eso me has castigado. Pero veo que te gustan los niños. A mí solo me gusta uno, mi hija, y no tiene ninguna culpa de todo el mal que yo he hecho. Solo vivo por ella, solo ella me da ánimos para seguir, pero me estoy consumiendo. Mi temor es arrastrarla al lugar oscuro que supongo que yo merezco, pero ella no.

Tenía frío, así que metió las manos en los bolsillos de su falda. Se la había cogido a una de las niñeras de su hija, una de las que la cuidaban cuando corrió a por ella a San Rafaelito y consiguió escapar al puerto para embarcar hacia la ciudad de la que, ironías de la vida, también había huido. Jugueteó con el objeto que llevaba, aquel abrecartas de marfil con el que había amenazado a los que pretendían capturarla en la biblioteca de la casa grande de San Miguel. «Ingenua», pensó esbozando una sonrisa triste.

—No he hecho nada por ti, más bien al contrario. He matado, he robado, me he aprovechado de la gente. He sido cruel cuando me ha interesado. Pero mi hija no te ha hecho nada. —Entornó la mirada, descubriendo el nombre de la virgen en una plaquita dorada pegada a la pared y lo leyó—. «María de los Desamparados...». Si en verdad eres la Virgen de los Desamparados, nadie lo está más que mi hija Blanca. Por favor, ayúdala. Dale la vida que merece.

Se quedó mirándola un rato. Luego se puso en pie y siguió paseando por la iglesia. «Estoy perdiendo el juicio», pensó. Tocaba el abrecartas agarrando con su mano la empuñadura de marfil, buscando calor en aquel material fino y limpio. Lo sacó de su bolsillo y lo sostuvo con las manos, entreteniéndose sin mirarlo, girándolo y apretándolo. Sin querer, creyó haberlo roto, pues la empuñadura se separó de la hoja. Al tumbarlo, siete chatones de diamantes cayeron en su mano.

Tardó unos segundos en entender lo que eran, en asimilar lo que acababa de suceder. Los posó sobre un banco y los cogió para mirarlos de cerca. Acababa de solucionar su vida.

Pasada la noche, en cuanto oyó al sacristán abrir las puertas del templo, Isabel asomó la cabeza por el balcón del órgano, elevado sobre los bancos de la iglesia. Esperó a que algunos feligreses entraran y luego, disimuladamente, salió del edificio. Cruzó la plaza del Pino y se adentró por la calle del Portichol, cogiendo luego la de Puertaferrisa para llegar a la rambla de San José con su hija en brazos. Con las cuatro monedas que le quedaban, compró una barra de pan para Blanca y se sentó en un banco para que masticara pacientemente la miga que ella le iba dando. La niña rara vez lloraba o se quejaba. Cuando se sació, la volvió a coger y recorrió las calles de Barcelona hasta su destino.

Su primera parada fue en una joyería de poca monta, un tipo de comercio que le traía buenos y malos recuerdos. No tardó en salir de ella sorprendida por el valor de la única piedra que acababa de vender y con los bolsillos repletos de billetes.

Luego acudió el Pasaje del Reloj, donde unas letras doradas rezaban: «Banca Arnús». Se peinó con la mano y se arregló un poco intentando salvar su imagen antes de entrar.

Varias ventanillas de madera y latón se abrían a un patio presidido por la estatua del fundador del establecimiento. La decoración era lujosa y recargada, del gusto de la sociedad de la que, hasta hacía bien poco, había formado parte. Se había movido con soltura por espacios aún más refinados y, sin embargo, aquel día se encontraba incómoda y fuera de lugar. Con todo, esperaba que su porte aún conservara algo de distinción. Se acercó a la ventanilla y solicitó una caja de seguridad. Tras pasar a una salita interior y guardar los seis brillantes que le quedaban y el abrecartas, registró la caja a nombre de Blanca Viader y salió a la calle mucho más tranquila.

Aquel estaba siendo su primer día con algo de felicidad desde hacía meses. Concretamente, desde que había subido a un barco siniestro para escapar de Cuba, hacinada como un animal, y había vuelto a la ciudad que odiaba y amaba.

Bajó la cabeza al cruzarse con un policía y pasó por delante de la comisaría asustada. Al volver la esquina, en una pared, un mozo pegaba carteles: «BUSCADOS POR LA LEY. DELINCUENTES PELIGROSOS», rezaba. Se acercó por la espalda al chaval sin poder apartar la vista del cartel y puso a su hija en el suelo. Lo leyó poco a poco: «Santiago Sanchez, el Navaja, ladrón» sonreía con aspecto peligroso alineado con la imagen de «Benito Soses, violador». Debajo de él, la cara desafiante de «Sara Bovín, la Leona, prostituta y asesina» antecedía al terror. Pegada a la delincuente, entre la escoria de la ciudad, leyó «Pepa Gómez, también conocida como Isabel Palau, asesina y estafadora», con una imagen suya, probablemente sacada de una revista de sociedad cubana. Tirándole de la falda, Blanca apuntaba al cartel sonriendo.

—¡Mamá! ¡Es mamá!

La aupó y salió corriendo de allí hasta esconderse en uno de los callejones húmedos y malolientes del Borne. En varias paredes, vio el mismo cartel. Era una proscrita. Una mujer buscada por la ley y, sobre todo, la peor madre que su hija podía tener. Sintió que el corazón se le partía con aquel pensamiento que sabía real. Se recompuso como pudo y, tras permanecer sentada donde estaba varias horas, elaboró un plan final y se levantó, triste y decidida.

Pasó el resto de la mañana comprando vestidos para su hija en las mejores tiendas de la ciudad y también se hizo con un sombrero de flores para ella. Luego, descendieron hasta La Gran Fonda Oriente, en la Rambla, para comer rodeadas de personas elegantes. Blanca sonreía como no lo hacía desde que habían abandonado San Rafael. Reía y comía, comía y reía, y con cada risa y cada bocado que se llevaba a la boca, reafirmaba en Isabel la idoneidad de lo que había tramado.

Tras la comida, se acercaron a un estudio de fotografía, donde le explicaron las novedosas técnicas que permitían conseguir imágenes nítidas inimaginables hacía algunos años. Posó con su hija con varios fondos distintos y encargó primeros planos de ella misma, en los que intentó mostrarse digna y sonriente pese a que la pena la acechaba. Pasaron casi una hora en el establecimiento, posando con las diferentes ropas nuevas de Blanca pero, cuando se preparaban para salir, la repentina alegría de su hija les hizo demorarse aún otra hora más. Había entrado en la tienda una mujer con una niña pocos meses mayor que la suya. La niña se acercó a Blanca y, tras mirarla a la cara unos segundos, enseguida la abrazó y empezaron a jugar. Blanca había vivido aislada del mundo y jamás había jugado con nadie que no fueran sus cuidadoras o su madre, así que aquella aparición inesperada era el mejor divertimento que podía esperar. Su nueva amiga también parecía emocionada y la madre, que la dejó hacer, se acercó a Isabel para hablarle, contenta como ella de ver que sus hijas lo pasaban bien.

—El doctor me dijo que es normal. Mi pobre Carmen es hija única y difícilmente tendrá una hermanita, así que en cuanto ve a una niña de su edad, enloquece. La suya es preciosa.

—Sí que lo es —dijo Isabel sin poder apartar la mirada de la escena.

—¿Tiene más hijos?

—No —respondió sin prestar demasiada atención.

—Bueno, quizás en un futuro. Ojalá Dios la bendiga con una hermanita para su niña.

—No creo. Soy viuda —dijo Isabel sin atisbo de pena.

La mujer que le hablaba era dulce y encantadora, pero su atención estaba fija en la escena que tenía delante.

—Lo siento mucho. Supongo que se encontrará con las mismas dificultades que yo. Ya sabe, no es fácil encontrar niñas convenientes para que hijas como las nuestras se relacionen.

—Deberíamos hacer que se vieran —dijo de pronto Isabel, sin apartar la mirada de Blanca, más pensando en alto que respondiendo a lo que aquella mujer le decía.

—¡Oh, eso sería maravilloso! ¿Lo haría? Vivimos en el número treinta de Paseo de Gracia, en la casa del chaflán con la calle Diputación. Por favor, vengan a visitarnos. Yo casi siempre estoy allí y mi marido también. Le encantan los niños, nos encantan a los dos, sería un placer recibirlas.

Aquellas palabras le hicieron girarse hacia quien le hablaba. Debía de rondar los cuarenta años, y no era guapa, pero desprendía bondad. Su indumentaria no dejaba lugar a dudas sobre su posición privilegiada, y por si aquello no hubiera sido suficiente, vivía en una de las calles más elegantes de la ciudad, no lejos del palacete Abbad. Ella le tendió la mano.

—Amparo Bofill, encantada —dijo sonriendo ampliamente de forma que sus mofletes se sonrosaron y sus ojos se achinaron un poco.

—Isabel Toledo, es un placer —respondió ella, esforzándose por ser amable y cambiando de nombre por tercera vez en su vida—. Mi hija se llama Blanca. Venimos de Cuba, la guerra se ha llevado por delante a mi marido y no tenemos más familia, ni allí, ni aquí. Éramos azucareros —explicó, sabiendo que no necesitaba dar más datos.

—Es terrible. Lo siento mucho —dijo cogiéndole la mano otra vez, apretándola entre las suyas y mirándola a los ojos sinceramente apenada—. Lo siento muchísimo.

Isabel retiro la mano, algo incómoda.

—Iremos a verles. Mi hija no tiene familia aquí. Seguro que le gustará ver de nuevo a su hija...

—Carmen —dijo la señora Bofill.

Isabel miró a su hija Blanca correr por la tienda detrás de su nueva amiga, que cada poco se paraba y la abrazaba. Hubiera permanecido viéndolas el resto de su vida, pero tenía que seguir con su día. También debía tener que hacerlo la señora Bofill, pues detuvo a su hija y tras besarla, la cogió en brazos.

—Ahora dejaremos tranquilas a la señora Toledo y a su hija Blanca y nos haremos unas fotos. ¿Te parece, mi amor?

Nadie de su posición se dirigía así a sus hijos y a Isabel le gustó que Amparo Bofill fuera la excepción. La falta de cariño creaba personas como ella. Cogió a Blanca en brazos y la acercó a su nueva amiga. Luego, intentando evitar que ambas lloraran al separarse, se dirigió a la puerta para salir del establecimiento. Tras ella fue Amparo Bofill.

—¡Un segundo! Le daré mi tarjeta! —sacó una del bolso y se la tendió—. Así no olvidará nuestra dirección.

Isabel hacía rato que había memorizado la dirección, pero miró la tarjeta. En ella leyó: «María de los Desamparados Bofill, señora de Marqués». Tomó aire y volvió a mirar aquel nombre.

Parecía que la Virgen de la Iglesia del Pino sí que la había escuchado, al fin y al cabo.

Salieron del estudio y se dirigieron a la plaza de Cataluña, donde compraron alpiste y estuvieron un buen rato dando de comer a las palomas. Luego, ascendieron por Paseo de Gracia. Triste pero decidida, se sentó en uno de los bancos que jalonaban la avenida y admiró las mansiones de los más pudientes de la ciudad. Muchas eran imponentes, pero, pese a su tamaño, la que ocupaba el chaflán del número treinta de la avenida era de las pocas con aspecto de verdadero hogar. Su diferencia frente a las vecinas era que parecía construida para hacer la vida cómoda a los que la habitaban, no para impresionar a los que pasaban por delante de ella.

Sentada a la luz de las últimas horas del día, Isabel sacó papel y lápiz para escribir una nota, fría y de palabras tristes, que metió en un sobre. Luego se extendió en otro texto más largo y emotivo durante un buen rato. Cuando lo acabó, besó la carta y, emocionada, sonrió a Blanca, evitando que la humedad de sus ojos se derramara por sus mejillas. Introdujo aquella segunda carta en otro sobre y la metió en una de las bolsas de ropa junto al resguardo de las fotografías que se habían tomado y el buen dinero que aún les quedaba de la venta del brillante.

Al rato, vio un Landó detenerse frente al portal del número treinta. Un mayordomo salió raudo del interior para abrir la puerta mientras un mozo ofrecía agua a los caballos. Enseguida asomó Amparo Bofill, que se ayudó del brazo de un lacayo con librea para salir del coche. Poco después, del mismo vehículo bajó la niña Carmen, que corrió hacia la puerta. En la entrada, con los brazos abiertos, el que solo podía ser su padre la esperaba agachado para abrazarla. Tras él se adivinaba un espacio de lujo y confort. Llorando, Isabel supo que había visto suficiente.

Apuró el día caminando por el Paseo con Blanca cogida de la mano, cargada la otra con las bolsas repletas de los vestidos que le había comprado. Cada cierto tiempo, bajaba la mirada para ver la alegría de su hija, que caminaba canturreando y dando pequeños saltitos como hacía cuando jugaba en San Rafaelito. En dos esquinas, volvió a ver el cartel con su cara y, a cada rato, le pareció que alguien se la quedaba mirando.

Ya tarde, bajó hasta el número treinta y acercó a su niña a la puerta.

—Mi amor. Quédate aquí. Ahora saldrán a buscarte. —Le acarició el pelo—. Mírame a la cara, Blanca. Mírame —dijo conteniendo las lágrimas—. Mírame bien. Tócame la cara, mi pequeña —le dijo acercándola a su manita—. ¿Me hueles? Mamá huele a jazmín, igual que tú. A jazmín cubano. ¿Lo hueles? Mírame otra vez.

El sol se estaba poniendo y una a una empezaron a prender las luces del Paseo. Isabel acarició la cabecita de su hija, que había dejado de sonreír al ver a su madre triste. Luego la abrazó con fuerza y le dio un sobre para que lo sostuviera en la mano.

—Mi Blanca. Mi pequeña hacendada cubana. Siempre te querré. Recuérdame.

Tocó el timbre varias veces y cruzó la avenida, dejando a su hija allí. Desde el otro lado vio la puerta del edificio abrirse y la figura perfecta de su hija recortarse contra la luz que salía del interior. Un hombre se agachó y cogió el sobre que la niña tenía en sus manos. Lo leyó en un santiamén. Luego, la cogió de la mano y miro de arriba abajo la calle. Isabel creyó que por unos segundos sus miradas se cruzaban de un lado al otro del Paseo de Gracia. Después, aupando a la niña con dulzura, el hombre entró en la casa y cerró la puerta.

A las doce de aquella noche, saltando al vacío desde Montjuich, Pepa Gómez abandonaba la vida.

Epílogo

En mayo de 1881, tras siete años de reinado de Alfonso XII, la estabilidad parecía haber llegado a España y se preparaban elecciones para el mes de agosto. Cuba, que elegiría a cuarenta diputados en Cortes, se recuperaba del fin de la Guerra de los Diez Años, que había concluido con la derrota de los rebeldes tres años antes. El ejército libertador en ningún momento había podido llegar al occidente de la isla y finalmente había capitulado y firmado el llamado «Pacto de Zanjón».

Pero a ella todo aquello aún le importaba poco.

Blanca Marqués se levantó el día de su catorce cumpleaños tan alegre como todos los demás días. Era una joven feliz, con unos padres que la querían, una hermana mayor a la que adoraba y una vida envidiable en una de las casas más bonitas del Paseo de Gracia. Se sabía afortunada y por ello, sus padres se habían esforzado también en que fuera buena, que pensara en los demás y que ayudara en las múltiples obras de caridad que patrocinaban.

Sabía desde hacía muchos años que era adoptada. Se lo habían dicho con nueve años, y pese a que en su momento no lo entendió, sus padres adoptivos se habían esforzado en explicarle que no por ello se debía sentir abandonada. Le habían dicho que lo que había hecho su madre era en realidad la más increíble prueba de amor. Cuando se miraba al espejo, veía a la mujer de la que tenía varias fotos, todas del mismo día. Tenía sus mismos ojos, su misma nariz y su mismo pelo. A veces, en sueños, la recordaba entre nebulosas y se sabía querida. Creía recordar el tacto de su piel fina y fría, y estaba segura de que el olor a jazmín que la tranquilizaba y la alegraba era el de su madre perdida.

Su decimocuarto cumpleaños le reservaba una sorpresa especial, un recuerdo único y una explicación a años de preguntas. Una carta que no le habían dado hasta que supieron que no le dolería tanto, que podría entender cada palabra y apreciar en toda su dimensión lo que su madre había querido transmitirle.

Se enfrentó al momento sola, sentada en un butacón de su habitación, mirando hacia el Paseo. Los rayos de aquel sol de primavera, limpio y brillante, iluminaban el suelo de roble de forma que parecía de oro, y acariciaban su piel calentándola. Abrió el sobre amarillento que la había esperado tantos años y respiró profundamente antes de leer su contendido. En el sobre también había una llave con el anagrama de la Banca Arnús y un número.

Barcelona, marzo de 1869

Mi querida hija:

Quizá tardes aún muchos años en leer esta carta y seguro que una vez leída tardarás en poder entenderla algunos años más. A veces, basta con que las cosas tengan sentido para uno mismo para realizarlas, y estoy convencida de que dejarte sola en este mundo es algo que sirve al único fin que mi vida ha tenido.

Blanca, yo entendí el sentido de mi nacimiento muy tarde, justo el día en que tú llegaste al mundo. Era una mañana de mayo y estaba sola en San Rafaelito, donde te tuve sin ayuda, con dolor y esfuerzo, como todas las cosas importantes que he conseguido en mi vida. Nada tan grande como tú. Hasta entonces yo era otra persona y hoy pago mi deuda con lo que aquella fue e hizo.

¿Sabes?, durante mucho tiempo pensé que era incapaz de amar. Quizás pienses que no lo intenté nunca, pero no te equivoques, el amor es una fuerza que no puedes controlar y que, cuando llega, gana todas las batallas. De nada sirve buscarlo si no llega, porque el auténtico no se puede encontrar por más empeño que uno le ponga. Te encuentra a ti. Siempre.

Hasta muy avanzada mi vida, algunas cosas se disfrazaron de amor sin serlo y yo pretendí creer el engaño. Ahora, cuando mis días llegan a su fin, me doy cuenta de que el amor es algo natural al ser humano. Hija mía, todos nacemos con una cantidad de amor que dar. Las buenas personas lo reparten a todos los que los rodean durante toda la vida. Las malas, en cambio, reparten odio y les cuesta desprenderse de los buenos sentimientos, que reservan celosamente para dar a unos pocos. En el caso de tu madre, los acumulé todos, sin desperdiciar una sola gota, para entregárselos con mayor intensidad a una sola persona.

Mi único amor has sido tú.

No poder acompañarte durante tu maravillosa vida es un sacrificio tan grande que si Dios existe espero que aprecie y le sirva para apiadarse de mí cuando nos veamos. Pero si quiero que tu vida sea, efectivamente, maravillosa, debo renunciar a ti. Aunque todos mis pecados se me perdonaran hoy, seguiría el resto de mi existencia abriéndote paso a fuego y un día comprenderás lo arriesgado que es abrirse paso así.

Blanca, tú eres mejor que yo y mereces una madre que no te avergüence y que no te comprometa. Yo no soy una buena persona, y pese a que tampoco nadie me quiso por más que mi cara bonita, y que las circunstancias me llevaron a los lugares más oscuros, no cargaré mi culpa sobre los demás, pues cuando pude elegir entre el bien y el mal, con frecuencia escogí el segundo sin sentir por ello el más mínimo escrúpulo.

Por esta razón, de mí solo puedes aprender una cosa, que surge de lo que hoy hago. Conócete. La gente que, como yo, nace sin esperanza, tiende a ver las cosas a corto plazo, sin pensar en lo que vendrá después, contenta con superar cada pequeño bache aunque al hacerlo cree otro mayor. Al final, para esa gente solo hay baches y se vuelven infranqueables. Tú tienes esperanza, así que mira lejos, igual que te decía cuando aprendías a caminar por el jardín de San Rafaelito. Aunque tu paso sea titubeante, aunque te caigas a menudo, levántate y mira lejos, porque tú sí tienes futuro. Yo no lo tengo.

En la isla de Cuba, en el Valle de los Arcángeles, donde naciste, aún queda tierra de tu propiedad. Son apenas doscientas hectáreas de selva y prados con una casita a la que antes he hecho referencia, llamada San Rafaelito. Cuando se perdió todo el ingenio, esta finca, aunque pegada a él, no se me pudo arrebatar, pues tu fallecido padre la había puesto a tu nombre al nacer. Tiene la casa más bonita de todas las que yo vi en Cuba y estoy segura de que, si la visitas alguna vez, sentirás que nos encontramos, porque los mejores recuerdos de mi vida son de los momentos que compartí contigo allí.

Además, te dejo la llave de la caja de seguridad 779 de la Banca Arnús. Contiene algo que me recuerda a ti, porque como tú, también surgió de algo pobre y oscuro y, sin embargo, es valioso y bello. Tiene valor sobrado para que no dependas de nadie, ni siquiera de la familia que espero que te acoja, y tengas una preocupación menos. La falta de dinero es un problema que gracias a esa caja no conocerás nunca, pero que existe y que cuando aparece, a menudo viene con otros problemas peores. Si te permito con esta herencia que seas rica es porque la pobreza es el único de los problemas que tiene la vida que te puedo resolver con facilidad. Así que no te preocupes por él y céntrate en las dificultades que debes resolver por ti misma. Todas son más complejas que la falta de dinero.

Mi consejo es que hagas exactamente lo contrario de lo que hice yo: ama sin miedo, no juzgues sin saber, reflexiona antes de actuar, valórate y recuerda que tu vida es tuya, así que no dejes que nadie la dirija por ti. Que nadie tome las riendas de tu caballo, pues eres tú la que va subida a él.

Cuando naciste, los esclavos nos regalaron una cuna tejida con ramas de jazmín y cada día lavábamos las sábanas con colonia de su flor, así que cuando te cogía en mis brazos y con los mismos ojos que tengo yo, me mirabas y sonreías, un olor puro y limpio completaba la perfección de tu cuerpo regordete y tu cara pelona, redonda y calentita, que acurrucabas contra mi cuello. Tan grande como mi amor son aquellos recuerdos. Querida Blanca, nadie nunca te querrá como yo. Mi amor hacia ti es tan fuerte que me es imposible pensar que yo pueda acabar con él, porque tiene que ser eterno. Estoy segura de que lo es. Siempre pensé que mi fuerza era mi maldad, pero mi amor por ti la arrasaría como un huracán a una amapola.

Así que cuando estés sola, cuando no sepas a dónde ir, cuando la vida te dé un zarpazo y te duela el corazón, recuerda que estoy a tu lado, que te acompaño, que te veo y te comprendo sin juzgarte, y que, aunque te equivoques y creas que nadie te quiere, yo te querré, hagas lo que hagas, digas lo que digas, pienses lo que pienses. Cuando falles y tu seguridad se resienta y tu mente te traicione volviendo una y otra vez sobre lo que hiciste mal, piensa en San Rafaelito, rebusca en tus recuerdos y siente su hierba fresca, el baile de las hojas de sus palmeras, los brillantes colores de los pájaros tropicales. Búscalos, respira hondo y, cuando tu mente se serene, recuerda que en mayor medida fallé yo y, sin embargo, fui capaz de crear algo mejor que nadie: tú.

Te esperaré en San Rafaelito,

Mamá

Nota del autor

Todo libro conlleva una inmersión en la época y el lugar en el que se enmarca. En este caso, mi fascinación por Cuba resultó en una investigación del periodo clave de su historia en el que todo empezó a cambiar drásticamente y que desembocó, años después, en la abolición de la esclavitud y más tarde en la independencia de la querida isla española.

Cuando uno conoce la isla, entiende la melancólica expresión «más se perdió en Cuba» que los españoles aún lanzan como consuelo ante una catástrofe importante, que casi siempre se considera menor que la pérdida de la isla. Porque Cuba es un lugar único, y su arquitectura, naturaleza y clima, inigualables. También lo es, sobre todo, su gente: generosa, amable y educada, siempre dispuesta a sonreír aunque viva pobremente.

Uno de los pilares del libro es el tema de la esclavitud, que he tratado de forma que su crueldad se entienda, pero no se imponga sobre la trama. No he pretendido blanquearla y, como no podría ser de otra manera, me parece execrable en todas sus variantes. Todos los imperios que se han conocido, no solo el español, tendrán siempre esa mancha en su historia.

La Guerra de los Diez Años a la que se hace referencia, no consiguió la abolición de la esclavitud, pero allanó el camino para que en 1880 se aprobara y seis años más tarde se hiciera efectiva. La independencia, como sabemos, no se produjo hasta 1898. Desde entonces, los cubanos han pasado por gobiernos de diferente índole que culminaron con la desastrosa experiencia comunista que todos conocemos y conviene no olvidar. Como se dice: «Solo el comunismo podía lograr que en Cuba falte azúcar».

Ojalá los cubanos vuelvan pronto al bienestar del que son merecedores.

Agradecimientos

A mis padres, que nuevamente me han animado en cada paso de esta novela para que llegara a buen puerto y han aplacado mis inseguridades de escritor. A toda mi familia por ilusionarse tanto como yo en este nuevo proyecto y especialmente a Yato, Mati, Cris, Anta y Maru y la Brigada Ligera por leer las primeras versiones y darme sus consejos, que son buenos para todo, no solo para escribir. A mi hermano Patricio. A José y Paloma, que se van a hacer editores en cualquier momento. A Chiki y Fer, que me venden mejor que nadie, y a todos los del equipo Mas Pesadita, que aguantan mis momentos de «he venido a hablar de mi libro», que probablemente hayan sido demasiados.

A la junta y a todos los amigos conocidos que desinteresadamente utilizaron su perfil público para ayudarme con el primer libro y son culpables también de que haya llegado el segundo. Ellos saben quiénes son.

A Fidel y Dagoberto, los historiadores cubanos que me han guiado con tanta generosidad.

A todos los lectores de *El heredero*, que con sus cariñosos comentarios me han empujado para que les ofreciera nuevas lecturas. El contacto con ellos a través de redes sociales y de la promoción del libro es algo que nunca podré agradecer lo suficiente. Confío en que la espera haya valido la pena y que el libro que tienen entre manos les haya gustado también.

A Carmen Posadas, Marian Rojas y Juan del Val por sus generosas palabras.

Y a mi editorial, que pone una ilusión contagiosa en esta aventura, desde mi editora Rosa Pérez Alcalde, a David Cebrián, a Ana Rosa Semprún y a todo el increíble equipo que los acompaña.

Gracias a todos.

También en Booket:

booket